KB165063

토스카나의 저주받은 둘째 딸들

THE STAR-CROSSED SISTERS OF TUSCANY

Copyright ⓒ 2020 by Lori Nelson Spielman
All rights reserved.
Korean translation rights arranged with The Bent Agency, New York
through Danny Hong Agency, Seoul.
Korean translation copyright ⓒ 2023 by Namu Bench

이 책의 한국어판 저작권은 대니홍 에이전시를 통해 저작권사와 독점 계약한
나무옆의자에 있습니다. 저작권법에 의해 한국 내에서 보호를 받는 저작물이므
로 무단전재와 복제를 금합니다.

토스카나의
저주받은 둘째 딸들

The Star-Crossed Sisters of Tuscany

로리 넬슨 스필먼 장편소설 신승미 옮김

디터와 요하나에게

차례

포피 이모의 여행 일정표

첫째 날
10월 15일 월요일
베니스

둘째 날
10월 16일 화요일
베니스

셋째 날
10월 17일 수요일
베니스

넷째 날
10월 18일 목요일
토스카나

다섯째 날
10월 19일 금요일
토스카나

여섯째 날
10월 20일 토요일
토스카나

일곱째 날
10월 21일 일요일
아말피 해안

여덟째 날
10월 22일 월요일
아말피 해안
포피 이모의 여든 살 생일

일러두기

1 각주는 모두 옮긴이 주이다.

2 원서에서 이탤릭체로 강조한 글씨는 볼드체로 표기했다.

3 외국어의 독음은 국립국어원 외래어표기법을 따르되, 일부는 관용적으로 표기했다.

프롤로그

옛날 옛적에 이탈리아 트레스피아노 마을에 얼굴도 심성도 별로인 필로미나 폰타나라는 소녀가 살았다. 소녀는 폰타나 가문의 모든 둘째 딸들에게 평생 사랑 없이 살라는 저주를 내렸다. 소녀의 여동생 마리아는 미모를 타고나는 복을 받았다. 소녀는 갓난아이 마리아가 엄마의 품에 다정히 안겨 처음으로 자신을 바라보던 순간부터 그 아이를 원망했다.

세월이 흘러 두 자매는 십 대가 되었고 필로미나의 어린 시절 시샘은 곪아 터질 정도로 깊어졌다. 필로미나의 애인인 코시모는 바람기가 다분한 청년이었는데 마리아를 보자마자 홀딱 반했다. 마리아는 막무가내로 들이대는 코시모를 피하려 했지만 그는 끈질겼다. 필로미나는 마리아에게 경고했다. "네가 내 애인 코시모를 뺏으면 넌 모든 둘째 딸들과 함께 평생 저주를 받을 거야."

얼마 지나지 않아 코시모가 폰타나 가족과 소풍을 갔을 때, 그는 사람들 눈에 띄지 않겠다 싶은 강가로 마리아를 몰아갔다. 코시모는 마리아를 와락 붙들고 억지로 입을 맞추었다. 마리아가 코시모를 홱 밀치려는 찰나 필로미나가 나타났다. 입맞춤하는 장면만 본 필로미나는 격분했다. 그녀는 강가에서 돌멩이를 집어 들어 동생에게 던졌다. 돌멩이가 마리아의 한쪽 눈에 맞았다. 마리아는 시력을 잃었다. 다친 쪽 눈이 갈수록 찌그러져 내려앉았다. 마리아는 더 이상 아름답지 않았으며 끝내 결혼하지 못했다.

이 일이 우연이라고 말하는 사람도 있다. 말이 씨가 된 경우라고 우기는 사람도 있다. 어쨌든 누구도 반박하지 못할 사실이 있다. 200여 년 전에 필로미나가 저주를 내린 이래로 폰타나 가문의 둘째 딸 중 영원히 변치 않는 사랑을 찾은 사람은 한 명도 없었다.

1장

✳

에밀리아

현재
브루클린

　카놀리* 껍질 72개가 내 앞 스테인리스 망 위에서 식고 있다. 나는 깍둑썰기한 마라스키노 체리에서 즙을 짜낸 다음에 크림과 리코타 치즈와 분당을 혼합한 재료에 넣고 조심스럽게 섞는다. 가게 뒤에 딸린 주방의 뿌연 직사각형 창문으로 가게를 들여다본다. 화요일이면 늘 그렇듯이 오늘 아침 루케시 베이커리 앤드 델리카트슨은 한산하다.

　우리 할머니 로사 폰타나 루케시가 조제 식품 진열대 뒤에서 올리브를 다시 정리하고 구운 고추와 페타 치즈가 담긴 스테인리스 통 속을 휘휘 젓고 있다. 아빠가 얇게 썬 프로슈토**가 수북이 담긴 쟁반을 한 손으로 반듯하게 든 채 쌍여닫이문을 밀고 들어온다. 아빠는 집게로 프로슈토를 육류용 냉장 진열대로 옮겨

---

*　크림 등으로 속을 채운 이탈리아 페이스트리.
**　이탈리아의 북쪽 파르마 지방에서 생산된 햄.

판체타*와 카피콜라** 사이에 쌓는다.

　가게 앞쪽 계산대 뒤에는 다리아 언니가 있다. 사탕 진열대에 엉덩이를 기댄 채 양쪽 엄지손가락으로 전화기를 두드리고 있다. 보나마나 친구들 중 누군가에게 문자로 남편 도나나 딸들에 대해 불평을 늘어놓고 있지 싶다. 딘 마틴의 〈댓츠 아모르〉가 스피커에서 흘러나온다. 돌아가신 할아버지를 생각나게 하는 노래이다. 할아버지는 생전에 이탈리아 음악이 당신의 베이커리와 델리카트슨에 진짜 원조라는 분위기를 만든다고 주장했다. 이 곡은 애초에 미국 가수가 부른 미국 노래이긴 하지만. 물론 나는 돌아가신 할아버지의 음악 취향에 반감은 없다. 우리 가족의 이탈리아 음악 레퍼토리가 서른세 곡에 한정돼 있다는 점을 제외하면. 나는 자다가도 이 서른세 곡을 정확히 따라 부를 수 있고 실제로 가끔은 따라 부를 지경이다.

　나는 카놀리로 관심을 돌려 여섯 다스의 빈 껍질 속으로 크림을 집어넣는다. 곧 음악 소리가 희미해지고, 페이스트리 냄새가 사라진다. 상상 속 내 이야기에 푹 빠진 나는 주방이 아니라 영국 서머싯 같은 머나먼 곳에 있다…….

　그녀는 클리브던 부두에 서서 기다리며 바다를 응시한다. 잔물결이 이는 수면 위로 석양이 반짝인다. 누군가를 부르는 소리가 들린다. 그녀는 연인이 왔기를 바라며 몸을 돌린다. 그러나 어두운 곳에 숨어 있는 사람은 그녀의 전남친—.

---

* 　돼지 뱃살로 만든 베이컨의 일종.
** 　돼지 목살을 소금에 절여 숙성한 햄의 일종.

나는 바로 옆 벽에서 벨이 울리는 바람에 화들짝 놀란다. 안경을 추켜올리고 창문으로 가게 안을 들여다본다.

주황색과 노란색이 섞인 거베라 데이지 꽃다발을 든 포르티노 부인이다. 은발을 매끈하게 뒤로 모아 틀어 올렸다. 베이지색 바지가 그녀의 늘씬한 몸매를 돋보이게 한다. 아빠가 육류 진열대 뒤에서 178센티미터의 몸을 한껏 펴면서 앞치마 밖으로 불룩 삐져나온 배를 쏙 집어넣는다. 할머니가 그 모습을 지켜본다. 식초라도 한잔 쭉 들이켠 양 할머니의 얼굴이 일그러진다.

"부온조르노(Buongiorno, 안녕하세요), 로사." 포르티노 부인이 델리 진열대를 지나치면서 새된 목소리로 인사한다.

할머니가 외면하며 중얼거린다. "푸타나(Puttana)." 이탈리아어로 매춘부라는 뜻이다.

항상 그렇듯이 포르티노 부인은 아빠가 있는 육류 진열대로 가기 전에 거울을 향한다. 그 거울은 창문으로도 쓰인다. 그러니까 자기도 모르는 사이에 포르티노 부인은 내가 주방에서 내다보고 있는 바로 그 창문을 들여다본다는 뜻이다. 포르티노 부인이 자기 블라우스와 같은 색조의 분홍색 립스틱을 점검하고 머리를 매만지는 동안 나는 뒤로 물러나 있다. 자기 모습에 만족한 포르티노 부인이 방향을 바꿔 육류 진열대 뒤에 서 있는 아빠 쪽으로 간다.

"선물이에요, 레오." 포르티노 부인이 방긋 웃으며 데이지를 앞으로 내민다.

새끼 거위에게 잠시라도 눈길을 주는 사람이 있으면 쉬익 소리를 내며 텃세를 부리는 엄마 거위처럼, 할머니가 작게 씩씩거린다. 그 '새끼 거위'가 거의 30년 동안 홀아비로 살아온 예순여섯 살 된 사위라는 점은 신경 쓰지 말자.

머리가 벗어지기 시작하는 아빠의 뺨이 데이지 꽃다발을 받으며 벌게진다. 매주 그렇듯이 아빠는 포르티노 부인에게 고맙다고 말하고 할머니를 슬쩍 쳐다본다. 할머니는 전혀 개의치 않는다는 듯이 양념에 재운 버섯을 휘젓는다.

"즐거운 하루 보내세요, 레오." 포르티노 부인이 인사말을 하고 아빠를 향해 예쁘게 살짝 손을 흔든다.

"당신도요, 버지니아." 아빠의 손은 진열대 밑에서 꽃병을 찾고 있지만 눈은 통로를 걸어가는 포르티노 부인을 쫓고 있다. 두 사람 때문에 내 가슴이 미어진다.

다시 벨이 울리고 키 큰 남자가 느긋하게 가게로 들어온다. 지난주에 와서 내 카놀리 한 다스를 산 남자다. 브루클린이 아닌 베벌리힐스에나 어울릴 법한 우아한 이방인이다. 그가 아빠와 할머니에게 말을 건네고 있다. 나는 문 옆에 몸을 바짝 붙이고 그들이 나누는 대화를 몇 토막이라도 들으려 한다.

"분명해요. 뉴욕 최고의 카놀리예요."

작은 웃음소리가 내 입에서 픽 새나간다. 나는 머리를 벽에 더 가까이 댄다.

"지난주 회의에 카놀리 한 다스를 가져갔어요. 팀원들이 걸신 들린 듯이 먹더군요. 제가 모건 스탠리에서 가장 인기 있는 회계부장이 됐어요."

"참 기분 좋은 말씀입니다." 아빠가 말한다. "루케시 베이커리 앤드 델리카트슨은 1959년부터 운영해왔습니다. 모든 제품이 우리가 손수 만든 것이지요."

"정말요? 혹시 제빵사에게 직접 감사의 마음을 전해도 될까요?"

나는 자세를 바로잡는다. 지난 10년 동안 감사의 마음을 전하기는커녕 나를 만나겠다고 나선 사람조차 단 한 명도 없었다.

"장모님." 아빠가 할머니에게 말한다. "에밀리아 좀 데려와주시겠어요?"

"이런, 세상에." 나는 속삭인다. 머리에 쓴 위생모를 홱 잡아당겨 하나로 올려 묶은 두툼한 갈색머리를 끄집어내면서 오늘 아침에 머리를 감지 않은 것을 즉각 후회한다. 앞치마 끈을 풀고 안경을 똑바로 쓰는 내 손이 괜히 더듬거린다. 본능적으로, 나는 손가락을 아랫입술에 댄다.

실 한 올만큼 얇은 그 흉터는 거의 20년이 지나면서 매끈해지고 옅은 파란색으로 희미해졌다. 하지만 여전히 내 입술 밑 그 자리에 남아 있다. 적어도 나는 흉터가 거기에 있는 것을 안다.

양쪽으로 여닫는 스테인리스 문이 열리고 할머니가 나타난다. 할머니의 땅딸막한 몸집은 위협적이고 거만한 느낌을 준다. "카놀리 한 상자." 할머니가 팽팽하게 당겨진 입술로 말한다. "프레스토(Presto, 빨리)."

"씨(Sì, 네), 할머니. 좋은 생각이에요." 나는 갓 속을 채운 카놀리 세 개를 집어 상자에 넣는다. 내가 문을 향해 가는데 할머니가 내 손에서 상자를 낚아챈다.

"다시 일해라. 주문받은 것 준비해놔야지."

"하지만, 할머니, 그 사람이―."

"그는 바쁜 사람이야. 시간을 낭비할 이유가 없어." 할머니가 주방에서 나간다. 저절로 닫히는 문이 움직임을 멈출 때까지 나는 입을 벌린 채 할머니의 뒤를 빤히 바라본다. "미안해요." 할머니가 말하는 소리가 들린다. "제빵사가 오늘 일찍 퇴근했네요."

화가 솟구친다. "도대체 뭐야?" 나는 로맨스를 기대하지 않았다. 그 정도는 나도 안다. 그저 내 페이스트리를 칭찬하는 말을 듣고 싶었을 뿐이다. 도대체 할머니가 무슨 권리로 그 기회를 빼앗는단 말인가!

나는 그 남자가 이탈리아 탄산음료 브라바치 값을 계산하면서 다리아 언니와 말을 주고받는 모습을 주방 창문으로 지켜본다. 내가― 할머니가― 건넨 자그마한 흰색 상자를 그가 들어 올리자 다시 내 카놀리를 칭찬하고 있다는 느낌이 든다.

참을 만큼 참았다. 할머니가 뭐라고 하든, 내가 얼마나 자아도취에 빠진 것처럼 보이든 상관없다. 나는 저기로 나가련다.

내가 막 앞치마를 벗으려는 순간 언니가 창문으로 휙 눈길을 던진다. 언니는 나를 볼 수 없지만, 내가 지켜보고 있다는 것을 아는 눈치이다. 우리 눈이 마주친다. 언니는 천천히, 거의 알아차리지 못할 정도로 미세하게, 고개를 젓는다.

나는 뒤로 물러선다. 숨이 턱 막힌다. 벽에 기대 눈을 감는다. 언니는 그저 할머니의 노여움을 사지 않게 나를 보호하려는 것이리라. 나는 폰타나 가문의 둘째 딸이다. 할머니가 카놀리를 좋아하는 이 괜찮은 남자가 나에게, 내 온 가족이 절대 사랑을 찾지 못하리라고 확신하는 여자에게, 시간을 낭비하게 둘 이유가 뭐 있겠어?

2장

✳

에밀리아

20번가에 있는 가게에서 72번가에 있는 작은 셋집까지는 네 블록만 걸어가면 된다. 나는 3층에 있는 내 집을 '엠빌'이라고 부른다. 나는 오늘도 평소처럼 페이스트리 봉지를 들고 있다. 8월 하순 오후의 햇살이 약해졌고, 이제 여름의 끝이 다가오고 있음을 알리는 시원한 산들바람이 불어온다.

브루클린 남쪽 가장자리에 자리 잡은 벤슨허스트는 브루클린의 의붓자식 같은 지역이다. 코니아일랜드와 베이릿지의 고급스럽고 고상한 주택가들 사이에 낀 그저 그런 동네이다. 어릴 적 나는 이 지긋지긋한 민족 공동체 지역보다 화려한 어딘가로 떠나는 꿈을 꿨다. 하지만 우리 할아버지를 비롯한 수천 명의 이탈리아 이주민들이 20세기에 정착한 벤슨허스트는 고향이다. 한때 이곳은 브루클린의 작은 이탈리아라고 불렸다. 사실 영화 〈토요일 밤의 열기〉는 바로 우리 동네 거리에서 촬영됐다. 오늘날 많은 것이 변했다. 이탈리아 가게와 식당 사이사이에 러시아 빵집, 유대인 델리, 중국 식당이 들어서 있다. 할머니는 이런 가게들을 인바덴테(invadente)— 침략자 — 라고 부르며 언짢아한다.

벽돌로 지은 오래된 연립 주택이 눈에 들어온다. 내가 평생 살아온 유일한 집이다. 1980년대에 부모님이 나이아가라 폭포로 신혼여행을 떠난 동안, 로사 할머니와 알베르토 할아버지는 모든 살림살이를 1층으로 내려놔 부모님이 2층에서 가정을 꾸리게 해줬다. 아빠는 그때부터 줄곧 그곳에서 살았다. 가끔 나는 엄마보다 열 살도 넘게 연상인 아빠가 장인과 장모의 배려를 어떻게 생각했을지 궁금하다. 아빠에게 선택의 여지가 있었을까? 엄마는 자기 어머니, 그러니까 로사 할머니처럼 완고한 사람이었을까?

나에게는 스토브 앞에 서서 사과와 계피 향을 풍기며 보글보글 끓는 냄비 속을 저으면서 은은한 미소로 이야기를 들려주던 조세피나 폰타나 루케시 안토넬리에 대한 희미한 기억만이 남아 있다. 하지만 다리아 언니는 그 기억이 내 상상이라고 말한다. 아마 언니 말이 맞을 것이다. 엄마가 급성 골수성 백혈병으로 돌아가셨을 때 언니는 네 살이었고 나는 고작 두 살이었다. 나중에 나는 이 병이 가장 치명적인 형태의 백혈병이라는 것을 알게 됐다. 분명 내 기억은 스토브 앞에 있는 엄마의 어머니, 그러니까 로사 할머니에 대한 기억이리라. 하지만 은은히 미소 짓는 이야기꾼이라는 이미지는 퉁명스러운 할머니와 어울리지 않는다. 내가 기억하는 한 할머니는 끊임없이 나에게 짜증을 냈다. 하긴 짜증이 날 수밖에 없었겠지? 할머니의 딸은 딱 나를 임신하면서 병에 걸렸으니까.

"안녕, 에미." 파란색과 회색이 섞인 집배원복을 입은 코페티 씨가 인도로 올라가려다가 멈춘다. "지금 우편물을 받을래? 아니면 우편함에 넣을까?"

나는 빠른 걸음으로 그에게 다가간다. "클리어링 하우스 출판사의 당첨자 통지서는 제가 챙길게요. 세금 청구서는 다 아저씨가 가지세요."

코페티 씨가 빙그레 웃으며 캔버스 가방을 뒤적여 타코처럼 생긴 꾸러미를 내민다. 광택이 흐르는 전단지가 포장지처럼 둘러져 있다.

"오매불망 기다리던 것이네요." 나는 대충 훑어보며 말한다. "신용카드 신청서들과 쓰지도 않고 잊어버릴 케이 푸드 쿠폰들."

코페티 씨는 미소를 지으며 손을 든다. "좋은 하루 보내라, 에미."

"아저씨도요."

나는 우리 집 건물 옆에 있는 베이지색 벽돌 건물로 이동해 입구로 들어간다. 파트리치아 치오피가 오페라 〈라 트라비아타〉에 나오는 아리아를 힘차게 부르는 소리가 들린다. 나는 유리문으로 안을 들여다본다. 가게에서 가장 최신식 물건인 1990년대 시디플레이어에서 우레처럼 큰 소리로 아리아기 흘러나오고 있는데도 돌피 삼촌은 이발소용 의자에 앉아 깊이 잠들어 있다. 기이하게도 내가 문을 열 때 들리는 딸랑거리는 종소리는 항상 삼촌을 깜짝 놀라게 한다. 내가 손잡이를 당기자 아니나 다를까 삼촌이 화들짝 잠에서 깬 턱에 흘린 침을 슬쩍 훔치고 안경을 똑바로 쓴다.

"에밀리아!" 돌피 삼촌이 나를 몇 주나 보지 못하기라도 한 양 열정적으로 외친다. 머리에 보송보송한 흰색 곱슬머리가 수북하고 방금 사랑니를 뽑은 것처럼 볼이 부풀어 오른 삼촌은 잘생겼다기보다는 귀여운 사람이다. 삼촌은 늘 입는 이발사복 차림이다. 오른쪽 깃에 똑딱단추 세 개가 사선으로 달려 있고 주머니에 돌피라는 이름을 수놓은 검은색 작업복이다.

"안녕, 돌피 삼촌." 나는 음악 소리에 묻히지 않게 큰 소리로 외친다. 돌피 삼촌은 로사 할머니의 동생이니 따지고 보면 나에게 종조할아버지다. 하지만 폰타나 가문 사람들은 이런 구분에 그다지 신경 쓰지 않는다. 나는 봉지를 삼촌에게 내민다. "오늘은 피스타치오 비스코티랑 판포르테 한 조각이에요."

"그라치에(Grazie, 고맙구나)." 삼촌은 봉지를 재빨리 받아들다가 몸을 비틀거린다. 나는 삼촌을 잡아주고 싶은 충동을 억누른다. 일흔여덟 살인 삼촌은 여전히 자부심이 강한 사람이다. "칼 가져올까?" 삼촌이 묻는다.

나는 늘 하는 대답을 한다. "감사하지만 삼촌이 다 드세요."

돌피 삼촌이 시디플레이어 쪽으로 걸어가 거울이 달린 선반에 걸터앉는다. 검버섯투성이 손을 뻗어 볼륨을 줄인다. 오페라 소리가 잠잠해진다. 나는 계산대 옆에 우편물을 놓고, 잡지와 광고 전단이 어지럽게 쌓인 오래된 금속 카트로 가서 내 몫의 커피를 따르고 크림을 넣는다.

우리는 빈 이발소용 의자에 나란히 앉는다. 삼촌이 간식을 먹는 동안 내 안경과 비슷한 모양이지만 두 배는 큰 직사각형 테 안경이 코로 흘러내린다.

"오늘 바빴어요?" 내가 묻는다.

"씨." 늘 그렇듯 작은 가게는 완전히 비어 있는데도 돌피 삼촌은 이렇게 대답한다. "엄청나게."

내가 어릴 적 돌피 삼촌의 이발소에는 머리를 자르려고 기다리는 손님이 세 명은 있었고 뜨거운 수건을 얼굴에 대고 하는 면도를 받으려고 기다리는 손님도 한 명쯤 있었다. 그리고 두어 명은 뒷방에서 그라파*를 마시며 스코파**를 하곤 했다. 돌피 이발소는 동네 사랑방이었다. 오페라를 듣고 떠들썩하게 토론을 하고 지역의 소문을 들으러 오는 곳이었다. 하지만 요즘에 삼촌의 이발소는 공중전화 박스만큼이나 텅 비어 있다. 면도칼을 든 휘청거리는 노인네에게 자기 목을 믿고 맡길 사람은 없을 테니 누구를 탓할 수도 없는 노릇이다.

"네 사촌 루시아나가 오늘 머리를 자른다고 시간을 잡아놨단다. 내가 어울리게 잘라준다고 약속했지." 돌피 삼촌이 손목시계를 흘낏 본다. "평소처럼 늦는구나."

"바빠서 직장에 묶여 있나 봐요." 나는 말을 하자마자 단어 선택을 후회했다. 충동적인 사촌 루시―정확히 말하면 육촌―는 적극적인 '사교 활동'을 감추려는 시도조차 하지 않는다. 루시의 현 남자 친구가 직장 동료라는 사실까지 감안하면 루시가 말 그대로 진짜 직장에 묶여 있을 가능성이 있다. "에텔 숙모는 어떠

---

* 포도로 만든 이탈리아 독주.
** 이탈리아 전통 카드 게임.

세요?" 나는 얼른 대화의 주제를 바꾼다.

돌피 삼촌이 눈썹을 추켜세운다. "에텔이 어젯밤에 자기 동생을 봤다는구나. 아드리아나를 보면 항상 행복해하지." 삼촌이 싱긋 웃으며 냅킨으로 입을 가볍게 두드린다. "내가 처제가 더 자주 나타나게 할 수 있다면 좋을 텐데."

에텔 숙모와 돌피 삼촌은 이발소 위층에 있는 방 두 개짜리 집에 사는데, 에텔 숙모는 그 집에 유령이 나온다고 철석같이 믿는다. 상냥한 에텔 숙모는 고향인 이탈리아 친척들의 유령을 본다고 우긴다. 아무래도 이것이 돌피 삼촌이 손님도 없는 이발소를 정시에 열고 닫는 이유 중 하나인 듯하다. 사람은 누구나 탈출구가 필요한가 보다. 나는 숙모에게 우리 엄마를 본 적이 있는지 묻곤 했다. 숙모는 항상 아니라고 대답했다. 몇 년 전, 마침내 나는 묻는 것을 그만뒀다.

돌피 삼촌이 마지막 조각을 입에 넣고 손에서 부스러기를 털어낸다. "델리치오소(Delizioso, 맛있구나)." 삼촌이 발을 질질 끌며 이발대로 가서, 어제 내가 준 종이 뭉치를 가지고 돌아온다.

"이 이야기가 마음에 들어, 라 미아 니포테 탈렌타타(la mia nipote talentata)."

재능 있는 내 조카라고? 나는 기쁨을 감추려고 입술을 깨문다. "그라치에."

"사건이 본격적으로 전개되고 있구나. 위기가 다가오는 게 느껴진다."

"맞아요." 나는 오늘 가게에서 상상한 줄거리를 떠올린다. 어젯밤에 쓴 종이를 가방에서 꺼내 내민다. "다음 회는 목요일에 가져올게요.”

돌피 삼촌이 얼굴을 찌푸린다. “내일은 안 가져오고?”

절로 미소가 지어진다. 글을 쓰는 내 취미는 우리만의 비밀이다. “꿈의 청사진을 절대 과소평가하지 마라.” 돌피 삼촌이 자주 하는 말이다. 돌피 삼촌이 어릴 때 꿈이 오페라를 작곡하는 것이었다고 나에게 말한 적이 있었는데, 곡조를 들려주지 않는 것은 물론이고 내용조차 알려주지 않는다. “그냥 바보짓이란다.” 항상 이렇게 얼버무리고는 얼굴이 온통 빨개진다.

“죄송해요. 오늘은 글을 쓸 시간이 없어요. 다리아 언니가 북 클럽을 열거든요. 저도 오라고 했어요.” 마치 언니랑 언니 친구들과 어울려 놀자는 초대를 받는 것이 일상적인 일이라는 듯이 내 말투가 차분하다. “언니가 돌체 피자를 가지고 오래요.” 나는 시계를 슬쩍 보고—3시 30분이다—싱크대로 간다.

“다르 언니가 그러는데, 그 북 클럽의 주된 목적은 먹는 거래요. 그다음은 마시고 이야기하기래요. 책에 대한 토론은 시간이 나면 하고요.” 내가 사용한 컵을 헹구면서 말한다.

돌피 삼촌의 짙은 갈색 눈이 반짝거린다. “그것 참 좋은 소식이구나. 네 언니가 자기 북 클럽에 너를 부르다니. 너희 둘이 딱 붙어 다니던 때가 생생히 기억나는구나.”

난데없이 목이 멘다. 더럭 겁이 나서 찬장을 열고 행주를 찾는 척한다. “어, 저는 아직 정식 회원은 아니에요.” 나는 맹렬하게 눈을 깜빡인다. “그래도 언니 친구들이 저를, 아니면 적어도 피자 디 크레마라도 마음에 들어 하면, 언니가 저를 끼워주겠죠.”

“피자 디 크레마?” 돌피 삼촌이 흘끔 곁눈질을 한다. “네 언니가 녀를 이용해먹게 두지 마라."

"별로 귀찮은 일도 아닌데요 뭐. 게다가 저는 언니를 돕는 게 아주 좋아요." 돌피 삼촌이 회의적인 표정으로 눈썹을 추켜세우지만 나는 못 본 척한다.

돌피 삼촌이 손목시계를 들여다보고 얼굴을 찌푸린다. "루시아나가 머리를 다듬으러 2시까지 오겠다고 했단 말이다. 그래놓고 아무 연락이 없네. 전화 한 통도 안 해. 그 아이가 맞지도 않는 바지를 입고 뽐낼까 봐서 걱정이구나."

나는 풍만한 12 사이즈 엉덩이를 가진 내 사촌 루시가 8 사이즈 청바지에 몸을 억지로 집어넣는 상상을 하다가, 루시의 할아버지가 정말 그 뜻으로 하는 말인지 아니면 건방지게 군다는 뜻을 비유적으로 표현한 말인지 궁금해진다.

"루시는 아직 어린애예요. 괜찮을 거예요."

돌피 삼촌이 못마땅하다는 듯 헛기침을 한다. "어린애? 언제부터 스무 살짜리가 어린애냐?" 텅 빈 가게가 듣기라도 하는 양 목소리를 낮춘다. "들었냐? 루시아나한테 새 남자 친구가 생겼다는구나. 새 직장에서 만난 사람이라는데. 에텔은 이 사람이야말로 딱 맞는 짝이라고 생각한단다." 돌피 삼촌이 뻣뻣한 눈썹을 씰룩거린다.

"흠. 에텔 숙모는 데릭…… 그리고 그 닉이라는 드럼 연주자…… 그리고 그 남자, 이름이 뭐더라, 그 코브라 문신을 한 남자한테도 똑같은 말을 하시지 않았나요?" 나는 어깨를 으쓱한다. "루시는 어려요. 앞날이 창창하잖아요. 왜 그렇게 서두르시는 거예요?"

돌피 삼촌의 눈빛이 루시가 나처럼 둘째 딸이라는 점을 조용히 상기시킨다.

"남자 친구랑 상관없이, 루시는 새 일이 마음에 드나 봐요." 나는 싱크대의 물기를 말끔히 닦으며 말한다.

"몸에 딱 달라붙는 옷을 입고 술시중을 드는 일이?" 돌피 삼촌이 고개를 절레절레 젓는다. "말 좀 해봐라, 에밀리아. 도대체 루시아나처럼 똑똑한 애가 왜 하필 그런 곳에서 일을 하기로 한 게냐? 이름이 뭐 루디스라던가?"

"룰리스예요. 시내에서 가장 인기 있는 바예요."

"홈스트레치는 무슨 문제라도 있냐? 아이린과 마틸드는 거기에서 수년 동안 일했어. 점잖은 블라우스를 입고 실용적인 신발을 신고, 알겠냐."

우리 할머니와 포피 이모할머니보다 1년 늦게 이탈리아에서 이주한 종조할아버지는 전통주의자였다. 돌피가 스물한 살에 벤슨허스트에 도착했을 때 이미 홈스트레치는 20년 넘게 영업 중이었다. 그로부터 57년이 흘렀는데 여전히 그 오래된 술집에 충성한다.

"돌피 삼촌, 때로는 새로운 게 좋아요."

돌피 삼촌이 턱을 치켜든다. "새로운 치즈가? 아니야. 새로운 와인이? 아니야. 새로운 예술이? 아니야." 그는 양손으로 내 얼굴을 감싼다. "돌체 니포티나 미아(Dolce niporina mia, 사랑하는 내 조카야), 새로운 것은 좋지 않아. 오래된 것이 좋아. 그리고 다른 사람들은 다 몰라도 너는 이해해야지." 돌피 삼촌이 하나로 묶은 내 두툼한 머리채를 들어 올린다. "우리가 이 머리 모양을 얼마나 유지해왔지? 이제 20년째인가? 그리고 이 안경, 네가 고등학교 졸업반 때 찍은 사진에서 쓰고 있는 것과 같은 안경이지, 씨?"

"그럼 오죽 좋겠어요. 시력 검사 결과가 벌써 세 번이나 바뀌었는걸요." 나는 철제 테로 된 작은 안경을 벗어 뒤로 젖힌다. "그래도 다행히 이 테는 안 부러지네요. 안경사 말대로요."

"그것 참 잘됐구나, 카라 미아(cara mia, 사랑스러운 애야)." 삼촌이 말한다. "잘 굴러가는 타이어를 왜 바꾸겠냐, 씨?"

"맞아요." 나는 안경을 쓰고 삼촌의 볼에 뽀뽀한다. "내일 봬요. 또 페이스트리 배달 올게요."

"그라치에." 돌피 삼촌이 발을 끌며 느릿느릿 계산대로 간다. "라 포스타(la posta, 우편물)를 잊으면 안 되지." 돌피 삼촌이 내 우편물을 들자 보라색 봉투가 뭉치에서 떨어진다. 왠지 아까 내가 못 보고 넘어간 봉투이다. 봉투가 돌피 삼촌의 스웨이드 허시파피 신발 밑으로 들어간다.

"편지구나." 돌피 삼촌이 봉투를 빤히 내려다보며 말한다. "진짜 편지."

내가 미지의 봉투를 주우려고 쪼그려 앉는데, 돌피 삼촌의 발이 꼼짝하지 않는다. 삼촌은 더 자세히 보려고 몸을 수그린다. 삼촌의 눈이 가늘어진다. 곧이어 휘둥그레진다. 급기야 눈에 그늘이 진다. 한 손으로 입을 막는다.

필라델피아 소인이 찍혀 있고 손으로 주소를 쓴 봉투가 우리를 올려다본다. 내 미소가 사라진다. 몸이 굳는다. 화려한 서체로 적힌 이름과 주소가 왼쪽 위 구석에서 확 튄다. 포피 폰타나. 할머니랑 돌피 삼촌과 소원해진 여자 형제, 파올리나. 멀리 있지만 항상 내 마음을 사로잡는 수수께끼 같은 이모할머니. 할머니가 운 프로블레마(un problema)─골칫거리─라고 우기는 별난 여인. 내가 만나는 것이 금지된 유일한 친척.

3장

✳

에밀리아

나는 단순한 편지가 아니라 은밀한 무기라도 숨긴 양 가방을 방어적으로 틀어쥐고 종종걸음을 치다가 인도에 다다르자 속도를 늦춘다. 로사 할머니가 당신 방의 내닫이창 옆에 서서 두꺼운 다마스크직 커튼 사이로 밖을 내다보고 있다. 할머니의 눈은 작지만 양쪽 모두 1.0의 시력을 자랑한다. 그 시력 덕에 할머니가 길모퉁이까지 볼 수 있겠구나 싶다. 나는 차분해 보이기를 바라며 손을 흔든다. 할머니는 늘 그렇듯이 짜증스러운 표정을 지으며 외면한다. 못돼먹은 말이기는 한데, 가끔 나는 처마 밑 아늑한 공간에 사는 사람이 내가 아니라 할머니면 좋겠다고 생각한다. 아니면 할머니가 2층 아빠 집에 살아도 좋을 것이다. 그러면 내가 현관을 지나갈 때마다 할머니에게 발소리가 들릴 일이 없을 텐데. 할머니가 내닫이창으로 내다보면서 스물아홉 살 성인인 나를 감시할 일도 없을 텐데. 아니지. 할머니의 능력을 과소평가

하면 안 되지. 어차피 할머니는 감시할 다른 문을 찾아낼 것이다.

나는 장식 문양이 새겨진 두툼한 유리문을 지나 테라초 타일이 깔린 복도를 가로질러가면서 아직 편지가 들어 있는지 확인하려고 가방을 들여다본다. 반항심이 일으킨 전율이 등골을 타고 내려간다.

호두나무 목재 계단을 한 번에 두 칸씩 올라가 내 집 문을 활짝 열어젖힌다. 오후 햇살이 비껴 들어와 작은 주방에 그림자가 어른거린다. 사실 말이 좋아 주방이지 조카들 사진을 잔뜩 붙여놓은 자그마한 냉장고와 찬장이 전부인 공간이다. 나는 가방 속 물건들을 조리대에 우르르 쏟아내고 포피 이모*의 편지를 재빨리 집어 든다.

기대감을 음미하면서 보라색 봉투를 살핀다. 무슨 일로 온 편지인지 맞혀보려고 머리를 굴린다. 내 생일은 아니다. 크리스마스는 아직 넉 달 남았다. 나는 이모할머니인 포피를 딱 한 번밖에 못 봤지만 그분은 명절을 절대 그냥 넘어가는 법이 없다. 어쩌면 나이가 많은 분이니 날짜를 헷갈려서 편지를 보낸 걸지도 모른다.

털이 긴 턱시도 고양이 클로스가 모퉁이를 돌아 다가온다. 나는 클로스를 들어 올려 사랑스러운 까탈맞은 얼굴에 뽀뽀를 한다. "포피 이모가 뭐라고 썼는지 같이 볼까? 할머니한테 이르지 않겠다고 약속하기다."

나는 클로스를 어깨에 앉히고 봉투의 봉합된 부분을 손가락으로 쓱 뜯는다. 리넨 질감의 라임 셔벗 색 편지지를 꺼내는 동안

---

* 앞에서 "폰타나 가문 사람들은 [호칭] 구분에 그다지 신경 쓰지 않는다"고 말한 것처럼, 에밀리아는 이모할머니 포피를 주로 이모라 부른다.

가슴이 두근거린다. 나는 포피의 보라색 잉크를 보며 빙그레 웃는다. 편지지 여백에 엉뚱한 스케치들이 그려져 있다. 별님에게 소원을 비는 작은 여자아이…… 데이지 꽃다발…… 이탈리아 지도.

사랑하는 에밀리아에게,
부탁을 하려고 편지를 쓴단다. 아니, 정확히 말하면 그냥 부탁은 아니구나. 사실 내가 네 부탁을 들어주려고 해. 있잖아, 내가 하려는 제안이 네 인생을 바꿔놓을 거란다.

나는 주방 의자에 풀썩 내려앉아 클로스의 귀를 어루만지면서 계속 읽는다.

나는 여든 살 생일을 기념해서 올가을에 내 고국 이탈리아로 돌아간단다. 너랑 함께 가면 좋겠구나.

헉 소리가 나온다. 이탈리아에? 나랑? 나는 이모할머니를 잘 모른다. 그래도 넓게 펼쳐진 포도밭과 해바라기 들판의 이미지가 머릿속에 가득 차오른다.

정말 즐거울 거야! 너도 즐거운 시간을 보내고 싶잖아, 그렇지? 아무래도 네 삶에는 기쁨이 빠져 있지 않나 싶구나. 네 언니랑 아빠와 그 끔찍한 가게에서 일하고 있으니. 그래, 그렇게 일하는데 무슨 재미가 있겠어.

나는 씩씩거린다. 내 삶은 정말 괜찮다. 재미있다. 나는 가족과 함께 일하고, 내가 자란 도시인 벤슨허스트에 산다. 맨해튼에서 기차로 한 시간도 안 걸리는 곳이지만 소도시 같은 느낌이 있다. 우리는 여전히 빨랫줄에 빨래를 넌다. 이웃 사람들이 서로 잘 안다. 거의 날마다 보는 의리 있는 평생 친구 매트가 있다. 이렇게 자부할 수 있는 사람이 몇이나 될까? 파올리나 폰타나가 완전히 착각하고 있다.

우리는 10월 중순에 떠날 거란다. 이제 6주밖에 안 남았구나. 이탈리아 여권을 가지고 있을 것이라고 본다. 베니스에 도착해서, 기차를 타고 국토를 횡단해 플로렌스로 간 다음에, 아말피 해안에서 여행을 마칠 거야. 내 여든 살 생일에 아말피의 라벨로 대성당 계단에 올라가야 한단다.

라벨로 대성당이라고? 무슨 계획을 하고 있는 거지?

여행 준비를 마무리해야 하니 전화해주렴. 그때까지, 너에게 네잎클로버와 쌍무지개 같은 행운과 기쁨이 함께하길 바라마.

사랑을 담아.

포피 이모

흥분해서 가슴이 두근거린다. 이내 나는 정신을 차린다. 이탈리아로 여행을 갈 형편이 못 된다. 내 박봉으로는 턱도 없다. 설사 형편이 된다고 해도, 할머니가 여행을 허락할 리 없다. 나는 오크 의자 등받이에 머리를 기대고 끙 소리를 내뱉는다. 포피 이모는 여행을 같이할 다른 길동무, 다른 친척을 찾아야 할 것이다.

아, 아니다. 포피 이모는 우리 집안의 다른 사람과 유대 관계가 없다.

그러니 친구들과 여행을 해야 할 것이다. 분명히 친구들이 있을 것이다.

설마 없을까?

내가 연락 자체를 금지당했으니 친해질 기회가 없었다. 잘 알지도 못하는 이모가 갑자기 안쓰럽다. 이제 와서 생각하니 얼마나 외로울까 싶다. 매년 내 생일에 어김없이 편지를 보내는 노인. 심지어 미국 국기 제정 기념일을 비롯한 온갖 명절을 구실 삼아 나에게 연락하는 노인.

내가 아홉 살인가 열 살 때 포피와 몇 장의 편지를 주고받던 시절이 있었다. 떨리는 마음으로 우편함을 열었다가 이모할머니에게 온 편지를 발견하면 아주 신났다. 포피는 내 친구들 가운데 누가 나를 가장 많이 웃기는지, 내가 레이스와 벨크로 중에서 무엇을 선호하는지, 혹은 딜 피클과 달콤한 디저트 중 무엇을 더 좋아하는지, 일 년 중 어떤 계절이 '나를 꽃피게' 하는지 알고 싶어 했다. 어떤 어른도 나에게 그런 관심을 보인 적이 없었다. 내가 현관에서 서성거리다가 할머니에게 들킨 어느 토요일 오후가 올 때까지.

"뭐 하고 있는 거냐? 네 방 청소나 하지 않고 여기서 시간 낭비를 하고 있다니."

"편지를 기다리고 있어요." 기대감이 다시 차올랐다. "펜팔 친구가 있거든요." 포피 이모가 한 편지에서 그 단어를 썼고, 나는 그 말을 발음할 때 나는 소리가 마음에 들었다.

할머니가 눈살을 찌푸렸다. "펜팔 친구? 펜팔 친구가 뭐냐?"

나는 활짝 웃었다. "할머니 동생, 포피 이모할머니에게 편지를 쓰고 있어요!"

할머니는 한마디 말도 없이 본인의 집으로 들어갔다. 10분 후, 새로 온 집배원 코페티 씨가 현관으로 막 들어설 때 할머니가 나왔다. 할머니가 그날의 우편물을 받으려고 손을 내밀었다.

"여기 있습니다." 코페티 씨가 할머니에게 말하고는 나에게 윙크를 했다. "오늘은 카드인가 보구나."

나는 빙그레 웃고는 할머니의 어깨 너머로 우편물을 유심히 바라봤다. 코페티 씨가 가려고 하는데 할머니가 한 손을 들었다. "기다려요." 할머니는 빠르게 우편물을 차례로 살피다가 귤색 봉투에서 손을 멈췄다.

"그거 제 거예요." 나는 봉투를 잡으려고 손을 뻗었다.

할머니가 귀 뒤에서 펜을 뺐다. 주소 위로 빨간색을 쫙 긋고 적었다. 발송자에게 반송.

"할머니!" 내가 소리쳤다. "뭐 하시는 거예요?"

할머니가 편지를 코페티 씨에게 냅다 들이밀었다. "가요."

어떻게든 용기를 끌어모으려는 겁쟁이처럼 코페티 씨의 눈이 흔들렸다. 할머니가 한 발 앞으로 나가면서 손가락으로 문을 가리켰다. "나가요! 당장!"

코페티 씨는 사실상 집에서 쫓겨났다. 나는 일주일 동안 외출 금지를 당했고 포피 이모와의 모든 '하찮은' 연락이 금지됐다.

나는 꼬박 열흘을 기다리고 난 후에야 이모할머니에게 몰래 편지를 썼다. 수학책 속에 편지를 숨겨놨다가 학교 가는 길에 우편함에 넣을 계획이었다. 그날 아침에 할머니 집에서 아침 식사용 식탁에 앉는데 심장이 쿵쾅거렸다. 나는 식사하는 내내 마치 보호라도 하듯 수학책에 손을 올려놨다.

할머니가 의심스럽다는 듯이 나를 쳐다봤다. 할머니가 내 옆으로 와서 교과서를 유심히 내려다볼 때 나는 거의 기절할 뻔했다. 코코아를 홀짝이면서, 손을 계속 표지 위에 올려놓은 채 들키지 않게 해달라고 성모님에게 기도했다. 그런데 나가려고 일어서다가 스웨터가 의자 팔걸이에 걸렸다. 팔꿈치가 수학책을 쳤다. 꼭 슬로 모션 장면 같았다. 편지가 책장들 사이에서 종이비행기처럼 날아올라 할머니의 오르타힐 슬리퍼 앞코로 우아하게 떨어졌다.

말할 필요도 없이, 할머니는 가차 없었다. 평범한 크리스마스 카드, 성의 없는 감사 편지, 운에 달린 생일 카드 외에 다시는 이모할머니에게 편지를 보내지 못했다.

나는 창문으로 시선을 돌려 옥상과 전깃줄과 오래된 안테나가 어우러진 도시의 모습을 내다보면서 입술 아래 흉터를 무심코 문지른다. 편지가 오지 않았을 때 포피 이모는 무슨 생각을 했을까? 상처를 받았을까? 실망했을까? 나 때문이 아니라 할머니 때문이라는 것을 눈치챘을까? 아니, 정말로 할머니 때문이었나? 왜 나는 강하게 항의하면서 우정을 이어가게 해달라고 아빠를 설득하지 않았을까? 답은 쉽게 나온다. 아빠는 장모의 뜻을 절대 거스르지 못한다. 아빠는 너무 소심하다. 그리고 부끄러운 진실은 나도 별로 다르지 않다는 것이다. 우리가 세들어 사는 집의 소유권을 가지고 있는 사나운 작은 여자, 로사 할머니에 관한 한 우리 둘 다 겁쟁이다.

속이 쓰리다. 나는 손에 얼굴을 묻은 채 나에게 쏟아지는 물음을 잠재우려고 한다. 거의 20년이 지난 지금, 지난날의 실수를 만회할 용기가 있어?

4장

✳

에밀리아

나는 이탈리아와 불쌍한 포피 이모에 대한 생각을 머릿속에서 몰아내기로 작정하고 앞치마를 두른다. 내 애장품인 엄마의 오래된 요리책을 포마이카 조리대에 놓고 작업에 들어간다.

할머니와 돌피 삼촌과 포피 이모가 자란 이탈리아에서는 케이크를 돌체 피자나 스위트 피자라고 부른다. 클로스가 내 발목 주위를 여덟 번 도는 동안 나는 설탕과 밀가루에 베이킹 소다를 한 티스푼 섞는다. 빵을 만드는 방법을 배우지 않은(하긴 대신 해줄 동생이 있는데 뭐 하러 배우겠는가?) 언니는, 시나몬 – 오렌지 껍질 커스터드와 아마레나 파브리 체리를 속에 넣은 이 스위트 피자를 만들려면 오늘 밤 우리가 북 클럽에서 보낼 시간보다 더 오랜 시간이 걸린다는 것을 모른다.

전화기가 울린다. 언니 이름이 뜨는 것을 보고, 통화하면서 반죽을 젓기 위해 스피커 버튼을 누른다. "안녕, 다리아 언니. 지금 피자 디 크레마를 만드는 중이야."

"아, 좋아. 있잖아, 에미. 방금 그루폰 앱을 보니까 애틀랜틱시티 트로피카나 반값 할인을 하더라. 도니랑 내가 휴가 가기 딱 좋겠어, 그렇지? 올가을쯤에 일주일 동안 애들 좀 봐줄래?"

나는 반죽을 케이크 팬에 붓는다. 굳이 주걱으로 평평하게 펴지는 않는다. "어, 응, 그럴게."

"좋았어. 네가 최고야, 에미."

나는 빙그레 웃는다. "언니가 더 최고야."

어린 시절 우리가 늘 하던 대로라면 다음 말은 '네가 최고의 최고야.'였다. 그러나 언니는 이 말을 하지 않고 그냥 주제를 바꾼다. "북 클럽은 7시가 넘어야 시작하지만 가급적 빨리 여기로 와줘야겠어." 언니가 한숨을 내쉰다. "이번 주에 애들 개학해서 정신없는데 하필 이때 도니가 지방에서 하는 일을 맡았지 뭐니. 나탈리 숙제가 얼마나 많은지 넌 꿈에도 모를 거야. 게다가 미미가 내일 컵케이크를 가져가야 한대." 언니가 목청을 높인다. "근데 잊어버리고 나한테 말을 안 한 거야."

불쌍한 미미. 일곱 살 때의 나처럼 미미는 건망증이 심하다. "이제 오븐에 케이크를 넣을 거야. 끝나는 대로 그쪽으로 갈게."

"잘됐다."

언니가 막 전화를 끊으려는 참에 내가 새 소식을 불쑥 꺼낸다. "오늘 편지를 받았어. 포피 이모할머니한테."

"아, 세상에. 뭐라고 하셔?"

나는 주걱으로 반죽 그릇을 쓱 긁어서 입에 넣는다. 영상 통화가 아니라 정말 다행이다. "여행에 나를 데려가고 싶어 하셔." 익

39

숙지 않은 느낌이 차오르고 얼굴에 환한 미소가 번진다. 반죽을 한 번 더 훑어서 입에 넣는다. "이탈리아로."

"아, 음, 넌 못 가. 할머니가 절대로 허락하지 않으실 거야. 다른 조카를 데리고 가셔야겠네. 카멜라라든지. 루시는 절대 안 되고." 언니가 소리 내어 웃는다. "제정신인 사람이라면 그 애를 외국에 풀어놓지 않을 테니까."

나는 주걱을 빤다. "그거야 포피가 결정할 일이지. 할머니가 아니라."

"할머니는 포피를 아주 싫어하셔." 다리아 언니가 내 말을 무시하며 말한다. "너도 알잖아."

"근데 왜지, 언니? 포피는 할머니 동생이잖아."

"할머니 나름의 이유가 있겠지. 우리는 그걸 존중해야 해."

"할머니한테 말하려고."

"하지 마!"

"이탈리아에 갈 기회가 나한테 생겼어, 언니. 할머니의 불화 때문에 그 기회를 날려버리지는 않을 거야."

"불화?" 언니의 목소리가 커진다. 나는 무슨 말이 이어질지 알기에 마음을 다잡는다. "할머니가 완벽한 분은 아니실지 몰라도, 우리를 위해 평생 희생하셨어, 에미. 할머니는 너에게 엄마 같은 분이었어."

언니의 이 비장의 카드는 항상 나를 꼼짝 못 하게 한다. 나는 부담감에 눌린 채 전화를 끊는다. 싱크대 마개를 막고 수도를 틀어 물이 찰 때까지 기다리면서 흉터를 문지른다. 언니가 분명히 확인시켜줬다. 나는 이탈리아에 가지 못한다. 이탈리아에 가는 것은 나를 키워준 사람을 배신하는 용서할 수 없는 짓이다. 포피는 다른 길동무를 찾아야 하리라. 아마도 다른 쪽 가족 중 누군가를. 그렇지만 이모할머니는 다른 가족이 없다는 사실이 다시 떠오른다. 그분은 한 번도 가족을 가진 적이 없었다. 앞으로도 그럴 것이다. 나처럼 그분은 미혼이고…… 둘째 딸이다.

내가 처음으로 폰타나 가문 둘째 딸의 저주를 눈치챈 것은 일곱 살 때였다. 사회 시간에 가계도를 그리게 됐는데 나는 외가 쪽, 그러니까 폰타나 가문을 선택했다. 단 3초 만에 내 가계를 다 살펴본 레지나 수녀 선생님이 내가 미처 몰랐고 어쩌면 알고 싶지도 않았을 사실을 불쑥 꺼냈다. "네 가계도에서 결혼하지 않은 여자들 전부 말이야." 선생님이 얼굴을 찌푸리면서 더 자세히 들여다봤다. "이상하구나. 다 둘째 딸이네."

나는 안경을 추켜올리고 펠트지로 만든 나뭇가지들을 유심히 들여다봤다. 그곳에는 조상들의 이름을 정성 들여 적은 나뭇잎들이 붙어 있었다. 나는 할머니의 고모인 블랑카가 미혼이라는 것을 예전부터 알고 있었다. 그분 때문에 내 증조할아버지와 증조할머니가 미국에 오지 못했다. 그리고 할머니의 동생인 포피 이모할머니도 결혼하지 않았다는 것을 알고 있었다. 할머니는 그분을 노처녀라고 불렀다. 하지만 손으로 가계도를 쭉 따라가다가 새로운 사실을 발견했다. 할머니의 사촌들인 아폴로니아, 실비아, 에반젤리나, 마르티나, 리비아 역시 미혼이었고…… 둘째 딸이었다.

떨어지는 나뭇잎처럼 시선이 아래로 툭 내려갔다. 그리고 거기에 있는 것은 폰타나 가계도가 그려진 흰색 판만큼 평범한 우리 가족의 나뭇가지였다.

엄마 조세피나 폰타나 루케시 안토넬리와 아빠 레오나르도 필립 안토넬리 아래, 언니 다리아의 이름이 적혀 있었다. 그곳에서 오른쪽으로 손가락을 움직이자 내 이름 에밀리아 조세피나 폰타나 루케시 안토넬리가 나왔다. 둘째 딸이었다.

5장

✳

에밀리아

나는 양손으로 케이크 상자를 들고 67번가를 향해 빠르게 걸어간다. 아까 잠시 우울하던 기분은 이제 흥분으로 바뀌어 있다. 나는 다리아 언니네 집 주방에서 우리가 바쁘게 움직이고 북 클럽을 위한 간식과 음료수를 차리면서 수다를 떠는 모습을 상상한다. 나는 베이릿지가를 건넌다. 차도와 인도 사이의 연석에 가까워지자 발걸음을 조심하면서 상자가 움직이지 않게 신경 쓴다. 내 입으로 이런 말을 해도 될지 모르겠지만, 이 피자 디 크레마는 걸작이다.

제발 다리아 언니가 이걸 좋아하게 해주세요. 나는 조용히 읊조린다. 잠시 후, 내 머릿속 노래가 제발 나리이 언니가 나를 좋아하게 해주세요로 바뀐다.

자동차 경적 소리가 들려서 재빨리 뛰어 인도로 올라간다. 심장이 마구 뛴다. 이내 옆문에 '쿠수마노 일렉트릭'이라고 적힌 번

쩍이는 검은색 트럭을 발견한다. 트럭이 속도를 늦추고 창문이 내려간다. 마테오 쿠수마노가 비행사 선글라스를 위로 올린다.

"안녕, 멋진 아가씨. 태워줄까?"

나는 둘도 없는 친구를 보고 빙긋이 웃는다. 평생 알고 지낸 친구이다. 나는 케이크 상자를 살며시 안고 트럭에 기댄다. "확실히 여자를 기분 좋게 할 줄 아네. 두 블록을 더 가야 하는 순간에 딱 나타나다니."

"이봐, 내가 그런 남자라고." 매트가 소리 내어 웃는다. "올라타. 맥주나 한잔하자."

"복구해야 할 전기 없어? 연결해야 하는 전선이나?"

매트가 이를 드러내며 활짝 웃는다. "오늘의 마지막 작업을 방금 끝냈어. 파타 부인네 주방 백열전구를 가는 아주 고단한 일이었지."

"우와. 그 전기 기사 자격증을 딴 보람이 진짜 있네."

"까불기는."

나는 트럭 조수석에 올라타 안전벨트를 매면서 상자를 꽉 잡는다.

"파타 부인이 너한테 바라는 게 백열전구를 가는 것만은 아니야. 너도 알지?"

"육십 대 여자들이 나를 아주 좋아하지." 아마 맞는 말일 것이다. 매트는 호리호리하고 숱 많은 진한 갈색 곱슬머리를 가졌으며 앞니는 약간 덧니이다. 그의 웃음은 로사 할머니조차 미소를 짓지 않고는 못 배길 정도로 전염성 있는 것으로 유명하다. 그가 팔꿈치로 나를 슬쩍 찌른다. "스물아홉 살짜리들한테만 내 매력이 안 통한다니까."

나는 비웃음 소리를 억누르고 창 쪽으로 시선을 돌린다. 마침 젊은 엄마가 인도 위로 유모차를 밀면서 가고 있다. 매트는 나보다 10개월 먼저 태어났지만 늘 남동생 같은 느낌이 들었다. 매트는 유치원 첫날에 성 아타나시우스 성당까지 나를 데려다준 아이, 초등학교 5학년 때 나를 '물고기 주둥이'라고 부르며 놀리는 조이 보노필리오의 코피를 터뜨린 아이다. 고등학교 2학년 내내 나에게 화학 숙제를 베끼도록 허락해준 머리가 비상한 아이다. 고등학교 졸업 파티에 나를 데려가주고 나중에는 다리아 언니의 결혼식 혹은 파트너를 동반해야 하는 각종 행사에 나와 함께 가준 착한 아이다. 마테오 실바노 쿠수마노는 수없이 내 플러스 원* 역할을 한 사람이다. 이보다 더 나은 친구를 바랄 수 없다. 그리고 나는 딱 그 정도 관계를 유지하고 싶다.

"다리아 언니 집에서 내려줄래?"

"맥주 마실 시간 없나 봐?"

"오늘 밤에 북 클럽 한다니까. 기억 안 나?"

"맞아. 술을 마실 이유가 더 생겼네."

나는 매트를 째려본다. 매트는 다리아 언니를 별로 좋아하지 않는다. 예전에 한번 언니를 '미친년'이라고 불렀다가 나한테 호되게 야단맞은 적이 있다. 누구도 우리 언니에 대해 그렇게 말하면 안 된다.

트럭이 언니 집 앞 정류장에서 속력을 늦춘다. "태워줘서 고마

---

* 행사나 모임 등에 데려가는 애인이나 친구.

워, 엠시."

"이 요란한 파티는 몇 시에 끝나? 데리러 올게."

"괜찮아." 나는 차문을 연다. "집까지 걸어가면 돼."

"진짜라니까. 널 데리러 오는 게 오늘 밤 나한테 제일 신나는 일일 거야."

매트의 눈이 연인의 눈처럼 다정하다. 나는 움찔한다. 갈수록 우리 대화에 자주 끼어드는 이 어색한 순간이 싫다. 매트가 8개월 동안 사귄 여자 친구 레아와 헤어진 지난 5월에 우리 관계가 변했다. 늘 매트가 누군가와 연애 중일 때가 훨씬 수월하다. 하지만 우리 우정은 지난달에 매트의 가장 친한 친구 결혼식에 참석했을 때 암묵적 전환점에 다다랐다. 우리는 결혼식 후 주차장을 가로질러가면서 신랑 아버지가 미끄러지듯 뒤로 가는 문워크 댄스를 추려던 모습에 대해 시끄럽게 떠들어댔다. 매트가 갑자기 내 손을 움켜잡았다. 나는 웃음을 터뜨리며 주먹으로 매트의 팔을 세게 치고 내 코트 주머니에 손을 넣었다. 매트와 나는 종종 포옹을 한다. 나는 가끔 매트의 볼에 뽀뽀를 한다. 우리는 손바닥을 부딪쳐 하이파이브를 하고 주먹을 맞대고 인사한다. 우리는 손을 잡지 않는다. 절대로. 그래도 나는 그의 마음을 상하게 했고 미안해 난감할 지경이다. 하지만 그 당황스러운 일을 입밖에 꺼내지 않고는, 더 심하게는 '우리'에 대해서 이야기하지 않고는 사과할 방법이 없다. 그래서 나는 아무 일도 없는 척한다.

나는 트럭에서 내린다. "참 한심하다, 쿠수마노. 어쨌든 고마워. 정말로."

나는 손을 흔들어 인사하고 인도로 올라가 언니 집으로 향한다. 형부의 아버지가 돌아가신 후 언니네 부부가 구입한 1940년대에 지은 연립 주택이다. 벽돌공이고 건축에 대해 '빠삭하다'고 자처하는 형부가 구식 실내 장식을 손본다는 것이 두 사람의 계획이었다. 2년이 흐른 지금, 페인트칠을 새로 한 욕실과 아이들 방의 새 카펫을 제외하면 여전히 그 집은 〈왈가닥 루시〉* 세트장과 똑같은 모습이다. 나는 언니에게 복고풍이라고 말한다. 고전적이라고.

뒷마당에서 웃음소리가 울려 퍼진다. 나는 모퉁이를 돌아 철제 펜스에 다가간다. 조카들이 넘어진 냉장고 상자보다 별로 크지 않은 마당에서 체조를 하고 있다. 첫째 딸인 나탈리와 둘째 딸인 미미, 이 둘은 벌써부터 아주 다르다. 대여섯 대를 거슬러 올라가고 또 올라가는 이모할머니뻘 필로미나가 폰타나 가문 둘째 딸들에게 저주를 내린 때 내다봤던 대로. 물론 내가 이 오랜 미신을 믿는다는 말은 아니다.

나는 아홉 살짜리 나탈리가 공중제비를 완벽하게 하는 모습을 지켜본다. 나탈리는 양팔을 의기양양하게 치켜들더니 천사 같은 얼굴에 흘러내린 반짝이는 갈색 머리카락을 뒤로 쓸어 넘긴다. 오늘 언니는 나탈리의 머리를 윗부분부터 뒤로 모아 한 가닥으로 땋아줬는데 중간 중간에 예쁜 빨간색 리본 한 가닥이 쭉 들어가 있다. 청록색 레깅스는 군살이 없고 근육이 발달한 체형을 돋보이게 하고, 입고 있는 셔츠에는 '미래의 대통령'이라고 적혀 있는데 정말로 그렇게 될지도 모른다.

---

* 1950년대 미국 드라마.

"공중제비는 이렇게 도는 거야." 나탈리가 미미에게 말한다. 그렇다. 이 아이는 어린 힐러리 클린턴처럼 자신감이 넘치고 우두머리 행세를 꽤 하는 편이다.

일곱 살짜리 미미는 경외감에 찬 눈으로 언니를 가만히 바라본다. 오늘 미미는 평소처럼 약간 헝클어져 보인다. 앙상한 몸에 물려받은 구겨진 원피스를 걸치고 있다. 긴 다리에는 풀물이 들어 있고, 발톱은 제 언니의 보라색 발톱과 달리 아무것도 발라져 있지 않다. 갈색 머리카락은 짧게 잘려 있다. 다리아 언니의 말에 따르면, 그 짧은 머리 덕에 매일 아침 반복되는 분주한 준비 과정에서 말다툼하는 시간이 20분이나 확 줄어들었단다.

"엠 이모!" 미미가 나를 보고 외친다. 양팔을 쫙 펴고 전력으로 나에게 달려온다. 나는 케이크를 잔디 위에 놓고 쪼그리고 앉아 미미를 내 품 안으로 끌어당긴다.

"안녕, 스위트피!" 나는 눈을 감고 아이의 살짝 시큼한 냄새를 들이마신다. "우리 조카들 잘 지내고 있어?" 나는 일어나서 나탈리에게 양팔을 벌린다. "어이, 공중제비 멋지던데."

나탈리가 나를 안았던 팔을 재빨리 푼다. "고마워요."

"그네 태워줘요!" 미미가 말한다.

나는 빙그레 웃으며 미미의 머리를 헝클어뜨린다. "딱 한 번만이야. 네 엄마가 북 클럽 준비하는 거 도와야 하거든."

나는 미미의 양손을 잡고 빠르게 몸을 돌린다. 미미가 공중에서 획획 돌면서 자지러지게 웃는다. 나도 소리 내어 웃는다. 우리 뒤에서 뒷문이 열린다.

"엠? 거기서 뭐 해?"

48

나는 속도를 조금씩 늦추다가 이내 아찔한 회전을 멈춘다. "안녕, 다르 언니." 나는 미미의 손을 놓고 똑바로 서려고 애쓴다. 마당이 빙빙 돈다. "금방 들어갈게."

"케이크는 어디 있어?"

나는 웃으며 뒤로 비틀거리고, 안경을 바로 쓰려다가 실수로 내 볼을 찌른다. "염려 마. 아무 문제 없어."

"엠 이모!" 미미가 소리친다. "조심해요!"

내 뒤꿈치가 단단한 뭔가에 부딪친다. 나는 피하려고 하지만 바닥이 여전히 빙빙 돈다. 이제 나는 휘청거리고 있다.

"에미!" 내가 뒤로 넘어지는 사이 다리아 언니가 소리친다.

엉덩방아를 찧는다. 세게. 문이 꽝 닫히는 소리가 들린다. 순식간에 다리아 언니가 내 옆으로 온다.

"괜찮아." 나는 옆구리를 문지르면서 언니를 안심시킨다.

"빌어먹을!" 언니가 내 발에 깔려 찌그러진 상자를 끄집어낸다. "케이크가 망가졌잖아!"

언니가 집으로 급히 들어간다. 나는 팔꿈치에 힘을 주고 일어서려고 한다. 조금 전까지의 흥분이 획 사라진다. "미안해." 나는 언니를 향해 큰 소리로 말한다.

"이모 이제 큰일 났어요." 나탈리가 나에게 말한다.

"나도 알아." 나는 허둥지둥 일어나 아이들의 뺨에 빠르게 뽀뽀를 한다. "할머니가 화나서 길길이 날뛰기 전에 얼른 가서 케이크를 살릴 수 있는지 봐야겠어."

나는 아이들의 어리둥절한 표정을 보고서야 잘못 말한 것을 알아차린다.

20분 후, 나는 이쑤시개를 여러 개 사용하고 아이싱을 한 겹 더 발라 겨우 케이크를 똑바로 세운다. "짜잔!" 나는 언니가 볼 수 있게 케이크를 치켜든다.

언니는 나를 등진 채 등받이 없는 의자 위에 올라서서 금속제 찬장에서 와인 잔을 꺼내고 있다. 언니는 팔과 어깨를 드러낸 귀여운 꽃무늬 원피스를 입고 있다. 햇볕에 잘 태운 긴 다리가 돋보이는 옷이다.

나는 이미 치즈와 크래커와 작은 샌드위치가 가득한 조리대 위로 슬며시 케이크를 민다. "아무도 눈치채지 못할 거야." 나는 말한다.

언니가 마침내 돌아본다. 언니는 케이크에 관심을 집중한다. 나는 숨을 죽이고 기다린다.

"잘했어, 에미."

나는 숨을 내쉰다. "다행이다. 그리고 언니, 정말로 미안해."

언니가 의자에서 펄쩍 뛰어내리니 꽃향기 같은 향수 냄새가 훅 풍긴다. 금빛으로 부분 염색을 하고 완벽하게 쫙 편 갈색 머리카락이 어깨에서 부드럽게 찰랑거린다.

나는 주머니에서 스틱형 컨실러를 꺼낸다. "그나저나 언니 정말 멋지네." 나는 피부색과 비슷한 컨실러를 입술 밑 흉터에 톡톡 두드리면서 말한다.

"고마워. 이런, 나탈리 어디 있어? 나탈리 숙제 도와줘야 한다고 말했잖아."

"아." 나는 손목시계를 훔쳐본다. "맞아. 내가 데려올게." 나는 문으로 반쯤 가다 멈춘다. 거의 7시이다. 가슴이 철렁 내려앉는 기분이다. "미미가 학교에 가져가야 한다는 컵케이크는?"

"기억해줘서 고마워." 언니는 조리대 위에 있는 던컨 하인즈 케이크 믹스 쪽으로 머리를 까딱한다. "너한테 신세 지네, 에미."

✳

나는 빗방울이 맺힌 주방 창문으로 이제 어둠에 싸인 언니네 집 뒷마당을 내다보며 싱크대에 물을 채운다. 마지막 손님에게 작별 인사를 하는 다리아 언니의 목소리가 거실에서 들려온다.

"케이크가 대단했다고 동생한테 전해줘요." 여자가 말한다. "다음 달 내가 여는 북 클럽에 동생을 초대해요. 그렇지만 경고해둬요. 논픽션을 골랐거든요. 아마 동생한테는 좀 버거울 거예요."

나는 얼굴을 찌푸린다. 대체 저게 무슨 뜻이지? 재빨리 손을 닦고 항변하러 가려다가 들리는 다리아 언니의 말에 그 자리에서 꼼짝 못 한다.

"에미는 영문학 학위를 받았어요. 잘 감당할 수 있는 아이니 걱정 말아요." 틀림없이 날이 선 말투이다.

나는 활짝 웃는다. 언니가 내게 직접 그 말을 하지 않은 지 몇 년은 됐지만 언니는 나를 자랑스러워한다.

10분 후, 나는 마지막 와인 잔을 장장에 넣고 행주를 오븐 손잡이에 걸쳐놓는다. 티끌 한 점 없는 주방을 마지막으로 한 번 더 점검한 후 내 케이크 접시를 챙기고 주방 불을 끈다.

"나 갈게." 나는 복도 저편을 향해 외친다.

벌써 연한 파란색 잠옷용 셔츠로 갈아입은 언니가 침실에서 나온다. 추억이 밀려든다. 파자마 차림으로 침대에 책상다리를 하고 앉아서 내 손톱에 매니큐어를 발라주던 언니. 똑같은 잠옷을 입고 헤어브러시에 입을 갖다 대고 스파이스 걸스의 〈워너비〉를 부르던 우리 둘. 내가 악몽을 꾼 후 내 등을 원을 그리며 어루만져주던 언니의 손.

"고마워, 에미." 언니가 말한다.

"나도 고마워. 언니 친구한테 하는 말 들었어. 내가 논픽션을 감당하지 못할 거라고 생각한 그 사람한테."

언니가 어깨를 으쓱한다. "로렌의 입을 닥치게 할 수 있다면 무슨 말인들 못 할까. 그 여자는 아주 싸가지 없어."

"아. 그래도 고마워." 어색한 침묵이 내려앉는다. 나는 안경을 추켜올린다. "미미 컵케이크는 조리대 위에 있어."

"잘했네." 언니가 복도를 걸어오다가 내게서 멀찌감치 떨어진 자리에서 멈춘다.

"독서 토론은 어땠어?"

언니가 내 시선을 피한다. "그저 그랬어. 지루했지. 너 참석 안 하길 잘한 거야."

"진짜? 다들 즐거워하는 것 같던데."

언니가 한숨을 쉰다. "미안해, 에미. 나탈리 숙제에 그렇게 시간이 오래 걸릴지 몰랐어."

우리가 어쩌다가 이렇게 된 걸까? 나는 묻고 싶다. 심장이 마구 뛴다. 나는 용기를 내 불쑥 말을 꺼낸다. "내가 뭘 잘못했어, 언니?"

언니가 팔짱을 끼고 불편한 듯 자세를 바꾼 후 신경질적인 웃음소리를 내뱉는다. "나탈리가 계산기를 쓰게 했어야지. 설명에 뭐라고 나와 있든 상관없어. 계산기를 쓰면 시간이 절약되잖아."

언니는 항상 그렇듯이 대답을 회피하려 하고 우리 둘 다 그것을 안다. 나는 그만둔다.

"이만 가볼게."

"그래. 조심히 가."

나는 손에 든 접시를 빤히 쳐다보면서 언니가 뭔가 말하기를 기다린다. ……아무 말이라도. 결국 내가 말한다. "언니는 내 케이크에 대해 한마디도 안 했어. 언니가 나한테 만들어달라고 부탁한 그 케이크에 대해." 말투가 비난조이지만, 어쩔 수 없다. 나는 상처받았다. "케이크는 어땠어?"

언니가 이마를 짚는다. "그 피자 디 크레마! 엄청나게 인기 있었어. 바로 한 시간 전에 산산조각 났었다는 걸 아무도 알아채지 못하더라. 정말이지, 에미, 너는 제빵사나 뭐 그런 게 돼야 해." 언니가 머리를 뒤로 젖힌다. 언니의 낭랑하고 경쾌한 웃음소리, 한때 당연하게 여기던 그 마법의 소리가 나를 휩싼다. "내가 너 없이 뭘 할 수 있겠어?" 언니가 말한다.

그리고 갑자기 모든 것이 용서된다.

6장

✳

에밀리아

다리아 언니 집에서 딱 한 블록을 걸었는데 머리가 벌써 흠뻑 젖었다. 바람이 거세졌고 기온이 오후 지나서 6도는 족히 떨어졌다. 거리를 빠르게 걸으면서, 비옷을 안 입은 나 자신에게 욕을 퍼붓는다. 앞에서 엄청나게 큰 골프 우산으로 거의 온몸을 가린 남자가 나를 향해 한가로이 걸어온다. 달려오는 자동차의 헤드라이트가 남자의 빙글거리는 얼굴을 비춘다. 속에서 감사의 마음이 밀려온다.

"엠시!"

"어이." 매트가 우산 밑으로 나를 끌어당기고 나이키 후드 티를 건넨다. "네가 걸어가겠다고는 했지만 비가 오니까……."

나는 꼼지락거리며 매트의 후드 티를 걸친다. "고마워."

매트는 옷에 달린 모자를 내 머리에 씌운다. "이 후드 티가 이렇게 예쁜 옷이었나."

나는 칭찬을 무시한다. 우리는 같이 걷기 시작한다.

"북 클럽은 어땠어?"

"재미있었어." 나는 가로등 불빛에 비치는 빗줄기에 관심을 집중한다.

"어?" 일순 정적이 감돈다. 내가 거짓말을 할 때면 바로 알아채는 평생 친구 매트가 잠시 뜸을 들인다.

"아까 너한테 말하려고 했는데." 나는 대화의 주제를 바꾼다. "포피 이모할머니가 나를 이탈리아에 초대하셨어."

"그래? 굉장하다. 네가 항상 바라던 모험을 드디어 하게 되는구나."

매트는 내가 도서관에서 빌리는 여행 잡지와 고등학교 시절 만든 드림 보드에 대해 아는 몇 안 되는 사람 중 하나다. 드림 보드는 오프라의 설명에 따라, 어리석게도 내 꿈을 이루어줄 멀리 떨어진 도시들의 이미지를 생각하면서 꾸민 것이었다. 내 눈길이 비에 젖은 인도에 머문다.

"으응."

"포피 이모라면…… 다들 상대도 하지 않는다는 그분 맞지?"

"응. 나를 같이 여행할 사람으로 고른 이유를 전혀 모르겠어."

"똑똑한 분이네. 언제 떠나?"

"아, 안 갈 거야. 할머니가 뇌졸중을 일으키실 거야. 할머니는 포피 이모를 경멸하셔."

"그게 너랑 네 이모와 무슨 상관이야?"

"포피 이모랑 친해지는 것은 사실상 배신행위야. 다리아 언니가 지체 없이 일깨워줬어."

55

빗방울이 우산을 세차게 때린다. 둘 다 아무 말 없이 한 블록을 더 간 후 매트가 다시 입을 연다.

"왜 너는 가족이 함부로 대하는데도 가만히 있는 거야?"

나는 매트를 가만히 살핀다. 매트의 턱에 작은 근육이 실룩거리고 고개를 설레설레 젓는다. 나는 한숨을 내쉰다.

"있잖아, 네가 무슨 생각을 하는지 알겠어. 하지만 이건 달라, 매트. 이건 의리와 —."

"헛소리." 매트가 한 손을 들어 올려 내 반박을 막는다. "세상에, 엠, 너는 소신 있게 할 말 다 하는 사람이야. 지난주만 해도 그래. 다 비치 식당에서 줄서 있을 때 네가 중동 출신 부부를 무시하는 계산대 직원을 호되게 꾸짖었잖아. 그리고 7월 4일에 기온이 32도까지 올라갔는데 차 안에 갇혀 있는 콜리를 봤을 때는 어땠어. 너 그때 주인이 돌아올 때까지 30분이나 기다렸다가 한바탕해댔잖아." 매트가 입술 한쪽을 끌어올리며 씩 웃고 나서 어조를 누그러뜨린다. "나는 네 그런 면이 아주 좋아. 그런데 왜 네 할머니가—그리고 네 언니가—멋대로 이래라저래라 하게 두는 거야?"

나는 고개를 젓는다. 매트는 우리 가족을 절대 이해하지 못했다. 매트와 세 남동생들은 더할 나위 없이 친하다. 쿠수마노 가족은 늘 전화를 끊기 전에 서로에게 "사랑해."라고 말한다.

"우리 가족은 사랑을 표현하는 방식이 너희 가족과 달라." 나는 이 피곤한 대화에 벌써 진절머리가 난다. "그렇다고 해서 우리 가족이 무관심하지는 않아. 8년 전에 비니 삼촌이 심장 때문에 잔뜩 겁먹었을 때 너도 기억하지?"

매트가 눈알을 굴린다. "너희 가족이 다 모여들었지."

"맞아. 그랬어, 매트. 그러니까 그런 눈으로 나를 보지 마. 매일 밤 할머니는 캐럴 숙모한테 저녁을 나르셨어. 카멜라와 루시는 한 달 내내 우리 아빠와 나랑 지냈고. 그리고 가족들은 내 곁에도 있어줬어. 특히 할머니가. 할머니는 다르 언니와 나를 키우느라고 온 세월을 바치셨어. 보답으로 아무것도 요구하지 않으셨어."

"네 완전한 복종을 제외하면." 매트가 중얼거린다.

나는 매트의 빈정거림을 슬쩍 넘긴다. "그리고 내가 대학 시절 사고를 당했을 때, 할머니는 나를 돌보시느라고 3일 동안이나 가게를 닫으셨어. 그런 게 가족이잖아. 그러니까 우리 가족을 무정한 사람 취급하지 마. 다 좋은 사람들이야."

"너랑 포피 이모는 쏙 빼고 다른 사람들한테만 잘하지."

다행히 우리 집이 보인다. "우산이랑 후드 티 고마워."

매트가 내 쪽으로 몸을 돌린다. "있잖아, 방금 떠올랐어. 네가 그 사람들의 학대를 참는 이유를 이제야 알겠어." 그가 입술을 깨물면서 나를 유심히 살핀다. "너는 무서운 거야."

나는 소리 내어 웃는다. "무섭다니? 무슨 소리야, 쿠수마노." 나는 빗속으로 나선다. "내일 이야기하자."

매트가 나의―그의― 재킷 소매를 갑자기 움켜잡는다. "이봐, 엠스. 내 말을 잘 생각해봐. 너희 집안사람들이 순응하지 않는 가족을 어떻게 취급하는지 네가 직접 봐왔잖아."

빗방울이 안경에 점점이 맺히고 코에서 뚝뚝 떨어진다. "무슨 소리야?"

"포피에 대해 말하는 거잖아. 그리고 두 사람 다 가치가 떨어지는 사람처럼 개떡 같은 취급을 받는다는 사실을 말하는 거라고. 단지 그놈의 거지 같은 거짓말 때문에."

가슴이 덜컹 내려앉는다. 매트가 저주에 대해서 말하고 있다.

"정상이 아니야. 네 할머니가 자기 동생과 완전히 인연을 끊은 거 말이야. 항상 이상하다고 생각했어. 그리고 너는…… 너는 할머니랑 다리아 옆에서는 발끝으로 살금살금 걸을 정도로 지나치게 조심스럽게 행동하잖아. 그저 두 사람에게 사랑받고 싶어서 그들이 원하는 건 뭐든지 해주고. 네가 가고 싶어 하는 게 뻔히 보이는 이탈리아 여행의 기회까지 뺏기면서. 그렇게 하지 않으면 언젠가 버림받아 홀로 남게 될까 봐서 두려운 거야. 딱 네이모 포피처럼."

나는 아니라고 받아치고 싶지만 목소리가 떨릴까 봐서 차마 입을 못 연다. 나는 손으로 턱을 감싼다. 매트의 눈이 부드러워진다.

"이봐, 속상하게 하려던 건 아니었어." 갑자기 매트가 몸을 기울여 내 볼에 뽀뽀를 한다. 나는 본능적으로 움찔한다. 그것으로 모자라 더 창피를 주려는 양 나도 모르게, 그의 입술이 머문 자리를 손으로 쓱 훔친다. 어슴푸레한 가로등 불빛 아래에서도 그의 감정이 상한 게 확연히 보인다.

"미안해, 엠시. 일부러 그런 게 아니라—"

매트가 한 손을 들어 내 말을 막는다. 잠시 동안 매트는 나를 똑바로 바라보기만 하다가 고개를 젓는다. "모르겠어? 평생 다시는 없을 기회가 너에게 생겼어. 그런데 그 기회를 잃게 생겼어. 너는 앞으로 나아가는 것이 너무 두려워서 그 기회를 날려버리려고 한다고." 그가 좌절감을 느낄 때 그렇듯이 말이 점점 빨라진다. "너는 스물아홉 살이야, 엠. 더 이상 아이가 아니야. 명백한 사실을 모르는 척하는 거 그만둬. 기회가 생겼어. 기회를 붙잡아. 내 말 명심해. 언젠가 네 평생 최고의 기회를 놓친 것을 후회할 날이 올 테니까."

나는 힘들게 침을 삼킨다. 갑자기 입이 바짝 마른다. 나는 마음속으로 확신한다. 이 대화는 이탈리아와 아무 관계가 없다.

매트가 내 젖은 볼을 한 손으로 감싼다. 나는 이번에는 움찔하지 않으려고 힘을 준다. "내가 어떤 의도로 이런 말을 하는지 알겠어?"

"응." 나는 속삭인다. 심장이 마구 쿵쾅거린다.

결정적인 순간이다. 매트는 내가 더 자세히 말하기를, 그에게 희망을 줄 뭔가를 말하기를 기다리고 있다. 평생의 친구, 가장 편한 동반자, 내 목숨을 기꺼이 버리고라도 구할 남자가 우정 이상의 관계를 원하고 있다. 나는 두려움, 반항심, 죄책감에 휩싸여 눈을 감는다.

"네가 어떤 의도로 하는 말인지 정확히 알아. 그리고 네 말이 맞아." 나는 빙그레 웃으며 그의 팔을 주먹으로 툭 친다. "진심으로 이탈리아에 가고 싶어."

나는 손을 흔들어 작별 인사를 하고 인도로 올라간다. 미치겠네, 대답을 회피하는 실력이 언니만큼이나 좋아졌다.

현관문을 아주 천천히 밀고 나니 따뜻한 공기기 훅 나를 덮친다. 뉴욕의 겨울에 — 혹은 여름에 — 결코 익숙해지지 않은 할머니가 허용하는 단 하나의 사치이다. 마음이 혼란스럽다. 매트가 완전히 잘못 생각하고 있다. 우리 가족이 이모할머니와 인연을 끊은 것처럼 나와도 인연을 끊을 일은 절대 없을 것이다. 아주 작은 찰칵 소리를 내며 문을 잠근다. 어둠 속에서 테라초 타일이 깔린 통로를 걸어간다. 계단 앞에 거의 다 왔는데 신발 한 켤레에 발이 걸려 넘어진다.

"제기랄!" 나는 큰 소리를 내자마자 한 손으로 입을 틀어막는다. 하지만 너무 늦었다. 현관 복도 불이 깜박거리며 켜진다. 순식간에 로사 할머니의 땅딸막한 몸이 1층 당신 집 문가에 나타난다. 무릎부터 턱까지 지퍼를 올린 색 바랜 녹색 가운 차림이다.

"실렌치오(Silenzio, 조용)!" 할머니가 손가락 관절 부분을 펑퍼짐한 엉덩이 양쪽에 댄 채 쉿 소리를 낸다. "네 아빠를 깨울 참이냐." 할머니는 모국어인 이탈리아어가 간간이 섞인 서툰 영어를 강한 억양으로 말한다. 주로 당신 같은 이탈리아 이주민들로 구성된 세상에 있다 보니 미국에서 58년을 살고도 영어가 그리 유창하지 않다. 할머니는 융화되기보다 한적함을 선택해놓고는, 어울리지 못하겠다고 뒤늦게 불평하는 사람이다.

나는 몸을 숙인다. 검은색 교정 신발 한 켤레가 복도에 아무렇게나 놓여 있다. "할머니 신발이에요." 나는 신발을 할머니에게 건넨다.

할머니는 마치 짜증이 난 양 내 손에서 신발을 잡아챈다. 하지만 나는 할머니를 잘 안다. 할머니는 내가 들어오는 기척을 들으려고 일부러 신발을 거기에 뒀다.

"미 디스피아체(Mi dispiace, 죄송해요)." 나는 할머니에게 사과한다. 자칫 잘못했으면 넘어져 목이 부러졌겠지만 그런 거야 뭐 괜찮다.

나는 빨리 엠빌로 달아날 수 있기를 바라며, 방향을 돌려 계단으로 향한다.

"편지 받았냐?"

나는 눈을 감는다. 다리아 언니가 할머니에게 말하지 않는 게 있기는 할까?

할머니가 팔짱을 끼고 개인 작업대이기라도 한 양 둥근 배 위에 팔을 올려놓고 있다. "도대체 내 동생은 왜 네가 이탈리아에 같이 갈 것이라고 생각했을까? 너 그 애랑 편지를 주고받아왔냐, 에밀리아 조세피나?"

"명절에만요, 할머니. 아직 저한테 카드를 보내세요. 포피를 못 본 지 10년은 됐어요. 브루노 삼촌의 장례식 때가 마지막이었어요. 정말이에요. 저랑 페이스북 친구이지만 그분은 거의 글을 올리지 않아요."

할머니는 한 손을 내저으며 헛기침을 한다. "페이스북이라니. 도대체 자기가 뭐라고 생각하는 거야, 페이스북을 하다니? 내가 말해두는데, 에밀리아, 그 여자는 인데센테(indecente, 추잡해)야. 그 애를 가까이하지 마라. 카피시(Capisci, 알아들었냐)? 가까이하지 마!"

나는 쏘아보는 할머니의 야윈 얼굴을 가만히 응시한다. 보이지는 않지만 이를 악물고 있을 것이 분명하다. 할머니는 확답을 기다리며 나를 노려본다. 있는 힘을 다 끌어내야 하지만, 오늘 밤 나는 묵묵히 순종하는 것을 혹은 동의의 뜻으로 눈을 깜박이는 것마저 거부한다. 할머니가 턱을 든다.

"아침에, 그 편지를 나한테 넘겨라. **내가** 답장을 쓰마. 네가 그

애와 그 속임수에 얽히기 싫어한다고 내가 분명히 말하마."

이를 악물고 단호하게 계단을 올라가는데 아까 매트가 한 말이 귀에 울린다. 너는 무서운 거야. 할머니 옆에서는 발끝으로 살금살금 걸을 정도로 지나치게 조심스럽게 행동하잖아……. 거의 층계참에 다다라서 걸음을 멈춘다. 발을 질질 끌며 집으로 돌아가는 할머니를 내려다본다. 신발이 할머니 옆구리에서 달랑거린다.

"할머니?" 할머니가 고개를 돌리고 미간을 잔뜩 찌푸린 채 나를 올려다본다. 내 맥박이 빨라진다. "**제가** 포피에게 답장을 쓸게요."

할머니가 눈을 여러 번 깜박인다. "그 아이와 함께 이탈리아로 여행을 가고 싶지 않다고 말할 테냐?"

하지만 그것은 거짓말일 터이다. 나는 정말로 이탈리아에 가고 싶다. **추잡하든** 아니든, 나는 파올리나 폰타나를 알고 싶다. 편지에 우스꽝스러운 작은 그림으로 주석을 다는 수수께끼 같은 여자를, 세계를 여행할 준비가 돼 있는 용감한 노파를.

"그렇게 할 테냐, 에밀리아?" 할머니는 눈살을 찌푸리며 계속 묻는다.

몸을 돌려 다시 계단을 올라가지만, 내일이면 효심 지극한 손녀인 내가 할머니의 뜻을 따르리라는 것을 안다. 할머니는 흡족할 것이다. 언니는 안심할 것이다. 어쨌든 오늘 밤은 할머니 뜻에 순응하지 않았다는 데에서 오는 삐딱한 기쁨이 차오른다.

✳

　어린 소녀들은 종종 흰색 드레스와 다이아몬드 반지를 꿈꾼다. 나도 어렸을 때 그런 미래를 꿈꿨던 것 같다. 하지만 이제는 신경 쓰지 않는다. 나는 독신 생활을 받아들이게 됐다. 사실 독신 생활에 만족한다. 30대가 돼가는 대부분의 여자들과 달리, 나는 '내 짝'을 만나지 못하면 어쩌나 하는 불안한 마음 없이 친구들과 밤을 보낸다. 컨실러를 제외하면, 화장품과 피부 관리에 돈을 쓰지 않는다. 실용적인 신발을 신고 편한 안경을 낀다. 어색한 첫 데이트와 그 후 필연적으로 따르는 가슴앓이를 겪지 않아도 된다. 다른 '활동적인 독신'을 만날지도 모를 헬스클럽에 굳이 가입하지 않는다. 오래된 헐렁한 운동복을 입고 밖에서 달리기를 하고, 거실에서 인터넷을 보면서 요가를 하는데 때로 그냥 파자마 차림이다. 가끔 관심을 보이는 남자를 만나도 가슴이 벌렁거리지 않는다. 남편의 코와 내 눈을 닮은 아이들을 상상하지 않는다. 재치 있거나 똑똑하다고 자랑하지 않는다. 나는 그냥 나다. 대체로 이런 점은 잠재적인 구혼자가 접근하는 것을 막는다.

　화창한 월요일 오후이고 마침 쉬는 날이다. 페트로시노 공원에서 조깅을 하면서 로드 휴런의 신곡에 푹 빠져 있을 때 전화기 벨이 울린다. 달리기를 멈추고 빠르게 걸으면서 문자를 확인한다. 안녕, 엠스. 오늘 밤 넷플릭스?

　매트와 나는 최근에 〈더 오피스〉 재방송을 몰아보고 있다. 몇 시간 동안 아무것도 안 하면서 치즈 팝콘을 게걸스럽게 먹기에 완벽한 핑곗거리다. 나는 매트가 내 오랜 별명을 부르는 게 기뻐서 히죽 웃는다. 우리 사이의 이상한 낌새가 마침내 누그러지고 있나 보다. 나는 양쪽 엄지로 답장을 쓴다. 즉시 매트가 하트 모양을 보낸다.

하트라니? 미쳤나? 나는 전화기를 주머니에 넣고 전력 질주를 시작한다. 잠시 후, 전화가 온다. 나는 에어팟을 두 번 두드린다.

"무슨 일이야, 쿠수마노?"

"음, 여보세요, 에밀리아!"

나는 끽 소리를 내며 멈춰서 전화기를 꺼낸다. 올리브색 피부의 작은 여자가 화면에서 미소를 짓는다. 누가 사전 경고도 없이 영상 통화를 한단 말인가? 나는 몸을 뒤로 젖히고 안경에서 탈부착용 선글라스를 뺀다.

"포피 이모?"

7장

✳

에밀리아

포피 이모는 은발이 섞인 웨이브 진 풍성한 머리에 녹색을 띤 짙은 파란색 스카프를 둘둘 두르고 있다. 나는 셔츠 소매로 이마의 땀을 닦는다.

"포피 이모? 이모 맞으세요?"

"내가 알기로는 그렇단다." 포피가 소리 내어 웃으니 짙은 갈색 눈 가장자리에 멋진 주름이 생긴다. "웃는 모습이 참 예쁘기도 하지." 그녀가 화면을 가까이 들여다보면서 말한다. "이제 정말 다 컸구나!"

나는 소리 내어 웃는다. "그런가 봐요." 나는 입술 밑 흉터에 손가락을 댄다.

"아직도 그 빈티지 안경을 쓰고 있구나."

"아, 이건 빈티지가 아니에요."

"아니지만 그런 척해도 되지. 자, 이제 다가오는 우리 여행에 대해 말해보자꾸나."

나는 몸을 숙이고 허벅지를 잡은 채 숨을 고르고…… 생각을 정리한다. 이모의 초대를 받은 후로 거의 일주일이 지났다. 할머니가 시킨 대로 나는 그다음 날 고맙지만 사양한다는 예의 바른 답장을 써서 보냈다. 그 답장을 받지 못했나?

"죄송해요, 포피 이모. 저는 이탈리아에 못 가요."

포피가 매니큐어를 바른 손톱으로 턱을 두드린다. "이런, 얘야, 거절은 그렇게 빨리하는 게 아니란다. 네가 '가능해'라고 말하는 법을 배우면 삶이 훨씬 흥미로워질 거야."

초인종이 울리는 소리가 들린다.

"저기요." 전화를 끊을 핑계가 생겨서 다행이다. "바쁘신가 봐요. 다음에 통화해야겠네요."

"말도 안 돼. 여행 계획을 세워야지."

포피가 통화를 하면서 보랏빛이 도는 푸른색 거실을 종종걸음으로 가로질러간다. 갑자기 위아래로 흔들리는 화면 때문에 머리가 어지럽다. 어수선하게 배열된 장식품들이 언뜻 보인다. 벽난로 위에 걸린 오래된 주유소 시계, 서로 어울리지 않는 각양각색의 쿠션들, 털이 긴 보라색 카펫 위에 놓인 얼룩말 무늬 의자. 구석에는 달걀 모양 고리버들의자가 천장에 달린 사슬에 매달려 있다. 조명 기구에서 달랑거리는 것은 원숭이 조각인가?

갑자기 문이 벌컥 열리고 화면에 햇빛이 쏟아진다.

"브로디!" 포피가 덥수룩한 금발에 키가 크고 청바지와 플란넬 셔츠 차림인 60대 정도의 남자 쪽으로 전화기를 향한다. "브로디, 에밀리아라네. 에밀리아, 브로디란다."

나는 어색하게 싱긋 웃는다. "아. 음. 만나서 반가워요, 브로디."

"나도 반가워요." 브로디가 강인하게 생긴 외양에 어울리는 굵은 목소리로 말한다. "이모님이 여행 때문에 대단히 신이 나셨답니다."

나는 움찔한다. 포피가 나도 이탈리아에 간다고 사람들에게 말하고 다니는 건가? 브로디가 이제 퇴근하겠다고 이모에게 말하는 소리가 들린다. 전화기가 흔들리다가, 주름진 손이 언뜻 화면에 잡힌다. "행운이 따를 거야." 포피가 그의 손바닥에 반짝거리는 1페니 동전을 놓는다. "잠시 이별이군, 내 친구." 포피가 작별 인사를 하는 사이 살랑살랑 흔드는 손이 화면에 나온다. "자, 가서 자네의 햇살을 온 세상에 퍼뜨리게!"

마침내 화면에 포피의 얼굴이 다시 나타난다. "하늘이 준 선물 같은 사람이란다." 포피가 문을 닫으며 말한다. "베트남전에서 다리 한쪽을 잃었지만, 내 오른팔이야. 날마다 와서 히긴스를 돌봐주고 있지. 히긴스는 스무 살 된 거세마란다."

이모한테 말이 있다는 사실을 바로 납득하기 어려워서 머리를 굴리고 있는데 그녀가 덧붙인다. "브로디의 아버지는 내 이성 친구였지."

"이모의 이성 친구요? 그러니까……."

"그래, 에밀리아. 내 연인이었단다. 과거형이지. 그 사람에게 신의 가호가 있기를."

✳

무겁고 까칠하고 어두운 할머니가 옛 이탈리아 느낌이라면, 밝고 생기 넘치는 목소리로 보완되는 가볍고 장난스러운 분위기를 가진 포피는 코즈모폴리턴한 미국 느낌이다. 포피에게는 유럽적이고 이국적인 느낌이 날 정도의 이탈리아어 억양만 남아 있다.

포피가 어수선한 주방으로 이동하자 마치 내가 펜실베이니아 데번에 함께 있는 기분이 든다. 그녀가 차 마시는 시간이라고 알리자 나는 당연히 얼 그레이나 우롱차를 마시려나 보다 하고 짐작한다. 하지만 그녀는 청록색 찬장에서 봄베이 진 병을 들어 올리며 활짝 웃는다. "마티니에 얼음을 넣는 게 좋니, 안 넣는 게 좋니?"

"안 넣는 거요. 올리브 띄우고요." 내가 장단을 맞추자 포피가 한바탕 웃음을 터뜨린다. "아, 지금 너랑 나랑 함께 있으면 얼마나 좋을까. 낮술을 잔뜩 마시면서."

나는 공원 벤치에 자리를 잡고 이모가 마티니를 만드는 모습을 지켜본다. 내리쬐는 햇살에 어깨가 따뜻해진다. 와인 병에 기대놓은 전화기가 한쪽으로 치우쳐 포피의 왼쪽 일부만 화면에 잡힌다. 여러 인종과 생김새의 갓난아이와 어린이와 어른의 사진들로 뒤덮여 있는 냉장고가 화면 대부분을 차지하고 있다. 집회에서 표지판을 들고 있는 분홍색 야구모자를 쓴 여자들. 승마복과 장비를 완전히 갖추고 아름다운 검은 말에 올라앉아 있는 포피. 아무래도 그 말이 히긴스인가 보다. 발목까지 올라오는 바닷물 속에서 본인 나이의 절반쯤 돼 보이는 여러 친구들과 바짝 붙어 팔짱을 끼고 있는 포피.

포피가 뒤에 있는 냉장고를 쓱 돌아본다. 몰래 기웃거리다가 걸린 것 같아서 괜히 내 뺨이 화끈 달아오른다. 포피의 눈이 반짝거린다. "인생은 나이보다 우정으로 평가하는 게 낫지, 안 그러니?" 대답을 기다리지 않고 술과 마티니 셰이커를 집어 든다. 화면이 어두워지는 것을 보니 전화기를 팔 밑에 끼운 듯하다. 이어서 바뀐 화면에서는 어느새 그늘이 드리운 테라스에 서 있다.

"내 작은 천국이란다." 전화기로 주변을 천천히 보여주며 말한다. 많은 토분에 기이하게 생긴 식물, 제멋대로 뻗은 덩굴, 분홍색 히비스커스, 밝은 주황색 양귀비가 마구잡이로 섞여 있고 주변에 도자기 요정들, 뾰족한 모자를 쓴 알록달록한 땅속 요정들, 실물 크기의 악어, 평화를 상징하는 나무 표지판, 양철 무지개가 어지럽게 흩어져 있다. "내 최신 작품을 보렴." 포피는 잉어 연못 옆에서 몸을 숙이며 말한다. "이리 와, 니모." 그녀가 연못에 잔물결을 일으키며 부른다. "이쪽으로, 도리!"

나는 큰 소리로 웃는다. "집이 참 흥미진진하네요." 사실이다. 포피의 집은 자극적이고 아찔하고 묘하게 유혹적이다. 엉뚱하고 마음이 청춘이거나…… 미친 등장인물이 나오는 판타지 소설 속 장면 같다.

"각다귀처럼 미쳤지." 포피가 내 생각을 파고든다.

"네?"

포피가 일어선다. "그렇게 생각하고 있지 않아?"

"아니요!" 나는 긴장한 웃음을 흘린다. "저는, 어……."

포피는 방긋 웃고는 서로 어울리지 않는 쿠션들이 놓인 고리버들의자에 몸을 묻는다. "괜찮아, 에밀리아. 나는 미친 사람들을 아주 좋아한단다. 탐험에 미친 사람들. 웃음에 미친 사람들. 창조에 미친 사람들. 부러지는 뼈와 찢어지는 가슴을 기꺼이 받아들이고, 실패를 무릅쓰면서 놀라움을 환영하는 사람들. 나는 네가 이런 사람이라고 생각해."

"으음." 나는 작게 웅얼거리면서 포피가 이 소리를 긍정의 뜻으로 해석하기를 바란다.

포피가 전화기를 앞에 있는 탁자 위에 세운다. 이번에는 전화기가 오른쪽을 향하고 있어 이모를 자세히 살필 수 있는 첫 번째 기회가 생긴다. 마른 몸에 피부는 예쁜 올리브색이고 크게 벌린 입술에는 밝은 분홍색이 칠해져 있다. 팔과 어깨를 드러낸 흰색 리넨 원피스를 입고 두툼한 주황색 목걸이와 자홍색 벨트를 하고 있다.

"에밀리아를 위하여." 잔을 들어 올리자 열댓 개의 화려한 팔찌가 우아하고 가느다란 팔목에서 달그락거린다. 수천 킬로미터 떨어진 공원 벤치에 앉은 내가 잔을 드는 시늉을 하는데 그녀가 덧붙인다. "나와 같은 둘째 딸."

상상의 마티니가 목에 턱 걸린다. 필로미나와 코시모와 불쌍한 마리아에 대한 생각이 밀려든다.

"건배." 나는 말한다. "하지만 전 그 저주를 안 믿어요."

"아무렴, 그렇고말고, 당연히 안 믿어야지!" 포피가 고개를 젓는다. "나는 그 이야기의 부당함에 늘 치를 떨었단다."

"저도요. 한 여자가 성추행을 당했어요. 그 결과로 돌멩이에 맞고 평생 저주를 받았죠. 말도 안 돼요."

"안타까운 일이야. 필로미나와 마리아는 함께 단단히 팔을 끼고 껄떡대는 그 징그러운 코시모 놈의 불알을 걷어찼어야 했어."

와락 폭소가 터져 나온다. "아멘!" 나와 같은 둘째 딸에게 친근감을 느끼며 말한다. 우리 두 사람이 두 세대나 차이가 난다는 점은 상관없다.

포피가 다리를 의자 위로 올려 옆으로 접자 귤색 매니큐어를 칠한 갈색 맨발이 드러난다. "네 삶에서 좋은 점들을 다 말해주렴, 에밀리아."

나는 벤치 위에서 자세를 바꾸며 다리아 언니와 매트, 내 고양이와 직장과 조카들, 게다가 내 작은 집까지도 아주 흥미로워 보이게 이야기하려고 노력한다.

"대충 그 정도네요. 제 삶은 별로 재미있지 않아요."

포피가 어깨를 으쓱한다. "상관없단다. 곧 바뀔 테니까. 머지않아 너는 경비가 전액 지원되는 이탈리아 여행을 가게 될 거야."

경비가 전액 지원된다고? 내가 알기로 포피는 무슨 교사였다. 아마 미술사를 가르쳤을 것이다. 아름다운 집과 말과 일하는 사람까지 두고도 어떻게 두 명의 유럽 여행 경비를 낼 여유가 있지? 평생 번 돈을 이번 여행에 다 써버리려나?

나는 일어나서 조깅용으로 포장된 길로 슬렁슬렁 움직인다. "정말 후하시네요." 한가로이 거닐면서 말한다. "근데 가게를 비울 수 없어서요. 죄송해요."

"아. 물론 카놀리를 만드는 게 유럽 여행보다 중요하겠지." 내가 이 빈정거리는 말에 대답하기 전에 그녀가 말을 잇는다. "너는 젊은 아가씨야, 에밀리아. 네가 여행을 하면서 세상을 볼 수 없다면 당장 상자 속으로 뛰어드는 게 차라리 낫겠구나."

'상자'는 관을 의미하리라. 포피에게 내 삶과 같은 삶은 죽음이나 마찬가지인가 보다.

미처 무슨 말을 해야 할지 결정하지 못한 채 입을 여는데 사이클이 바로 옆을 스쳐 지나간다. "조심해요!" 사이클을 탄 남자가 버럭 소리를 지른다.

"미안해요." 나는 그에게 외치고 공원 벤치로 허둥지둥 돌아간다.

"에밀리아, 아가." 포피 이모가 말한다. "부디 내 부탁 좀 들어주련? 미안하지 않을 때는 사과하지 마라."

나는 얼굴을 찌푸린다. "네?"

"일단 급한 이야기부터 하자꾸나." 포피가 말한다. "우리 여행 일정표를 다 짜놨단다. 이탈리아에서 8일을 잡고, 여기에 처음과 마지막에 이동하는 시간을 하루씩 더하고. 먼저 관광을 좀 할 거야. 하지만 아말피 해안의 높은 언덕에 자리 잡은 아름다운 마을 라벨로에 10월 22일까지 꼭 도착해야 한단다." 포피가 카메라 렌즈를 들여다보며 미소를 짓는다. "내가 여든 살이 되는 날이야."

"하지만, 포피 이모―."

"우리는 6일 뒤에 떠날 거야. 네가 여기 데번까지 차를 몰고 와서 나를 태워 가면 되겠구나. 나는 필라델피아 국제공항에서 20분 거리에 산단다."

"전 운전 안 해요." 내가 말한다.

"하여튼 뉴욕 사람들이란." 포피가 혀를 쯧쯧 찬다. "그럼 JFK 국제공항에서 만나기로 하자. 정말 멋진 시간을 보내게 될 거야. 우리 여정은 베네치아― 베니스―에서 시작한 다음에―."

나는 멍하니 흉터를 문지른다. "포피 이모, 제발요. 저는 이탈리아에 못 가요. 그건 불―."

"가능해." 포피가 그나마 화상 통화라 다행이다 싶을 정도로 엄한 표정으로 나를 응시한다. "말로는 거절하지만 가고 싶은 마음이 굴뚝같잖니. 그래서 편지에 네 전화번호를 적었잖아?"

나는 푹 한숨을 쉰다. "그래요. 가고 싶은가 봐요. 솔직히 말씀드리면 할머니가 허락하지 않으실 거예요. 할머니가 이모한테 직접 답장을 쓰려고 하셨는데 제가 안 된다고 고집을 부렸어요. 왠지 직접 말씀드려야 할 것 같아서요."

포피가 활짝 웃는다. "아하, 세상에 이런 일이? 어쨌든 너는 용기가 있구나. 로사 언니가 돌아버릴 지경이었겠네. 네 엄마는 꿀물처럼 무른 아이였지. 너는 다른 것 같아서 다행이야."

심장 박동이 빨라진다. 평생 나는 엄마에 대한 자세한 이야기를 듣기를 간절히 원했다. 나는 엄마에 대해 아빠에게 물어보는 것을 오래전에 그만뒀다. 할머니가 오래된 상처에서 딱지를 뜯어내는 짓이라고 나무랐기 때문이다. 어린 내 귀에는 그 말이 몹시 고통스러웠다. 내가 엄마 사신에서 하나둘 알아낸 신체적 특징을 제외하면, 아빠가 엄마에 대해 알려준 것은 딱 세 가지였다. 엄마는 춤을 추는 것을 좋아했다. 엄마가 가장 좋아하는 색은 파란색이었다. 그리고 엄마는 거미를 싫어했다. 이 세 가지가 아빠

73

가 어린 아내에 대해 아는 전부였을지도 모른다는 생각이 나를 슬프게 한다.

"우리 엄마에 대해 잘 아셨어요?"

"크리스마스와 부활절 때마다 그 아이를 봤지. 내가 오는 것을 보면 현관에서 풀쩍 뛰어내려 인도를 마구 달려왔단다."

나는 미미와 나처럼 엄마와 엄마의 이모가 손을 마주 잡고 빙글빙글 돌면서 마구 웃는 모습을 상상한다.

"로사 언니는 우리 관계를 불쾌해했단다. 너도 알다시피 로사 언니는 지배욕이 아주 강한 사람이었고 조시는 남의 기분을 맞춰주는 성격이었어."

나는 전화기를 움켜쥔다. "더 말해주세요. 우리 엄마가 책을 좋아했나요? 호기심이 많았나요? 친절했나요? 제발요, 포피 이모, 우리 엄마에 대해 아는 것을 다 말해주세요."

8장

✳

포피

1959년
이탈리아 트레스피아노

1950년대에 특히 '삼각 산업 도시'인 밀라노, 토리노, 제노바를 비롯한 이탈리아 전역이 호황이었단다. 마셜 플랜 덕에 수십억 달러가 우리나라로 흘러 들어왔지. 하지만 피렌체―플로렌스의 이탈리아 이름― 바로 외곽 토스카나의 작은 마을 트레스피아노는 별로 변하지 않고 그대로 남아 있었다. 부지런히 일하는 농부였던 우리 아버지는 횡재를 잡을 기회를 계속 놓치기만 했어.

큰오빠인 브루노는 로사 언니의 잘생긴 약혼자 알베르토와 함께 밭에서 아버지 옆에서 일했다. 매주 수확한 작물을 시장에 가져가서 집세와 생활비를 간신히 낼 돈을 들고 돌아왔지. 아버지는 수년 동안 힘들게 일했지만 여전히 남의 땅을 빌려서 농사를 짓고 있었단다. 부유한 지주만 돈을 벌었지.

로사 언니의 약혼자인 알베르토가 먼저 불만을 터뜨렸다. 아직 한참 어린 돌피도 몇 년만 지나면 세 사람과 함께 일하게 될 터였어. 알베르토는 세 남자가 죽도록 고생해서 농사를 지어도 먹고살기가 빠듯한 마당에 앞으로 더 늘어날 식구들을 부양할 수 있을까 싶었지.

알베르토는 땅을 갈고 괭이질하는 내내, 말 그대로나 비유적으로나 씨를 뿌리고 있었어. 당시에 스물네 살 동갑인 알베르토와 브루노 오빠는 자신들이 인정받지 못하는 이곳을 떠나기로 했다. 두 사람은 강독에서 젖과 꿀이 흐르는 땅인 미국으로 갈 작정이었어.

알베르토에게는 3년 전에 미국으로 이주한 이그나시오라는 삼촌이 있었다. 이그나시오는 알베르토에게 쓴 편지에서 자기가 사는 뉴욕이라는 도시, 자기 집에 있는 냉장고, 옷을 자동으로 빨아주는 기계에 대해 이야기했어. 이그나시오는 브루클린 근처 벤슨허스트라는 곳에 루케시스라는 작은 가게를 열었다. 벤슨허스트는 이그나시오처럼 이탈리아에서 온 이주자들이 터전을 잡은 곳이었지. 마침 이그나시오는 고기를 썰고 주방에서 음식을 만드는 데 일손이 부족했다. 알베르토와 친구 브루노가 미국에 오면 1년 내내 농사를 지어서 번 돈보다 많은 돈을 한 달 만에 벌 수 있다고 했단다.

브루노 오빠는 아주 좋은 기회라고 생각했어. 브루노 오빠와 알베르토는 돈을 모으기 시작했다. 알베르토는 떠나기 전에 로사 언니와 결혼할 참이었지. 그가 미국에서 자리를 잡으면 언니도 미국으로 가서 둘이 함께 새로운 삶을 시작하고. 돌피가 그 뒤를 이어서 가면 될 터였어. "두 분도 환영입니다." 알베르토가 우리 부모님에게 말했어. "파올리나도요."

나는 미국에 가게 된다는 생각에 정말 신났단다. 현대적인 사상과 자유로 가득한 나라, 앵무조개껍질처럼 생겼다는 새롭고 대담한 구겐하임 미술관, 미래의 대통령 후보자라는 소문이 도는 잘생긴 상원의원 존 피츠제럴드 케네디. 하지만 다정한 우리 언니 로사는 그렇지 않았다. 밤이면 우리가 함께 자는 처마 밑 다락방의 작은 침대에서, 자기가 느끼는 두려움을 털어놨어. 나보다 두 살 많은 로사 언니는 대부분의 남자들보다 거침없었지만 소심했고 때로 겁이 많았다. 불확실한 미래가 아닌 안전하고 안정된 삶을 간절히 원했던 거야. 평생 트레스피아노에서 우리 가족과 알베르토와 많은 아이들에 둘러싸여 살기를 바랐어.

알베르토와 우리 아버지는 밤마다 식사 자리에서 의논했다. 브루노 오빠와 알베르토가 먼저 미국으로 떠나기로 했어. 두 사람은 문제없이 비자를 받을 터였지. 이그나시오 삼촌이 두 사람이 미국에 도착하자마자 틀림없이 직업을 갖게 될 것이라고 책임지고 보증하면 관계 기관에서 안심하고 입국을 허락할 터였어.

로사 언니는 알베르토 모르게 그 생각을 비웃었단다. 자기 약혼자가 헛된 꿈을 꾸고 있으며 그들이 트레스피아노와 어머니 아버지를 결코 떠나지 못할 것이라고 장담했어. 하지만 나는 로사 언니의 운명이 결정된 것을 알았어. 로사 언니는 곧 알베르토와 결혼할 터였다. 우리 집에서 여자는 빌인권이 없었어. 남편이 미국에 도착하면 로사 언니도 합류하게 될 터였지. 알베르토는 강하고 부지런한 부인이, 많은 아이를 낳아줄 여자가 새로운 고국에서 함께하기를 바랐어. 로사 언니가 미국으로 가지 않겠다고 하면, 대신 가겠다고 나설 아가씨들이 마을에 넘쳐났다.

알베르토 루케시는 번지르르하고 말주변이 좋았으며 그가 활짝 웃으면 누구든 저절로 따라 웃었어. 키가 180센티미터가 넘고 숱 많은 검은 머리를 가진 그는 마음을 사로잡는 반짝거리는 눈으로 사람들을 응시했다. 나는 그가 내 친구에게 매력을 발산하는 모습을 직접 봤지만 로사 언니한테 말하지 않았지. 안 그래도 로사 언니는 이미 불안해하고 있었거든. 아버지는 도움이 안 됐어. 큰딸이 훌륭한 약혼자를 얻었다며 축하했지. 그리고 운이 좋다고 농담했고. "우리 딸, 그저 평범한 어망인 네가 용케도 바다에서 제일 큰 물고기를 잡았구나."

아버지가 이런 말을 할 때마다 로사 언니는 위축되는 듯했어. 그리고 알베르토가 책과 신문을 읽거나 로사 언니가 뜻을 알기는커녕 발음조차 하지 못하는 단어를 사용할 때마다 자신에 대해 점점 회의감이 일었어.

"알베르토가 금방 나한테 싫증을 낼 거야."

"이탈리아에서 제일 친절한 아가씨한테?" 나는 이렇게 답하곤 했다. "트레스피아노에서 가장 요리를 잘하는 사람한테? 완벽한 아내가 돼줄 사람한테? 말도 안 돼."

"엄마라는 역할도 빼먹으면 안 되지." 로사 언니가 덧붙였다. "알베르토는 아이를 많이 낳고 싶어 해."

"당연하지. 언니는 최고의 엄마가 될 거야."

알베르토가 미국까지 항해할 돈을 모으기 시작했을 때 로사 언니는 아무 말도 하지 않았다. 로사 언니는 그다음에 일어날 일을 생각하기도 싫어했어. 완전히 자기 혼자 대서양을 가로질러야 한다는 것 말이야. 종종 악몽을 꾸다가 깨어 나한테 꼭 달라붙어 마구 소용돌이치는 물길, 벗어날 수 없는 작은 배의 선실을 꿈에서 본 대로 이야기했어.

어느 날 저녁 식사 자리에서 로사 언니가 좋은 소식이 있다고 알렸단다. 아버지는 포크로 파스타를 둘둘 말며 식사 중이었어. 아버지는 딸의 바보 같은 생각에 별 관심 없는 기색이었지만 나는 궁금해서 똑바로 앉았지.

"알베르토가 이그나시오 삼촌에게 편지를 썼어요." 로사 언니가 말했어.

아버지가 눈을 들었지.

"이그나시오가 파올리나와 결혼하기로 했어요."

빵이 내 목에 걸렸다.

"파올리나와 내가 브루클린에 도착하자마자 두 사람은 결혼할 거예요."

아버지의 얼굴이 환해졌지. 키안티* 잔을 들어 올렸다. "이그나시오와 파올리나를 위하여. 이런 날이 오리라고는 상상도 못 했구나."

우리 가족에게는 결정된 일이나 마찬가지였다. 나는 뉴욕에 가서 욱하는 성질을 가진 마흔한 살의 이그나시오와 결혼해야 될 판이었다. 음식을 해주고 청소를 해주고 자신의 더러운 옷을 빨아줄 이런 신부가 필요한 남자와. 나는 몸서리쳤다. "절대 안 돼요!"

---

* 이탈리아 토스카나 지방 특산의 와인.

"제발, 파올리나." 로사 언니가 기도하듯 두 손을 모으고 말했다. "그 사람의 청혼을 받아들여야 해. 네가 미국에 있는 남자와 약혼하면 이주하기가 훨씬 쉬워질 거야. 무엇보다 우리가 같이 미국에 가게 되는 거야."

내 포크가 쨍그랑 소리를 내며 접시에 떨어졌어. "나는 절대로 그 사람과 결혼하지 않을 거야. 그는 너무 나이가 많아. 내가 알지도 못하는 남자라고."

"조용히 해." 어머니가 말했다. "너는 둘째 딸이야. 너랑 결혼하려는 사람이 있다니, 네가 얼마나 운이 좋은지 모르겠어? 이 기회를 덥석 붙잡으려고 달려들 네 사촌들을 생각해봐라."

나는 식탁에 냅킨을 던졌어. "나는 그 저주를 믿지 않아요. 한번도 안 믿었어요."

하지만 말하다 보니 이사벨라 고모할머니, 블랑카 고모, 사촌들인 아폴로니아, 실비아, 에반젤리나, 마르티나, 리비아로 생각이 흘러갔지. 모두 폰타나 가문에서 둘째 딸로 태어난 여자들이야. 모든 미혼이었어.

"태어날 아이들도 생각해봐야지?" 어머니가 말했어. "드디어 기도가 이루어지는 거야."

내가 벌떡 일어나자 의자가 뒤로 넘어질 뻔했다. "더 이상 입맛이 없네요."

내가 계단을 반쯤 올라갔을 때 로사 언니가 내 팔을 움켜잡았다. "파올리나, 제발 나를 용서해줘. 네가 이그나시오를 마음에 들어 할 줄 알았어. 이제 우리가 함께 미국에 갈 수 있잖아."

함정에 빠진 느낌이었다. 맞아. 나는 언니를 돕고 싶었어. 그리고 미국에 가기를 간절히 원했어. 자유와 기회를 갈망했다. 어쩌면 대학교까지 갈 수 있을지도 몰랐지. 하지만 나는 사랑하지 않는 남자와 절대 결혼할 수 없었어.

"나는 남편이 필요 없어. 영원히 미혼이어도 괜찮아."

"모르겠어? 이건 네가 미국으로 가는 가장 쉬운 방법이야." 로사 언니가 나를 가깝게 끌어당겨놓고 속삭였다. "일단 우리가 도착하고 나면, 누가 너를 그 남자와 결혼시키겠어?"

나는 로사 언니의 장난기 어린 눈을 들여다봤다. 로사 언니의 말이 맞았어. 로사 언니와 나는 부모님보다 적어도 1년 먼저 미국에 도착할 터였다. 미국은 기회의 땅이었어. 여자들에게도 실제로 발언권이 있었고. 여자들이 담배를 피웠고 자동차를 운전했지. 임신이 안 된다는 소문이 도는데도 생리통 약을 먹는 여자들도 있었어. 그곳에 도착하면 내가 원하는 대로 뭐든 할 수 있고 누구든 될 수 있다, 그 생각에 숨이 막혔고…… 희망이 차올랐다. 나는 로사 언니를 붙잡고 껴안았어.

"사랑해, 우리 똑똑한 언니."

9월 하순, 로사 언니와 알베르토는 수수하게 결혼식을 올렸어. 철없이 어린 내 눈에는 열정이 하나도 없는 결혼식 같았지만 로사 언니는 행복해서 어쩔 줄 몰랐지. "드디어 그 사람을 갖게 됐어." 로사 언니가 나에게 말했어. "내가 꿈꾸던 남자가 내 것이 됐어. 아무도 그를 빼앗아 길 수 없이."

이틀 후, 로사 언니와 나는 미국 비자를 신청했어. 로사 언니는 곧 미국에서 살면서 일할 남자의 어린 아내 자격이었고, 나는 이미 시민권을 받은 이탈리아계 미국인의 약혼자 자격이었다. 비자 승인을 받으려면 여러 달, 어쩌면 1년 이상 걸릴 것이라고 들었어. 그때까지 우리는 일을 하면서 노잣돈을 모으면 될 터였어. 미국까지 가는 뱃삯은 비쌌거든.

나는 거의 스무 살이었고, 언어와 역사와 과학을 포함한 모든 분야에 호기심이 왕성했다. 하지만 딱히 기술이 없었고 교육도 받지 못했어. 나는 일주일에 4일 일하는 세탁부 일을 구했어. 피에졸레라는 이웃 마을에 있는 호텔의 지하에서 침대 시트와 베갯잇과 식탁보 등을 다림질하는 끔찍한 일이었지. 호텔에서 일하지 않을 때는 집에서 어머니를 도와 아주 많은 양의 음식을 만들고 집을 청소하고 닭을 돌봤단다. 어머니는 한 푼이라도 더 벌려고 바느질 일감을 받아왔는데 나한테 보조 역할을 시키려고 양말을 깁고 옷을 수선하는 방법을 가르쳤다.

하지만 바느질은 지루했어. 요리에는 지독히 소질이 없었지. 그리고 집 청소는? 어느 누가 허구한 날 납작 엎드려서 바닥을 문지르고 그중 절반의 시간을 양동이에 머리를 처박고 싶을까? 나는 집에 있으면 따분해서 자꾸 상상에 잠겼고, 미국에 도착한 후 대학교에 다니고 언젠가 건축가가 되는 꿈을 꿨어. 다음 날은 물리학자가, 그다음 날은 교수가 되는 꿈을 꿨고. 라 미아 소냐트리체(La mia sognatrice) — 우리 몽상가. 어머니는 나를 이렇게 부르곤 했지.

스물두 살의 유부녀인 로사 언니에게는 선택의 여지가 더 많았단다. 남편이 된 알베르토의 사촌 친구가 플로렌스에 있는 우피치 미술관에서 일했어. 로사 언니가 시험만 통과하면 그 유명한 미술관에 투어 가이드로 취직할 수 있었지.

너무 부러웠단다! 우피치 미술관은 세계에서 가장 훌륭한 르네상스 미술품들을 소장하고 있었어. 운 좋은 로사 언니는 도시에 있는 일류 미술관의 일자리를, 자극적이고 흥미진진한 일자리를 갖게 될 터였다. 하지만 먼저 상당히 어려운 시험을 통과해야 했지. 우피치 미술관의 큐레이터가 준 60년 전에 쓰인 설명서를 공부할 때마다 로사 언니는 따분해 눈이 게슴츠레해졌어. 가여운 로사 언니는 호기심이 거의 없었고 미술에 손톱만큼도 관심이 없었지.

매일 밤, 나는 오랜 노동을 끝내고 나면 로사 언니와 함께 작은 침대에 앉았단다. 아버지가 로사 언니 부부를 위해 다락방에 칸막이를 세워 공간을 분리하기 전까지 언니와 내가 같이 자던 침대였어. 나는 로사 언니에게 문제를 냈다. 레오나르도 다빈치의 〈수태고지〉와 미켈란젤로의 〈성가족〉, 그리고 우피치 미술관에 있는 모든 주요 작품들의 제작 날짜와 역사에 대해 질문했지. 그런데 로사 언니는 무엇 하나 제대로 외우지 못했어. 로사 언니의 머릿속은 온갖 걱정으로 가득했다. 알베르토의 출발일이 다가오면서 초조해졌고, 어떤 대답을 해도 만족하지 못할 질문을 나에게 퍼부었지. 새신랑이 트레스피아노를 떠나고 나면 자기를 잊어버릴까? 그리고 언젠가 우리를 미국으로 데리고 갈 배는? 그 배가 가라앉으면 어떻게 하지? 우리가 뉴욕에 도착했는데 알베르토가 마중을 나오지 않으면 어떻게 하지?

마침내 시험 전날 밤이 다가왔어. 그런데 이번에 잔뜩 긴장한 사람은 나였다. 로사 언니는 아무것도 몰랐다. 날짜를 헷갈렸고, 조각가와 화가를 구분하지 못했어. 나는 책을 침대에 내팽개치고 로사 언니의 양팔을 붙잡았다. "언니는 이게 얼마나 중요한 시험인지 몰라? 여기 꼭 취직해야 한다고, 언니. 그래야 우리가 미국에 갈 돈을 모을 수 있고 언니가 알베르토와 함께 살 수 있잖아."

"라 미아 소렐라 테스타르다(La mia sorella testarda)." 언니가 나를 부르는 애칭으로 고집쟁이 내 동생이라는 뜻이었어. 언니는 침대에 덜렁 누워버렸어. "나는 못하겠어, 파올리나! 이 지루한 내용을 다 배워야 한다면 너는 좋겠어?"

"지루하다고? 이 화가들은 매혹적이야. 그리고 참고로 말하자면, 나는 이거 다 알아."

로사 언니가 벌떡 일어나 앉았어. 머리를 굴리는 소리가 들리는 것 같았지. "네가." 언니가 손가락으로 나를 가리켰어. "네가 시험을 봐. 네가 투어 가이드로 일해. 내가 네 세탁부 일을 하고 엄마를 도와서 집안일을 할게."

나는 믿을 수 없었어. 유명한 미술관을 안내해주는 일을 하느니 숨 막히는 세탁실에서 일하겠다고? 아니, 왜?

"나는 집 가까이에 있어야 해." 로사 언니가 입 밖에 내지 않은 내 질문에 대답했어. "여기 있어야 동네 소문을 들을 수 있고 알베르토가 뭘 하고 다니는지 감시할 수 있지."

이렇게 걱정하는 사람에게 어떤 대답을 해야 할까? 로사 언니 때문에 가슴이 아팠단다.

"근데, 언니, 나는 지원을 안 했잖아. 우피치 미술관에서는 언니가 오는 줄 알고 있다고."

로사 언니는 고개를 돌려 내 눈을 똑바로 바라봤어. "그러면 나인 척해." 언니의 눈에는 어떤 갈등도 죄책감도 서려 있지 않았다.

나는 도톨도톨 소름이 돋은 팔을 문질렀지. "언니, 안 돼. 그러면 안 돼……." 내 목소리가 점점 잦아들었어.

두려움 속에 가려진 짜릿한 흥분이 차올랐거든. 우리가 그렇게 서로의 정체를 바꾸는 일을 잘해낼 수 있을까?

9장

✳

에밀리아

아이폰 화면 속 포피가 무아지경에서 빠져나온 것처럼 고개를 설레설레 흔든다. 그 모습을 가만히 지켜보면서 기다리는 나는 이야기가 계속 이어지기를 바란다. 하지만 이제 포피는 마티니 셰이커로 손을 뻗는다.

"정말 흥미진진한 이야기예요. 두 분이 어릴 때 진짜 친했네요."

"로사 언니와 나는 서로 아주 좋아했단다."

"저는 알베르토 할아버지에 대해서 아는 게 없어요. 할아버지가 여자들 마음을 두근거리게 한 남자였다는 것도, 할머니가 할아버지를 감시했다는 것도 몰랐어요."

"로사 언니는 사랑을 소유물처럼 여겼어." 포피 이모가 셰이커에서 마지막 남은 진을 부으며 말한다. "나에게 사랑은 도서 대출이 가능한 도서관 같단다. 가지고 있으려면 계속 연장해야지. 안 그러면 연체료를 많이 내든지."

나는 빙긋 웃는다. "멋진 말씀이세요. 로사 할머니가 알베르토 할아버지의 사랑에 대해 자신감을 갖게 되셨나요?"

"두 사람이 미국에 오고 나서 상황이 나아졌지. 대체로 그렇듯이 부모가 되면서 유대감이 생겼거든."

나는 공원 벤치 표면에 살짝 일어난 얇은 녹색 페인트 조각을 벗겨낸다. "솔직히 그 저주를 믿지 않으셨죠, 포피 이모? 어렸을 때도?"

포피가 웃는다. "전혀. 너는?"

"저도요." 나는 주제를 재빨리 바꾼다. "저기, 우리 엄마에 대한 이야기 근처에도 안 가셨어요."

"때가 되면 이야기하마, 아가." 포피가 술을 홀짝이며 의자에 몸을 기댄다. "자, 나는 이번 주에 우리 표를 살 거란다."

비밀스러운 갈망이 내 속에 모인다. 강 위의 안개처럼 슬그머니 올라온다. 로사 할머니가 어떻게 나올까? 다리아 언니가 뭐라고 말할까? 매트의 말이 머릿속에서 메아리치면서 관자놀이가 지끈거린다. 너는 할머니랑 다리아 옆에서는 발끝으로 살금살금 걸을 정도로 지나치게 조심스럽게 행동하잖아. 그저 두 사람에게 사랑받고 싶어서 그들이 원하는 것은 뭐든지 해주고. 그렇게 하지 않으면 언젠가 버림받아 홀로 남게 될까 봐서. 딱 네 이모 포피처럼.

외면당하는 것이 나를 두렵게 했다 치면— 꼭 그랬다는 뜻은 아니다— 이제는 더 이상 무섭지 않다. 한 시간 사이에 나는 포피 이모에 대해, 우리 가족이 빈 수프 캔처럼 버린 여자에 대해 알게 됐다. 나는 풍성하고 충실한 삶의 일면을 봤다. 친구들 사진을 봤고 연인의 아들을 만나기까지 했다. 가족 안에서 반항아가 된다는 발상이 오늘은 겁나지 않는다. 오히려 나에게 힘을 준다.

"이탈리아 여권 있는 거 맞지, 응?" 포피가 말을 계속한다. "너희 엄마라면 꼭 있어야 한다고 고집했을 거야."

엄마가 이탈리아에서 태어났기 때문에 나는 복수 국적을 가지고 있는데 듣자 하니 이 점이 엄마에게 중요했나 보다. "정말요? 우리 엄마에 대해 또 아시는 거 있어요?"

"네 엄마는 이 농장을 아주 좋아했지. 열여덟 살이 된 여름에 여기서 나와 지냈단다."

잠시 나는 포피가 거짓말을 하고 있는 것인지, 아니면 그저 착각한 것인지 의아하다. 할머니가 허락했을 리 없다. 그런데 포피가 덧붙인다. "물론, 로사 언니는 불같이 화를 냈어. 집에 오라고 명령했고, 결국 조시는 그 말에 따랐단다."

"전혀 몰랐어요. 또 다른 것은요?"

포피가 마티니 잔을 응시한다. "네가 이탈리아에 오면 네 엄마에 대해 아는 것을 다 이야기해주마. 모두 다."

새로 발견한 걸작의 첫 공개를 기다리는 수집가처럼 마음이 설렌다. 평생 한 번 올까 말까 한 기회가 생겼다. 휴가를 떠날 기회, 자유분방한 이모할머니와 함께 이탈리아로 여행 갈 기회, 엄마에 대한 이야기를 들을 수 있는 기회. 심장이 마구 두근거린다. 바로 이 순간, 페트로시노 공원에 앉아 결단을 내린다.

"포피 이모?" 나는 숨을 깊게 들이마시고 내쉰다. "가능해요."
자유와 흥분과 독립과 두려움, 여러 감정이 치밀어 올라와 눈시

울이 뜨거워진다. "같이 이탈리아에 갈래요."

"좋았어!" 포피가 활짝 웃는다. "에밀리아, 우리 소중한 아이, 너는 폰타나 가문의 불굴의 용기 유전자를 물려받았구나. 너는 숨겨왔지만, 폴리아 베리처럼 빛을 발하는 불굴의 용기를 갖고 있어."

"뭐라고 하셨어요?"

"폴리아 베리라는 식물 말이야. 세상에서 가장 빛나는 생명체란다."

나는 소리 내어 웃으면서 생소한 자부심을 느낀다. "음, 고맙습니다."

"네가 합류했으니, 이제 루시아나를 초대해야겠구나."

"루시요?" 나는 소리 죽여 쿡쿡 웃는다. "다른 조카, 그러니까 루시의 언니 카멜라 말씀이죠? 제 사촌들 중에 더 조용한……."

"아니. 나는 스물한 살짜리 루시아나를 말하는 거란다."

미소가 서서히 사라진다. 마치 푹 꺼진 땅에 발을 디뎠는데 빠져나가기에 너무 늦은 것 같은 느낌이 든다. 둘째 딸들인 루시와 나는 무언의 유대감을 가지고 있다. 둘 다 20대가 되면서 한층 더 친해졌다. 하지만 루시와 나만큼 여행 친구로 어울리지 않는 짝도 없을 것이다.

"저는, 저는 루시도 우리랑 같이 가는지 몰랐어요."

"루시도 모른단다. 지금 그 아이한테 전화할까? 네기 스피커폰으로 통화하면 되겠구나. 삼자 통화를 하고 싶은지 물어보렴."

그 제안에 휘황찬란한 욕설로 응답하는 사촌의 모습만 상상이 된다. "어, 안 돼요. 루시는 스피커폰으로 통화할 만한 상대가 아니에요."

포피가 손뼉을 친다. "벌써부터 루시가 마음에 드는구나!"

"포피 이모, 루시는 이제 막 새 직장에 들어갔어요. 그리고 새 남자 친구가 생긴 지 얼마 되지 않았고요. 지금은 여행을 떠나려고 하지 않을 게 확실해요."

포피가 얼굴을 찌푸린다. "그러니까 떨어져 있으면 새 남자 친구를 잃을까 봐서 겁을 낸다는 말이지?"

"바로 그거예요."

"정말로 고약하구나. 다른 사람에게 그렇게 휘둘리다니."

"루시는 둘째 딸이잖아요." 내가 상기시킨다. "우리처럼."

포피가 곁눈질로 나를 흘긋 본다. "너는 사실 그 미신을 믿는구나."

"제가요? 아까 말씀드렸잖아요. 아니에요, 절대로요."

포피가 나를 빤히 쳐다본다. 가슴이 두근거린다. 나는 레지나 수녀의 교실에 있던 그날로 돌아간다. 일곱 살짜리 머리로 폰타나 가문의 둘째 딸들이 한때 이상한 우연을 똑같이 겪었다는 사실을 서서히 이해하던 순간이었다. 그때는 과거형이었다. 그로부터 3년 후에 로사 할머니가 다리아 언니와 내가 함께 쓰던 방에 당당하게 들어와서 폰타나 가문의 둘째 딸들은 저주를 받았다고 알렸다. 이번에는 현재형이었다. 할머니가 나에게 처음으로 여자아이용 브라를 건넨 바로 그날, 할머니는 우리에게 필로미나와 마리아의 전설을 이야기해줬다. 기껏 모기에 물린 것처럼 작게 부풀어 오른 가슴을 가진 열 살짜리 여자아이가 몇백 년 된 저주를 어떻게 반박할 수 있었겠는가?

하지만 당시에 열두 살이었고 내 든든한 지지자였던 다리아 언니는 할머니가 방을 나가자마자 까르르 웃음을 터뜨렸다. "다 헛소리야, 에미. 한마디도 믿지 마. 너는 저주를 받지 않았어. 내가 맹세해." 다리아 언니는 내 손에서 브라를 잡아챘다. "너는 아마, 물려받은 이 속옷은 받아들일 수밖에 없을 거야." 언니가 너덜너덜해지고 색이 바랜 자신의 티 브라를 내 서랍에 넣으면서 말했다. "하지만 할머니가 말한 터무니없는 이야기는 절대로 받아들이지 마."

그날―완전히 솔직하게 말하면, 10여 년 전까지만 해도―나는 언니를 믿었다. 막연하나마 언젠가 남편과 아이들과 평범하게 살게 되리라고 생각하지 않는 소녀가 있을까? 그러나 나는 나이를 먹으면서 필로미나와 내 앞의 둘째 딸들이 나에게 선물을 줬다는 것을 깨달았다. 만능 허가증, 그러니까 비참한 데이트 상황에서 등을 돌릴 수 있는 완벽하게 타당한 핑계가 생겼다. 나는 그 터무니없는 저주를 결코 믿지 않지만, 그럼에도 고맙게 여기기는 한다.

나는 포피 이모를 보고 싱긋 웃는다. "물론 저는 그 저주를 믿지 않아요. 그저 실없는 이야기, 옛날 옛적의 미신이에요. 그런데 루시는 정말 믿어요. 루시는 그 저주를 풀겠다고 단단히 작정했어요."

"아이고, 세상에! 루시아나에게 전해주려무니. 이탈리아에 오면 우리가 그 터무니없는 폰타나 가문 둘째 딸의 미신을 완전히 잠재우게 될 거라고."

나는 목 뒤를 문지른다. "함부로 장담하시면 안 돼요. 루시는 그 저주를 아주 진지하게 받아들이거든요. 자칫 루시를 실망시킬 수 있어요."

"아, 하지만 내가 정말로 잠재울 수 있단다. 나와 이탈리아에 가면, 너와 루시아나는 저주에서 벗어나 돌아오게 될 거야. 내 목숨을 걸고 맹세한다."

팔뚝에 털이 바짝 곤두선다. "그건 불―."

"가능해." 포피가 내 말을 마무리한다.

10장

✳

에밀리아

10년 전, 나는 소위 폰타나 가문 둘째 딸의 저주에 대해 매트에게 설명할 때 연패하는 야구팀에 비교했다. 팬들은 연패 기록이 언제 깨질지, 아니 깨지기는 할지 알 수 없다. 하지만 의리 있는 관중들은 궁금해하며 경기를 지켜본다.

그 저주가 이와 마찬가지다. 캐럴 숙모 같은 폰타나 가문의 일부 사람들은 그 저주에 정면으로 맞선다. 할머니처럼 그 저주를 받아들이는 사람들도 있다. 나 같은 몇몇은 그 저주가 이상한 우연이라고 단언한다. 하지만 다양한 성격을 가진 우리 가문 사람들에게 한 가지 공통점이 있다. 할머니부터 언니와 캐럴 숙모에 이르기까지 모든 사람들이 그 저주에 대해 호기심을 느낀다. 모든 세대가 자기 세대에서 둘째 딸이 결혼하는 것을 마침내 보게 될지 궁금해한다. 보게 된다면 어떤 둘째 딸이 그 주인공이 될까? 결혼식 3일 전에 천연두에 걸린 할머니의 먼 사촌처럼 아슬

아슬하게 결혼 기회를 놓친 사람들도 있다. 혹은 리비아처럼 알고 보니 약혼자가 자식이 여섯이나 딸린 유부남 전도사였던 불행한 둘째 딸도 있다. 이제 그 저주를 푸는 것은 내 세대의 몫이 됐다. 현재로서는 관중들의 기대주는 루시다.

석양이 돌피 삼촌의 이발소에 그림자를 드리운다. 나는 이발소 뒤로 돌아가서 익숙한 현관 계단을 올라간다. 내가 돌피 삼촌의 가게에 매일 오후에 들르기는 하지만, 가게에 붙은 집에 가는 것은 3주 만이다. 돌피 삼촌의 아들인 비니 삼촌이 가족과 살고 있는 집이다. 나는 방충망이 달린 금속 문을 두드린다. 누구라도 집 안에서 들려오는 에드 시런의 발라드 노래를 뚫고 노크 소리를 들었으면 싶다.

"루시?" 나는 열린 방충망 사이로 외친다. "캐럴 숙모? 카멜라?"

다시 문을 두드리려는 참에 루시가 브라 끈을 조절하면서 모퉁이를 돌아 나온다. 볼 때마다 색이 달라지는 긴 머리가 오늘 밤은 백금색이고, 한쪽 입술만 올린 미소를 짓고 있는데 어느 모로 보나 관능적이라고 말할 수밖에 없다. 루시가 나를 보고 실망한 기색이 역력하다.

"에미? 여긴 웬일이야?" 루시가 머리를 빼꼼히 내밀고 길거리를 내려다본다. "카멜라는 집에 없는데. 엄마는 배달 가셨고. 내일 다시 와."

에이번 화장품 방문 판매를 하는 캐럴 숙모는 고객이 주문한 물건을 현관에 놓고 오는 것은 전문가다운 태도가 아니라고 생각한다. 피부 관리용 종합 세트든 매니큐어 단 한 개든 캐럴 숙모는 직접 배달을 하고, 그러다 보면 자연스레 케이크 한 조각을 먹거나 커피 한 잔을 마시며 수다를 떠는 자리로 이어진다. 캐럴 숙모는 에이번 화장품을 판매하기 시작한 이래로 몸무게가 13킬로그램 늘었고 코니아일랜드에서 베이릿지에 이르는 모든 곳의 온갖 소문을 들었다.

"너 보러 온 거야, 루시. 지금 시간 괜찮아?"

루시는 손에 든 전화기를 확인한다. "음, 잠깐이면 괜찮겠네." 루시가 문을 열어놓는다. 내가 지나갈 때 루시는 다시 길거리를 내다보며 양쪽 방향을 두리번거린다. "저녁 식사에 누가 오기로 해서."

나는 나오려는 웃음을 꾹 참는다. 검은색 아이라이너를 두껍게 칠한 눈에 스모키 화장을 하고 빨간색 스판덱스 점프슈트를 차려입은 내 사촌은 명백히 저녁 식사에 '누가 오기로' 한 것처럼 보였다. 혹은 어쩌면 '누군가의 것'이 되기를 바라고 있는지도 모른다.

오랜 세월 동안 우리 가족이 세례식과 첫영성체와 고등학교 졸업 행사가 있을 때마다 모이는 장소인 작은 거실은 늘 그렇듯 티끌 하나 없이 깔끔하다. 캐럴 숙모는 지저분한 집보다 안 좋은 유일한 것은 립스틱을 안 바른 여자라는 지론을 가지고 있다. 오븐에 통째로 구운 로스트 치킨의 맛있는 냄새가 주방에서 솔솔 풍겨 와 입에 침이 고인다. 옆에 붙은 식당에는 두 사람분의 상이 차려져 있다. 수국이 꽂힌 꽃병이 식탁 가운데에 놓여 있고 그 양옆에서 두 자루의 양초가 깜박거리고 있다.

"멍청히 쳐다보러 온 거야, 이야기하러 온 거야, 에미? 나 지금

바쁜 거 안 보여?"

나는 방긋 웃는다. 입이 험하고 나보다 여덟 살 어린 이 사촌에게 겁먹던 시절이 있었다. 그러나 루시의 신랄하고 가시 돋친 말이 대체로 가장 사랑하는 사람들을 향한다는 것을 이제 나는 안다.

"네 친구가 도착하자마자 사라져줄 테니까 안심해. 그나저나 너한테 할 제안이 하나 있어." 나는 숨을 깊이 들이마신다. "이탈리아에 가고 싶어? 모든 경비가 지원되는 여행이야."

루시가 눈을 깜박인다. "이탈리아에? 언니랑?"

"그리고 포피 이모랑."

루시가 웃다가 숨이 막혀 컥컥거린다. "더럽게 재미없겠네." 루시가 몸을 빙그르 돌린다. "어때?" 한 손을 머리카락에 올린다. "마릴린 먼로의 백금발이라고."

"멋져." 나는 번개에 맞지 않기를 바라며 말한다. 왜 선천적으로 풍성한 갈색 머리카락을 자꾸 숨기는지는 내가 관여할 부분이 아니다.

"우리는 10월 중순쯤에 떠날 거야." 나는 다시 대화의 주제를 이탈리아로 돌린다. 포피 이모의 생김새와 성격을 간단히 말하고 트레스피아노에서 자란 어린 시절 이야기를 그대로 전달한다.

루시는 코 고는 시늉을 한다. "내가 내일모레 관에 들어갈 지루한 노인네랑 이탈리아에 가고 싶겠냐고."

예상 못 한 변호 본능이 솟구친다. "내가 보기에 포피는 지루하다는 말과 거리가 멀어."

"나는 포피 고모를 말한 게 아닌데."

96

나는 고개를 절레절레 젓는다. "하나도 안 웃겨, 루스. 생각해 봐. 좋은 경험이 될 거야. 그리고 너는 포피를 좋아하게 될 거야. 그분은…… 대단한 것 같아. 정말로."

"대단한 미치광이지." 루시가 다시 전화기를 확인한다. "할머니가 허락하셔?"

나는 흉터를 문지른다. "허락하시겠지." 나는 그렇게 되게 해달라고 기도한다. "루시, 다른 데도 아닌 유럽에 가는 거야. 완전히 멋지잖아?"

루시가 짜증 섞인 말을 내뱉는다. "라스베이거스도 아닌데 뭐." 또다시 곁눈으로 전화기를 보고는 소파에 털썩 퍼질러 앉는다. "계속 말해봐. 앉아."

나는 캐럴 숙모가 코바늘로 뜬 덮개가— 이번 덮개는 주황색과 노란색이 섞여 있다— 드리워진 갈색 소파에 앉아 포피 이모와 나눈 대화를 설명한다.

"여든 살 생일을 기념하기 위해서 우리 둘 다 같이 가야 한다고 고집하시네. 우리 말고 다른 사람은 없으셔. 포피 이모는…… 둘째 딸이잖아."

루시가 움찔한다. 겉으로 드러나지 않지만 늘 바닥에서 흐르는 저류 같은 그 저주는 폰타나 가문 사람들이 좀처럼 입 밖에 내지 않는 말이다. "그분 덕에 저주를 푸는 게 우리 몫이 돼버렸네. 뭐 인니가 무슨 도움이 된다는 말은 아니고." 루시가 얼굴을 찌푸리고 내 스웨터를 가리킨다. "설마 아니겠지. 콜드워터 크릭 재고 정리 판매대에서 건져 온 거야? 아니면 또 할머니 옷장을 털기라도 했어?" 루시는 라이트 세이드 프레드의 〈아임 투 섹시〉

가사 중 '셔츠'를 '카디건'으로 바꿔 부르기 시작한다.

"나는 카디건을 입기에는 너무 섹시해, 카디건을 입기에는 너무 섹시해, 할머니의 카디건을 입기에는 너무 섹시해."

나는 웃음을 터뜨린다. "그래, 그래. 무슨 말인지 알았어. 이 스웨터가 마음에 안 드는구나."

루시는 적어도 열두 번째로 전화기를 다시 확인한다. "엄청나게. 어쨌든 폽스한테 고맙다고 전해줘. 근데 타이밍이 완전 꽝이야. 나 연애 중이라고."

"응. 알아. 잘됐네."

루시는 전화기 키보드를 두드리면서 미간을 찡그린다. 내 눈이 아름답게 차려진 식탁으로 움직인다. 흘러내린 촛농이 양초 밑에 고여 있고 고기 타는 냄새가 희미하게 풍긴다. 루시의 데이트 상대가 늦는다. 너무 늦는다. 루시 걱정에 마음이 아프다. 나는 자리에서 일어나서 불안감을 없애주는 미소이겠다 싶은 표정을 짓는다.

"다음에 이야기하자. 이제 그만 방해하고 갈게."

루시가 내 팔을 움켜잡는다. 보라색 매니큐어를 바른 손톱이 내 피부를 파고든다. "그러지 마, 엠."

"뭘?"

"불쌍하다는 식으로 보지 말란 말이야!"

나는 다시 주저앉는다. 어떻게 해야 하는지 혹은 무슨 말을 해야 하는지 모르겠다. "미안해."

"그 사람한테 금방 문자 왔어. 늦는대. 그래도 올 거래. 두고봐."

"그래, 네 말이 맞아, 루스. 근데, 어, 오븐을 끄는 게 좋겠는데."

해가 저물면서 어두워지기 시작하자 나는 램프를 켠다. 루시는 버드와이저 병의 뚜껑을 비틀어 연다. 이내 한 병 더 딴다. "그 사람 올 거야." 루시는 세 번째 맥주를 따면서 나에게 말한다.

"알아."

"우리 다섯 번 데이트했어." 루시가 입을 연다. "어, 네 번이야, 정확히는. 첫 번째는 그냥 섹스만 했고." 루시가 나를 슬쩍 흘겨본다. "뭐 불만 있어?"

"아니." 나는 솔직하게 말한다. "신경 안 써."

루시는 맥주병에서 상표를 벗긴다. "카멜라는 나더러 돼지들하고 데이트하는 헤픈 계집이래."

버럭 화가 난다. "네 언니가 정말로 그렇게 말했어?"

루시가 어깨를 으쓱한다. "그렇게 말한 거나 마찬가지. 엄마는 내가 불량품이라고 생각해. 엄마는 내가 좋은 남자를 만나서 결혼하고 아이들을 낳게 해달라고 기도해. 정말로 바닥에 무릎을 꿇고 기도한다니까. 아빠도 다를 게 없고. 둘 다 내가 평생 독신으로 살까 봐서 겁내."

나는 눈살을 찌푸린다. "독신으로 사는 게 왜 겁낼 일이야?"

루시가 째려본다. "손주가 안 생기잖아."

"아하. 우리 가족은 정반대인데. 우리 가족은 이미 나를 포기했어. 나는 오히려 그게 편하고."

"어, 언니는 운이 좋아." 루시가 가슴골을 내려다본다. "언니가 나처럼 생겼다면, 가족들이 언니한테도 기회가 있다고 생각할 거야."

나는 호기심 가득한 커다란 눈에 온통 긁히고 멍든 통통하고 짧은 다리를 가지고 있던 사랑스러운 어린 루시의 모습을 마음속으로 그려본다. 불쌍한 루스. 완벽하게 파운데이션을 바르지 않은 얼굴을 한 번도 보인 적이 없는 예쁜 캐럴 숙모는 선머슴 같은 어린 딸을 달가워하지 않았다. 캐럴 숙모는 루시를 무용 수업에 보냈고 브루클린에서 열리는 모든 예쁜 아이 선발 대회에 내보냈다. 하지만 루시는 무용을 잘하지 못했고 토실토실한 여자아이는 미인 대회에서 우승하지 못했다.

루시가 사춘기에 들어서면서 상황이 바뀌었다. 젖살이 풍만한 곡선으로 변했고 브라 컵 사이즈가 하나씩 커질 때마다 자신감도 덩달아 올라가는 듯했다. 지금 내 사촌 루시를 가만히 지켜보고 있자니 배기 반바지와 얼룩 묻은 티셔츠를 입던 모습이 우스꽝스러운 스파이더 우먼 점프슈트를 입은 모습보다 훨씬 자연스러워 보인다는 생각이 든다.

"그 사람에 대해서 말해봐." 내가 말한다. "네 친구, 그러니까 네가 만나는 그 남자. 이름이 기억 안 나네."

루시가 숨을 내쉰다. "잭이야. 콩나무에 나오는 주인공이랑 이름이 같아. 뭐 말하는지 알지?" 루시가 싱글벙글한다. "그는 아주 멋져. 엄마도 반했다니까. 그리고 나를 좋아해, 엠. 나 같은 사람은 만난 적이 없대." 루시가 다시 시간을 확인한다.

"루시." 나는 루시가 술기운이 알딸딸하게 오른 틈을 타 말한다. "포피랑 나랑 이탈리아에 가자. 잠시 벤슨허스트를 벗어나자."

루시는 엄지손가락 손톱을 물어뜯는다. "못 가. 이제 막 시작한 관계야. 내가 여행을 가면 잭이 날 기다리고 있겠어? 꿈 깨."

루시를 바람맞히다니 분명히 그 남자는 완전히 얼간이다. 그런데도 여전히 루시는 그를 원한다. 루시는 아주 완강한 둘째 딸이다. 그 점은 확실히 인정해줘야겠다.

루시가 잭에 대해서 계속 웅얼거리는 동안 나는 딴생각에 빠진다. 그냥 지금 당장 집에 가면 된다. 오늘 밤 포피에게 전화해서 루시가 제안을 거절했다고 말하면 된다. 포피는 다른 여행 친구들을 찾을 것이고, 루시는 실망할 일이 없을 것이고, 할머니는 내가 이탈리아에 갈 생각을 품었다는 사실을 끝내 모르리라.

루시가 전화기를 탁자에 쾅 놓는 바람에 나는 화들짝 놀란다. "문자 확인하라고, 멍청아!" 루시는 머리를 소파에 기대고 천장을 응시한다. "또 이래. 항상 이런다니까. 잭이 흥미를 잃고 있어."

"아, 루스, 유감이야."

"우리가 섹스를 안 한 지 일주일 됐거든. 그랬더니 이 멍청이가 나를 바람맞히네."

나는 지독하게 외로운 이 아이를 품에 안고 위로하고 싶은 마음이 간절하지만, 거절당할 것임을 안다. "네가 이런 취급을 받을 이유가 없어."

"언니도 마찬가지지. 근데 우리 둘 다 그걸 받았잖아, 안 그래?"

루시는 그 저주를 말하는 것이다. 포피의 약속을 루시에게 말하는 게 나을까? 아니다. 루시가 그 저주를 믿을 정도로 귀가 얇다면 포피가 저주를 풀 수 있다는 말도 믿을 것이다. 하지만 물론

101

저주를 푸는 것은……

포피의 말이 내 귀에 들린다. 가능해.

나는 불길한 예감을 느끼며 세심한 주의를 기울여 입을 연다. "루시, 너한테 할 말이 있어." 루시를 향해 고개를 돌리는데 긴장 때문에 배가 딴딴하게 뭉친다. "포피가 좀 말도 안 되는 생각을 하고 계셔. 우리가 포피와 함께 이탈리아에 가면……." 나는 말을 멈추고 흉터를 쓰다듬는다. 루시가 미친 이모 말을 믿으면 어떻게 하지? 루시가 여행이 끝나면 수백 년 된 저주에 더 이상 시달리지 않게 되리라는 기대를 품고 이탈리아에 가기로 하면 어떻게 해? 기대가 무너지면 루시는 크나큰 실망의 늪에서 벗어나지 못할 것이다. 나는 오래된 가족사진 속 둘째 딸들처럼, 원통해하고 잔뜩 화나 있고 낙담한 노인이 된 루시를 상상한다.

"둘째 딸들의 저주가 풀릴 것이라고 맹세하셔."

"뭐라고?"

"나도 알아. 완전히 허튼소리야, 그렇지? 첫째, 일단 저주라는 것 자체가 없잖아. 그건 확실히 하자고. 둘째, 그런데 저주를 푼다는 포피의 발상이……." 내 목소리가 차츰 잦아들고, 마치 그 발상이 완전히 터무니없다는 듯이 웃음을 터뜨린다.

이제 루시는 더 반짝이는 눈으로 나를 빤히 쳐다본다. "나 갈 수 있을 것 같아. 그러니까, 그게 포피한테 그렇게 중요하다면."

"그래." 나는 조심스럽게 말한다. "그런데, 루스, 그냥 이탈리아 여행이야. 그게 다야. 제발 포피의 바보 같은 약속이 이루어질 것이라고 기대하지 말—"

"나도 알아!" 루시가 매섭게 내 말을 가로챈다. "세상에. 내가 그 정도로 절박한 줄 알아?"

나는 루시의 자존심을 건드리고 싶지 않아서 아무 말도 하지 않는다. 가슴이 철렁 내려앉는다. 포피 이모는 일생 최대의 실망을 느낄 함정에 루시를 빠뜨리고 있다.

그리고 나는 포피의 공범이다.

11장

✳

에밀리아

우리 가족은 매주 일요일 성 아타나시우스 성당에서 미사를 드린 다음에 할머니 집에 모여 저녁 식사를 한다. 우리는 주문 제작한 5미터 길이의 호두나무 목재 식탁에 둘러앉는다. 식탁에는 포도주 상인의 앞치마에 묻은 것보다 더 많은 와인 얼룩을 자랑하는 아주 오래된 식탁보 세 벌이 깔려 있다. 모두 스물네 개에 달하는 의자 팔걸이가 우리 대화처럼 서로 겹쳐져 있다. 대부분의 일요일에 우리는 식탁을 다 채우지만, 가끔 비니 삼촌은 부두에서 일해야 하고 다리아 언니의 남편인 도니는 일요일마다 찾아오는 코감기에 걸린다.

오늘은 매트를 포함해서 열네 명이 모여 있다. 매트는 나를 응원해주려고 참석했다. 다리아 언니와 조카들이 빵 두 덩이와 병에 담긴 올리브와 마늘을 가지고 도착한다. 오늘은 도니도 끌고 왔다. 도니는 거실에서 매트와 뉴욕 메츠의 야구 경기를 보고 있고 그동안 돌피 삼촌은 42번가의 새 개발 계획에 대해 큰 소리로 불평을 늘어놓고 있다. "6층 높이 건물이라니. 너무 크잖아. 고풍스러운 분위기에 어울리지 않아."

나는 이 방 저 방 돌아다니면서 대화에 끼어들지만 한 귀로 듣고 한 귀로 흘리면서 조바심을 치고 있다.

"루시 남자 친구가 아주 잘생겼어요." 식탁을 차리면서 캐럴 숙모가 에텔 숙모에게 속삭인다. "이번에는 진짜 짝을 만난 것 같아요."

내 심장이 철렁 내려앉는다. 캐럴 숙모는 루시를 바람맞힌 그 얼간이 이야기를 하고 있다. 그 남자가 진짜 짝이 될 가능성은 돌피 삼촌의 취향이 오페라에서 에미넴으로 바뀌는 것만큼이나 희박하다.

"에첼렌테(Eccellente, 정말 잘됐구나)!" 에텔 숙모가 외친다. 이어서 캐럴 숙모 쪽으로 바싹 다가서서 나직한 목소리로 말한다. "유령이 나한테 그러더라. 운 마트리모니오 프레스토(un matrimonio presto, 곧 결혼식이 있을 것이다)."

캐럴 숙모가 소리 내어 웃는다. "유령 말이 맞네요……. 곧 결혼식이 열릴지도 모르겠어요. 그렇지만 우리끼리의 비밀로 하기로 해요. 루시가 새 남자 친구에 대해 어머님께 직접 말하게요."

내 조카 미미가 아이패드로 게임을 하다가 고개를 든다. "나는 비밀이 좋아요!"

2시가 되자 돌피 삼촌이 식탁으로 오라고 온 가족을 부른다. "만지아모(Mangiamo)!" 돌피 삼촌이 큰 소리로 말하며 손뼉을 친다. "먹자!"

매트가 루시의 언니이자 스물네 살인 카멜라 옆 의자에 앉는다. 카멜라는 검은색 컨버스 스니커즈를 신고 산뜻한 붉은색 립스틱을 바른 모습이 오늘 특히 귀여워 보인다. 은행에서 근무하다 지난달에 해고당한 카멜라는 '지옥 같은 면접' 경험들을 이야기하며 매트를 즐겁게 하고 있다.

나는 첫 번째 코스인 전채 요리와 이어 라비올리를 나르는 할머니를 돕는다. 아빠는 모두의 잔에 와인을 따르는데 아이들에게는 작은 유리잔에 조금만 준다. 여러 목소리들이 섞이고 포크들이 쨍그랑 소리를 낸다. 우리는 잔을 마주 부딪쳐 건배하고, 빵을 뜯고, 빵 껍질을 허브 섞인 오일에 살짝 적신다. 그 와중에 나는 음식을 간신히 삼킨다.

"부오나 파스타(Buona pasta, 맛있는 파스타예요), 로사."

"일 밀리오레(Il migliore)! 최고야." 비니 삼촌이 동의한다.

나는 식탁에서 일어날 기회가 보이자 냅다 움직여서 접시를 치운다. 다음 코스인 양갈비를 들고 오는 아빠를 지나친다. "괜찮으냐, 에밀리아? 얼굴이 창백하구나."

"괜찮아요." 나는 거짓말한다.

어린 양고기는 아주 맛있지만, 나는 거의 넘기지 못한다. 나는 초콜릿 아마레토 케이크가 나오고 그라파가 잔에 채워질 때까지 기다린다. 목소리들이 낮아지고, 움직임들이 느려지고, 실컷 먹고 포만감에 빠져 자세들이 흐트러진다.

루시가 손목시계를 두드려 내 시선을 끈다. 루시도 나처럼 이 일을 빨리 해치우고 싶어 한다. 심장이 쿵쿵거린다. 나는 몸을 기울이고 목청을 가다듬는다. "알려드릴 소식이 있어요." 나는 할머니를 보지 않으려고 신경 쓰면서 말한다.

식탁 건너편에서 다리아 언니가 입에 손가락을 대고 쉿 소리를 내 아이들을 조용히 시킨다. "에미 이모가 숨겨온 비밀을 말하려나 봐."

미미의 눈이 커진다. "이모 남자 친구 생겼어요?"

매트를 제외한 모두가 웃는다. 매트는 눈썹을 추켜세우고 나는 시선을 피한다.

"아니야!" 나는 미미를 보며 한 손을 내젓는다. 심호흡을 한다. "저 이탈리아에 가요."

다리아 언니가 못마땅한 표정을 짓는다. 식탁이 조용해진다. 나는 곁눈질로 십자가를 긋는 할머니를 본다.

"맞아요." 매트가 식탁 주위를 둘러보며 말한다. "다음 달에 떠난대요. 이탈리아에서 8일이라. 아주 멋지죠, 그렇죠?"

고개들이 돌아간다. 혼란스러운 시선들을 주고받는다. 내 가족이 서서히 자기 목소리를 찾는다.

"쟤가 왜 이탈리아에 가는데요?"

"안전한가?"

"젊은 여자한테는 아니죠."

"요즘은 유럽에 범죄가 들끓잖아."

"맞아요." 캐럴 숙모가 동의한다. "테러리스트들."

"그리고 집시들은 또 어떻고. 조금만 틈을 보여도 사람들 혈관에서 피를 뽑아 간다고."

매트는 이마를 문지르며 나를 훔쳐본다. 나는 얼굴에 미소를 지으려고 애쓰면서 분위기를 띄우려 한다.

"자, 여러분." 나는 말한다. "이탈리아예요, 우리 고국이잖아요."

"혼자서 여행하는 것은 아니겠지, 안 그래, 에미?"

루시가 올 게 왔다는 듯이 눈을 감는다. 모든 눈이 나를 향한다. "맞아요." 나는 식탁을 힐끔 내려다본다. "루시랑 가요."

"루시?" 캐럴 숙모가 루시 쪽으로 고개를 홱 돌린다. "너 이탈리아 안 가지, 그렇지?"

나는 무릎에 놓인 냅킨을 비비 꼰다. "저희는 포피 이모와 가요."

그 순간 정적이 내려앉는다. 너무 조용해서 먼지가 떨어지는 소리마저 들릴 지경이다. 나는 흉터를 손가락으로 문지른다. 마침내 할머니의 의자가 나무 바닥을 긁는 소리가 난다. 할머니가 말없이 일어난다. 방금 내가 한 말을 한마디도 못 들었다는 듯이 에스프레소 컵을 꽉 움켜쥐고 거실로 이동한다.

아빠와 비니 삼촌이 할머니의 의자 옆에 쪼그리고 앉아 위안의 말을 건네는 동안, 캐럴 숙모는 루시에게 질문을 퍼붓는다. 나는 엿듣지 않으려고 노력하면서 식탁에서 접시를 바쁘게 거둬들인다.

"새 애인을 두고 여행을 간다니 대체 무슨 소리야, 루시아나? 기회를 날릴 셈이구나."

내가 접시를 쌓는 동안 두 사람의 대화가 점점 가열된다. 루시의 이마에 혈관이 툭 불거진다. 루시는 자기 엄마에게 얼굴을 딱들이댄 채 이를 악물고 소곤거린다. "그 빌어먹을 저주가 깨질 거예요. 이탈리아에서요. 포피 이모가 약속했어요."

캐럴 숙모의 눈이 휘둥그레진다. 캐럴 숙모가 몸을 수그리고 가슴을 움켜쥔다. "저주가 풀린다고?"

심장이 철렁 내려앉는다. 나는 고개를 푹 숙이고 나 자신과…… 루시와…… 포피 이모에게 욕을 퍼붓는다.

주방 싱크대에서 잔을 헹구는 동안 절망감에 온몸이 부들부들 떨린다. 사심 없는 단 한 사람. 내가 원하는 것은 그게 다였다. 루시와 나를 응원해주고 우리가 모험을 하게 돼서 참 좋다고 말해주고 여행 잘 다녀오라고 빌어줄 단 한 사람의 가족. 하지만 아니다. 끝내 그들은 응원의 말을 하지 않았다. 단 한 명도 할머니의 뜻을 감히 거스르려 하지 않는다. 할머니는…… 나를 포함한 우리 가족 모두를 손아귀에 넣고 있다. 지금까지는.

아빠가 내 옆으로 와서 본인의 접시를 싱크대에 올린다. "이탈리아에서 8일이라. 가게를 비우기에는 긴 시간이구나."

"넵." 나는 아빠의 접시를 낚아채 물을 확 뿌린다. "그리고 정확히 말하면 여행 기간은 10일이에요."

아빠는 재빨리 주방을 획 둘러보고는 내 귀에 얼굴을 바짝 댄다. "네가 없는 동안 내가 기꺼이 클로스를 돌보마."

고개를 돌려 바라보니 아빠의 눈이 기쁨으로 반짝거린다. 내 입이 떡 벌어진다. 아빠한테 뽀뽀하고 싶다. 아빠를 끌어안고 사랑한다고 말하고 싶다. 하지만 그러면 너무 어색해질 것이다. 대신에 나는 활짝 웃는다. "고마워요, 아빠. 그렇지 않아도 카멜라한테 우리 집에서 지낼 생각이 있냐고 물어보려고 했어요. 아빠랑 있는 게 클로스한테 훨씬 나을 거예요." 나는, 아직도 캐럴 숙모와 비니 삼촌이랑 사는 미혼인 사촌이 단 10일 동안이라도 혼자서 독차지할 공간이 생기면 아주 좋아할 것이라는 말은 하지 않는다.

"당연하지." 아빠는 나가려고 몸을 돌린다.

"근데 아빠?" 아빠가 돌아본다. "감사합니다."

아빠가 내 어깨를 힘껏 쥐고 나서 주방에서 나간다.

싱크대에 물을 채우고 있는데 매트가 들어온다. "너 대단했어." 매트가 허리를 굽혀 볼에 뽀뽀하는 바람에 나는 깜짝 놀란다.

나는 거북해서 몸을 비틀어 거리를 둔다. "고마워. 있잖아, 다시 저기 가 있을래? 사람들이 나에 대해 무슨 말을 하는지 알아야겠어."

매트가 나가려고 몸을 돌리지만 이미 그의 눈에 어린 실망감을 내가 본 뒤다. "제기랄." 나는 중얼거린다. 거품투성이의 물에 손을 담그고 무쇠 냄비를 문질러 닦으려는 참이다. 갑자기 차가운 손이 내 팔꿈치를 꽉 잡는다. 나는 화들짝 놀라 작은 거품을 싱크대에 튀긴다. 뿌옇게 김이 서린 안경알 너머로 할머니의 여윈 얼굴이 보인다. 할머니가 너무 가깝게 기대고 있어서 할머니 입에서 나는 에스프레소 냄새까지 맡아진다.

"너는 내 뜻을 거슬렀어. 나한테 말도 안 하고 그런 결정을 내리다니."

음, 그야 제가 스물아홉 살이고, 진작 제 일은 제가 알아서 판단했어야 하기 때문이죠. 하지만 나는 뻔뻔한 말을 속으로 삼킨다. "할머니가 허락하시지 않을 것 같았어요." 나는 정직하게 말하고 행주에 손을 닦는다.

"맞아. 나는 허락하지 않았을 게다. 지금도 안 되고. 앞으로도 안 돼." 할머니가 외면하며 얼굴을 감싼다. 눈물 한 방울 안 흘리면서 감정을 드러내는 할머니의 방식이다.

"할머니를 속상하게 하려고 이러는 게 아니에요." 내가 할머니 어깨에 한 손을 올리니 할머니가 움찔한다.

"너는 나를 속상하게 했어, 에밀리아. 아주, 아주 지독하게."

"죄송해요. 그렇지만 이해를 못 하겠어요."

할머니가 고개를 돌리고 행주로 마른 눈을 닦는다. "그래, 이해를 못 하겠지. 어떻게 이해하겠냐? 너는 사정을 모르는데." 할머니의 눈이 다시 나를 향한다. "내 동생은 일 디아볼로(il diavolo)야."

"악마요?" 나는 킬킬거리며 웃는다. "아니에요, 할머니. 지금은 정말로 좋은 분이에요. 할머니가 그분에게 전화해서 이야기를 나눠보세요."

"이런 바보 같으니라고!" 할머니의 이마에 혈관이 툭 불거지자 이러다가 뇌졸중이라도 일으켜 쓰러질까 봐서 더럭 겁이 난다. "파올리나는 내 아이를, 조세피나를 훔쳐 가려고 했어. 바로 내 품에서 딸아이를 빼앗아 가려고 했다고."

주방이 싸늘해진다. "포피 이모가 엄마를 납치하려고 했다고요?"

"씨."

나는 머리를 흔든다 "어째서요? 왜요?"

할머니가 가슴을 쿵쿵 두드린다. "그 말은 못 한다."

"수십 년 전 일이에요." 확신이 없으면서도 확신에 찬 척 말하려고 노력한다. "분명히 할머니는 두 번째 기회가 있다고 믿으시잖아요. 그분은 할머니 동생이에요."

"잘 들어라, 에밀리아 조세피나." 할머니는 눈살을 찌푸리며 관절염에 걸린 손가락으로 내 가슴을 가리킨다. "이탈리아 이야기나 그 여자 이야기는 더 이상 하지 마라. 금지야."

나는 청소와 대화와 키안티에 열중하려고 하지만, 오후의 끝을 향해 가면서 할머니의 말이 점차 이해되고 그와 더불어 자꾸 의심이 든다. 포피가 엄마를 할머니 손에서 훔치려고 했다. 할머니가 그렇게 앙심을 품은 것도 당연하다. 내가 그 먼 곳을 함께 여행하기로 한 이 여인은 도대체 어떤 사람일까?

5시가 되자 태양이 건물 입구 자그마한 잔디밭 위로 그림자를 드리운다. 나는 현관 베란다를 오락가락한다. 돌피 삼촌이 그곳에 앉아 시가를 피우면서 지나가는 차를 물끄러미 바라보고 있다.

"돌피 삼촌." 나는 돌피 삼촌 옆에 걸터앉는다. "삼촌 누나가 악마예요?"

돌피 삼촌이 시가를 톡톡 두드리고 나서 고개를 젓는다. "아니. 악마는 아니야. 그냥 못됐지."

나는 소리 내어 웃는다. "아니요. 로사 할머니 말고요. 포피 말이에요."

"파올리나 누나?" 돌피 삼촌이 땅이 꺼져라 한숨을 쉰다. "그누나가 내 마음을 아프게 했지. 우리 집을 밝게 해주는 사람이었는데. 내가 가장 좋아하는 누나였어. 나에게 장난치는 것을 좋아했단다. 항상 행운의 동전을 찾아내곤 했어. 그리고 상상력이 얼마나 좋았다고!" 돌피 삼촌이 양손을 쳐든다. "한도 끝도 없었어! 나를 자주 들판에 데리고 갔어. 우리는 사악한 괴물에게서 도망친 고아들인 척했단다. 누나가 상상한 괴물은 우리 아버지였을 거야. 그게 말이다. 우리 아버지가 파올리나 누나한테 아주 엄했거든."

"할머니한테도 엄했어요?"

"응. 아버지 천성이 그랬어. 그래도 아버지가 첫째 딸 로사를 가장 예뻐하는 건 다들 알았단다. 이 나라에 오기 전에 로사 누나는 예쁜 아가씨였고 마음이 참 따뜻했어. 그런데 꼭 미국이 로사 누나에게서 다정함을 다 빼앗아버린 것처럼 사람이 바뀌더라."

"포피 이모, 그러니까 파올리나가 삼촌 마음을 아프게 했다고 하셨잖아요. 어떻게요?"

철갑 조끼가 어깨를 짓누르기라도 하는 양 돌피 삼촌이 무겁게 끙 소리를 낸다. "파올리나 누나는 미국에 와서 실성해버렸어. 그때 나는 이탈리아에 있었단다. 여전히 트레스피아노에서 어머니랑 아버지와 살고 있었지. 로사 누나랑 브루노 형이 편지를 보냈어. 부모님은 딸이 심하게 아프다는 소식을 듣고 아주 힘들어하셨단다."

"그때 그분이 로사 할머니와 알베르토 할아버지의 아기를 납치했어요?"

돌피 삼촌이 머리를 홱 치켜든다. "네가 그 일을 알아?"

"할머니가 말해주셨어요. 왜 포피 이모가 그런 무서운 일을 했을까요?"

돌피 삼촌이 시가를 한 모금 빨고 먼 곳을 응시한다. "파올리나 누나는 아기가 죽었을 때 가슴이 찢어지도록 슬퍼했단다."

헉 소리가 난다. "포피 이모한테 아기가 있었어요?"

"임신했지, 씨. 그런데 아니나 다를까 포피는 둘째 딸이었어. 끝이 안 좋으리라는 것을 알았어야지."

나는 소름이 돋은 팔을 문지른다. 돌피 삼촌이 고개를 절레절레 흔든다. "불쌍한 파올리나 누나…… 예전과는 영 딴판이 됐어. 로사 누나가 아기를 낳았을 때 파올리나 누나가 너무 힘들어했단다. 파올리나 누나가 마른 나뭇가지처럼 부러져버렸어. 갓난아기인 조세피나에게 애착을, 너무 심한 애착을 가지게 됐단다."

"그래서 갓난아기를 데려가려고 했군요. 하지만 그랬다가 자신의 잘못을 깨닫고 조세피나를 돌려줬고요."

돌피 삼촌이 고개를 끄덕인다. "그리고 이틀 뒤에 파올리나 누나는 벤슨허스트를 완전히 떠났단다. 명절에만 돌아오도록 허락을 받았지." 돌피 삼촌이 시가를 비벼 끈 다음에 재가 묻은 부분이 위로 가게 해서 스포츠 재킷 앞주머니에 넣는다. "그게 최선이었어. 파올리나 누나가 조세피나 옆에 있으면 욕심이 생겼을 테니까. 로사 누나와 알베르토 형님은 더 이상 파올리나를 믿지 않았어. 네 할머니는 여전히 파올리나가 페리콜로사(pericolosa, 위험한)하다고 생각한단다."

젊은 시절 포피 이모를 생각하니 내 마음이 아프다. 과연 그 상실감에서 벗어나기는 했을까? 지금은 상당히 잘 지내는 것으로 보이기는 한다. "삼촌은요? 삼촌도 그분이 위험하다고 생각하세요?"

돌피 삼촌이 빙그레 웃는다. "위험해봤자 새끼고양이 정도

114

지 뭐. 파올리나 누나의 마음에는 꿀이 넘쳐흐른다는 점만은 자신 있게 말할 수 있단다." 돌피 삼촌이 내 무릎에 한 손을 얹는다. "있잖아, 이번 이탈리아 여행이 행운이 될 수도 있겠구나. 누나들은 늙어가고 있단다. 잘된다는 보장은 없지만, 네가 파올리나 누나 마음에 든다면 누나를 설득해볼 수 있을지도 모르겠구나. 한 번 더 로사 누나에게 용서를 구하라고. 너무 늦기 전에 말이다."

12장

✳

에밀리아

어느새 32일이 지났다. 여행 생각이 머리에 가득 찬 덕분에 매트와 다시 심각한 대화에 빠지는 것을 그럭저럭 피해왔다. 일요일 오후, 우리가 탄 택시가 벨트 파크웨이를 쌩 지나가고 있다. 루시가 옆에서 손톱에 매니큐어를 칠하느라고 바쁜 틈에 이제야 전화기를 들고 매트에게 문자를 보낸다. 나는 매트에게 작별 인사를 하고 사랑한다고, 보고 싶을 것이라고 말하고 싶다. 하지만 만사가 너무 복잡해졌다. 예전이라면 그저 자연스러운 문자였을 텐데 이제는 옳지 않게 느껴진다. 나는 매트에게 괜한 여지를 남기고 싶지 않다.

JFK 국제공항에 가는 중. 10일 뒤에 봐. 잘 지내. 엠시.

항상 그렇듯이 매트의 답장이 바로 뜬다. 네가 자랑스러워, 엠스. 무슨 일 있으면 언제든 연락해. 아, 내 후드 티 봤어?

다리아 언니의 북 클럽이 열린 날에 매트가 나에게 빌려준 나이키 후드 티. 미안. 우리 집 옷걸이에 있어. 내가 여행 간 동안 카멜라가 우리 집에서 지낼 거야. 카멜라 안 놀라게 노크부터 해.

전화기를 미처 *끄기* 전에 답장이 온다. 너 돌아오면 우리 이야기 좀 할까? 제발?

명치가 조여든다. 나는 숨을 깊이 들이마신다. 당연하지.

나는 전화기를 핸드백에 던져 넣는다. 핸드백을 닫으려는데 안에 뭔가가 눈에 띈다. 나는 얼어붙는다. 팔뚝에 털이 곤두선다. 설마, 말도 안 돼.

집어 드니 무겁고 차갑다. 1달러 은화 크기다. 둘레에 '성 크리스토퍼, 우리를 지켜주소서'라고 적혀 있다. 한때 엄마 것이던 청동 메달이다.

이 메달은 수년 동안 다리아 언니가 가장 소중히 간직한 물건이었다. 언니가 첫영성체를 지냈을 때 아빠가 언니에게 이 메달을 줬다. '여행자들의 수호신이야.' 아빠가 언니에게 말했다. '네 엄마는 네가 갖기를 바랐을 거다.'

그리고 이제 다르 언니는 내가 그것을 갖기를 바란다. 언니가 직접 주기 민망해서 내 핸드백에 슬쩍 넣어놨나 보다.

나도 모르게 부드러운 신음 소리가 새어나온다. 나는 메달을 움켜쥐고 가슴에 댄다. 성 크리스토퍼의 수호…… 엄마의 추억…… 언니의 사랑 덕에 마음이 편안해진다.

루시가 손톱칠을 멈추고는 고개를 갸웃하고 나를 쳐다본다. "세상에, 엠. 오르가슴이라도 느끼는 거야, 뭐야?"

✳

포피 이모는 약속대로 델타 항공 카운터 바로 밖에서 기다리고 있다. 직접 본 지 10년은 지났지만 나는 즉시 알아본다. 사실 밝은 녹색 바지에 패치워크 블레이저를 입고 작은 얼굴을 거의 다 가리는 커다란 둥근 테 안경을 쓴 사람을 그냥 지나치기란 쉽지 않을 것이다.

"여자 엘튼 존인 줄." 루시가 중얼거린다.

포피가 양손을 동시에 흔들고 있다. 옆에는 보라색과 빨간색과 노란색이 알록달록한 바퀴 달린 여행 가방 두 개가 있는데 마치 누군가— 아마 포피가— 아무 문제 없는 흰색 가방 세트에다가 페인트에 푹 담근 붓을 마구 휘두른 것처럼 보인다.

"우리 예쁜이!" 포피 이모가 빠른 걸음으로 우리에게 다가오며 외친다. 손톱에는 입술과 마찬가지로 불타는 듯한 빨간색이 칠해져 있다. "직접 보니 더 사랑스럽구나!"

나는 우리 엄마를 훔치려 한 이 여인에게 화를 내고 싶다. 하지만 활짝 벌린 팔에 안기자 모든 거리낌이 사라진다. 범죄자이든 아니든, 이모는 내가 사랑받는다고 느끼게 한다. 이 느낌이 점점 좋아질 것 같다. 하지만 그 못지않게 빠르게 죄책감이 스멀스멀 올라온다. 나는 평생 할머니와 살았는데, 잘 알지도 못하는 이모 때문에 지금 할머니를 배신하고 있다.

"좋아서 가슴이 벌렁벌렁하는구나!" 포피 이모가 내 뺨에 마지막으로 한 번 더 뽀뽀를 하고 루시 쪽으로 고개를 돌린다. "그리고 너!" 포피가 또 다른 조카딸을 안으러 가지만 루시는 팔을 옆에 딱 붙이고 뻣뻣하게 서 있다.

"너를 만나니 정말 좋구나, 루시아나." 마침내 포피 이모가 말하고는 활짝 웃는다. "네가 좀 덜 보이면 더 좋았겠다 싶기는 하지만."

루시가 발끈한다. "그게 무슨 뜻이에요?"

나는 가련한 사촌이 창피해서 외면한다.

루시가 몸에 딱 달라붙는 흰색 칵테일 드레스에 발가락 부분이 트인 검은색 앵클부츠 차림으로 뒤뚱거리며 현관 계단을 내려왔을 때 내가 어떻게 해야 했을까? 내 사촌 말고 도대체 어느 누가 발가락 부분이 트인 부츠가 좋은 아이디어라고 생각했을까? 하지만 택시의 미터기가 올라가고 있었고, 우리는 공항에 가야 했다. 굳이 말싸움으로 여행을 시작할 필요가 있을까?

포피가 뺨을 토닥거린다. "그 바보 같은 옛 저주가 우리 모두를 웃음거리로 만들었어. 너 좀 보렴, 아가. 절실히 사랑받고 싶어 하잖니. 그리고 이 아이는." 포피가 나를 가리킨다. "닳아빠진 신발 같은 모양새로 오고."

헉 소리가 저절로 나온다. "제가요?"

루시가 마구 웃음을 터뜨린다. "제 말이요, 그죠? 어쨌든 이제 그걸 푸실 거죠? 그 저주요?"

포피가 턱을 든다. "나는 여든 살 생일에 라벨로 성당의 계단에서 천생연분을 만날 거란다."

루시의 입이 떡 벌어진다. "저주를 풀 계획이 그거예요?"

포피의 얼굴에 아이처럼 순진무구한 기쁨이 퍼지고 고개를 끄덕인다. 루시가 포피의 양어깨를 움켜쥔다.

"안 돼. 아니야! 아니야! 아니야! 설마 진심은 아니겠죠. 스물한 살인 저도 천생연분을 못 만나는데 여든 살에 어떻게 천생연분을 만날 거라고 생각하세요?"

"그러니까 루시 말은요." 가슴이 울렁거린다. "이모의…… 음…… 연령대에…… 누군가를 만날 가능성이…… 어……."

루시가 불쑥 끼어든다. "이런 말을 하기는 싫지만요, 폽스, 쪼그라든 젖가슴과 주름진 엉덩이를 좋아할 남자는 거의 없다고요."

나는 움찔 놀라서 차라리 이모 귀가 잘 들리지 않기를 기원한다.

"말해보렴." 포피가 시선을 루시에게서 나로 돌리며 말한다. "언제부터 마법을 믿지 않게 된 거니?"

허를 찌르는 질문이다. 사실대로 말하고 싶어진다. 엄마가 생기게 해달라고 여러 해 동안 소원을 빌고 기도했는데도 이루어지지 않자 결국 4학년 즈음에 믿지 않게 됐다고.

"내가 여기에 온 딱 한 가지 이유는 고모가 저주를 풀겠다고 약속했기 때문이에요." 루시가 말한다. "벌써부터 엄마가 언제 저주가 풀리냐고 계속 문자를 보내고 있단 말이에요. 제발 플랜 비가 있다고 말해주세요."

포피가 몸을 돌려 여행 가방의 손잡이를 잡는다. "저주는 잊어버리렴, 루시아나. 우리는 이탈리아에 갈 거야!"

나는 루시와 눈을 마주치지 않으려고 하지만 나를 매섭게 쏘아보는 시선이 느껴진다. 나는 정말로 저주가 있다면 (물론 저주는 없다) 포피가 풀 것이라고 루시에게 장담하고 싶다. 포피는 약속을 지킬 것이다. 하지만 그렇게 말하지 못한다. 우리 이모할머니가 〈다운튼 애비〉에 나오는 늙은 그랜섬 대부인 이후로 사람을 조종하는 데 가장 능한 사람일지도 모를 일이다.

나는 포피를 따라 보안 검색대를 지나간다. 새것 같은 내 여권과 달리, 포피의 여권에는 페이지마다 외국의 스탬프가 잔뜩 찍혀 있다.

"얼마나 많은 나라에 가보셨어요?" 포피가 아주 커다란 주황색 핸드백에 여권을 집어넣을 때 내가 슬쩍 묻는다.

"34개국. 지금도 계속 늘어나고 있고. 그렇지만 이탈리아는 특별하단다. 나는 매년 그곳으로 돌아가."

"진정한 사랑을 만나기를 바라며 매년 이탈리아로 여행을 가세요?"

"이런, 세상에, 아니야! 올해만. 1961년 이후로 라벨로에 가지 않았단다. 다음 주를 위해 그 마을을 아껴뒀지."

우리 세 사람은 출국 게이트 쪽에 있는, 인조 가죽을 댄 철제 의자에 나란히 앉는다. 루시는 우리를 등지고 앉아 전화기에 맹렬히 글자를 입력하고 있다. 포피는 의식하지 못하는 듯하다. 여왕처럼 반듯이 앉아 종종걸음으로 지나치는 여행객들에게 미소를 짓고 고개를 까딱거리고 있다.

"공항은 참 재미있어, 그렇지 않니, 루시아나?"

"브라질리언 왁싱 버금가게 재밌죠." 루시가 전화기에 시선을 고정한 채 건성으로 말한다.

포피가 고개를 뒤로 젖히고 웃는다. "해외여행에 뾰족구두를 골라 신고 온 사람치고는 아주 영리하구나, 루시아나."

루시가 어깨 뒤로 힐끗 돌아본다. "저기요, 내 구두는 엠이 신은 교회 아줌마들 신발보다 낫거든요."

"내 신발이 뭐가 어때서? 이 클락스 신발이 얼마나 편한데."

포피가 내 손에 한 손을 올린다. "편한 옷과 신발을 입고 신기 시작하면, 아가, 그때부터 내리막길이란다. 양로원에 가봤니? 다들 고무줄 바지에 찍찍이 신발 차림이잖아."

아이코. 용케 포피는 하나의 대화에서 루시와 나를 모두 건드린다.

여전히 루시가 전화기를 두드리는 동안 포피가 말에 대한 애정을 나에게 피력한다. "예순 살 생일에 히긴스를 샀단다." 좋아하는 음악에 대해서도 이야기한다. "정조대라는 아주 멋진 새 인디 밴드가 있다는 말을 들었단다. 너도 들어본 적 있니?" 그리고 유연성을 유지해주는 요가 수업에 대해서도 말한다. "성인의 70퍼센트가 손을 쓰지 않고는 바닥에서 일어나지 못한다는 것을 아니? 상상해보렴!"

포피가 이야기하는 동안 나는 그녀를 유심히 살핀다. 이런저런 손짓으로 강조를 하고 미간을 찌푸리고 상체를 뒤로 젖히고 큰 소리로 웃는 모습을 세세히 본다. 분명히 주름은 있다. 그렇지만 포피의 얼굴은 할머니 얼굴처럼 초췌하지 않다. 그리고 눈. 포피의 눈은 할머니 눈과 똑같이 타원형이고, 똑같이 진한 고동색이다. 어쨌든 포피의 주름은 증오가 아니라 즐거움으로 새겨졌다는 점에 내가 평생 모은 돈을 걸 수 있다.

나는 포피가 말을 멈춘 것을 뒤늦게 알아채고 깜짝 놀란다. "죄송해요. 계속하세요."

포피가 가까이 몸을 기울인다. "꼭 나를 생전 처음 본 것처럼 쳐다보고 있구나, 아가."

나는 볼이 달아오르는 것을 느끼며 빙긋 웃는다. "이렇게 아름다우신 줄 미처 몰랐어요."

"나는 별로 예쁘지 않은 아이였단다. 그런데 있잖니, 사람은 딱 맞는 곳에 뿌리를 내리면 꽃을 피운단다. 너도 그렇게 되면 알게 될 거야. 네 집을 찾게 되면."

"벤슨허스트가 제 집이에요."

"그럴까?" 포피가 나와 눈을 맞춘다. "한 30년이 흐른 뒤에야 네가 잘못된 곳에 뿌리를 내렸다는 것을 알게 되면 어떻게 될까?"

뭐라 말할 수 없는 오싹한 느낌이 나를 덮친다. 즉시 핸드백에 들어 있는 메달이 기억난다.

"잠시 실례할게요." 나는 말한다. "전화를 해야 해서요."

나는 창가로 가면서 언니의 번호를 누른다. 신호음이 세 번 울린 후 언니가 전화를 받는다. "성 크리스토퍼 메달 고마워, 다르언니. 금방 발견했어."

"빌려준 거야." 언니가 말한다. "잃어버리지 마."

"안 잃어버릴게, 약속해. 지금 여기 공항이야." 나는 만면에 미소를 머금고 있고 말 그대로 공중에 붕 떠 있다.

"네가 정말로 이런 일을 벌이다니 믿어지지가 않는다. 할머니가 제정신이 아니셔."

"괜찮아지실 거야." 나는 정말로 그렇게 되기를 바라며 말한다.

"그래서 금요일에 돌아온다고?"

"금요일? 다음 주 금요일? 당연히 아니지. 다다음 주 화요일,

그러니까 23일에 돌아올 거야. 이탈리아에서 8일을 보낸다고 했
잖아. 기억나?"

다리아 언니가 과장된 신음 소리를 낸다. "하지만 우리 부부는
이번 주말에 애틀랜틱시티로 휴가를 떠난단 말이야."

나는 손으로 이마를 친다. 아, 이런! 그루폰 앱 할인. 내가 아이
들을 봐주겠다고 하기는 했지만…… 그건 벌써 몇 주 전 일이었
다. 왜 나에게 상기시켜주지 않았을까? "정말, 정말 미안해. 어떻
게 하지? 카멜라에게 전화할게. 카멜라가 아이들을 봐줄지도 몰
라."

"걔가 내 사촌이라는 이유로 공짜로 아이들을 봐주겠니? 꿈도
꾸지 마. 나한테 엄청 많은 돈을 달라고 할 거야."

"저기, 내가 낼 테니—."

"신경 쓰지 마, 에미, 그냥 가. 분명 너한테는, 우리 할머니 가
슴을 찢어지게 한 포피를 기쁘게 하는 게, 우리보다 더 중요한 모
양이니까."

내 아랫입술 밑 흉터를 따라가는 손가락이 떨린다. "미안해,
다르 언니. 우리 곧 출발해. 이제 와서 그분을 버릴 수 없어."

"그럴 수 없는 거야…… 안 하는 거야?"

나는 고개를 돌려 이모를 바라본다. 그녀는 통로 건너에 앉은
갓난아이와 까꿍 놀이를 하고 있다. 이 특이한 노인은 또 다른 모
험에 나설 준비가 돼 있다. 큰 기쁨으로…… 혹은 쓰라린 슬픔으
로 이끌 모험에. 내가 그녀와 함께할 용기를 낸다면 나도 모험을
하게 될 것이라는 느낌이 든다.

마침내 나는 부드러운 목소리로 말을 꺼낸다. "제발 이해

해―.”

“아니, 에미, 나는 이해 못 해. 너답지 않아. 할머니 말씀이 맞아. 포피가 너를 세뇌했어.”

“다리아 언니, 제발―.”

“끊어야겠다.” 다리아 언니가 내 말을 가로막는다. “즐거운 시간 보내.”

비꼬는 말에 이은 딸깍 소리가 우리의 연결을 끊는다.

나는 급히 화장실로 간다. 안경을 개수대에 내던지고 종이 타월로 눈을 박박 닦아낸다. 다리아 언니가 몹시 화가 났다. 할머니는 격노했다. 루시는 열을 받았다. 아빠는 엉망진창일 것이다. 내가 실망시키지 않은 사람이 하나라도 있을까? 도대체 무엇을 위해서? 마침내 진정한 사랑을 찾으리라는 노인의 상상을 위해서? 내가 믿지도 않는 저주를 끝내기 위해서? 사실일지 아닐지도 모를 엄마에 대한 이야기를 듣기 위해서?

포피가 모퉁이를 돌다가 거울에 비친 나를 보고 갑자기 멈춘다. “아, 세상에!” 그녀가 나를 품에 안는다. 나는 그녀에게서 풍기는 시트러스 향에 휩싸인다.

“얘야, 무슨 일이니?”

“아무것도 아니에요.” 나는 거친 종이 타월로 코를 훔치며 말한다. “아니, 다 문제예요.”

포피가 새처럼 가녀린 몸으로 나를 꽉 끌어안고 천천히 흔든다. 포피와 나의 심장이 함께 뛰는 것이 느껴지는 것 같다. 나는 눈을 감는다.

“다리아 언니가 화가 났어요. 다음 주 주말에 나탈리와 미미를 나한테 맡기려고 했나 봐요."

포피가 뒤로 물러선다. "네가 약속했어?"

나는 고개를 끄덕인다. "8월에요. 날짜는 정하지 않았고요. 완전히 잊어버리고 있었어요." 나는 종이 타월을 쓰레기통에 던진다. "이 여행도 잊어버렸어야 했나 봐요."

포피는 내 팔을 잡고 나를 돌려 자신을 등지게 한다. 포피가 내 셔츠를 훔쳐내기 시작하자 나는 깜짝 놀란다.

"뭐 하세요?" 나는 어깨 너머로 돌아보며 묻는다.

"너한테서 발자국을 닦아내고 있어."

"발자국이요?"

"네 언니가 너를 깔아뭉개면서 남긴 발자국."

포피가 내 눈을 들여다보다가 웃음을 터뜨린다. 본의 아니게 나도 웃음을 터뜨린다.

"울다 웃는 것보다 더 멋진 기분이 있을까?"

이거야. 나는 깨닫는다. 이게 내가 이탈리아에 가는 이유이다.

10분 후, 나는 눈언저리는 벌게졌지만 눈물은 마른 채로 게이트로 돌아온다. 포피는 행복한 표정으로 사람들을 쳐다보고 있고, 루시는 전화기에 대고 계속 한 단어로 통명스럽게 대답하고 있다. 포피 이모와 그 저주에 대해 질문하는 자기 엄마와 통화 중인가 보다.

내가 실망시키고 있는 온 가족에 대한 생각을 잠시라도 머리에서 몰아내고 싶어서 공책과 펜을 잡는다. 나는 글을 쓰면서 왼손으로 가리지만 포피의 관심에서 벗어나지 못한다.

"너 작가구나!"

나는 공책을 덮는다. "아, 아니요. 근처에도 못 가요. 그냥 유치한 취미예요."

"기쁨을 불러오는 활동에 먹칠을 하면 안 되는 법이란다."

나는 너털웃음을 터뜨린다. "먹칠이요? 요즘에 누가 그런 말을 사용해요?"

"작가들이 사용하지. 자, 말해보렴. 너는 뭘 쓰니?"

"로맨스요." 나는 재빨리 덧붙인다. "그렇지만 아직 출간된 적이 없어요."

"로맨스라. 대단하구나." 포피가 장난스럽게 눈썹을 씰룩거린다. "경험이 아주 많겠구나?"

"음, 어, 그렇지는 않아요. 대학교 때 남자 친구가 있기는 했어요. 리암이요. 한 몇 개월 갔어요." 나는 웃는다. "운 좋게도 제가 상상력이 좋아요."

"그런 면에서 우리는 닮은 것 같구나. 우리는 삶을 있는 그대로가 아니라 이상적으로 보는 것을 더 좋아하지." 포피가 핸드백에서 립스틱을 꺼낸다. "그 남자 친구…… 리암. 어떻게 된 거야? 사랑했니?"

단도직입적인 질문에 허를 찔린다. 난데없이 목이 멘다. 나는 억지로 미소를 짓는다. "그랬던 것 같아요. 사실 시작하기도 전에 끝났어요. 저는 가게에서 브루노 삼촌의 빈자리를 채우려고 겨울 방학 때 비너드를 떠났어요. 나중에 결국 브루클린 칼리지로 학교를 옮겼고요. 리암과 저는 그냥…… 점점 멀어졌어요."

포피가 이맛살을 찌푸린다. "이런 바보 같은 놈." 포피가 자기 말에 깜짝 놀란 듯 입을 탁 친다. "미안하구나. 하지만 다른 말로는 부족할 때가 있는 법이지."

웃음이 터져 나올 수밖에 없다. "리암은 좋은 사람이었어요." 나는 그쯤 해두고 이야기를 끝내고 싶다.

"듣자 하니 토머스랑 비슷한 것 같구나. 토머스도 그렇게 좋은 사람이었지." 포피는 윤이 나는 산호색 립스틱을 입술에 바른다. "우리가 더 흥미로운 사람을 너에게 찾아줄 때가 됐구나." 포피는 립스틱을 바른 윗입술과 아랫입술을 몇 번 맞댄다. "지적인 사람이 좋겠구나. 꿈을 꾸는 사람…… 책을 좋아하는 사람. 머리가 영특하고 궁둥이가 탄탄한 누군가."

포피가 깔깔대며 웃는다. 내가 관심 없다고 말하려는데 포피가 화제를 바꾼다. "다루는 악기가 있니?"

"아, 맙소사, 아니요."

"네 할아버지는 음악가였단다."

"그래요?" 알베르토 할아버지의 사진을 본 적이 있는데 항상 입에 시가 꽁초를 물고 있었고 악기는 없었다. 분면 포피가 착각했겠지만, 나는 이의를 제기하지 않는다. 포피는 나에게 립스틱을 내민다. 나는 고개를 젓는다. 포피가 내 흉터를 가만히 보다가 립스틱을 핸드백에 쏙 떨어뜨린다. "그림을 그리니? 회화나 스케치 같은 거?"

"사실 지금까지 말씀드린 게 거의 다예요. 제 생활은 그리 흥미롭지 않아요."

"상관없다. 이제 곧 바뀔 테니까."

"이모에 대해 말해주세요." 나는 안전한 주제로 대화의 방향을 바꾼다. "1961년에 벤슨허스트를 떠나셨죠. 그 후로 어떻게 됐어요?"

포피의 얼굴에 그늘이 지지만, 빠르게 표정을 가다듬는다. "펜실베이니아 허시로 가서 초콜릿 공장에 취직했단다." 포피가 양손을 목에 대고 두 눈동자를 안쪽으로 모아 뜬다. "생산 라인에서 일했지. 징글징글하게 지루했어."

나는 웃는다. "그러고서 미술사 학위를 따셨어요?"

포피가 고개를 끄덕인다. "프랭클린 앤 마셜 칼리지에서 야간수업을 들었어. 학사 학위를 따는 데 5년이 걸렸단다. 졸업 후에 펜실베이니아 대학교 석사 학위 과정에서 드문 장학금을 제안받게 되었단다. 그때 허시 초콜릿 공장을 그만두고 필라델피아로 옮겼지." 포피가 브린 모어에 있는 시플리 스쿨에서 십 대들에게 미술 감상을 가르치는 일에 대해 말해준다. "49년 동안 가르쳤고 지금도 가르치고 있단다. 10년 전부터는 자원봉사로 하고 있지만."

"정말 대단하세요." 내가 아는 폰타나 가문의 다른 여자들과 달리 많이 배우고 호기심이 풍부하고 독립적인 이 여인을 나는 빤히 바라본다. 내가 그녀와 같은 DNA를 가지고 있다니! 나는 손목시계를 슬쩍 훔쳐본다. "비행기를 타려면 아직 한 시간이 남았네요. 우리 엄마에 대해서 좀 말씀해주시겠어요?"

루시가 전화기에서 고개를 든다. "옛날이야기 좀 그만하고 요즘 이야기로 주제를 바꾸는 게 어때요? 〈더 배첼러〉*에서 누가 가장 마음에 드는지 같은 약간 흥미진진한 이야기로?"

---

* ABC 방송의 짝짓기 리얼리티 쇼.

루시를 포함한 우리 가족 중 누구도 엄마에 대한 내 궁금증을 이해하지 못하는 것이 나는 이상하다. 설사 잘 모르는 사람이라도 아주 깊이 그리고 절절하게 그리워할 수 있다는 것을 우리 가족은 왜 모를까?

　"물론이지." 이 말에 나는 포피가 루시의 말에 동의하는 모양이라고 짐작한다. 하지만 곧이어 포피는 내 손가락에 깍지를 끼고는, 이제부터 어렵고 버거운 여정을 시작하기라도 하는 양 한숨을 푹 내쉰다.

13장

＊

포피

1959년
이탈리아 플로렌스

　로사 언니는 아무도 눈치채지 못할 것이라고 장담했단다. 나는 우피치 미술관 시험에서 98점을 맞았어. 아니, 로사 언니 이름으로 본 시험이니 따지고 보면 로사 언니의 점수라고 하는 게 맞겠다. 나는 매일 아침 다섯 시에 일어나서 피에솔레라는 도시까지 3킬로미터를 걸어갔어. 거기에서 7번 버스가 통근하는 마을 사람들을 태웠지. 한 시간 뒤에 우리는 피렌체의 중심부인 비아 리카솔리에서 내렸어. 나는 버스에서 내리면 로사 폰타나 루케시라고 찍힌 내 명찰을 유니폼에 자랑스럽게 달았지.

　12월이 됐다. 내가 로사 언니인 척하며 플로렌스의 유명한 미술관에서 일한 지 한 달이 지났어. 나는 가이드들이 입어야 하는 단순한 갈색 정장에 질색했지만 그 일을 아주 좋아했어. 나는 칙칙한 유니폼을 환해 보이게 하려고 어릴 때부터 모은 싸구려 장신구로 치장했지. 어떤 날은 플라스틱 구슬로 된 목걸이를 둘렀

131

고, 어떤 날은 공작 깃털 핀을 달았단다. 모든 가이드들은 사람들 사이에서 쉽게 눈에 띄도록 봉을 들었어. 나는 내 봉의 끝에 밝은 주황색 리본을 맸지.

그날 아침은 쌀쌀했어. 나는 미술관 입구 앞에서 투어하는 사람들이 모이기를 기다리면서 와들와들 떨었단다. 곧 전국에서 모여든 이탈리아 관광객들이 내 주위로 우르르 모여들기 시작했다. 그리고 한 노랑머리 남자가 홀로 뒤에 서 있었어. 그는 20대로 보였고 윤곽이 뚜렷한 얼굴에 사람을 꿰뚫어 보는 듯한 파란 눈을 가졌어. 키가 아주 크고 어깨가 떡 벌어진 사람이었다. 나는 그 남자가 미국인이거나 호주인일 것이라고 추측했단다.

나는 사람들에게 내 소개를 하고 가장 환한 미소를 지었지. "소장품이 방대합니다. 궁금한 점을 물어보시면 제가 답해드리겠습니다. 어떤 질문이라도 좋습니다."

중년 여성이 손을 들었어.

나는 턱을 들고 몸을 쭉 폈어. 지식을 선보일 기회가 반가웠거든. "씨?"

"도베 소노 이 가비네티(Dove sono i gabinetti)?"

화장실이 어디 있냐고? 노랑머리 남자가 웃음을 터뜨렸고, 나 역시 당황한 와중에도 소리 내어 웃었단다.

나는 이후 90분 동안 사람들을 데리고 다니면서 전시품들을 소개했어. 근사한 노랑머리 남자는 한 번도 말을 하지 않았지. 하지만 그 남자가 나만 느낄 수 있는 비밀스러운 기운을 발산하기라도 하는 양 나는 안내하는 내내 그의 존재를 의식했단다. 강한 턱선, 투명한 푸른 눈 위에 펼쳐진 기다란 속눈썹을 유심히 살폈어. 그 남자가 그림을 감상하는 척하면서 나를 슬쩍 바라보는 것을 몇 번 포착했지.

투어가 끝나고 사라진 그는 내 마음의 한 조각을 앗아 갔어. 진부한 말처럼 들리겠지만 사실이란다. 우리는 한마디도 나누지 않았지만 우리 사이에 뭔가가 오고 갔단다. 마법에 걸린 사람이 그렇듯이, 나는 그것을 마음 깊은 곳에서 느꼈어.

다음 날, 나는 미술관에 출근했고…… 그 사람도, 전날 본 그 멋진 남자도 왔다. 내 행운이 믿어지지 않았어. 전날 나는 그 남자의 존재감 때문에 약간 허둥댔고 집중하지 못했다. 이번 투어는 완벽하게 진행되기를 간절히 바랐단다. 하지만 그 남자가 미소를 짓자 볼에 보조개가 옴폭 파였고 푸른 눈이 반짝거렸다. 나는 똑바로 생각할 수가 없었어.

다행히도 투어가 무사히 끝났고 나는 몇 가지 마지막 질문에 답을 했어. 어서 나가서 노랑머리 남자를 찾아 제대로 내 소개를 하고 싶어 안달복달했단다. 하지만 찾으러 갔을 때 그는 이미 가고 없었어. 또다시 휙 사라진 거야.

나 자신에게 너무 화가 났다. 신이 나에게 두 번째 기회를 줬는데 나는 그 기회를 날려버렸으니. 우리는 아직 한마디도 나누지 못했는데 말이지.

그날 저녁에 버스를 타고 피에솔레로 가는 길에 창밖을 내다봤어. 마을을 하나하나 지나칠 때마다 혹시라도 푸른 눈의 남자를 발견할 수 있을까 싶어서 사람들을 샅샅이 훑어봤다. 장담하건대 만일 내가 그를 봤다면 부리나케 버스에서 내렸을 거야.

이틀 뒤, 오전 투어가 막 시작하려는 참에 내 눈에 띈 사람은 다름 아닌 미스터 푸른 눈이었다. 심장이 터질 것 같았단다! 내가 인솔하는 그룹에서 다른 사람들과 함께 투어가 시작되기를 기다리고 있었어. 이번에는 기회를 날려버리지 않을 작정이었다. 나는 시끄럽게 떠드는 관광객들을 뚫고 그 남자에게 다가갔어. 아, 심장이 쿵쾅거리는 소리가 어찌나 요란하던지! 가까이 가니 멋진 광대뼈와 새하얀 이까지 보였다. 그 남자는 아주 크고 아주 강했지만 동시에 온화했어. 내 눈에는 미술관의 어떤 조각품 못지않게 매우 정교하고 아름다워 보였지.

"부온조르노." 나는 그에게 말을 건넸어. "투어에 세 번째 참가하시네요. 사서 고생하는 것을 즐기시나 봐요."

그가 어리둥절한 표정으로 나를 바라봤어. "논 카피스코(Non capisco, 무슨 말인지 모르겠습니다). 에스 투트 미어 라이트(Es tut mir leid, 미안합니다)."

이탈리아어와 독일어가 섞인 말이었어.

"독일인이세요?" 나는 그에게 영어로 말했다. "그렇게 조용하셨던 것도 당연하네요." 나는 웃으며 독일인 가이드를 가리켰어. "잉그리드의 투어 그룹으로 가시는 게 좋겠어요."

그가 나를 보며 빙그레 웃었고, 나는 그 표정을 절대 잊지 못할 거야. 감탄, 딱 그 말이 맞는 표정이었어. "그라치에." 그가 이탈리아어로 말했단다. "하지만 나는 있고 싶은 곳에 있습니다."

"그러니까 이탈리아어를 할 줄 아시는군요."

"화장실이 어디 있는지 물어볼 줄은 압니다." 그가 눈을 반짝이며 말했어.

우리는 그 기억이 떠올라 함께 웃음을 터뜨렸단다.

"하지만 이탈리아어 투어에 이미 두 번 참여하셨잖아요. 돈을 내고요. 두 번의 투어에서 좀 이해하신 게 있나요?"

"별로요." 그가 말했단다. "하지만 두 번 다 아주 즐거웠습니다."

나는 갑자기 더워졌어. 잉그리드를 발견할 때까지 주변을 두리번거렸지. "저기요." 내가 로비 건너편을 가리키며 말했어. "독일어 투어가 곧 시작되겠네요."

"나는 있고 싶은 곳에 있습니다." 그가 서툰 이탈리아어로 말했단다. "당신 목소리를 듣는 것으로 충분합니다. 그 말을 이해할 필요는 없습니다."

✳

그날 내 근무 시간이 끝났을 때 노랑머리의 아름다운 독일인이 광장에서 젤라토 한 컵을 들고 나를 기다리고 있었다. 그저 내 곁에 있고 싶어서 이해하지도 못하는 투어에 두 번이나—아니, 세 번이나—돈을 내고 참가한 남자를 어떻게 거절할 수 있을까? 둘째 딸인 나에게 생긴 가장 낭만적인 일이었단다.

우리는 저절로 웃음을 터뜨리게 하는 손짓은 물론이고 영어와 독일어와 이탈리아어를 섞어가며 대화했어. 그는 동독 라데보일 출신이었지. 엘베강이 흐르는 드레스덴 외곽에 있는 마을이었다. 그는 독일 민주 공화국, 줄여서 GDR의 공산주의자들에 의한 강권 통치에서 벗어나려고 18개월 전에 집과 가족을 떠났다고 했어. 그의 이름은 에리히였다.

"에리히요?" 나는 스푼에 묻은 젤라토를 핥아먹으면서 물었어. "그러니까…… 리코라는 말이겠죠. 있잖아요, 여기 이탈리아에서 남자 이름은 확실한 모음으로 끝나요."

그의 눈가가 반짝거렸단다. "좋아요. 당신에게는 리코가 될 거예요. 그럼 당신을 뭐라고 부를까요, 로사?"

거의 잊어버리고 있었어. 내 명찰에 적힌 이름은 로사였거든. 그는 로사라는 이름으로 내 소개를 하는 것을 들었다. 내가 우리 언니인 척하고 있다고 말하면 그가 나를 안 좋게 보지 않을까? 우피치 미술관에 나를 신고할지도 모르잖아? 그냥 나는 위험을 무릅쓰기로 결정했어.

"내 이름은 파올리나예요. 나는, 나는 그냥 직장에서만 로사라는 이름을 쓰고 있어요."

그가 나를 가만히 살피다가 입꼬리를 스르륵 올렸어. "더 잘 어울리는 가명을 골랐어야죠. 로즈는 가시가 많잖아요. 당신은 아름다운 '몬(Mohn, 양귀비)'에 더 가까워요. 대담하고 빛나는."

그 독일어 단어의 발음이 영어 단어 '문(moon)'처럼 들려서 나는 식겁했단다.

"문이라고요? 그 이름으로 불리는 건 싫어요. 누가 하늘에 뜬 치즈 덩어리가 되고 싶겠어요?"

그가 웃음을 터뜨렸다. 웃음소리가 어찌나 그윽하던지 그 속에 풍덩 빠지고 싶었다. "문이 아니라, 몬, 강렬한 주황색 꽃이요. 여기에서는 '파파베로(papavero)'라고 할 거예요."

"나는 파파베로를 아주 좋아해요. 근데 별명으로는 별로잖아요. 그냥 나를 포피라고 부르면 어떨까요? 파파베로를 뜻하는 영어 단어예요."

"포피." 그가 되풀이해서 말했다. 내 이름이 그렇게 달콤하게 들린 적이 없었단다. "당신에게 어울려요. 활기차고 다채롭고……." 그가 몸을 기울여 내 뺨을 부드럽게 어루만졌어. "그리고 중독성이 있고."

그의 손가락이 내 피부에 닿은 그 순간 알았단다. 이 사람으로 인해 내 삶이 완전히 바뀌리라는 것을. 내 생각이 맞았어. 59년이 흐른 지금, 내가 진정으로 그리고 완전히 사랑한 유일한 남자가 어루만지던 손길이 여전히 생생히 느껴지는구나.

14장

＊

에밀리아

모든 사람이 포피를 아주 좋아한다. 아마도 루시를 제외한 모두가. 나는 이모를 따라 비행기 통로를 걸어가다가, 그녀가 승객들에게 "안녕하세요."나 "행복한 여행 하세요!"나 "출발!"이라고 외칠 때마다 뒤로 주춤 물러선다. 나는 뒤에 있는 루시를 슬쩍 훔쳐본다. 루시는 이를 악물고 고개를 절레절레 젓는다.

"대체 나를 어디에 끌어들인 거야? 저 여자는 빌어먹을 정신병자야."

나는 '이제 너무 늦었어.'라고 말하듯이 어깨를 들어 올린다.

우리는 자리에 앉는다. 탑승 수속 창구에서 포피 이모의 새로운 친구가 된 직원 덕분에 업그레이드된 좌석이다. 루시는 통로 쪽 자리에 앉겠다고 고집을 부린다. 포피는 창가 자리로 슬며시 들어간다. 결국 나는 갈수록 긴장이 고조되는 두 사람 사이에 앉는다.

"털어놓으세요." 루시가 안전벨트를 홱 당기면서 말한다. "그 미스터 노랑머리랑 잤는지 아닌지?"

포피의 갈색 눈동자가 꿈을 꾸는 듯 부드러워진다. "잤단다." 포피가 루시의 볼을 쓰다듬는데 루시의 움찔거림을 알아채지 못하는 듯하다. "내가 라벨로 성당 계단에서 만날 남자가 바로 리코야."

루시의 눈이 휘둥그레진다. "그러니까 만나시려는 사람이 그 냥 아무 남자가 아니란 말이에요? 실제로 아시는 남자라고요?"

"물론 내가 아는 남자지. 나는 그렇게 순진하지 않단다, 루시 아나."

나는 안도의 한숨을 쉰다. "그럼 리코와 사랑에 빠지셨군요. 그리고 두 분은 그동안 계속 연락을 주고받으셨고요?"

포피가 나를 돌아보면서 눈살을 찌푸린다. "아, 아니란다, 얘 야. 우리는 거의 60년 동안 연락하지 않았어."

루시가 끙 앓는 소리를 낸다. "제기랄, 농담이시겠죠." 루시가 내 몸 앞으로 상체를 기울여 포피에게 최대한 가까이 다가간다. "여행을 시작하기 전에 이 사소한 세부 사항을 이야기해주셨어 야죠."

포피가 다정하게 웃는다. "어떤 사소한 세부 사항 말이니, 얘 야?"

루시의 콧구멍이 벌렁거린다. "도대체 왜 수십 년 동안 연락하 지 않은 남자가 갑자기 라벨로 성당에 나타날 거라고 생각하세 요?"

포피가 턱을 든다. "그가 약속했거든."

루시가 눈을 감는다. "그래요." 그리고 중얼거린다. "그게 남자들 특기죠."

비행기가 이륙할 준비를 하는 동안 창문에 얼굴을 딱 대고 있는 포피의 모습이 꼭 어린아이 같다. 유리창에 후 입김을 불어서 동그라미와 직선 몇 개로 사람 모양을 그릴지도 모른다. 나는 포피 옆으로 몸을 기댄다. 활주로에서 직원들이 수신호를 통해 비행기에 방향을 안내한다. "저기 보렴!" 포피가 말한다. "저 사람이 나에게 손을 흔들고 있어!" 그 남자가 자신을 볼 수 있다는 듯 맹렬하게 손을 흔든다.

나는 영리하고 세련되고 여행을 많이 다닌 이모가 웃기려고 저러는 건지 진지하게 저러는 건지 알 수가 없다. 아니면 정말로 미쳤는지도 모르겠다. 나는 루시를 돌아보지만 문자를 보내느라 바쁘다. 잭이라는 이름이 첫머리에 보인다.

"너 아직도 잭을 만나?" 나는 '너 같은 찌질한 멍청이랑 잔 걸 후회해'와 비슷한 말이 있기를 바라며 눈을 가늘게 뜨고 화면을 본다. 루시가 전화기를 못 보게 가린다. "다 괜찮아." 루시가 뜻 모를 말을 한다.

포피가 우리 쪽으로 몸을 기울인다. "이제 작별 인사를 해야지." 포피가 루시의 전화기를 가져가서 전원을 끄고 좌석 주머니에 쏙 집어넣는다.

루시의 입이 딱 벌어진다. "아직 안 끝났단 말이에요!"

포피가 미소를 짓는다. "그 남자가 얼마나 당황할지 상상해보렴. 너한테 무슨 일이 일어났는지 궁금해하겠지."

루시가 전화기를 향해 손을 뻗다가 멈추고 그 말을 곰곰이 생각하는 기색이더니 손을 거둬들인다. 포피 이모 1점 획득. 문득 우리 이모와 사촌이 그리 다르지 않다는 생각이 든다. 둘 다 언젠가 사랑이 이루어지리라는 가망 없는 희망을 버리지 않는다.

비행기가 속도를 높이다가 떠오른다. 속이 울렁거린다. 포피가 손뼉을 친다. "비행이 정말 근사하지 않니?"

"진정하세요, 폽스." 다행히 루시의 목소리에서 날카로운 기색이 없어졌다. 루시가 나를 보며 고개를 절레절레 젓는다. 아이가 상스러운 말을 할 때 몰래 재미있어하는 엄마처럼.

비행기가 이륙하고 식사가 나오자 루시는 알약을 삼킨다. 몇 분 후 루시는 내 어깨에 기대고 작게 코를 곤다. 루시가 어릴 때처럼 다시 내 곁에 바싹 달라붙으니 기분이 좋다.

다른 편에서는 포피가 헤드셋을 쓰고 에이미 포엘러가 나오는 영화를 보며 소리 내어 웃고 있다. 나는 공책을 덮고 그 웃음소리를 음미한다. 나는 우리를 마음대로 조종해서 여행에 합류하게 한 포피에게 약간 짜증이 난다. 그래도 안쓰러운 감정이 더 크다.

나는 조용히 이모를 살핀다. 죽은 아이를 차마 보낼 수 없던 여인, 우리 엄마에게 애착이 너무 심해져서 자기 아기로 착각한 여인. 그녀가 일종의 애착 장애에 시달리고 있을까? 내가 약속대로 우리 엄마에 대해 들려달라고 부탁했을 때 포피는 또다시 거의 한 시간 동안 자신의 젊은 시절 플로렌스에서의 생활에 내해 이야기했다. 갑자기 오싹해진다. 포피 이모가 정말로 우리 엄마를 알기는 했을까? 아니면 이탈리아에 우리를 데려가려고 지어낸 또 다른 계략이었을까?

141

✳

기내 등이 깜빡이며 켜진다. 기내 방송이 치직 소리를 내며 시작되고 기장이 수상 도시 베니스에 곧 도착한다고 알린다. 승객들이 하나둘 창문 가리개를 올린다. 햇빛이 비행기로 쏟아져 들어온다. 나는 눈을 비비고 포피를 돌아본다. 포피가 자리에 꼿꼿이 앉아 있다. 입술과 뺨에 새로 화장을 했고, 샤넬 향수 냄새가 풍긴다.

"좀 주무셨어요?"

포피가 나를 향해 손을 내젓는다. "한숨도 못 잤단다. 너무 흥분돼서."

비행기가 기울어지면서 포피 쪽 창문으로 경치가 펼쳐진다. 눈부신 햇살이 녹색 물결에 반사된다. 반짝거리는 아드리아해의 중앙에 대운하의 우아한 곡선으로 분리된 두 개의 완벽한 퍼즐 조각들이 자리 잡고 있다.

"저기 봐라!" 포피가 외친다. "새로운 베니스 항구야! 산 마르코 광장도 보이는구나!"

내 옆에서 루시가 잠에서 깬다. 루시는 창문 쪽으로 몸을 쭉 뺀다. 포피는 우리 손을 각각 잡고 자신의 얼굴로 가져간다. "너희들에게 고맙구나." 포피의 눈이 밝게 빛난다.

감정이 격해진 포피의 목소리가 갈라지고, 내 가슴도 갈라진다. 이제 돌아갈 수 없다. 실망의 괴로움을 누그러뜨릴 어떤 핑계도 댈 수 없고, 어떤 합리화도 할 수 없다. 이제 우리는 이탈리아에 왔고, 딱 8일 뒤에 포피의 가슴이 기쁨으로 가득 차든지 완전히 산산조각 나든지 둘 중 하나일 것이다.

15장

✳

에밀리아

첫째 날
베네치아―베니스

우리는 월요일 아침에 북적거리는 마르코 폴로 공항에 도착해 세관을 통과한다. 포피 이모의 걸음걸이가 그다지 기운차지 않고 올리브빛 피부가 공항의 형광등 아래에서 약간 창백해 보인다. 어느 모로나 일흔아홉 살로 혹은 그보다 더 늙어 보인다. 물론 포피는 방금 여덟 시간의 야간 비행을 마쳤고 밤을 새웠다. 젊어 보이기를 기대하기에는 다소 무리가 있다.

우리가 공항 밖으로 나오니 오전 11시이다. 라구나 베네타―아드리아해 만(灣)의 입구를 막아 생긴 석호―위로 햇빛이 쏟아지고, 우리 모두 더 활기를 띤다.

"히라스(Hiraeth)!" 포피가 외치고는 손뼉을 친다. "이 웨일스 말을 아니? 이건 말로 표현하기 힘든 감정이란다. 고향을 깊이 그리워하는 마음, 영혼을 불러내는 장소에 대한 향수― 갈망."

"아름답네요." 내가 말한다. "저는 히라스를 제대로 경험해본 적이 없지만요."

"그럴 만도 하지." 포피가 고개를 갸웃한다. "그렇지만 언젠가 경험하게 될 거란다."

5분 후, 우리는 수상 택시에 올라탄다. 포피가 베니스 대운하에 있는 호텔로 우리를 데려다주도록 예약해놓은 작은 나무배이다. 꽉 죄는 청바지를 입고 목에 스카프를 두른 잘생긴 사공 타아비가 배의 키를 잡고 있다. 루시는 타아비 옆에 자리를 잡고 포피와 나는 빨간색 비닐이 씌워진 벤치를 차지한다.

다양한 모양과 크기의 배가 석호를 빠르게 오르내리며 본토로 혹은 본토 밖으로 승객들을 실어 나른다. 앞에서 베니스가 우리에게 손짓을 한다. 수많은 다리와 골목과 운하 옆 인도로 연결된 100개가 넘는 작은 섬들로 이루어진 바다 위 도시다.

"예전에는 베니스에 가는 유일한 방법은 배를 이용하는 것뿐이었어요." 타아비가 얼굴에 바람을 정면으로 맞으며 말한다. "그러다가 1846년에 폰테 델라 리베르타, 자유의 다리가 지어졌죠."

"자유의 다리라." 내가 말한다. "참 마음에 드는 이름이네요."

"그게 우리의 가교 역할을 하죠." 타아비가 말을 이어간다. "베니스로 들어가는 철로요."

"자동차는요?" 루시가 묻는다.

타아비가 활짝 웃는다. "베니스에는 자동차가 없어요. 우리는 수상 버스를 타고 이 섬 저 섬을 다녀요. 페리랑 비슷한 배죠."

재킷 지퍼를 올리지 않은 루시가 타아비에게 가까이 몸을 기울이고 뉴욕의 페리에 대해 이야기한다. 그는 예의 바르게 듣지만 루시의 가슴골이 아니라 물로 시선을 돌려서 고정시킨다.

보트가 방향을 바꾸자 짭조름한 소금물이 성수처럼 우리에게 뿌려진다. 포피가 양손을 치켜들고 환호성을 지른다. 분홍색과 주황색이 섞인 그녀의 실크 스카프가 바람에 부풀어 오른다. 타아비가 수상 택시를 모는 동료 조종사들에게 손을 흔든다. "오이, 오이(oi, oi)." 배들 사이를 지나가면서 조심하라는 의미로 외친다.

포피도 손을 흔들고, "오이, 오이." 하며 흉내를 낸다.

바람이 내 얼굴에 스친다. 불쑥 웃음이 터지기 시작한다. "내가 이탈리아에 있어요. 우리가 이탈리아에 있어요. 우리가 정말로 여기 있어요!"

루시가 고개를 젓는다. 내가 29년 동안 이런 모험을 간절히 기다려왔다는 것을 루시는 이해하지 못한다.

석호가 곡선을 이루고 우리는 넓은 물줄기에 들어선다. 그곳에는 아주 오래된 베네치아의 궁전들, 꼭대기가 반구형인 대성당들, 호화로운 호텔들이 쭉 늘어서 있고 온통 복숭아색과 분홍색과 노란색으로 뒤덮여 있다.

"대운하에 오신 것을 환영합니다." 타아비가 보트의 속도를 늦추며 말한다. "베네치아 시내 중심가예요."

수로를 따라 늘어선 나무 기둥들이 수없이 많은 배의 이정표 역할을 한다.

"베니스는 목제 터 위에 지어졌어요." 타아비가 설명한다. "5세기에 서로마 제국이 멸망한 후에, 북쪽에서 온 야만인들이 본토를 습격했어요. 사람들이 습지로 도망갔죠. 나중에 많은 사람들이 그 습지대를 집으로 삼기로 했어요. 이 초기 베네치아 사람들이 모래에 말뚝을 박고 말뚝 위에 나무로 된 기단을 쌓았어요. 지금 여러분들이 보는 아름다운 건물들은 그 나무 기단 위에 세워졌어요."

"정말로 물에 떠 있는 도시네요." 나는 한층 더 감탄하는 마음으로 화려하게 장식된 건축물들을 자세히 살펴본다.

타아비가 카 사그레도 호텔 앞에 보트를 댄다. 흰색 난간이 눈에 띄는 아름다운 분홍색 건물이다. 타아비는 보트에서 콘크리트 바닥으로 내려서는 우리 셋의 손을 한 명씩 잡아준다. 루시가 마지막으로 내린다.

"명함 있어요?" 루시가 머리카락 몇 올이 한쪽 눈으로 흘러내리도록 계산된 것이 분명한 각도로 고개를 갸웃하며 타아비에게 묻는다. "우리는 여기 3일 동안 있어요. 당신이 다시 필요할지도 모르겠어요."

나는 민망하다.

"어, 씨." 타아비가 셔츠 주머니에서 명함을 꺼낸다. 루시에게 건네기 전에 명함에 뭔가를 휘갈겨 쓴다.

루시의 기분이 세 단계는 밝아진 듯하다. 루시는 멀어져가는 타아비에게 손을 흔든다. "아리베데르치(Arrivederci, 안녕)!"

우리가 호텔에 들어갈 때 루시는 명함을 보다가 계단 중간에서 멈춰 선다. "이런 후레자―." 루시가 말을 뚝 멈춘다. "후레아들 같으니라고." 루시는 명함을 반으로 찢지만 이미 내가 명함 뒤에 적힌 '고맙지만 사양해요'라는 글자를 본 뒤다. "그냥 친절하게 대해준 것뿐인데 자기들한테 작업 건다고 착각하면 정말

146

짜증 나지 않아?"

포피가 루시의 등에 손을 댄다. "남자 얼굴에 가슴을 들이대면 작업 건다는 뜻으로 받아들이기 마련이란다, 애야."

✽

루시는 넓은 스위트룸 문을 열고는 신나서 재잘댄다. "우와. 누가 돈 좀 상당히 쓰는데."

"우아하다." 나는 목재 바닥과 부드러운 회색의 벽을 감탄하며 바라본다. 두 개의 거대한 침대가 방 앞쪽을 차지하고 있고 발코니 쪽에 편안한 거실이 있다. 나는 머리를 빼꼼히 내밀고 세면대가 두 개 놓인 흰색 대리석 욕실을 훔쳐본다. 퇴직한 미술 교사가 어떻게 이런 곳에 머물 형편이 되지?

"애플 주식." 포피가 말한다.

"네?"

"그걸로 돈을 벌었단다."

"아." 나는 볼이 달아오르는 것을 느낀다. 승마와 요가를 즐기는 이 교사가 독심술도 있나?

턱을 들어 올리는 포피의 갈색 눈동자가 장난스럽게 움직인다. "1980년에 거의 알려지지 않은 그 기술 회사가 상장됐을 때 1,000달러를 투자했단다. 한 주당 22달러. 주식을 팔 때는 2만 9,000퍼센트가 올랐더구나. 상상이 되니? 배당금을 제외하고도 말이다." 포피가 고개를 뒤로 젖히고 웃는다.

"와, 세상에!" 루시가 하이파이브를 하자고 주먹을 치켜든다.

"어, 이렇게 너그럽게 베풀어주셔서 고맙습니다." 내가 말한다.

"돈은 보물이 아니라 도구에 불과하단다." 포피가 양쪽으로 여닫는 문을 열자 우리는 옆방과 마찬가지로 예쁘고 완전히 분리된 침실로 들어선다.

"멋져요." 나는 말한다. "이 방을 혼자 사용하시면 되겠네요."

"너와 루시가 저쪽 방을 같이 써도 괜찮겠니?"

내 뒤에서 루시가 새된 소리를 지른다. 나는 고개를 절레절레 흔든다.

"이런, 루스. 고작 3일이잖아."

"내 전화기!"

나는 서둘러 옆으로 가서 루시를 도와 가방을 샅샅이 뒤진다. 하지만 이미 루시도 알고 나도 안다. 루시의 전화기는 델타 항공기 474호 루시의 좌석 주머니에, 포피가 넣어둔 바로 그 자리에 들어 있다. "공항으로 돌아가야겠어." 루시가 핸드백을 집어 들며 말한다.

포피가 루시의 팔을 잡는다. "너무 늦었단다. 분명히 직원들이 비행기를 다 치웠을 게다. 잊어버리렴."

루시가 빠져나가려고 꼼지락거린다. "미치셨어요? 난 전화기가 있어야 한단 말이에요."

"내가 항공사에 연락해보마." 포피는 주름진 손으로 루시의 얼굴을 잡고, 최면을 걸어 사람들을 조종하는 스벵갈리처럼 눈을 똑바로 들여다본다. "하지만 그동안에는 잊어버리렴." 아주 느리고 부드러우면서도 단호하게 되풀이해서 말한다. 결국 루시는 뒤로 물러서며 고개를 젓는다.

"나한테 새 전화기 사주셔야 해요." 루시가 말한다.

"돌아가면 최신형으로 사주마." 포피가 루시의 팔을 토닥거린다. "내가 너무 부주의해서 미안하구나, 루시아나. 하지만 나를 믿으렴. 전화기가 없어져서 자유로워질 거야. 내가 장담하마."

루시는 계속 투덜거리지만 차차 괜찮아질 것이다. 나는 포피가 옳다고 생각한다. 결코 오지 않는 애인의 문자를 기다리거나 기적이 일어나리라는 약속에 혹한 엄마에게 들들 볶이는 것은 쉽지 않은 일이다.

나는 방을 가로질러가서 얇은 흰색 커튼을 젖힌다. 햇빛이 방으로 쏟아져 들어온다. 등받이가 뒤로 젖혀지는 옥외용 긴 의자한 쌍과 빨강 제라늄 화분들로 꾸며진 베란다로 나간다. 콘크리트 난간에 기대어 코를 간질거리는 짭짤한 바다 공기를 깊이 들이마신다. 3층 아래에서 사람들이 대운하를 따라 돌아다니면서 사진을 찍고 젤라토를 먹는다. 오늘은 물살이 거칠고 수상 택시가 흩뿌리는 물방울이 공중으로 날아오른다. 나는 스웨터를 가슴 앞으로 꼭꼭 여민다. 포피 이모가 옆으로 와서 내 팔꿈치 밑으로 손을 밀어 넣는다.

"내 조국." 포피가 말한다. "내가 리코를 만난 땅."

나는 힘없는 미소를 짓는다. "어쩌면, 그냥 어쩌면요, 정말로 우리가 이모의 옛 친구를 찾을 수 있을지도 몰라요. 그분의 성이 뭐예요? 구글에서 검색해볼게요. 그분이 페이스북이나 트위터를 하신다면 메시지를 보내서 지난 일을 기억하실 수 있게—."

"말도 안 되는 소리." 포피가 손을 빼며 말한다. 양손을 발코니턱에 올리고 눈을 감는다. "리코는 잊어버리지 않았어."

포피가 '베네치아의 화려한 광경'을 탐험하러 나가기 전에 옷을 갈아입자고 제안한다. 나는 청바지와 골이 진 면 스웨터를 걸친다. 루시는 짧은 스웨이드 치마와 앵클부츠에 몸을 끼워 넣는다. 포피는 빨간색과 보라색 니트 카디건을 걸치고 허리에 벨트를 두르고 내 주먹 크기의 청록색 구슬로 된 목걸이를 찼는데 그 아래 거의 감춰진 커다란 반딧불이 브로치까지 있어 보란 듯이 화려한 차림새다. 팔 위아래에 알록달록한 팔찌도 찬다. 플라스틱 팔찌 같지만 확실히는 모르겠다. 포피가 빤히 바라보고 있는 나를 알아챈다.

"하나를 하면 싸구려같이 보이지. 열댓 개를 하면 그게 멋이 된단다." 포피가 커다란 빨강 안경을 집어 들어 작은 얼굴에 걸친다. "출발하자!"

포피는 길거리에서 수수하게 옷을 입은 유럽인들이 그녀의 화려한 옷을 쳐다보는 것을 눈치채지 못하는 듯하다. 소리 내어 웃고, 손을 흔들고, 어리둥절한 행인들에게 "부온조르노!"라고 외친다. 나는 포피와 팔짱을 낀다. 집에서라면 창피할지도 모른다. 하지만 이곳 이탈리아에서 나는 자신만의 멋을―그리고 마음을― 아주 당당하게 내보이는 이 여인이 이상하게도 자랑스럽다.

포피가 처음 눈에 띈 베이커리인 파스티체리아 리차르디니(Pasticceria Rizzardini)로 쏜살같이 향한다. 우리는 각자 바바를 하나씩 주문한다. 럼주에 푹 담그고 페이스트리 크림으로 속을 채워 만든 케이크이다. "우리는 이것을 피암마, 즉 불꽃이라고 불러요." 계산대 위의 남자가 우리에게 말한다. "알코올로 흠뻑 적

셨기 때문이지요."

나는 플라스틱 포크로 듬뿍 떠서 입에 넣는다. 케이크의 버터 맛이 나는 달콤함이 톡 쏘는 알코올 맛과 대비된다. "음." 나는 작은 소리를 내뱉으며, 왜 내가 만든 바바는 이렇게 맛을 못 내는지 고심한다. 나는 버터 때문이라고 판단한다. 여기에서 쓰는 버터는 다르다……. 더 신선하다.

우리는 케이크를 조금씩 먹으면서 베니스를 정처 없이 어슬렁거린다. 운하의 녹색 물줄기가 우리를 따라 흐르고, 우리는 베니스에서 칼리(calli)라고 부르는 좁은 골목길을 한가로이 거닌다. 도시 전체가 기막히게 호화로운 퇴락 상태에 있는 것으로 보인다. 주택과 건물 옆면의 치장 벽토가 벗겨져 안에 쌓인 벽돌의 갈라진 틈새가 고스란히 드러나 있다. 미국 도심의 디자이너들은 일부러 이런 낡은 모양을 똑같이 재현하려고 기를 쓴다. 지나가면서 양쪽 건물에 각각 손이 닿을 정도로 아주 좁은 길이 있는 곳에 다다른다. 햇빛이 들지 않아 기온이 10도는 뚝 떨어진 느낌이다. 잠시 나는 폐소 공포증을 느낀다. 앞에서 웃음소리가 들린다. 길이 넓어지고 햇빛이 다시 우리에게 쏟아진다.

화분에 심은 나무들과 스텐실이 된 번지수가 주택가라는 것을 알린다. 집집마다 창문 앞에 달린 검은색 덧문들이 쭉 뻗은 팔처럼 활짝 열려 있다. 흐드러지게 핀 분홍색 부겐빌레아가 이층 집 창가 화단에서 풍성하게 늘어져 있고, 아기 예수를 안고 있는 성모상이 자리 잡은 작은 함이 여기저기에서 눈에 띈다.

"이곳이 정말 좋아요." 나는 두 집 사이에 걸린 빨랫줄에 깔끔하게 널린 크림색 리넨 시트들의 사진을 찍으며 말한다. "세탁물이 이렇게 예쁜 줄 몰랐어요."

포피가 방긋 웃는다. "수세기 동안 베네치아는 이탈리아에서 가장 강력한 도시였단다. 오늘날은 그야말로 마법처럼 황홀한 곳이고."

정말로 그 말이 맞는다. 어찌된 일인지 우리는 매 구역에서 아치형 돌다리를 만나 오르락내리락 하게 되는데, 마침 포피가 베니스에 있는 돌다리가 340개에 달한다고 말한다. 피식거리는 웃음소리가 내 입에서 자꾸 새어나온다. 걸음을 옮길 때마다, 마치 족쇄에서 벗어나 마음껏 날아오르는 것처럼 이상하게 경쾌한 기분이 든다. 돌다리 꼭대기에 다다르자 나도 모르게 슬쩍 춤을 춘다. 포피가 나를 보고는 합류해 잠시 사교댄스 스텝을 밟는다. 루시가 우리를 보고 고개를 절레절레 흔들고, 모두 웃음을 터뜨린다.

우리는 작은 포장용 돌이 깔려 있는, 북적이는 골목으로 슬슬 내려간다. 관광객들이 가게 유리창 너머 다채로운 자질구레한 장신구와 군침이 도는 페이스트리를 감탄하며 들여다보고 있다. 단화와 모피 코트 차림의 여자가 장을 본 봉투를 들고 우리 앞으로 비집고 들어온다. 우리가 지나갈 때 종이 모자를 쓴 상인이 자기 가게 건물에 등을 기대고 루시를 쳐다본다.

내가 미소를 지으며 걷는 사이에 골목이 또 다른 광장으로 이어진다. 베니스 사람들이 캄포(campo)라고 부르는 광장의 중앙에는 돌을 화려하게 장식한 고대 유적인 저수조가 있다. 아이들이 저수조 밑에 쪼그리고 앉아 풍선에 물을 채우면서 키득거린다. 나는 사진을 찍고 나서 핸드백에서 지도를 꺼낸다. 우리가 있는 곳은 캄포 산타 마르게리타일 것이다. 아니면 캄포 산 트로바소이거나.

"지도는 넣어두렴." 포피가 제안한다. "베니스는 미로 같은 곳이야. 방향을 절대 못 찾을 거야. 내가 늘 말하듯이, 길을 잃은 것 같거나 혼란스러우면 마음의 소리에 귀를 기울이면 돼. 마음이야말로 가장 믿음직스러운 길잡이란다."

그래, 맞는 말이다. 나는 미소를 지으며 불필요한 지도를 핸드백에 쑤셔 넣고는, 발코니에서 이탈리아어로 노래 부르는 남자의 목소리에 매료된다. 비둘기들이 공중에서 휙 내려온다. 알록달록한 차양을 자랑하는 와인 바들과 고급 레스토랑들이 광장 주위로 쭉 이어져 있고 사이사이에 보석상들과 베이커리들과 피자 전문점들이 있다. 맨 끝에는 작지만 위풍당당한 대성당이 서 있다. 사람들이 가족과 함께 느긋하게 걷고 쇼핑을 하거나 작은 철제 테이블 앞에 쌍을 지어 앉아 있다.

우리는 지금까지 건넌 다리들보다 더 긴 다리를 건넌다. 여섯 대의 곤돌라가 한가로이 물에 떠 있다. 양손을 꽉 쥔 포피의 온몸이 기쁨으로 전율하는 듯하다.

"곤돌라를 타자꾸나! 가자!"

"진심이세요?" 루시가 묻는다. "곤돌라를요?"

포피가 웃는다. "이런, 루시아나, 어린 시절의 즐거움을 찾고 싶지 않니? 아무래도 넌 그 즐거움을 잃은 게 아닌기 싶은데."

다양한 체격과 키의 이탈리아 남자들이 흰색과 검정색 가로줄무늬가 번갈아 들어간 셔츠와 빨간색 스카프 차림으로 각자 베네치아의 명물인 바닥이 평평한 배에서 키를 잡고 서 있다. 너무 구식이어서 오히려 예스러운 멋이 있는 광경이다. 루시가 특히 잘생긴 사공이 있는 곤돌라를 손가락으로 가리킨다.

"켈로(Quello, 저거요)!"

우리가 올라타자 반짝거리는 검정색 곤돌라가 흔들리고, 나는 포피가 빨간색 천을 씌운 의자로 움직이는 것을 돕는다. 잘생긴 사공이 기우뚱한 곤돌라에 서서 노 하나를 사용해 좁은 운하를 따라 이동시킨다.

포피가 우리에게 한 팔씩 두르고, 물이 흐르는 편안한 소리에 내 마음도 덩달아 잔잔해진다. 나는 운하의 공기를 깊이 들이마신다. 눅눅하고 생선 냄새가 섞여 있으면서도 상쾌한 느낌을 주는 독특한 향이 난다. 곤돌라가 나도 모르게 고개를 쑥 수그리게 될 정도로 아주 낮은 오래된 돌다리를 지나서 고급스러운 호텔이 늘어선 멋진 통로를 따라 떠내려간다. 철제 발코니에 걸린 빨간색 바탕에 금색과 파란색과 초록색이 들어간 깃발들이, 어른거리는 햇빛 속에서 희미하게 빛난다. 곤돌라가 방향을 바꿔 수로 벽에 가까워지자 사공이 노로 밀어 벽에서 멀어진다. 루시가 먹음직스러운 티본스테이크를 보듯 그를 바라본다.

"물을 사랑하는 마음을 상징하는 것일 텐데, 베네치아에는 곤돌라 사공이 물갈퀴를 달고 태어났다는 미신이 있단다." 포피가 말한다.

"물갈퀴에 누가 신경이나 쓴대요?" 루시가 완벽한 이탈리아어로 말한다. 그녀가 눈썹을 추켜세운다. "나는 긴 노가 더 좋아요."

내 눈이 휘둥그레진다. 나는 여든 살인 포피 이모도 이탈리아어를 할 줄 안다는 사실을 루시에게 상기시키려고 이모 쪽으로 슬쩍 고개를 까딱한다.

하지만 포피는 웃기만 한다.

"루시아나, 정말이지 너 때문에 웃겨 죽겠구나!" 포피가 똑바로 앉는다. "너희 둘 다 이탈리아어를 유창하게 하니 참 기쁘단다. 네 엄마가 너를 대견해할 게다, 에밀리아."

대번에 기운이 난다. "정말요? 엄마는 내가 이탈리아어를 하기를 바랐어요? 왜요?"

포피가 마치 세월이 그녀를 부르고 있는 것처럼 물을 우두커니 내려다본다. "리코는 이탈리아어를 어려워했지만 결국 완전히 익혔단다."

"그럼 엄마는요?" 나는 포피의 손을 움켜쥐고 물으면서, 실망을 억누르려고 노력한다. "우리 엄마에 대해서 또 뭘 아시나요?"

포피가 나를 올려다본다. "리코가 바이올린을 연주한 이야기도 했던가?"

"아뇨." 루시가 과장스럽게 하품하는 시늉을 한다. "근데 그 부분은 그냥 거르고 넘어가셔도 돼요."

155

16장

✳

포피

1959~1960년
플로렌스

나는 월요일부터 토요일까지 아침 8시부터 오후 4시까지 우
피치 미술관에서 일했다. 그런데 피에솔레로 가는 버스는 저녁
6시 30분에야 출발했어. 미스터 푸른 눈은 야간에 일했지. 저녁
7시부터 새벽 4시까지 가죽 공장에서 장갑을 당겨 펴는 일이었
어. 그러니까 일주일에 6일 동안 그 즐거운 두 시간 반이 나에게
자유 시간이었고 리코에게도 그랬단다. 우리는 피렌체 거리를
거닐며 이탈리아어와 독일어로 이야기하고 바보 같은 실수를
놀리며 웃고 서로에 대해 알아낼 수 있는 모든 것을 흡수했어.

우리가 만나기 시작한 지 일주일쯤 지난 어느 날, 리코가 오래
돼 보이는 가죽 상자를 가져왔다. 우리는 대성당 앞 벤치에 앉았
단다. 놀랍게도 그가 상자에서 바이올린을 꺼내 연주하기 시작
했어. 활이 현의 위아래로 움직이며 내가 들어본 중 가장 아름다
운 소리를 만들어내는 모습을 지켜보자니 황홀했어. 상상도 못

했다! 그가 바이올린을 연주하는 사람이었다니!

그의 설명에 따르면, 제2차 세계대전 때 러시아 포로수용소에 포로로 잡혀 있던 그의 아버지는 러시아 군인들을 즐겁게 하는 공연단에 들어가기 위해 악기 연주를 배웠다. 아버지는 고향인 독일로 돌아와 어린 아들에게 아코디언, 기타, 바이올린을 연주하는 법을 가르쳤고. 에리히는 재능을 타고난 아이였고, 곧 거꾸로 아버지에게 새로운 노래를 알려줄 정도로 실력이 늘었다는구나.

리코는 내 앞에 서서 벤치에 발을 올리고 턱을 바이올린 몸통 아랫부분에 대고 있었단다. 그가 마법처럼 만들어내는 소리는 넋이 빠질 정도로 매혹적이었어. 지나가던 노인이 관심을 보였다. 곧이어 세련되게 차려입은 부부가 멈춰 섰지.

얼마 지나지 않아 우리 주위로 족히 30명, 아니 40명은 되는 사람들이 몰려들었어. 지역 상인들과 아이들과 영국인 관광객들. 사람들의 열기가 리코에게 불을 붙인 듯했지. 그는 사람들 사이로 가더니 느리고 서정적인 멜로디에서 쾌활한 멜로디로 바꾸어 연주했어. 현을 스치는 활이 현기증이 날 정도의 속도로 빨라졌다. 사람들이 환성을 지르고 웃고 박수를 보냈어. 리코는 한 음도 틀리지 않았단다! 그는 활을 멋지게 휘두르면서 고개를 숙이며 연주를 끝냈어. 귀청이 떨어질 정도로 박수와 함성과 휘파람 소리가 터져 나왔단다.

마침내 열렬한 관중들이 사라지고 그 자리에 남은 것을 보고 우리는 믿을 수가 없었어. 엄청나게 많은…… 동전이었거든! 리코가 공장에서 하루 종일 버는 돈보다 많았어.

"당신은 스타예요!" 내가 동전을 줍는 그를 도우며 말했다.

내가 동전을 건네자 그가 살며시 내 손을 오므리며 말했어. "다 당신 거예요, 포피. 나는 당신을 감동시키려고 했을 뿐이에요."

리코가 허리를 굽혀 처음으로 입을 맞췄다. 느리고 다정하고 대단히 도발적이었다. 내 심장이 베수비오산처럼 폭발했어. 사실 이전에 남자아이와 입맞춤을 해본 적은 있었어. 하지만 성인 남자와 입맞춤해본 적은 없었고, 사랑하는 사람과 입맞춤한 적은 더더욱 없었거든.

"목표를 달성했네요." 머리가 여전히 빙빙 돌았다. "감동했어요."

"평생 나는 음악가가 되는 꿈을 꿨어요. 오늘 음악가가 된 기분을 느끼게 해줘서 고마워요."

"공장 일을 그만두는 게 좋겠어요." 나는 차분히 말했어. "당신은 음악 연주를 하면서 살아야 해요."

"사람들은 점차 내 연주에 싫증을 낼 거예요. 가죽 공장은 안정적인 일자리고요."

나는 어깨를 으쓱했다. "실패가 나쁜 것만은 아니에요. 아예 해보지도 않고 포기하는 것보다는 훨씬 좋은 결과를 얻게 되죠. 리코, 바이올린은 당신의 재능, 당신의 열정이에요. 당신의 음악 세계를 부정하면 안 돼요."

그렇게 해서 리코의 새로운 경력이 시작됐어.

리코는 넵투누스 분수 앞 시뇨리아 광장에 자그마한 공간을 마련했지. 내 예상대로 그는 상당한 유명인이 됐다. 사람들은 바이올린 연주로 마음을 울리는 행복한 노랑머리 남자에게 열광했단다. 그는 하루에 세 번, 때로는 네 번까지 공연했다. 하지만 4시부터 6시 30분까지 리코는 나만의 것이었지.

이때쯤 우리가 몰래 만난 지 4주가 됐어. 나는 리코에 대해 모든 것을 알았다. 전쟁이 났을 때 그가 아주 어린 소년이었고, 드레스덴 변두리에 있던 집이 폭격을 당해서 알아볼 수 없을 정도로 무너졌다는 것을. 그의 가족이 클라우스니츠라는 다른 마을로 도망가서 제재소에 몸을 숨겼다는 것을. 빙판길에서 끌려가던 유대인 포로들을 봤는데, 넘어지자 바로 총살당하던 그들에 대한 기억이 아직도 그에게 악몽을 꾸게 한다는 것을. 그와 누나가 길 건너에 감금된 미국 군인들에게 빵을 몰래 가져다주었던 것을. 어릴 때 그가 소시지와 치즈를 얼마나 좋아했는지를.

공산주의자들이 정권을 잡은 독일 민주 공화국을 떠나라고 권한 사람은 바로 작은 자동차 정비소 주인인 리코의 아버지였다. 그의 누나는 와플 공장에서 일하는 남자와 사랑에 빠져 있어서 독일을 떠나지 않으려 했대. 그의 어머니는 딸을 두고는 아무 데도 가지 않으려 했고. 그의 가족은 이러지도 저러지도 못할 처지였지만…… 리코는 그렇지 않았어.

"너는 떠나야 해." 18개월 전에 리코의 아버지가 말했대. "상황이 갈수록 악화될 거야. 아무한테도 말하지 말고 도망가. 세 가지만 챙겨라. 임시 여행 허가증, 네 자전거, 기찻삯을 낼 마르크화 조금. 기차역에 도착하면 뮌헨행 왕복표를 사라. 그러면 경비대는 네가 돌아올 거라고 생각할 거야. 그 외에는 아무것도 가져가지 마라. 갈아입을 옷도 안 돼. 칫솔 같은 것까지 다 가져가면 경비대는 네가 탈출하려는 것을 눈치챌 거야.

뮌헨에 도착하면 민델하임행 기차로 갈아타라. 민델하임은 알고이에 있는 바바리아주의 작은 도시야. 그쪽에서 너를 환영하면서 서독 여행 허가증과 함께 유스 호스텔에서 식사와 숙박을 할 수 있는 쿠폰을 줄 거야. 동독 마르크화는 거의 쓸모없어. 다음에 네 자전거를 타고 오스트리아로 이동해. 거기서부터 너는 자유의 몸이야. 에리히, 어디든 네가 고른 곳으로 자유롭게 갈 수 있어."

아버지의 눈이 눈물로 반짝였단다.

"네 계획을 아무에게도 말하지 마라. 네가 동독으로 돌아오지 않으면, 관계 당국에서 의심하게 될 거야. 여기 와서 우리를 신문하겠지. 너는 레푸블릭플루흐트(Republikflucht)— 공화국 탈주자— 취급을 받을 거야. 네가 잡히면 가차 없는 처벌을 받을 거다. 알겠어?"

리코는 고개를 끄덕였어. 자신의 결정의 심각성에 짓눌렸다. "근데 어머니는요? 카린은요? 두 사람한테는 작별 인사를 해야 해요."

아버지가 그의 얼굴을 와락 쥐고는 굳은살이 박인 손으로 감쌌어. "안 돼, 아들. 그들에게도 말하면 안 돼."

"그러면 그들은 내가 자기들을 버렸다고 생각할 거예요."

"그건 내가 알아서 하마."

여기까지 말하고 나를 바라보는 리코의 아름다운 눈에 눈물이 맺혔다. "나는 언젠가 엄마가 나를 이해하게 해달라고 기도해요." 그는 아래를 보며 잠시 망설였어. "그리고 카린도요."

"당신 누나요?" 내가 물었어.

그가 고개를 흔들었다. "내 약혼녀예요."

가슴이 철렁 내려앉았단다. 혼이 홀랑 빠져나갔어. 내가 결국 그 망할 저주에 걸렸다. 줄곧 나는 우리 집안의 미신이 터무니없다고 확신했어. 그런데 이 꼴 좀 보라지. 결혼하기로 약속한 여자가 있는 남자와 사랑에—그렇다, 사랑에—빠진 둘째 딸이라니.

17장

✳

에밀리아

나는 포피의 손을 와락 움켜잡는다. "아, 포피 이모, 어떻게 이런 일이. 리코가 다른 사람이랑 결혼했어요?"

포피가 내 무릎을 다독인다. "다음 이야기는 나중에 해주마."

"그러니까 우리가 정말로 저주를 받았네요." 루시가 말한다. "근데 이모가 그걸 푸실 거라면서요, 맞죠? 양다리를 걸친 이 쓰레기를 만나실 계획 말고도, 다른 방법이 있죠, 그렇죠?"

"저주라고?" 포피가 말한다. "말도 안 되는 소리 하지 말렴."

나는 루시의 불안을 가라앉힐 말을 해주기를 바라며 포피를 계속 바라본다. 포피의 야윈 얼굴이 까칠하고 눈 아랫부분이 거무스름하게 그늘져 보인다. 저주를 풀어요, 제기랄.

포피가 곤돌라 사공을 향해 말한다. "우리 이제 내릴게요." 곤돌라 사공이 속도를 늦춰 다리 쪽으로 방향을 돌린다. "좀 누워야 할 시간이구나." 포피가 말한다. "오늘 저녁 식사 자리에서 리코에 대해서 더 이야기해주마."

 "됐어요!" 이제 루시는 잔뜩 화난 목소리로 말하고, 나는 루시를 탓하지는 못하겠다. "한심한 이야기는 충분히 들었어요." 루시는 팔짱을 낀다. "이 긴 세월이 흘렀는데 리코가 그 자리에 나올 거라고 생각하신다면, 사람들 말대로 완전히 미치신 거예요."

 "루시!" 내가 외치지만, 포피는 고개만 흔든다.

 "너는 폭풍우를 몰고 오는 구름을 그리면서 즐거워하는 경향이 있는 것 같구나, 루시아나."

 "저주를 풀겠다고 약속하셨잖아요." 포피에게 상기시키는 내 목소리가 격양된다. "루시는 이모를 믿었어요. 이모를 믿고 기대하고 있어요."

 "저기요?" 루시가 말한다. "그게 내가 여기 있는 유일한 이유거든요!"

 포피 이모가 한 손을 휘젓는다. "휴! 너는 지금까지 줄곧 남들이 말한 대로 믿어왔단다. 무엇이 진실인지 네가 스스로 결정해서 믿을 때 생길 일을 상상해보렴."

 "고모 입장에서야 쉽게 하실 수 있는 말이죠." 루시가 말하는 사이에 배가 서서히 멈춘다. "피라미드보다 더 나이가 많으시잖아요. 근데 저는요? 저는 창창한 앞날을 저주받은 채 살아야 한다고요."

 포피가 루시의 뺨에 손을 댄다. "참 흥미로워, 그렇지 않니? 남들이 우리에 대해서 이러쿵저러쿵 말하는데—그게 좋은 말이든 나쁜 말이든, 그건 중요하지 않아—우리가 직접 나서서 그 말이 옳다는 것을 증명하려고 필사적으로 기를 쓰다니."

163

*

   루시가 통로를 따라가다가 처음 나온 트라토리아*로 나를 끌고 간다. 노인들 한 무리가 테이블에 둘러앉아 페로니 맥주를 마시고 있다. 그들은 평면 텔레비전에서 눈을 떼지 못한 채 주황색과 검은색이 섞인 유니폼을 입은 축구 선수들을 응원하는 중이다. "레오니 알라티(Leoni Alati, 날개 달린 사자들)!"라고 외치며 베네치아의 축구팀 윙드 라이온스에 대한 의리를 표출한다.

   자리에 앉자 내 사촌이 와인 1리터를 주문한다. 우리가 앉은 창가에서 포피의 마른 몸이 작은 돌이 깔린 거리 저편으로 사라지는 것이 보인다. 마음속 착한 천사는 당장 일어나서 포피를 호텔까지 데리고 가서 침대에 눕혀주라고 말한다. 길을 찾기가 워낙 힘든 도시이니 포피가 길을 잃을지도 모른다. 하지만 마음속 나쁜 천사는 너무 화가 나 있다. 포피는 전에도 여기에 와봤다. 혼자서 잘 갈 수 있다.

   "도대체 뭐야?" 루시가 테이블에 팔꿈치를 세우고 손가락으로 머리카락을 뒤로 넘긴다.

   "그러게." 나는 고개를 젓는다. "약속을 지키지 않고 요리조리 빠져나가려고 하시네. 내 신뢰가 줄어들고 있어, 대폭. 그냥 옛 추억만 되살리려고 하시잖아."

   "포피는 자존심도 없어. 그 나쁜 놈은 약혼을 했는데 아직도 그 인간을 그리워하시다니."

---

*   약간 격식을 갖춘 이탈리아식 작은 식당.

164

웨이터가 와인을 가지고 온다. 웨이터가 우리 잔에 와인을 따르는 동안, 나는 돌피 삼촌이 나에게 해준, 포피와 그녀가 잃은 갓난아기와 신경 쇠약 이야기를 루시에게 들려준다.

"맙소사." 루시가 잔을 든다. "그런데도 포피는 우리가 저주에 걸리지 않았다고 얘기하는 거야?"

나는 루시가 와인을 죽 들이켤 때까지 기다린 후 묻는다. "너는 그걸 처음 믿기 시작한 때가 언제야?"

루시의 눈이 바 뒤에 있는 텔레비전에 머문다. 윙드 라이온스가 뒤지고 있다. "내가 여덟 살 때였어." 루시의 턱에서 작은 근육이 씰룩댄다. "우리 부모님이 내가 저주에 걸렸다고 말한 때가 빌어먹을 여덟 살 때였다고." 고개를 젓는 루시의 시선은 여전히 텔레비전에 고정되어 있다. "내가 아는 저주라고는 동화책에 나오는 것뿐이었어. 어떤 한심한 피해자가 오랫동안 잠만 자거나 죽거나 야수로 살거나 뭐 그런 거. 그래서 나도 그렇게 되는 줄 알았어. 결혼을 하지 않으면 영원히 망하겠구나 싶었다고." 마침내 루시가 고개를 돌려 나와 눈을 맞춘다.

"밖에서 놀고 있었거든. 내 절친 줄리아랑 길에서 축구공을 차면서." 루시가 씩 웃는다. "문가에서 엄마가 '루-시! 루-시!' 하고 부르는 소리를 못 들은 척했어.

여덟 살밖에 안 됐는데도 그게 창피하더라고. 내가 뭐 망할 코커스패니얼이야? 그래서 엄마를 못 본 척했어. 근데 내가 그러는 시간이 길어질수록 엄마가 더 열을 받더라고.

'루시아나 마리아 폰타나, 당장 집에 들어와!'

피아노 연습을 시키거나 엄마가 억지로 외우게 한 댄스 스텝

165

연습을 시키거나 뭐 그러려는 거 같더라고. 엄마는 내가 줄리아랑 공놀이하는 걸 싫어했거든. 근데 어떡해, 그만두고 싶지 않은 걸. 나는 축구를 정말 좋아했어.

나는 줄리아한테 날 좀 숨겨달라고 소곤거렸어. 줄리아가 땀범벅인 내 손을 잡고 자기 집 뒤로 뛰어갔어.

우리는 킥킥거렸어, 음, 그냥 어린 여자아이들처럼." 루시가 생긋 웃는다. "우리는 숨기 아주 좋은 장소를 발견했어. 뒷마당에 있는 창고 옆 관목 속이었지. 관목 속으로 들어가서 나란히 앉아 몸을 감추고 있었어. 수풀에 섞여들려고 하는 두꺼비 한 쌍처럼.

아니나 다를까 우리 캐럴 여사가 꽃무늬 치마와 분홍색 구두 차림으로 출동해서 나를 찾더라. 줄리아가 막 터져 나오려는 웃음을 참으려고 흙이 잔뜩 묻은 손으로 자기 입을 막았어. 우리는 바싹 붙어 앉아서는 안 웃으려고 기를 쓰면서 '루시아나? 루─시?'라고 부르며 마당을 이리저리 돌아다니는 엄마를 지켜봤어.

갑자기 공포 영화의 한 장면처럼 관목이 좍 벌어지는 거야. 우리는 들켰다는 것을 알았으면서도, 요란법석하게 빽빽 소리를 지르면서 서로 꽉 달라붙었어. 오후의 햇살에 눈이 부셨어. 그러다가 딱 본 거야. 나를 내려다보고 있는 붉은 반점이 가득한 엄마 얼굴을. 나는 그 순간을 절대 잊지 못할 거야. 딱히 분노는 아니었고, 공포에 더 가까웠어. 엄마가 내 팔을 움켜쥐고 확 잡아당겨서 일으켰어.

마당에서 엄마한테 질질 끌려가면서 줄리아를 돌아봤어. 여전히 관목 속 그 자리에 앉아 있더라고. 줄리아가 소리 없이 입 모양으로 말했어. '미안해'라고.

나 역시 입 모양으로만 '나도'라고 말했어. 이유는 알 수 없었지만."

루시가 잔을 들고 쭉 들이켠다.

"그날 밤에 아빠가 퇴근한 다음에 아빠랑 엄마가 나를 소파에 앉혔어. 뭔지 모르지만 심각한 일이겠구나 싶었어. 아빠가 카멜라 언니한테 거실에서 나가 있으라고 했거든.

'어서요, 애한테 말해요.' 엄마가 기운 없는 목소리로 말했어.

아직도 기억나네. 그때 나는 누가 죽었구나 싶었어. 아니면 엄마랑 아빠가 프랜시 팔코네 부모님처럼 이혼을 하려는 것이거나.

아빠가 다짜고짜 직격탄을 날렸어. '너는 저주에 걸렸어'라고.

엄마가 기겁했지. '비니! 다정하게 해요.' 엄마가 나를 보고 말했어. '아빠 말이 맞아. 그렇지만 걱정하지 마, 아모레. 너는 저주를 풀 거야.'

심장이 막 팔딱팔딱 뛰었어. 어떤 저주?

그때 아빠가 일어나더니 복도로 가서 벽에 붙은 오래된 가족사진을 가져왔어. 아주 옛날에 이탈리아에서 찍은 거였어. 그 짜증 나는 사진들을 천 번하고도 두 번은 더 봤지만 제대로 들여다본 적은 없었지. 아빠가 내 옆에 털썩 주저앉았어.

'이 여자들 보이지, 루시아니?' 아빠가 나는 만나본 적도 없는 자기 고모할머니들이랑 고모할머니의 할머니들을 손가락으로 하나씩 가리키는 거야. 열두 명 정도의 연쇄살인마처럼 생긴 뚱뚱한 할머니들이었어.

167

나는 대답했지. '네, 아빠.'

'이 여자들 중 한 명도 결혼하지 못했어. 끝끝내.'

'흠, 제기랄. 누가 이렇게 털투성이에 이중 턱인 노파들이랑 자고 싶겠어?'" 루시가 힐긋 나를 살펴본다. "물론 이런 말을 하지는 않았어. 하지만 딱 그렇게, 아니, 뭐 거의 비슷하게 생각하기는 했어." 루시가 테이블을 내려다보다가 슬픈 미소를 슬쩍 흘린다.

"그때부터 엄마가 넘겨받았어. 엄마가 내 손을 잡고 완전 진지한 표정으로 말했어. '너희 아빠 집안의 내력이야.' 엄마는 오만하게 아빠를 흘끗 봤어. '둘째 딸은 결혼을 못 해. 이 사진 속 여자들, 이 폰타나 가문의 여자들은 모두 둘째 딸이야.' 엄마가 잠시 말을 멈췄어. 아마 내가 자기 말의 요지를 이해하기를 바랐겠지. 근데 나는 이해하지 못했어. 정말로 나는 엄마가 도대체 무슨 말을 하려는지 짐작도 못 했어. 결국 엄마가 입을 열었어. '딱 너처럼.'"

루시는 와인 잔의 기다랗고 가는 부분을 두 손가락으로 집고 머리를 흔든다.

"나는 사진을 가만히 들여다봤어. 활기 없는 얼굴과 쑥 들어간 눈을 가진 늙은 할머니 염소들을 자세히 살펴봤단 말이야. 그러고 나서 말했어. '별로 행복해 보이지 않네요.'

'아, 행복하지 않지.' 엄마가 동의했어. '그들은 지독히 불행해. 그리고 결국 성질이 고약하고 앙심을 품은 사람이 돼. 아이를 갖는 기쁨이나 음식을 만들 수 있는 따뜻한 주방이 있는 자기 집이 있는 즐거움을 절대 모르고 살아.'

168

나 진짜 겁나서 토할 뻔했다니까. 이게 무슨 동화 같은 이야기냐고. 저주를 받은 둘째 딸이 사악한 늙은 마녀로 변하는 지독한 동화. 나는 침을 꿀꺽 삼켰어. '내가, 내가 그 사람들처럼 되는 거예요?'

엄마가 미소를 지으면서 내 머리를 매만졌어. '아니, 미아 돌체(mia dolce). 너는 아름다워. 너는 저주를 풀고 미래의 모든 둘째 딸들이 끔찍한 운명에서 벗어나게 해줄 거야.'

나는 고개를 끄덕였어. 네. 알았어요. 그럼요. 나는 마을을 구하는 공주가 될 거예요. 근데, 저기요, 캐럴 여사님, 현실적으로 생각해봅시다. 대체 어떻게 여덟 살짜리 아이가 저주를 풀 수 있냐고요?

'어떻게요?' 내가 침울하게 물었지. 그랬더니 엄마가 이렇게 말하더라. '엄마 말을 잘 들어. 엄마가 다 가르쳐줄게. 첫 번째 규칙. 공은 금지야.'"

18장

✳

에밀리아

"한 잔 더요." 루시가 웨이터를 부르고는 거의 비어 있는 와인 병을 손가락으로 가리킨다. 마지막 몇 방울을 잔에 따르는 루시의 손이 떨린다. 나는 무슨 말을 할지 모르겠다. 내 불쌍한 사촌은 사악한 늙은 마녀로—아니, 더 심하면, 사악한 늙은 독신 마녀로—변하지 않으려고, 거의 평생 동안 다른 사람이 되기 위해 노력했다.

포피가 아까 한 말이 불현듯 떠오른다. 참 흥미로워, 그렇지 않니? 남들이 우리에 대해서 이러쿵저러쿵 말하는데—그게 좋은 말이든 나쁜 말이든, 그건 중요하지 않아—우리가 직접 나서서 그 말이 옳다는 것을 증명하려고 필사적으로 기를 쓰다니.

"그런 일이 있었다니 안타까워." 나는 루시의 손을 잡는다. "하지만 포피의 말이 맞아. 이 폰타나가의 저주는 말이 씨가 된 것에 불과해. 오랫동안 계속돼오면서 우리 독신 여성을 평가 절하하고 우리가 종속돼 있다고 느끼게 하는 옛날 미신이야. 그렇지만 너는 네 기대에 부응해서 살고 있잖아."

루시가 얼굴을 확 찌푸리면서 내 손에서 자기 손을 쏙 뺀다. "언니가 금방 무슨 말을 했는지 빌어먹을 하나도 못 알아듣겠어. 내가 아는 것은 수 세기 동안 둘째 딸들의 팔자가 꼬였다는 것뿐이야."

"혹은 경우에 따라서, 꼬이지 않았을 수도 있지."

루시가 씩 웃는다. "아니, 이게 누구래? 이 아가씨가 농담도 할 줄 아네."

웨이터가 두 번째 1리터짜리 병을 가지고 온다. 루시가 잔을 가득 채우고, 나는 손으로 잔 가장자리를 덮는다. 루시가 나를 쏘아본다.

"아, 진짜, 엠. 이런 오후에 단 한 번이라도 좀 시원시원하게 굴면 안 돼?"

나는 또래 친구들과 똑같이 행동하도록 압박받는 겁쟁이 십대처럼 내 잔에서 손을 치우고 술을 따르게 한다.

"네 희망을 키워서 미안해, 루스. 확실히 포피는 리코에 대한 이야기만 하고 싶으신가 봐."

"그렇지?" 루시가 말한다. "꼭 우리가 어쩔 수 없이 듣고 있는 청중이 된 것 같다니까. 우리는 그냥 괴짜 노인네가 평생 유일하게 해본 사랑을 되새기하는 타령을 듣자고 여기까지 온 꼴이잖아. 근데 알고 보니 그 인간은 바람둥이였네."

"너무 슬퍼. 그 사람 죽었을지도 몰라."

"슬퍼? 한심한 거지. 그리고 영악하게 사람을 조종한 거고." 루시가 몸을 기울인다. "포피는 우리를 매수했어, 엠. 우리한테 거 짓말을 했어. 그리고 우리는 속아 넘어갔고. 우리가 어쩌다가 이 런 더럽게 멍청한 결정을 했지? 이 여행은 완전 헛짓거리야."

"꼭 그렇지만은 않아." 나는 와인 잔 테두리를 따라 손가락을 움직인다. "돌피 삼촌은 포피와 할머니가 재회하도록 우리가 도 울 수 있을지도 모른다고 생각하셔."

루시가 캑캑거린다. "아, 좀! 그게 가능하겠냐고. 여기 온 것은 엄청난 실수였어."

"우리 엄마에 대해서 이야기해준다고 약속하셨어."

"글쎄, 그것도 불가능하겠네. 엠, 미안하지만 잘 생각해봐. 포 피는 1960년에 벤슨허스트를 떠났어. 그때 언니네 엄마는 그냥 갓난아기였어. 그래, 명절에 왔을 수도 있지. 그래 봤자, 뭐, 언니 네 엄마랑 같이 지낸 날이 다 합해서 한 60일이나 될까? 포피는 언니네 엄마에 대해 전혀 몰라."

나는 관자놀이를 문지른다. 나는 이 여행 때문에 내 가족, 내 직장, 내 생활을 위태롭게 했다. 이모는 거짓말을 했다. 우리는 속임수에 빠졌다.

경고를 받지 않은 것도 아니었다. 어쩌면 바로 지금 집에서 할 머니는 내가 당신을 배신했다고 다리아 언니에게 불평을 터뜨 리고 있을지도 모른다. 속이 꽉 막힌다. 처음으로 나는 할머니가 동생과 연을 끊은 이유를 이해한다.

"진심으로 말씀하시는 것 같았는데."

루시가 고개를 절레절레 흔든다. "사기꾼들은 늘 그래."

40분 후, 루시가 병에 남은 마지막 와인 한 방울까지 다 따라

172

마시자 나는 계산서를 받는다.

"경비가 전부 지원되는 여행이란 게 참." 잘못된 속도로 재생되는 녹음기 소리처럼 루시의 발음이 불분명하다.

나는 지갑을 찾느라 핸드백을 뒤적인다. "됐어. 내가 낼게."

"경비가 지원된다는 이유로 여기에 8일 동안 묶여 있어야 한다니." 루시가 흐리멍덩한 눈으로 나를 빤히 보다가 표정이 확변한다. "아니지. 우리가 떠나면 되잖아."

"응, 그래."

"진짜라니까. 포피는 이탈리아 지리를 잘 알잖아. 우리가 필요 없어. 우리를 이용하는 거야. 바로 호텔로 가서 짐 싸자."

"말도 안 돼. 우리는 먼 길을 왔어. 이탈리아에 있다고."

"어." 자리에서 일어난 루시의 몸이 흔들린다. "이제 이탈리아에 가봤다는 말은 할 수 있겠네." 루시가 비틀거리면서 문으로 향한다. 나는 지갑을 움켜쥐고 따라간다.

"너 취했어, 루스. 여행은 점점 나아질 거야. 아직 아무것도 못 봤잖아."

루시가 거리로 나가 양 방향을 응시한다. "오래된 골목. 이탈리아 식당. 이탈리아 베이커리. 벤슨허스트랑 거의 똑같아 보이는데."

할머니가 옳았다. 이 여행은 실수였다. 하지만 떠나는 것은 말이 안 된다. 그것은 분명하다. 그래도 술에 취힌 루시의 입장에 어느 정도 공감한다. 오늘 아침에 나를 기쁘게 한 이 물에 떠 있는 도시의 마법이 사라졌다.

루시가 성큼성큼 걸어가고 나는 루시의 속도를 따라잡느라

애를 먹는다. 20분 후, 우리는 기적적으로 카 사그레도 호텔로 돌아가는 길을 찾는다. 우리가 객실로 들어가자 얇은 흰색 커튼이 바람에 부풀어 오른다.

"낮잠을 자고 싶다고 했잖아." 루시가 발코니를 가리키면서 소곤거린다. 우리가 보고 있다는 것을 미처 알아채지 못한 포피가 난간에 양손을 올리고 서서 운하를 내다보고 있다. 그사이에 헐렁한 카프탄*으로 갈아입었고 은발 섞인 머리카락이 산들바람에 휘날린다.

루시는 방으로 뛰어들어가 여행 가방을 서둘러 움켜잡는다. 서랍을 다 열어젖히고 옷을 꺼내 가방에 쑤셔 박기 시작한다. 하지만 나는 발코니의 형체에 시선을 고정시킨 채 꼼짝하지 않는다. 회색빛을 띤 파란 하늘을 배경으로 서 있는 꽃무늬 원피스 차림의 작은 여인.

"짐 싸." 루시가 소곤거린다. "우리가 공항에서 전화하면 되지. 뭐 적어도 언니는 전화를 할 수 있겠네. 누가 내 전화기를 가로챘는지라."

"난 안 갈래." 내가 말한다. "포피는 외로워. 저기 좀 봐, 루스."

루시가 일어선다. 우리는 함께 베니스의 경치를 감상하는 포피를 몰래 지켜본다. 포피가 고개를 옆으로 돌리며 희끗희끗한 머리를 쓸어내린다. 그러다가 불쑥 냄비 뚜껑처럼 머리 뭉치를 들어 올린다.

나는 헉 숨을 들이마시고 루시는 꺅 소리를 지른다. 포피가 홱

---

* 품이 넉넉하고 길이가 긴 터키 원피스.

몸을 돌린다. 갓난아기처럼 머리카락이 하나도 없는 포피가 휘
둥그레진 눈으로 우리를 마주 본다.

19장

✳

에밀리아

내 발이 멋대로 움직인다. 어느새 나는 방을 가로질러 매끈한 계란형 머리의 이 여인에게 다가가고 있다. 머리카락이 없는 포피는 너무 연약해 보인다. 나는 조금씩 다가가다가 그녀의 머리 한쪽에 있는 15센티미터 정도의 절개 자국을 알아챈다. 그녀가 손으로 그곳을 가린다.

"내 전쟁의 상흔이란다." 포피의 미소가 마구 흔들린다. "수술이랑 화학 요법과 방사선 치료가 도움이 됐지. 한동안 상당히 쌩쌩했어. 그런데 그 약삭빠른 세포들이 포피 호텔에 다시 머물기로 했지 뭐니. 그럴지도 모르니 마음의 준비를 하라는 말을 듣기는 했단다. 아무래도 내가 그 세포들이 내 부드러운 작은 머리에서 너무 편안하게 지내게 해주나 봐."

심장이 마구 뛴다. 나는 다음 질문에 포피가 부정하는 답을 듣게 해달라고 기도한다. "죽…… 죽어가고 있는 거예요?"

"누구나 그렇지 않니?" 마치 위로가 필요한 사람은 나라는 듯이 포피가 다정한 미소를 보낸다.

"네, 그렇지만, 이모는…… 나는……." 이제 나는 말을 더듬는다. 이모가 팔을 뻗어 내 손을 잡는다.

"나는 살아가고 있다고 말하는 쪽이 훨씬 마음에 드는구나, 안 그래?"

나는 포피를 와락 끌어안고 눈을 질끈 감는다. 내가 이 짜증스럽고 미친 작은 노인을 얼마나 많이 사랑하는지 문득 깨닫는다.

"우리한테 말씀하셨어야죠." 이제 루시는 완전히 술이 깼고 모든 분노가 사라진 듯하다. "우리가 왜 여기 있는지 이제 알겠어요. 의사가 혼자 여행을 보내려 하지 않았겠죠."

포피가 발끈한다. "뭐라고? 의사의 지시가 나를 막을 수 있을 거라고 생각하니?"

눈이 따끔거린다. 나는 흔들리는 미소를 짓는다. "당연히 아니죠." 루시와 내가 동시에 말한다.

포피가 우리를 속이기는 했지만, 나는 강인한 이모를 존경할 수밖에 없다. 그녀는 가족과 마지막 여행을 가고 싶었고, 자신이 거의 알지도 못하는 두 조카로 만족했다.

포피는 병에 대해 간략하게 설명한다. "뇌실막 세포종이란다. 뇌 속에 뇌척수액이 저장되는 작은 공간이 있는데 거기에서 발생하는 종양이야. 천천히 자라는 종양이기는 한데, 이제는 나를 따라잡고 있구나, 골치 아픈 못된 녀석 같으니라고." 포피는 치명적인 종양이 귀찮은 벌레라도 되는 양 아무렇지 않게 미소를 짓는다.

나는 눈을 깜박거리며 눈물을 참는다. "저희가 어떻게 해야 돼요?"

"맞아요." 루시가 말한다. "필요한 건 뭐든지 말만 하세요."

포피가 우리를 양쪽에 한 명씩 오게 해서, 우리 이마에 입술을 가볍게 갖다 댄다. "내가 원하는 것은 이게 다란다. 마침내 내 사랑을 만날 때 내 아이들과 같이 있는 것."

나는 루시를 슬쩍 본다.

"이제 가보렴." 포피가 양손을 펄럭거려 우리를 쫓아낸다. "여전히 나는 잠깐 잠을 자야겠구나. 저녁쯤이면 홍학처럼 생생해질 테니 두고 보렴."

✳

루시와 나는 각자 생각에 빠진 채 좁은 운하를 따라 정처 없이 돌아다닌다. 우리는 작은 상점들을 구경하고 잠시 멈춰서 젤라토를 먹고 멋진 대성당에도 들어간다. 하지만 무엇을 해도 기분이 좋아지지 않는다. 우리 이모가 죽어가고 있다.

"포피를 위해서 이 여행을 특별하게 만들어야 해." 리오 델라 센사를 따라 거닐다가 루시가 말한다.

"그래야지." 고속 모터보트가 우리 옆을 지나가면서 엔진 소리를 낸다. "리코는 라벨로에 오지 않을 거야. 너도 알지?"

"어." 루시가 운하를 응시하며 걷는다. "미친 바보 노인네가 정말로 그 남자랑 결혼하길 기대하시는 것 같아."

"아니야. 그렇게 비현실적인 분은 아니야."

"진짜라니까. 그게 아니면 왜 대성당에서 그 남자를 만나야 한다고 고집하시겠어?"

나는 우뚝 걸음을 멈추고 루시를 돌아본다. "아, 맙소사. 네 말이 맞나 봐. 포피가 이 오랜 세월이 지났는데도 그 사람이 나타나서 사랑에 빠지고 결혼할 거라고 생각하시면 어쩌지?"

"그리고 일건에 저주를 풀고 약속을 지킬 거라고 말이야."

루시가 '일거에'를 잘못 말했지만 나는 바로잡지 않는다. "저기, 루시." 나는 이마를 문지르며 말한다. "정말 미안해. 내가 너를 이 여행에 끌어들이기 전에 포피에게 더 자세한 사정을 알아냈어야 했어. 거의 승산이 없다는 건 알았지만, 소위 저주와 관련해서 너에게 도움 줄 방법이 포피한테 있었으면 했는데."

루시가 외면한다. "믿은 내가 멍청한 거지 뭐. 이제 나도 그 정도는 알 때가 됐는데."

나는 축구공을 포기해야 한다는 말을 듣고 있는 어린 루시를 생각한다. "너는 이런 일을 당할 이유가 없어." 내가 말한다.

"언니도 마찬가지야."

우리는 아무 말도 하지 않고 걷는다. 손을 잡은 연인들이 지나간다. 스니커즈를 신은 여자가 아기 띠를 매 갓난아기를 앞으로 안은 채 통화하고 있다. 뺨이 불그스레한 아이 둘이 각자 스쿠터를 타고 앞서거니 뒤서거니 하면서 소리를 지른다. 루시는 같이 스쿠터를 타고 싶은 듯 부러운 표정으로 아이들을 뻔히 바라본다.

"루시, 어째서 엄마 말을 따랐어?"

루시답지 않게 한참 동안 대답하지 않는다. 마침내 루시가 어깨를 으쓱한다. "언니가 할머니 말을 따르는 거랑 마찬가지지. 우리는 심장이 우리에게 하는 말을 무시하잖아. 그러면 누군가 에게 사랑받을 수 있을 것 같아서."

나는 대답하지 않는다. 루시는 나에게 동정의 말을 듣고 싶어 하지 않을 것이다. 나는 다른 사람을 쥐고 흔드는 캐럴 숙모와 할 머니에 대해 생각한다. 그리고 딱 매트가 말한 대로, 할머니를 기 쁘게 하고 싶어서 내 간절한 바람을 다 억누르고 할머니 뜻대로 가는 나를 생각한다. 루시의 말이 맞을까? 루시나 나나 우리가 누군가의 애정을, 그 사랑을 완전히 믿지 못하면서도 언젠가 언 게 될지 모른다는 희망을 버리지 못해, 물불 가리지 않고 무슨 짓 이든 해왔던 것일까?

✳

우리가 호텔로 돌아오니 6시 30분이고, 해가 서쪽으로 기울 어 반짝이는 물줄기가 흐르는 도시를 황금빛으로 물들인다. 포 피 이모는 아까 말한 대로 낮잠을 자고 나니 다시 생생해져 당장 외출하고 싶어 한다. 갓 샤워를 마치고 광택이 흐르는 주황색 원 피스와 보라색 펌프스 차림에 목에는 알록달록한 구슬 목걸이 를 여섯 개나 두르고 있다. 산호색 립스틱을 티슈로 살짝 누른 다 음에 가발을 바로잡는다. "머리가 빠지는 게 이 시련에서 최악의 부분이었단다." 그녀는 거울을 들여다본다. "리코는 내 머리를 아주 좋아했어."

루시가 모퉁이를 돌아 욕실로 향하면서 나에게 시선을 던진다. 양팔에 갖가지 샴푸 통들과 화장품들이 잔뜩 들어 있다.

"내 욕실을 얼마든지 사용해도 된단다, 에밀리아." 포피가 말한다. "베니스에서 맞는 첫 저녁을 위해 한껏 치장하고 싶겠구나."

"치장이요? 포피 이모, 저 완전히 녹초가 됐어요."

포피가 손을 내 손에 올린다. "피곤한 사람은 남을 피곤하게 하는 법이지. 자, 이제, 휘이! 어서 가서 준비하렴. 그리고 좀 정성껏 치장하고, 그럴 거지?"

20분 후, 나는 김이 자욱한 포피의 욕실에서 나온다. 확실히 생기가 도는 느낌이다. 젖은 머리를 매끈하게 올려 묶었고 안경을 얼룩 하나 없게 닦았고 흉터는 잘 가렸다. 나갈 준비가 됐다.

"루스?" 루시를 부르며 우리 방으로 가는 도중에 발코니에 서 있는 포피 이모가 언뜻 보인다.

욕실 문이 벌컥 열리고 자욱한 김이 확 올라온다. "여기 있어."

루시가 호텔 로브 차림으로 머리에 수건을 두른 채 김 서린 욕실 거울 앞에 서 있다. 무수히 많은 에이번 화장품들이 화장대 위에 쭉 늘어서 있다. 나는 신음 소리를 낸다.

"아직 준비 안 됐네."

루시가 나를 대충 훑어본다. "언니도 마찬가진데. 올리브 가든에서 음식 나르는 종업원이야 뭐야."

나는 검은색 바지와 빨간색 블라우스를 내려다보고 웃음을 터뜨렸다. "할 말이 없네. 내가 좀 털털한 편이잖아."

"언니도 알다시피 털털하다는 사람은 거의 털털하지 않더라." 루시가 립글로스 통을 집어 나에게 건넨다. "언니 자신 좀 챙겨."

나는 뒤로 물러선다. 손가락이 본능적으로 흉터로 향한다. "고맙지만 괜찮아."

루시가 고개를 흔든다. 몸을 돌리니 밝은색 꽃무늬 스카프를 손에 든 포피가 내 옆으로 쓱 나온다.

"허락해주겠니?"

나는 순간 망설이다가 허리를 숙인다. 포피가 부드러운 천을 내 목에 두르고 매듭을 짓는 동안 그녀에게서 풍기는 시트러스 향이 내 후각을 자극한다. 나는 눈을 감고 앞에 있는 사람이 내 외출 준비를 돕는 엄마라고 상상한다. 포피가 뒤로 물러서서 고개를 옆으로 기울이며 내 모습을 평가한다. "좀 낫구나." 한마디를 남기고 마지막으로 한 번 더 스카프를 가볍게 들었다 내려 부풀린다.

"나쁘진 않네요, 폽스." 루시가 내 쪽을 돌아본다. "언니 바닥을 친 거 알지? 패션 스승이 여든 살 먹은 어르신이라니."

✻

주황색 원피스를 입은 포피, 밝은색 스카프를 두른 나, 몸에 착 붙는 은색 밴디지 원피스를 입은 루시. 이렇게 우리 셋은 저녁 식사를 하러 나선다. 어둠이 깔리고 가로등이 환하게 비춘다. 나는 승강기에 타면서 포피와 팔짱을 낀다. 승강기에서 내리자 루시가 포피의 손을 덥석 잡고 로비를 가로질러 걷는다. 우리는 함께 포피가 포장용 돌이 깔린 길을 안전하게 걷도록 돕는다. 호텔에서 한 블록 정도 걷다가 포피가 양손을 번쩍 든다. "죽어가는 노인네 취급 좀 그만하지 그러니? 내가 애지중지 보살핌을 받고 싶었다면 스파에 갔을 게다."

포피는 대답을 들으려고 하지도 않고 몸을 빙 돌려 빠른 걸음으로 길을 내려가 다리 위로 올라간다. 루시와 나는 헐레벌떡 뛰어가 포피와 보조를 맞추어 걷는다. 우리는 넓은 통로에서 속도를 낮춘다. 빨래를 걷으려고 창밖으로 몸을 내민 여자가 우리를 향해 손을 흔든다. 우리는 환한 불빛이 새어나오는 집들을 지나친다. 구운 허브 향이 길거리에 퍼지고, 나는 체나(cena, 저녁 식사)를 위해 식탁에 모여 앉은 가족을 상상한다. 언젠가 이런 장면을 소설에서 되살릴 수 있기를 바라며 광경들과 냄새들을 내 기억에 저장한다.

포피가 좁은 골목으로 들어서다가 잠깐 멈추고는 길에 깔린 돌들 사이에서 동전 하나를 쏙 빼내 지퍼 백에 넣는다. 골목 안은 더 쌀쌀하고 거의 암흑이다. 나는 길을 잃었구나 싶은데 이내 포피가 와 하고 소리를 지른다. 카르루치라는 식당 간판이 나타난다. 칼레 페차나 끝에서 안쪽으로 쑥 들어가 있는 자그마한 곳이다.

촛불을 밝힌 테이블 여러 개가 어둑어둑한 내부에 가득 들어차 있다. 갓 구운 마늘빵 냄새에 내 배에서 꼬르륵 소리가 난다. 바 뒤에서 작은 키에 지긋한 나이의 신사가 고개를 들자 두툼하고 끝이 위로 올라간 콧수염이 보인다. 포피를 발견한 남자의 얼굴이 환해진다. 그가 손뼉을 치면서 포피에게 서둘러 다가온다.

"파올리나! 벤베누타, 아모레 미오(Benvenuta, amore mio, 환영해요, 내 사랑)!" 그가 포피를 힘차게 포옹하고 바닥에서 들어 올린다. 그가 포피를 빙빙 돌리자 그녀는 어린아이처럼 웃음을 터뜨린다.

"루이지!" 포피가 뒤로 물러서서 그의 염색한 검은 머리칼부

183

터 윙팁 구두까지 쓱 훑어본다. "이 남자 체포해!" 그녀가 외친다. "너무 멋져서 숨을 못 쉬겠어."

루이지의 얼굴이 발그스레해진다. "보고 싶었어요, 나의 꽃." 그가 포피를 잡은 양팔을 쭉 펴고 상체를 젖혀 살펴본다. "정말로 안 늙는군요. 비결이 뭐예요?"

"하얀 치아와 갈색 머리 덕분이죠." 포피가 몸을 앞으로 기울이고 한 손을 둥글게 오므린다. "우리 나이의 사람들은 대부분 그 반대잖아요." 루이지가 머리를 뒤로 젖히고 웃는다. 두 사람이 서로를 가만히 응시하며 서 있다가, 마침내 루이지가 자기 역할을 기억한다.

"가장 좋아하시는 테이블이 마련되어 있습니다."

루이지가 우리를 창가 자리로 데리고 가서 의자를 하나씩 꺼내 앉혀준 다음에 냅킨을 우리 무릎에 펼쳐준다. 포피가 먼저 루시를 소개한다. 루이지가 머리를 숙여 인사한 다음에 악수를 한다. "벤베누타. 환영해요."

"그리고 이쪽은 에밀리아예요."

나는 미소를 짓는다. "안녕하세요, 루이지."

루이지가 내 눈을 들여다본다. "벨리시마(Bellissima)." 그가 내 손을 잡고 손등에 입술을 살짝 갖다 댄다. "코메 투아 논나(Come tua nonna)."

아름다워요. 당신의 할머니처럼. 나는 칭찬을 받으며 방긋 웃고, 굳이 루이지의 오해를 바로잡지 않는다.

루이지는 두 시간 동안 우리에게 관심을 쏟아붓는다. 매 코스마다 그가 직접 고른 특별한 와인이 함께 나온다. 잔뜩 먹고 마셔

배가 터질 것 같고 약간 술기운이 오를 때, 그가 디저트로 자발리오네—계란과 달콤한 와인을 섞어 거품을 낸 커스터드로, 신선한 라즈베리를 곁들여 내놓는다—를 가져온다. 내가 만든 것보다 더 새콤하고 맛있다. 다음에 만들 때는 설탕을 덜 넣어야겠다.

루이지가 리큐어와 작은 잔 세 개가 놓인 쟁반을 들고 온다. "페르넷*? 프란젤리코**? 리몬첼로***?"

나는 조금도 목이 마르지 않지만, 루시의 말에 따르면, 그것은 관계가 없단다.

루시가 프란젤리코가 담긴 우아한 잔을 들고 의자에 등을 기댄다. "죽는 게 무서우세요, 포피 고모?"

나는 페르넷을 마시다가 사레가 들려 캑캑거린다. "루시!"

"그렇단다, 조금은." 겉보기에 포피는 동요하지 않는 듯하다. "그렇지만 나는 죽음 너머 세상의 수수께끼를 푸는 것이 기대된단다."

죽어가는 이모와 이런 대화를 나누자니 기분이 묘한데, 아무래도 포피는 이 주제가 꽤 편한가 보다. "신을 믿으세요?" 내가 부드럽게 묻는다.

"아, 맙소사, 그럼! 내가 배운 종래의 방식으로는 아니지만. 나에게 영성이란 주일 미사보다는 사랑과 더 관련이 있단다. 아주 간단해. 다른 사람에게 끊임없이 그리고 완전하게 사랑을 베풀 때 자신의 신을 받들고 예배하는 것이란다. 내가 아는 지극히 성

---

* 허브 등을 넣어 만든 이탈리아 리큐어.
** 헤이즐넛 향이 나는 이탈리아 리큐어.
*** 레몬으로 만든 이탈리아 리큐어.

스러운 사람들 중 일부는 평생 교회에 발을 들여놓은 적이 없어. 그런데 나는 교회에 빠지지 않고 가면서도 독선적인, 자칭 다시 태어난 기독교인들을 많이 만났단다. 어쩌면 하느님은 애초에 그들이 태어나지 않았기를 바랄지도 모르지."

루시가 웃음을 터뜨린다. "완전 동감해요."

포피가 리몬첼로를 한 모금 마신다. "그 영화를 보게 돼서 아주 신이 나. 아, 만들면서 얼마나 즐거웠다고."

이모가 영화 제작자였나? "무슨 영화요?" 내가 묻는다.

"우리가 죽기 전에 주마등처럼 눈앞을 스쳐 지나간다는 거 말이다. 정말이지, 그 생각을 하면 흥분돼서 소름이 끼칠 정도란다. 있잖니, 내 영화는 부분적으로는 드라마이고 부분적으로는 미스터리이고 약간은 스릴러일 게다. 추가로 로맨틱 코미디 장면들이 섞여 있겠지." 포피의 갈색 눈동자가 춤을 추듯 움직인다. "얘들아, 너희들은 여전히 각자의 영화를 만들고 있는 단계에 있단다. 눈을 뗄 수 없이 매혹적으로 만들려무나! 모든 장면을 흥미진진하게 만들려무나! 너희들의 인생 영화를 볼 때가 오면, 눈물이 흘러내릴 수도 있고 자지러지게 웃을 수도 있고 창피해서 움찔할 수도 있겠지. 하지만, 제발, 너희들의 인생 이야기가 너무 지루해서 보다가 꾸벅꾸벅 졸게 하지는 말거라."

루시가 이를 드러내고 활짝 웃는다. "딱 언니 얘기네, 엠."

포피가 자신의 잔을 내려다본다. "그런데 모든 인생에는 비극도 있지."

루이지가 우리 테이블로 다가오는 바람에 포피의 말이 중단된다. "더 필요한 거 있으신가요, 아모레 미오?"

포피의 유혹적인 친구가 그녀를 내 사랑이라고 부르는 것을 들으니 이상하다. 나는 포피가 그 애정 표현의 말을 리코를 위해 아껴두고 있다고 상상한다. 하지만 포피는 자신의 독일인 연인을 수십 년 동안 만나지 않았다. 토머스 같은 다른 동반자들이 있었다. 어쩌면 이 남자도 거기에 포함될지 모른다.

포피가 핸드백에 손을 뻗어 동전이 담긴 지퍼 백을 꺼낸다. "이제 됐어요, 그라치에. 식사가 판타스티코(fantastico, 환상적인)했어요. 그리고 당신을 봐서 정말이지 대단히 행복했어요."

"천만의 말씀입니다." 미소를 짓는 루이지의 시선이 포피에게서 떨어지지 않는다.

포피가 그의 손을 잡고 손바닥에 동전 하나를 꾹 밀어 넣는다. "행운을 가져다줄 거예요."

"다른 동전을 모아놓은 곳에 두겠습니다." 루이지가 윙크를 한다. "언제 다시 뵐 수 있을까요, 파올리나?"

포피가 의자에서 일어나 루이지의 볼에 뽀뽀한다. "우리 생각보다 빨리요." 그녀의 눈에 즐거우면서도 씁쓸한 기색이 언뜻 비친다.

그러나 다음 만남은 없을 것이다. 포피는 그걸 안다. 사랑하는 사람들에게 마지막 작별 인사를 고해야 하다니, 대단히 괴롭고 벅차면서도 한편으로는 다행이라는 묘한 감정이 들겠지.

벨벳처럼 드리워진 밤하늘에 별이 총총 빛니고 우리 셋은 걸어서 호텔로 돌아간다. 포피가 우리에게 한 팔씩 두른다.

"자, 내가 어디까지 이야기했더라? 아, 그래, 리코가 막 바이올린 연주를 시작한 부분이었지."

"아니요." 루시가 말한다. "죄송한데요, 폽스, 그 사람은 이모를 속이고 있었어요. 약혼녀가 있었다고요, 기억나세요? 이모의 비극적인 사랑 이야기를 되풀이해도 달라지는 건 없어요. 저는 그 사람 같은 남자들을 알아요. 그 사람은 대성당에 나타나지 않을 거예요. 50년 넘게 그 사람이랑 연락을 안 하셨잖아요. 지금쯤 죽었을지도 몰라요."

나도 모르게 헉 소리를 낸다. "루시, 제발!"

포피가 걸음을 멈춘다. 양손으로 루시의 뺨을 감싸고 눈을 들여다본다. "말해보렴, 루시아나, 너는 내가 저주를 풀기를 원하는 거니, 원하지 않는 거니?"

20장

＊

포피

1960년
트레스피아노

 리코와 나는 매주 월요일부터 토요일까지 광장에서 계속 만났단다. 나는 약혼녀라는 존재에 대해 신경 쓰지 않으려 했어. 어쨌든 나한테도 미국에서 나를 기다리고 있는 소위 약혼자가 있었잖아. 나는 리코가 나를 사랑한다고 확신했어. 우리는 이야기를 나눴고 거리를 거닐었고 젤라토나 페이스트리를 나눠 먹었어. 손을 잡았고 남몰래 입을 맞췄지. 그렇지만 욕구 불만이 점점 쌓여갔다. 그를 더 많이 갖고 싶어진 거야.

 2월 8일, 비가 내린 목요일, 내가 영원히 잊지 못할 날이야. 나는 퇴근 시간이 되자 서둘러 미술관에서 나왔단다. 늘 그랬듯이 리코가 광장에서 기다리고 있었어. 우산을 쓰고 한 손에 주황색 프리지어 한 송이를 들고 있었지.

 "이맘때는 양귀비꽃을 찾을 수가 없어서요." 리코가 내 뺨에 가볍게 입술을 댔다. "커피 마실래요?"

리코에게 프리지어를 받는 내 손이 벌벌 떨렸단다. 나는 그의 눈을 들여다보며 한껏 용기를 냈다. "그냥 당신 집에 갔으면 좋겠어요." 나는 침을 꿀꺽 삼켰어. "당신이 날 원한다면."

나 자신이 그렇게 약하게 느껴진 순간은 처음이었단다. 심장이 너무 세게 뛰어서 블라우스 아래로 고동치는 움직임이 그에게 그대로 보일 것 같았지. 영원 같은 순간이 지난 후 그가 내 볼을 감싸고 내려다보며 미소를 지었어. "정말로 그러고 싶어요, 아모레 미오?"

나는 한마디도 못 하고 고개만 끄덕였단다. 그는 내 이마에 입술을 맞추고 나서 거리로 나를 이끌었다.

리코는 양복점 위층에 있는 작은 방을 세내어 살았단다. 회반죽을 바른 벽으로 둘러싸인 방에는 나무 책상과 일인용 침대가 있었어. 온 세상에서 우리에게 필요한 것은 딱 그 침대 하나였어. 방은 깔끔하고 따뜻했단다. 나에게는 궁전 같은 곳이었어.

리코는 천천히 내 블라우스 단추를 풀면서 내 목, 입술, 볼에 키스했어. 나는 발가벗은 채 그의 앞에 섰단다. 어스레한 빛줄기가 창문으로 새어들어왔어. 그의 눈이 애정으로 빛났다. "정말 아름다워요." 그가 속삭였어. 생전 처음 내가 완벽하게 안전하다는 느낌을 받았단다.

빗방울이 창유리를 후드득 두드렸고, 그는 나를 침대에 눕혔다. 곧이어 빗방울의 리듬이 우리의 몸과 어우러졌고, 뒤이어 벼락같은 충격이 나를 속속들이 뒤흔들었어. 잠시 후, 나는 그의 품에 안겨 누웠고 우리 둘 다 감동의 눈물을 흘렸단다.

우리는 아무 말도 하지 않았어. 마법을 경험한 때는 말이 필요 없단다.

✻

일 미오 우니코 아모레(Il mio unico amore, 내 유일한 사랑), 리코는
그날부터 나를 그렇게 불렀다. 나는 그의 약혼녀 카린에 대해서
절대 묻지 않았어. 그는 나를 자신의 유일한 사랑이라고 불렀지.
확신에 찬 그 말, 그것이 나에게 필요한 전부였어.

두 달 동안 우리는 남몰래 더없는 행복을 누렸단다. 친구나 가
족, 혹은 미래에조차 얽매이지 않은 둘만의 삶이었어. 아무도 우
리의 오후 밀회를 몰랐지. 우리는 길을 걷고 이야기를 하고 달콤
한 사랑을 나누었단다. 과거와 미래 사이에 멈춘 시간이었단다. 우
리는 내일을 기약할 수 없었기에 오늘을 소중히 여기며 함께 있
는 매 순간의 기쁨과 웃음에 열렬히 몰두했어. 지평선 너머로 다
가오는 위협을 감지하지 못한 채 말이지.

지극히 평범한 4월의 월요일, 리코와 나는 손을 잡고 광장을
거닐고 있었어. 양귀비꽃이 활짝 피었고, 걸음을 멈춘 리코가 나
에게 꽃다발을 사줬지. 우리는 다시 걷다가 베키오 궁전 앞에서
잠시 멈췄단다. 그곳에서 리코는 서유럽으로 가는 기차표를 처
음 손에 쥔 때 이야기를 들려줬어. "그 기분을 절대 잊지 못할 거
예요." 그의 눈이 반짝였다. "남의 나라에 서서, 가슴이 탁 트이는
느낌, 어디에도 매이지 않은 느낌. 우리나라에서 그런 일을 겪은
후 느낀 해방감은 대단히 강렬했어요."

내 뺨에 흘러내린 눈물을 닦고 있는데 난데없이 로사 언니가

나타났어.

"파올리나?" 로사 언니의 눈이 나에게서 리코로 움직였다가 다시 나에게 돌아왔다. "여기서 뭐해?"

나는 아무 말도 하지 못했다. 언니한테 들켰다. 지난 몇 주 동안 언니에게 리코 얘기를 털어놓고 싶은 마음이, 내가 주체할 수 없는 사랑에 빠졌다고 말하고 싶은 마음이 굴뚝같았지만 아직 비밀을 고백할 준비가 돼 있지 않았거든. 세상에서 가장 믿음직스러운 친구인 언니에게조차 말이야.

"로사 언니." 나는 마침내 입을 열었어. "이쪽은 내 친구 리코, 에리히야. 사실은, 친구 이상이야." 나는 긴장감에 히죽이면서 주머니에 손을 넣었지. "나는 이 사람을 사랑해, 언니."

로사 언니가 리코에게 한 손을 내밀었어. "만나서 반가워요, 리코. 참 힘들겠어요. 파올리나가 약혼했다는 사실을 알게 돼서요. 미국에 있는 잘생긴 가게 주인과 말이에요."

나는 놀라서 헉 숨을 들이마셨어. 나를 돌아보는 리코의 눈에 당황스럽고 고통스러운 기색이 역력했어.

"아니야." 내가 말했다. "나는, 나는 마음을 바꿨어."

"우리는 1년 안에 떠날 거예요." 내가 아무 말도 안 했다는 듯이 로사 언니가 말을 이어갔다. "알고 있죠, 씨?"

가슴이 산산조각 났다. 나는 두 사람 모두 차마 볼 수 없어 눈을 질끈 감았어. 그때 내 손을 잡는 그의 손이 느껴졌지.

"미안해요, 로사." 리코가 차분하면서도 단호하게 말했어. "그럴 일은 없을 겁니다. 당신 동생과 나는 사랑에 빠졌습니다."

로사 언니가 리코를 위아래로 훑으며, 다림질된 면 셔츠에서

헝겊을 덧대 기운 자국이 있는 소맷자락과 광이 나는 부츠에서
다 닳은 앞코를 눈여겨봤다. "당신이 좋은 사람인 건 알겠어요,
리코. 그리고 내 동생이 당신을 아주 좋아하는 건 분명하고요. 하
지만 당신이 모르는 게 있어요. 당신은 파올리나의 미래를 온통
위태롭게 하고 있어요. 저기요, 내 동생은 둘째 딸이고, 평생 혼
자 살 수밖에 없는 운명이에요. 이그나시오가 그 저주를 풀 유일
한 희망이에요. 부탁해요." 언니가 그를 올려다보면서 양손을 꽉
모아 쥐었다. "제발 부탁이니, 내 동생의 유일한 기회를 망치지
말아요."

나의 가장 든든한 보호자인 로사 언니는 자기가 나를 위해 나
서고 있다고 생각했어. 언니는 알베르토한테 미친 듯이 빠져 있
었지만 내가 보기에 진정한 열정을 경험한 적이 없었어. 어떻게
그런 언니가 우리 사랑을 이해해주기를 바라겠어?

"내 동생은 미국에서 풍족하게 살게 될 거예요." 마치 내 운명
이 이미 정해지기라도 한 것처럼, 로사 언니가 계속 말했어. "당
신은 내 동생에게 뭘 해줄 수 있죠? 말해봐요. 어쩔 셈이에요? 장
사를 할 거예요? 기술이라도 있어요?"

"이 사람은 바이올린을 연주할 수 있어." 내가 말했어.

로사 언니의 눈에서 동정의 빛이 확 사라졌다. "바이올린을 연
주한다고?" 그러고는 리코를 돌아보며 입술에 냉소를 머금었다.
"탭 댄스도 춰요?"

로사 언니의 절망감이 내가 한 번도 본 적 없는 잔인함을 분출
시켰어. "언니, 그만해. 리코는 똑똑하고 강인하고 재능이 있어.
그리고 나는 진심으로 그를 사랑해. 나는 미국에 못 가."

로사 언니가 한참 동안 나를 빤히 바라보다가 마침내 졌다는 듯 어깨를 축 늘어뜨렸다. 그리고 고개를 절레절레 저었어. "라 미아 소렐라 테스타르다. 내가 너 없이 어떻게 살아?"

내 가슴이 애정으로 벅차올랐어. "언니는 괜찮을 거야. 내가 갈게, 언니. 언니를 보러 리코랑 미국에 갈게."

로사 언니가 리코를 자세히 살피며 입술을 깨물었어. "리코, 내 동생을 행복하게 해준다면 축복해줄게요."

리코가 로사 언니를 껴안았어. "당케 쉔(Danke schön, 대단히 감사합니다)—어, 그라치에 밀레(grazie mille)." 그들이 함께 웃었단다. "포프—어, 파올리나의 가족이 당신처럼 따뜻이 맞아주면 좋겠네요, 로사."

"당연히 그럴 거예요." 나는 무심코 말했다. "트레스피아노에 있는 우리 집에 꼭 와야 해요. 우리 부모님과 남동생을 만날 때가 됐어요."

로사 언니가 한 걸음 물러났어. "너무 이르지 않아, 파올리나?" 언니는 리코에게 무례해 보이지 않게 조심하면서 눈짓으로 나에게 신호를 보냈지.

나는 언니의 은밀한 경고를 무시한 채 리코를 돌아봤어. "제발요. 일요일에 우리 집에 와서 저녁 식사 같이해요. 우리 가족이 당신을 아주 좋아할 거예요."

하지만 나는 로사 언니의 눈에 서린 두려움을 봤어. 우리 부모님은 미국에서 펼쳐질 딸의 미래를 뒤엎을 위험이 있는 무일푼인 외국인 리코를 절대로 받아들이지 않을 터였어. 그리고 로사언니는 그것을 알았지.

21장

✳

에밀리아

둘째 날
베니스

   화요일이 되자 우리는 완전히 관광객 기분에 젖는다. 먼저 베니스에서 가장 오래된 성당이 있는 고대 광장인 캄포 산 자코메토에서 열리는 시장으로 향한다. 포피는 완벽하게 균형 잡힌 스폴리아텔레―얇은 층이 겹겹이 쌓여 바삭한 바닷가재 모양의 페이스트리―가 진열된 곳을 보고 감탄의 말을 쏟아내다가 우리 몫으로 각각 하나씩 산다. 나는 얇은 껍질 끝을 벗겨내면서 성당 탑을 향해 고갯짓하고는 말한다. "저 오래된 시계 좀 보세요."

   "네 손목시계를 저기에 맞추면 안 돼." 포피가 냅킨으로 입술을 두드리면서 말한다. 이어서 루시를 돌아본다. "삶의 많은 것들처럼, 저 시계는 매혹적이고 화려하지만 믿을 수 없기로 악명이 높단다."

   루시가 자기 냅킨을 쓰레기통에 던진다. 보아하니 이모의 그다지 감지하기 어렵지 않은 조언을 못 알아먹은 모양이다.

"아무래도 이모와 리코가 그렇게 헤어졌나 보네요." 우리가 한가로이 거니는 동안 나는 스카프를 어깨에 두르면서 부드럽게 말한다. 포피는 어젯밤에 우리에게 이야기를 들려준 후로 리코를 언급하지 않았다. 나는 부담을 주고 싶지는 않았지만 다음에 무슨 일이 일어났는지 듣고 싶어 조바심이 난다.

포피가 무슨 말이냐는 듯한 표정으로 나를 바라본다.

"그러니까요." 내가 말한다. "가족이 그를 절대로 받아들이지 않으리라는 걸 이모가 깨달은 그때요."

포피가 다리에서 걸음을 멈추고 철 난간에 몸을 기댄다. 다리 아래로 곤돌라가 유유히 지나간다. 사공은 바로 뒤 의자에 앉아 바싹 달라붙어 있는 젊은 연인에게 눈길도 주지 않은 채 배 모는 데만 전념하고 있다. "리코와 나는 결코 헤어지지 않았단다. 마음속에서 우리는 여전히 함께 있어."

루시가 나를 보며 눈알을 굴린다. "흠, 네, 네. 어련하시겠어요. 근데, 저주 말이에요." 루시가 이모에게 한 팔을 두른다. "그 이야기는 언제 나오는 거예요?"

"아마 다음 챕터에."

우리는 아카데미아 미술관으로 향하고 이어서 라 페니체 극장으로 이동한다. "이탈리아 극장 역사상 이곳이 가장 유명한 건물이란다." 포피가 우리에게 말한다.

"지루해요." 루시가 전화기로 뭔지 모를 게임을 하면서 말한다.

포피가 쯧쯧 혀를 찬다. "지루한 사람은 남을 지루하게 하는 법이지."

오후 늦게 우리는 세계에서 가장 오래된 커피숍인 카페 플로리

안 야외 테이블에 앉아 입맛을 돋우는 이탈리아 식전주 아페리티
보를 즐긴다. 비둘기들이 머리 위에서 날아다니고 나는 이 오래
된 광장을 배경으로 이야기들을 상상한다. 우리는 아페롤 스프리
츠를 홀짝거린다. 아페롤*, 프로세코**, 약간의 탄산수를 섞은 칵
테일에 오렌지 조각이 곁들여 있다. 아코디언을 든 우람한 남자
가 테이블 사이를 요리조리 지나가며 〈타란텔라 나폴레타나〉를
연주하고 있다. 포피가 음악에 맞춰 발로 바닥을 두드린다.

"라 비타 벨라(La vita bella)." 포피가 잔을 치켜든다. "인생은 아
름다워."

나는 잔을 들어 올린다. "하루 중 최고의 시간이에요." 이탈리
아 올리브, 판체타로 감싼 무화과, 햇볕에 말린 토마토와 양념에
재운 염소 치즈를 가득 넣은 자그마한 샌드위치가 수북이 쌓인
접시에서 탈레조 치즈***를 한 조각 떼어낸다.

"이 카페는 카사노바가 감옥에서 탈출했을 때 들렀다는 소문
이 있는 곳이란다." 포피가 우리에게 말한다.

"대단하네요." 나는 주름을 잡아 부풀린 흰색 커튼으로 치장
된 아치 모양의 석조 창들, 크림색 차양들, 한 손으로 든 쟁반을
넓은 어깨에 대고 다니는 흰색 재킷과 검은색 나비넥타이 차림
의 잘생긴 웨이터들을 눈에 담는다.

"그렇지." 포피가 말한다. "카페 플로리안은 18세기 베네치아
에서 여성 고객의 출입이 허용된 유일한 커피숍이었어. 그래서

---

*   이탈리아의 전통 혼합주.
**   이탈리아의 스파클링 와인.
***   이탈리아 롬바르디아 지역 원산으로 가열과 압착을 거치지 않은 치즈.

카사노바가 이곳을 바로 들렀겠지 싶구나."

"여자를 유혹하고 내빼려는 전형적인 남자예요." 루시가 말한다.

젊은 이탈리아인 한 쌍이 우리 뒤 테이블에 앉는다. 우리와 아주 가까운 자리라 어쩔 수 없이 대화 내용이 다 들린다. 향수를 지나치게 뿌린 30대 정도의 잘생긴 남자가 자기 직업과 벌어들이는 많은 돈과 곧 살 예정인 메르세데스에 대해 쉬지 않고 말한다. 남자의 데이트 상대가 마침내 화장실을 핑계로 자리를 뜬다.

포피가 소리가 들리지 않을 만큼 여자가 멀어질 때까지 기다렸다가 남자를 향해 돌아앉는다. "첫 번째 데이트예요?" 모국어로 묻는다.

남자가 고개를 끄덕인다. "그렇게 티가 나요?"

"저 아가씨는 일출과 일몰 중에 뭘 더 좋아하나요?" 남자가 얼굴을 찌푸리지만, 포피는 계속 말을 이어간다. "그녀에게 선택권이 주어진다면, 한 달 더 늘어난 휴가를 고를까요, 아니면 한 달치 급여를 고를까요? 기억에 남아 있는 최초의 즐거움은 무엇일까요? 단 한 권의 책을 가질 수 있다면, 그건 어떤 책일까요?"

남자가 비웃음을 흘린다. "진정해요, 할머니. 첫 번째 데이트라고 말했잖아요."

"두 번째 데이트도 하고 싶다면." 포피가 말한다. "이걸 더 쓰고." 자기 귀를 가리킨다. "이걸 줄여요." 이번에는 입을 움직이는 흉내를 내며 손으로 가리킨다.

나는 겁나고 당황스러우면서도 강한 경외심을 느끼며 고개를 든다. 남자의 얼굴에서 미소가 사라진다. 그가 벌떡 일어나서 성큼성큼 걸어간다.

루시가 자지러지게 웃기 시작한다. "젠체하는 허풍쟁이의 입을 딱 다물게 했어! 잘했어요." 루시가 손을 들어 포피와 손바닥을 딱 마주친다. "그 지혜를 저한테도, 저희한테도 조금 나눠주시면 어떨까요? 뭐 아프시고 이런저런 사정이 있다는 건 아니까무리한 요구를 하지는 않을 건데요. 그래도⋯⋯."

포피가 고개를 기울인다. "그래도 뭐, 아가?"

루시가 깊게 숨을 들이마신다. 딱 봐도 화를 참으려고 애쓰는 중이다. "저주를 풀겠다고 약속하셨잖아요. 다 헛소리였어요?"

포피가 몸을 기울여 루시의 볼을 토닥거린다. "우리 둘째 딸들이 두려워할 건 없단다. 내가 너한테 약속하마."

루시의 콧구멍이 벌렁거린다. 포피가 선의로 한 말이겠지만, 휠체어를 탄 사람에게 다리가 아주 멀쩡하다고 말하는 것만큼이나 도움 될 게 없다. 나는 루시의 손을 움켜쥔다.

"포피는 네가 저주를 걱정할 필요가 없다고 말씀하시는 거야. 캐럴 숙모가 너한테 그렇게 부담을 준 건 부당했어."

루시가 얼굴을 찡그린다. "그래? 언니가 뭘 안다고 그래? 엄마는 내가 이 빌어먹을 저주를 풀 수 있다고 믿도록 가르쳤단 말이야. 그리고 나는 그렇게 할 거고."

"너희 엄마가 하신 말씀은 잊어버려." 나는 목소리를 낮춰 말한다. "다 괜찮아. 네가 저주를 풀지 못해도, 네가 평생 독신이라도, 아무 문제 없어. 너는 그대로도 잘 살 거야, 루스. 약속할게. 아니, 그냥 잘 사는 정도가 아니야. 아주 멋지게 살 거야."

루스가 아페롤 스프리츠에서 오렌지 조각을 쏙 뽑아서 쪽쪽 빨아 먹는다. "나는 언젠가 결혼할 거야."

"그럼. 물론이지. 그럴 거야. 그런데, 루스, 너는 결혼에 너무 많은 비중을 두고 있어. 결혼은 사람의 인생에서 한 부분일 뿐이야. 한 부분이 아닐 수도 있고. 네 손가락에 결혼반지가 없어도 충만하고 행복하게 살 수 있어. 나를 믿어."

"언니를 믿으라고? 잘 모르는 모양인데, 언니는 내 자극제야, 엠. 언니는 나한테 영감을 줘."

나는 빙그레 웃으며 안경을 추켜올린다. "내가 그래?"

"어. 내가 새로 데이트하기가 겁날 때마다 떠올리는 사람이 언니야." 루시가 오렌지 껍질을 냅킨 위로 냅다 집어 던진다. "왜냐하면 언니처럼 한심한 인생으로 끝나는 건 사양이라서."

숨이 턱 막힌다. 도움을 구하려고 돌아보지만 포피는 나에게 시선을 고정한 채 내 대답을 기다리고 있다.

"무슨 뜻이야?" 내가 묻는다.

"언니 인생은 형편없다고, 엠."

웃으려고 하지만 영 어색한 소리가 픽 새나간다. "내 인생은 아주 멋져. 아기자기한 집과 사랑스러운 고양이가 있고 빚이 하나도 없어." 나는 무심코 흉터를 문지른다. "내킬 때마다 뭐든 요리할 수 있어. 내키지 않으면 아예 안 해도 되고. 밤에는 티브이를 독차지해." 이제 나는 탄력을 받았고 말이 술술 나온다. "파자마 차림으로 열 시간 내내 넷플릭스를 봐도 돼. 내 마음대로 왔다 갔다 해. 다른 사람한테 잘 보이려고 걱정할 필요도 없어."

"그리고 남자 때문에 가슴이 찢어진 적도 없겠지, 안 그래?"

아주 잠깐 동안 이제는 희미해진 리암의 다정한 얼굴이 떠오른다. 나는 지난 10년 동안 그래왔듯이 머릿속에서 그 모습을 획 획 지우고 어깨를 쫙 편다. "맞아."

"전화하겠다고 약속해놓고 안 하는 멍청한 놈 때문에 실망한 적도 없겠지."

"그래, 바로 그거야! 나는 멍청한 놈 때문에 실망할 일이 없 어."

포피가 끼어든다. "사람들 사이에서 네 애인을 발견했을 때 온 세상이 총천연색으로 변하는 걸 본 적도 없겠구나."

나는 웃음을 터뜨린다. "포피 이모, 아무리 이모라지만 그건 좀 드라마잖아요."

포피가 몸을 기울인다. "한 번 더 그를 안지 않으면 죽을 것처 럼 느낀 적도 없을 테고."

"네. 당연히 없어요." 내 눈이 포피에게서 루시로 옮겨간다. 끝 내주네. 둘이 한 편이다 이거지. "네, 무슨 뜻인지 알겠어요. 맞아 요, 내가 몇몇 순간들을 놓쳤을지도 몰라요. 하지만 다 덧없는 순 간들이에요. 저기요, 연구에 따르면 기혼자의 60퍼센트가 불행 하대요."

"그래서…… 어쩌라고?" 루시가 말한다. "이길 가능성이 열 번 중 단 네 번이라는 이유만으로 게임을 그만뒀다고?"

"그만두지 않았어. 그냥 하지 않기로 선택한 거야. 솔직히, 저 주가 있든 말든 상관없이, 나는 데이트 시장에 나가고 싶지 않 아."

"언니는 완전 방관하고 있거든." 루시가 포피에게 얼굴을 돌 리고 마치 내가 이 자리에 없는 것처럼 말한다. "매트라는 남자가 있는데요. 제 기억으로는 그 남자가 진짜 오래전부터 언니를 사랑했거든요."

"그렇지 않아."

"사실 좀 귀엽게 생겼어요. 치아에 별로 신경 쓰지 않는 사람이 보기에는요. 근데 엠 언니가 철벽을 친다니까요."

"매트는 제일 친한 친구야. 우정을 제외하면 걔한테 아무 감정도 없어." 죄책감이 밀려든다. 입 밖으로 내뱉고 나니 꼭 배신자가 된 기분이 든다. "나는 그냥 무시해, 루스. 포피 이모를 봐. 충만한 삶을 누리는 성공하고 행복한 여성이잖아. 세계 여행도 다니시고. 그리고 결혼을 안 하셨어."

"그런가 하면 언니도 있잖아." 루시가 말한다. "삶 전체가 골무에 들어갈 정도로 보잘것없이 사는 독신 여자. 부고에 '평생 할머니를 기쁘게 하려고 노력한 외로운 아가씨'라고 실릴 여자. 모든 사람의 기대에 부응하려고 기를 쓴 여자."

나는 양손을 번쩍 든다. "어쨌든, 루스. 나는 행복해. 나는 안전해." 한참 입술을 꾹 깨물고 있다가 결국 침묵을 깬다. "너랑 달리. 맙소사, 그러니까 내 말은, 너는 가슴에 '다음 분, 들어와요'라는 문신을 새기는 게 낫겠다."

몸을 앞으로 숙이는 루시의 이마에 핏줄이 툭 불거진다. "언니처럼 게임을 아예 몰수당하느니 나는 끝까지 싸울 거야."

"하지만 아예 하지……."

"맞아, 엠. 언니는 아예 하지 않았지. 이 저주를 풀기 위해 아무것도 안 했어 망할. 언니가 나한테 얼마나 부담을 줬는지 알겠어? 언니는 포기했고 이제 모든 게 내 책임이 됐다고."

"나는 너한테 저주를 풀어달라고 부탁한 적이 없어, 루시."

"당연히 안 했겠지!" 루시가 화를 못 참고 폭발한다. "사실, 언니는 저주를 좋아하잖아. 인정하라고. 저주는 언니가 잘 구부러지는 그 역겨운 안경을 쓰고 그 재수 없는 묶은 머리를 한 너저분한 노인네가 될 완벽한 핑계이니까. 저주는 언니가 데이트를 하지 않아도 되는 구실이잖아. 그러니까 나한테 헛소리 좀 작작해."

"아." 포피가 고개를 끄덕인다. "너는 에밀리아가 겁을 내서 화가 나는구나."

나는 물론 구식이기는 하지만 제 역할을 완벽하게 하는 안경을 추켜올린다. "겁을 낸다고요?"

"네." 루시가 말한다. "맞아요, 포피. 엠은 겁쟁이예요. 그리고 한 번도 내 생각을 안 했어요."

"언제부터 네 문제를 해결하는 게 내 책임이 됐지?"

"미미 생각을 한 번이라도 해본 적 있어? 아니면 미래에 태어날 폰타나가의 다른 둘째 딸들은?"

나는 어깨를 으쓱한다. "미미는 괜찮을 거야."

"흥, 나는 괜찮지 않아!" 루시의 얼굴이 빨개지고, 나는 처음으로 그 분노에 뒤섞인 고통을 본다. "나는 아무도 없이 혼자야. 물에 빠져 죽고 있어. 꼭 언니가 편안하고 물에 잠기지 않고 더럽게 지루한 개인 소유의 섬에 앉아서, 막 허우적거리고 헐떡거리면서 바닷물 속으로 가라앉는 나를 지켜보고 있는 것 같단 말이야."

절대 울지 않는 내 사촌의 눈에서 눈물이 흐른다. 내 목구멍이

203

꽉 막힌다. 나는 저주를 믿지 않는다고 하면서도, 스스로 저주의 희생양이 돼버린 것일까? 나는 정말로 독신 생활이 좋고, 영원히 그렇게 살게 된다고 해도 아주 만족한다. 하지만 루시는 아니다. 루시는 부담과 기대와 실현되지 않은 꿈 때문에 아주 애가 탄다. 평생 루시는 남자가 없는 자신은 가치 없고 불완전하다고 믿을 수밖에 없는 가정교육을 받았다.

나는 29년 동안 저주를 풀기 위한 어떤 시도도 하지 않았다. 지금까지는 저주를 풀기 위해 뭔가를 해야 할지도 모른다는 생각조차 하지 않았다.

✳

우리는 호텔로 돌아가는 길에 잠시 멈춰 서서 유리 진열장에 놓인 목걸이들을 구경한다. 루시는 금줄과 은줄 중에 무엇을 고를지 망설이다가 결국 아무것도 사지 않고 발길을 돌린다. 루시는 나를 쳐다보지도 않는다. 루시의 말이— 포피 이모의 말도— 귀찮은 어린 동생처럼 나에게 딱 달라붙어 떨어질 줄 모른다. 어쩌면 아직 시차로 피곤하거나 향수병에 걸렸거나 포피의 병 때문에 슬픈가 보다. 마법처럼 황홀한 베니스에 있으면서도 영 마음이 무거운 것을 보니. 게다가 그 비난이 머릿속을 맴돈다. 엠은 겁쟁이예요.

밤이 무르익자, 내가 나중에 먹을 바칼라 만테카토— 대구포로 만든 크림 무스이며, 옥수숫가루로 끓인 폴렌타와 함께 내놓는다—를 산 다음에, 우리는 호텔로 돌아온다. 밤 11시가 되고 나는 침대에 올라가 글을 몇 장 쓴 다음에 잘 생각이다. 하지만 저녁을 먹으면서 와인 한 병을 거의 다 마신 루시는 다시 생생해졌다.

"밖에 나가자." 계속 외면하던 루시가 드디어 나를 쳐다보며 말한다. 양팔을 번쩍 쳐들고 춤을 춘다.

나는 잠옷용 셔츠를 머리에 끼워 입는다. "진짜? 안 잘 거야?"

"얼른. 한 잔만 하게. 아래층 호텔 바로 가면 되잖아."

"봐서 내일 가든지 하자." 나는 24시간 뒤에 루시가 이 약속을 잊어버리기를 바란다.

루시가 할 말이 있는 듯이 입을 연다. 하지만 아무 말도 하지 않는다.

내가 욕실에 들어가 있을 때 객실 문이 열렸다가 닫히는 소리가 들린다. 나는 얼굴에 비누 거품을 묻힌 채 방으로 나온다.

루시가 없다.

✳

새벽 2시다. 나는 발코니에 앉아서 대운하를 내려다보고 있다. 달빛을 받은 물결이 반짝이며 부두에 찰싹찰싹 부딪친다. 별이 가득한 검푸른 하늘을 올려다본다. 나는 가족의 뜻을 어기고 집에서 6,400킬로미터도 넘게 떨어진 이탈리아에 있다. 이런 내가 뭐가 겁쟁이라는 거야?

나는 유리문이 열리는 소리에 고개를 돌린다. 물방울무늬 로브를 걸치고 금색 백합 문양이 수놓인 분홍색 키튼 힐 슬리퍼를 신은 포피가 발코니로 나온다. 굽 달린 슬리퍼가 나올 줄 누가 알았을까?

"네가 깨어 있을 것 같더구나." 포피가 말한다. "저녁 내내 속상했잖니."

"네, 음, 겁쟁이라고 불리는 데 익숙하지 않아서요."

포피가 발코니 난간을 잡은 두 손에 몸을 지탱하고 운하를 물끄러미 바라본다.

"루시아나가 네 믿음을 깨뜨리고 있어. 네 입장에서는 마음이 불편할 테지. 그 아이는 네가 그 오랜 세월 동안 저주 뒤에 숨어 있지는 않았는지 의심하고 있으니까."

나는 무심코 흉터를 문지른다. "네, 어, 그 말이 조금 맞는 것 같기는 해요. 우리 둘 다에게요. 그러니까 이모나 저나 저주를 풀려고 하지 않았잖아요."

포피가 몸을 돌려 나를 마주 본다. "이런, 너랑 나는 그 점에서 전혀 비슷하지 않단다. 있잖니, 나는 내 성적 매력을 거북하게 여기지 않아. 알다시피 리코가 있었고, 후에 토머스가 있었지. 나는 내 여성미에 자부심을 느낀단다. 그걸 억누를 생각이 추호도 없어. 그런데 에밀리아, 내 아가, 너는 그렇지 않은 것 같아서 걱정이구나."

나는 포피를 빤히 쳐다본다. "제가 데이트를 하지 않아서요? 결혼에 혈안이 돼 있지 않아서요?"

포피가 팔목을 획 젓는다. "나는 네가 결혼을 하든 말든 전혀 신경 쓰지 않는단다. 그건 완전히 네 선택이야. 내가 신경 쓰는 건 너란다. 완전하게 진정한 너 자신으로 살아가는 것. 그런데 지금 너는 소심한 사자처럼 굴고 있잖니."

"그냥 저답게 살고 있어요."

"변명처럼 들리는구나. 왜 더 나은 사람이 되려고 노력하지 않니?" 내가 미처 대답하기 전에 포피가 계속 말을 잇는다. "너는 네 매력을 없애려고 해, 에밀리아. 일부러 매력적이지 않은 옷차림과 행동을 하잖아. 마치 너의 여성미를 카디건에 욱여넣고 턱까지 버튼을 꼭꼭 채우는 것 같단다. 너는 더할 나위 없이 여성적이야, 아가. 그런데 그걸 거부하지. 그 점은 매트가 확실히 보증해주겠구나."

나는 팔짱을 낀다. "그래요. 저는 남자와 시시덕거리지 않아요. 유행을 따르지 않아요. 매력이 넘치지도 않아요. 이게 저예요. 원래 이런 사람이에요."

포피가 고개를 옆으로 기울이고 나를 자세히 살펴본다. "그래. 너는 이런 사람이 됐지. 하지만 에밀리아, 아가, 그렇게 늙어 죽을 필요는 없단다."

✳

침대 머리맡에 놓인 시계의 숫자가 3시 27분으로 휙 넘어간다. 루시는 어디에 있을까? 호텔 라운지는 새벽 2시에 닫는다. 루시는 괜찮을까? 왜 나는 같이 가지 않았을까?

나는 천장을 올려다보며 리암을 떠올리고 둘째 딸이 감히 사랑을 하려고 할 때 무슨 일이 벌어지는지 되새긴다. 그러나 여전히 작은 소리가 귓가를 맴돈다. 언니는 겁쟁이야!

매트랑 이야기할 수만 있다면 얼마나 좋을까. 매트라면 루시가 완전히 잘못 생각하고 있고 나는 지금 이대로 아무 문제 없다고 확실히 말해줄 텐데.

아니, 매트가 진짜로 그렇게 말할까? 분명히 매트는 나에게 우정 이상을 원한다. 매트에게 거리를 둔 내가 겁쟁이였을까? 저주를 풀어서 루시와 미미가 괴로움을 겪지 않게 하는 사람이 우리 가족 중에서 나였을 수도 있을까? 나는 매트를 사랑한다. 다만 연애 감정으로서의 사랑은 아니다. 그것이 잘못일까?

나는 침대 위 내 자리로 데구루루 굴러간다. 포피는 내 마음을 안심시키기기는커녕 오히려 복잡하게 해놨다. 내가 이렇게 사는 것이 뭐가 문제란 말인가? 나는 루시처럼 되고 싶지 않다. 오로지 성적 매력에 의지하는 여자가 되고 싶지 않다.

하지만 에밀리아, 아가, 그렇게 늙어 죽을 필요는 없단다.

내가 그동안 숨어 있었을까? 저주가 나에게 낙인을 찍고 나라는 사람을 규정하도록 내버려둔 걸까? 내가 폰타나 가문 미신의 희생양이 됐을까?

객실 문이 덜커덕거린다. 급하게 안경을 쓰고 시계를 보니 4시 7분이다. 문이 열리고 루시가 안으로 들어온다. 아, 다행이다! 내가 침대 머리맡 램프를 켜자 루시가 깜짝 놀란다.

"맙소사! 간 떨어질 뻔했잖아."

루시의 머리카락이 헝클어져 있고 옷이 구겨져 있다. 나는 하고 싶은 질문이 엄청나게 많지만…… 동시에 어떤 대답도 듣고 싶지 않다.

"미안해." 내가 말한다. "네 걱정을 하고 있었어."

"나는 다 큰 성인이야." 루시는 클러치 백을 의자에 툭 놓고 하이힐을 벗어 던진다.

"맞아. 미안해."

루시가 침대 위 자기 자리로 털썩 몸을 던지고 발을 문지른다. 피곤하고 외로운 패잔병 같아 보인다. 나는 침을 꿀꺽 삼키고 숨을 깊이 들이마신다.

"나는 겁쟁이가 되고 싶지 않아, 루시."

루시가 나를 쳐다본다. 내가 자세히 말하기를 기다리고 있다. 공허한 말 이상의 것을, 진짜로 그녀를 도울 수 있는 뭔가를 말하기를.

"그리고 기꺼이 변하고 싶어."

22장

✳

에밀리아

셋째 날
베니스

수요일 아침 8시 30분이다. 우리가 토스카나로 향하기 전에 베니스에서 보내는 마지막 날이다. 베니스에서의 마지막 밤이라는 뜻도 된다. 이른 새벽에 나는 변하겠다고 약속했다. 그런데 내가 변할 수 있을까? 내가 변하기는 할까?

우아한 호텔 안뜰에 식탁보가 깔린 테이블들이 있고 그 위에는 해바라기를 꽂은 꽃병이 자리 잡고 있다. 포피와 나만 과일, 수제 요거트, 완벽한 페이스트리로 구성된 콜라치오네(colazione, 아침 식사)를 먹으러 나와 자리에 앉는다. 나는 커피에 크림을 넣고 저으면서 푸른 하늘을 힐끗 본다.

"산책하기 좋은 날 같구나."

포피는 냅킨을 홀렁 펴서 무릎에 놓는다. "오늘은 바포레토를 타자꾸나."

나는 포피에게 시선을 돌려 약간 창백한 안색과 여윈 얼굴에 툭 불거진 광대뼈를 훑어본다. 워낙 쾌활하다 보니 파올리나 폰타나가 아프다는 사실을 자꾸 잊어버리게 된다.

"좋은 생각이에요." 나는 말한다. "제 발도 좀 쉴 수 있고요."

안뜰 저편에서 후줄근한 루시가 뷔페가 차려진 테이블을 지나 터벅터벅 걷는다. 내가 손을 흔들자 루시가 우리가 앉은 테이블 쪽으로 온다.

"굳이 이 꼭두새벽에 하루를 시작하는 이유라도 있는 거예요?" 루시가 묻는다.

포피가 손뼉을 친다.

"우리는 오늘 베니스에서 아주 유명한 곳 중 하나인 두칼레 궁전에 갈 거야. 몇 번 불이 나서 복구하긴 했지만 일부 구조물은 중세에 지어진 모습 그대로 남아 있단다."

"오늘 오후에 가도 그대로 남아 있겠죠. 좀 늦게까지 자고 일어나서 가도요."

포피의 두 눈이 재미있다는 듯 반짝거린다. "어젯밤은 어땠니?"

루시가 누군가를 찾기라도 하는 양 작은 안뜰을 쓱 훑어본다. "괜찮았어요."

내 가슴이 울렁거린다. 루시는 어젯밤에 어디에 있었을까? 끈질기게 사랑을 찾아다니는 심정이 어떨까?

포피가 크루아상에 살구 잼을 바른다. "실연을 취미로 삼는 사람들이 있더구나. 너는 그런 사람이 아니었으면 좋겠다, 루시아나."

루시가 계란도 삶을 수 있을 것처럼 부글부글 끓어오르는 표

211

정을 짓는다. "믿으세요. 저는 안 그래요."

"그렇다니 다행이구나. 그런 사람은 유명 브랜드 핸드백을 고르듯이 파트너를 고르거든. 팔에 걸면 멋지고 많은 이들의 부러움을 받지. 하지만 곧 너무 비싸게 주고 샀다는 걸 깨닫게 돼. 진짜로 갖고 싶은 건 배낭이었는데 정작 가진 건 고급 핸드백이거든." 포피는 나이프를 내려놓고 빙그레 웃는다. "그냥 내 생각이란다."

나만큼이나 루시도 어리둥절한 표정이다. 포피가 무슨 말을 하는 것일까?

대부분의 미국인들이 그렇듯이, 베니스에서 사람들이 가장 많이 모여드는 장소인 산 마르코 광장을 세인트 마크 광장이라고 불러도 될 것이다. 혹은 베네치아 사람들처럼 라 피아자(La Piazza)라고 불러도 될 것이다. 하지만 내 안의 작가는 나폴레옹의 낭만적인 표현인 '유럽의 응접실'이라는 명칭이 더 마음에 든다.

나는 휘황찬란한 동양 양탄자를 연상시키는 기하학적인 흰색 평행 무늬가 아로새겨진 회색 장대석들의 광장에 발을 디딘다. 광장의 전 길이에 걸쳐 마주 보고 있는 건물은 세인트 마크 바실리카라고도 하는 유명한 산 마르코 대성당이다. 많은 아치들과 대리석과 로마 양식의 조각들이 시선을 사로잡는다. 웅장하게 드리워진 그림자 속에 있자니 하염없이 작고 어리고 하찮아진 느낌이 들지 않을 수 없다.

"저 네 마리의 말은 베니스의 자부심과 힘의 상징이란다. 1204년에 십자군이 베니스로 옮겨놓았지" 포피가 당당하게 선 네 마리의 말 청동상을 가리키며 말한다. "나폴레옹이 1797년에 광장을 약탈해 청동상을 파리로 실어 갔단다. 18년 후에야 반환됐지. 안타깝게도 대기 오염으로 청동상이 손상됐어. 현재 진품은 바실리카 내부에 안전하게 보관돼 있단다."

루시가 앓는 소리를 내면서 관자놀이를 문지른다. "난 운도 지지리 없어. 유럽에 처음 왔는데 하필 미술사 선생님이랑 하는 여행이라니."

우리는 두칼레 궁전의 취조실과 운하 건너편 감옥을 잇는 탄식의 다리를 걷는다. "너희들이 수백 년 전 죄수라고 상상해보렴." 포피가 석회암 다리 한쪽에 발을 디디며 말한다. "지금이 너희들이 바깥세상을 볼 수 있는 최후의 순간일지도 모르지. 죄수들이 아름다운 베니스를 마지막으로 보면서 탄식했다고 해서 시인 바이런 경이 이 다리에 그 이름을 붙였단다."

나는 다리 옆면에 뚫린 작은 창 앞에 멈춰 서서 저 아래 피아자를 내다본다. 온갖 국적의 사람들이 광장을 부산하게 가로질러 가게와 식당과 박물관으로 향한다. 전 세계의 언어로 말하고 있을 그들은 틀림없이 각자의 비밀과 흉터를 가지고 있을 것이며 이루 말할 수 없는 고통과 더없는 행복의 순간을 경험했을 것이다. 지금 나는, 에밀리아 조세피나 폰타나 루케시 안토넬리는 이 미로처럼 복잡한 온갖 군상의 일부이다. 눈물이 차올라 눈이 따끔거린다. 나는 바로 이 창에서 억지로 떼어놓아져 이 정신없이 돌아가는 세상을 다시는 보지 못했을 죄인들을 생각한다. 즉시 내가 세상에서 가장 운이 좋은 여자라는 느낌이 든다. 나는 죄인이 아니다 — 혹은 적어도 죄인으로 살 필요가 없다. 나는 자유롭게 돌아다닐 수 있고, 멀리 여행할 수 있고, 실수해도 되고, 모험을 반길 수 있다.

루시의 손이 내 팔을 잡자 나는 깜짝 놀란다. "하루 종일 그 창을 내다보고 있을 셈이야?"

"아니." 나는 다시 발걸음을 옮겨 다리를 건너며 활짝 웃는다. "당연히 아니지."

포피 이모의 말을 빌리자면 '멋지게 차려입으려고' 호텔로 돌아갈 무렵은 거의 6시이다. 호텔까지 두 블록 남았을 때 포피가 갑자기 멈춘다. 몇 걸음 물러나서 오키알리 다 비스타(Occhiali da Vista, 안경)라는 간판이 걸린 가게의 진열장을 들여다보다가 나를 부른다. "에밀리아."

30분 후, 나는 거울 앞에 서 있다. 내 앞 진열장 위에는 열댓 개의 안경이 펼쳐져 있다. 포피는 다시 한번 거북딱지 안경테에 손을 뻗어 내 얼굴에 씌운다. 커다랗고 과감하고 세련된 안경테다. 자그맣고 부러지지 않는 내 철제 안경테와 완전히 다르게 생겼다.

"완벽하구나!" 포피가 루시를 돌아본다. "그렇지 않니?"

"어, 예. 언니가 뭐 대충 여섯 살 때부터 써온 그 한심한 안경보다 백배 낫네요."

나는 구부린 무릎을 펴면서 손가락으로 흉터를 문지른다. "이건 말도 안 돼요. 저를 아름답게 만드시려는 중이라면 실패하실 거예요."

포피가 입가에 조소를 머금는다. "아름다움은 과대평가됐단다. 나는 언제든 아름다움보다는 흥미로움을 선택할 거야." 포피는 패션쇼 무대에 서야 할 법한 멋진 여자 안경사에게 시선을 돌린다.

"안경이 얼마나 빨리 준비될까요?"

"내일 아침에 가져가실 수 있습니다." 안경사가 차가운 목소리로 말한다. "하지만 시력 검사서가 없으면 렌즈가 있어야 합니다."

"좋아요." 포피가 새 안경테와 내 안경을 함께 건넨다.

"안 돼요." 나는 내 안경을 향해 손을 뻗는다. "안경 없이는 아무것도 못 해요. 게다가 제 안경에는 아무 문제가 없어요."

"외람된 말씀이지만." 매력적인 그 안경사가 끼어든다. "이 안경은 흉측합니다."

루시가 웃음을 터뜨린다. 나는 어깨를 올린다. "하지만 잘 보이는걸요. 그리고 테를 바꾼다고 뭐가 달라지겠어요?"

포피가 내 손을 토닥거린다. "뭐가 달라지는지 이제부터 알아보자꾸나."

✳

해가 질 무렵, 루시와 나는 나란히 욕실 화장대 앞에 서 있다. 루시는 화장을 하고 있고, 나는 머리를 뒤로 모아 하나로 묶으려는데 잘 안 돼서 버벅거리고 있다. 모든 것이 약간 흐리게 보인다. 다행스럽게도 아직 루시는 오늘 밤에 외출하자는 말을 꺼내지 않았다. 그렇지만 이모의 말이 내 머릿속에서 맴돈다. 하지만 에밀리아, 아가, 그렇게 늙어 죽을 필요는 없단다.

나는 숨을 길게 내쉬고 나서 조금 열성적인 목소리를 내려고 노력한다. "그래서 오늘 밤에 우리 어디 가?"

루시의 눈이 거울 속에서 내 눈과 마주친다. "진심이야? 정말로 클럽에 가고 싶다고?"

위가 바짝 죄어든다. "어, 그래."

루시가 팔짱을 끼고 나를 찬찬히 살핀다. 이번에 나는 회색 스웨터에 다시 검은색 바지를 입고 있다. "음, 정말이지 그 옷은 안돼." 루시가 콤팩트를 내려놓고 사라진다. 잠시 후, 내 조카 미미한테나 맞을 사이즈의 검은색 치마를 움켜쥐고 돌아온다.

"이거 입어봐."

나는 작은 띠 모양의 스판덱스 치마를 빤히 쳐다본다. 내가 마지막으로 짧은 치마를 입은 때는 11년 전 리암과 함께 보낸 새해 전야였다. 그리고 그날 밤은 비참하게 끝났다. 하지만 기대하는 기색이 역력한 루시를 차마 실망시키지 못하겠다. 나는 바지를 벗고 엉덩이 위로 치마를 끌어올린다. 신축성 있는 천이 내 몸의 모든 굴곡에 바싹 달라붙어서 숨쉬기도 힘들 지경이다. "너무 작아." 나는 치마를 벗어 던지려 한다.

"완벽해." 루시가 받아친다. 욕실에서 나를 끌고 나가 자기 옷장으로 가서 옷걸이에서 시스루 블라우스를 빼낸다. "이거 입어봐."

"루시, 나는 도저히 못―."

"입어."

그나마 흰색 스포츠 브라를 입고 있는 것이 다행이다. 안경을 쓰지 않고도 블라우스의 얇은 천을 통해서 몸이 훤히 들여다보이기 때문이다. 나는 팔짱을 껴서 몸을 가린다. "속이 너무 많이 비친다."

루시가 냉소를 짓는다. "그 스포츠 브라가 다 망치네. 레이스 달린 거 좀 없어? 없지." 루시가 나를 대신해서 대답한다. "멍청한 질문이었네." 루시가 어깨를 으쓱한다. "그냥 그 브라로 만족해야지 뭐."

루시는 나를 욕실로 끌어당기고는 하나로 묶은 머리끈을 홱 잡아당긴다. 내 머리카락이 메두사의 머리카락처럼 쏟아져 내리자 나는 얼른 손을 머리로 가져간다. "뭐 하는 거야?"

루시가 화장대에서 병을 하나 홱 잡아채서 손바닥에 조금 짠다. "나는 항상 머리카락을 가지고 노는 걸 좋아했어. 내 첫 손님은 린제이였지. 카멜라의 인형이었는데 미국 여자아이였어." 루시가 짜낸 용액을 내 머리에 문지른다. "카멜라가 열 받아서 난리를 쳤어. 근데 린제이한테 그 모호크 머리를 하니까 확실히 귀엽긴 하더라."

나는 항상 곱슬머리를 차분하게 가라앉히려고 노력하는데, 오히려 루시는 일부러 손으로 머리를 헝클어서 구불구불 말리게 한다.

"오래가지 않을 거야." 내가 말한다. "밖에 나가면 바로 부스스해질 텐데."

"가만히 있어봐." 루시가 자기 콤팩트를 집어 든다. 내가 항의할 새도 없이 루시가 내 볼 위로 브러시를 움직인다. 코가 근질근질해서 한쪽 어깨에 코를 문지른다. "눈 감아봐." 루시가 다양한

217

파우더로 내 눈두덩에 입체감을 내다가 잠시 멈추고는 내 눈썹을 몇 올 뽑는다.

"아야!"

"아디오(Addio, 잘 가), 일자 눈썹." 이어서 루시는 아이라이너 펜슬로 내 눈을 선명하게 만들고 나서 내 속눈썹에 마스카라를 몇 번 칠한다. "자, 봐!"

루시는 나를 거울 쪽으로 빙그르 돌린다. 나는 거울에 비친 모습이 뚜렷이 보일 때까지 눈을 깜박거린다. 시스루 블라우스를 입고 스모키 화장을 한 관능적인 여자를 보고 숨이 멎는다.

"이렇게는 못 나가!"

"왜 안 돼? 섹시해 보이는데!"

문가에 나타난 포피가 나를 보고 말 그대로 펄쩍 뛴다. "에밀리아?" 포피가 소리 내어 웃기 시작한다. "너 정말로 변하려고 노력하는구나!" 포피가 루시의 립글로스를 들고 내 입술에 톡톡 바르기 시작한다.

"안 돼요." 나는 뒤로 물러나 흉터에 손가락을 댄다. "절대 안 돼요."

"언니는 자기 입술을 싫어해요." 루시가 설명한다.

포피가 궁금한 표정으로 나를 살핀다. "이 작은 흉터가 너한테 그리 막강한 힘을 휘두르다니. 내가 보기에, 그게 네 유일한 허영심의 뿌리구나. 자, 이제 그 흉터에 무슨 사연이 있는지 누가 이야기 좀 해주련?"

우리는 발코니로 간다. 뉘엿뉘엿 넘어가는 석양이 석호를 연한 홍색으로 물들인다. 루시가 젖은 머리를 빗으면서 자기가 열댓 번은 들은 자초지종을 이야기하기 시작한다.

"그 일이 일어났을 때 언니가, 그러니까, 열 살이었지?"

"열한 살."

"언니네 아빠랑 브루노 삼촌이 코니아일랜드로 낚시를 하러 갔어요. 언니랑 다리아 언니가 따라갔고요."

나는 고개를 끄덕인다. "저희가 꼭 데려가달라고 했어요. 그 유원지는 우리가 좋아하는 곳이었거든요. 그런데 정오 무렵에 다리아 언니랑 저는 놀이 기구 표를 다 써버렸어요. 저희는 아빠랑 브루노 삼촌이 낚시를 하고 있는 부두로 걸어서 돌아갔어요."

루시가 불쑥 끼어든다. "물론 두 사람은 따분해져서 장난을 치기 시작했어요."

나는 빙긋 웃는다. "맞아요. 낚시 도구 상자를 샅샅이 뒤지고, 가짜 미끼와 찌를 구경하고 그러면서 난장판을 만들었을 거예요. 아빠는 저희 관심을 돌리려고 낚싯대 던지는 방법을 가르쳐주겠다고 했어요."

"당연히 다리아 언니가 먼저 했고요." 루시가 말한다.

"으응. 저는 다리아 언니 뒤에 서서 제 차례를 기다리면서 아빠가 낚싯대를 목표 지점에 맞춰 휘두르는 방법을 설명하는 걸 듣고 있었어요." 나는 흉터에 손가락을 댄다. 그때의 장면이 선명하게 되살아난다. "다리아 언니가 팔을 들어 낚싯대를 뒤로 휘둘렀어요. 그런데 아빠가 알려준 방식대로 부드럽게 하지 않았어요. 갑자기 채찍을 후려치는 동작에 더 가까웠어요."

루시가 움찔한다. "저는 그때 이야기에서 요 부분이 정말 싫어요. 낚싯바늘이 엠 언니의 아랫입술에 걸렸거든요."

포피가 헉 소리를 낸다. "이런, 세상에! 그것 참 염병…… 더럽게 아팠겠구나." 포피가 루시를 향해 윙크를 한다.

나는 소리 내어 웃는다. "맞아요! 꼭 말벌에, 아니 열 마리 말벌에 쏘인 것 같았어요. 와락 입술을 움켜쥐는데 이상한 게 잡히는 거예요. 코를 내려다보니 입술에 매달려 있는 낚싯바늘이 보였어요. 막 비명을 지르기 시작했어요."

나는 잠깐 멈춘 후 다시 입을 연다. "아빠가 저한테 뛰어왔어요. 슬픔과 두려움이 뒤섞인 아빠의 얼굴을 절대 잊지 못할 거예요. '안 돼!' 아빠가 자꾸자꾸 말했어요. '안 돼!'"

"언니네 아빠가 완전히 겁에 질렸죠." 루시가 말한다. "그때 브루노 삼촌이 나섰어요. 브루노 삼촌이 낚시 도구 상자에서 펜치를 잡아챘어요."

"펜치?" 포피의 눈이 휘둥그레진다.

"작은 낚시 펜치예요." 나는 말한다. "브루노 삼촌이 저한테 가만히 있으라고 했어요. 훌쩍거리지 않으려고 기를 썼지만, 그런 고통은 처음이었어요. 눈을 질끈 감고 다리아 언니의 손을 움켜쥐었어요. 브루노 삼촌이 펜치로 낚싯바늘을 꽉 잡았어요. 입술에 뜨거운 불이 난 것 같았어요. 그게 기절하기 전 마지막 기억이에요."

"브루노 삼촌은 집에 가는 내내 빌어먹을 미치광이처럼 운전했어요." 루시가 말한다. "집에 도착했을 때 언니의 아랫입술은 복숭아 크기만큼 부어올랐어요. 할머니가 무시무시하게 화를 냈어요. 하지만 이미 늦었어요. 브루노 삼촌이 언니 입술을 망쳐놨어요." 안타까움이 서린 목소리로 말한 루시가 내 아랫입술을 빤히 쳐다본다. "지금은 훨씬 나아졌지만, 가까이에서 보면 흉터가 아직도 있어요."

저 아래 대운하에서 물결이 일정한 간격을 두고 반복해서 콘크리트 선착장에 부딪친다. 내가 이 이야기에서 누구에게도 말한 적 없는 부분이 라구나 베네타를 가로질러 반짝이는 불빛처럼 선명하게 떠오른다.

"아빠가 자기 티셔츠를 둘둘 뭉쳐서 입술을 눌렀어요." 내가 말한다. "생선이랑 땀이랑 짠 물 냄새가 났어요. 아빠가 할머니한테 상처를 보여주려고 셔츠를 들었어요. 할머니가 몸을 기울여 보다가 당신 목에 손을 올렸어요."

나는 계속 말한다. "'디오 미오(Dio mio, 세상에)' 할머니가 가슴에 십자가를 그었어요. '이제 희망이 없다. 이런 얼굴로는 남편감을 찾지 못할 거야.'"

루시가 내 팔을 와락 움켜잡았다. "세상에, 설마 그랬을 리가!"

"아빠가 응급실에 가야 한다고 했어요. 생생하게 기억나요. 할머니가 당신 집으로 걸어가면서 위를 향해 양쪽 손바닥을 올렸어요. '페르케 프레오쿠파르시(Perché preoccuparsi)?' 할머니가 그렇게 말했어요."

굳이 왜?

23장

＊

포피

1960년
트레스피아노

리코가 우리 집에 오기로 한 날에 비가 억수같이 쏟아졌다. 줄
기차게 내리는 많은 비로 들판 곳곳에 웅덩이가 생겼어. 하지만
궂은 날씨도 어머니가 주일 미사에 가는 것을 막지 못했지. 피에
솔레의 성 로물루스 대성당은 춥고 외풍이 심했다. 나는 무릎을
꿇고 차디찬 손을 모아 쥔 채 기적을 바라는 기도를 했어. 부디
리코가 적당한 말을 찾아내게 해주소서. 아빠가 저희의 사랑을
받아들이게 도와주소서. 제발, 하느님, 제 일생에서 유일하게 사
랑하는 존재, 제가 늘 원하는 유일한 사람을 빼앗지 말아주소서.
　우리는 성당에서 나와 집을 향했다. 우리 가족 일곱 명 모두가
아버지의 낡은 피아트에 따닥따닥 붙어 타고 있었어. 빗물이 길
에서 튀어 올랐다. 원래 리코는 자전거를 타고 올 계획이었어. 버
스는 일요일에 운행하지 않았거든. 분명히 그는 쏟아지는 폭우
속을 자전거로 13킬로미터나 달리지는 않을 터였지. 우리 농가

에는 전화기가 없어서, 그가 나와 연락할 길이 없었어. 그는 우리 아버지를 만나기 위해 다른 날을 기다려야 하는 상황이었어. 이 생각에 나는 실망한 동시에 안도했지.

나는 일요일마다 하는 집안일을 시작했어. 닭장에서 달걀을 빼 오고 헛간을 쓸었지. 나는 2시에 식탁을 차렸어. 로사 언니는 임신이 잘된다고 들은 아티초크 샐러드를 또다시 만들고 있었지. "알베르토와 나는 가정을 이룰 준비가 됐어요." 로사 언니가 스토브 앞에서 마리나라 소스에 오레가노를 더 넣고 있는 어머니에게 이렇게 상기시켰단다.

나는 문 두드리는 소리를 듣고 깜짝 놀랐어. 가슴이 철렁 내려앉았어. 그 순간 언니와 나 사이에 오가던 시선을 절대 잊지 못할 거야. 언니는 리코가 도착했다는 것을 알아챘다. 그리고 겁을 먹었어. 리코 때문에, 그리고 나 때문에.

"괜찮을 거야." 나는 침착한 척하면서 말했다.

나는 문으로 가는 길에 머리카락을 매만지고 앞치마를 풀었어. 문 앞에 리코가 서 있었다. 무릎 바로 아래까지 오는 갈색 바지와 흰색 셔츠가 흠뻑 젖어 있었어. 그는 넥타이를 매고 있었어. 나는 킥킥거리고 싶은 것을 속으로 꾹 삼켰다. 그렇게 말쑥한 차림을 한 그를 처음 봤거든. 나를 본 그의 얼굴이 환해졌어.

"이번에는 당신 선물이 아니에요." 그가 물에 흠뻑 젖은 데이지 꽃다발을 내려다보며 말했어. "당신 어머니에게 드리려고요."

심장이 터질 것 같았어. 어떻게 부모님이 이 사람의 매력에 빠지지 않을 수 있겠어?

내가 그를 안으로 맞아들이기 전에 로사 언니가 급히 다가와서 나를 옆으로 밀었어. "아빠가 당신을, 아니 두 사람 다 죽일 거예요. 가요. 당장. 파올리나를 곤란하게 하지 말고."

"그렇지만 로사 언니, 리코가 이 먼 길을 왔는데."

"그렇다고 해도 아빠에게는 달라질 게 없어. 아빠랑 엄마는 이그나시오에게 모든 희망을 걸었어. 두 분은 너랑 이그나시오 사이에 끼어든 사람이 있으면, 특히 그 사람이 이탈리아인이 아니라면 노발대발하실 거야." 로사 언니가 리코를 바라봤어. "가요, 제발. 일단 지금은 우리끼리의 비밀로 해야 해요."

"잠시만 아버님을 뵙게 해주세요." 리코가 단호히 말하고 로사 언니 옆을 지나갔어. "내 부탁은 그거 하나입니다."

리코가 집으로 들어섰어. 고장 난 메트로놈처럼 내 심장이 변덕스럽게 뛰었지. 나는 리코를 믿고 싶었지만, 로사 언니의 말은 과장이 아니었어. 아버지가 정말로 그를 죽이면 어쩌지?

나는 주방으로 가서 떨리는 손을 등 뒤에 숨긴 채 어머니를 소개했어.

"부온조르노, 시뇨라 폰타나." 리코가 꽃다발을 내밀었지.

어머니가 그의 손에서 꽃다발을 휙 잡아채고는 아버지가 쉬고 있는 거실로 이어지는 아치형 통로를 향해 목을 길게 뺐어.

"그로소 에로레(Grosso errore)." 어머니가 소곤거렸어. 큰 실수라고.

하지만 너무 늦었어. 아치형 통로에 아버지가 양쪽 골반에 손을 올린 채 서 있었거든. 아버지의 딱 벌어진 체구가 방에 가득 찼어. 부엌을 가로질러가는 리코를 지켜보는 동안 시간이 멈춘 것 같았어. 리코는 키가 큰 사람이었지만 산처럼 거대한 아버지 앞에 서니 작아 보였어. 그가 할 말을 준비했는지 모르겠지만, 그랬다면 잊어버렸을 거야.

"어르신의 따님을 사랑합니다." 리코가 불쑥 말했어.

"푸오리(Fuori)!" 아버지가 말했다. "나가! 내 집에서, 당장!"

"아빠!" 나는 서둘러 리코의 옆으로 가서 그의 팔에 내 팔을 끼었어. "제발요, 이 사람 말을 들어주세요."

아버지가 나에게 고개를 돌렸다. "스타이 지타(Stai zitta)!" 아버지가 소리치고 한 손을 휙 휘둘렀다. "조용히 해. 이 야만인을 여기서 내보내. 당장."

내 눈에 눈물이 핑 돌았다. 어떻게 이리도 잔인하게 대해요? 나는 아버지한테 소리를 지르고 싶었어. 자리를 박차고 나가 리코를 향한 사랑을 증명하고 싶었어. 하지만 그랬다가는 가족을 잃을 터였다. 내가 가족을 선택한다면, 리코를 잃을 터였다.

리코가 나를 대신해 선택했어. 그는 아버지를 올려다보고 차분하고 확신에 찬 목소리로 말했다. "가겠습니다. 하지만 저를 잘못 보셨습니다, 시뇨르. 누구도 따님을 저처럼 사랑할 수 없을 겁니다."

아버지가 발끈 화를 냈다. "자네는 아무것도 몰라. 파올리나는 미국에 사는 가게 주인과 약혼했어. 이 아이는 원하는 건 뭐든지 갖게 될 거야. 그 새로운 기회의 땅에서 믿을 수 없이 많은 부를 누리게 될 거야. 그리고 무엇보다도 중요한 점은 이 아이가 가족을 갖게 된다는 거야. 독일인은 이해하지 못할 점이지."

"아빠!" 내가 외쳤어. 리코가 상처받을 것을 생각하니 가슴이 찢어졌지. "그런 말 하지 마세요."

아버지가 리코의 방향으로 경멸하듯 손을 흔들었어. "나는 아버지와 어머니, 형제자매와 부인을 두고, 소위 자유를 위해서 떠났다는 동독 남자들 얘기를 들었네." 아버지가 냉소를 지었다. "우리는 그러지 않아. 이탈리아 가족의 끈은 그렇게 끊어지지 않아."

전기가 지나가기라도 한 양 리코의 턱이 씰룩거렸어. 하지만 그는 차분한 목소리를 유지했다. "잘 모르고 하시는 말씀입니다." 그가 나에게 몸을 돌려 내 볼에 입술을 댔다. "아디오, 미오 우니코 아모레."

나는 그를 뒤쫓아갔어. 내가 어떻게 사랑하는 남자와, 나를 유일한 사랑이라고 부르는 남자와 헤어질 수 있겠어? 그러나 문을 향해 절반 정도 갔을 때 아버지가 내 팔을 움켜잡았어. 아버지의 두꺼운 손가락이 내 살을 파고들었지. "제발, 아빠. 나는 사랑—."

아버지의 손이 내 뺨을 치고 지나갔어. 너무 빨라서 얼얼한 아픔을 느끼기 전에 날카로운 소리가 먼저 들려왔어.

로사 언니가 나에게 뛰어왔어. "아빠! 안 돼요!"

아버지가 로사 언니를 쏘아봐 입을 다물게 한 다음에 눈길을 다시 나에게 돌렸다. "네가 모든 것을 위태롭게 하고 있어. 우리가 노력해오고 꿈꿔온 **모든 것을!**"

나는 아무 말도 하지 못하고 간신히 침을 삼켰다.

"이그나시오는 착실한 사람이다. 기꺼이 너를 아내로 맞으려고 해. 너를, 하필 둘째 딸인 너를 말이다. 감히 이 좋은 기회를 망치려고 하다니, 이 이기적인 명청이 같으니라고. 허튼 생각은 당장 집어치워라. 명령이다! 너는 미국에 갈 거야. 카피시?"

하마터면 무릎의 힘이 풀려 주저앉을 뻔했다. 나는 로사 언니의 손을 부여잡고 몸을 지탱했어. 대답할 말을 찾느라고 기를 쓰는 동안 로사 언니가 나를 대신해서 대답했지.

"씨, 파파. 얘가 알아들었어요."

24장

✳

에밀리아

이제는 바닥을 드러낸 와인 병이 식탁보가 깔린 테이블 한가운데 있는 양초 옆에 놓인다. 황혼이 물러가고 어둠이 밀려왔고, 가로등이 갓 물청소를 한 인도를 비춘다.

"오늘 밤은 여기서 끝내야겠구나." 포피가 창에서 시선을 돌리며 말한다. "계속 이야기하면 너희들이 시내에 나가 놀지 못할 테니."

"괜찮아요." 나는 재빨리 의자 끝으로 엉덩이를 움직여 테이블에 바싹 다가앉는다. "그다음에 어떻게 됐어요?"

"그래요." 루시가 잔에 남은 마지막 몇 방울을 들이켜고 말한다. "우리 증조할아버지가 그냥 개자식인 거예요, 아니면 진짜 그분은 당신 딸이 이그나시오라는 놈이랑 살면 더 행복해진다고 생각한 거예요?"

포피가 싱긋 웃지만 눈이 슬퍼 보인다. "우리 아버지는 나를 사랑하셨단다. 아버지와 어머니는 내가 잘되길 바라서 그러신 게지."

나는 와인을 마시다가 사레 걸린다. "설마 진심으로 하시는 말씀은—."

포피가 한 손을 들어 내 입을 다물게 한다. "나는 다른 사람들의 나쁜 점이 아니라 좋은 점을 보려고 하면 삶이 훨씬 달콤해진다는 사실을 알게 됐단다."

웨이터가 리큐어가 놓인 쟁반을 들고 나타난다.

"프란젤리코는 충분히 마신 것 같군요." 포피가 말한다. "계산서 부탁해요."

목덜미에서 땀이 솟는다. "아직도 놀러 가고 싶어, 루스?" 제발 아니라고 말해. 제발 아니라고 말해. 제발 아니라고 말해.

루시가 얼굴을 찌푸린다. "으응." 루시가 마치 내 질문의 어리석음을 강조하는 것처럼 두 음절로 나눠 대답한다.

포피가 손뼉을 탁 친다. "베니스에서 가장 오래된 와인 바인 알 볼토에 들를 기회를 놓치면 안 되지."

"처음 듣는데요." 루시가 말한다. "트립어드바이저에서 추천한 가볼 곳은 일 캄포예요. 음악, 신선한 재료로 즉석에서 만든 칵테일, 많은 라가치 칼디(ragazzi caldi)." 루시는 '섹시한 남자들'을 뜻하는 이탈리아어를 말하면서 쾌활하게 들썩들썩 어깨춤을 춘다.

포피가 계산서에 서명하면서 쯧 혀를 찬다. "너희들 좋을 대로 하렴." 포피가 자리에서 일어나면서 핸드백 안에 손을 넣는다. "행운을 가져다줄 거야." 포피는 테이블에 동전 두 개를 놓는다.

"고마워요, 폽스!" 루시가 냉큼 동전 하나를 잡아챈다. 이어서 나를 보고 눈썹을 씰룩거린다. "우리한테 행운이 따르면 좋겠는데."

내 가슴이 철렁 내려앉는다. 포피가 의자를 뒤로 밀고 손가락을 살랑살랑 흔든다. "아침까지 안녕."

"잠깐만요." 두려움이 몰려와 허둥거린다. "저희가 호텔까지 바래다드릴게요."

"말도 안 돼. 세 블록만 가면 되잖니. 나는 괜찮을 거야."

그래, 포피는 괜찮을 것이다. 그런데 나도 괜찮을까?

✳

루시는 자기가 내 전화기에 깔아놓은 앱을 보면서 길을 찾는다. "대체 어디 있는 거야?" 우리는 또 다른 모퉁이를 돌고 또 다른 다리를 건넌다.

"미안해. 안경이 없으니 아무 도움도 못 주네."

"이 빌어먹을 섬은 꼭 거울의 집 같아."

"호텔로 돌아가는 게 낫겠어, 루스. 외출은 내일 플로렌스에 도착해서 해도 되잖아."

루시가 건물 모퉁이에 달린 거리 이름을 보려고 목을 길게 뺀다. "찾았어, 이 길이야."

루시가 나를 산타 마르게리타 광장으로 이끌고 우리는 그 주위를 빙빙 돌며 목적지를 찾아다닌다. "아하!" 루시가 별 특징 없는 문을 가리킨다. '일 캄포'라고 적힌 아주 작은 간판이 보인다.

"여기야." 루시는 다시 한번 나를 재빨리 훑어보고 나서 핸드백을 뒤적여 립 펜슬을 찾는다. 뚜껑을 열고는 나에게 손을 뻗는다.

"가만히 있어."

"아, 아니야, 그럴 필요 없어." 나는 뒤로 물러선다.

"폽스가 하는 말 들었잖아. 정말이지 언니한테도 굉장한 전쟁의 상흔이 남은 것뿐이야."

내 심장이 불규칙하게 뛰는 사이 루시가 내 입술의 윤곽을 따라 그린다. 곧이어 촉촉한 립글로스를 찍어 내 입술에 톡톡 두드린다. 나는 손등으로 입술을 문지르고 싶지만 간신히 참는다. 루시가 뒤로 물러서서 보고는 씩 웃는다.

"좋았어."

말이 사람에게 막대한 영향을 줄 수 있다는 것이, 신념과 더불어 관점이 아주 약간만 바뀌어도 평생 동안의 믿음이 참새 떼처럼 날아올라 멀리 사라진다는 것이 참 우습다. 나는 여전히 남의 시선을 조금 의식한다. 이제 사람들은 내 입술에 시선을 던질 것이고 그와 더불어 내 흉터도 알아챌 것이다. 반짝이는 아랫입술 아래 들쭉날쭉한 푸른 선은 시스루 블라우스 아래 스포츠 브라만큼이나 두드러져 보인다.

오늘 밤 나는 숨기기가 아닌 드러내기를 선택하고 있다.

나는 루시를 따라 문을 지나간다. 즉시 테크노 음악과 자욱한 담배 연기가 우리를 덮친다. 루시가 바를 향해 쭈뼛쭈뼛 다가선다. 안경이 없으니 모든 것이 조금 흐릿해 보인다. 눈을 깜빡거리다가 가늘게 뜨니 잠시 뚜렷하게 보인다. 대부분 대학생 나이 정도의 젊은이들이 서로 어깨를 맞대고 서 있다. 여기저기 온통 오렌지색이다. 오렌지색 벽, 오렌지색 의자, 오렌지색 소파, 오렌지색 러그. 두통이 밀려오는 느낌이다.

루시가 나에게 술을 건넨다. 번들거리는 립스틱이 유리잔 테두리에 진득하게 달라붙는다. 나는 뭔지 모르지만 라임 맛이 나면서도…… 매콤하게 톡 쏘는 술을 홀짝거린다.

"그린 칠리 시트러스 보드카야." 루시가 음악 소리에 묻히지 않게 크게 소리친다.

"아. 참…… 고마워." 나는 다시 한 모금을 힘겹게 삼킨다.

루시가 바텐더에게 돈을 건넨다. 겉으로만 보면 루시는 핏발이 선 눈에 거무스름한 피부의 바텐더에게 신경을 쓰지 않는 듯한데, 그 남자의 코가 루시의 가슴골에 끼일 정도로 가깝다. 바텐더의 친구인 키 160센티미터 정도에 영국 해리 왕자를 닮은 빨간 머리 남자가 나를 보고 미소 짓는다. 나는 빙그르 몸을 돌려 아주 편해 보이는 오렌지색 털 소파를 향해 루시와 나란히 걷는다. 다행히 욱신거리는 다리를 쉴 수 있겠다. 어떻게 내 사촌은 하루 열두 시간 동안 이 높은 구두를 신고 활보할까?

우리 앞쪽에 한 남자와 흑갈색 머리의 귀여운 여자가 서서 마티니를 마시고 있는 작은 원형 테이블이 있다. 그곳을 지나갈 때 남자가 노골적으로 나를 위아래로 훑어본다.

"멍청이." 루시가 매섭게 내뱉는다. "다른 여자랑 있으면서 나한테 한눈파는 남자는 딱 질색이야."

나는 비어 있는 오렌지색 소파에 도착하자 털썩 앉는다. "아이고, 내 발." 신음 소리를 내며 내―루시의―구두를 벗어 던진다.

"마셔." 루시가 명령한다.

"아, 루스. 이미 저녁 식사 하면서 와인을 마셨잖아."

"마셔." 루시가 다시 말한다.

나는 조심스럽게 칠리 시트러스 보드카를 한 모금 더 삼키고 몸서리친다.

"잘했어." 루시가 방긋 웃는다. "언니 정말로 변하려고 노력하네, 안 그래?"

나는 용기가 생기기를 바라며 지독한 맛이 나는 술을 꿀꺽꿀꺽 들이켠다. 우리는 심장이—그리고 위장이—우리에게 하는 말을 무시하잖아. 그러면 누군가에게 사랑받을 수 있을 것 같아서.

30분 후 시트러스인지 뭔지 하는 음료를 두 잔 더 마시고 나서, 루시와 나는 네덜란드에서 온 키 큰 금발 여자들 네 명과 친구가 됐다. 그들은 영어를 완벽하게 구사했다. 사실 지금 이 순간은 나보다 영어를 더 잘 한다.

나는 분명히 "너희들 정말 멋지다!"라고 말하는데, "누가 호수에서 죽었어?"처럼 들린다.

"새로운 친구들을 위하여." 루시가 말하자 우리는 잔을 맞부딪친다. 나는 맛있는 술을 단번에 들이켠다. 내 옆에 앉은 루시는 마치 카펫 치수를 재는 것처럼 이쪽 벽에서 저쪽 벽까지 쭉 훑어본다. 루시는 유리잔을 테이블에 탁 내려놓고 일어선다.

"자! 춤추자!"

금발 여자들이 벌떡 일어나 댄스 플로어로 나간다. 내가 신발에 발을 욱여넣으려고 기를 쓰는 동안 심장이 마구 쿵쾅거린다. 루시가 내 팔을 움켜쥐고 확 당겨서 의자에서 일으켜 세운다.

"잠깐만." 나는 앞으로 넘어질락 말락 비틀거리면서 말한다.

"나 춤 안 춘 지…… 진짜 오래됐어."

사방이 자꾸 흔들린다. 루시는 나무가 깔린 플로어로 나를 이끈다. 땀을 흘리면서 온몸을 흔들고 있는 사람들이 빽빽하게 들어차 있다. 나는 어색하게 움직이면서 치맛단을 끌어내린다. 목에 스카프를 두른 남자가 내 뒤로 바짝 붙어 자기 사타구니를 내 엉덩이에 위험할 정도로 가깝게 밀어붙인다. 나는 꽥 소리를 지르며 빙그르 돌아선다. 혀가 바짝 마른다. 나는 루시의 귀에 대고 소리 지른다.

"방금 봤어?"

루시는 어깨를 흔들며 춤을 추면서 소리 내어 웃는다. "잘해봐!"

나는 주위에서 웃고, 머리를 까닥거리고, 천장을 향해 팔을 번쩍 들고 위아래로 팔짝팔짝 뛰는 이 행복한 밀레니얼 세대들을 둘러본다. 안경이 없어 사람들이 흐릿하게 보이지만 아마도 내가 여기에서 가장 나이가 많을 것이다. 루시를 제외하면 이곳 전체에서, 혹은 이 도시 전체에서 내가 아는 사람은 하나도 없다. 날아갈 듯 상쾌한 자유의 느낌이 밀려온다. 이곳에서는 누구든 내가 원하는 사람이 될 수 있다.

내 리듬에 몸을 맡긴다. 사람들이 나를 바라보고, 나에게 미소 짓는다. 술기운 덕분에 아픈 발도 어느 정도 무시할 수 있다. 내 오른쪽의 한 쌍은 사실상 유사 성행위를 하고 있다. 웃음이 끊이지 않는 이 여자들과 춤을 추는 것이 꽤 재미있다.

하지만 새 친구들이 하나씩 뿔뿔이 흩어진다. 금발의 여자들이 같이 춤출 한 무리의 남자들을 발견한다. 루시는 바에서 자기를 살펴보고 있던 키가 크고 피부가 거무스름한 남자에게 느릿느릿 다가간다. 이제 루시는 댄스 플로어 저편에 있다. 루시가 남자 앞에서 양팔을 머리 위로 올린 채 몸을 수그리고 내려갔다 올라갔다 하고 있어서 가슴골이 훤히 들여다보인다.

내가 빙그레 웃고 있는데 돌연 속이 울렁거린다. 메스꺼운 느낌이 확 올라온다.

내가 사람들 사이를 이리저리 헤치며 댄스 플로어에서 나와 몸을 가누려고 할 때 키가 작은 빨간 머리 남자—해리 왕자 지망생—가 나타난다. 청하지도 않는데 남자가 내 양손을 잡는다. 도대체 왜 이 남자는 내가 땀에 젖은 자기 손을 잡고 싶어 할 것이라고 생각하지? 그가 나를 댄스 플로어로 잡아당기면서 윙크한다. 윙크가 소름 끼친다고 생각하는 사람은 나뿐인가?

나는 음악—베이스가 많이 들어간 테크노 곡—에 몰입하려고 최선을 다한다. 나는 베니스에 있는 바에서 술을 마시고—남자와—춤을 추고 있다.

오늘 밤 나는 루시에게 약속한 대로 당당히 세상에 나와 있다. 속이 뒤틀린다.

그나저나 루시 말이 나와서 말인데, 지금 어디 있지? 나는 해리의 머리 너머로 시선을 던지면서 리듬에 맞춰 스텝을 유지하려고 노력한다. 음악이 느려진다. 그가 나를 자기 가슴으로 확 끌어당기지 내 목이 덜렁 흔들린다. 우리 몸이 PB&J*처럼 떡 붙는다. 다만 한쪽 빵—내 쪽 빵—이 다른 쪽 빵 크기의 대략 두 배라

---

* 피넛 버터 앤드 젤리 샌드위치의 줄임말.

는 점은 제외해야겠다. 끝내주네. 나는 열두 살짜리랑 춤을 추고 있다. 그런데 내 허벅지를 찌르는 게 뭐지? 이런, 젠장! 그렇다면 흥분한 열두 살짜리라고 해야겠군!

나는 우리 사이에 조금이라도 거리를 두려고 기를 쓰면서 루시를 찾아 댄스 플로어를 둘러본다. 저기 있…… 어라, 어디 가는 거야? 루시는 검은 옷을 입은 까무잡잡한 남자와 걸어가고 있다. 내가 마구 손을 내젓자 마침내 루시가 나를 본다. 루시는 남자를 가리키며 혀를 쑥 내밀어 흔들고는 엄지를 척 든다. 나는 '날 두고 가기만 해봐라!'라는 뜻이 전해지기를 바라며 희미한 미소를 겨우 짓는다.

"긴장 풀어요, 예쁜이." 해리가 속삭인다.

하지만 땅딸보가 발기한 상태로 사타구니를 바싹 들이밀고 있는데 내가 어떻게 긴장을 풀겠는가? 나는 심호흡을 한다. 내 입장만 생각하면 안 된다. 나는 루시를 위해 여기 왔다. 그리고 오늘 밤 루시는 행복하다.

노래가 끝나고 해리가 내 손을 잡는다. "이리 와요." 그가 나를 댄스 플로어 밖으로 잡아끌며 말한다.

심장이 쿵쿵거린다. "잠깐만요." 나는 루시를 찾아 두리번거린다. "내 사촌이―."

하지만 해리는 카니발에 간 꼬마처럼 손을 꽉 잡고 막무가내로 나를 잡아당긴다. 그가 너무 꽉 쥐어서 손이 아프다. 물먹은 솜처럼 머리가 무겁다. 제대로 생각할 수가 없다. 나는 그와 속도를 맞춰 비틀거리며 바 쪽으로 걸어가는 내내 루시를 발견하기를 바라며 목을 쭉 빼고 이리저리 살펴본다. 모든 것이 또렷하지 않게 보인다. 루시는 어디 있지?

문이 열리고 시원한 바람 한 줄기가 불어온다. 내 뒤에서 문이 쾅 닫힌다. 광장은 다행히도 조용하다. 내가 숨을 깊게 들이마시는 사이에 해리가 나를 모퉁이로 이끈다. 나는 그가 무엇을 하려는지 깨닫고 뒤로 물러나 버틴다. "멈춰요." 나는 그의 손아귀에서 내 손을 빼려고 힘을 준다. "내 사촌을 찾아야 해요."

"이선이랑 갔어요." 역시나 남자는 영국 억양으로 말한다.

"누구요?"

"내 친구요." 그가 고개를 오른쪽으로 까딱한다. "갑시다."

"가요? 이 시간에 어디를 가자는 거예요? 나는 당신이 누군지도 몰라요."

내가 농담이라도 하고 있는 양 그의 눈이 반짝거린다.

"나는 루시 없이는 아무 데도 안 가요. 우리 이모가 기다리고—."

난데없이 그의 얇고 튼 입술이 내 입술에 꽉 맞물리면서 내 말을 막는다. 나는 혐오감과 충격에 휩싸여 얼어붙는다. 축축한 혀가 내 입으로 쏙 들어온다. "그만해요." 내가 간신히 말을 내뱉지만 그는 나를 더 가까이 끌어당긴다. 그에게서 마늘과 김빠진 맥주 냄새가 나고, 나는 토할 것 같지만 겨우 참는다. 벗어나려 하지만 해리가 너무 꽉 잡고 있다. 그가 내 엉덩이를 더듬고 있다!

"놔요!" 나는 기를 써서 그를 밀친다. 하지만 그는 침팬시처럼 바로 나에게 달라붙어서 내 목 뒤로 팔을 단단히 두른다.

배가 꾸르륵거린다. 아까 마신 칠리 보드카인지 뭔지 하는 술이 위에서 솟구친다. 이내 식도를 지나가고, 나는 막을 힘이 없다. 해리의 가슴에 손을 대고 있는 힘껏 밀친다. 그가 비틀거리며 뒤로 물러선다.

"젠장!" 그가 내뱉는다.

나는 몸을 구부리고 그의 바짓가랑이에, 이어서 스탠 스미스 운동화에 대고 토한다.

"이런, 우라질!"

나는 손등으로 입을 훔친다. "이제 내 말 알아들었어요? 나 좀 그냥 내버려두라고요!"

그가 휘둥그레진 눈으로 나를 빤히 쳐다보다가 양손을 올린다. "이거 완전 미친년이네."

나는 멀어지는 그를 지켜본다. "그래." 나는 자랑스럽게 말한다. "나 미쳤어." 그러고 나서 나는 한 번 더 토한다. 이번에는 쓰레기통에.

25장

✳

에밀리아

내가 그 영국인에게 토했다니 믿어지지 않는다. 인과응보다. 남자들은 돼지같이 무례하다. 매트와 리암을 제외한 모든 남자가 그렇다. 루시가 밤마다 이런 상황과 씨름한단 말인가? 나는 사양한다!

술집으로 다시 와서 여기저기 살펴보지만 루시가 어디에도 보이지 않는다. 도대체 어디 있을까? 마침내 마지막 수단을 취할 수밖에 없다. 나는 일 캄포 앞에 서서 루시가 나오기를, 혹은 돌아오기를 기다린다.

40분 후, 술이 거의 깨면서 두려움이 차오른다. 바가 점점 비어가고 있다. 우리는 호텔로 돌이기야 힌다. 그나저나 호텔은 또 어디 쪽이더라? 빌어먹을 루시!

마지막 손님들이 새벽 2시에 우르르 나온다. 그중에는 아름다운 네덜란드 아가씨들 네 명도 있다.

"저기. 루시 봤어?"

"응." 그들 중 한 명이 말한다. "한두 시간 전에, 검은 옷 입은 남자랑 가던데."

문이 삐걱거리는 소리가 들려 돌아보니 흰색 셔츠를 입은 남자가 입구에 자물쇠를 채우고 있다.

"잠깐만요." 나는 그에게 말한다. "내 사촌이 아직 안에 있어요."

그가 고개를 젓는다. "아니요, 시뇨리나. 아무도 없습니다."

눈앞이 아찔하다. 머릿속이 복잡하다. 이제 어떻게 해야 해? 여자들이 밤에 놀러 나갈 때 관례가 뭐지? 친구가 남자를 만나 사라지면 보통 어떻게 하나? 루시가 나를 찾으러 여기로 돌아올까? 내가 기다려야 하나? 아니면 이제부터는 각자 알아서 하는 건가? 아까 물어봤어야 했는데 왜 안 물어봤지? 그리고 젠장 왜 우리는 포피의 전화기를 빌려 오지 않은 거야?

나는 다시 20분을 더 기다린다. 이제 산타 마르게리타 광장은 거의 비어 있고 나는 우리가 어느 방향에서 왔는지 전혀 모르겠다. 3일이나 있었는데도 여전히 나에게 베니스는 운하들이 미로처럼 얽혀 있는 곳일 뿐이다. 왜 꼭 필요할 때는 지도가 없는 거야? 전화기 화면에 앱을 띄우지만 안경이 없으니 다 소용없는 짓이다.

나는 머리를 부여잡고 같은 자리를 빙글빙글 돈다. 우리가 온 방향이다 싶은 쪽으로 천천히 이동한다. 벽돌 담장으로 둘러싸인 좁은 길로 들어간다. 광장에서 흘러나온 불빛이 멀어진다. 추위가 몰려온다. 모든 것이 낯설어 보인다. 우리가 이쪽 길로 온

게 맞나?

어두워진 공동 주택에서 커다란 목소리들이 새어나온다. 무서워서 몸이 오싹하다. 생각을 해야 하는데 머릿속에 뿌연 안개가 깔린 것처럼 여전히 멍하다. 아프다고 비명을 질러대는 내 발을 무시하고 좁은 길 끝까지 빠르게 걷는다. 길이 세 방향으로 갈라지는 교차로에 다다른다. "젠장!"

사방이 어둡고 모퉁이 벽에 붙은 길 이름을 알아볼 수가 없다. 심장이 마구 뛴다. 한쪽 통로를 보다가 다시 생각한다. 빙 돌아서 반대 방향으로 종종걸음을 친다. 숨쉬기가 힘들고 머리가 어지럽다. 매트가 필요하다. 매트라면 나를 진정시키고 명료하게 생각하도록 도울 것이다. 하지만 그것은 불공평하다. 그에게 내 뒤치다꺼리를 맡기면 안 된다. 내 삶이 지저분해지면 편리한 얼룩 제거제처럼 이용하고 나서 내 삶이 깔끔해지면 한쪽에 던져놓는 것은 말이 안 된다.

젊은 한 쌍이 다가온다. 나는 서둘러 그들에게 다가간다.

"실례합니다." 내 목소리가 떨린다. "미 스쿠자테(Mi scusate)."

마치 내가 구걸하려는 거지라도 된다는 듯 남자가 손을 쳐든 후 가던 길을 계속 걸어간다.

나는 다른 좁은 통로로 접어들어 걷다가 다리를 하나 지나간다. 이 다리가 익숙해 보이나? 나도 모르겠다! 젠장!

돌연 옛 기억이 떠오른다. 나는 유치원에 있다. 한겨울 몰아친 눈보라 때문에 유치원이 빨리 끝났다. 다리아 언니와 나는 걸어서 집에 돌아간다. 우리가 신은 고무 부츠가 바람에 날리며 쌓이는 눈 속에 푹푹 빠진다. 언니가 내 오른쪽에 있지만 눈도 뜰 수 없을 정도로 휘몰아치는 눈 때문에 언니가 잘 안 보인다. 나는 두려움에 사로잡힌다. 우리는 집에 가는 길을 절대 못 찾을 것이다. "나 놓고 가지 마." 나는 언니에게 소리친다. 세찬 바람에 얼굴이 따끔따끔하다.

언니가 벙어리장갑을 낀 내 손을 자기 손으로 감싼다. 언니가 절대로 나를 두고 가지 않겠다고 말한다. 갑자기 나는 안전하다고 느낀다.

나는 핸드백 주머니에 손가락을 집어넣어 전화기를 빼기 전에 성 크리스토퍼 메달을 잠깐 만진다. 지금 고향은 저녁 시간이다. 나는 별 아이콘이 뚜렷이 보일 때까지 눈을 가늘게 뜨고 쳐다본다. 즐겨찾기에 저장된 첫 번째 연락처를 더듬더듬 누른다. 두 번째 통화음이 울리고 언니가 전화를 받는다.

"에미?"

목이 멘다. "다르 언니." 나는 마침내 쉰 목소리로 말한다.

"너 집에 왔어? 제발 그렇다고 해줘. 할머니가 완전히 엉망이셔."

나는 눈을 감는다. 이 골목에 홀로 있는 지금 이 순간, 작고 안전한 내 집, 엠빌로 돌아갈 수만 있다면 무엇이든 바치리라. "길을 잃었어."

"무슨 일이야? 너 어디에 있는데?" 내가 11년 전 새해 전야에 언니에게 전화했을 때와 같은 다급한 목소리로 언니가 말한다.

"나 베니스에 있어. 루시랑 나랑 떨어져버렸어."

언니가 한숨을 쉰다. "괜찮아. 호텔 주소 있지, 그렇지? 우버를 불러. 루시를 찾으려고 돌아다니지 말고. 호텔로 곧장 돌아가."

"알았어." 나는 베니스에는 자동차가 없다는 사실을 언니에게 상기시키지 않는다. 언니는 바보가 된 기분이 들 것이다. "고마워, 언니."

"이제 됐지?"

나는 인적이 없는 좁은 골목을 응시한다. "아니. 하나 더 있어." 나는 마음을 굳게 먹으려는 듯이 치장 벽토 건물에 몸을 기댄다. "우리가 어쩌다가 이렇게 된 거야, 언니?"

침묵이 흐른다. 나는 따끔거리는 목을 문지른다. "내가 언니 마음을 상하게 할 짓이라도 했어? 언니가 나를 미워하게 할 만한 짓이라도?"

"무슨 말을 하는 거야?"

언니는 내가 무슨 말을 하는지 안다. 언니가 안다는 것을 나는 안다.

나는 힘겹게 침을 삼키고 겨우 말을 꺼낸다. "사랑해, 언니."

우리가 몇 년 동안 입밖으로 꺼내지 않은 감정을 표현하니 영 어색하다.

언니는 잠시 기다린다. "어, 음, 너 집에 와야 해, 빨리. 할머니가 그렇게 흥분하시는 거 처음 봤어."

나는 취중 슬픔에 사로잡힌다. 멀리서 발자국 소리가 들린다. 뒤를 흘끗 돌아본다. 10미터 정도 떨어진 곳에 남자의 형상이 보인다.

"아, 맙소사. 끊어야겠어."

나는 전화기를 주머니에 넣는다. 심장 박동이 빨라진다. 나는 허둥지둥 종종걸음을 친다. 텅 빈 골목에 멈춰 서 있었다니 정신이 나간 거 아니야?

돌이 깔린 길을 밟는 발소리가 점점 커진다. 나는 속도를 올린다. 뒤에서 나는 발소리도 빨라진다.

앞에 또 다리가 나타난다. 대체 여기가 어디야?

내 구두가 콘크리트 다리를 밟는 소리가 쿵쿵 울린다. 무서워서 목덜미에 털이 쭈뼛 서고 나는 달리기 시작한다. 그런데도 여전히 발소리가 더 가까워진다. 나는 발바닥에 불이 나게 뛴다. 나는 납치되거나 살해당하거나 성 노예로 팔리게 될 거야. 이게 할머니를 배신한 벌인가?

결국 그 발소리가 나를 따라잡는다. 신음 같기도 하고 울먹임 같기도 한 소리가 내 목에서 새어나오고 이러다가 기절할까 봐서 겁이 난다. 키 큰 남자가 내 옆으로 불쑥 나타난다.

"포소 아이우타를라(Posso aiutarLa)?" 남자가 묻는다.

숨을 못 쉬겠다. 다리가 후들거린다. 쓰러지기 직전이다.

"도와드릴까요?" 남자가 다시 영어로 묻는다. 어슴푸레한 가로등 불빛 아래 남자의 이목구비가 흐릿하게 보인다.

나는 숨이 차서 헐떡거리면서 과호흡을 일으키지 않으려고 애쓴다. "그냥 내버려……두세요. 제발요."

"괜찮아요." 남자가 말한다. "당신에게 해를 끼치려는 게 아닙니다."

마침내 나는 남자에게 고개를 돌린다. 진한 갈색 눈동자가 동굴 안 촛불처럼 나에게 내리비친다. "길을 잃었나요?"

나는 걷잡을 수 없는 불안감을 속으로 꾹꾹 감춘다. "나, 나는 산타 소피아 광장에 있는 카 사그레도 호텔을 찾고 있어요."

그가 턱을 문지른다. "씨. 그 호텔을 알아요. 나랑 같이 갑시다."

"아니에요. 그냥 말로 알려줘요."

"걸어가려면 아주 복잡해요. 내가 직접 안내해주는 게 훨씬 쉬워요."

"괜찮아요." 나는 그냥 가려고 몸을 돌린다.

"기다려요." 그가 양손을 올린다. "나를 믿지 않는군요. 조심하는 걸 보니 현명한 분이네요." 그가 반대 방향을 가리킨다. "저 길로 가요. 끝까지 가서 오른쪽으로 돈 다음에 왼쪽으로 돌아서 가다가 또 왼쪽으로 돌아요. 다리를 건너서—."

"그만요." 나는 말을 막는다. "좋아요, 그냥…… 직접 안내해주세요."

낯선 사람이 어두운 통로로 나를 이끈다. 하지만 뭔가가—아마도 본능이—내가 안전하다고 말한다. 그가 내 팔꿈치를 잡는다. 우리는 좁은 골목으로 들어서서 가다가 다리를 건넌다. 5분 후, 통로가 다른 다리로 이어진다. 불을 환히 밝힌 방에 들어서는 것처럼 여기는 훨씬 밝아서 힘이 난다. 여섯 대의 곤돌라가 마치 나를 기다리고 있는 듯 다리 아래에 한가롭게 떠 있다.

그는 한 곤돌라 사공에게 신호를 하고 올라타는 나를 돕는다. 나는 그가 그냥 가지 않고 곤돌라에 올라와서 내 옆에 앉자 깜짝 놀란다.

"나는 조반니예요." 그가 나에게 말한다. "조반니 겔리."

"나는 엠—에밀리아 안토넬리예요." 나는 시스루 블라우스에 신경이 쓰여서 가슴 위로 팔짱을 낀다.

사공이 노를 젓기 시작하자 작은 배가 구불구불한 운하를 떠내려간다. 달빛이 비치는 길을 따라 짙은 남빛 물 위를 가로지르자 차가운 밤공기에 내 팔에 한기가 느껴진다. 조반니가 가죽 재킷을 벗어 내 어깨를 감싼다.

"좀 나아요?"

나는 미소 짓는다. "그라치에."

배가 둥실둥실 떠가는 동안 조반니가 이런저런 이야기를 하고 내 긴장이 풀리기 시작한다. 그는 삼촌의 식당에서 식사 시중드는 일을 한다고 말한다.

"즐거운 직업이죠. 어쨌든 내 이야기는 이쯤 하고 당신에 대해서 듣고 싶네요. 어디 살아요?"

"뉴욕이요." 조반니는 으레 맨해튼을 떠올리겠지만, 나는 굳이 벤슨허스트라고 밝히지 않고 마음대로 짐작하게 둔다. 그가 눈썹을 추켜세우고 고개를 끄덕인다.

"내 꿈은 언젠가 캘리포니아에 가는 거예요." 그가 내 팔을 잡는다. "오해는 하지 마요. 뉴욕에 대해서도 멋진 이야기를 많이 들어요."

나는 소리 내어 웃고 내 팔에 닿는 그의 손의 감촉, 내 허벅지를 누르는 그의 허벅지의 온기, 그의 가죽 재킷에서 풍기는 머스크 향을 음미한다. 지금 루시가 나를 볼 수 있다면 좋을 텐데! 포피 이모도. 나는 딱 약속대로 하고 있다. 어쩌면 루시의 말대로 나의 한심한 작은 세상을 보여주는 슬픈 말일지도 모르지만, 틀림없이 29년의 내 삶에서 지금이 가장 낭만적인 순간이다.

20분 후, 곤돌라가 서서히 멈춘다. 고개를 드니 카 사그레도 호텔이 보인다. 가슴이 철렁 내려앉는다. 나는 여기에 그대로 있고 싶다. 내가 안전하다고 느끼게 하는 이 잘생긴 이탈리아 남자와 이 작은 나무배에.

"도착했어요." 그가 부드러운 목소리로 말한다. "내가 약속한 대로요."

"그라치에. 당신은 생명의 은인이에요."

"나도 즐거웠어요, 에밀리아. 진심으로." 그가 내 손을 잡고 곤돌라에서 내리는 것을 도와준다. "남은 시간 즐겁게 보내요."

미소를 지으며 나를 내려다보는 그의 눈빛이 다정하다. 심장이 쿵쾅거린다. 술 한잔하자고 해야 할까? 내 소설 속 등장인물이라면 이 상황에서 어떻게 하려나? 루시라면 어떻게 할까? 나는 침을 꿀꺽 삼킨다. "잘 자요."

그가 한 손을 든다. "부오나노테(Buonanotte)."

호텔을 향해 걷는 동안 후회의 감정이 마음속에서 소용돌이친다. 루시는 이 기회를 날려버린 나를 절대 용서하지 않을 것이다. 거의 입구에 다다를 때 그가 나를 부른다.

"에밀리아!"

나는 돌아선다. "네?"

그가 머리를 한쪽으로 기울인 채 아름다운 얼굴에 약간 웃음기를 담고 있다. 그가 손가락을 구부린다.

심장이 요동친다. 니는 곤돌라를 향해 가면서 뛰지 않으려고 애쓴다. 발을 내디딜 때마다 자신감이 커진다. 너는 이런 사람이 됐지. 하지만 에밀리아, 아가, 그렇게 늙어 죽을 필요는 없단다. 포피의 말이 옳다. 내가 선택하는 대로 어떤 사람이든 될 수 있다. 그리고 오늘 밤 내 선택은 대담해지는 것이다.

나는 마지막 한 걸음을 내딛는다. 그에게 닿을 정도로 가깝다. 나는 겁먹고 꽁무니를 뺄 시간을 나에게 주지 않으려고 얼른 발 끝으로 서서 눈을 감고 내 입술을 조반니의 입술에 대고 누른다.

그의 몸이 전기총으로 맞기라도 한 것처럼 뒤로 튀어 오른다. 그가 손등으로 입술을 닦는다.

"라 미아 자카(La mia giacca, 내 재킷이요)." 그가 내 어깨에 걸친 재킷을 가리키며 말한다.

"아, 세상에." 그의 구레나룻에 쏠린 입술에서 불이 나는 것 같다. "나는 당신이—." 창피해서 볼이 화끈거린다. "미안해요." 나는 재킷을 확 잡아당겨 그에게 내민다. "다시 한번 감사드려요." 나는 퉁명스럽게 말한다.

나는 호텔을 향해 최대한 우아하게 종종걸음을 치면서 조용히 나에게 욕을 퍼붓는다. 나는 정말 바보다!

"에밀리아." 그가 외친다.

나는 눈을 감고 숨을 들이마신다. 내가 몸을 돌리자 그의 눈이 달빛을 받아 반짝인다.

"내 아내는요." 그가 말한다. "아주 멋진 달밤에 내 꿈을 털어 놓은 아름다운 여자한테 내 재킷을 줬다는 걸 알게 되면 별로 안 좋아할 거예요."

내 얼굴에 서서히 미소가 퍼진다. 곤돌라 사공이 선착장에 노를 대고 미는 동안 조반니의 눈이 나에게 고정돼 있다. 나는 가만히 서서 내 영웅—**유부남** 영웅—이 어둠 속으로 사라지는 것을 지켜본다.

26장

✴

에밀리아

넷째 날
베니스

나는 옆에 공책을 두고 침대에 누워 천장을 올려다보면서, 조반니와 다리아 언니와 아직 돌아오지 않은 내 사촌을 생각한다. 희미하게 밝아오는 빛이 방을 진회색에서 연보라색으로 물들이는 꼭두새벽에 드디어 문이 삐걱 소리를 내며 열린다.

"어이, 루스." 나는 팔꿈치를 침대에 대고 상체를 든다.

"쉿." 루스는 파자마로 갈아입지도 않고 이불 밑으로 기어들어가서 눈을 감는다.

루스는 밤새 어디에 있었을까? 괜찮은가? 호텔에 어떻게 왔을까?

나는 새벽 여명이 비친 루스의 창백한 얼굴을 살핀다. 술을 너무 많이 마셔서 볼이 부었고 머리카락은 엉망으로 엉켜 있다. 하지만 입을 살짝 벌리고 잠들어 있는 루스의 모습에서 낮에는 숨기는 부드러운 면이, 연약하고 상처받기 쉬운 면이 보인다.

루시는 일 캄포에서 만난 남자와 밤을 보냈을까? 나는 그 남자의 친구 해리가 바 밖에서 나를 더듬던 것을 생각하며 몸서리친다. 독신은 그렇게 사는 것일까? 처음 본 낯선 사람과 단 한 톨의 애정도 없이 성관계를 맺는 것이 당연하게 여겨지는 것일까? 미래에 대한 약속도 없이, 사랑을 빙자하지도 않고?

"엠?" 잠에 취한 목소리가 침묵을 깬다.

"응, 루스?"

"포피가 정말로 저주를 풀 수 있을 가능성이, 가능성이 조금이라도 있을까?"

나는 루스를 내려다본다. 동틀 녘의 불그스름한 빛을 받은 루스의 얼굴이 희망으로 빛난다.

"나는― 나는 모르겠어. 포피가 할 수 있을지 정말 모르겠어."

루시가 고개를 끄덕이고 잠이 든다.

나는 루시의 얼굴에서 머리카락 한 가닥을 쓸어낸다. 데이트 랜드라는 이 위험천만한 지뢰밭의 전사. 나와 달리 이 용감한 여자는 전쟁터에 몇 번이고 다시 뛰어든다. 눈물이 고이면서 눈이 따끔거린다. 가여운, 가여운 루시. 그리고 겁쟁이 나.

정말로 저주가 있다면, 나는 그 저주를 풀기 위해서 **무엇이든**, 무엇이든, 하겠다고 지금 이 순간 맹세한다.

❋

한 시간 후, 나는 잠들기를 포기한다. 나무 바닥을 발끝으로 살금살금 걸어가서 유리문을 조용히 연다. 태양이 하늘을 분홍빛과 보랏빛으로 물들인다. 나는 발코니로 나간다. 이제 운하는 콘크리트 선착장에 살며시 부딪치는 물소리를 제외하면 조용하다.

"부온조르노."

나는 깜짝 놀란다. 포피 이모가 로브 차림에 맨발로 등받이가 젖혀지는 긴 의자에 앉아 커피를 마시고 있다. 빙그레 웃으면서 두 팔을 활짝 벌리고 품에 안기라는 손짓을 한다.

"안녕하세요." 나는 허리를 굽혀 그녀를 껴안는다. "일찍 일어나셨네요."

"나는 일출을 놓치지 않는 사람이란다." 포피가 같이 앉자는 뜻으로 긴 의자를 두드리자 나는 옆에 편안하게 자리를 잡는다. "어제 저녁은 어땠는지 말해보렴." 포피가 나에게 양팔을 두른다. "루시아나랑 즐거운 시간을 보냈어?"

나는 분홍색으로 물든 수평선을 물끄러미 바라본다. "거의 대참사였는데, 그나마 나은 몇몇 순간마저 불쾌했고 창피했어요. 아, 이왕이면 공포도 추가해야겠네요."

"네가 다른 사람인 척할 때는 늘 곤란하기 마련이지." 포피가 말한다.

"무슨 말씀이에요?"

"어젯밤에 너는 루시로 가장했잖아."

나는 포피에게 고개를 돌린다. "하지만 저를 부추기셨잖아요."

포피가 내 눈 밑에서 마스카라 얼룩을 닦아낸다. "때로는 우리에게 맞는 하나의 가면을 찾기 전에 여러 가면을 써봐야 해. 있잖니, 네가 어떤 사람이 아닌지를 결정하고 나서야 비로소 네가 어

251

떤 사람인지 알 수 있단다." 포피의 눈이 반짝반짝 빛난다. "이제 계속해보렴. 오늘 저녁에 이어서 하면 되겠구나."

나는 끙 소리를 낸다. "술집이 너무 북적여서 루시를 찾지 못했어요. 길을 잃었고요. 호텔에 돌아오는 길을 모르겠더라고요. 모든 길과 모든 다리와 모든 광장이 다 똑같아 보였어요." 어젯밤의 공포가 되살아나고 호흡이 빨라진다. 나는 똑바로 앉는다. "주변이 깜깜했고 저는……." 나는 포피의 입술에 서린 장난기 가득한 웃음을 무시하려고 노력한다. "저는 누군가 도와주기를 바라고 있었어요. 그런데 사람들이 저를 지나갔어요. 그들이 그냥 가던 길을 계속 가서……." 나는 올라가는 포피의 입꼬리를 보고 얼굴을 찌푸린다. "왜 웃으세요? 제가 살해당했을 수도 있었는데."

포피가 어깨를 쓱 올린다. "그래, 이제 다시는 밤에 술을 마시고 나서 혼자 길거리를 돌아다니지 않겠구나. 끔찍한 사고로 끝날 수도 있었지. 하지만 다행히 너는 기지를 발휘했어. 너는 모험을 한 영리하고 유능한 여자란다."

"모험이라니요? 너무 무서웠어요."

"너는 소중한 교훈을 얻었어. 마침내 네가 남의 시선이나 기준에 신경 쓰지 않고 네 본연의 모습으로 살겠다고 결정할 때 유용하게 사용할 교훈을." 포피가 아주 현명하고 중요한 조언을 하려는 것처럼 내 양손을 붙잡는다.

"길을 잃고 다른 데로 빠지는 것에 인생의 묘미가 있단다. 책에 빠지고. 절로 눈물이 흐르도록 감미로운 교향곡에 빠지고." 포피가 싱긋 웃는다. "별이 총총한 밤에 아름다운 수상 도시에서 길을 잃고. 마법 같지 않니? 발견되는 것이 실망스러울 정도지.”

나는 베니스에서 홀로 떨어져 있었고 당연히 겁에 질려 허둥 댔다. 하지만 포피 이모 말도 맞지 않나? 나는 멋진 여자 친구들 이랑 춤을 췄다. 호색한에게 용감히 맞섰다. 안전하게 호텔로 돌 아왔다. 조반니가 유부남이었다는 사실을 제외하면, 곤돌라에서 그의 옆에 앉아 있기도 했고 진짜 마법 같은 밤이었다. 이제 나에 게는 추억이, 들려줄 이야기가, 언젠가 소설 속에서 재창조할지 도 모를 장면이 생겼다.

물결치는 라구나 베네타를 가만히 바라보는 내 가슴에 자긍 심이 차오른다. 나는 잠시 내가 정말로 유능하다고 믿기로 한다. 내가 벤슨허스트에 돌아가면 가족과 친구들로 둘러싸인 안전한 작은 동네에서 가끔 길을 잃을 기회를 찾을지도 모르겠다. 이제 나는 길을 잃는 것에 인생의 묘미가 있음을 알기 때문이다.

“다음에 제가 길을 잃기로 결심하면 취하지 않은 멀쩡한 정신 으로 할래요. 안경도 끼고요!”

“네가 영리하다고 내가 방금 말했잖니?” 포피의 웃음소리가 잦아든다. “네 사촌 말이다.” 포피가 말한다. “루시아나는 다른 종류의 길을 잃었단다. 그 아이가 자기 자신을 찾도록 우리가 도 와야 해. 우리가 돕지 않으면, 그 아이는 완전히 사라져버릴지도 모른단다.”

목요일 아침, 로티코(L'ottico, 안경점)는 분주하다. 나는 거울 앞에 앉아 있고 슈퍼모델 같은 그 안경사가 새 안경을 내 얼굴에 씌운다. 그녀가 몸을 뒤쪽으로 빼고 미소를 짓는다.

"벨리시마!"

우리를 쳐다보고 있는 가죽 코트 차림의 남자가 언뜻 보인다. "관심에 익숙해질 거예요." 그녀가 소곤거린다.

유행에 맞는 새 안경을 쓴 나를 포함한 우리 일행은 베네치아 산타 루치아 역에서 10시에 기차를 탄다. 나는 앞장선 포피를 따라 통로를 걷는다. 오늘 아침에 포피의 낯빛이 거의 유령 같아 화려한 옷차림과 대조된다. 포피는 통 넓은 노란색 바지와 작은 바나나들이 찍힌 흰색 블라우스를 입고 있다. 블라우스 깃 사이로 짙은 자줏빛 애스콧타이를 매고 있다. 이런 포피의 모습에도 불구하고 사람들이 **나를** 바라본다. 어쩌다가 내가 이렇게 튀는 안경을 끼게 됐을까? 나는 아무도 나에게 신경 쓰지 않는 편안하고 오래된 내 철제 안경테를 다시 끼고 싶다. 내 자리에 앉아서 낡아빠진 안경집을 찾으려고 핸드백을 뒤적인다. 루시의 손이 내 손을 꽉 붙잡는다. "꿈도 꾸지 마."

나는 안경집을 핸드백에 떨어뜨린다. 솔직히 말하면 안경알이 크니까 시야가 아주 넓어졌다.

기차가 정확히 10시 25분에 천천히 역을 빠져나간다. 포피 이모는 루시와 내 맞은편에 앉아 창문에 코를 박고 아무에게나 손을 흔들며 작별 인사를 한다.

곧 베니스의 섬들이 우리 뒤로 그림자처럼 드리워진다. 나는 끝없는 운하와 금빛으로 물든 저녁노을이 있고 작은 돌이 깔린 길들과 고대의 다리들이 미로처럼 얽혀 있는 마법 같은 수상 도시에 조용히 작별을 고한다.

전화기에 충전기를 연결하는데 작동이 되지 않는 것 같다. 내 옆자리에 있는 루시를 돌아본다. 하루 지난 빵처럼 영 생기가 없어 보이는 루시가 이마를 마사지하고 있다. "어젯밤 어땠어?" 나는 오늘 아침에 적어도 세 번째로 묻는다.

루시가 기지개를 켜고 나서 얼굴에 서서히 미소가 번진다. "언니도 그 남자 봤잖아. 섹시했어, 그렇지?"

"응." 나는 그 남자 모습을 떠올리려고 노력한다. "그리고 진짜로 너한테 빠졌더라, 루스."

루스의 미소가 사라진다. "물론 이제 떠나고 있으니 다시는 그를 보지 못할 거야."

"연락하고 지내면 되지. 이메일 주소는 받았어?"

루시가 눈알을 굴린다. "으이그, 엠. 픽도 그 남자가 펜팔하고 싶어 하겠네."

포피가 루시에게 고개를 돌린다. "누군가를 진짜로 알게 될 가능성을 상상해보렴."

루시가 립글로스 튜브를 꺼낸다. "그게 무슨 뜻이에요?" 루시가 나에게 튜브를 내민다. 나는 잠시 망설이다가 손끝에 조금 짜낸다.

"친밀함은 몸은 물론이고 마음까지 연결되는 거란다." 포피가 말한다. "이 둘 중에 하나에만 만족한다면 그 결과는 의미 없는 섹스이거나 정신적인 우정에 그치겠지. 그 이상도 이하도 아니란다."

루시가 씩씩거린다. "와, 고마워요, 필 박사님."

루시는 그 조언이 마음에 안 들지 모르지만, 나에게는 와 닿는 말이다. 내가 더 노력한다면 매트와 내가 우정 이상을 나눌 수 있을까?

"그냥 우리를 도우려고 하시는 거잖아." 포피 이모의 관심이 창밖으로 다시 돌아가자, 나는 루시에게 소곤거린다. "정말 나도 이해가 안 돼. 네가 그런 남자들하고 사라지는 건 너를 위험에 빠뜨리는 일이야. 그러니까 내 말은, 그래, 너는 섹스를 좋아해. 그건 알겠어. 하지만—."

"왜 내가 섹스를 좋아한다고 생각해?"

루시가 나를 똑바로 쳐다본다. 루시의 눈에 담긴 고통 때문에 나는 아무 말도 하지 못한다. 지난 3일 동안 밤에 두 번 무단 외출을 한 내 사촌이, 자기에게 관심을 보이는 남자라면 누구에게나 무모하게 몸을 내주는 내 사촌이 섹스를 즐기지 않는다니.

우리는 심장이 우리에게 하는 말을 무시한다. 그러면 누군가에게 사랑받을 수 있을 것 같아서.

기차가 황금빛 들판, 초록빛 언덕, 가끔씩 보이는 석조 농가, 양 떼 방목지를 미끄러지듯 지나간다. 곧 나는 구상 중인 소설에 푹 빠져 이 예스러운 배경에서 은밀한 주말을 보내는 등장인물들을 상상한다. 내가 그 장면을 머릿속으로 대강 그리고 있는 동안, 루시는 내 머리카락을 만지작거린다. 루시가 내 머리카락을 몇 가닥으로 나누며 어떤 종류의 땋은 머리가 내 타원형 얼굴에 가장 잘 어울릴지 중얼거리는 소리를 들으면서 나는 미소를 짓는다. 나는 루시를 방해하지 않으려고 조심하면서 공책을 편다. 등을 루시에게 돌린 채 글에 몰두한다.

10분 후, 나는 펜을 내려놓는다. 머리를 살짝 건드려보니 한쪽으로 폭포 땋기를 해서 내려온 것이 느껴진다. 고개를 돌리니 루시가 내 어깨 위로 목을 쭉 빼고…… 내가 쓴 소설을 읽고 있다! 나는 공책을 얼른 덮는다.

"뭐야!" 루시가 말한다. "아직 다 안 읽었단 말이야."

"얼마나 오랫동안 기웃거린 거야?"

"언니가 책을 쓰고 있다는 것을 알게 될 만큼." 루시가 공책을 잡아챈다.

"그거 이리 줘."

루시가 공책을 머리 위로 들고 큰 소리로 읽는다. "그가 그녀의 부드러운 볼을 쓰다듬는다. 그의 손길에 그녀의 등에 전율이 흐른다."

"그만해!"

"그녀는 욕구가 가득한 눈으로 그를 돌아본다."

마침내 나는 루시의 손에서 공책을 확 잡아당긴다.

"아, 기다리기 싫은데!" 루시가 말한다. "다음은 어떻게 돼?"

나는 공책을 가방에 넣고 머리를 흔든다. 창피해서 목이 멘다. "좀 그만해, 루시. 놀리지 마."

루시가 어깨를 으쓱한다. "놀리는 거 아니었는데. 그러니까 내 말은, 애초에 글을 쓰는 목적은 사람들이 읽게 하려는 거 아니야? 그나저나, 그 땋은 머리 끝내준다. 어이, 폽스, 이 새 머리 모양 좀 봐요!"

포피의 창백한 얼굴에 약간 화색이 돈다. "역시 내 아가야! 잘했구나, 루시아나. 리코는 내가 땋은 머리를 하면 아주 좋아했단

257

다."

루시는 땋은 머리가 내 어깨 위로 풍성하게 흘러내리도록 앞으로 돌린다. "리코를 다시 보셨어요? 저기, 아버지가 사실상 불알을 잘라버리겠다고 협박했는데도요?"

포피가 고개를 젓는다. "아버지가 리코를 쫓아낸 4월의 그날, 내 인생에서 가장 긴 밤이었단다. 나는 꿈을 꾸지 않았어. 잠을 자지도 않았어. 더 이상 숨을 쉴 수 없었어. 대신에 기도를 했단다." 포피가 잠시 말을 멈춘다.

"다음 날 아침이 되니 머리가 맑아지더구나. 나 자신에게 약속했어. 다시는 남이 나 대신 결정하게 두지 않겠다고." 포피가 기차 유리창으로 고개를 돌린다. "내가 그 약속을 지켰다면 좋으련만."

27장

＊

포피

1960년
이탈리아, 플로렌스에서 아말피 해안까지

나는 시뇨리아 광장에서 승객들 중에 제일 먼저 버스에서 내렸단다. 리코의 집까지 줄곧 뛰어갔어. 어서 빨리 그를 만나서 새 소식을 알리고 싶어 안달이 났거든. 나는 그를 선택했어. 가쁜 숨을 몰아쉬며 그의 방문을 조용히 열고 들어갔지.

"리코?" 나는 속삭였어. 눈이 어두컴컴한 방에 익숙해지기까지 시간이 조금 걸렸다. 나는 눈을 한 번 깜빡였어. 두 번 깜빡였지. 방이 텅 비어 있었어. 면도기, 머리빗, 바이올린 케이스. 전부 없어졌어. 가슴이 철렁 내려앉았다. 내가 사랑한 유일한 남자가 사라졌다니.

내 뒤에서 문이 삐걱 소리를 내며 열렸어. 나는 리코이기를 바라며 몸을 홱 돌렸어. 그러나 양동이와 대걸레를 든 여자가 방으로 불쑥 들어왔다. 나는 서둘러 그녀에게 다가갔지.

"나는 포피예요. 리코의―에리히의― 친구요. 그 사람이 어디 있는지 아세요?"

여자가 작업복 주머니에 손을 넣어 봉투를 꺼냈어. 봉투 앞면에 '포피'라고 적혀 있었어. 나는 봉투를 죽 찢어서 열었다.

미오 우니코 아모레,

당신이 이 편지를 읽을 때쯤이면, 나는 나폴리행 기차를 타고 있을 거예요. 심장에서 피가 흐르는 상처 받은 남자가요. 나는 앞으로 나아가야 하고 당신도 마찬가지예요. 살레르노만에 접한 산비탈 절벽에 자리 잡은 아말피라는 곳이 있어요. 거기에 가는 사람들이 많다고 들었어요. 피렌체보다도 많다고 해요. 즐거움을 찾는 부유한 관광객들이 가득하대요. 나는 아말피에서 새 삶을 시작할 거예요. 햇살과 자유를 누리며 살 수 있는 아름다운 해안에서 나 혼자서요. 자유, 바로 이게 내가 이 나라에 온 이유이죠. 하지만 이제 나는 당신을 알게 됐기에, 삶에서 가장 중요한 걸 항상 그리워할 거예요. 사랑 말이에요.

부디 당신 아버님의 뜻을 따라요. 그리고 내가 이해하고 존중한다는 걸 알아줘요. 피는 물보다 진하다고 하듯이, 그 누구도 피와 물 중에서 하나를 선택해야 할 필요는 없어요. 슬픔에 젖어 과거를 돌아보지 말고, 두 사람이 음악을 들으며 함께한 그 달콤한 시간을 오직 애정 어린 마음으로 떠올려요.

당신이 미국에 가는 길에 좋은 일만 있기를 바랄게요. 당신의 삶은 번창하고 안락할 거예요. 그래서 나는 감사해요. 앞으로 남은 내 생애 동안 당신을 안전하고 행복하게 해달라고 매일 밤 기도할게요. 나는 누군가 내 기도를 들을 것이라고 믿어요. 내가 확신하는 한 가지는 내가 숨을 거두는 순간까지 당신을 계속 사랑하리라는 거예요. 나는 이 확신을 소중히 여기면서도 한편으로는 두려워요. 나는 세상에서 가장 운이 좋은 불운아예요. 당신을 수백만 번 사랑하고 또 사랑할게요, 나의 아름다운 파파베로.

리코

나는 망설이지 않았다. 단 한 순간도. 리코의 집에서 황급히 뛰어나와 기차역으로 갔다. 두 시간 후에 피렌체를 떠났어. 기차가 도착하자 버스로 갈아탔다. 마침내 버스가 아말피라는 해안 도시에 도착했을 때는 해 질 무렵이었다. 나는 처음 마주친 사람에게 가장 큰 광장의 방향을 물었어.

그곳에 리코가 있었다. 그는 아말피에 새로 온 사람이었지만 이미 두오모 광장에서 몇 명의 사람들에게 둘러싸여 있었어. 그들은 독일 바이올리니스트를 부르며 환호했다. 그는 우리가 가장 좋아하는 노래를 연습해 왔어. 국제적으로 인기를 얻은 도리스 데이의 〈케 세라 세라〉라는 곡이었지. 그는 사람들 앞에서는 처음으로 그 곡을 연주하고 있었어. 나는 그가 연주하는 동안 가사를 속삭였다. "케 세라 세라. 무엇이든 되겠지. 미래는 우리가 알 수 없단다."

바이올린 활이 끊길기면서도 부드럽게 현을 오르락내리락했다. 나는 양손을 맞잡고 섰어. 행복해서 날아갈 것 같았어. 그리고 그때 그가 나를 봤단다. 활이 그의 옆으로 뚝 떨어졌다. 그가 나에게 달려왔어.

"미오 우니코 아모레!"

그가 양팔로 나를 들어 올렸다. 눈물이 앞을 가려 보이지 않았어. 사람들이 환호성을 질렀고, 바로 그때 그 자리에서 나는 알았어. 내가 집에 왔다는 것을.

우리는 빵집 위층의 방을 하나 빌렸단다. 아말피에서 3킬로미터 떨어진 절벽 위 라벨로라는 작은 마을이었어. 나는 아래층의 작은 빵집에 취직했지. 리코는 매일 오후와 저녁에 바이올린을 연주했고. 그가 말한 대로 아말피 해안에는 사람들이 많았고 더 부유했단다. 그래 봤자 우리에게는 돈이 별로 없었어. 하지만 우리는 왕족보다 부자라고 느꼈어. 우리 집은 작은 방이었다. 매일 저녁 우리는 옥상에서 와인을 마시면서 티레니아해 너머로 지는 해를 바라봤지.

여름이 가고 가을이 왔어. 10월이 되자 밤에 추워졌단다. 난방 기기가 없어서 아침마다 우리가 이불 밑에서 옹송그리고 있으면 하얀 입김이 나왔지. 얼마 지나지 않아 나는 스물한 살이 될 터였어. 리코는 날마다 생일 선물로 무엇을 갖고 싶은지 물었단다. 아무래도 그때 리코는 내가 외로울까 봐서, 가족을 보고 싶어 하고 그를 따라오기로 한 결정을 후회할까 봐서 두려웠던 것 같아. 매번 내 대답은 같았어. "당신이요."

그해 10월 22일은 눈부시게 아름다운 토요일이었단다. 빵집 주인이 나에게 하루 휴가를 줬다. 리코와 나는 하루 종일 함께 있었어. 여기저기 상점들을 돌아다니다가 카페에 들러 카푸치노를 마시고 나중에는 와인을 마셨어. 해가 질 때 나는 광장에 앉아 그가 연주하는 모습을 지켜보면서 아름답고 재능 있는 음악가를 보내준 신에게 감사했지. 내 생애 최고의 생일이었어.

나는 8시 30분에 저녁 식사를 준비하려고 집으로 돌아왔다. 한 시간 후, 리코가 밝은 보라색 리본이 묶인 뭔지 모를 상자를 들고 당당하게 계단을 올라왔어. 그는 나를 번쩍 들고 모든 정열을 쏟아부어 입을 맞췄어.

나는 그 순간을 늘 기억하겠다고 맹세했다. 스토브에서 튀기고 있는 마늘의 향기, 내 허리를 감싼 강한 팔의 편안함, 그의 푸른 눈동자에 뿌려진 황금빛 조각들.

마침내 그는 나를 내려놓고 서둘러 내 옆을 지나가서 스토브를 껐어. 그러고 나서 나에게 상자를 건넸지. "당신 선물이에요." 그의 눈이 장난스럽게 빛났단다.

나는 리본을 풀었어. 상자 안에는 내가 이제까지 본 것 중에 가장 예쁜 드레스가 들어 있었단다. 얇게 비치는 흰색 리넨 드레스는 우리 형편으로 살 수 없는 옷이었지.

그는 머리 뒤로 손깍지를 끼고 침대에 누워서 옷을 갈아입는 나를 보며 싱글싱글 웃었단다. 천이 아주 부드럽고 고왔어. 꼭 공주가 된 기분이었어. 믿을 수가 없었지. 나는 평생 로사 언니한테 물려받은 낡은 옷이나 가끔 엄마와 내가 직접 바느질해서 만든 옷만 입었거든.

"아주 마음에 들어요." 내가 말했어. "하지만 너무 비싼 옷이에요."

"당신보다 중요한 건 없어요, 나의 아름다운 포피." 그는 침대에서 펄쩍 뛰어내려 내 손을 잡았어. "나랑 가요."

"어디 가는데요?" 리코가 나를 끌어당겨 계단을 내려가 문밖으로 나가는 내내 나는 소리 내어 웃었어.

쌀쌀한 저녁 공기가 상쾌했고 리코는 드러난 내 어깨에 팔을 둘렀단다. 하늘에 구름이 지나가면서 달의 일부분이 드러났다 가려졌다 하며 거리에 그림자를 드리웠어. 온 도시가 잠들 준비를 하는 동안 그는 라벨로 대성당 계단으로 나를 이끌었어.

"성당에 가기에는 조금 이른데요." 나는 농담을 했다. 리코가 입맞춤으로 나를 침묵시켰어. 마침내 우리 입술이 떨어졌을 때 그가 한쪽 무릎을 구부려 바닥에 꿇었다.

"파올리나 마리아 폰타나, 나와 결혼해줄래요?"

28장

✳

에밀리아

넷째 날
피렌체 - 플로렌스

기차가 피렌체 산타 마리아 노벨라 역에서 서서히 멈춘다. 포피가 마치 자신이 어디에 있는지 잊어버린 것처럼 자세를 바로하고 주변을 두리번거린다.

"그래서 어떻게 됐어요?" 루시가 포피의 팔을 잡고 묻는다. "그 사람이랑 결혼하셨어요? 그리고 저주가 풀렸어요?"

"리코는 이탈리아 시민이 아니었단다." 포피가 말한다. "그리고 나는 출생증명서가 없었어. 아버지 집에 다 두고 나왔거든."

루시가 신음 소리를 낸다. "그러니까 그게 무슨 뜻이에요? 저주가 풀렸어요, 안 풀렸어요?"

포피가 회한이 서린 표정을 짓는다. "그 이야기는 다음에 계속하마."

루시가 자기 앞 접이식 테이블에 머리를 박고 이마를 가볍게 쿵쿵 찧는다.

역은 떼를 지어 다니는 관광객으로 꽉 차 있고, 시선을 돌리는 곳마다 철도 노동자의 적정한 임금 보장을 주장하고 곧 있을 쇼페로*를 알리는 포스터가 벽에 붙어 있는데 무슨 뜻인지는 모르겠다. 포피는 미리 연락해둔 운전기사를 찾느라 플랫폼을 두리번거린다. 트레스피아노까지 우리를 데려다줄 사람이다. 일순 포피의 얼굴이 환해지고 손을 흔든다.

"가브리엘!" 포피가 외치고는 스웨이드 단화를 신은 다리를 뻣뻣하게 움직여 플랫폼을 걸어간다. 오늘 포피는 뛰지 않고 빠르게 걷지도 않는다. 나는 청바지와 흰색 셔츠 차림의 키 큰 이탈리아 남자가 포피를 공중에 들어 올리는 모습을 지켜본다. 포피가 남자의 양 볼에 뽀뽀한다. 나도 모르게 웃음이 나온다. 포피는 도대체 무슨 수로 집에서 6,400킬로미터 넘게 떨어진 이 나라에서 그렇게 많은 친구를 모았을까?

"이리 오렴." 포피가 손을 흔들어 루시와 나를 부른다. "이쪽은 우리 운전기사 가브리엘이야. 앞으로 사흘 동안 우리를 전담해줄 거란다."

루시는 늘 하듯이 숙이기와 넘기기를 한다. 먼저 자기 옷에 가린 몸매를 가브리엘이 볼 수 있도록 허리를 숙인다. 그러고 나서 한쪽 눈만 가리게 머리카락을 휙 넘긴다. 분명히 섹시한 매력을 풍기려는 의도겠지만, 루시가 그럴 때마다 나는 핸드백을 뒤져 머리핀을 찾고 싶어진다.

"안녕." 루시가 숨소리가 섞인 소리를 낸다. "나는 루시예요."

---

*   sciopero, 동맹 파업.

가브리엘은 꿋꿋하게 루시의 눈을…… 혹은 한쪽 눈을 똑바로 쳐다본다. "만나서 반가워요, 루시." 그의 낮은 목소리가 섹시한 이탈리아 억양과 완벽하게 어우러진다. 그가 나에게 고개를 돌리자, 왠지 나는 깜짝 놀란다. 그가 소리 내어 웃는다. "놀라게 하려던 건 아닙니다."

나는 고개를 젓고 한 손을 내민다. "아니에요. 그러지 않으셨어요." 하지만 마구 뛰는 심장은 다른 이야기를 한다. 그는 나를 놀라게 한다. 짙은 갈색 눈은 마음속을 꿰뚫어 보는 듯하고, 쓴웃음은 너무 유혹적이다.

"나는 가브리엘 베르나스코예요." 그의 따뜻한 손이 내 손을 잡는다. "가브라고 불러주세요."

그는 우리를 역 밖으로 이끈다. 우리 가방은 노새의 짐처럼 그의 등에 걸쳐져 있다. 루시가 그와 나란히 서서 빠른 걸음으로 가면서 재잘거린다. 포피와 나는 느릿느릿 따라가면서 그의 넓은 어깨와 제멋대로 뻗은 짙은 갈색 곱슬머리를 감탄하며 바라본다. 그리고 탄탄하고 둥근—.

포피가 팔꿈치로 내 옆구리를 찌르는 바람에 생각이 중단된다. "아주 매력적이지, 안 그래?" 포피가 윙크한다. 내 얼굴이 화끈거리고 포피가 소리 내어 웃는다. "어쩌면 네가 되살아날지도 모르겠구나. 진짜 에밀리아가 되는 법을 배우는 거지."

포피가 앞으로 사흘 동안 가브리엘이 우리를 전담해준다고

267

말했을 때, 나는 그의 역할이 운전에 한정돼 있겠거니 했다. 그런데 보아하니 그는 우리 운전기사일 뿐만 아니라 투어 가이드이자 여관 주인이다.

그는 우리 가방을 검은색 SUV에 싣고 트렁크를 닫는다. "여관으로 가기 전에 시내에서 점심을 먹으면 괜찮을 것 같아요."

포피가 손뼉을 짝 친다. "아주 멋진 생각이야!"

우리는 함께 피렌체―플로렌스―거리를 걷는다. 포피가 미술관 투어 가이드를 하다가 리코를 만난 바로 그곳이다. 아르노강에 의해 두 구역으로 나뉘는 이 아름다운 중세 도시는 베니스와 분위기가 다르다. 종교적이면서도 범세계적이고, 고풍스러운 매력을 고수하면서도 유행에 밝다. 고기 굽는 냄새와 갓 구운 빵냄새를 맡고 내 배가 꼬르륵거린다.

"아, 내가 좋아하는 트리파이오*네요." 가브리엘이 차양에 람프레도토**라고 적힌 가판대에서 멈춘다. "미국 핫도그와 비슷한 이탈리아 음식을 한번 먹어볼래요?" 그가 나에게 묻는다.

"그럼요." 루시가 대답하면서 팔꿈치로 사람들을 밀어젖히고 그의 옆으로 간다.

"속에 고기를 채운 부드러운 빵이에요."

"나는 육식주의자예요." 루시가 말한다.

"람프레도토는 소의 네 번째 위로 만든단다." 포피가 말한다. "비슷하게 생긴 람페르니***에서 따온 이름이지."

---

* 소 내장 판매상.
** 빵 사이에 소 내장을 끼운 음식.
*** 다른 물고기의 체액을 빨아먹으며 기생하는 칠성장어.

루시가 헛구역질을 한다. "이런 젠장이 이탈리아어로 뭐예요?"

가브리엘이 미소를 짓는다. "거절의 의미로 받아들일까요?"

"당연히 거절이죠." 루시가 말한다.

그가 소리 내어 웃는다. "피자는 어때요?"

우리는 플로렌스의 중심지인 활기 넘치는 시뇨리아 광장으로 들어간다. 젊은 남자들이 셀카봉과 자질구레한 장신구를 판다. 관광객들이 전화기를 들고 광장 주위를 빙빙 돌면서 복제품 다비드상과 현재 시청 청사로 사용되는 베키오 궁전의 사진을 찍는다. 나도 원을 그리며 돌면서 카메라를 천천히 옆으로 움직여 L 자 모양의 광장을 찍는다. 책으로만 읽은 역사적인 유물들과 미켈란젤로부터 미켈로초에 이르는 천재들의 걸작들에 둘러싸여, 르네상스의 요람에 있다는 것이 믿어지지 않는다.

"저기 보세요." 내가 화살표가 달린 안내판을 가리키며 말한다. "우피치 미술관이 저쪽인가 봐요. 저기에서 일하셨잖아요, 맞죠, 포피 이모?"

"그래." 포피가 대답한다. 하지만 반대 방향을 응시하고 있다. 포피의 시선을 따라가니 리코가 연주하던 장소인 넵투누스 분수가 있다. 팔각형 분수대 중앙에 대리석으로 만든 넵투누스 조각상이 우뚝 서 있고, 그 주위를 웃고 있는 사티로스들과 청동으로 된 강의 신들과 물에서 솟구친 대리서 해미들이 둘러싸고 있다. 긴 세월 동안 변화의 물결에 휩쓸리지 않은 도시로 돌아온 기분이 얼마나 묘할까. 이곳은 16세기에도 지금과 같은 모습이었고, 포피가 리코와 손을 잡고 광장을 거닐던 때도 마찬가지였다.

이 도시의 모든 조각상과 모든 분수가 포피에게 사랑하는 사람을 상기시킬 것이다.

가브리엘이 작은 카페를 가리키자 우리는 그곳으로 이동해 커다란 빨간색 파라솔 밑에 있는 테이블에 자리를 잡는다. 우리가 와인을 마시면서 신선한 모차렐라와 바질이 올라간 맛있는 피자를 걸신들린 듯이 먹어치우는 동안 그가 자신의 첫 번째 직업을 말해준다. 그는 비아 발폰다 쪽에 있는 개인 소유의 대리점에서 고급 자동차를 팔았다.

"람보르기니 디아블로만큼 섹시한 차는 없죠. 하지만 금방 그일이 지겨워지더군요. 부유한 사람들에게 사치품을 팔면서 큰돈을 벌고 있었지만 그 일은 내 영혼을 타락시키고 있었어요."

나는 고개를 끄덕이면서 그의 솔직함을 높이 평가하고, 그의 도덕성에, 그리고 솔직히 말해서 그의 근육질 팔뚝에 감탄한다. 나는 내 직업에 대해 생각한다. 내가 페이스트리를 팔아서 부자가 될 가능성은 없고 분명히 내 단골손님들은 부유하지 않다. 그런데 오늘은 왜 루케시 베이커리 앤드 델리카트슨에 있는 작은 주방이 내 영혼을 타락시키고 있는 것 같은 느낌이 들까?

"그 대리점에 유명인이 온 적 있어요?" 루시가 완전히 핵심에서 벗어난 질문을 한다.

가브가 어린아이를 어르는 양 온화하게 웃는다. "몇 명 왔어요. 한번은 스팅이 와서 페라리를 팔기도 했죠." 그는 다시 나에게 시선을 돌린다. "여관을 우연히 발견했을 때 내 천직을 찾았어요. 물론 당시에는 여관이 아니었어요. 2년 동안 비어 있던 다 허물어져가는 농가였죠. 그런데도 잠재력이 보였어요."

내 눈을 꿰뚫어 보는 그의 눈이 반짝거리고, 마치 그가 나에게 비밀 메시지를 보내 내 잠재력이 보인다고 말하는 것처럼 느껴진다. 아무래도 그에게 경고해야겠다. 나는 어젯밤에 내 잠재력을 찾으려다가 결국 어떤 남자 앞에서 토하고 말았다.

"나는 애정을 가지고 잘 보살피면 그 무너져가는 오래된 집이 보석이 될 수 있다는 걸 알았어요."

그가 미소를 짓고, 포피의 말이 다시 내 머리에 떠오른다. 그렇게 늙어 죽을 필요는 없단다.

나는 생전 처음으로 내가 어떤 사람이 될 수 있을지 알고 싶다는 마음이 간절함을 깨닫는다.

✳

우리는 오후 네 시에 SUV로 돌아온다. 가브가 뒷문을 열자 포피가 앞으로 나선다.

"아니에요, 포피 이모." 내가 말한다. "앞에 앉으세요."

"말도 안 돼." 포피가 뒷자리에 올라탄다. "여기 경치야 전에 다 봤단다."

가브가 포피의 안전벨트를 매주고 나서 조수석 문을 연다.

"엽총!"* 루시가 얼른 외친다.

미국 관광객들인 우리가 진짜 엽총을 가지고 있다고 여기는 듯 가브리엘의 눈이 휘둥그레진다.

---

* 1880년대 서부 개척 시대에 무기를 든 동료가 마부 옆자리에 앉아 도둑과 약탈자를 물리친 데서 유래해, 조수석을 엽총이라고 부름.

"그냥 비유적인 표현이에요." 루시가 말한다. "이건 내가 조수석에 앉겠다는—."

"에밀리아?" 가브가 루시의 말에 끼어든다. 그가 팔을 부드럽게 움직여 문을 가리킨다.

"나요? 앞에 타라고요?"

"그렇게 해줘요."

나는 루시의 시선을 피한 채 조수석에 올라탄다. 분명히 루시는 짜증이 나겠지만, 이 상황에서 내가 어쩌겠는가? 나는 안전벨트를 매고 나서 뒷자리를 돌아보고는 미안한 마음을 담은 미소를 짓는다. 루시가 눈알을 굴린다.

곧 도시가 고요해진다. 차들이 서행을 하고 혼잡한 도로가 시골길로 바뀐다. 가브는 U 자 모양으로 급격히 구부러진 커브 길을 만날 때마다 속도를 낮춘다.

"이 도로는 아프로디테보다 더 굴곡이 심하다고나 할까요."

나는 싱긋 웃는다. "나는 비욘세를 생각하고 있었어요."

그가 소리 내어 웃자 나는 우쭐해진다.

나는 당장이라도 너른 들판을 가로질러 뛰고 싶은 생각이 드는 전원의 풍경을 보며 감탄을 금치 못한다. 우리는 언덕과 계단식 포도밭, 건초 더미가 드문드문 놓인 밭, 그리고 이따금 소나 양이 풀을 뜯는 목초지를 지나간다. 작은 석조 농가들의 굴뚝에서 연기가 피어오르고, 나는 기다란 나무 식탁에 둘러앉아 점심을 먹고 있는 가상의 가족을 만들어낸다.

우리는 사이클을 탄 네 사람과 마주친다. 나는 창문을 내리고 손을 흔든 다음에 밀짚과 라벤더의 신선한 향기를 깊이 들이마신다. 가브가 씩 웃고 나서 운전석 창문도 내린다.

"이곳의 냄새가, 내 얼굴을 스치는 산들바람의 느낌이 정말 좋아요."

나는 느긋하게 토끼풀을 뜯어 먹고 있는 한 무리의 말을 발견한다. 포피에게 말하려고 뒷자리를 돌아보니 포피의 눈이 감겨져 있다. 가발이 약간 삐뚤어진 채 고개를 떨어뜨리고 있는 포피가 너무 약해 보인다.

"당신은―?" 가브리엘의 목소리에 깜짝 놀란 내가 다시 펄쩍 뛴다. 그는 소리 없이 웃고는 나에게 손을 뻗는다. "제발, 에밀리아, 나는 위험하지 않아요."

나는 소리 내어 웃는다. "알아요! 미안해요. 뭘 물어보려고 했어요?"

"시골 출신인지 궁금해서요."

"아니요." 나는 활짝 웃는다. "하지만 오늘은 맞아요."

"들판이 온통 붉은 파파베리로 뒤덮이는 봄에 꼭 다시 와요. 이슬이 맺힌 이른 아침에 보면 장관이에요. 그리고 이 들판." 그가 왼쪽을 가리킨다. "여름이 되면 방글방글 웃는 해바라기가 꽉 들어차요. 해를 향해 치켜든 해바라기의 행복한 얼굴을 보면 우울할 수가 없죠."

나는 이 남자다운 사람의 시적 표현에 감탄하며 미소를 짓는다.

우리는 잠시 말없이 경사진 도로를 오르내리고 산비탈을 돌아간다. "저 산 이름이 뭐예요?" 내가 지평선을 가리키며 묻는다.

가브가 눈가에 잔주름을 지으며 웃는다. "우리는 언덕이라고 부릅니다."

나는 끙 소리를 내고 고개를 젓는다. "그래요. 언덕이군요. 나는 브루클린 출신이에요. 나한테는 모든 언덕이 산처럼 보여요."

그가 고개를 끄덕인다. "이해합니다. 평범한 광경에서 장관을 발견하는 사람이 있죠. 당신도 그런 사람인 것 같다는 느낌이 드네요."

나는 그 말을 곰곰이 생각하면서, 내가 그런 사람이라면 그게 좋은 점인지 나쁜 점인지 궁금해한다.

그는 한 손을 뻗어 내 팔을 토닥거린다. "아주 훌륭한 특성이에요." 그가 나를 대신해 대답한다.

곧 자동차가 흙길로 된 긴 진입로로 방향을 튼다. 털이 텁수룩한 검은 개가 중간쯤에서 우리를 맞이하고는, 차와 나란히 뛰면서 컹컹 짖고 꼬리를 흔든다.

"차오, 막시." 가브가 창밖으로 크게 외친다.

자동차가 모양이 제각각인 돌과 드문드문 테라 코타 벽돌을 쌓아 지은 멋진 이층집 앞에 멈춘다.

"다 왔습니다." 가브가 말한다.

"아름다워요." 나는 말하고 나서 의자에 앉은 채로 몸을 비틀어 뒤를 본다. 입을 벌리고 잠들어 있는 포피가 아이 같고 연약해 보인다. 루시가 살며시 포피의 뺨을 건드린다.

"포피, 도착했어요."

포피가 움직이지 않자 일순 불안감이 나를 덮친다. 나는 포피의 가슴이 가볍게 오르락내리락하는 것을 보고 안도한다. "낮잠 좀 주무시게 하자."

루시가 고개를 끄덕이고, 우리는 함께 포피를 가만히 바라본다. 우리 둘 다 같은 생각을 하고 있을 것이다. 이 여행은 포피에게 너무 벅차다. 활기찬 우리 포피가 점점 시들고 있다.

우리는 창문을 열어둔 채 조용히 차에서 내린다.

테라 코타 기와가 주변에 대조되는 색감을 더하고, 여기저기 놓인 토분에는 밝은색 꽃이 흐드러지게 피어 있다. 우리는 향기로운 붉은 장미가 울타리를 이루는 자갈길을 이리저리 걷는다. 목제 문에 걸린 문패에 페인트로 '카사 폰타나'라고 적혀 있다. 나는 문패를 가리킨다.

"폰타나? 우리 가족의 성이잖아요."

가브가 고개를 끄덕이며 문을 연다. "씨. 이곳은 포피의 어린 시절 집이에요."

나는 갑자기 움직임을 멈춘다. "정말요?"

"내가 8년 전에 포피에게 이 집을 사서 완전히 개조했어요."

"잠깐만요…… 포피가 여기 주인이었다고요?"

"포피가 거의 40년 전에 이곳을 사들였어요. 주인이 집세를 또 올렸는데 포피의 아버지는 더 이상 감당할 형편이 아니었거든요."

화가 불쑥 솟구친다. "포피가 아버지를 위해 이곳을 샀다고요?"

"맞아요. 포피가 큰 위험을 무릅쓰고 은행에서 집값을 융자받았어요. 포피가 아니었다면, 그분과 폰티니 부인은 친척들에게 얹혀살아야 했을 겁니다. 포피는 그들이 죽을 때까지 자기들 집에서 살게 해줬어요."

나는 눈을 깜박거린다. "그럼 포피가 아버지와 화해했군요."

275

가브가 고개를 끄덕인다. "포피는 폰타나 부인이 죽기 전 몇 달 동안 돈을 주고 입주 간병인을 들이기까지 했어요."

로사 할머니와 돌피 삼촌은, 집 없이 살 뻔했던 부모님을 포피가 구해줬다는 사실을 알까? 이번에 나는 더 깊은 생각에 잠겨 비탈진 들판을 물끄러미 바라본다. 땅을 일구는 알베르토와 브루노에게 물을 떠다 주는 젊은 시절의 로사를 상상한다. 나는 울타리를 타고 올라가는 붉은 장미 덤불을 유심히 본다. 내 증조할머니인 폰타나 부인이 수십 년 전에 그 꽃을 가꾸었을지도 모른다. 그러나 이 집은 불쾌한 기억도 숨기고 있다. 용서할 수 없는 기억을. 이곳은 포피의 아버지가 리코를 만나지 못하게 한 그 집이다. 왜 포피는 지금 여기로 돌아오기로 한 것일까?

그 운명적인 일요일에 리코가 그랬듯이, 우리는 주방으로 들어간다. 원래부터 깔려 있었을 석조 바닥이 반질반질 윤이 나도록 닦여 있다. 쾌활한 느낌의 노란색과 빨간색 타일이 벽에 붙어 있지만, 아랫부분에 두 단의 오븐이 달린 가스스토브와 서브제로 냉장고와 세련된 새 조명 기구 덕에 주방이 현대적이고 고급스러운 분위기를 풍긴다. 그런데도 오래된 스토브 앞에 서서 큰 실수를 하고 있다고 포피와 리코에게 경고하는 증조할머니의 모습이 눈앞에 그려지는 것을 어쩔 수 없다. 생각만 해도 몸서리친다.

"이쪽이에요." 가브가 말한다.

우리는 아치 통로를 지나 거실로 간다. 거칠게 켠 기둥들이 받치고 있는 높은 천장이 넓은 거실에 시골 특유의 소박한 느낌을 준다. 석조 벽난로가 구석에 자리 잡고 있다. 현대적인 유화들이 한쪽 벽에 걸려 있고, 다른 쪽 벽에는 바닥부터 천장까지 이어지는 책장이 있다. 가브의 오래된 가죽 가구와 겹쳐서 깔린 양탄자가 아마도 1950년대에는 없었을 아늑한 느낌을 준다. 내 눈길이 벽난로 근처에 있는 의자에 가 닿고, 리코가 이 집에 찾아온 그 일요일에 그 의자에서 일어나는 포피의 아버지가 상상된다.

나는 발소리를 듣고 몸을 돌리다가, 아주 천천히 움직여 거실로 들어오는 포피를 보고 숨이 턱 막힌다. 포피는 두 달 전에 예고 없이 내 전화기 화면에 불쑥 나타났던 활기찬 여성을 희화화해서 그린 듯한 모양새다. 어깨가 축 처져 있고 눈 밑이 거무스름하게 그늘져 있다.

"스페타콜라레(Spettacolare, 장관이야)!" 포피가 거실을 쭉 둘러보고는 아름다운 골동품들과 어우러진 현대적인 예술 작품들을 감상한다. "오래된 집이 아주 멋져졌어. 메라빌리오소(meraviglioso, 놀랄 정도로), 가브리엘." 포피가 가발을 가볍게 두드린다. "지금은 할 말이 잘 생각 안 나네."

포피가 소리 내어 웃지만, 나는 미소조차 지을 수 없다. 한때 배신을 당한 집에 서서 어떻게 저리도 쾌활할 수 있을까? 마찬가지로 자신을 배신하고 있는 몸을 간신히 붙들고 있는 마당에.

포피는 어린 시절 침실인 다락방으로 이어지는 계단을 올라가겠다고 고집을 피운다. 루시와 내가 앞으로 세 밤을 지내게 될 방이다. 가브가 문을 열자 삐걱 소리가 나고, 우리 넷은 처마 밑 작은 공간으로 어찌어찌해서 끼어 들어간다. 옛날에는 없었을 아주 작은 욕실이 왼쪽에 딸려 있다. 윤이 나는 나무 바닥에는 오랜 세월의 흔적이 남아 있지만 다채로운 양탄자가 방 분위기를 밝게 한다. 한 쌍으로 된 일인용 침대들 사이에 있는 낡은 여닫이 창으로 꼭 필요한 햇빛과 공기가 들어온다. 나는 바로 이 유리창으로 하늘을 올려다보면서 별님에게 소원을 빌고 서로 비밀을 털어놓는 어린 포피와 로사의 모습을 상상한다.

포피는 다락방을 자세히 살펴보지만 아무 말도 하지 않는다. 마침내 포피는 몸을 돌려 계단을 내려간다. 우리는 가방을 툭 떨어뜨리고 급히 따라간다.

가브가 포피의 손을 잡고 1층 복도를 지나, 그가 '포피 스위트룸'이라고 부르는 밝은 오렌지색 침실로 이끈다. 침대 옆 탁자는 싱싱한 들꽃으로 장식돼 있다. 타일 바닥에는 사이잘 러그가 덮여 있고, 흰색의 두툼한 새털 이불 위쪽에 알록달록한 베개들이 쌓여 있다. 다채로운 이모에게 완벽한 방이다.

포피가 양손으로 가브의 얼굴을 잡고 양쪽 볼에 살짝 뽀뽀한다. "그라치에." 포피가 말하고 나서 침대에 몸을 눕힌다. 그리고 고단한 한숨을 내쉰다.

"저녁 식사는 8시예요." 가브가 말한다. "뭐 필요하신 거 있을까요? 차 한 잔 가져올까요?"

포피가 루시, 가브리엘, 나를 차례로 바라본다. "나한테 필요한 건 다 있다네."

나는 복도를 걷는 루시와 가브의 목소리가 들리지 않을 때까지 기다린다. "포피 이모." 나는 신발을 벗는 포피를 도우며 입을 연다. "이해가 안 돼요. 이모 아버지를 위해서 이 집을 사셨다면서요? 이모 삶을 망친 바로 그 사람을 위해서요?"

포피가 가발을 벗고 침대 옆 탁자에서 물병을 집는다. "그런 게 가족이잖니. 서로 돌봐야지." 포피가 핸드백을 가리킨다. "내 약 좀 주련. 옆 주머니에 있단다."

나는 오렌지색 약통을 핸드백에서 빼다가 경고문을 언뜻 본다. '이 약을 복용하는 동안 운전을 하거나 기계를 작동하지 마시오.'

나는 몸서리를 치고 나서 약통을 흔들어 빨간색 캡슐을 하나 내 손바닥에 올려 포피에게 건넨다.

"이모 아버지가 사과를 하시긴 했어요? 이모 어머니는요?"

"그럴 필요가 없었단다. 나는 수년 전에 두 분을 용서했으니." 나는 포피가 약을 삼키고 나서 베개에 기대게 한다. "사랑하라. 용서하라. 다시 사랑하라. 다시 용서하라. 소중한 아가, 그게 사랑의 순환이란다."

나는 포피의 우아함에 할 말을 잃는다. "그분들이 미국에 오려고 하시긴 했나요?"

"그럴 계획이었지. 그런데 알다시피 우리 아버지의 여동생, 그러니까 네 증조할아버지의 여동생이 맹장이 터져서 갑자기 죽었단다."

나는 침대 받치에서 담요를 들어 포피의 몸에 두른다. "아무리 그래도 당신들의 자식들이 미국에 있었잖아요. 왜 그분의 죽음으로 계획이 바뀌었어요?"

"아빠의 어머니─나한테는 폰타나 할머니─가 살아 계실 때였어. 원래 블랑카 고모가 그분을 돌보기로 돼 있었단다."

"그런데 블랑카가 갑자기 죽었군요." 내가 말한다. "그래서 이모의 아버지가 당신 어머니를 돌봐야 했고요."

"씨. 그렇게 미국에 가겠다는 두 분의 꿈이 무너졌단다. 두 분은 블랑카 고모가 그렇게 허무하게 가리라고는 생각도 못 했지. 블랑카 고모와 한 홀아비 농부 사이에 애정이 막 싹트기 시작한 때였지만, 아무도 그걸 중요하게 여기지 않았어. 블랑카 고모는 건강했고 아버지보다 여섯 살 어렸지. 부모님은 당연히 블랑카 고모가 당신들의 어머니를 돌보는 것 말고는 할 일이 없다고 여겼단다. 결국 블랑카 고모는 독신의 둘째 딸이었으니까."

29장

✳

에밀리아

희미해지는 햇살이 작은 방에 얼룩무늬의 그림자를 드리우고, 루시는 옆 침대에서 작게 코를 곤다. 주방에서 나는 음식 냄새가 오래된 계단을 타고 올라온다. 나는 공책을 내려놓고 충전기에 연결된 전화기를 빼서 일어난다.

아래층으로 내려가니 가브가 주방 조리대 앞에서 셔츠 소매를 걷어 올린 채 토마토를 자르고 있다. 내 상상일지도 모르지만, 나를 본 그의 얼굴이 밝아지는 것 같다.

"왔네요." 그의 도톰한 입술이 벌어지는 순간 나는 그가 고등학교 졸업반 때 '최고의 미소'로 뽑혔으리라고 자신 있게 장담한다. 그가 예쁜 빨간색 액체가 들어 있는 유리잔을 든다. "식선수마실래요?"

지금 칵테일을? 이미 점심때 와인을 마시지 않았나? "마시고 싶어요!" 내가 얼른 말한다.

"네그로니를 만들어 드려야겠네요. 100년 전 바로 여기 토스카나에서 카밀로 네그로니 백작이 개발한 칵테일이죠."

"좋아요." 나는 높고 둥근 의자에 앉아서, 갈색 머리카락이 한 가닥 흘러내려진 채 진과 캄파리를 섞고 있는 남자의 갈색으로 탄 팔뚝을 빤히 쳐다보지 않으려고 노력한다.

"낮잠 잘 잤어요?" 그가 달콤한 베르무트를 작은 컵으로 한 잔 넣으면서 묻는다.

"나는 낮잠을 잘 안 자요."

"나도 마찬가지예요. 그래서 우리 유모가 꽤 짜증을 냈죠."

"유모가 있었어요?"

시선을 아래로 향하고 오렌지를 얇게 써는 그의 이마에 갈색 머리카락이 몇 올 흘러내린다. "아버지가 성공한 보석상이었어요. 아버지와 어머니는 여행을 많이 다녔죠. 여동생과 나는 많은 유모들과 집에 있었고요. 평온하면서도 냉랭하고 방치된 어린 시절이었다고 보면 돼요." 그가 냉소를 머금는다. "두 분에게 어린 시절이 있기는 했는지 가끔 궁금했어요."

쾌활하게 말하려는 노력에도 불구하고 그의 어조에 아픔이 깔려 있다. 갑자기 나처럼 엄마 없이 자란 이 남자에게 친근감이 느껴진다.

"안타깝네요. 외로웠겠어요."

그는 칵테일 두 잔을 내 쪽 조리대로 가져와서 내 옆 스툴에 앉는다. "안타까워하지 않아도 돼요. 여기를 둘러봐요. 나는 천국에서 살고 있어요. 유산을 받지 않았다면 이 여관을 사지 못했을 거예요." 그가 잔을 들어 올린다. "살루테(Salute, 건배)."

나는 칵테일을 조금씩 홀짝이면서 머릿속으로 그에게 질문을 퍼붓는다. 결혼했어요? 아이가 있어요? 당신 입술은 무슨 맛이에요? "맛있어요." 나는 무심코 말하다가 재빨리 네그로니를 가리킨다.

"당신은 어때요, 에밀리아? 행복한 어린 시절을 보냈겠죠, 씨?"

"네." 나는 반사적으로 말한다. 하지만 오늘 나는 대답을 검토하는 시간을 잠시 갖는다. "내가 두 살 때 엄마가 돌아가셨어요. 엄마에 대해 되풀이해서 떠오르는 기억이 있어요." 나는 주방 창문으로 석양이 오렌지빛과 황금빛으로 물들이고 있는 들판을 내다본다. "엄마가 스토브 앞에서 뭔가를 젓고 있었어요. 아주 다정하게 나를 내려다보던 엄마의 눈이 기억나요. 엄마는 스푼을 내려놓고 나를 양팔로 들어 올려서 아주 꽉 안았어요. 내 심장과 맞닿아 있는 엄마의 심장이 뛰는 게 느껴질 정도로. 마치 우리가 두 사람이 아니라 한 사람인 것처럼." 나는 위를 올려다보며 고개를 흔든다. "물론 실제 기억이 아닐 거예요."

"하지만 실제예요, 에밀리아." 그는 이제 나를 향해 돌아앉아 있다. 그의 턱에 있는 작은 흉터가 보일 정도로 얼굴이 아주 가깝다. "그 느낌은 원초적이에요. 마치 우리가 본능적으로 이런 엄마의 사랑을 알고 태어나는 것처럼. 그리고 그 사랑이 존재하지 않을 때 결코 해소할 수 없는 갈증이 생겨요."

그가 눈을 내리깔고 고개를 젓는다. "미안해요. 철학적인 이야기를 하려던 건 아니었어요."

"아니에요." 나는 그의 팔에 손을 댄다. "괜찮아요. 좋아요. 내가 평생 느낀 걸 당신이 아주 아름답게 표현했어요."

그의 시선이 내 눈에 고정된 채 꼼짝도 하지 않는다. 그의 갈색 눈동자에 그늘이 지고, 나는 그의 아름다운 뺨에 짤막하게 난 수염을 손으로 쓰다듬고 싶은 충동을 억누른다.

"뭐 도와줄 것 있나요?"

나는 스툴에서 펄쩍 내려온다. 심장이 쿵쾅거린다. 검은색 진바지와 빨간 구두 차림의 루시가 주방 입구에 서 있다. 어리둥절한 실험을 맞닥뜨리고는, 자기가 목격한 이 하얀 연기를 피우며 흐르는 전류에 대해 가설이라도 세워보려는 것처럼 호기심 가득한 표정이다.

✳

재즈 발라드가 따뜻한 저녁 공기 위로 흐른다. 루시와 나는 안뜰에서 등나무 덩굴이 타고 올라간 아치형 구조물 아래에 음식을 차린다. 첫 코스인 전채를 놓는다. 절인 고기와 신선한 치즈, 아티초크 속, 레치노 올리브가 테이블을 차지한다. 키안티 병을 따고 있을 때 마침 포피가 나온다.

"멋지구나." 그런데 포피의 목소리에 피곤함의 흔적이 역력하다. 그리고 낮잠을 잔 후인데도 너무 느릿느릿 움직인다.

내 전화기가 울린다. 또 다리아 언니다. 아까 전화기가 꺼져 있었을 때도 부재중 전화가 한 통 왔었다.

루시가 유리잔을 앞으로 내민다. "건배해요, 가브리엘." 루시가 자신의 가장 유혹적인 목소리로 말한다.

나는 다르 언니에게 짧은 문자를 보내고 전화기 전원을 끈다.

내일 전화할게. xo

"살루테." 가브가 말한다. 그가 잔을 맞부딪칠 때 내 손이 떨린다. 그가 윙크를 한다.

"긴장할 필요 없어요, 에밀리아."

나는 그의 시선을 피하며 양손으로 유리잔을 움켜잡는다.

"소피아는 어디 있나?" 포피가 주위를 둘러보며 묻는다. "오늘 밤에 여기 있는 것 맞지? 아이들이랑?"

심장이 멎는 것 같다. 소피아? 아이들?

"씨." 가브가 말한다. "소피아는 내일 보시게 될 거예요. 오늘 밤은 우리끼리 편안하게 저녁을 먹으라네요."

얼굴이 막 화끈거린다. 그나마 어두운 저녁이라 보이지 않으니 다행이다. 나는 그와 시시덕거렸다. 어떻게 눈치를 채지 못했을까?

"말도 안 되는 소리!" 포피가 말한다. "가서 다 데리고 오게. 그 나이면 아름답게 꾸미지 않아도 된다는 말도 꼭 하고."

가브가 고개를 저으며 소리 내어 웃는다. "여전히 고집이 세네요, 포피." 가브가 자리에서 일어나 판석이 깔린 길을 지나 작은 집으로 간다.

잠시 후 그가 20대 정도 돼 보이는 여자의 어깨에 팔을 두르고 돌아온다. 파격적인 짧은 머리를 한 여자는 허리 부분이 높은 청바지와 민소매 블라우스 차림이다. 곱슬머리 사내아이 둘이 그녀의 손을 놓고, 그중 형으로 보이는 아이가 포피에게 쪼르르 뛰어온다.

포피가 아이를 품에 안는다.

"프랑코! 많이 컸구나."

"이제 네 살 반이에요." 프랑코가 말한다.

"거의 다섯 살이 된 소년은 행운의 동전을 받을 자격이 있지." 반짝이는 1페니짜리 동전이 갑자기 나타난다. 포피가 동전을 프랑코의 주머니에 쏙 집어넣는다.

"단테는 두 살밖에 안 됐어요." 프랑코가 말한다. "동전을 받으려면 더 기다려야 해요, 그렇죠, 엄마?"

"씨, 프랑코." 아이의 엄마가 대답하고는 아이의 머리를 쓰다듬는다.

포피가 양팔을 활짝 편다. "아름다운 우리 소피아!" 포피가 여자의 양 볼에 입을 맞추고 나서, 엄지손가락을 입에 넣고 엄마의 다리에 매달려 있는 더 어린 사내아이를 내려다본다.

"안녕, 친구." 포피가 아이를 들어 올리려고 하지만 바닥에서 들지 못한다. 포피는 너무 약하다. 내 가슴이 미어진다. 나는 포피의 자존심을 지켜주고 싶어서 고개를 돌린다.

"이쪽은 소피아예요." 가브가 말한다.

루시가 한 손을 내민다. "만나서 반가워요, 소피. 그러니까 소피아요."

소피아가 소리 내어 웃는다. "그 이름 마음에 들어요, 소피. 원한다면 그렇게 부르세요."

"좋아요." 루시가 소피아의 드러난 팔뚝을 유심히 들여다본다. 장미 화관이 여성을 상징하는 기호인 우 모양으로 그려져 있다. "문신 멋지네요."

"그라치에." 소피아가 그 상징을 가볍게 만진다. "여성이 강하고 유능하다는 걸 상기시키죠. 미국 여성들은 자연스럽게 받아들이는 사실이겠지만."

"우리라고 다 그렇지는 않아요, 유감스럽게도." 나는 루시의 사유에 놀란다. 이어서 루시가 내 옆구리를 푹 찌른다. "내 사촌 에미예요. 소심한 미국 여자의 완벽한 예죠."

"고마워, 루스." 나는 말하면서 눈을 굴린다. 소피아의 손을 잡고 악수하는 동안에도 여전히 내 머리는 바보 같은 내 심장을 받아들이려고 애쓴다. 물론 가브리엘은 결혼을 했다. 물론 그의 부인은 커다란 갈색 눈과 예쁜 미소를 가진 타고난 미인이다. 그리고 그녀는 젊다. 친절하고. 제기랄. "만나서 반가워요. 당신의 여관이 참 아름다워요."

그녀가 미소 짓는다. "오빠 여관이에요. 어쨌든 고마워요."

"오빠요?" 미처 생각하기도 전에 그 말이 내 입에서 나온다. 소피아의 어깨 너머로 장난스럽게 반짝이는 그의 눈이 보인다.

나는 소피아에게 시선을 돌린다. "그러니까 당신이 — 당신이 가브의 동생이라고요?"

소피아가 고개를 끄덕인다.

"이제 식사할까요?" 가브가 말하고 나서 다시 나에게 윙크를 한다.

쪼그라든 가슴이 벅차오른다. 내가 왜 윙크가 소름 끼친다고 생각했을까?

가브가 돌을 둥그렇게 쌓아 올린 구덩이에 불을 피우자 밤이 황금빛으로 바뀐다. 우리 일곱 명은 전채를 먹기 위해 기다란 나무 테이블로 모인다. 루시가 프랑코와 단테 사이에 앉아 아이들의 코를 훔치는 흉내를 내면서 놀리고 있다. 루시가 아이들의 코를—사실은 주먹을 쥐고 둘째손가락과 셋째손가락으로 아이들의 코를 쥐었다가 홱 빼면서 그 두 손가락 사이에 끼운 엄지손가락을— 보여줄 때마다 아이들이 꽥 소리를 지른다.

"또 해봐요!" 프랑코가 조른다.

소피아가 프랑코의 머리를 토닥거린다. "이제 그만, 도련님. 루시가 편하게 밥을 먹게 해주렴."

가브가 접시를 걷어 간 다음에 집에서 만든 김이 모락모락 나는 리볼리타를 가지고 온다. 리볼리타는 콩과 빵과 신선한 채소를 넣고 끓인 토스카나 지방의 맛있는 수프이다. 와인을 더 따른다. 목소리들이 겹쳐진다. 하늘에 별이 뜬다. 산들바람을 타고 포도와 라벤더와 장작불의 연기 냄새가 풍긴다. 나는 달콤한 향기를 들이마시면서, 오늘 이날이…… 이 순간이…… 내 기억과 종이 위에서 여러 번 되살아나리라는 것을 직감한다.

별 하나가 하늘에서 떨어진다. "소원을 빌어!" 포피가 외친다. "무엇이든 너희들의 가슴이 바라는 걸 이루어달라고 하렴."

오늘 밤 내 사촌은 말대답을 하지 않는다. 루시는 하늘을 향해 얼굴을 쳐들고 눈을 감는다.

나는 포피와 리코를 위해 소원을 빈다. 그러고 나서 생전 처음으로 나를 위해서도 소원을 빈다.

나중에 우리가 달콤한 아이스 와인을 홀짝일 때 반짝이는 달빛 아래에서 나는 루시에게 속삭인다. "별똥별에게 무슨 소원을 빌었어?"

루시는 내 말을 듣지 못한 척한다.

30장

✳

에밀리아

다섯째 날
트레스피아노

   나는 금요일 아침에 잠에서 깨다가 셔츠를 머리에 꿰고 있는 루시를 보고 깜짝 놀란다. 내 머리핀으로 머리를 하나로 묶은 루시는 오늘 아침에 특히 예뻐 보인다. 화장기 없는 얼굴에서 빛이 난다.

   "일찍 일어났네." 내가 말한다.

   "왜 하루를 낭비해?"

   루시가 작은 욕실로 사라지자, 나는 이불 밑으로 파고들면서 루시가 화장을 마치려면 앞으로 30분은 걸리겠다고 예상한다. 2분 후에 루시가 입술에 립글로스만 바른 채 치약 냄새를 풍기며 나오자 나는 깜짝 놀란다.

   "아래층에서 봐." 문이 닫히기 직전에 루시가 빼꼼히 얼굴을 들이민다. "그리고 그 땋은 머리에 손대지 마. 풀린 머리가 얼굴에 흘러내리니까 처음보다도 더 나아 보여."

나는 오랫동안 편안하게 목욕을 한 다음에 타월을 몸에 두르고 작은 옷장에 걸린 블라우스들을 훑어본다. 내 옷은 할머니 집의 빛바랜 벽지처럼 구식이고 칙칙해 보인다. 집에 가면 새 옷을 사야겠다. 짧은 치마나 시스루 블라우스는 빼고, 보고 있으면 즐겁고 유행에 맞는 옷, 내가 되고 싶은 모습을 반영하는 옷을 살 것이다. 오늘 아침에 나는 검은색 레깅스와 엉덩이 바로 밑까지 내려오는 흰색 블라우스를 선택한다. 내 옷 중에 그나마 괜찮은 선택이다.

나는 칫솔의 물기를 빼서 컵에 꽂는다. 화장대에 놓인 루시의 화장 가방이 나를 보고 비웃는 듯하다. 나는 망설이다가 그 안으로 손을 뻗는다. 조심스럽게 콤팩트를 연다. 심호흡을 한 다음에 손잡이가 긴 브러시를 가방에서 찾는다. 브러시를 살짝 움직여서 파우더를 묻힌다. 거울 쪽으로 상체를 기울이고 볼과 코에 구리 입자를 칠한다. 즉시 피부가 건강한 구릿빛으로 보인다.

시선이 입술 아래 흉터에 맞춰진다. 커버 스틱에 손을 뻗다가 일순 멈춘다. 들쭉날쭉한 푸른 선은 더 이상 나에게 내가 못생기고 가치 없다는 말을 하지 않는다. 그 선은 내가 용감하다고 말한다. 나는 입술에 립글로스를 톡톡 두드리고 새 안경을 낀 다음에 뒤로 물러난다. "더 훈훈해." 나는 거울에 비친 내 모습을 향해 속삭인다. "너는 더 훈훈해지고 있어."

나는 서둘러 아래층으로 내려가 유리문을 열어젖힌다. 하얀 뭉게구름이 하늘에 피어나고, 나는 상쾌한 토스카나 공기를 들이마신다. 안뜰에 앉아 있는 포피가 어른들의 식탁에 앉은 여자아이처럼 보인다. 포피는 앞에 놓인 신선한 과일에는 손도 대지 않고 십자말풀이를 하고 있다.

"잘 주무셨어요?" 나는 포피의 부드러운 볼에 입을 맞추다가 뜨거운 피부에 놀란다. "오늘 몸은 좀 어떠세요?"

"좋아." 포피가 말하고는 나를 훑어본다. "아주 멋지구나!"

나는 빙그레 웃는다. 아까 마지막 순간에 블랙 탱크톱을 벗고 브라를 입은 다음에 블라우스 버튼을 위에서 5센티미터 정도까지 풀어놓았다. "정말로요? 저 괜찮아 보여요?"

"그래, 괜찮구나." 포피는 목에서 밝은 분홍색 스카프를 푼다. "허리를 숙여보렴, 아가."

"안 돼요. 이모 스카프를 제가 할 수는 없어요."

"어서. 오늘은 스카프를 하니 답답해서 그런단다."

내가 몸을 기울이자 포피가 스카프를 자연스러운 모양으로 빙 둘러준다. "이제 됐구나."

나는 포피의 이마에 손을 짚는다. 손바닥에 느껴지는 열감에 다시 깜짝 놀란다. "오늘 병원에 가야겠어요."

포피가 머리를 곧추세운다. "너 어디가 아픈 게냐?" 내가 흘겨보자 포피가 손을 내젓는다. "의사는 내가 이미 알고 있는 사실을 확인해주겠지. 그게 필요할까?" 포피가 십자말풀이를 다시 시작한다. 더 이상 말하지 말라는 뜻이다.

내가 병원에 가자고 고집을 부려야 마땅하겠지만, 포피는 절대로 허락하지 않을 것이다. 나는 포피의 어깨를 한번 꽉 쥐고 나서 걸음을 옮긴다.

판석이 깔린 길이 테라스로 이어진다. 루시와 소피아가 각각 등받이가 뒤로 젖혀지는 긴 의자에 앉아 있다. 소피아는 치렁치

렁한 긴 치마와 밑자락을 허리 부분에서 묶은 데님 블라우스를 입고 있다. 머리띠로 짧은 머리를 뒤로 넘겨 양쪽 귀에 세 개씩 단 귀걸이가 드러나 보인다. 소피아가 나를 보고 미소 짓는다.

"에밀리아! 이리 와요."

나는 루시가 있는 긴 의자에 걸터앉아 커피를 홀짝이면서 다시 시작된 두 사람의 대화를 듣는다.

"우리는—." 소피아가 나를 보고는 재빨리 이야기를 보충한다. "전남편이랑 나요. 단테가 태어나고 두 달 후에 헤어졌어요. 오빠가 여기서 같이 살자고 우리를 불렀어요. 조카들과 함께 있고 싶다고요."

"일을 하고 있나요?" 루시가 묻는다.

소피아가 고개를 젓는다. "아빠가 오빠랑 내가 어른이 돼서 아무 부족함 없이 살게 해놨어요. 어린 시절에 우리 곁을 자주 떠난 것을 보상해주려고 그랬나 보죠." 소피아가 어깨를 으쓱한다. "그 이야기는 다음에 하죠. 어쨌든 당분간은 아이들을 키우면서 자유를 즐기고 있어요. 성수기에는 가브리엘을 도와서 음식을 하고요." 소피아가 고개를 한쪽으로 조금 기울인다. "당신은요?"

루시가 룰리스에서 종업원으로 하는 일을 소피아에게 이야기한다. "그냥 일이에요." 루시가 말한다. "딱히 직업이라고 할 수는 없죠. 언젠가 직접 운영하고 싶어요. 그러니까 뭐 내 아이들에게 물려줄 수 있는 가게를요." 자기 꿈을 다른 사람에게 털어놓아 쑥스러운 듯 루시의 뺨이 분홍색으로 변하고, 나는 루시가 그 어느 때보다도 사랑스럽다고 느낀다. 루시가 별똥별을 보면서 빈 소원이 이것일까?

잔디밭 저쪽 끝에서 손님용 별채의 문이 열린다. 작은 단테가 파자마 차림으로 나타나고 뒤이어 프랑코가 나온다. 두 아이는 양쪽을 두리번거리다가 소피아를 발견한다.

"엄마!" 아이들이 외치며 엄마를 향해 달려온다.

소피아가 긴 의자에서 펄쩍 일어나 아이들을 맞으러 부드러운 잔디밭으로 나간다. 그녀가 쪼그려 앉자 아이들이 품으로 뛰어든다.

"우리 아들들!" 소피아가 두 아이에게 뽀뽀한다.

루시와 나는 정글짐이라도 되는 양 엄마의 몸 위로 올라가는 두 아이들을 지켜본다. 소피아가 옆으로 넘어지자 세 사람이 자지러지게 웃는다.

"저게." 루시가 세 사람에게서 눈을 떼지 않은 채로 나에게 속삭인다. "저게 내가 빈 소원이야."

나는 울컥해서 목이 멘다.

"참 예쁜 소원이구나, 루시아나." 고개를 돌리니 우리 뒤에서 포피 이모가 다가오며 말한다. "네가 그 소원을 이루지 못하게 하는 게 뭔지 궁금하구나."

루시의 눈이 포피의 눈과 마주치고, 나는 루시가 당장이라도 쏘아붙일 대답이 열댓 개는 넘으리라고 짐작한다. '나는 남편은 커녕 남자 친구도 못 찾았어요. 엠 덕분에, 나는 여전히 데이트의 참호 속에 있어요. 당신이 그 빌어먹을 저주를 풀었다면, 나한테도 기회가 있었겠죠!'

하지만 의외로 루시는 그 질문을 진심으로 곰곰이 생각하는 듯하다. "저는 독신의 종업원이에요. 딱히 엄마가 될 만한 사람은 아니죠."

"네가 무슨 일을 하는지는 중요하지 않단다." 포피가 말한다.
"네가 무엇을 할 것인지가 중요하지." 포피가 루시의 양쪽 어깨
를 잡고 소피아의 가족을 향해 부드럽게 돌린다. "네 꿈을 믿으
렴, 아가. 이루어질 수 있단다."

✻

나는 카프레스 샌드위치―껍질이 바싹한 빵에 신선한 모차
렐라, 즙이 많은 토마토, 바질을 올린 샌드위치―로 점심을 먹
은 후에 조심스럽게 포피에게 낮잠을 권한다. 포피는 낮잠이라
는 발상 자체가 터무니없다는 듯 불끈한다. "공원에 앉아 있을
수 있는데 왜 침대에 누워 있겠니?" 포피의 목소리는 확연히 티
가 날 정도로 쉬어 있다. "자연이 최고의 치료제야. 그렇게 생각
하지 않니?"

가브리엘이 활짝 웃는다. "좋아요, 고집쟁이." 그가 조리대에
서 자동차 열쇠를 잡아챈다. "내가 아주 좋아하는 공원에 가려고
해요. 바르디니 정원이요. 다들 아주 마음에 들 거예요." 그가 나
에게 흘낏 시선을 던진다. "당신도요, 에밀리아."

마음이 설렌다.

"좋은 계획 같아요." 루시가 내 옆으로 오며 말한다.

"아이들에게 자외선 차단제를 발라줘야겠어요." 소피아가 말
한다.

20분 후, 우리 일곱 명은 가브의 SUV에 끼어 타고 플로렌스로

향한다. 이번에는 루시가 가브리엘과 앞에 앉는다. 나는 치솟는 질투심을 꾹꾹 억누른다.

우리는 버스와 택시와 자동차가 스쿠터와 자전거와 앞다투어 달리는 부산한 도시로 들어간다. "그 공원의 조각상들이 참 아름다워요." 가브가 말한다. "그리고 온갖 종류의 새를 보게 될 겁니다. 양비둘기, 산비둘기, 개똥지빠귀."

"놀이 기구는요?" 루시가 묻는다. "대관람차는? 롤러코스터는요?"

그는 루시가 농담을 했다는 듯이 소리 내어 웃는다. "아니요, 루시. 거기는 디즈니랜드가 아니에요."

우리는 나른하게 흐르는 물에서 노를 젓는 뱃사공 한 명이 있는 아르노강을 건넌다. 도시가 조용하다. 가브는 넓은 도로에 주차한다. 공원 입구를 향해 가면서 포피가 나에게 몸을 기댄다. 따뜻한 날인데도 포피는 가장 큰 스웨터를 입고 있고 내 손을 잡은 손이 여전히 얼음처럼 차갑다. 더럭 겁이 난다. 아까는 포피의 피부가 너무 뜨거웠다.

소피아와 루시가 우리 앞에서 걸으면서 프랑코랑 단테와 속도를 맞추려 하고 있다. "얘들아, 천천히." 소피아가 외친다. 아이들은 그 말을 듣지 않는다. 프랑코가 전속력으로 달리는데 풀린 신발 끈이 뒤로 나풀댄다. 몇 초 후, 프랑코가 넘어져 인도에 얼굴을 박고 큰 소리로 운다.

"괜찮아." 소피아가 피가 나는 프랑코의 무릎을 살펴보면서 말한다. 그런데 프랑코는 괜찮지 않은가 보다. 프랑코의 울음소리가 더 커지고, 곧 단테도 울음을 터뜨린다.

"이런, 너까지 울면 안 되지, 단테." 가브가 허리를 굽힌다. "삼촌이 뭐라고 했지? 베르나스코 집안 남자들은 울지 않아."

루시가 불끈 성을 내면서 팔꿈치로 사람들을 밀어젖히고 단테에게 간다. "걱정 마." 루시가 단테 옆에 쪼그리고 앉는다. "형은 괜찮아." 루시가 소피아를 돌아본다. "먼저 가요. 내가 아이들이랑 있을게요."

소피아가 신장을 기증한다는 말이라도 들은 표정으로 루시를 본다. "그럴래요?"

"나는 조각상이나 새를 별로 안 좋아해요." 루시가 단테의 머리카락을 헝클어뜨린다. "그리고 젤라토를 먹고 싶은 생각이 굴뚝같네요. 너희들은 어때?"

단테가 꽥 소리를 지른다. 프랑코가 벌떡 일어난다. 무릎이 기적적으로 나았나 보다. "나도요?"

루시가 프랑코와 손바닥을 마주쳐 하이파이브를 한다. "당연하지!"

소피아가 팔짱을 낀다. 한참 루시와 아이들을 바라보며 그저 미소만 짓는다. 마침내 가브에게 시선을 돌린다. "여기에서 4시에 만날까?"

"안에 안 들어간다고? 너 바르디니를 아주 좋아하잖아."

내 사촌이 손을 내저으며 쫓아내는 시늉을 한다. "어서 가요. 즐거운 시간 보내요. 내가 알아서 할게요."

소피아가 고개를 젓는다. "오늘은 젤라토에 더 끌리네요."

나는 내 사촌과 그녀의 새 친구 소피아가 아이들을 데리고 아랫길로 멀어지는 모습을 신기하게 지켜본다. 루시가 가브리엘과 보내는 시간을 포기한다고?

"당신 사촌이 참 상냥하네요." 가브의 시선이 행복한 네 사람에게 머물러 있다.

귀엽다, 그렇다. 확실히 재미있고. 하지만 상냥하다는 말은 보통 내가 루시아나 폰타나를 표현할 때 쓴 형용사가 아니다. 미처 억누르기 전에 심술맞은 생각이 스친다. '내 사촌이 아이들 삼촌의 환심을 사려고 아이들을 제 편으로 끌어들이는 중일지도 모르잖아?'

✳

가브와 나는 포피의 팔을 잡고 작은 돌들이 깔린 길로 이끈다. 젊은 부부들이 손을 잡고 거닐고 있고 그 옆으로는 아이들이 완벽하게 손질된 잔디 위에서 뛰어놀고 있다. 나는 보체 공놀이를 하고 있는 노신사들을 보며 미소를 짓는다. 포피가 내 팔을 움켜잡고 이따금 쌕쌕거리는 소리를 낸다.

"잠깐 쉴까요?" 가브리엘이 포피에게 묻는다.

"왜? 피곤한가?"

그의 시선이 내 시선과 만나고 우리는 함께 웃는다.

우리는 꽃과 분수와 훌륭한 조각상들로 장식되고 푸르게 우거진 녹색 정원에 도착한다.

"벨베데레 테라스예요." 가브리엘이 말한다. "내가 특히 좋아하는 곳이죠."

아주 오래된 떡갈나무와 사이프러스나무 사이로 들어온 햇살이 얼룩얼룩한 그림자를 드리운다. 머리 위에서 개똥지빠귀, 울새, 비둘기가 지저귄다. 포피가 양손을 꽉 쥔다.

"대자연의 이 위풍당당함이라니!" 포피가 얼굴을 들고 숨을 깊이 들이마신다. "이곳이 얼마나 그리웠는지 몰라."

"숨은 명소죠, 씨?" 우리는 포피가 정말로 사랑하는 도시가 내려다보이는 콘크리트 벤치에 그녀를 앉힌다. 저 멀리 아래에서 아르노강이 세차게 소용돌이친다. 붉은 점토 기와가 풍경 곳곳을 수놓고 있다. 나는 두오모라고도 부르는 피렌체 대성당의 거대한 둥근 지붕과 그 옆에 있는 유명한 조토의 종탑을 찾아낸다. 우리는 포피를 사이에 두고 앉고, 가브가 정원의 역사를 이야기하기 시작한다. "여기는 원래 사유지였어요. 이 정원들은 2005년이 돼서야 대중에게 개방됐죠."

그가 말을 마치기 전에 포피의 머리가 밑으로 툭 떨어진다. 그가 나를 슬쩍 본다. "아무래도 더 흥미 있게 이야기하는 법을 배워야겠네요."

나는 미소를 지으며 이보다 더 흥미 있게 이야기하기란 불가능할 것이라고 확신한다. "침대에 누워 계셔야 하는데." 내가 소곤거린다.

"한순간도 놓치지 않으려고 하시잖아요. 우리 모두 프랑스 사람들이 말하는 주아 드 비브르(joie de vivre)를 포피에게 배워야 해요. 삶의 환희를."

우리는 함께 도시를 내려다보며 감탄한다. 자동차 소리와 여러 소음이 사라지고, 멀리서 지저귀는 새소리만 들린다. 나는 자리에서 일어나 눈 위로 손을 올려 오후의 햇살을 가리고 숨 막히게 아름다운 피렌체의 도시 경관을 넋을 잃고 본다. 가브가 옆으로 와서 내 등에 손을 댄다. 온몸에 전율이 흐른다.

"정말 황홀한 곳이에요." 내가 말한다.

"당신이 좋아하길 바랐어요. 나는 이곳의 정원들이 아주 낭만적이라고 생각해요. 다른 인기 있는 공원들보다 훨씬 조용하고요." 그의 시선이 내 시선과 맞부딪친다. "하지만 나만 그런지도 모르죠. 나는 절제된 것을 더 선호하거든요."

얼굴이 화끈거리고 적절한 대답이 떠오르지 않는다. 그가 잔디밭을 서성거리다가 부드러운 잔디 위로 앉는다. "이리 와요." 그가 자기 옆을 손으로 두드린다. "나랑 같이 앉아요."

심장이 쿵쾅거리는 소리가 들린다. 나는 잔디에 발을 디디다가 균형을 잃고 그의 허벅지에 주저앉을 뻔한다. "미안해요." 나는 겁에 질려 말한다. 황급히 몸을 바로잡는다. "나는 우아함이랑은 영 거리가 멀어요."

그가 긴 다리를 앞으로 뻗고 나서 팔꿈치를 바닥에 대고 상체를 젖힌다. 눈이 장난스럽게 반짝인다. "에밀리아, 당신은 평온해요."

"평온해요? 차분하다는 말인가요?"

"거의 비슷해요, 씨. 그런가 하면 루시 같은 사람도 있죠." 그가 빙그레 웃는다. "내 느낌에 그녀는 아주…… 불안정해요."

나는 풀 한 포기를 잡아 뜯고는 도시를 가만히 내려다본다. "그 아이 잘못이 아니에요. 그 아이는 둘째 딸이거든요, 나처럼." 나는 의도치 않게 폰타나 가문 둘째 딸의 저주를 누설한다.

"보다시피, 터무니없는 가족 미신 때문에 그 아이가 돌아버리려고 해요. 그 아이가 원하는 건 남편과 가정뿐인데, 그 소망이 이루어지지 않을까 봐서 무서워해요."

"당신은요?" 그가 묻는다. "당신이 저주에 걸렸다고 믿어요?"

"저주에 걸려요?" 내가 잘난 척하는 웃음을 흘린다. "내가 그렇게 순진해 보여요?"

그는 웃지 않는다. 그의 갈색 눈이 진실을 찾아 내 눈을 뚫어지게 쳐다본다. 숨이 턱 막힌다. 평소라면 이쯤에서 '아니요, 당연히 믿지 않아요. 한 번도 믿은 적 없어요.'라고 말한다. 그러나 이 순간 나는 무릎을 끌어안고 먼 곳을 응시한다.

"처음에는 믿지 않았어요. 오래가지는 않았지만요."

"그리고 나서는?" 그의 부드러운 목소리가 자백을 유도하는 약처럼 정직한 답을 이끌어낸다.

"그러다가 대학교 때 만나던 남자랑 무슨 일이 있었어요. 내 평생 첫 진짜 남자 친구였죠."

그가 다 안다는 듯 미소를 보낸다. "첫 번째 실연의 아픔이었군요. 그 정도면 누구나 저주에 걸린 기분이 들죠."

"우리 둘 다 겨울 방학을 맞아 집에 내려가 있었어요. 리암이 새해 전야를 같이 보내자고 나를 델라웨어로 초대했어요. 리암의 제일 친한 친구가 큰 파티를 열기로 돼 있었어요. 할머니는 가지 못하게 했지만, 나는 할머니가 가게에 있는 동안 몰래 빠져나갔어요. 뉴캐슬은 벤슨허스트에서 차로 두 시간 정도 걸렸어요. 제95호선 고속도로를 타고 쭉 가면 됐죠. 다리아 언니가 차를 빌려줬어요. 언니가 리타라고 부르는 멋진 빨간색 지프였죠."

나는 잠시 멈춘 후 말을 이어간다. "리암의 부모님과 여동생을 만나게 돼서 아주 신나면서도 긴장했어요. 그런데 진짜로 좋은 분들이었어요. 어쨌든 그날 밤에 리암과 내가 파티에 가려고 나서는데 비가 우박으로 바뀌었어요. 리암의 어머니는 그 날씨에 우리가 차를 몰고 간다니 질겁하셨지만, 리암은 꼭 가겠다고 고집을 부렸어요. 우리는 내가 운전하는 걸로 결정을 봤어요. 리암의 차보다 타이어가 튼튼한 다리아 언니의 지프로요."

나는 하늘을 향해 머리를 든다. 둥글둥글 덩어리진 흰 구름이 미끄러지듯이 지나간다.

"꿈에도 몰랐어요. 둘이서 막 웃으면서 리아나 노래를 따라 부르고 있었는데, 바로 다음 순간 차가 빙글 돌더니 방향을 확 틀었어요. 핸들을 제대로 돌릴 수가 없었어요. 차가 다른 차로로 미끄러졌어요. 그다음에는 암흑이 찾아왔어요."

이제 심장이 마구 쿵쾅댄다. 가브리엘의 손이 내 손을 덮는다.

"내가 깨어났을 때 응급 구조사들이 리암을 구급차에 싣고 있었어요. 리암의 이름을 부르려고 했는데 한심하게도 입에서 꺽꺽 소리만 작게 나왔어요. 나는 내 다리를 살피고 있는 의료 요원을 돌아봤어요. 그 사람이 내 생각을 읽은 듯이 고개를 저었어요. 그가 '기도하세요'라고 말했어요."

가브의 손이 내 얼굴을 쓰다듬는다. "아, 카라 미아. 정말 유감이에요."

나는 숨을 깊이 들이마시고 내뱉는다. 오랫동안 잊으려고 노력한 장면들이 이제 와서 불쑥 되살아난다. 지프 계기판에 튄 핏자국. 들것 밑으로 힘없이 달랑거리는 리암의 손.

"리암은 심각한 장기 손상을 입었어요. 그의 가족이 병원에 도착했어요. 그사이 그의 어머니가 10년은 늙어버린 것 같았어요. 리암이 수술받는 동안 나는 다리아 언니에게 전화했어요. 우느라고 말을 제대로 하지도 못했어요. 마침내 언니가 무슨 일이 일어났는지 파악하고 울부짖었어요. 나는 절대로 잊지 못할 거예요. 언니의 목소리가 꼭 들짐승 소리 같았어요. '그놈의 빌어먹을 저주!'" 나는 잠시 입을 다문다.

"언니가 성인군자 같은 사람은 아니지만 욕하는 소리를 들은 건 그때뿐이었어요. 처음에는 미처 알아차리지 못했어요. 그러다가 퍼뜩 깨달았어요. 가장 믿음직한 응원군인 다리아 언니가, 저주 같은 건 없다고 항상 장담하던 유일한 사람이 사실은 저주를 믿고 있었다는 사실을요."

나는 눈을 감는다. 내 저주받은 상태의 인과 관계가 자리 잡은 11년 전 그때처럼 갑자기 오싹한 느낌이 든다. "다리아 언니가 그 말을 할 때까지만 해도, 리암이 거의 죽을 뻔한 게 내 저주와 관계있다는 생각은 전혀 떠오르지 않았어요. 그와 내 사이가 너무 가까워지니까 저주가 우리 관계를 끝내려고 작정한 거예요. 수백 년 동안 그래온 것처럼."

가브의 양팔이 나를 감싼다. "카리시마(Carissima), 분명 그 사고는 당신 책임이 아니에요."

"그 후로 4일 동안 리암의 상태가 갈수록 악화됐어요. 자극에 반응이 없었어요. 장기들이 기능을 멈추고 있었어요. 5일째 되는 날에 나는 병원 예배당에 갔어요. 무릎을 꿇고 리암을 살려달라고 하느님에게 간청했어요. 리암의 목숨을 구해준다면 그와 헤어지겠다고 맹세했어요. 다시는 그를 보지 않겠다고 약속했어요.”

“하지만 에밀리아, 그건 말도 안 돼요.”

“다음 날, 리암이 눈을 떴어요. 주말에는 우리 손을 쥐었다가 놓는 식으로 질문에 답도 했어요. 10일 후에는 호흡기 없이 스스로 숨을 쉬었어요.” 나는 계속 말한다.

“그가 어느 정도 회복되자마자, 나는 최대한 조심스럽게 그와 헤어졌어요.”

가브리엘이 절레절레 고개를 흔든다. “당신은 그 청년을 사랑했는데도.”

나는 떡갈나무 주위를 빙글빙글 도는 울새 한 마리를 바라본다. “그래서 그 관계를 지속할 수 없었어요. 너무 위험했어요. 그는 좋은 사람이었어요. 그런 사람을 내가 죽일 뻔했어요.”

“하지만 당신은 그의 마음을 아프게 했어요.”

“그는 모든 상황을 점잖게 받아들였어요. 어쨌든 우리 관계는 머지않아 흐지부지됐을 거예요. 브루노 삼촌이 병에 걸리는 바람에 나는 브루클린 칼리지로 학교를 옮겨야 했어요. 그래야 가게 일을 도울 수 있었으니까요.”

“그리고 물론, 당신 친구는 살아났죠?”

나는 고개를 끄덕인다. “완전히 회복했어요. 우리는 한동안 통화를 하고 문자도 주고받았어요. 하지만 나는 약속을 지켰어요. 다시는 그를 보지 않았죠.”

가브가 양손으로 내 머리를 감싸고 부드럽게 내 머리카락을 쓸어내린다. “그저 코인치덴차(coincidenza, 우연의 일치)예요. 그 사고와 그의 회복, 이런 것들은 터무니없는 저주와 아무 상관이 없

303

어요."

나는 시선을 아래로 떨어뜨리지만, 가브리엘이 손가락으로 내 턱을 들어 올린다. "이 말을 믿는다고 말해줘요."

나는 그의 눈을 들여다본다. "그 말을 믿어요." 내가 말한다.

그리고 나는 그동안 내가 저주를 믿지 않는 척하는 솜씨가 얼마나 좋아졌는지 깨닫는다.

31장

✳

에밀리아

여섯째 날
트레스피아노

토요일 아침, 우리는 오래된 나무 테이블에 둘러앉아 하드 롤과 치즈, 신선한 프로슈토와 멜론으로 차려진 아침을 배부르게 먹는다. 가브리엘이 손뼉을 친다. "오늘 우리는 전원 지대를 관광할 겁니다. 다 같이 갈 거죠?"

"그럼요." 내가 말한다.

"나는 애들을 돌봐야 해요." 소피아가 말하고는 루시를 돌아본다. "하지만 루시는 가서 즐거운 시간을 보내요."

"나는 당신이랑 애들이랑 집에 있을래요." 루시가 말한다.

루시가 가브와 나가지 않기로 했다고? 다시? 분명히 루시에게 무슨 꿍꿍이가 있다.

"당신은요, 포피?" 가브리엘이 묻는다.

포피가 기침을 하고 고개를 젓는다. "오늘은 여기서 할 일이 많다네. 라벨로에 갈 준비를 해야지."

두려워서 몸이 떨린다. 절대 거절하는 법이 없는 여성이 오늘은 변명하며 사양한다. 포피가 아프다. 심각하게 아프다. 나는 병원에 가야 한다고 고집을 부려야 마땅하지만, 무슨 소용이 있을까? 이모는 불치병에 걸렸다. 그 병을 치유할 약은 없다.

나는 허리를 굽혀 포피의 볼에 입을 맞춘다. "제가 같이 있을게요."

"절대로 그러면 안 돼!"

"그럼 오늘은 푹 쉬겠다고 약속하세요. 과일도 더 드시고요. 스웨터 입는 거 잊지 마세요."

포피가 어서 가라고 손을 흔든다. "내 걱정은 하지 말렴. 라벨로에 가기 위해서 기운을 아끼고 있단다."

나는 가브를 따라 집 앞을 돌아가면서 퍼뜩 깨닫는다. 그와 나는 단둘이 있게 될 것이다. 하루 종일.

"관광을 취소하는 게 좋겠어요." 나는 그의 책임을 면해주는 제안을 하고는 그가 받아들이지 않게 해달라고 기도한다.

"내 마음을 아프게 할 셈이에요?" 그가 내 손을 잡는다. "갑시다." 그가 나를 오래된 석조 차고로 이끈다. "우리 둘뿐이니까 베스파를 타고 가도 되겠어요. 전원 지대를 둘러보기에는 이륜차가 최고죠."

나는 얼어붙는다.

"타요." 그가 예쁜 청록색 베스파를 향해 손짓한다. "앉아요."

관자놀이가 지끈거린다. 나는 그 소형 오토바이가 우리에 갇힌 맹수라도 되는 양 살금살금 다가간다. 나는 오늘 하루를 망치지 않을 것이다. 발판에 신발을 올린다. 즉시 온몸이 뻣뻣하게 굳는다.

"마음에 안 들어요?"

"아니요. 아름다워요." 나는 오토바이에서 뒷걸음치면서 심호흡을 한다. "하지만 저는 운전을 안 해요. 이제는요."

그가 고개를 갸우뚱하고 나를 가만히 살핀다. 나는 바보 같고 겁쟁이 같다고 느끼면서 완전히 겁에 질려 시선을 외면한다. 마침내 그가 한 손을 내밀고는 반짝이는 검은색 두카티 오토바이로 나를 데리고 간다. "그럼 내 뒷자리에 타면 되겠네요." 그가 뒷자리를 툭툭 두드린다. "올라타요."

그는 미소를 지으며 내 안전모의 끈을 조여주고 나서 내 앞에 탄다. 내 허벅지가 그의 허벅지에 붙는다. 내 팔이 그의 허리를 감싼다. 그가 고개를 돌린다.

"미국에서 오토바이 뒷자리에 타본 적 있죠, 그렇죠?"

공포와 흥분의 전율이 짜릿하게 흐른다. "아니요. 한 번도 없어요."

그가 머리를 젖히고 웃음을 터뜨린다. 맙소사, 그의 콧구멍까지 섹시하다. "부오니시모(Buonissimo, 아주 좋아요)! 당신을 처음으로 태워주다니 이거 영광이네요. 내가 장담하는데 아주 신날 거예요. 이 재미에 한번 빠지면 못 헤어날 거예요."

신난다는 말은 가브와 함께한 하루를 표현하기에는 한없이 부족하다. 나는 언젠가 젊은 연인들이 등장하는 아름다운 장면을 소설에 쓸 때 이 복잡한 감정을 불러낼 수 있도록 매 순간을 기억에 새겨 넣으려고 노력한다.

그가 능수능란하게 오토바이를 몰지만, U 자형 커브 길을 만날 때마다 혹은 관광객이 탄 덜커덩거리는 대형 버스를 앞지를 때마다 불안해지는 것은 어쩔 수 없다. 그는 이따금 상체를 뒤로 젖히고 나에게 외친다. "거기 뒤에 괜찮아요?" 또는 "우리 아가씨 잘 잡고 있나요?"라고.

내 얼굴에서 미소가 가시지 않는다. 우리는 올리브 나무 과수원, 라벤더가 가득 핀 들판을 지나간다. 산들바람이 피부에 와 닿는다. 살아 있다는 느낌을, 자유롭다는 느낌을 이렇게 강렬하게 느낀 적이 없다.

우리는 점심을 먹으려고 언덕 꼭대기에 있는 포도원에 들른다. 가브가 나무 아래에 오토바이를 세우고 나를 내려준다. 집 너머에 있는 석조 건물에서 거대한 남자가 나타난다. 그가 마구 뒤엉킨 기다란 검은 머리를 휘날리면서 절뚝거리며 다가온다.

"가브리엘!" 남자가 외친다.

"주세페 나톨리!" 가브가 서둘러 맞으러 가서 그 커다란 남자를 껴안는다. "이쪽은 아름다운 내 친구 에밀리아예요. 뉴욕에서 왔어요."

주세페가 내 손을 잡고 입술을 댄다. "벤베누타 아 카사 미아(Benvenuta a casa mia), 우리 집에 오신 것을 환영합니다."

주세페가 아늑한 파티오로 우리를 데리고 간다. 이리저리 뻗어나간 포도 덩굴이 늘어선 계단식 언덕이 그곳에서 내려다보인다. 부드러운 음악이 뒤에서 흘러나온다. 석조 파티오 중앙에 테이블이 단 하나 있고, 리넨 식탁보 위에 해바라기가 꽂힌 꽃병이 놓여 있다.

두 사람을 위한 식탁이 차려져 있다. 가브가 앉으라고 의자를 빼준다.

"바라던 대로인가?" 주세페가 묻는다.

"페르페토(Perfetto, 완벽해요)." 가브가 그에게 말한다.

나는 얼어붙는다. 가브가 이 자리를…… 나를 위해 마련했다고?

그가 자기 자리로 가면서 내 어깨를 힘껏 쥐자, 온몸이 따끔거린다.

그의 말이 맞아. 나는 속으로 생각한다. 이건 완벽해.

"와인은 이곳 토스카나에서 가문의 전통이에요." 그가 점심을 먹으면서 말한다. "나톨리 가문은 네 세대에 걸쳐 이 포도원을 이어받았어요. 우리가 마시고 있는 와인은 여기에서 만든 키안티 클라시코예요."

"맛있어요." 나는 이 세련되지 못한 표현이 부끄럽다.

그가 엄지손가락으로 내 입술에 묻은 와인 방울을 닦아내고는 자신의 입속에 쏙 집어넣는다. "씨. 델리치오소."

또다시 가슴이 팔딱거린다.

우리는 점심을 먹고 나서 계속 오토바이를 타고 전원 지대를 달리다가, 가끔 멈춰 서서 근처 마을을 구경하거나 그의 친구들이 운영하는 다른 포도원에 들른다. 매번 가브는 가족처럼 환영을 받는다.

오토바이를 타고 집으로 돌아올 때 하늘이 보랏빛으로 물든다. 오늘이 끝나리라는 것을 알았으면서도, 어쩔 수 없이 기운이 확 빠진다. 결국 시골의 들판에 집들이 점점이 나타나고, 지평선에 건물들의 윤곽이 보인다. 갑자기 가브가 플로렌스 외곽에서 오토바이 속도를 낮추고 길에서 주차할 자리를 찾자 나는 영문을 몰라서 얼떨떨해진다. 그가 안전모를 벗는다.

"이렇게 즐거운데 멈출 이유가 없죠, 동의해요?"

"당연하죠!"

그가 내 손을 잡는다. 우리는 고급스러운 부티크 매장, 신발 가게, 젤라토 판매대, 식당이 줄지어 있고 자전거 도로처럼 좁은 길을 함께 걷는다. 구운 양고기와 마늘 향이 풍기고 가로등이 은은하게 빛난다. 우리는 가죽 가게에 들르고 나는 다리아 언니에게 선물할 장갑에 돈을 아낌없이 쓴다. 계산대에 선 아름다운 여자가 내가 산 물건의 가격을 금전 등록기에 입력하면서 가브에게 눈길을 준다. 자부심이 차오른다. 이게 정말 나, 에밀리아 조세피나 폰타나 안토넬리인가? 그래, 그런 것 같다.

✳

우리가 오래된 미술관 지하에 감춰진 아주 작은 식당에서 가브의 친구인 클라우디오가 만든 진수성찬으로 저녁 식사를 마치자 이미 어두워져 있다. 밖으로 나오니 저녁 공기가 제법 쌀쌀하고, 가브는 내 어깨에 팔을 두른다. 아름다운 이모와 노랑머리의 연인이 한때 그랬듯이, 우리는 시뇨리아 광장을 이리저리 거닌다. 십 대 여럿이 웃고 재잘거리면서 우리 옆을 우르르 지나쳐

간다. 어두운색 코트를 입고 플랫슈즈를 신은 완벽한 백발의 노부인들이 서로 팔을 끼고 한가로이 걷는다. 나는 평생을 함께한 친구들이 저녁마다 의식처럼 빼먹지 않고 하는 산보일 것이라고 짐작한다.

우리는 다비드상 앞에 멈춘다. 나는 적수인 거인 골리앗과 맞설 때의 모습 그대로일 발가벗은 양치기 소년을 자세히 살펴본다. 얼굴에 비장한 각오가 뚜렷이 드러나 있고, 몸이 매우 아름답다. 믿기 어려울 정도로 비범한 재능이다. 나와 같은 인간인 미켈란젤로의 재능에 경외심이 솟구쳐 돌연 가슴이 뭉클하다.

"이건 복제품이에요." 가브가 내 손을 잡으며 말한다. "이 조각상 진품은 보존을 위해 1873년에 아카데미아 갤러리로 옮겨졌어요. 보고 싶다면 내일 거기로 데려다줄게요."

나는 고개를 젓는다. "우리는 내일 아침에 떠나요."

"아. 맞아요. 그럼 그곳은 다음에 당신이 올 때 가야겠군요." 그가 내 손을 꽉 쥔다. 마음속에 거품처럼 몽글몽글 차오르는 기쁨이 너무 커져서 이러다가 몸이 공중으로 붕 뜨지는 않을까 겁날 지경이다.

우리는 걸음을 옮긴다. 젊은이들이 내가 모르는 언어로 말하면서 사람들을 밀치고 지나간다. 우리가―가브와 내가―어떤 기운이라도 발산하는 것처럼, 그들의 시선이 우리에게 머무는 것 같다.

멀리서 들려오는 목소리가 내 주의를 사로잡는다. 한 음이 들리고, 곧 다시 화음이 어우러진다. 가브도 그 소리를 듣는다. 우리는 아무 말 없이 동시에 걸음을 재촉한다. 바이올린 현을 느리게 지나가며 내는 구슬픈 소리가 더 가까이 오라고 우리를 유혹한다. 앞쪽 광장 한편에 있는 로지아 데이 란치 앞에 사람들이 모여 있다. 지붕 밑에 전면과 옆면이 뚫린 회랑 형태인 그 야외 전시관에는 조각상들과 대리석 명판들이 가득 들어차 있다. 가브가 나를 사람들 사이로 잡아당긴다. 넓은 아치 모양으로 뚫린 세 곳 중 한 곳 밑에서 티셔츠와 청바지 차림의 젊은 남자가 바이올린 현 위로 활을 미끄러뜨리고 있다.

"리코." 나도 모르게 속삭이다가 얼른 손으로 입술을 가린다.

젊은 남자 옆에는 빨간 머리의 예쁜 여자가 두 눈을 감은 채 음악에 맞춰 몸을 흔들고 있다. 마침내 그녀가 입을 열자 천사의 음성이 흘러나오며 슈베르트 곡의 모든 음을 찬란한 금빛으로 물들인다.

아베 마리아.

온몸에 소름이 끼친다. 광장 전체가 정지한 듯하다. 사람들이 황홀한 소리에 홀려 조용히 몰려든다. 여자의 목소리가 타일이 깔린 바닥에 울린다. 새 한 마리가 밤의 어둠 속으로 사라지면서 음악에 맞춰 날갯짓한다. 배경에 자리 잡고 있는, 수백 년 전 당시 거의 알려지지 않은 조각가들이 만든 동상들마저 귀를 기울이고 있는 듯하다.

"아베 마리아." 그녀가 노래한다. "그라티아 플레나."

내 눈에 눈물이 고인다. 가브가 자기 가슴으로 나를 끌어당기는데 내 자리인 양 나에게 꼭 들어맞는다. 그는 양팔로 나를 감싸고 턱을 내 머리에 올린다.

"아베, 아베, 도미누스."

가슴이 아프고 잊을 수 없는 감동적인 목소리이다. 노래가 최고조에 달한다. 내 볼을 타고 눈물이 흐른다. 그녀가 마지막 음을 부른다. 음악 소리가 서서히 희미해진다. 잠깐 동안 광장 전체에 침묵이 흐른다. 곧이어 박수갈채가 쏟아진다.

"브라바!" 나는 눈물로 흐려진 시야 속에서 외친다. "브라바!"

나는 가브를 돌아본다. 그도 환호성을 지르고 있고 얼굴이 눈물로 젖어 있다. 그가 양팔로 나를 감싸지만, 우리 둘 다 아무 말도 하지 않는다. 말이 필요 없다. 우리 현명한 이모가 언젠가 말했듯이, 마법을 경험한 때는 말이 필요 없다.

✳

자정이다. 오토바이 엔진 소리가 멎으면서 한밤중의 소음이 울린다. 멀리서 개가 울부짖고 매미가 일제히 울어댄다. 가브가 내 손을 잡고 진입로로 이끈다. 우리가 들어가자 깨어난 집이 삐걱거리는 소리를 내며 우리를 환영한다. 주방에 황색 조명이 켜져 있다. 우리는 아무 말 없이 계단으로 향한다.

내 가슴속에서 열댓 마리의 벌새가 시끄럽게 재잘거리는 것 같다. 우리는 함께 계단을 오른다. 혹시 내가 그의 방으로 가는 걸까? 우리는 계단참에 거의 다 와간다. 아니면 다락에 있는 방을 향해 계속 계단을 올라가야 하나?

우리는 계단참에 도착하고 가브가 걸음을 멈춘다. 그가 나를 돌아본다. 나는 숨을 쉴 수 없다. 어둠 속에서 그가 나에게 묻고 있는 듯하다. 그는 흘러내린 내 머리카락 한 가닥을 손가락에 돌돌 휘감는다. 심장이 쿵쾅거린다. 그의 손이 내 목 뒤로 미끄러진다. 그가 나를 끌어당기고 그의 숨이 내 볼에 스친다. 그의 입술이 내 입술을 향해 조금씩 움직인다. 고통스러울 정도로 긴 시간이 지나고 마침내 우리의 입술이 부딪친다.

머리가 빙빙 돌고 입에 달콤한 포트와인의 맛이 가득하다. 온몸에 전율이 흐른다. 나는 뒤로 물러선다.

"내가 좀 연습 부족이에요." 나는 말하고 나서 쿡쿡거린다.

"괜찮아요, 에밀리아." 그가 다시 나를 끌어당기지만, 나는 머리를 그의 가슴에 댄다.

"정말이에요. 그러니까, 한 11년은 됐어요."

"문제없어요."

"나는 딱 한 사람하고만—."

그가 손가락으로 나를 조용하게 만든다. "그 이야기는 다음에 할까요, 씨?"

✳

마침내 나는 왜 그리 다들 호들갑인지 알게 된다. 평생 나는 섹스가 과대평가됐다고 생각했다. 리암과의 짧은 성관계는 좋았다—아주 좋았다. 하지만 가브리엘과 함께하는 순간은 황홀하다. 나는 언젠가 루시도 이런 느낌을 알게 해달라고 기도한다.

나는 가브의 팔을 베고 누워 있고 그의 엄지손가락이 내 팔을 가볍게 스친다. 그는 내 정수리에 입을 맞춘다. 목이 꽉 멘다. 나는 전혀 몰랐고…… 알 기회를 스스로에게 전혀 주지 않았

314

다……. 내 옆에서 들리는 심장 박동 소리를 얼마나 깊이 그리워했는지.

"당신은 대단히 열정적인 여자예요, 에밀리아. 당신이 어떻게 11년 동안이나 사랑 없이 살아남을 수 있었는지 의아할 지경이에요. 당신 가슴에 애정이 가득 차서 넘쳐흐르고 있어요."

나는 침을 꿀꺽 삼킨다. 몇 시간 후 아침에 나는 이 아름다운 토스카나의 여관을 떠날 것이다. 포피와 루시와 나는 해가 질 무렵에 아말피 해안에 있게 될 것이다. 가브와 나는 다른 나라에서 산다. 아마도 나는 그를 다시 보지 못할 것이다. 나는 내 마음을 활짝 열었을 때 이 사실을 알았다. 그래도 벌써부터 그가 그리워진다.

"당신이 보고 싶을 거예요." 나는 그의 배에 난 털을 매만지면서 소곤거린다.

"나도 당신이 보고 싶을 거예요, 화염 같은 사람." 그는 나를 더 가까이 끌어당긴다. "저기요, 대부분의 사람들은 불꽃을 일으켜요. 불꽃만으로도 아주 좋죠. 그런데 당신은, 내 사랑, 붉은 화염이에요." 그는 침대에 한쪽 팔꿈치를 대고 상체를 일으켜 나를 내려다본다. "당신은 내 안에 불을 질렀어요, 에밀리아. 그리고 나는 당신을 절대로, 절대로 잊지 못할 겁니다."

나는 어둠 속에서 미소를 짓는다. 포피 이모는 저주를 풀겠다고 약속했다. 나는 그 약속을 의심하지 말았어야 했다.

우리는 다시 사랑을 나눈다. 이번에는 더 서서히, 더 자상하게. 나는 그의 몸을 마음껏 탐험하고 내 영혼을 완전히 뒤흔드는 그의 손길을 기꺼이 받아들인다. 마침내 절정이 찾아오자 가브리엘은 머리를 털썩 베개에 내려놓고 눈을 감는다. 그의 호흡이 점차 느려진다.

나는 기다린다. 이제 어떻게 해야 하지? 방금 나는 내 생애 최고의 섹스를 경험했고 타이멕스 손목시계보다 더 팽팽하게 태엽이 감겨 있다. 꼭 친구 집에서 모여 노는데 밤새워 파티를 하고 싶어 하는 사람이 나뿐인 것 같은 느낌이 든다.

"가브리엘." 나는 어둠 속에서 속삭인다.

"음."

"즐거웠어요?"

그의 손이 힘없이 내 팔로 내려온다. "씨. 아주 많이요."

내 얼굴에 미소가 번지고 사그라질 기미를 안 보인다. "지금 내 방으로 돌아가야 할까요?" 나는 반은 예의상, 반은 가지 말고 있으라는 애원을 듣고 싶은 마음으로 속삭인다.

"씨." 그가 말한다. "아침에 봐요, 카리시마."

"아. 그래요."

몇 초 후, 바다의 밀물과 썰물처럼 그의 벌어진 입에서 깊고 만족스럽게 숨을 들이쉬고 내쉬는 소리가 들린다. 얼마 지나지 않아 태양이 뜰 것이다. 나는 맨발로 나무 바닥 위를 조심조심 걷는다. 가브가 옳다. 결국 아이들이 있는 집이다.

내가 그의 침실 문을 열자 삐걱거리는 소리가 난다. 나는 방에서 나가기 직전에 여전히 우리의 향기가 남아 있는 어스름한 방을 슬쩍 돌아본다.

"그라치에, 가브리엘." 나는 속삭인다. 혹시 그가 자기 품으로 돌아오라고 나를 부를지도 몰라서 나는 그의 침실 문을 약간 열어놓는다.

✳

　내가 방을 가로질러가는 사이에 루시가 살짝 뒤척거린다. 나는 루시를 깨우지 않으려고 아주 천천히 내 침대 속으로 들어간다. 머리가 베개에 닿는다. 반대쪽 침대에서 루시의 손이 올라온다. 침대 옆 탁자를 더듬거리다가 자명종을 찾는다.

　"새벽 2시네. 이쯤 되면 뭐라고 변명이라도 해야 하는 거 아니야?"

　저절로 웃음이 터져 나온다. "아 루스. 오늘을 절대로 잊지 못할 거야. 가브는 믿어지지 않을 정도로 멋져."

　루시가 끙 앓는 소리를 내고는 돌아눕는다. "근데 왜 배를 부두에 대지 않았어?"

　"무슨 배를 부두에 대?"

　"시작을 했으면 끝을 냈어야지, 엠. 가브는 남자야. 남자들은 그걸 기대한다고."

　차마 나는 방금 내 생애 최고의 섹스를⋯⋯ 그것도 하룻밤에 두 번이나 경험했다고 고백하지 못한다. 아마 루스는 감탄할 것이다. 하지만 나는 말하지 않는다. 그것은 내 비밀, 그리고 가브의 비밀이다.

　"잘 자, 루스."

✳

내가 다시 깨고 보니 아직 어둡다. 침대 옆 탁자에 놓인 시계를 힐끗 보니 4시 13분이다. 지난밤을 떠올리자 온몸이 후끈 달아오른다. 나는 눈을 감고 픽 웃는다. 내가 해냈다. 내가 사랑에 빠졌다. 혹은 적어도 내가 지금까지 느낀 것 중에서 가장 사랑에 가깝다. 자부심과 흥분, 그리고 순수한 기쁨이 내 안에서 솟구친다.

가브와 나는 언제 다시 보게 될까? 크리스마스가 단 두 달 남았다. 그를 뉴욕에 초대해야겠다. 기대감에 벌써부터 마음이 설렌다. 내가 이탈리아의 제니퍼 애니스턴이 된 기분이다. 엠빌을 장식하고 내가 좋아하는 크리스마스 음식을 다 만들어야겠다. 올해는 진짜 크리스마스트리를 사야겠다. 우리가 같이 고를 것이다. 아빠가 가브를 아주 마음에 들어 할 것이다. 할머니는…… 그를 묵인할 것이다. 하지만 다리아 언니는 아주 기뻐할 것이다. 루시와 미미는 자유로워질 것이다!

나는 고개를 젓는다. 딱히 정해진 것도 없는데 나 혼자 너무 앞서가고 있다. 이쯤에서 내 상상에 제동을 걸어야 한다. 하지만 포피의 말이 옳다. 가능하다. 저주가— 사실상 내가 어리석게도 받아들여버린 저주가— 포피의 약속대로 풀리고 있다.

나는 옆으로 몸을 굴린다. 혹시 루시를 깨워도 될까? 루시에게 전부 말하고 싶다. 루시의 말이 맞다. 나는 방관했다. 나는 사랑에 공정한 기회를 주지 않았다.

나는 어둠 속에서 루시의 윤곽을 찾으려고 노력한다.

"루스?"

루시의 침대가 평평하다. 그리고 방이 이상하게 조용하다. 오늘밤 루시는 코를 골지 않는다. 한쪽 팔꿈치를 침대에 대고 상체를 세우고 있자니 눈이 은빛 달빛에 서서히 적응한다.

"루시?" 이번에는 조금 더 크게 부른다.

이불을 걷어 젖히고 안경을 집어 든다. 심장 박동이 빨라진다. 벌떡 일어나서 침대 옆 램프를 켠다.

루시의 침대가 비어 있다.

속이 울렁거린다. 안 돼. 안 돼. 루시는 절대 그러지 않을 거야. 나는 관자놀이를 문지르면서 빙빙 돈다. 욕실에 있겠지. 아니면 벌써 아래층에 있거나.

하지만 욕실 불이 꺼져 있다. 내 사촌은 새벽 4시에 일어나지 않는다.

속이 뒤틀린다. 토할 것 같다.

나는 방에서 나온다. 발끝으로 살금살금 계단을 내려간다. 내 직감이 틀리기를 이렇게 절실하게 바란 적이 없었다. 제발 열려 있어라! 나는 복도 끝에 다다른다.

가브의 침실 문이, 내가 일부러 약간 열어놓은 문이 닫혀 있다.

32장

✳

에밀리아

일곱째 날
트레스피아노

나는 옷장에서 여행 가방을 휙 끌어내 침대에 내던진다. 울지 않을 것이다. 서랍장을 열어 옷을 가방에 쓸어 담는다. 여기에서 당장 나가야 한다. 가브를 차마 못 보겠다. 어떻게 루시를 용서한단 말인가? 이 빌어먹을 여행이 아직 48시간 더 남았다. 가장 중요한 48시간이.

레깅스 밑에 깔린 단단한 뭔가가 손에 걸린다. 나는 서랍에서 공책을 들어 올린다. 이틀 동안 아무것도 쓰지 않았다. 나는 방치된 제일 친한 친구라도 되는 양 공책을 품에 안는다. 이어서 펜을 향해 손을 뻗는다.

나는 침대 위 여행 가방을 거칠게 밀치고 앉을 자리를 만든다. 침대 머리맡 나무판에 등을 기대고 빠르고 세차게 펜을 움직인다. 아주 명쾌해진 머릿속에서 글이 흘러나온다. 감히 종이에 쓸 생각도 못 한 깊은 감정이 그 어느 때보다도 솔직하게 표출된다.

320

나는 한 페이지를 꽉 채운다. 그러고 나서 다음 페이지도 채운다. 두 시간 후, 루시가 문가에 나타날 때는 내가 새로운 소설의 세 챕터를 다 쓰고 난 다음이다. 이번에는 행복한 결말로 끝을 맺는 로맨스가 아니다.

루시의 머리가 엉망진창으로 헝클어져 있다. 정확히 말하면 잠자리에서 막 일어난 요염한 모습이다. 잠옷 차림인데 면 반바지가 엉덩이까지 올라가 있고 딱 달라붙는 탱크톱이 마구 구겨져 있다.

"엠?" 루시가 한 발짝 뒤로 물러난다. 미소를 짓고 있지만 이내 죄책감이 얼굴에 스친다. "일찍 일어났네." 정오 전에는 거의 말도 하지 않던 아이가 오늘은 아침부터 발랄하다. "벌써부터 짐을 싸고 있다니." 루시가 여행 가방을 향해 손짓한다. "정말 기가 막히게 정리를 잘한다니까." 루시가 침대에 풀썩 앉아서 주위를 둘러본다. "여길 떠나기 싫어."

나는 공책을 확 덮는다. "당연히 그렇겠지!"

루시가 나를 보고 미간을 찡그리다가 어두운 표정으로 외면한다. "이런, 제기랄. 내 뒤를 쫓은 거야?"

나는 튀어나오는 말을 참으려고 이를 악문다.

루시가 고개를 숙인다. "나한테 화내지 마, 엠. 제발."

분노가 폭발한다. "그래. 뭐 내가 너에게 축복이라도 해주기를 기대하는 거야? 맙소사, 너 역겨워."

루시의 얼굴이 확 붉어진다. "아무 일도 없었어, 맹세해. 내 말을 믿어줘, 엠. 언니가 그러니까 무섭잖아. 나는 그냥, 혹시 그냥, 언니가 아무렇지도 않게 받아들여줬으면 했어."

321

"아무렇지도 않게?" 격분한 내 목소리에 나는 두려우면서도 기쁘다. "남한테 당하기만 하는 답답한 엠이 늘 그렇듯이 이번에도 가만히 있으려니 했나 보구나, 안 그래?" 나는 양팔을 활짝 벌린다. "자, 루스, 내 심장을 또 찔러봐. 어서, 다르 언니와 할머니처럼 나를 함부로 뭉개봐. 흙투성이 발로 나를 마구 짓밟으라고. 네가 아직 짓밟지 않은 몇 군데를 알려줄 테니까 한 곳도 빠뜨리지 마."

루시 버럭 성을 낸다. "무슨 말을 하는 거야?"

"빌어먹을 입 닥쳐! 답답한 엠은 이제 없어." 나는 벌떡 일어나서 루시의 침대 위로 몸을 숙이고 얼굴을 가까이 들이댄다. "당하고만 있지 않을 거야. 알아들었어? 너는 내가 마침내……." 목소리가 갈라진다. 나는 눈물을 훔친다. "……마침내 마음을 활짝 연 사람과 자고 나서 나에게 괜찮다는 말을, 다 용서한다는 말을 바라선 안 돼. 절대 안 되지! 착하게 사는 게 넌덜머리가 난다. 나도 행복해질 권리가 있어!"

손이 벌벌 떨린다. 나는 몸을 돌린다. 침대가 삐걱거리는 소리가 난다. 이이서 루시의 따뜻한 팔이 나를 감싸 안는다. 루시가 부드럽게 나를 좌우로 흔드는 동안 나는 눈물을 참으려고 볼 안쪽을 꽉 깨물고 있다.

"가브랑 있지 않았어." 루시가 속삭인다. 뒤로 물러난 루시가 나를 빙 돌려 얼굴을 마주 보게 한다. 루시의 속눈썹에 눈물이 맺혀 있고, 미소를 짓는 턱이 떨린다.

"소피랑 있었어."

✳

빵 굽는 냄새가 계단을 타고 올라와 처마 아래 우리의 작은 방으로 들어온다. 루시와 나는 크리스마스 아침을 맞은 아이들처럼 계단을 뛰어 내려간다. 나는 그를 보고 걸음을 멈춘다. 가슴에서 애정이 넘쳐흐른다. 그는 그릇에 크림을 따르면서 미소 띤 얼굴로 통화 중이다.

"바 베네(Va bene, 좋아요). 씨." 그가 고개를 들다가 나를 보고 웃는다. "차오, 아미코 미오(Ciao, amico mio, 안녕 내 친구)." 전화기를 주머니에 넣는다. "부온조르노!" 바지에 손을 닦으면서 다가와 내 볼에 입을 맞춘다. "잘 잤어요, 카리시마?"

"씨." 나는 발끝으로 서서 그에게 다시 키스하고 나서, 대담하게 속삭인다. "다음에는 당신 옆에서 깨고 싶어요."

그가 고개를 갸웃한다. "하루 더 머무나요?"

나는 웃음을 터뜨린다. "아니요. 다음에 당신을 보게 될 때 말이에요. 그게 언제일지 모르지만."

"아, 그래요. 나에게 큰 선물이 되겠군요." 그가 내 손을 꼭 쥐고 나서 멋진 커피머신을 향해 돌아선다. "카푸치노요?"

소피아가 주방에 들어오다가 나를 보고 얼굴이 환해진다. "에밀리아! 어제 다들 당신을 보고 싶어 했어요. 오빠가 즐거운 시간을 보내게 해줬어요?"

"최고였어요." 내가 말한다. "당신은요?"

"아주 재미있었어요. 루시가 프랑코에게 축구를 가르쳐줬어요. 당신도 공을 차는 두 사람을 봤어야 했는데."

나는 한 손으로 단테를 안고 프랑코를 등에 업은 채 들어오는 루시를 보고 빙그레 웃는다.

"좋은 아침." 루시가 가브에게 말하고 프랑코를 바닥에 내려놓는다.

"싫어!" 프랑코가 외친다. "말타기 놀이 하고 싶어."

"이따가." 소피아가 말하며 엄한 표정을 짓는다. "가브 삼촌이 만든 아침 식사가 기다리고 있잖아."

루시가 몸을 굽히고 프랑코의 발그레한 얼굴을 양손으로 일부러 일그러뜨린다. "아침 먹고 나서, 네가 골을 얼마나 잘 넣는지 에미한테 보여주자."

"이야!" 프랑코가 소리친다. 루시가 소리 내어 웃으며 프랑코의 코에 살짝 입을 맞춘다.

내 얼굴에서 미소가 사라지지 않는다. 내 사촌이 아주 활기차보인다.

"포피는 어디 계세요?" 내가 묻는다.

"아까 커피 드시러 내려왔어요." 가브가 말한다. "오늘 아침 식사는 거르시겠대요."

불안감이 밀려오고 이어서 죄책감에 휩싸인다. 나는 어제 포피를 거의 보지 못했다. 루시와 내가 탐험을 하고 웃음을 터뜨리고 사랑에 빠지는 동안, 포피는 홀로 시들어가고 있었다.

"가서 별일 없는지 살펴봐야겠어요."

"조금이라도 더 주무시게 해요." 가브의 눈에 걱정과 경고의 빛이 서린다.

✳

아침 식사 후, 소피아와 가브와 나는 축축한 잔디 위에 서서 루시가 뺏으려는 공을 서툴게 발로 차는 프랑코를 지켜본다. "집중해야지." 루시가 프랑코에게 말한다. "그거야."

"당신 사촌은 인내심이 아주 강한 코치예요." 아침 햇살을 손으로 가린 소피아가 말한다. "프랑코가 루시를 아주 좋아해요."

"그래 보이네요."

소피아가 나를 돌아본다. "11월에 뉴욕 날씨는 어때요?"

"잿빛이고 잔뜩 흐리고 비가 와요." 나는 고개를 갸웃한다. "왜요?"

소피아가 통이 넓고 발목 부분만 좁은 바지의 주머니에 양손을 넣으면서 어깨를 으쓱한다. "우리가 뉴욕에 갈 때 프랑코가 축구를 할 수 있을지 궁금해서요."

"뉴욕에 오나요? 다음 달에?"

소피아가 눈을 찡긋 감으며 고개를 끄덕인다. 잔뜩 설렌 얼굴에 웃음이 가득하다. "씨! 계획은 그래요."

나는 소피아를 끌어안는다. "잘됐어요." 나는 가브를 돌아본다. "들었어요? 소피아가 뉴욕에 온대요. 당신도 같이 와요! 11월에 아름다워요."

미소 띤 그의 눈이 조카들에게 고정돼 있다. "아름다워요? 방금 잿빛이라고 했잖아요."

"하지만 당신이 오면 아름다워질 거예요."

프랑코가 골을 넣자 가브가 박수를 친다. "안타깝지만 그건 불

325

가능해요. 운영해야 할 사업체가 있어요."

"여관을 닫아요." 내가 자제하지 못하고 말한다. "그때는 비수기잖아요. 뉴욕에 와요."

나는 너무 재촉하고 있고 지나치게 매달리고 있다. 내 목소리에 담긴 절박함이 싫다. 하지만 멈출 수가 없다. 섬세한 이성을 상실한 내 안의 필사적인 여자를 소피아도 봤을 것이다. 소피아가 우리끼리 이야기를 나누도록 자리를 피해준다.

"제발요, 가브리엘, 온다고 말해줘요. 11월에 안 되면 크리스마스 때라도. 내가 뉴욕을 구경시켜줄게요. 가게마다 장식을 할거고―."

그가 손가락을 들어 나를 침묵시킨다. "아, 에밀리아. 나는 당신을 만났을 때 당신이 평범한 광경에서 장관을 발견하는 사람이라는 것을 알았어요. 하지만 나는 단지 언덕이에요. 당신이 나를 산으로 착각했을까 봐서 걱정돼요."

✳

나는 작은 다락방에 서서 비명을 지르지 않으려고 손가락 관절을 꽉 깨문다. 어떻게 그 사람은 나랑 자고 내 귀에 섹시한 생각을 속삭여놓은 다음에 오늘은 내가 그저 여관 손님일 뿐이라는 듯이 행동할 수 있을까? 내가 저주를 받았기 때문에 그런 것이다.

나는 시간을 확인한다. 10분 후면 가브는 우리를 기차역에 데려다줄 것이다. 차를 타고 가는 30분을 어떻게 견딜까? 갑자기

속에서 흐느낌이 새어나온다. 무릎이 풀려 스르르 바닥에 주저 앉아 가슴을 움켜잡는다. 나는 사랑을 원했다. 그렇지 않은 척 했지만 그랬다. 나는 간절하게 사랑을 원했다.

매트와 이야기를 할 수만 있다면 얼마나 좋을까. 매트는 가브를 멍청한 똥덩어리라고 부를 것이다. 매트는 내가 사랑스럽다고 다시 느끼게 해줄 것이다. 하지만 물론 나는 매트에게 전화하면 안 된다.

나는 겨우 몸을 일으켜 똑바로 선다. 코를 풀고 눈물을 닦는다. 나는 강해져야 한다. 포피를 위해서.

나는 가방을 끌고 계단을 내려가 포피의 방에 슬쩍 머리를 들이민다. 얼굴에 미소를 지으려고 노력한다. 이제 곧 우리는 이 여행에서 가장 고대해온 일정에 나설 것이고, 나는 포피를 위해서라도 그 순간을 망치지 않을 것이다.

"안녕, 곧 생일을 맞는 아가씨. 제가 가방을 들어드릴까요?"

포피는 침대 가장자리에 앉아 티슈 상자를 움켜쥐고 있다. 루시가 오늘 아침에 포피가 목욕을 하고 옷을 갈아입는 것을 도왔다. 포피는 검은색 바지와 커다란 빨간색 스웨터 차림이다. 목에 걸린 청록색 구슬이 포피를 넘어뜨릴 정도로 무거워 보인다. 가발마저 너무 커 보인다. 가발이 머리에서 떨어지지 않게 하려는 양 청록색 스카프를 머리띠처럼 둘렀다. 내 속의 자기 연민이 순식간에 사라진다. 니는 포피 옆에 몸을 굽히고 이마 위의 스카프를 보기 좋게 가다듬는다.

"몸은 괜찮으세요? 이동해도 되겠어요?"

"물론이지." 항상 강인한 전사인 포피가 말한다. 하지만 목소리가 어제보다 더 쉬어 있고 열의가 하나도 없다. 오늘의 이동은 특히 피곤할 것이다. 세 시간 30분 동안 기차를 타고 나폴리로 가서 다시 두 시간 동안 버스를 타고 라벨로로 가야 한다.

"포피 이모, 병원에 가셔야 해요."

포피가 상자에서 티슈를 한 장 뽑아 들고 일어난다. "리코가 기다리고 있단다. 반드시 가야 해."

나는 고개를 젓고는 포피를 부축해 SUV로 간다. 기차역까지 가는 길에 가브 옆에 앉는다는 생각만으로도 두렵지만, 열쇠를 들고 있는 소피아를 보자 속았다는 기분이 든다.

"가방은 저기 둬요." 소피아가 나에게 말한다. "내가 실을게요."

"당신이…… 당신이 우리를 기차역에 데려다주나요?"

"씨." 소피아가 나에게 슬픈 미소를 보낸다. "미안해요, 에밀리아. 오빠는 만남의 인사에는 관대하고, 작별 인사에는 인색한 사람이에요."

※

나는 뒷자리 창문을 내다보며 소피아와 루시가 앞자리에서 이야기 나누는 소리를 건성으로 듣는다.

"나는 남들이 나에 대해 어떻게 생각하는지 신경 쓰지 않고 하루하루 내 삶을 살아요." 소피아가 루시에게 말한다. "당신도 그렇지 않나요?"

"아니요." 루시가 말한다. "여덟 살 때 이후로는 아니에요. 하지만 이제부터 나도 그렇게 살기 시작하려고요."

나는 내 사촌이 아주 대견하다고 직접 말해주고 싶지만 목소리가 제대로 나올지 자신이 없다. 나는 창문으로 고개를 돌린다. 트레스피아노, 그리고 가브리엘에 대한 꿈이 전원 지대의 풍경과 더불어 사라지고 있다. 따끔거리는 눈을 깜박이며 눈물을 참는다. 오늘은 나의 가슴이 미어진다. 내일은 이모의 가슴이 미어질 것이다. 어쨌든 사랑 따위가 무슨 상관이란 말인가? 루시의 말이 맞았다. 나는 절대 게임에 참여하고 싶지 않았다. 나는 독신녀로 살아가는 것이 괜찮았다. 마침내 내가 경기장에 발을 내디뎠을 때―쿵!―나는 커브 공을 맞고 정신을 잃었다. 이렇게 강하게 거부 당한 느낌은 처음이고, 너무나 수치스럽고 외롭고 공허하다. 누가 이런 고통을 원할까?

마음속으로 사랑이 없는 삶을 합리화하고 있는 사이에, 가브의 품속에 누워 얼마나 황홀했는지, 얼마나 활기가 넘쳤는지, 얼마나 강한 유대감을 느꼈는지 머리에 떠오른다. 내가 한 번도 편안하게 느낀 적 없는 내 주위의 세상이 마침내 나를 따뜻하게 맞아주는 것 같았다.

플로렌스 외곽에 도착하자 차량이 늘어나기 시작한다. 나는 바로 어젯밤에 플로렌스 외곽에서 가브의 품에 안겨 서서 그 어느 때보다 행복했다. 그 모든 것이 진짜가 아니었을까? 나는 루시를 생각한다. 예전에 나는 루시의 애정 생활에 대해 전혀 공감하지 않았다. 나는 우월감을 느꼈고, 루시가 그 남자들의 정체를―그들이 선수라는 것을―알아채야 한다고 믿었다. 그렇지만 사실 그 남자들은 가브와 다르지 않았다. 그리고 나는 루시와 다르지 않다.

때로 우리는 마음이 우리에게 하는 말을 무시한다. 그러면 누군가에게 사랑받을 수 있을 것 같아서.

나는 포피의 차가운 손가락이 내 손가락에 얽히자 포피를 돌아본다.

"언젠가 알게 될 게다, 에밀리아. 삶이 항상 동그란 원은 아님을. 그보다는 우회로와 막다른 길, 거짓된 시작과 가슴 아픈 이별이 있는 뒤얽힌 매듭일 때가 더 많단다. 길을 찾을 수 없고 지도가 있어봐야 소용없는, 부아가 치밀고 어쩔어쩔한 미로지." 포피가 내 손을 꽉 쥔다. "하지만 모퉁이 하나도, 커브 길 하나도 절대로, 절대로 빠뜨려서는 안 된단다."

포피가 부드러운 눈으로 나에게 티슈를 한 장 건넨다. 어쩐지 포피가 눈치챈 것 같다. 포피가 본인 옆 빈자리를 톡톡 두드리자 내가 그곳으로 쓱 움직인다. 위로하는 사람은 포피가 아니라 나여야 한다. 나도 안다. 그런데도 나는 위로를 거부할 수 없다. 내가 포피의 어깨에 머리를 얹으니 포피가 내 머리카락을 쓰다듬는다.

"네가 대견하구나, 에밀리아."

"대견하다고요? 제가 바보짓을 했는데요."

"말도 안 되는 소리. 너는 바보를 두고 왔단다."

나는 포피의 얼굴을 가만히 살피며 누구를 말하는지 궁금해한다. 가브리엘인지, 아니면 과거의 나인지.

"마침내 너는 사랑을 경험했잖니." 포피가 몸을 기대며 속삭인다. "설사 그 대상이 못되고 더러운 개자식이라고 하더라도."

"뭐라고요? 가브리엘이 개자식인 거 아셨어요?" 나는 소피아를 슬쩍 본다. 다행히 소피아와 루시는 이야기를 나누느라 바쁘다. "왜 저한테 경고하지 않으셨어요?" 내가 소곤거린다. "어제 그 사람이랑 나가게 두셨잖아요! 혹시 아세요, 우리가……?" 내 목소리가 점점 작아지다가 멈춘다.

"물론 알지. 네가 열정을 경험하기 딱 좋은 때였단다. 그리고 가브리엘 같은 더러운 개자식은 요령이 아주 좋지." 포피가 나에게 윙크를 한다.

나는 이마를 문지른다. 어쩌면 언젠가 이 대화를 되돌아보면서 우습다고 느낄 날이 올지도 모르겠다.

어쩌면.

✳

산타 마리아 노벨라 역은 자동차들과 택시들과 격분한 승객들이 뒤섞인 밀림 같다. 소피아가 우리를 기차까지 데려다주겠다고 고집한다. 북적거리는 역으로 들어갈 때 내 전화기가 울린다. 다리아 언니에게 온 문자이다.

어디야?

빌어먹을. 언니는 화났고, 나는 언니를 탓하지 않는다. 내가 언니에게 전화하겠다고 약속했다…… 3일 전에. 그런데 가브에게 너무 빠져서 완전히 잊어버렸다.

나는 걸으면서 문자를 입력한다. 기차역. 플로렌스. 5분 후에 전화할게. 약속해!

그러니까 정확히 어디??

나는 루시와 소피아와 포피가 걸음을 멈췄다는 것을 미처 알아채지 못하고 가다가 사실상 루시를 들이받는다. 나는 고개를 들다가 혼란에 빠진다. 화가 나고 흥분한 사람들이 쿵쾅대며 우리를 지나간다. 불만을 토로하는 요란한 목소리가 여기저기에서 흘러나온다. 내 왼쪽에 엄청나게 기다란 줄이 매표구 너머로 구불구불하게 이어져 있다. 한 남자가 우리에게 팸플릿을 건넨다. 나는 딱 두 글자만 알아본다. '살라리오 에쿠오(Salario Equo).' 적정 임금.

"아, 이런." 소피아가 플랫폼 한쪽으로 우리를 안내하며 말한다. "철도 노동자들이 파업에 들어갔나 봐요."

포피가 가슴을 움켜잡는다. "내가 신경을 썼어야 했는데. 이런 일은 미리 알리잖아."

"파업을 알려요?" 벽에 붙은 포스터에 눈이 간다. 우리가 베니스 역에서 본, 곧 있을 쇼페로에 대해 소개하는 포스터와 동일하다.

"서둘러 다른 역으로 가는 게 좋겠어요." 루시가 말한다.

"나치오날레(nazionale, 전국적인) 파업이에요." 소피아가 팸플릿을 읽으며 말한다. "앞으로 24시간 동안 전국에서 열릴 거래요."

"그럼 이제 어떻게 하죠?" 루시가 묻는다. "라벨로까지 비행기로 갈 수 있나요?"

"아니요. 하지만 나폴리까지 비행기로 가서 거기에서 버스를 타면 돼요."

우리 옆의 한 미국 남자가 불쑥 끼어든다. "국내선은 예약이 꽉 찼어요." 그가 우리에게 아이폰을 내밀어 보여준다. "내가 모든 비행기를 다 확인해봤어요. 여기서 나갈 수 있는 가장 빠른 비행기는 내일 오후 출발이에요."

가슴이 철렁 내려앉는다. 포피를 똑바로 바라보지도 못하겠다.

"렌터카를 빌리면 돼요." 소피아가 말한다. "아니면 여관으로 돌아가도 되고요." 소피아가 루시를 보며 빙그레 웃는다. "오빠와 나는 당신 일행이 하루 더 머무는 걸 환영해요."

머리가 빙빙 돈다. 이 철도 노동자들의 파업이 우리를 카사 폰타나로 돌아가게 하려는 운명적인 일일까? 어쩌면 가브가 지난 한 시간 사이에 계시를 받지는 않았을까? 하마터면 나를 잃을 뻔했음을 깨달은 그가 팔을 활짝 벌리고 나에게 달려오지 않을까?

루시가 고개를 휘젓는다. "우리는 대성당에 가야 해요."

나는 내 이기심이 창피해서 눈을 질끈 감는다. "물론이야."

"저게 렌터카를 빌리려고 서 있는 줄인가요?" 루시가 사람들 위로 머리를 쳐들며 말한다. "염병. 여기 하루 종일 있게 생겼네."

내가 렌터카 부스를 발견한 순간 직원이 문을 내린다. 그는 안내문을 벽에 테이프로 붙인다. '에자우리토(Esaurito).' 사람들 사이에서 욕설과 야유가 터져 나온다.

"매진이래요." 소피아가 말한다.

포피가 훌쩍인다. 너무 희미한 그 소리에 내 가슴이 찢어진다. 나는 포피의 양손을 움켜쥔다.

"걱정 마세요. 우리는 그곳에 도착할 거예요." 하지만 마음속으로는 그 말을 조금도 믿지 않는다.

"가브리엘의 차를 몰고 가세요." 소피아가 말한다.

"안 돼요." 내가 말한다. "그럴 수 없어요."

"그래도 돼요. 내가 약속해요. 오빠도 그러길 원할 거예요."

으응. 그의 양심의 가책을 덜기 위해서?

"나중에 오빠가 그쪽의 아는 사람에게 여기까지 차를 몰고 와 달라고 부탁하면 돼요. 그때까지 우리는 베스파를 타면 돼요."

루시가 손뼉을 친다. "좋은 계획 같네요. 가요."

우리는 몰려 들어오는 사람들 사이를 헤치며 조금씩 출구 쪽으로 움직인다. 15미터 정도 떨어진 곳에서 나를 향해 다가오는 흑갈색 머리의 여자와 눈이 마주친다. 여자는 데님 재킷을 입고 어깨에 배낭을 걸치고 있다. 다리아 언니를 닮았다. 많이 닮았다. 완전히 똑같이……

"다리아 언니?" 내가 말한다. 나는 다시 외친다. 이번에는 더 크게 외치면서 양팔을 흔든다. "다리아 언니!"

루시가 나를 힐끗 본다. 내가 미처 말하기 전에 루시도 언니를 본다.

"도대체 뭐야? 다리아가 여기 왔어? 이탈리아에?"

33장

✳

에밀리아

나는 애정과 혼란과 기쁨이 가득 찬 얼떨떨한 마음으로 북적이는 플랫폼을 천천히 빠져나간다. "언니 왔구나!" 나는 다리아 언니를 덥석 잡고 온 힘을 다해 꽉 끌어안는다. "이 먼 길을 와줬어. 믿을 수가 없어."

"진정해, 동생아." 다리아 언니가 어색하게 싱긋 웃고 나서 내 품에서 빠져나간다. "너 알아보지도 못할 뻔했어. 새 안경을 꼈구나."

나는 고맙다는 말을 꺼낸 다음에야 사실 언니의 말이 칭찬이 아니었음을 깨닫는다. "우리를 어떻게 찾았어?"

"네가 아빠한테 남겨놓은 일정표를 따라왔어."

"언니가 여기 있다니 믿어지지 않아! 세상에, 고마워."

"그럼 내가 어쩌겠니? 네가 한밤중에 베니스에서 길을 잃었다고 겁에 질려서 전화했잖아. 그러다가 전화가 끊겼는데 너는 연

335

락도 안 하고. 마침내 네가 전화하겠다는 짧은 문자를 받기는 했지. 그래놓고 너 전화했어? 안 했잖아."

언니가 걱정했다. 언니가 나를 구하러 여기에 왔다. 나는 웃음을 멈출 수가 없다. "그건 미안해." 내가 말한다. "나 안전하게 호텔로 돌아갔어, 언니가 보다시피."

언니가 루시를 쳐다본다. "그리고 너. 너는 왜 계속 전화를 안 받아?"

"여기 도착하자마자 그 더럽게 못생긴 전화기랑 헤어졌어." 루시가 신나게 말한다. "옛날 내 치아 교정기처럼 눈곱만큼도 그립지 않아." 그리고 한 팔을 소피아의 어깨에 걸친다. "그나저나, 이쪽은 소피야."

소피아가 손을 내밀며 수줍게 미소 짓는다. "만나서 반가워요."

다리아 언니의 시선이 소피아에게서 루시로 이동한 후 다시 소피아에게 돌아오고 마침내 손을 잡는다.

루시는 엄지손가락으로 포피를 가리킨다. "그리고 물론, 포피고모는 알 테고."

포피가 앞으로 나와 양손으로 다리아 언니의 뺨을 감싼다. "우리 사랑스러운 아가. 너를 만나서 정말 좋구나."

언니가 말 그대로 움찔한다. 나는 언니의 팔을 움켜잡고 친절하게 굴라고 말하고 싶다. "고맙습니다." 언니가 차갑게 말하고 배낭을 바로 멘다.

"라벨로로 가려던 참인데 때마침 도착했구나." 포피가 동요한 기색 없이 말을 잇는다.

"맞아!" 내가 말한다. "완벽하게 때를 맞췄어. 라벨로는 우리 여행의 절정이야. 포피 이모의 이야기를 들으면 언니도 이해하게 될 거야. 가는 길에 우리가 지금까지의 일을 다 들려줄게."

"해가 질 무렵에는 그곳에 도착할 거란다." 포피가 덧붙인다. "루시아나가 얼마나 빨리 운전하느냐에 달려 있지."

루시가 깜짝 놀란다. "저 운전 못 해요. 운전면허증도 없는걸요. 엠이 운전할 거예요."

내 심장이 쿵쾅거리기 시작한다. 다리아 언니의 눈이 나에게 머무는 것이 느껴진다. 다 안다는 듯이 언니의 얼굴에 은밀한 미소가 서린다.

"그럼 네가 운전할 거야, 에미?"

언니는 내가 운전하지 않는다는 것을 안다. 그리고 그 이유도 안다. 나는 떨리는 양손을 꽉 쥔다. "아니." 나는 속삭인다.

소피아가 이 이상한 미국인 자매의 관계를 이해하려고 노력하는 것처럼 우리를 가만히 살핀다. "내가 직접 차를 몰고 가면 좋겠지만, 아이들이 집에서 기다리고 있어서요. 게다가 나는 절벽을 무서워하거든요."

포피가 손을 휘젓는다. "걱정하지 마라. 내가 운전하마."

내가 실연의 아픔을 겪는 상태가 아니었다면 우스운 이야기라고 여겼을 것이다. 포피는 잘 걷지도 못한다. 그리고 포피의 약통 안내문에는 운전 금지라고 적혀 있다.

명백한 해법은 하나뿐이다.

"언니는 어때?"

언니가 그 소리를 듣고 고개를 홱 돌린다.

"언니가 운전할래?"

"내가?"

"응, 언니!" 나는 기도를 하듯 양손을 모아 쥔다. "제발, 언니, 간곡히 부탁할게. 라벨로까지 우리를 데려다줄 거지?"

언니가 손목시계를 확인하고 나서 루시와 소피아, 마지막으로 포피를 차례대로 돌아본다. 언니가 한숨을 쉰다.

"차 어디 있어?"

✳

주차장은 두려움에 빠져 갈팡질팡 서두르는 여행자들, 택시를 부르는 떠들썩한 외침, 누가 먼저 왔느니 누가 다시 줄을 서야 하느니 하며 불평하는 아우성이 뒤섞인 광란의 상태이다. 소피아가 몸서리를 치며 다리아 언니에게 자동차 열쇠를 건넨다. "여러분만 남겨두고 가서 미안해요." 소피아가 우리에게 말한다. "하지만 우리 아이들에게 빨리 가야 해서요."

"우리가 여관까지 데려다줄게요." 루시가 말한다.

"아니에요. 가브리엘이 덜 혼잡한 저 아래 블록으로 태우러 올 거예요. 어서 출발해야 해요. 라벨로까지 차로 여섯 시간이나 걸려요."

소피아는 먼저 나를 안고 나서 포피에게 눈물 어린 작별 인사를 한다. 포피가 핸드백에 손을 넣어 1페니 동전이 든 지퍼 백을 꺼내는데 그 간단한 움직임에 온 힘을 다 쓰는 것 같다. 포피는 동전 하나를 소피아의 손에 올려놓는다.

"행운을 가져다줄 거네." 포피가 말한다. "자, 이제 가서 자네의 햇살을 온 세상에 퍼뜨리게나."

소피아가 포피의 양쪽 볼에 입술을 댄다. "그럴게요."

루시에게 돌아서는 소피아의 눈에 눈물이 맺힌다. "11월에 봐요." 소피아가 루시의 귀 뒤로 머리 한 가닥을 넘긴다. "몸조심해요."

루시가 고개를 끄덕인다. "그라치에." 감정에 겨워 탁한 목소리가 난다. "그라치에."

소피아가 점점 멀어지다가 휙 돌아본다. "차오! 조심해요. 도로의 급커브가 위험할 수 있어요."

✳

다리아 언니가 가브의 자동차 GPS에 주소를 치는 동안, 루시와 나는 포피 이모를 뒷자리에 앉힌다. 포피는 고통스러운 듯 움찔하다가 관자놀이를 문지른다. 우리는 포피에게 안전벨트를 매주고 코트로 몸을 감싸준다. 훈훈한 날씨인데도 포피는 오들오들 떨고 있다. 우리 이모는 이불을 덮고 따뜻한 침대에, 어쩌면 병원 침대에 누워 있어야 한다. 하지만 아니다. 우리는 단 한 가지 이유 때문에 이 먼 길을 왔다. 이제 와서 포기할 수 없다.

"좀 쉬세요." 내가 포피에게 말한다. 포피는 머리를 창문에 기대고 눈을 감는다.

다리아 언니가 GPS 화면의 방향 지시에 따라 플로렌스 시내의 도로에서 자신 있게 차를 몬다. 나는 조수석에 똑바로 앉아서 마침내 쓸모 있게 된 내 지도를 보며 위치를 확인한다. 언니가 비알레 프란체스코 레디에서 SS67 도로를 빠져나와 북쪽으로 향한다. 내 지도에 따르면, SS67 도로로 계속 갔어야 했다. 나는 말하려다가 그냥 입을 다문다. 언니는 뒤늦게 참견하는 것을 안 좋아한다. 언니가 이 먼 길을 왔다. 언니가 이곳 이탈리아에 있다. 우리는 앞으로 이틀 동안 같이 지내게 될 것이다.

"다시 한번 고마워." 내가 말한다. "언니가 와준 게 나에게 얼마나 큰 의미인지 이루 말로 표현할 수 없어. 아직도 못 믿겠어. 일단 여기 오느라고 큰돈을 썼을 텐데."

"할머니가 내셨어."

"할머니가?" 나는 소리 내어 웃는다. "할머니는 이 여행이 콜로살레(colossale, 엄청난) 돈 낭비라고 여기실 줄 알았는데."

"아니야."

"어쨌든 그저 이 여행 때문에 휴가까지 냈잖아. 그리고 아이들하고 형부한테서도 떨어져 있게 됐고."

"신경 쓰지 마."

"아니야. 진심으로, 나는 정말, 정말 고마워." 나는 몸을 빙 돌려 언니의 옆얼굴을 본다. "우리가 옛날처럼 가깝지 않은 건 알아, 다르 언니. 하지만 항상 나를 보살펴주는 걸 마음속으로는 알았어. 이번 일은 그걸 증명—."

"그만, 엠. 그냥…… 그만해, 제발."

"응. 미안해." 마음이 상한 나는 의자에 등을 기댄다. 침묵 속에서 1.6킬로미터를 달린 후에야 나는 손가락이 흉터를 문지르고 있는 것을 알아챈다. 나는 양손을 꽉 틀어쥐고 창밖으로 이륙하는 비행기를 지켜본다. 이어서 다른 비행기가 보인다. 앞에 피렌체―페레톨라 공항이라는 표지판이 보인다. 나는 지도를 확인한다.

"언니, 우리가 잘못된 길로 가고 있는 것 같아."

언니가 나를 무시한다. 나는 언니가 우회전을 해서 공항 입구로 들어가자 혼란스럽다. 뒷자리에서 루시가 불쑥 끼어든다.

"시간 낭비야, 다리아 언니. 기차역에서 어떤 남자가 국내선 항공권이 다 매진이라고 했어."

언니는 대답하지 않고 국제선 출국 터미널 이정표를 따라간다. 나는 갑자기 토할 것 같다.

"뭐 하는 거야, 언니? 우리는 라벨로에 가야 해. 내일이 포피의 생신이야."

터미널이 시야에 들어온다. 언니가 주차장 빈자리로 쌩 들어가서 시동을 끈다. 전화기를 움켜쥐고 화면을 두드리다가 내 앞으로 내민다.

"이게 집으로 가는 내 비행기 표야." 다리아 언니가 다음 화면으로 넘긴다. "그리고 이건 네 비행기 표고."

나는 입을 떡 벌린 채 에밀리아 안토넬리라고 적혀 있고 출발일이 오늘로 표기된 전자 항공권을 멍하니 응시한다. "나는, 나는 집에 못 가."

"지금부터는 루시가 포피를 모시고 길 거야. 할머니한테 네가 필요해."

나는 머리를 움켜잡는다. 온갖 생각이 마구 떠오른다. 왜, 정확히 왜, 다리아 언니가 여기 왔을까? 내가 걱정됐기 때문에? 나한

341

테 신경 쓰기 때문에? 속이 울렁거리면서 구역질이 올라온다.

"언니는…… 언니는 단지 나를 집에 데려가려고 이 먼 길을 온 거야?"

언니는 우리 앞에서 평행 주차를 하려고 이리저리 움직이고 있는 알파 로메오를 응시한다. "할머니가 고집하셔."

"정신이 나가신 거 아니야? 지금이 여행에서 가장 중요한 부분이야. 내일이 포피의 생신이라고. 그게 우리가 여기 온 유일한 이유야."

다리아 언니가 나를 돌아본다. "생각해봐, 에미. 기차는 운행하지 않아. 비행기는 만석이야. 너희 둘 다 운전 못 해." 언니가 뒷자리에서 잠들어 있는 포피를 향해 고개를 까딱한다. "저 사람은 기력이 다 떨어지고 있어. 우주가 너한테 무슨 말을 하려는 것 같지 않아? 이 여행에서는 어떤 좋은 일도 일어나지 않을 거야. 어떤 좋은 일도."

등골이 오싹해진다. 뒷좌석에서 강하고 단호한 루시의 목소리가 들려온다. "헛소리 마, 다리아 언니." 루시가 운전석과 조수석 사이로 몸을 내밀고 눈을 가늘게 뜬다.

"이 여행은 모든 걸 바꿨어. 이제 우리는 저주에 걸리지 않았어. 다리아 언니가 소피의 오빠랑 같이 있던 엠을 봤어야 해. 은근히 추파를 던졌고 말도 재미있게 했어. 장담하는데 언니는 엠을 알아보지도 못했을 거야."

"정말?" 다리아 언니가 나를 돌아본다. "그래서 결과는 어떻게 됐어?"

나는 거짓 사랑과 헛된 약속으로 가득한 가브의 아름다운 눈을 떠올린다. 한 손에 얼굴을 묻는다. 저주가 나를 위해 무엇을 더 준비해두고 있을까?

"우리는 포피를 라벨로까지 모시고 가야 해." 내가 중얼거린다.

다리아 언니가 어깨를 들어 올린다. "행운을 빌어. 운전할 사람도 없이 잘도 가겠다."

나는 이를 악문다. 소리를 지르고 싶다. 내가 운전할 거야! 그런데 그 말이 입에서 나오지 않는다. 목 뒤를 문지르는데 머리카락이 땀에 젖어 끈적거린다.

"가자." 다리아 언니가 말하며 운전석 안전벨트를 푼다. "우리 비행기는 90분 후에 출발해." 언니가 문을 열고 SUV에서 내린다.

가슴이 쿵쿵 뛴다. 나는 루시를 슬쩍 돌아본다. "우리는 집에 가는 게 좋겠어, 루스─ 우리 모두. 비행기 표를 바꾸면 될 거야. 포피가 빨리 돌아갈수록 병원에 빨리 가시게 되잖아."

"나는 안 가." 루시의 얼굴에서 단호한 결의가 보인다.

"서둘러." 언니가 말한다.

나는 입술을 자근자근 깨문다. 다리아 언니가 나를 기다리고 있다. 언니에게 내가 필요하다. 마침내, 나는 한숨을 쉰다. 안전벨트를 풀고 루시를 돌아본다. "알겠어. 저기, 너랑 포피는 여관으로 돌아갈 거지? 포피한테 가브의 전화번호가 있어."

루시가 나를 노려본다. "다리아 언니가 자기를 멋대로 조종하게 누다니 믿을 수가 없네."

"언니가 나를 조종하는 게 아니야. 나는 운전을 못 해, 루스! 우리가 남는다고 해도 달라지는 건 없어. 라벨로까지 못 가. 그러니까 차라리 빨리 돌아가서 할머니를 기쁘게 해드리는 게 낫지 않겠어?"

"그런 식으로 정당화하지 마, 엠." 루시의 콧구멍이 벌렁거린다. "나는 언니가 바뀐 줄 알았어."

날카로운 단검이 내 심장을 푹 찌른다. 나는 포피를 훔쳐본다. 다행히 아직 잠들어 있다. 포피는 지금 내가 당신을 두고 떠나려 한다는 것을 안다면 뭐라고 말할까?

다리아 언니가 배낭을 한쪽 어깨에 멘 채 차 쪽으로 몸을 굽힌다. "어서, 에미."

나는 흉터를 문지르면서 이러지도 저러지도 못하고 있다.

"너는 내일 제시간에 출근할 거야." 언니가 계속 말한다. "할머니는 안심하실 거야. 그리고 날 믿어, 에미. 할머니는 평생 고마워하실 거야. 할머니는 의리를 무엇보다도 가치 있게 여기셔." 언니가 목소리를 낮춘다. "네가 할머니 대신 당신 동생을 선택했다는 생각에 얼마나 가슴 아파하시는데. 내 말은, 세상에, 엠, 할머니는 우리에게 엄마 같은 분이야."

숨이 턱 막힌다. "아니야. 그분은 언니에게나 엄마였지. 나에게는 아니야."

"마음대로 생각해." 다리아 언니가 말한다. "가자."

이제야 머리에 피가 도는 것 같다. "그리고 다르 언니는 나에게 언니가 아니었어. 몇 년 동안이나."

"그래. 내가 이 먼 길을 와서 듣는 감사 인사가 고작 그거냐?"

나는 손톱을 손바닥에 힘껏 박는다. "언니는 내 여행을 망치려고 여기 왔어." 나는 악문 이 사이로 내뱉는다. 수년 동안 쌓인 분노가 부글거리며 수면으로 떠오른다. "언니는 자기보다 못한 둘째 딸인 내가 나만의 즐거움을 위해 뭔가 하는 꼴을 못 보는 거야. 아빠처럼 언니도 할머니한테 세뇌당했어. 내가 그랬던 것처럼."

"이제 망상에 사로잡히기까지."

나는 악당처럼 사악하게 웃는다. "그랬지, 맞아. 하지만 이제는 아니야. 지금 나는 세상을 명료하게 보고 있어. 언니한테는 저주가 별문제 아니겠지. 언니는 우월한 아이, 성수를 바른 첫째 딸이니까. 언니는 할머니의 제자, 할머니의 자부심이자 기쁨이야. 그런데 언니는 자기 자리를 잃는 게 너무 두려워서 나를, 내 삶을, 우리 관계를 희생시켰어. 단지 할머니를 기쁘게 하려고. 나는 그저 언니의 개인 시녀였어."

"지옥에나 가라, 엠."

차 문을 여는 내 손이 벌벌 떨린다. 심장이 불규칙하게 뛴다. 나는 밖으로 나와 차를 빙 돌아서 다리아 언니에게 다가간다. 나는 세상에서 누구보다 사랑하는 사람의 눈을 들여다본다.

"싫어." 입술이 씰룩거리고 턱이 떨리지만, 말은 차분하고 힘 있게 나온다. "나는 지옥에 안 갈 거야. 라벨로에 갈 거야."

다리아 언니의 눈이 내 눈을 뚫어지게 쳐다본다. 아마 언니는 내가 웃음을 터뜨리며 다 농담이라고 말하기를 바랄지도 모른다. 그리고 하마터면 나는, 그랬으면 좋겠다고 생각할 뻔했다. 하마터면.

나는 언니를 밀치고 운전석으로 쓱 들어간다.

"이러지 마, 에미." 내가 문을 닫을 때 언니가 외친다.

나는 시동을 건다. 속이 울렁거린다. 기어를 드라이브로 바꾼다.

"멈춰. 너 지금 엄청난 실수를 하고 있어."

나는 액셀러레이터를 아주 살며시 밟는다. 자동차가 조금씩 앞으로 나간다. 나는 토할 것 같고 겁이 나면서도 이상하게 초연한 심정으로 언니가 사라지는 것을 백미러로 지켜본다.

✳

나는 다음 터미널까지 가서야 차를 한쪽에 세운다. 머리를 푹 숙여 핸들에 댄다. 무릎이 후들거린다. 내가 무슨 짓을 한 거지? 뒷좌석에서 박수 소리가 들린다. 나는 어깨 너머로 돌아본다.

"브라바! 브라바, 우리 폴리아 베리." 포피는 팔을 뻗어 내 어깨를 꽉 쥔다. "지금 너는 환하게 빛나고 있단다. 아무렴, 확실히 빛나고 있어."

나는 눈을 깜빡이며 눈물을 참고, 목이 메어 아무 말도 하지 못한다.

루시가 킥킥거리며 웃는다. "우리 에미 언니가 배짱이 좀 생겼나 보네." 루시가 나를 향해 손바닥을 올린다. "잘했어. 그 나쁜 여자한테 휘둘리지 않는다는 걸 보여줬어."

나는 축하하는 것이 반역처럼 느껴지지만, 건성으로라도 하이파이브를 한다. 다리아는 내 언니이다. 나는 언니를 사랑한다. 무조건적으로. 하지만 내 삶을 위해서 오늘은 언니를 변호할 수 없다.

루시가 뒷좌석에서 앞으로 넘어와 내 옆에 엉덩이를 놓는다. 루시는 셔츠를 매만지고는 나를 돌아본다.

"그럼, 운전 못 한다는 건 농담이었네, 그지?"

346

34장

✳

에밀리아

리암의 사고 후로 내가 지킨 신과의 약속에 대해 루시에게 말하고 있을 때 공항 경비가 자동차 유리창을 두드린다. "파르티테(Partite)!" 그가 말한다. "출발하세요!"

"젠장." 나는 숨을 고르고 그에게 살짝 손을 흔든다.

"그럼 다리아 언니한테 말한 게 다 헛소리였어?" 루시가 조수석 문에 몸을 기대고 나를 마주 본다. "말해봐, 에미. 저주를 믿어, 안 믿어?"

"솔직히 나도 모르겠어, 루스." 나는 관자놀이를 문지르다가 내 말이 얼마나 혼란스럽게 들렸을지 깨닫는다. "그리고 우리의 행운을 너무 믿다가 다 망치고 싶지 않아."

"이해가 안 돼. 그러니까, 그래, 언니가 그 사고 후에 질겁해서 리암을 다시는 보지 않겠다고 약속한 건 알겠어. 근데 운전이랑 저주가 무슨 상관이야?"

"너는 바로 얼마 전에 소피를 만났어. 너는 행복해, 맞지?"

"음, 뭐랄까, 생전 처음으로."

"바로 그때 일이 벌어져. 이제 저주가 자기 힘을 증명하려고 덮쳐 올 거야. 이럴 때 사고를 당해서, 크게 다치거나 어디가 절단되거나⋯⋯."

"죽는다고? 언니가 무서워하는 게 그거야? 나를 죽일까 봐서?"

"응⋯⋯ 아니⋯⋯ 내 저주 때문에 네가 죽을까 봐서 무서워. 내가 리암을 거의 죽일 뻔한 것처럼." 나는 심호흡을 한다. "절대 나 자신을 용서할 수 없을 거야. 만약 나 때문에—."

루시가 양손을 번쩍 쳐든다. "으이그, 적당히 좀 해, 엠. 내가 뇌사 상태가 되거나 코가 잘리거나 한 줌 재가 되기 전에 미리 말해두는데, 나는 언니를 용서해."

한때 저주받은 딸들이었지만 이제는 운명에 도전하고 있는 우리 둘의 눈이 순간 부딪친다.

"털어버리렴, 에밀리아." 우리는 뒷좌석을 돌아본다. 포피가 우리 이야기를 계속 듣고 있었나?

"털어버려." 포피가 다시 말한다. 희망과 가능성과 위험이 가득한 그 단어. 두려움을 털어버려라. 죄책감을 털어버려라. 거짓 믿음을 털어버려라.

밖에서 공항 경비가 우리 차를 향해 성큼성큼 걸어온다. 그는 호루라기를 불면서 앞을 향해 손가락질한다. "파르티테!"

속이 요동치고 나는 손가락을 하나 들어 올린다. "알았어요." 나는 그에게 입 모양으로만 말한다. 눈길을 돌린다. "빌어먹을!"

심호흡을 한다. 엄청난 공포를 느끼면서, 아주 천천히 액셀러레이터를 밟는다. 그리고 나아간다.

✳

한 시간 30분 후, 마침내 나는 핸들을 꽉 쥔 손에서 힘을 뺀다. 뒷좌석에서 포피가 조용히 코를 곤다. 나는 목을 좌우로 살며시 흔들며 뭉친 곳을 풀려고 하다가 GPS를 언뜻 본다. "잠깐…… 83킬로미터밖에 안 왔다고?"

"어, 응, 대충 그쯤." 루시가 말한다. "계산기를 두드려보니까 포피의 생일에 충분히 여유 있게 라벨로에 도착하겠어. '아흔일곱 살' 생일에."

"거기에 안전하게 도착해야 하잖아." 나는 도로를 응시한다. "나 대신 다른 언니한테 문자 좀 보내줄래? 전화기는 핸드백 속에 있어. 언니한테 내가—." '미안하다'는 말이 목에 딱 걸린다. 전에 포피가 나에게 한 부탁이 뭐였더라? 미안하지 않을 때는 사과하지 마라. "언니한테 조심히 가라고 말해줘. 3일 후에 보자는 말도."

"이러면 어떨까?" 루시가 문자를 치면서 중얼거린다. "언니가 마침내 오르가슴을 느꼈다고 써서 보낼게." 루시가 나를 올려다본다. "언니가 당장 죽더라도, 최소한 그건 경험하고 가는 거잖아, 안 그래?"

나는 미소를 지으려 하지만, 아직 상처가 아물지 않았다. 내가 사랑에 빠졌던 게 바로 어제였나? 아주 잠시 동안, 나는 '우리'였다. 눈을 빠르게 깜빡거린다. 지금은 슬퍼하면 안 된다. 루시가 기뻐 날뛰고 포피가 희망으로 가득 차 있는 지금은 안 된다. 나는 모든 의지를 발휘해서 가브리엘의 목소리를 머리에서 차단하고, 내 피부에 와 닿던 그의 피부 감촉을 잊는다. 그러고 나서 훗날을 기약하며 그 기억들을 내 마음속 어딘가에 있는 구석진 비밀 장소에 처박아둔다.

"루스, 네가 잘돼서 내가 정말 기쁜 거 알지? 진짜로, 정말, 정말 기뻐. 소피아는 멋진 여자야. 너도 그렇고."

"고마워. 사실대로 말하면 나 조금 무서워. 엄마랑 아빠가 알게 되면 심장 마비를 세 번씩은 일으킬 거야."

"너희 부모님도 차츰 받아들이실 거야. 내가 보는 걸 두 분도 보시게 되겠지. 너는 다시 루시가 됐어, 진짜 루시가."

루시가 활짝 웃는다. "그래?"

"응. 네가 대견해. 모든 사랑에는 용기가 필요해. 네 경우와 같은 사랑에는 특별히 용맹해야 하고."

"용맹? 멋지네, 그렇지?"

"아주 멋져."

루시가 유리창으로 시선을 돌린다. "있잖아, 지금까지 몇 년 동안 나는 자연스러운 느낌을 무시하려고 노력했어. 내가 갑자기 성 소수자인지 뭔지가 되기로 결정한 건 아니야. 그보다는 참는 걸 그냥 그만뒀다는 게 더 맞는 말이야."

침묵 속에서 1.6킬로미터를 더 가다가 루시가 부드러운 목소리로 다시 말을 시작한다. "아무래도 섹스 후 버려진 사람들의 모임에 언니를 가입시켜야겠는데."

지금 루시가 나를 놀리는 건가? 손가락이 핸들을 꽉 움켜쥔다.

"딱히 언니가 가입하고 싶은 모임은 아니지." 루시가 말한다. "하지만 내 생각에 대부분의 사람들이 한 번쯤은 그런 경험이 있을 거야."

나는 트럭이 지나갈 때까지 기다리다가 루시를 슬쩍 쳐다본다. 이제껏 본 적 없는 애정이 루시의 눈에 담겨 있다. 나는 한숨을 쉰다. "내가 바보 같았어."

"언니는 경험이 부족했으니까. 규칙을 몰랐잖아. 앞으로 배우게 될 거야. 언니 기분이 나아질까 봐서 하는 말인데, 나도 섹스하고 버려진 적이 있어."

"그 잭이라는 녀석한테." 내가 말한다. 질문이 아니라 단정이다.

루시가 고개를 끄덕인다. "그리고 대략 100만 27명 정도의 다른 얼간이들한테."

내 웃음소리가 신음 소리로 바뀐다. "아, 루스, 나 어떻게 해야 해? 이 모든 감정을 어디에 풀어야 해?" 나는 고개를 흔든다. "네가 무슨 생각 하는지 알아. 내가 너무 드라마 같지. 그 사람을 안지 3일밖에 안 됐는데."

"기간은 상관없어." 루시가 말한다. "중요한 건 서로 연결돼 있다는 느낌이야. 그런 느낌이 드는데 그걸 빼앗기면, 속이 텅 빈 것 같고 기쁨이 다 사라진 것 같아. 먹지도 자지도 못하는 건 물론이고 숨을 쉴 수 없어. 그리고 다시는 예전의 자신으로 돌아갈 수 없다는 확신이, 빌어먹을 만큼 분명한 확신이 들어."

나는 루시를 훔쳐본다. "하지만 결국은 돌아가게 되지, 맞지?"

루시가 고개를 절레절레 흔든다. "아니, 엠. 절대 같아지지 않아."

나는 끙 소리를 낸다. 두려움이 가득 차오르고, 나는 평생 절망에 빠진 삶을 상상한다.

루시가 내 무릎을 토닥거린다. "그래도 나아져. 끝내주게 나아져."

✳

다섯 시간 후, 드디어 내가 긴장을 풀고 핸들을 잡기 시작할 즈음 우리는 살레르노 지역에 도착한다. 서쪽으로 나폴리의 윤곽이 언뜻 보인다. 59킬로미터만 더 가면 라벨로에 도착한다. 거의 순식간에 풍경이 변한다. 쭉 뻗은 A1 고속도로가 끝나고, 절벽 가장자리를 따라 오르락내리락하는 급커브가 이어지는 좁은 길로 바뀐다.

들쭉날쭉한 산길을 올라가면서 자동차가 힘겨운 소리를 낸다. 루시가 긴장된 표정으로 똑바로 앉는다.

"언니는 할 수 있어." 루시가 말한다. 하지만 가파른 절벽에서 튀어나온 바위에 매달려 있는 것처럼 자기 앞의 계기판을 움켜잡고 있다. 내 손에 땀이 흐른다. 날카로운 바위가 삐죽삐죽 솟은 절벽 저편에 흰 거품을 일으키는 살레르노만을 슬쩍 보니 헉 소리가 저절로 나온다.

"젠장!" 나는 밀려오는 현기증과 싸우며 내뱉는다.

"내려다보지 마." 루시가 말한다.

심장이 터질 것처럼 쿵쾅거린다. "이거 정말 싫다!"

"밝은 면을 봐." 루시가 말한다. "우리가 추락하면, 가브의 소중한 SUV를 가지고 떨어지는 거야."

나는 내 앞의 도로에 시선을 고정하려고 안간힘을 쓴다. 또다시 U 자형 급커브를 돌아가면서 숨을 꾹 참는다. 나는 관광버스와 가까워지자 속도를 낮춘다. 관광버스 앞에는 기다란 캠핑카가 가고 있고, 나는 기어가는 수준으로 속도를 줄인다. 우리 뒤로 차량 행렬이 길어지기 시작한다. 나는 백미러를 흘끗 본다. 뒤차가 우리 차에 바짝 붙어 있다. 그 차가 차선을 벗어났다가 안으로 들어갔다 반복한다. 보나 마나 우리 차와…… 관광버스와…… 캠핑카를…… 추월하려고 안달이 나 있다.

"긴장 풀어." 루시가 말한다. "언니가 정체시키고 있는 차들은 다 무시해."

"나보고 어쩌라고? 나는 추월 못 해."

뒤차가 경적을 울린다. 루시가 휙 돌아보고 가운뎃손가락을 치켜든다.

"그만해. 난폭 운전하면 어쩌려고."

뒤차 운전자가 다시 경적을 길게 울린다. 우리 차에 이어서 관광버스와 캠핑카를 한꺼번에 추월하는 것은 뒤차 운전자에게 너무 위험하다. 그는 내가 먼저 추월해서 행렬을 이끌어주기를 바란다. "빌어먹을!"

커브를 돌자 쭉 뻗은 포장도로가 우리 앞에 나타난다.

"가자!" 루시가 말한다. "이 달팽이들을 앞서가자! 지금!"

"뭐라고? 안 돼!"

내 뒤에 길게 줄을 선 차량들 사이에서, 경적 소리가 이구동성으로 울린다. 가슴이 꽉 조여온다. 차량의 움직임이 나에게 달려 있다. 온몸이 벌벌 떨린다. 나는 자동차 깜빡이를 켜고 무서운 와 중에도 최대한 주의를 기울여 추월 차선으로 들어간다.

"움직여!" 루시가 소리친다.

액셀러레이터를 밟자 차가 돌진한다. 관광버스를 거의 지나가 는 순간에 멀리 커브 길이 보인다.

"아, 맙소사!" 내가 외친다. 엔진이 으르렁거리고, 경사진 산길 을 지나면서 저속 기어로 바꾼다. 나는 관광버스와 캠핑카 사이 에 끼어들려고 하지만 공간이 충분하지 않다.

"좀 끼워줘요." 내가 외치고 동시에 루시도 소리를 지른다. "한 번 해봐!"

나는 가속 페달을 밟는다. 캠핑카까지 앞지르려고 시도해볼 수밖에 없다. 겨드랑이에서 땀이 나기 시작한다.

"우와! 힘내, 엠."

약 90미터 전방에서 자동차 한 대가 커브를 돈다. 그 차가 바 로 우리를 향해 달려온다.

"이런 염병할! 우리 죽게 생겼어!" 루시가 머리를 양손으로 감 싸고 비명을 지르면서 의자 밑으로 미끄러져 내려간다.

심장 박동이 급작스럽게 빨라진다. 나는 핸들을 움켜잡는다. 제발, 하느님! 도와주세요! 나는 가속 페달을 밟는다. 앞에서 다 가오는 차가 점점 가까워진다. 기다란 알루미늄 몸체의 캠핑카 가 우리 차 옆에서 같이 달린다. "좀 끼워달라고, 개자식아!"

충돌까지 단 2초 정도 남은 순간, 나는 핸들을 힘껏 돌려 재빨 리 차로로 들어간다. 정면에서 오던 차가 내 옆을 쌩 지나간다.

나는 반은 우는 소리를 내고 반은 앓는 소리를 낸다. "아이고, 세상에!"

루시를 돌아보니 머리를 움켜잡고 자동차 바닥에 쭈그리고 있다.

"올라와서 앉아도 돼." 내가 루시에게 말한다.

루시가 천천히 의자로 올라온다. "맙소사, 엠, 거의 우리를 죽일 뻔했잖아!"

나는 초조하게 깔깔댄다. "내가 경고했잖아."

루시가 피식거린다. "코 잘릴 준비는 됐는데, 한 줌 재가 될 준비는 아직 안 돼서."

내 마음속 깊이 자리했던 두려움이 곪아터진 곳에서 문이 하나 열린다. 빛이 쏟아져 들어온다. 나는 처음에는 부드럽게 웃음을 터뜨린다. 루시도 함께 웃음을 터뜨린다. 곧 통제 불능인 히스테리 발작처럼 바뀐다. 두려움과 충격과 곤두선 신경을 모조리 발산한다. 계기판을 쾅쾅 두드리는 루시의 볼에 눈물이 흘러내린다. "젠장 그 차가 난데없이 나타났을 때 언니 표정 가관이더라!"

우리 뒤에서 작은 킥킥 소리가 들린다.

"죄송해요, 포피 이모." 나는 백미러를 곁눈으로 보며 말한다. "조용히 할게요. 다시 주무세요."

"그리고 이 재미를 더 놓치라는 말이냐? 절대 안 되지!"

35장

✳

포피

1960년
아말피 해안, 라벨로

내 스물한 살 생일에 거대한 대성당 문이 삐걱 소리를 내며 열렸다. 우리는 성수 그릇에 손가락을 담가 가슴에 십자가를 그었어. 어두운 성당은 비어 있었고 향냄새와 퀴퀴한 양탄자 냄새가 났지. 줄지어 늘어선 양초들이 기도실에서 타올랐고 꼭대기의 흰색 불꽃이 침묵의 바닷속에서 흔들렸단다.

리코가 나를 중앙 통로로 데리고 가 앞으로 나아가다 제단 앞에서 멈췄어. 그가 나를 돌아보고 눈을 반짝이더니 내 양손을 잡았지.

"나, 에리히 요제프 크라우제는, 당신, 파올리나 마리아 폰타나를 법적인 아내로 맞이합니다. 나는 죽음이 우리를 갈라놓을 때까지 내가 살아 있는 모든 날에 당신을 사랑하고 소중히 여기겠다고 약속합니다."

나는 떨리는 턱에 손을 가져다 대고 결혼 서약을 했어. 목이 너무 꽉 막혀서 목소리가 거의 나오지 않았어. "······소중히 여기겠다고 약속합니다."

"신부에게 키스를 해도 될까요?"

그가 양손으로 내 얼굴을 감쌌다. 그의 입술이 내 입술에 닿는 순간 들려온 발소리에 우리는 깜짝 놀랐어. 어둠 속에서 신부가 나왔단다. 피에트로 신부가 아니라 짙은 갈색 머리와 길고 얇은 코를 가진 젊은 남자였어.

그가 우리 앞 제단으로 세 계단을 올라갔어. "머리를 숙이세요." 그가 우리 머리 위에 손을 올렸단다.

"신의 가호가 있기를. 신이 그대들 앞에 놓인 길을 평탄하게 해주시고, 그대들이 행운과 슬픔을 모두 받아들일 수 있는 은혜와 겸손을 주시기를. 그대들이 역경에 부딪힐 때 삼나무처럼 굳건하고, 용서를 빌어야 할 때 버드나무처럼 굽히기를. 무엇보다도, 그대들이 그리스도의 이름으로 기쁘게, 감사히, 성실하게, 서로 사랑하기를 기원합니다. 아멘."

"아멘." 우리는 따라 말했어. 예상치 못한 기도에 큰 감동을 받았고, 난데없이 나타난 신비로운 성자를 경외하는 마음이 생겼단다. 우리는 젊은 신부에게 고맙다고 말하고, 결혼한 부부가 되어 성당을 나왔어.

우리가 대성당 밖으로 나오자마자 리코가 나를 끌어안고 키스를 했어.

"'내 남편'을 독일어로 뭐라고 해요?"

"마인 에만(Mein Ehemann)." 리코가 대답하고 내 볼을 쓰다듬었어. "그리고 언젠가 당신 부모님이 나를 받아주시면, 다시 여기

와서 진짜 결혼식을 올리고 진정한 당신의 남편이 될 거예요."

"진짜 결혼식이요? 진짜 남편이요?" 나는 고개를 저었어. "마인 에만, 우리는 결혼했어요. 이보다 더 진짜는 있을 수 없어요."

"나도 그렇게 느껴요." 그가 내 손을 꽉 쥐었지.

반짝이는 뭔가가 내 눈에 뜨였단다. 나는 몸을 굽혀 콘크리트 계단에서 그것을 주웠지. "행운의 동전이에요." 동전을 리코에게 보여주며 말했어.

우리는 그 동전이 마법의 힘이라도 지닌 것처럼 함께 물끄러미 바라봤어. 리코가 내 손에 그의 손을 겹쳤어. "우리는 당신의 다음 생일에도 오늘처럼 사랑할 것이고, 바로 이곳에 다시 올 거예요."

등이 오싹했단다. 그날의 기쁨에도 불구하고, 내심으로는 우리 앞에 어두운 미래가 기다리고 있음을 우리 둘 다 느꼈을 거야.

"내년에요?" 나는 미래에 대한 갑작스러운 불안감을 누그러뜨리려고 밝게 말했어. "그건 너무 쉬워요."

"좋아요." 그가 턱을 문지르며 말했단다. "당신의 서른 살 생일에 여기에 다시 와요."

"지금으로부터 9년 후에요? 여전히 너무 쉬워요." 나는 동전을 단단히 쥐고 제일 좋아하는 별을 찾아 하늘을 훑어보면서, 어떻게 우리 미래를 확실하게 기약할 수 있을지 궁리했어. "내 여든 살 생일에 우리는 여기, 라벨로 대성당의 계단 위에 함께 있을 거예요. 약속해줘요, 마인 에만."

그가 빙그레 웃었지만 두 눈에 눈물이 맺혀 반짝였어. "그래요. 당신의 여든 살 생일에." 그가 말했단다. "약속해요."

36장

✳

에밀리아

일곱째 날
아말피 해안, 라벨로

나는 어떤 곳에 들어가면서—큰 도시든 작은 마을이든, 오래된 성이든 호숫가 오두막집이든—길고 외로운 여정을 마치고 집에 돌아온 것처럼 느끼는 사람들이 있다고 들었다. 포피는 그것을 '히라스'라고 불렀다. 어떤 장소나 고향을, 자기가 그리워한다는 것조차 깨닫지 못한 곳을 그리워하는 마음을 말이다. 나는 언덕 꼭대기에 자리한 라벨로 마을로 차를 몰고 들어가면서, 그 마음을 이해한다.

해가 티레니아해 너머로 잠기면서 자연 그대로의 모습을 간직한 마을을 수채 파스텔 색감으로 물들인다. 자홍색 부겐빌레아 울타리가 강렬한 색채를 너하고, 어디로 시선을 돌리든 빨간색 제라늄 단지랑 보라색 접시꽃과 노란색 금어초 바구니가 보인다.

"집에 왔다!" 포피가 외치며 창문을 내리자 향기로운 산들바람과 바다 소금 냄새가 차 안으로 들어온다. "드디어!"

절벽 가장자리 너머에서 지중해가 마음을 달래주는 자장가를 흥얼거린다. 하루의 스트레스가, 주민이 3,000명도 되지 않지만 활기가 넘치는 이 조용한 마을에서 사라지는 듯하다. 지팡이를 든 등산객들이 구불구불한 인도를 오른다. 사이클을 탄 사람들이 쌩 지나가면서 손을 흔든다.

나는 라벨로의 두오모 광장 중심부에 있는 우아한 부티크 호텔 앞에서 차를 멈추고, 탁 트인 뜰 사이로 보이는 아름다운 분수를 감상한다. 차 열쇠를 빼는데, 오는 내내 긴장해서 핸들을 꽉 쥐고 있었던 탓에 손이 욱신거린다. 한숨을 내쉰다. "고맙습니다, 하느님."

루시가 미소 짓는다. "해냈어, 엠. 언니가 운전을 했어. 완전 멋있었어."

포피가 기뻐 소리 지르며 문손잡이를 올리려고 하지만, 루시가 뒷자리를 돌아보며 말한다.

"잠깐 기다려요, 폽스. 그러니까 그 오랜 세월 결혼한 상태였네요? 왜 우리에게 말씀을 안 하셨어요?"

나도 뒤로 몸을 돌리고 포피의 대답을 어서 듣고 싶어 안달한다. 포피가 창밖을 내다본다.

"우리에게는 증인도, 서류도 없었단다. 우리는 부부처럼 동거했지. 돌이켜 생각해보면 우리가 더 열심히 노력해야 했어. 가톨릭교가 아닌 곳에서 결혼하는 건 미처 생각도 못 했거든. 사실 그때 우리는 시간이 얼마 남지 않았다는 것을 몰랐단다."

루시가 포피와 나를 차례로 쳐다보고는 다시 포피를 바라본다. "그래도요. 그건 저주가 풀린다는 뜻이잖아요, 그렇죠? 지금껏 내내, 저주는 전혀 없었어요!"

"리코와 나는 하느님이, 우리 하느님이, 우리 결혼을 축복했다고 믿었단다. 우리는 보석 가게에서 은반지 한 쌍을 샀어. 우유 몇 병만큼이나 싼 은반지였어. 우리는 대성당에 몇 번이나 다시 가서 그날 밤에 나타난 젊은 신부를 만나게 해달라고 부탁했단다. 그런데 백발이 성성한 피에트로 신부님이 그 교구에서 당신이 유일한 신부라고 말씀하시지 뭐니. 주일 미사 후에 기다리다가 성당 신도들에게 물어봤어. 그런데 짙은 갈색 머리와 길고 얇은 코를 가진 신부님을 아무도 모르더구나."

"그래서 그게 무슨 의미예요?" 루시가 말한다. "법적으로 부부라는 거예요, 아니라는 거예요?"

포피가 양손을 든다. "합법적이었냐고? 도덕적이었냐고? 다른 사람들이 나를 믿을까? 나를 비난할까? 나를 저버릴까?" 포피가 한 손으로 루시의 어깨를 꽉 잡는다. 나는 지금 포피가 리코가 아니라 소피에 대해서 말하고 있다는 것을 안다. "어쩌면 그럴지도 모르지. 하지만 네가 사랑과 진실을 받아들일 때 네 답에 자신감을 갖게 될 거란다. 그리고 대체로 답은 '사람들이 좀 그러면 어때?'가 될 거야."

✳

미켈란젤로 호텔의 우리 객실은 베니스에서 묵은 호텔 객실보다도 웅장하다. 청회색 벽 꼭대기에는 화려한 몰딩이 장식돼 있고 화려한 유화들이 걸려 있으며, 응접실 하나와 특대 크기의 침대가 있는 방이 두 개 딸려 있다. 루시와 내가 각자 짐을 푸는 동안 포피는 한쪽에 서서 2층 창으로 밖을 내다보고 있다. 나는 여행 가방을 옷장에 넣고 포피에게 간다.

각뿔 모양 첨탑 꼭대기에 단순한 십자가가 달려 있는 예쁜 흰색 성당이 포장용 돌이 깔린 광장의 끝에서 우리를 마주 보고 있다. 중앙에 있는 녹색 쌍여닫이문 위에 눈썹 한 쌍처럼 아치 모양의 창문이 두 개 있다.

포피가 손가락으로 가리킨다. "저기가 내일 내가 리코를 만날 곳이란다." 나는 포피에게 혹시 모르니 마음의 준비를 하라는 말을 하려다가 이내 입을 다문다. 더할 수 없이 낙관적인 이 노인을 그 만남이 가능하다고 하루 더 믿게 둔다고 해서 무슨 문제가 있겠는가?

✳

성당 종소리가 일곱 번 울리고 잘 차려입은 연인들이나 부부들이 저녁 식사를 하러 나선다. 포근한 저녁이라 샌들과 치마가 적당한 차림이겠지만, 포피는 분홍색 인조 모피 조끼를 선택한다. 포피는 식당에 가는 길에 빌라 투폴로에 들르자고 한다. "부유한 상인이 13세기에 지은 오래된 저택이란다. 리코와 나는 그곳의 정원들을 아주 좋아했어."

대부분의 관광객들이 빠져나간 시간이라, 우리가 고대 감시탑처럼 생긴 곳에 도착하니 주변이 조용하다. 우리는 아치 형태의 입구를 통과해서 라임나무와 사이프러스나무가 줄지어 서 있는 길을 쭉 걷는다.

포피가 걸음을 멈춘다. "눈을 감아보렴."

나는 눈을 감았다가 뜨고 나서 입을 떡 벌린다. 마치 우리가 동화 속 이탈리아의 안뜰로 시간 이동을 한 것 같다. 원형 분수가 중앙에 자리를 잡고, 무성하게 우거진 열대 식물들과 온갖 종류와 색깔의 장미들이 심어진 기하학적인 화단이 그 주변을 둘러싸고 있다. 나는 테라스 가장자리로 다가간다. 완벽하게 연출된 것처럼 한 그루 태산목이 식물군 사이에 우뚝 서 있다. 90여 미터 아래에서 살레르노만이 보라색과 황금빛으로 물든 하늘과 맞닿아 반짝인다.

"이곳을 영혼의 정원이라고 부른단다." 포피가 내 옆으로 다가온다. "리코가 가끔 이 정원에서 바이올린을 연주했지." 포피가 몸을 돌려 그 주변을 천천히 둘러본다. 나는 잠시 후에야 깨닫는다. 포피는 그를 찾고 있다.

"배고픈 사람?" 루시의 말이 우리를 현재로 되돌려놓는다.

우리는 해안이 내려다보이는 암벽 위에 자리 잡은 아늑한 해산물 식당 란티카 카르티에라로 간다. 포피는 신맛이 있고 달지 않은 캄파니아산 화이트와인 그레코 데 투포를 한 병 주문하고, 이 와인을 마신 내 혀는 오그라든다. 파도가 절벽에 부딪쳐 부서지고, 우리는 신선한 참치 타르타르, 산호색 바닷가재 살, 야생 회향과 신선한 토마토를 곁들인 해산물 수플레를 배가 터지게 먹는다. 포피는 몇 분마다 가발을 쓰다듬어 제자리에 있는지 확인한다. 누군가 테라스로 나올 때마다 포피가 고개를 든다. 그리고 그때마다 내 가슴이 무너진다.

웨이터가 우리 와인 잔을 다시 채운다. "아름다운 우리 아가씨들에게." 포피가 잔을 들어 올린다. "루시아나, 마침내 너는 고급 핸드백이 필요 없다는 것을 깨달았구나."

루시의 얼굴에 밝은 빛이 드리운다. "예…… 이제 알겠어요. 나는 늘 배낭을 좋아하는 사람이었는데도, 고급 핸드백을 고르고 있었어요."

"네가 원하는 여성이 되고 있구나."

"정말 그래." 나는 루시와 잔을 쨍그랑 부딪치면서 말한다.

"내가? 언니는 어떻고. 다리아 언니한테 당당히 맞섰지. 그리고 이 나라를 가로질러 운전했지."

자부심이 솟구친다. 나는 10년 동안 도보로 이동 가능한 작은 거품 같은 세상에 갇혀 살았다. 나는 두려움에게 조종당했고, 그것이야말로 저주였다.

포피가 잔을 우리 잔에 부딪치며 말한다. "게다가 에밀리아가 첫 번째 진짜 실연의 아픔에서 살아남았잖니."

나는 신음 소리를 낸다. "상기시켜주셔서 감사해요."

"드디어, 네가 로맨스 소설을 쓸 수 있겠구나."

"이미 쓰고 있었어요."

"예술가의 가장 중요한 도구는 바로 여기에 있단다." 포피가 손가락으로 내 심장을 가리킨다. "그리고 네가 드디어 네 심장을 드러냈어. 지금까지 너는 머리로 글을 썼어. 마침내, 아가, 가슴으로 쓰게 되겠구나."

나는 화를 내고 싶다. 조금 더 오래 희생자 행세를 하고 싶다.

하지만 늘 그렇듯이 포피가 옳다. 이제 나는 창에 코를 대고 들여다보며 사랑을 하면 어떤 느낌일지 궁금해하는 외부인이 아니라 직접 경험한 내부자이다.

웨이터가 나폴리 파스티에라를 내 온다. 먼저 포피가 부드러운 몰드 케이크를 포크로 떠서 입에 넣고 눈을 감는다.

"델리치오사!" 포피가 냅킨으로 입술을 두드린다. "전설에 따르면, 한 여인이 바구니를 들고 해안으로 갔단다. 바구니 안에는 달걀과 리코타 치즈, 설탕에 조린 과일, 오렌지 꽃이 가득 들어 있었지. 어부 남편이 바다에서 무사히 돌아오게 해달라고 신에게 바치는 제물이었어. 다음 날 아침에 여인이 바닷가에 다시 갔더니 파도에 휩쓸린 재료들이 다 섞여 있지 뭐니. 남편은 무사히 집에 돌아왔고, 여인은 남편이 먹을 예쁜 파스티에라를 만들었다는구나."

"달콤하네요." 루시가 포크를 핥으면서 말한다. "근데 저희는 전설보다는 이모의 이야기를 듣고 싶어요. 아슬아슬한 장면에서 이야기를 끊으셨잖아요." 루시가 팔꿈치로 포피를 살짝 찌른다. "결혼식 날 밤이요."

포피가 키득거리면서 손을 내젓는다. "지금은 놀랄 만한 밤이었다고만 말해두마." 포피의 미소가 희미해진다. "하지만 대체로 그렇듯이, 상황이 변했단다."

37장

✳

포피

1960~1961년
아말피 해안, 라벨로

그날은 11월의 흐린 금요일이었고, 결혼식을 하고 겨우 4주가 지났을 때였단다. 리코와 내가 멜론과 신선한 토마토를 사면서 시장을 이리저리 구경하고 있을 때 누군가 외쳤어.

"에리히? 에리히 크라우제? 진트 지 다스(Sind Sie das, 너 맞아)?"

틀림없이 독일어 억양이었어. 내 심장 박동이 빨라지기 시작했지. 리코도 바짝 긴장하는 것이 느껴졌어. 사람들이 대규모로 동독을 탈출하고 있었지만, 그는 이탈리아에서 보낸 여러 달 동안 아는 얼굴을 한 번도 보지 못했거든. 이제 나는 도망자가 치러야 하는 대가를 알게 되었어. 그는 마침내 국경 경비원에게 잡힌 사람처럼 고통스러워 보였다.

리코가 내 손을 더욱 단단히 잡고 천천히 뒤로 돌았어. 우리 앞에 서 있는 사람은 둥근 얼굴에 발그레한 뺨과 전염력 강한 웃음을 가진 젊은 남자였어. 리코가 한숨을 내쉬었고 그의 어깨에서 긴장이 사라졌어.

"프리츠 쿨만!" 리코가 외쳤단다. 두 사람은 덥석 잡은 손을 꽉 움켜쥐고 서로의 등을 반갑게 두드렸다. "이탈리아에 얼마나 오래 있었어?" 독일어로 물었지만 나는 그의 말을 대부분 이해할 수 있었지.

"지난달에 탈출했어. 일주일 전에 여기 도착했고."

"다르프 이히 포어슈텔렌(Darf ich vorstellen, 소개해도 될까)?" 리코가 말하며 나에게 다가왔다. "마이네 프라우(Meine Frau, 내 아내야)."

자부심으로 마음이 따뜻해졌어. 그가 나를 자기 아내라고 소개한 거야. 무슨 일이 생기든, 죽음이 갈라놓을 때까지 우리는 하나였어.

프리츠가 나를 보더니, 다시 리코를 봤어. "프라우?" 그가 눈살을 찌푸리면서 물었지. 그때부터 너무 빠르게 말하기 시작해 알아들을 수 없었어. 하지만 한 단어를 알아챘어. '카린'. 그는 약혼녀라는 뜻의 '페어롭테(Verlobte)'와 더불어 그 이름을 몇 번 입에 올렸어.

리코는 그 이름이 나올 때마다 움찔했어. "나인(Nein, 아니야). 나인." 그가 말하며 고개를 저었지. "나는 그녀를 사랑하지 않아. 그녀도 알아." 그가 나를 바라봤어. 대화의 주제를 바꾸려는 게 분명했어. "프리츠는 내 고향 라데보일 출신이에요." 리코가 말했단다. "우리 누나 요하나와 함께 학교를 다녔어요."

나는 프리츠가 고향의 식량 부족, 삼엄해진 국경 경비, 공산주의 정부가 개인 사업체를 탈취하는 방식에 대해 말하는 것을 들

367

었어. 손이 떨렸고 가슴이 꽉 조였단다. 프리츠는 거품 같은 우리만의 작은 세계에 침입했고, 나는 그가 주머니에 바늘을 숨기고 있다고 확신했어.

"우리 가족은." 리코가 앞으로 나가며 내 손을 놓았어. "우리 아버지 가게는 아직 안전해? 어머니는 어떠셔? 요하나 누나는 잘 있고?"

"모르는 거야?"

"모르다니 뭘?" 리코가 물었어. "무슨 소식을 들었는데?"

프리츠가 아래를 보면서 목 뒤를 문질렀어. "너희 아버지가…… 뇌졸중을 일으키셨어. 아저씨는…… 아저씨는……."

"세상에!" 리코가 프리츠의 팔을 움켜잡았어. "살아 계셔? 어서 말해!"

"응, 마지막으로 들었을 때는 살아 계셨어. 그런데 예전의 그분이 아니야. 너희 아버지의 정비소가 인민 소유 기업으로 넘어가는 건 시간문제야. 이미 넘어갔을 수도 있고."

❋

우리는 우체국까지 전속력으로 달렸단다. 리코가 집에 전화하지 않은 지 몇 주 됐어. 그의 가족은 나에 대해서 혹은 라벨로에서의 새로운 삶에 대해서 아무것도 몰랐단다. 그동안 리코와 나는 우리 사랑, 그리고 함께하는 삶에 너무 빠져 있어서 다른 사람들은 미처 생각 못 했지. 이제 우리가 얼마나 이기적이었는지 깨달았어. 그는 세 시간 동안 가족이 운영하는 가게에 전화하려고 시도했어. 나는 옆에 서서 그의 뭉친 어깨를 쓰다듬고 종이컵에 물을 담아 가져다주고 자책하는 그의 말을 열심히 들었단다. 마침내 오후 4시에 전화가 연결됐어. 우리는 숨을 죽이고 전화벨이 울리는 소리를 들었다. 한 번. 그리고 두 번.

"크라우제 아우토레파라투어(Krause Autoreparatur, 크라우제 정비소입니다)." 나는 그의 옆에 딱 붙어 서서 몸을 웅크렸어. 수화기에서 여자의 목소리가 들릴 정도로 가까웠지.

"누나." 리코의 목소리가 너무 쉬어서 제대로 말하지도 못할 지경이었단다.

리코와 누나는 독일어로 이야기했어. 묻고 답하는 말이 속사포처럼 오고 갔어. 이번에도 단어와 구절이 드문드문 귀에 들어왔다.

"콤 나흐 하우제(Komm nach Hause)."

"두 무스트(Du musst)."

"비어 브라우헨 디히(Wir brauchen dich)."

당장 집으로 돌아와.

꼭 그래야 해.

우리는 네가 필요해.

✳

우리는 우체국에서 나왔고, 아름다운 내 세상이 갑자기 흐려졌어. 리코는 나와 빌라 루폴로의 콘크리트 분수 가장자리에 앉았어. 그는 내 양손을 꽉 쥐고 자기 아버지의 상태를 말했다.

369

"오른쪽이 마비됐대요. 렌치는 고사하고 포크도 못 드신대요. 말을 제대로 못 하시고 하루 종일 휠체어에 앉아 계신대요. 어머니가 아버지에게 밥을 먹여드리고 목욕을 시켜드리나 봐요. 어린아이처럼. 누나 말을 그대로 하자면 아주 지친대요."

그가 눈길을 돌렸어. 나는 그가 다시 말할 수 있을 때까지 그의 등을 쓰다듬었지.

"누나가 가게를 운영하려고 애쓰고 있지만, 어떻게 하겠어요? 누나는 자동차 수리에 대해 아무것도 몰라요. 매형이 도와주려고 노력한다지만, 밑지는 장사를 하고 있어요. 관리들이 두 번이나 왔다 갔대요. 그 사람들이 누나와 엄마까지 압박하고 있어요. 내가 어디에 있는지, 왜 돌아오지 않는지 말하라고요. 내 여행 허가증의 최대 기간이 오래전에 지났어요. 누나를 협박하고 있대요. 내가 돌아오지 않으면 아버지 가게를 인민 소유 기업으로 넘길 거래요."

오싹 소름이 끼쳤다. 리코가 돌아가지 않으면, 가업이―그의 아버지가 일구고 애정을 쏟아부은 그 가게가―관영 기업이 되어 정부에서 직접 운영하게 된다니.

"우리가 가야 해요." 나는 부드럽게 말했어. "당장이요."

그가 고개를 저었다. "안 돼요. 당신과 있는 곳이 내 집이에요. 여기 이탈리아가."

하지만 앞날이 빤히 보였다. 가족을 도우려고 노력하지 않는다면 그의 여린 마음이 결코 견디지 못할 터였다.

"가족이 우선이에요. 당신도 알잖아요. 우리는 가야 해요. 아버지가 건강해지실 때까지 당신이 가게에서 일하면 돼요."

그는 숨을 깊이 들이마셨다가 뱉었고, 중대한 결정을 내려야 하는 압박감에 짓눌려 어깨가 쭉 처졌다. "당신 말이 맞아요. 나는 가야 해요." 그가 내 눈을 똑바로 바라봤어. "혼자."

나는 벌떡 일어났어. "나는 당신 아내예요. 나는 '마인 에만'과 갈 거예요."

"동독은 휴가로 갈 만한 곳이 아니에요!" 그가 한 번도 낸 적 없는 단호한 말투로 말했고, 나는 솟구치는 눈물을 억누르려고 빠르게 눈을 깜빡였어. 그가 바로 어조를 부드럽게 누그러뜨렸지. "당신은 트레스피아노에 있는 아버님 집으로 돌아가요." 그가 내 뺨을 쓰다듬었다. "당신을 사랑해요, 포피. 항상 당신을 사랑할 거예요. 하지만 나는 집에 가야 해요. 그리고 당신도 집에 가야 해요. 우리 아버지가 건강해지시면, 돌아올게요. 이번에는 구혼자가 아니라 당신의 남편으로. 아버님은 우리를 막으실 수 없을 거예요."

그는 자신 있게 말하려고 애썼지만, 눈에 깊은 슬픔이 서려 있었단다. 그의 고통을 덜어주고 싶었어. 하지만 나는 너무 이기적이었지.

"안 돼요. 나는 당신 없이 못 살아요."

"당신 곁에는 늘 내가 있을 거예요." 그가 속삭이고는 내 이마에 입술을 댔다. "내가 돌아오면 당신에게 큰 집을 지어줄게요. 이이들도 생길 거예요. 우리 아이들은 당신 눈을 닮을 거예요. 우리 아이들은 자유롭게 살 거예요." 그가 내 얼굴을 두 손으로 감쌌다. "그리고 당신의 여든 살 생일에 우리는 라벨로 대성당 계단을 오를 거예요. 약속할게요."

※

그날 저녁, 나는 그의 낡은 가죽 가방을 찾았단다. 옷장 선반에서 그동안 모아온 동전이 담긴 병들을 내리다가 너무 무거워 놀랐지. 몇 년 후, 우리가 꿈꿔오던 작은 집을 살 수 있을지도 모르겠다 싶었어. 하지만 지금은 그 소망이 너무 멀어 보였지.

내가 병들을 그의 가방에 넣고 있을 때 리코가 방으로 들어왔어. "안 돼요." 그가 첫 번째 병을 열어 여비로 쓸 만큼의 동전만 빼서 주머니에 넣고, 다시 병을 나에게 돌려줬어. "피렌체에 가는 기차표를 사려면 당신한테도 돈이 필요해요."

나는 두려움에 사로잡혔다. 내가 집에 돌아가면 사람들이 어떤 반응을 보일까? 로사 언니는 당연히 내 편이 돼주겠지. 하지만 아빠는 나를 미워했어. 엄마는 내 삶을 절망으로 만들 터였고. 그래도 집에 가는 것은 리코가 마주하게 될 상황에 비하면 수월했어.

그가 방에서 나가자, 나는 내 기차표와 시장에서 필수품을 살 만큼의 돈을 병에서 뺐어. 나머지 동전은 편지와 함께 봉투에 넣었지.

안전하게 돌아와요, 내 사랑. 그때까지 잊지 말아요. 내가 당신을 사랑하고, 당신을 위해 기도하고, 당신을 그리워한다는 것을. 매일 매시간 매초마다.

나는 볼에 흘러내리는 눈물을 닦았단다. 확신한다는 느낌이 들게 쓰려고 노력했지만, 그에게 좋지 않은 일이 생길까 봐서 무서웠어. 나는 라벨로 대성당 계단에서 발견한 행운의 동전을 편지에 테이프로 붙였다. 곧 다시 만나요. 그리고 기억해요. 우리는 내 여든 살 생일에 대성당에 함께 있을 거예요.

✳

우리는 옥상에서 우리의 마지막 일몰을 봤고, 진한 황색 하늘이 까맣게 변할 때까지 와인을 마셨단다. 다음 날 아침, 나는 그를 도와 짐 싸는 것을 끝냈다. 벌써부터 마음이 허전했다. 속이 텅 빈 것 같았어. 그의 긴 여정을 위해 납지에 빵과 햄을 싸는 동안 눈물이 고였단다. 그가 마침내 고향 집에 도착하면 잡혀서 갇힐까? 경비대에게 두드려 맞을까?

그는 이탈리아 국경까지 기차로 갈 계획이었다. 거기서부터는 오롯이 자전거에 의지해서 가거나, 지나가는 차가 인정을 베풀어 태워주기를 바랄 수밖에 없었어. 서베를린에 도착하면, 거의 2년 전에 샀고 절대로 사용하지 않을 작정이던 그 왕복표를 사용할 터였지. 그 표는 그를 동독으로, 한때 그의 집이던 감옥으로 데려갈 터였다.

경비대가 국경에서 그를 심문하고 괴롭히고 어디에 있었는지 알아내려 할 것이 분명했어. 물론 결국 동독이라는 배타적인 세상으로 그를 돌려보내겠지. "그들의 임무는 사람들이 안에서 못 나오게 하는 거예요." 그가 설명했다. "사람들이 들어오지 못하게 하는 게 아니라."

하긴 제정신이라면 누가 동독으로 돌아가겠다는 선택을 하겠니?

"일단 라데보일로 안전하게 돌아가면 연락할게요."

"당신이 도착하면 편지들이 기다리고 있을 거예요." 내가 미리 편지를 보내겠다고 약속했어.

"먼저 내 편지를 받을 때까지 기다려요." 그가 내 코끝에 키스했다. "그다음에 나한테 편지를 써요, 날마다."

"그런데 왜 기다려야 해요?"

"관계 당국이 편지를 열어서 검열해요. 때로 편지를 완전히 폐기하기도 해요. 그들이 당신의 편지를 가로챘다면, 내가 탈출하려 했다는 것을 알아차리겠죠. 그리고 내가 다시 입국할 때 벌을 줄 거예요."

나는 몸서리를 치면서 내 남편이 동독 경비대에게 두드려 맞는 모습을 상상하지 않으려고 애썼단다.

그가 주머니에서 작은 칼을 꺼내 들고 의자 위로 올라가서, 우리 침실 문 위에 짧은 한 문장을 새겼다.

우리는 사랑을 선택했다.

PF & EK

우리는 뒤로 물러서서 그 문장을 읽었어. 나는 그의 품에 안기면서, 차라리 지금 이곳에서 죽고 싶다고 생각했단다.

그에게 떠나지 말라고 애원할 수도 있었겠지. 그랬다면 그는 떠나지 않았을 거야. 나는 그렇게 확신해. 하지만 언젠가 그가 말했듯이, 그 누구도 피와 물 중에서 하나를 선택해야 할 필요는 없어.

나는 생전 처음으로 혼자였어. 내가 탈 기차가 4시에 출발하니 작은 집의 세간살이를 꾸릴 시간이 있었지. 하지만 도통 기운이 없었다. 나는 속이 텅 빈 것처럼, 영혼이 가슴에서 빠져나간 것처럼 초라해진 집 안을 목적 없이 돌아다녔어.

나는 트레스피아노로 돌아가겠다고 리코에게 약속했지만, 싸늘한 석조 농가, 아버지의 불같은 성질을 생각하니 지쳐버렸단다. 시간이 지나면 용서를 받을지도 모르지. 하지만 부모님의 용서에는 대가가 따르게 마련이야. 나한테 떠나라고, 로사 언니와 미국으로 가서 이그나시오와 결혼하라고 강요할 것이 뻔했어. 고려할 가치도 없는 소리잖아. 나는 이미 진심으로 사랑하는 남자와 평생을 걸고 결혼했는데 말이야.

몇 시간이 흘렀단다. 나는 짐을 싸지 않았어. 아니, 쌀 수 없었다. 나는 하루 더 기다렸다가 집에 가기로 했단다. 정든 우리 집에서는 혼자라는 느낌이 덜 들었거든. 리코의 셔츠가 옷장에 걸려 있고 개수대 옆 컵 속에 그의 칫솔이 내 칫솔과 같이 꽂혀 있고, 매일 밤 함께 낡은 누비이불을 덮고 잤던 곳이었으니까.

또 하루가 지나갔어. 이어서 세 번째 날도 지나갔다. 집으로 돌아가는 길이 내가 곧 들어가야 하는 연기 자욱한 숲처럼 무섭게 느껴졌어. 공포가 나를 덮쳤어. 그러다가 점차 힘이 나더구나. 그 주가 끝나갈 즈음 결정을 내렸어. 농장으로 돌아가지 않기로. 빵집 위층의 이 작은 공간을, 생전 처음 진정으로 집이라고 느낀 이

유일한 곳을 떠나지 않기로 한 거야. 떠날 수 없었단다.

하지만 리코는 내가 트레스피아노로 돌아갈 것이라고 생각했어. 그리고 나는 그가 안전하게 집으로 돌아갈 때까지 기다렸다가 그에게 편지를 쓰겠다고 약속했지. 그는 아버지의 주소로 편지를 보낼 터였어. 나는 로사 언니에게 편지를 써서, 분명히 리코가 편지를 보낼 테니 그 편지를 나에게 다시 보내달라고 부탁했단다.

일주일 후, 나는 일자리를 하나 더 구했어. 오전에는 아래층 빵집에서 빵을 만들었고, 저녁에는 조금만 걸어가면 되는 피자 가게 주방에서 일했어. 아무리 적은 봉급이라도 두 군데에서 받으면 근근이 살아갈 수는 있을 터였어.

나는 날마다 리코의 안전을 바라는 기도를 하면서 하느님에게 그를 건강하게 지켜달라고, 그에게 힘과 용기를 달라고 애원했단다. 한 달이 지났어. 나는 매일 아침 빵집에서 일이 끝난 후 서둘러 우체국에 갔지. 내 어리석은 마음은 집에서 다시 보낸 편지를 받게 되리라는 희망으로 두근거렸단다. 하지만 대신에 로사 언니가 보낸 편지들만 받았어. 언니는 페이지마다 속내를 구구절절 털어놓으면서, 자신과 알베르토 사이에서 느껴지는 깊은 골에 대해서 말했어. 언니는 알베르토가 자기에게 과분하고 언젠가 자기를 떠날 것이라고 확신했지. 언니는 알베르토가 자기를 버릴까 무서워서 한밤중에 울면서 깨어난다고 했어. 언니가 알베르토에게 위로를 받으려고 해도 그는 위로하는 법을 몰랐지. 알베르토는 언니를 바보라고 불렀고, 그런 반응은 언니를 더 속상하게 했어. 언니는 두렵다고 어머니에게 얘기했지만, 어머니는 언니가 아이를 가지면 만사가 좋아질 테니 걱정 말라고 장담했다는 거야. 그리고 매번 언니는 가슴 아픈 편지의 끝에, '여전히 리코한테 아무 소식 없음'이라는 말을 덧붙였지.

피로움이 극에 달할 때면, 과연 사랑이 정말로 존재하나 싶었어. 우리 둘 다 심장이 찢어지는 고통을 겪을 수밖에 없는, 애초에 우리 것이 아니었던 걸 되찾기를 그저 간절히 바랄 수밖에 없는 운명이란 말인가?

✳

음울한 2월이 찾아왔고 절망이 밀려왔어. 나는 햇살 한 줌도 느끼지 못했지. 웃음소리는 생소한 소리가 됐어. 나는 몇 시간의 자유 시간에 편지를 썼고 리코에게 돌아오라고 애원했단다. 보낼 수 없는 편지였어. 나는 편지지에 내 고통을 모두 쏟아냈고, 내가 용감한 척했지만 사실은 그렇지 않다고 인정했어. 내가 그렇게 이타적인 사람이 아니라고도 시인했고. 나에게는 그가 필요했어. 그의 가족에게도 그가 필요하다는 것은 중요하지 않았어. 나에게 더 필요했어.

하루하루가 단조로웠고, 공허한 스물네 시간이었단다. 나는 자정까지 피자 가게에서 설거지를 했고, 새벽 네 시에 일어나서 아래층 피아센티스 빵집에서 빵을 구웠어. 극도의 피로가 몰려왔지. 나는 오후 2시부터 6시까지 작은 방의 침대에 누워 리코가 문 위에 새긴 글을 바라보면서, 조금이라도 잠들 수 있기를 간절히 바랐다. 하지만 밝은 햇빛이 내리쬐었어. 한때 웃음소리와 열정을 담고 있던 네 개의 벽이 오븐처럼 방을 달궈 수면을 방해했지. 거리에서 나는 소리가 열린 창문으로 들어왔어. 빵집 앞에서 여자아이들이 수다 떠는 소리, 어느 여인이 큰 소리로 웃는 소리. 한때 내가 웃고 떠들며 내던 소리들이었어.

입술이 터서 갈라졌단다. 입에서 마분지 같은 맛이 났어. 아무것도 삼키지 못했지. 물마저도. 어느 날, 내가 화장실에서 토하는 소리를 들은 피자 가게 사장이 나를 일찍 퇴근시켰어. 9시였고 거리는 벌써 어두웠지. 마음속에서 악당들이 나를 따라다니며 괴롭혔다. 내가 그림자라고 생각했던 것은 문간에 숨어 있는 늑대들이었어. 더 빨리. 더 빨리 움직여야 했지. 하지만 무거운 발이 콘크리트에서 떨어지지 않았다. 나는 가까스로 움직였어. 겨우 우리 집 건물에 도착하자마자 계단통에 쓰러지고 말았어.

나는 딱딱한 나무 계단에 누워서 거칠게 숨을 내쉬며 여섯 계단을 더 올라갈 힘을 끌어모으려고 안간힘을 썼어.

그때 소리가 들렸단다. 계단 꼭대기에서 삐걱거리는 소리가. 문이 열렸다. 다른 집 문이 아니라 우리 집 문이! 나는 머리를 들었어. 몇 번 눈을 깜빡이며 내 앞에 있는 얼굴을 분간하려고 애썼어. 두 달 만에 처음으로 심장 박동이 빨라졌지. 그리고 이어서 모든 것이 암흑으로 바뀌었다.

38장

✳

에밀리아

여덟째 날 – 포피의 생일
라벨로

물이 흐르는 소리에 잠에서 깼다. 호텔 객실은 아직 어둠에 싸여 있었지만, 욕실 문 밑으로 빛이 새어나왔다. 포피가 벌써 일어났다. 포피의 날이 왔다.

어젯밤에 루시와 나는 포피에게 질문을 퍼부었다. 그 계단에 있던 사람이 누구예요? 리코였어요? 리코가 포피에게 돌아왔어요? 하지만 그 외로운 기억을 떠올리느라 기력이 다했는지 포피는 아무 말도 없이 잠잠하기만 했다.

나는 안경과 전화기를 집어 들었다. 마침내 나는 그의 성을 알았다. '크라우제 아우토레파라투어, 라데보일'을 검색창에 입력했다. 제길. 검색 결과가 하나도 없다. 그다음에 '에리히 크라우제'를 입력했다. 30만 개의 링크가 뜬다.

"뭐 해?" 루시가 피로 가득한 목소리로 묻는다. 루시는 침대 옆 램프를 켜고 웅크린다.

"리코를 찾아보는 중이야." 나는 전화기를 내민다. "이 많은 링크 좀 봐. 대부분 독일어로 돼 있어. 우선 결혼 허가서랑 사망 증명서부터 살펴보려고. 확인해서 아닌 건 제외하고."

"그러다가는 평생 걸리겠네." 루시가 내 손에서 살며시 전화기를 빼서 탁자에 올려놓는다. "여기서부터는 운명의 손에 맡기고, 오늘은 포피를 행복하게 해주는 게 어떨까?"

나는 내 사촌의 세심함에 깜짝 놀랐다. 일주일 전만 해도 루시는 달아날 준비가 돼 있었다. 언제라도 미국으로 잽싸게 돌아가서 포피의 꿈을 몽땅 잊을 태세였다. 하지만 이제 루시는 다르다. 더 너그러워졌고 더 이상 억울해하지 않는다. 루시가 저주가 풀렸다고 믿는지 안 믿는지 나도 모르겠다. 하지만 루시에게 희망이 생겼다는 것은 분명히 알겠다. 그리고 그 희망이 모든 변화를 일으키고 있다.

"부디 운명이 포피에게 친절을 베풀길." 내가 말한다.

"느낌이 좋아." 루시가 눈을 반짝이며 말한다.

나는 외면한다. 내 사촌이 언제부터 기적을 믿기 시작했을까? 그리고 내가 언제부터 기적을 믿지 않았을까?

아침 공기가 서늘하고, 수평선에 뭉게뭉게 구름이 피어오르면서 마을 위로 연보라색 안개가 낀다. 사람들이 광장에서 이리저리 돌아다닌다. 신문과 커피 컵을 들고 있는 사람들이 있는가 하면, 지도와 우산을 들고 있는 사람들도 있다. 포피가 대성당으로 가는 길로 우리를 이끈다. 포피의 걸음걸이는 여전히 느리지만, 그나마 지난 며칠보다는 기운이 있어 보였다. 나는 우리 비옷을 들고 천천히 따라가면서 포피의 모습에 놀란다. 포피는 흰색 드레스를 입고 있다. 옷이 누렇게 변하고 주름져 있고, 포피에게 두 사이즈는 크지만 빨간색 가죽 띠를 허리에 맸다. 목에는 밝은 보라색 스카프와 청록색 구슬 목걸이를 둘렀다. 늘 그렇듯이 여러 개의 팔찌가 팔을 장식하고 있다.

"생신에 맞는 참 예쁜 아침이에요." 나는 바다 위로 몰려드는 불길한 구름을 무시하려고 애쓰며 말한다.

포피가 나를 돌아본다. "그럴 줄 알았단다. 여든 살 생일을 축하하기 위해 59년을 기다렸어. 내 웨딩드레스까지 입었단다."

"그게 이모의 웨딩드레스예요?" 나는 빠른 걸음으로 포피 옆으로 가서 오래된 흰색 리넨 옷을 더 자세히 살핀다. "리코가 이모한테 사준 그 옷이요?"

"아니. 조지 클루니가 사준 옷이지." 웃음이 포피의 두 뺨에 주름을 지으며 퍼지다가 빠르게 옅어진다. 이제 포피는 걸음을 멈추고 차양 밑 빛바랜 간판에 '피아센티스 빵집'이라고 적힌 분홍색 치장 벽토 건물을 가만히 응시한다.

"이모가 일하시던 곳이네요." 루시가 말한다.

하지만 포피는 1층에 있는 빵집을 바라보고 있지 않다. 고개를 들고 2층 창문의 불빛에 시신을 고성하고 있다.

"예전에 이모가 사시던 집이네요." 나는 그곳을 올려다보며 말한다.

"리코도." 포피는 그 건물이 이별한 애인이라도 되는 듯이 뚫어지게 응시한다. 마침내 포피는 이마에서 가슴으로 십자가를 긋고 목적지를 향해 다시 걷기 시작한다.

아침 미사가 막 끝나서 대여섯 명의 사람들이 라벨로 대성당의 콘크리트 계단을 느긋하게 내려온다. 포피는 목에 한 손을 올린 채 그들의 얼굴을 하나하나 자세히 살핀다. 마지막 사람이 내려오자 포피는 첫 번째 계단에 발을 올린다. 포피는 앞에 놓인 나머지 십여 개의 계단을 똑바로 올려다본다. 그 계단이 에베레스트산이라도 되는 것처럼.

루시와 내가 잽싸게 포피의 양옆으로 다가가지만 포피는 우리에게 비키라고 손을 내젓는다. 포피는 어깨를 쫙 펴고 콘크리트 난간을 꽉 붙잡는다. 꼭대기까지 올라가는 데 6분이 걸리지만 우아하게 해낸다. 내가 옆으로 다가가자 포피가 가슴을 부여잡고 있다.

"브라바." 나는 포피의 뺨에 입을 맞춘다.

"리코가 보고 있을지도 모른단다. 리코가 내가 계단도 제대로 오르지 못한다고 생각하면 안 되지."

나는 아래 펼쳐진 광장을 둘러본다. 물론, 리코는 보고 있지 않다.

✳

첫 번째 한 시간은 희망으로 가득 차 있다. 내가 대성당 문을 열자 포피가 안으로 들어간다. 포피는 리코가 계단에서 만나기로 한 것을 잊어버렸을 경우를 대비해 성당 내부를 빠르게 훑어본다. 안에서 그를 찾지 못하자 소리 내어 웃는다.

"아직 8시밖에 안 됐잖니. 그 사람은 늘 잠자는 걸 좋아했단다."

✳

우리 위에서 성당 종이 아홉 번 울린다. 햇빛이 단 한 줄기도 보이지 않고 안개가 성수처럼 하늘 아래로 뿌옇게 낀다. 포피는 대성당 입구의 처마 아래 서서 왕국을 내려다보는 왕비처럼 광장을 둘러본다. 하지만 이 왕비는 한 사람, 단 한 사람을 찾고 있다. 그리고 그는 어디에도 보이지 않는다.

✳

포피는 축축하게 안개가 낀 오전 내내 단념하지 않고 남아 있다. 노란색 비옷을 입고 계단 위를 왔다 갔다 하고, '코에 파우더를 바르기' 위해 단 한 번 대성당 안으로 몸을 피한다. 나는 스웨터를 벗어 꼭대기 계단에 쿠션처럼 깔아 포피에게 앉으라고 끈질기게 설득한다. 왜 의자를, 아니면 베개라도 가져올 생각을 하지 못했을까? 포피는 주저하다가 마침내 내 말을 따른다. 포피를 계단에 앉히려고 루시와 나 둘 다 힘을 보태야 했고, 나는 우리가 포피를 다시 일으키지 못할까 봐 잠시 걱정한다. 포피는 힘들다는 말을 하지 않지만, 슬쩍 얼굴을 찌푸리는 것이 보인다. 포피의 가슴에서 색색 소리가 난다. 포피의 몸이 좋지 않다.

우리 뒤에서 대성당 문이 열린다. 길고 얇은 코를 가진 백발의 남자가 흰색 칼라가 달린 성직자복 차림으로 성당 밖으로 나온다. 그는 비둘기 세 마리처럼 계단 꼭대기에 앉아 있는 루시와 포피와 나를 보고 걸음을 멈춘다.

"신부님." 루시가 말한다. "저희 사진 좀 찍어주시겠어요?"

"기꺼이 찍어드리겠습니다."

나는 신부에게 내 전화기를 건넨다. 루시가 포피를 일으켜 세우는 동안, 그는 자신을 베네데토 신부라고 소개한다.

"베이 소리지(Bei sorrisi)!" 베네데토 신부가 말한다. "예쁘게 웃어요!"

신부가 나에게 전화기를 건넨다. 나는 사진을 확인하다가 포피가 신부에게 조금씩 다가가는 것을 알아챈다. 포피는 신부의 얼굴을 자세히 살피고 그의 코를 유심히 바라보다가, 목에 손을 올린다.

"신부님." 포피가 말한다. "신부님이 나와 남편의 결혼식을 주례하셨어요. 59년 전에, 바로 여기 라벨로 대성당에서. 내 남편은 독일인이었어요. 분명히 기억하시겠지요."

신부가 입술을 팽팽히 당기며 고개를 젓는다. "아니요, 부인. 라벨로에서 신부 생활을 한 지 40년밖에 안 됐습니다."

"하지만……." 포피의 목소리가 서서히 잦아든다.

신부는 몸을 돌려 젖은 계단을 내려간다.

"다른 신부님이었나 봐요." 나는 포피의 등을 쓰다듬으며 말한다.

성당 종이 열두 번 울릴 즈음에 구름이 빗방울을 흩뿌리고 내 배에서 꼬르륵 소리가 난다. "잠시 쉬면서 점심을 먹는 게 어떨까요?" 내가 제안한다.

"음식이 들어갈 것 같지 않구나. 가슴이 조마조마해서. 곧 리코를 보게 될 거야."

"그러지 마시고요. 다리도 좀 펴셔야죠."

포피는 그 말을 들으려 하지 않는다. "너희 둘이 가렴. 리코와 길이 어긋나면 안 되잖니."

"그분은 이모를 기다릴 거예요." 루시가 말한다.

"그래, 하지만 무엇 하러 기다리게 하니? 그는 이미 너무 오래 기다렸단다."

39장

✳

포피

1961년
아말피 해안, 라벨로

방이 흐릿하게 보였고, 이마에는 젖은 수건이 얹어져 있었단다. 여기가 어디지? 계단통에 누워 있던 기억이 희미하게 났다. 몸을 일으키려 했지만 힘을 준 손이 나를 눌러 일어나지 못하게 했어.

"가만히 누워 있어." 멀리서 목소리가 들렸지.

나는 너무 기운이 없어 반박하지 못했어. 눈을 감고 다시 잠들었단다. 꿈속에서 로사 언니가 나에게 큰 소리로 말했다. "입 벌려."

갑자기 뜨거운 것이 닿으며 입술이 화끈거렸다. 나는 움찔하며 눈을 떴단다.

로사 언니가 김이 나는 그릇을 들고 내 옆에 있었다. 소파 가장자리에 걸터앉아 내 입술에 수저를 가져다 댔지. "먹어." 언니가 명령했어.

묽은 죽은 소금 맛이 났고 목구멍과 위를 뜨겁게 지지며 내려갔어.

"한 술 더." 언니가 말했어.

나는 그릇이 다 빌 때까지 얌전히 받아먹었어. 이어서 언니는 내 입술에 컵을 대고 물을 마시게 했어. 물을 두 모금 삼키자 목소리가 나왔단다.

"여기는 어쩐 일이야?" 잔뜩 쉰 소리였어.

언니는 테이블에 컵을 내려놨어. "지난주에 편지가 왔어." 언니가 주머니에서 봉투를 꺼냈어. "독일에서."

안도감에 탄성을 질렀어. "세상에. 이 먼 길을 와줬구나. 고마워, 로사 언니." 나는 편지를 받으려고 손을 뻗었지만, 언니는 꽉 쥐고 주지 않았어.

"가만히 누워 있어. 내가 읽어줄게."

사랑하는 포피에게,

당신이 이 편지를 읽게 되기를 바랍니다. 그리고 당신이 부모님 댁에서 안전하게 잘 있기를 바랍니다. 내가 보낸 다른 편지들도 읽었겠지요. 읽지 못했을 수도 있고요. 내가 주의를 준 대로, 동독에서 보내는 편지를 중간에 가로채거나 완전히 압수하기도 하니까요.

지금 나는 집에 있지만, 옛날과 달리 전혀 집 같은 느낌이 안 들어요. 내 마음은 라벨로에, 빵집 위층의 작은 우리 집에 있어요. 어디든 당신과 같이 있는 곳이 내 집이에요.

집에 돌아오면서 나는 그사이에 아버지가 호전되셨기를 바랐어요. 다시 작별 인사를 하고 내 사랑 당신에게 돌아갈 수 있기를 바랐어요.

슬프게도 현실은 바람과 다르네요. 그렇지 않아도 늘 연약하신 어머니가 그사이에 20년은 더 늙어버린 것 같아요. 한마디를 할 때마다 눈물을 터뜨리세요. 너무 말라서 뼈가 다 부러지지는 않을까 걱정될 지경이에요. 집 밖으로는 한 발자국도 나가지 않으려 하세요. 아버지 옆에서 꼼짝도 안 하세요.

그나마 우리 집에서 멀쩡한 사람은 요하나 누나뿐인데, 누나 혼자서 가게를 온전히 운영할 수는 없어요. 매형은 아무 쓸모가 없어요. 누나는 날마다 시내에 가야 해요. 시내에도 식량이 부족하고 줄이 너무 길어서 빵 한 덩어리를 받으려고 몇 시간이나 서 있어야 해요. 어제 누나는 작은 망고 주스 캔 하나를 겨우 얻었어요. 공산당의 무역 상대국 중 하나인 머나먼 쿠바에서 온 캔이었어요. 그 달콤한 과일즙 한 모금 덕에, 내가 지옥이라고 부르는 이곳에서 잠시 천국을 느꼈어요.

나는 소매를 걷어붙였고, 이미 열두어 대의 자동차가 수리를 기다리고 있어요. 자동차 아래 누워, 윤활유를 교체하고 팬벨트를 갈아 끼워요. 머리를 자동차 덮개 밑에 처박고 일하면서 내 아름다운 아내인 당신을 생각해요. 눈앞에 떠오르는 당신 얼굴이 끝없는 암흑 같은 나날 속에서 나를 견디게 해요.

나는 그곳을 떠난 후로 딱 한 가지 생각만 했고 결론을 내렸어요. 당신은 미국에 가야 해요.

내가 숨 막히는 소리를 내자, 로사 언니가 내 뺨을 쓰다듬었어.

"그 사람 말을 들어." 언니가 말했어. "리코 말이 옳아. 그 사람은 네가 잘 살기를 바라는 거야. 우리 모두가 그래."

"싫어." 내가 말했어. "나는 절대로 이탈리아를 떠나지 않을 거야. 마인 에만이 돌아올 때까지 못 떠나."

로사 언니의 얼굴에 잠깐 불안이 스쳤어. "제발, 파올리나, 바보같이 굴지 마. 속상한 건 알지만, 그 사람은 돌아오지 않아, 라미아 소렐라 테스타르다."

나는 외면했어. 마침내 언니가 편지를 다시 읽었지.

내가 자란 아름다운 마을 라데보일이 어둡고 차가워졌어요. 무장한 경비대가 동독과 서독 사이 국경에서 24시간 내내 감시하고 있어서, 탈출이 갈수록 위험해지고 있어요. 하지만 사실은, 아모레 미오, 나는 떠날 수 없어요. 매일, 자유로 가는 문이 내 앞에서 닫히고 있는 느낌이 들어요. 우리 가족에게 나는 아버지 가게의 소유권을 지킬 수 있는 유일한 희망이에요. 굶주림만 겨우 면하면서 근근이 이어가는 생계를 책임질 사람이에요. 더구나 지금 내가 다시 사라지면 어머니가 돌아가실 것 같아요.

예전에 당신이 여기에 오겠다고 말했죠. 우리가 함께할 수 있도록. 그때 나는 당신이 오지 못하게 했어요. 그리고 지금 나는 당신이 오는 것을 더욱 강하게 말립니다. 나는 감옥에서 살고 있어요. 나는 당신이 이런 미친 세상에 들어오는 것을 절대로 허락하지 않을 거예요.

그러니 제발 가요, 미오 우니코 아모레.

미국으로, 자유의 나라로 가서 꽃을 피워요. 나는 당신이 다시 결혼하기를 바라요. 당신이 원한다면 그 남자—당신 형부의 삼촌—의 손을 잡아요. 그렇게 되면 내 마음이 편해질 거예요. 당신이 안전하고 행복하고 보살핌을 받게 될 테니까요. 내가 어리석은 꿈으로 당신의 삶을 망치지 않았다는 것을 알게 될 테니까요. 하지만 나는 당신을 사랑하고 마지막 숨을 거두는 날까지 계속 사랑하리라는 것을 제발 알아줘요.

언젠가, 우리는 다시 만날 거예요. 나는 당신의 여든 살 생일, 우리의 결혼 59주년 기념일, 라벨로 대성당에서 당신을 다시 안는 기쁨을 꿈꾸며 하루하루를 버텨요. 그때까지 나는 당신을—당신의 기억을, 우리의 사랑을—지킬 거예요.

영원한 당신의,

리코

나는 로사 언니의 손에서 편지를 낚아채 단어 하나하나를 처음부터 끝까지 세 번 읽었단다. "그가 갔어." 나는 중얼거렸어. 극심한 두려움이 몰려와 숨을 쉴 수 없었지. 나는 일어나려고 했어. "내 남편이 나에게 돌아오지 않는대."

언니가 내 손을 잡았다. "남편? 아내? 왜 그런 말을 쓰는 거야?"

나는 라벨로 대성당에서 올린 비밀 결혼식과 우리 결혼을 축복해준 신비로운 젊은 신부에 대해 설명했단다. "우리는 결혼했어." 내가 말했어. "그리고 그 사람이 너무 보고 싶어."

언니의 얼굴이 눈물로 얼룩졌어. "나는 4주 전에 알베르토와 작별해야 했어. 1월 12일에 그이와 브루노가 마침내 미국으로 떠났어.”

나는 언니의 손을 잡으며 내 이기심이 부끄러웠다. 불쌍한 언니도 사랑하는 사람이 곁에 없는데 그저 내 생각만 했다니. “아, 로사 언니, 미안해. 언니도 괴로운데.”

언니는 고개를 끄덕이고 손수건으로 코를 톡톡 두드렸다.

“언니 마음이 어떤지 잘 알아.” 내가 언니에게 말했단다. “이제 나는 사랑의 힘을 깨달았어. 그게 사람의 마음을 얼마나 사로잡는지, 왜 언니가 알베르토 형부를 안지 못하면 죽을 것이라고 하는지 알겠어. 딱 나처럼, 언니도 형부가 없는 자신이 정처 없이 바람에 흩날리는 나뭇잎처럼 느껴질 거야.”

“씨. 맞아.” 언니는 손을 내려다봤어. “알베르토도 나처럼 느끼기를 바랄 뿐이야.”

“물론 그럴 거야. 형부한테 소식 들은 거 있어? 형부랑 브루노 오빠는 새집에서 행복하게 산대? 형부는 언니가 어서 빨리 도착하기를 목 빠지게 기다리고 있겠네. 형부가 편지 보내지, 그렇지?”

눈물이 언니의 눈에 가득 고였어. “한 통. 브루노가 엄마한테 편지를 여섯 통 보내는 동안 내 남편은 딱 한 통 보냈어. 브루노가 엄마한테 보낸 편지에서 가게 옆에 있는 술집, 자기가 만난 현대적인 미국 여자들에 대해서 이야기했어. 분명히 알베르토도 그 여자들을 만나고 있을 거야.”

“언니 그만해. 형부는 언니를 아주 많이 사랑해.”

하지만 말을 하면서도 마음속으로는 이 말이 사실이 아니라

391

는 것을 알았어. 사랑을 알고 보니 이제 사랑의 부재를 알아보겠더구나. 나는 형부가 언니를 애정 어린 눈으로 바라보는 모습을 한 번도 본 적이 없었어. 나는 형부가 언니의 얼굴에 흘러내린 머리카락을 부드럽게 뒤로 넘겨주거나 언니의 목 뒤를 주무르거나 언니의 뺨을 엄지손가락으로 어루만지는 모습을 한 번도 본 적이 없었어. 그리고 리코와 나는 결코 억누를 수 없던 사랑 나누는 소리가 밤에 다락방 칸막이 너머에서 들려온 적이 한 번도 없었지.

"여전히 알베르토는 될 수 있는 대로 빨리 내가 미국으로 오기를 원해. 그는 여전히 가정을 이루고 싶어 해. 나는 그의 마음이 변하기 전에 그곳에 가야 해."

"형부의 마음은 변하지 않을 거야." 내가 말했단다. "언니의 앞날에는 좋은 일이 많이 있을 거야."

언니는 미소를 지었지만 얼굴에 불안한 기색이 역력했어. 나는 언니와 형부가 결혼한 지 얼마나 됐는지 속으로 얼른 세어봤어. 17개월. 그리고 아직 아이 소식이 없었지.

"아빠 말로는 우리가 6개월이면 표 살 돈을 모을 수 있대."

언니가 말하는 동안 종종 그렇듯이 통풍구를 통해 빵집에서 냄새가 올라왔어. 갑자기 피부에 식은땀이 송골송골 맺혔단다. 나는 역하게 올라오는 구역질을 꾹 참았지.

"하지만 나는 절대로 이그나시오와 결혼하지 않겠다고 말했잖아. 언니는 이해할 거 아니야. 나는 리코 없이 떠나지 않을 거야."

내 눈길이 편지에 가 닿았어. "리코에게 편지를 써야 해. 그를 기다리겠다고 말해야 해. 분명히 리코의 아버지가 호전되실 거야."

"일단 좀 누워." 언니가 내 이마에 입을 맞췄어. "내일 리코한테 편지를 써. 오늘 밤은 푹 자야 해."

✺

다음 날 아침에 내가 잠에서 깨니 소파에 혼자 누워 있었고 낡은 담요가 덮여 있었어. 몸을 일으키려고 하는데 팔다리가 뻣뻣했고 쥐가 났다. 동이 트면서 방을 분홍빛으로 물들였어. 지금 몇 시지? 빵집. 빵집! 아래층 빵집에 가야 했는데.

나는 담요 밑에서 겨우 기어 나왔어. 소파에 한 손을 올리고 가만히 서서 다리에 제대로 감각이 돌아올 때까지 기다렸지. 벽을 붙잡고 맨발로 걸어 욕실로 향했어. 침실을 지나는데 자고 있는 언니가 보였어. 가슴이 비명을 질렀고 나는 손으로 입을 막았어. 리코와 내가 함께 잔 작은 침대, 우리가 하나가 됐고 여전히 그의 냄새가 나는 산호색 누비이불이 더 이상 성스럽게 느껴지지 않더구나.

나는 욕실로 가서 욕조에 물을 채웠어. 쏟아지는 물이 눈물 소리를 삼켰지. 나는 내 이기심을 향해 욕을 퍼부었어. 로사 언니는 리코의 편지를 가지고 이 먼 곳까지 왔다. 분명히 언니는 침대에서 잘 자격이 있나. 그저 마지막으로 내 얼굴을 그 너덜너덜해진 누비이불에 대고 내 남편의 피부 향을 들이마시고 나서 작별 인사를 할 기회가 있었으면 얼마나 좋았을까 싶었지.

내가 욕조에 서서 몸을 닦고 있을 때 언니가 들어왔어. 언니는 나를 슬쩍 보다가 한 손으로 입을 가렸어. 언니는 마치 내가 무시무시하고 흉측한 괴물인 것처럼 한 걸음 물러났어.

나는 평생 언니와 방을 같이 썼단다. 우리는 방에 들어가기 전에 문을 두드리지 않았어. 우리는 서로의 앞에서 몸을 가리지 않았어. 하지만 지난 1년 동안 너무 많은 것이 변했다. 나는 더 이상 소녀가 아니었어. 나는 얇은 수건을 움켜쥐고 알몸을 가리려고 했어.

언니가 머뭇거리며 나에게 한 걸음 다가왔고, 또 한 걸음 다가왔단다. 언니는 한 번의 재빠른 손놀림으로 내가 움켜쥐고 있는 수건을 홱 잡아당겼어.

"세상에!" 언니가 소리쳤어.

나는 부끄러워서 움츠리며 눈을 내리깔았단다. 분명히 너무 말랐다. 체격이 좋은 언니는 나를 보고 해골 같다고 말할 터였지.

"인친타(Incinta)." 언니의 입이 딱 벌어졌어.

내 팔뚝에서 털이 쭈뼛 곤두섰단다.

언니는 내 양쪽 어깨를 잡고 거울을 향해 돌렸어. "세상에, 파올리나, 너 임신했어."

40장

✳

에밀리아

루시와 나는 포피 이모를 폭 감싸 안고 고통스러운 기억을 막아주려고 한다. 그 임신의 끝은 좋지 않았다. 돌피 삼촌이 나에게 말해줬다.

"내가 임신했다고 로사 언니가 나를 원망할까 봐 걱정했단다." 포피가 말한다. "그런데 언니는 그런 티를 내지 않았어. 단 한 번도."

"그분도 임신했어요, 맞죠?" 루시가 말한다. "그래서 원망이 없었을 거예요."

"언니는 당시 자기가 임신한 걸 몰랐단다. 하지만 맞아. 엄마가 된다는 걸 알게 됐을 때, 언니는⋯⋯ 다시 태어난 것 같더구나."

"그리고 할아버지의 사랑을 더 확신하게 되셨어요?" 내가 묻는다.

"암, 그렇고말고. 부모가 되면서 두 사람의 유대감이 강해졌단다."

임신한 두 자매. 하지만 둘 중 한 명만 부모의 뒷받침을 받았고 남편이 있었고 마침내 건강한 아이를 낳았다. 나는 광장을 지나 작고 예쁜 라벨로 마을 너머를 응시한다. 계단식 산비탈에 서 있는 밤나무 기둥 지지대에 포도 덩굴이 감겨 있다. 안개가 낀 이날 유독 쓸쓸해 보이고―그리고 쓸쓸하게 느껴지는―목가적인 광경. 심장이 찢겨나가는 고통을 느끼면서 이렇게 마법처럼 아름다운 마을에 사는 기분은 어땠을까? 포피는 살레르노만에 와닿는 잔잔한 파도 소리를 듣고 저 아래 거품이 이는 티레니아해를 내다보며 위안을 얻었을까? 아니면 무한한 수평선이 포피를 절망시켰을까? 여기에 얼마나 오래 머물렀을까? 계속 피아센티스 빵집에서 일하면서 그 위층에 살았을까? 그 집…….

나는 벌떡 일어선다. "금방 올게요."

나는 광장을 쏜살같이 가로지른다. 방금 떠오른 생각이 점점 구체화된다. 만약 포피가 옛 집에 들어갈 수 있다면, 한때 포피와 리코가 함께 살던 곳에 다시 가본다면 어떻게 될까? 포피에게 위안이 되지 않을까?

오래된 빵집으로 다가갈수록 빵과 갓 내린 커피의 그윽한 향기가 진해진다. 가까이 가니 페인트칠이 필요해 보이는 예쁜 치장 벽토 건물이 보인다. 문이 열리고 검은색 헨리 셔츠를 입고 헐렁한 니트 비니를 쓴 편한 차림의 키 큰 이탈리아 남자가 나온다. 한 손에 소설책을 들고 다른 한 손에 일회용 컵을 든 그가 문이 닫히지 않게 팔꿈치로 대고 있다. 한 노인이 발을 끌며 느릿느릿

396

들어간다.

"고맙다, 니코." 노인이 말한다. "주일 미사에 너희 할아버지 모시고 갈 거지?"

남자가 싱긋 웃는다. "우리가 주일 미사를 빠질 리 없죠, 카펠로 부인."

"넌 착한 아이야." 노인이 지나가면서 남자의 뺨을 토닥거린다.

남자가 여전히 웃는 눈으로 고개를 돌리다가 나를 발견한다. "들어가세요." 남자가 계속 팔꿈치를 문에 댄 채 말한다.

"그라치에." 내가 말한다. "그런데 거기 가려는 게 아니에요."

그가 밖으로 나오자 문이 휙 닫힌다. "알겠어요, 그렇지만 너무 오래 기다리지 말아요. 피아센티 씨는 라벨로에서 최고의 에스프레소를 만들어요. 방금 들었는데 올해 말에 빵집을 닫을 거래요." 그가 흐릿한 유리문으로 안을 들여다본다. "나한테 여유가 있으면 이 가게를 인수할 텐데."

"제빵사예요?" 내가 묻는다.

"비스코티 과자 통은 열 수 있죠."

내가 소리 내어 웃는다. "시작이 반이라잖아요."

"아니요." 그가 말을 잇는다. "나는 여기에 다른 걸 열고 싶어서요."

"당신에게 기회가 생긴 것 같네요."

그가 힘없는 미소를 짓는다. "그냥 꿈으로 남겠죠. 저기, 나는 아보가토(avvocato, 변호사)예요."

나는 얼굴을 찌푸린다. "당신이 아보카도라고요?"

그가 머리를 뒤로 젖히고 소리 내어 웃는다. 아름다운 선율처럼 그윽하게 울려 퍼지는 웃음소리에 마음이 따뜻해진다. 나는 머리를 갸웃하다가 즉시 내 실수를 깨닫는다.

"변호사군요." 내가 말한다. "미안해요. 내가 브루클린에서 자주 사용하는 단어가 아니라서요."

"네, 귀여운 미국 친구, 나는 변호사예요. 우리 아버지와, 아버지의 아버지처럼. 하지만 나를 멕시코 과일로 생각하고 싶다면, 좋을 대로 해요."

나는 웃는다. "좋아요. 그럼 아보카도로 하죠."

우리는 마주 보고 서서 미소를 짓는다. 나는 잠시 후에야 임무를 수행하는 중에 이 완벽한 이방인을 빤히 쳐다보고 있다는 것을 깨닫는다. "아, 음, 가야겠어요."

"같이 디저트 먹으러 가요."

"미안하지만 안 돼요." 나는 한 손을 내민다. "행운을 빌어요, 아보카도."

그가 내 손을 잡고 진한 갈색 눈까지 올라가는 진심이 담긴 미소를 짓는다. "당신도요, 미국 아가씨. 다음에 만날 때까지, 차오."

나는 뒷마당을 향해 걸으면서 딱 한 번만 뒤돌아본다. 그는 아름다운 미소를 띤 채 여전히 나를 지켜보고 있다. 나는 한 손을 들어 올리고 활짝 웃은 다음에 고개를 돌린다. 내가 되고 싶은 여자에 한 발 더 가까워졌다.

나는 모퉁이를 돌아, 화분에 심어진 식물들과 이리저리 감고 올라가는 덩굴들과 완벽하게 균형 잡힌 레몬 나무 한 그루로 꽉 차 있는 그늘진 뜰에 도착한다. 2층으로 이어진 계단을 오르면서 이모가 59년 전에 바로 이 계단에서 쓰러졌다고 생각하니 등이 오싹해진다.

나는 문 앞에 다다라서 심호흡을 하고 똑똑 두드린다. 즉시 의문이 든다. 이런 부탁을 하려고 하다니 내가 너무 무례한 것은 아닐까? 이모가 이곳을 다시 보고 싶어 하기는 할까?

미처 몸을 돌리기 전에 문이 열리고 예쁘장한 20대 여자가 나온다. 청바지에 티셔츠 차림이다.

"포소 아이우타를라?" 여자가 말하며 머리를 옆으로 쭉 내밀어 내 뒤를 본다. 어떻게 도와드릴까요?

"씨." 내가 말한다. "이렇게 염치없는 부탁을 해서 미안해요. 우리 이모가 수십 년 전에 이 집에서 사셨어요. 우리는 내일 이탈리아를 떠나요. 혹시 이모가 이곳을 잠시 둘러봐도 괜찮을까요? 그분에게 아주 의미 있는 일이 될 거예요."

여자가 손가락으로 목걸이를 만지작거린다. 기다란 손가락에 적어도 네 개의 반지가 끼어 있다. "어, 지금은 좀 곤란한데요."

"알겠어요. 무례한 줄 알지만 물어볼 수밖에 없었어요. 그게, 이번이 이모의 마지막 이탈리아 여행이라서요."

"미안해요. 내 집이 아니라 남자 친구 집이에요. 그이가 집에 없는데, 내 마음대로 결정하기가 좀 그래서요."

"물론이죠."

나는 대성당 계단으로 돌아온다. 나는 그 집을 둘러보려 한 시도에 대해 포피에게 말하지 않는다. 지금 포피에게 제일 필요 없는 것이 또 다른 실망이다.

＊

오후 중반이지만, 청회색 하늘 때문에 더 늦은 시간 같고 더 춥고 더 외롭게 느껴진다. 나는 이모 옆에 앉아 차가운 손을 잡는다. 이모가 기침을 한다. 가슴을 덜컹거리며 잇따라 터져 나오는 깊은 기침. 이모는 침대에 누워 있어야 한다. 이렇게 있는 것은 이모에게 좋지 않다.

루시는 계단 아래 광장 벤치에 앉아서 내 전화기로 소피와 문자를 주고받고 있다. 바람이 한바탕 몰아치자 나는 보라색 스카프를 포피의 목에 단단히 두른다.

"좀 쉬시는 게 어떨까요? 제가 호텔로 모셔다드리고, 바로 돌아와서 리코가 오는지 지켜보一."

"절대 안 된다." 포피가 굳은 표정으로 말한다.

"그럼 대성당으로 들어가요." 내가 말한다. "잠깐이라도."

이번에는 잠자코 동의한다.

나무로 된 거대한 문을 여니 축축한 콘크리트와 촛농 냄새가 확 풍긴다. 외풍이 있는 대성당 안은 바깥보다 그리 따뜻하지 않다. 포피는 성수를 축여 이마에서 가슴으로 십자가를 긋고 나서 잠시 멈추고 호흡을 가다듬는다.

포피는 내 팔을 붙잡고 크림색 대성당의 한쪽 끝으로 나를 이끌다가, 벽에 걸린 조각상 앞에 다다르자 멈춘다. 성모 마리아가 미소를 머금고 우리를 내려다본다. 포피가 나무로 된 기도대를 잡고 천천히 무릎을 꿇는다. 포피가 기도하는 동안 나는 촛불을 켠다.

400

잠시 후 포피가 십자가를 그리자 나는 포피가 일어나는 것을 돕는다. 포피는 신도석을 향해 서서 한쪽 통로에서 다른 쪽 통로를 쭉 돌아본다. 앞쪽 가장자리 신도석에 무릎을 꿇고 있는 여자 한 명을 제외하면 대성당은 텅 비어 있다.

　내가 나가려고 돌아서는데 포피가 갑자기 얼어붙는다. 나는 포피의 시선을 따라간다. 무릎을 꿇고 있는 여자 옆에, 어두운 그림자에 거의 가려진 휠체어가 우리를 등지고 서 있다. 외투의 검은색 깃과 회색 곱슬머리로 덮인 누군가의 뒤통수가 보인다.

　"리코?" 포피가 속삭인다. 물음과 부름과 애원이 동시에 담긴 한마디였다. 내 팔의 털이 쭈뼛 곤두선다.

　포피가 달팽이처럼 느린 걸음으로 앞으로 나아간다. 신도석을 하나하나 붙들고 몸을 지탱한 채 통로를 걸어간다. 남자와 가까워질수록 포피의 꿈에 가까워진다.

　"리코?" 포피가 울먹이는 목소리로 다시 부른다.

　심장 박동이 빨라진다. 제발, 하느님, 나는 기도한다.

　포피가 병든 몸이 낼 수 있는 최대한의 속도로 절박하게 움직인다. 마침내 포피는 남자의 의자에서 단 30센티미터 거리에 이른다.

　"리코?" 포피의 입에서 꺽꺽 소리가 섞여 나온다. 남자는 움직이지 않는다. "당신…… 당신이에요, 리코?"

　여자가 신도석에서 몸을 빙그르르 돌린다. 여자가 친절하게 미소를 짓는다. "미오 파드레(Mio padre, 우리 아버지예요)." 여자가 소곤거린다. "살바토레요."

　하지만 포피는 여자의 말을 믿지 않는다. 포피는 금속 손잡이

401

를 움켜잡고 휠체어를 빙 돌아간다. 포피는 남자를 뚫어지게 쳐다본다. 포피가 고개를 푹 숙이고 한 손으로 입을 가린다. "미 디스피아체(Mi dispiace)." 포피가 쉰 목소리로 말한다. "정말 미안해요."

함께 다시 통로로 걸어가면서 나는 포피를 보지 않는다. 이번 이탈리아행은 포피를 위한 여정이다. 포피가 거의 60년 동안 기다려온 여정. 그리고 그 여정이 고통스러운 끝을 향해 가고 있다.

✳

6시가 되자 광장에 불이 켜진다. 우리 비옷이 흠뻑 젖어 있고 포피의 목소리가 꽉 잠겨 있다.

"너희들은 애초에 리코라는 사람은 없었다고 생각하겠구나."

"그렇지 않아요." 내가 말한다.

"저희는 리코가 실존 인물이라는 거 알아요." 루시가 말한다. "근데 무슨 사정이 있어서 오늘 여기 못 오는 거예요."

포피가 루시와 나를 차례로 보다가 다시 루시를 바라본다. "그 사람이 나를 사랑하지 않았다고 생각하지? 그가 나를 잊었다고 생각하지?"

나는 리코라는 사람이 정말로 있었다고 믿는다. 그리고 그가 이모를 59년 전에 사랑했다는 것도 충분히 가능한 일이다. 하지만 그가 지금은 살아 있지 않을지도 모른다. 혹은 그의 사랑이 포피의 사랑만큼 강하지 않았거나, 평생 가지 않았거나 변함없지 않았을 수도 있다. 그렇지만 의구심을 입 밖에 내놓지 않는다. 대신에 포피의 어깨에 팔을 두르고 충격이 조금이라도 누그러지기만을 바란다.

계속 말을 이어가는 포피의 쉰 목소리가 이제는 놀랍게도 단호하다. "거의 60년 동안 나는 사랑받았다는 믿음을 굳게 지켰단다. 이 믿음 덕에 암흑 같은 시간을 견뎠어." 포피가 고개를 돌려 천사를 보는 양 대성당을 올려다본다. "그리고 이제 내 삶의 커튼이 닫히고 있단다. 내가 원치 않는다면, 이제 와서 믿음을 버릴 필요가 없잖니."

✻

이제 9시가 되고 두오모 광장에는 진즉 어둠이 내려앉았다. 멀리서 천둥소리가 들린다. 루시와 나는 우산을 쓰고 계단 밑에서서 포피 이모를 올려다본다. 포피는 계단 위 아까와 같은 자리에서 호텔 담요를 무릎에 두른 채 웅크리고 있다. 우리는 포피가 비에 젖지 않게 하려고 비닐을 망토처럼 둘러줬다. 지나가는 사람들 눈에는 포피가 노숙자로 보일 터였다.

"포피를 호텔로 모시고 가줄래?" 내가 말한다. "내가 여기서 리코를 기다릴게."

"꿈도 꾸지 마, 엠. 꼼짝도 안 하실 거야. 그냥 마음껏 기다리시게 해야 해."

"그는 안 와." 내가 말한다. "시간이 갈수록 포피의 몸이 안 좋아지고 있어."

"알아." 루시가 입술을 깨문다. "하지만 누군가 평생 기다려온 순간을 어떻게 포기하라고 하겠어?"

루시의 눈에 연민이 가득하다. 그리고…… 지혜가. 루시가 이모의 결심을 나보다 훨씬 잘 이해한다는 생각이 든다. 내 사촌은 남들이 어떻게 해서든 버리게 하려는 꿈을 평생 기다리는 사람의 심정을 안다.

✳

열두 번째 종이 울린다. 우리 세 사람은 텅 빈 광장을 가로질러 간다. 우리가 호텔에 도착하자, 포피가 걸음을 멈춘다. 고개를 돌려 한 번 더 대성당을 마주 본다. 여전히 리코를 찾기를 기대하는 것처럼, 어쩌다 보니 그를 못 보고 지나치기라도 한 것처럼.

41장

✳

에밀리아

다음 날 아침, 우리는 가방을 호텔 로비에 놓고 포피를 특대형 소파에 앉힌다. 우리를 공항으로 데려다줄 운전기사가 도착할 때까지 10분 남았다.

"커피 드실 분?" 내가 묻는다.

루시가 손가락 하나를 든다. "더블 에스프레소, 그라치에."

"포피 이모는요?" 나는 그녀 앞에 쪼그리고 앉는다. "에스프레소로 하실래요?"

소파 쿠션들 사이에 앉은 포피는 길을 잃은 것처럼 보인다. 내가 단 몇 주 전에 본 마티니 셰이커를 들고 집에서 부산하게 움직이던 사람과 다른 사람 같다. 포피는 처음으로 가발을 쓰지 않고, 실크 스카프를 터번처럼 민둥머리에 둘둘 감았다. 오늘은 피부가 몹시 창백하고 눈이 움푹 들어갔다. 그래도 여전히 눈에 띄는 미모이다.

포피는 고개를 젓고 한 손을 올린다. 슬픔이 복받쳐 내 목이 꽉 멘다. 오늘 아침 루시와 나는 이모가 돌아가는 비행기 표를 예약하지 않았다는 사실을 알게 됐다. 포피는 사랑하는 사람과 평생 라벨로에 남게 되리라고 예상했다. 우리는 포피의 항공권을 온라인으로 샀다. 그때부터 포피는 한마디도 하지 않았다.

어제와 달리 선글라스가 필요한 날이고, 동쪽에서 불어온 따뜻한 산들바람에 치맛자락이 살랑거린다. 나는 마음에서 슬픔을 털어내려고 심호흡을 하고, 피아센티스 빵집을 향해 포석 깔린 광장을 빠른 걸음으로 가로지른다. 꽃나무와 장미 덤불의 향기가 주위에 가득하다. 광장 아래로 내려다보이는 산이 바다와 만나는 곳에 파도의 하얀 거품이 해변으로 밀려오는 광경이 워낙 장관이라 저절로 멈춘 발이 움직일 줄 모른다. 리코가 어제 대성당에 나타났더라면 얼마나 좋았을까. 이제 포피는 성인이 된 후 평생 그리워한 사람을 결코 보지 못하리라는 것을 알게 됐고 꿈이 사라진 짧은 여생을 보낼 것이다.

"미국 아가씨!"

나는 빙그르 돌아선다. 흰색 파나마모자를 쓴 남자가 노천카페 테이블 앞에서 일어난다. 나는 이내 그를 알아본다. 오늘 그는 검은 선글라스를 쓰고 있고…… 북극 빙하라도 녹일 듯한 함박웃음을 짓고 있다.

"아보카도!" 내가 말한다. "부온조르노."

그가 자기 쪽으로 오라고 손짓을 한다. "이리 와서 같이 앉아요. 우리 할아버지 베니토를 소개할게요."

그의 건너편에 얼굴 한쪽이 축 늘어진 노인이 앉아 있다. 힘겹게 내미는 그의 손이 떨린다.

"피아체레 디 코노셰를라(Piacere di conoscerLa, 뵙게 되어 반갑습니다)." 나는 힘없이 처진 그의 손을 잡으며 말한다.

그가 알아들을 수 없는 말을 중얼거린다.

"우리 할아버지는 내가 아는 사람 중에 가장 똑똑한 분이에요." 그가 할아버지를 내려다보며 말한다. "할아버지는 법과…… 삶에 대해 내가 아는 모든 것을 가르치셨어요."

일그러진 얼굴을 드는 베니토의 눈이 애정으로 빛난다. 그는 말을 하지 못하지만, 손자를 완벽하게 이해했다. 아보카도가 할아버지의 어깨를 힘껏 쥐고 나서 웨이터를 부른다.

"조르조! 운 알트로 카페, 페르 파보레(Un altro caffè, per favore, 커피 한 잔 더 부탁해요)." 그가 내 자리를 만들려고 신문을 접기 시작한다.

"고마워요." 내가 말한다. "나도 함께하고 싶지만 곧 떠나요. 커피만 사가지고 바로 출발해요."

"그럼 내일은요?" 그의 얼굴이 워낙 희망에 차 있어 거절하면 정말 실망할 것 같다.

"오늘 비행기로 미국에 돌아가요."

그가 기운이 쭉 빠진 표정을 짓는다. "안 돼요. 체류 기간을 연장해요. 그래야 해요. 내가 아름다운 아말피 마을을 구경시켜줄게요. 나는 거기서 살고 일해요. 별로 멀지 않아요."

나는 소리 내어 웃고는 걸어가면서 손을 흔든다. "즐거운 하루 보내요, 아보카도."

나는 피아센티스 빵집에 도착해서 주문하는 내내 아보카도의 아름다운 미소, 할아버지를 대하는 따뜻한 마음, 내가 머물 수 없다고 말할 때의 실망하던 표정을 떠올린다. 어제 쓰라린 고배를 마신 후의 짧은 만남이 한 가닥 희망처럼 느껴진다. 어쩌면 언젠가 나도 정말로 사랑을, 포피랑 리코 같은 사랑을 찾을지 모른다. 그리고 어쩌면, 그저 어쩌면, 우리 여행 동안 떠오른 괴로우면서 즐거운 과거의 기억들을 통해 우리 소중한 이모가 미련을 버리게 될지도 모른다.

5분 후, 나는 나가려고 몸을 돌린다. 내 라테와 루시의 에스프레소를 기울지 않게 들면서 선글라스를 찾으려고 더듬거리다가 하마터면 가게에 들어오는 여자와 부딪칠 뻔한다.

"미 디스피아체." 우리는 동시에 말한다. 둘 다 웃음을 터뜨리다가 여자가 나를 손으로 가리킨다.

"어제 집에 온 분이네요."

"맞아요." 나는 그녀의 손가락에 낀 반지들을 알아본다. "염치없는 부탁을 해서 다시 한번 미안해요."

"남자 친구한테 이야기했더니 당신 친구에게 집을 보여주지 그랬냐고 하더라고요."

"우리 이모예요." 나는 그녀의 말을 바로잡는다. "그분에게 고맙다고 전해줘요."

"지금 집에 있어요. 당신이 둘러보고 싶다면 봐도 돼요."

나는 고개를 젓는다. "고맙지만 우리는 오늘 아침에 떠나요. 아마 지금 운전기사가 기다리고 있을 거예요. 어쨌든 고마워요. 참 친절한 분이네요."

✲

잠깐 사이에 알아봐주는 사람이 두 명이나 있다니 기분이 좋다. 꼭 내가 작은 라벨로 지역 사회의 일원이 된 듯한, 내가 이곳에 속한 듯한 느낌이 든다. 나는 경쾌한 걸음으로 호텔 로비로 들어가다가 의자에서 뭔가에 몰두해 있는 루시를 발견하고 멈춘다. 설마…… 안 돼. 절대 안 돼. 내 공책은 안 돼!

나는 씩씩하게 걸어가서 테이블에 커피 두 잔을 탁 내려놓고 루시의 손에서 공책을 낚아챈다. "뭐 하는 거야? 말했잖아. 사적인 거라고."

루시가 어깨를 으쓱한다. "왜? 아무튼 이게 상을 받거나 뭐 그러지는 않겠지만, 나라면 읽어보겠어."

나는 눈을 몇 번 깜빡이면서 신랄한 평에 대비해 마음을 다잡는다. 하지만 루시의 눈에는 악의가 전혀 담겨 있지 않다. 그리고 이제 루시는 자기 커피를 집어 들고 있다. 꽉 앙다문 입이 서서히 풀린다.

"너라면 읽겠다고? 진심이야?"

루시가 에스프레소를 후후 분다. "이봐요, 나라면 직접 사기도 할 거라고. 이번 새 이야기는 언니가 베니스에서 쓰던 것보다 백배는 낫다. 이 이야기에는 영혼이 있어."

나는 기쁨에 휩싸여 큰 소리로 웃는다. "고마워!" 내가 루시의 목을 끌어안으니 루시가 목이 조이는 척한다.

"맙소사, 아주 그냥 나를 죽이지그래? 어이, 아침이나 먹자."

"아침? 시간이 없는데."

"운전기사한테 전화 왔어. 우리 비행기가 연착된대. 정오에 태우러 오겠다고 하더라."

심장 박동이 빨라지고 머릿속에서 계획이 분주하게 펼쳐진다. "아침 식사는 잊어. 더 좋은 생각이 있어." 나는 포피에게 다가가서, 그 집을 둘러봐도 좋다는 말을 들었다고 빠르게 설명한다. "주인이 아직 집에 있어요. 우리 갈까요?"

나는 포피의 주저하는 태도를 보고 놀란다. 포피가 잔뜩 흥분할 것이라고 예상했는데 억지로 끌려가는 것처럼 걷는다.

"이게 정말로 좋은 생각일까?" 루시가 나에게 소곤거린다. "있잖아, 포피를 완전히 낙담시킬 수도 있어."

"포피는 이미 낙담했어." 내가 말한다.

우리는 그늘이 드리운 뜰로 들어간다. 포피가 쭉 둘러보고 나서 레몬 나무 아래 철제 벤치로 움직인다.

"올라가기 전에 시간이 좀 필요하세요?" 내가 묻는다.

포피는 대답하지 않는다. 마지막 사랑을 한 이곳에 숨겨진 기억이 두려운 것일까? 설마 리코의 사랑을 의심하고, 지난 59년 동안 온 마음을 쏟은 남자가 사기꾼이었을지도 모른다고 생각하는 것일까?

42장

✳

포피

1961년
아말피 해안, 라벨로

나는 몰라볼 정도로 수척해졌다. 그런데도 분명히 가슴이 부풀어 올랐고 둔부가 넓어졌지. 더 이상 민감해지는 유두와 메스꺼움을 무시할 수 없었다. 두 달 동안 거른 생리도.

이 놀라운 소식에, 그리고 목욕을 하느라 힘을 써서, 지쳐 쓰러질 것 같았어. 나는 누워야 했다. 로사 언니의 도움을 받아 옷을 입었어. 내가 소파에 눕자 언니는 사흘 동안 휴가를 달라고 부탁하러 아래층 빵집으로 내려갔다.

언니가 돌아왔을 때 나는 앉아 있었어. 나는 그사이에 딱 두 줄을 썼다. '사랑하는 리코에게, 우리 사랑이 결실을 맺었어요. 당신이 아빠가 될 거예요.' 한 시간 전만 해도 두려웠던 생각이 이제는 나를 정말 기쁘게 했어! 내가 리코의 아이를 임신했다니! 우리는 부모가 될 거야.

"뭐 해?" 로사 언니가 물으며 내 옆으로 왔어.

나는 지끈거리는 머리를 소파에 기댔지. "이제 모든 게 바뀔 거야. 리코는 나랑 우리 아이랑 있고 싶어 할 거야. 나는 그 사람한테 갈 거야. 우리는 독일에서 그의 부모님과 누나와 살 거야. 빈곤한 생활일지라도 우리는 함께 살게 될 거야."

"그 사람이 감옥이라고 부르는 곳에서? 자기 자식을 그런 데서 살게 하고 싶을 것 같아? 아니야, 파올리나. 편지에 뭐라고 썼는지 너도 봤잖아. 그는 네가 미국에 가기를 원해."

"그의 아버지가 그렇게 나쁜 상태가 아닐 수도 있어." 나는 이성적인 생각을 내다 버렸고 언니의 말도 무시했지. "어쩌면 그가 탈출하기로 결심하고 우리에게 돌아올지도 몰라."

언니가 양쪽 주먹을 입술에 댔다. "그리고 국경을 건너려다가 죽으면? 그러면 너는 그 죄책감을 지고 살 수 있겠어?"

나는 몸서리를 쳤어. 눈이 무거워졌지. "나는 그를 알아. 자기 자식이랑 같이 있고 싶어 할 거야."

로사 언니가 내 옆에 걸터앉았어. 그러고서 아주 부드럽게 내 손에서 펜을 뺐어.

"라 미아 소렐라 테스타르다. 정말로 그 사람이 그러기를 원한다고 네가 확신한다면, 내가 도울게." 언니는 펜을 종이에 갖다 댔지. "불러봐. 내가 받아 적을 테니까."

마음속 깊은 곳에 있는 생각을 로사 언니에게 드러내려니 어색했어. 나는 리코와 단둘이 대화하듯 편지를 쓰고 싶은 마음이 간절했는데. 우리 아이가 생겼다는 소식을 알리고 기쁜 속마음을 죄다 드러내고 싶었는데. 하지만 언니 말이 맞았어. 나는 편지를 쓸 힘이 없었지.

나는 편지 내용을 입으로 말하는 것을 끝내고 나서 기진맥진했어. 언니가 내 주먹에 펜을 쥐여주고 내 이름을 써넣게 도와줬을 때는 아무 힘이 없어 겨우 눈만 뜬 지경이었지.

내가 잠에서 깼을 때 언니가 문으로 들어오고 있었어. "안심해." 언니가 옆에 길터앉아 내 이마를 쓰다듬었어. "편지 보냈어."

나는 언니의 도움에 감사하며 눈을 감았고 다시 잠들었어. 내 소식이 리코에게 배달될 거야. 우리는 곧 다시 만나게 될 거야.

✳

로사 언니는 하늘이 준 선물이었어. 언니가 오지 않았다면 나는 틀림없이 죽었을 거야. 언니는 한 주 더 머물며 내가 건강을 되찾도록 돌봐줬다. 내가 잠을 자는 동안 언니는 집주인과 담판을 지어 집세를 낮추기로 했고 빵집 주인과 피자 가게 주인을 찾아가서 나를 계속 고용해달라고 부탁했어. 언니는 내가 리코에게 편지 세 통을 더 보내도록 도왔어. 아침마다 시장에서 장을 봤고 싱싱한 과일과 치즈, 하드 롤과 고기로 찬장을 꽉 채웠지. 내가 음식을 삼킬 수 있을 때면 언니는 내가 좋아하는 음식을 해줬어.

"먹어야 해. 아기에게 영양분이 필요해."

나는 배에 한 손을 대봤어. 내 배 속에 아주 작게 부풀어 오른 부분, 아름다운 타원형 모양의 우리 아이를 느끼는 것이 정말 좋았어.

나는 언니와 헤어져야 했을 때 엉엉 울고 말았단다. "언니가 내 목숨을 구했어." 기차역에서 언니에게 말했어. "언니가 내 아이의 목숨을 구했어. 이 은혜는 절대로, 정말 절대로 잊지 않을게."

언니가 나를 꽉 끌어안았어. "내가 도움이 돼서 기뻐. 그리고 이제 네가 내 부탁을 들어줘." 언니가 내 배를 살며시 토닥거렸어. "내 조카를 잘 돌보겠다고 약속해."

자기 아이를 갖고 싶어 안달하는 언니가 이렇게 말해주다니, 이보다 더 자애로울 수 있을까.

"어떻게든 구실을 만들어서 6개월 후에 다시 올게. 네가 출산하기 전에." 언니가 내 볼을 손으로 감쌌어. "더 자주 오고 싶지만 너도 알다시피 형편이 별로 좋지 않아서."

"괜찮아." 나는 언니에게 장담했어. "아기가 태어나기 전에 리코가 돌아올 거야."

언니가 걱정스러운 표정으로 고개를 끄덕였어. "혹시 그 사람이 못 올지도 모르니까, 내가 올게."

불안감이 치솟았어. 분만을 혼자서 할지도 모른다고 생각하니 몸서리가 쳐지더라. 난데없는 향수병을 느끼며 언니의 양손을 와락 움켜잡았어. "엄마한테 말할 거야?"

언니가 고개를 저었어. "그랬다간 엄마 쓰러지셔."

나는 발끈했어. "하지만 나는 결혼했잖아."

"엄마의 기준이나 하느님의 기준에 따르면 아니지. 네 결혼은 합법적이지 않아, 파올리나. 너희들이 부부라는 증거를 성당에서 받지 않았잖아. 내 생각에는 우리끼리의 비밀로 두는 게 낫겠어, 씨?"

414

✳

그다음 주가 되자 아침에 일어날 때마다 올라오던 구역질이 멎었어. 마치 스위치를 탁 켠 것처럼 입덧이 갑자기 멈추더니 다시 건강해졌어. 아니, 건강해진 것만이 아니라…… 빛이 났다! 새로운 기운이 솟았고, 그 어느 때보다도 의욕이 넘쳤어. 나는 고물상에서 바구니같이 생긴 작은 요람을 사서 하루 종일 흰색으로 칠했어. 그다음 날은 빨간색과 파란색과 초록색으로 물방울 무늬를 그렸고, 또 다른 날에는 실 한 뭉치와 뜨개바늘에 아낌없이 돈을 썼지. 나는 일하지 않을 때는 우리 아이를 맞을 준비를 했단다. 아이 이름도 정했어. 남자아이면 에리히라고 하고, 여자아이면 리코의 어머니와 누나 이름을 따라서 요하나라고 할 생각이었어. 나는 우리 세 식구 앞에 펼쳐질 미래가 순탄하리라고 확신했단다.

43장

✳

에밀리아

레몬 나무에서 이파리 하나가 떨어져 포피의 무릎에 내려앉는다. 올려다보는 포피의 눈이 빛난다. 나는 포피를 폭 감싸 안는다. "나머지는 말씀하시지 않아도 돼요. 무슨 일이 생겼는지 알아요. 그리고 정말이지 너무 안타까운 일이에요."

포피가 몸을 뒤로 젖히고 의아한 표정으로 나를 쳐다본다.

"돌피 삼촌이 말해주셨어요. 이모가 아이를 잃었다고요. 정말 안타까운 일이에요. 얼마나 힘드셨을지 알겠어요."

"만삭이 됐단다." 포피의 목소리가 떨린다. 포피는 손을 내려다본다. "요하나를 낳았어. 아이를 안았어. 아이가 젖도 빨았어." 포피가 한 손으로 입을 틀어막는다. "나는 즉각 아이와 사랑에 빠졌단다. 마법 같은 시간이었지. 그 시간이 그렇게 갑자기 끝날 줄은 꿈에도 몰랐단다."

나는 포피의 등을 쓰다듬는다. 우리 셋 다 울고 있을 때 손가락에 반지를 많이 낀 여자가 모퉁이를 돌아 온다.

"부온조르노!" 여자가 밝은 목소리로 말한다. 그녀의 시선이 눈물을 흘리는 이모에게서 루시의 빨간 코로 움직인다. 그녀가 일순 얼어붙는다.

나는 얼른 일어나서 볼을 닦는다. "미안해요. 우리는…… 추억에 잠겨 있었어요."

"둘러볼 시간 있어요?"

나는 포피를 돌아본다. "둘러볼까요?"

포피가 손을 턱에 대고 고개를 끄덕인다.

우리는 가파른 계단을 올라가면서 자기소개를 한다. "나는 엘레네예요." 여자가 말한다. 포피가 가운데에 낀 채로 루시와 내가 다 올라올 때까지 엘레네는 열린 문을 몸으로 붙잡고 있다.

커다란 창문들이 있고 희게 칠한 목재 바닥으로 된 내부는 밝고 경쾌한 분위기이다. 작은 공간이지만 천장이 높아서 통풍이 잘되고 넓은 느낌이 든다. 포피가 턱을 들고 천천히 둘러본다. 벽은 옅은 회색으로 칠해져 있고 과감하고 다채로운 그림들이 걸려 있다.

포피가 헉 소리를 낸다. 나는 포피의 시선을 따라가 소파 위에 걸린 커다란 그림을 본다. 커다란 오렌지색 포피, 그러니까 양귀비 꽃다발이다. "파파베리." 포피가 말한다. 내 몸에 소름이 쫙 돋는다. 이런 우연이 있을 수가?

발소리가 들리고 대단히 매력적인 잘생긴 젊은 남자가 거실 쪽으로 들어온다. 남자의 머리카락은 숱이 많은 금발이다.

포피가 숨을 제대로 못 쉰다. "마인 에만." 포피가 속삭이고 아

417

주 느리게 앞으로 나아가 양팔을 뻗는다. "마인 에만!"

분명히 리코일 리 없는 20대 정도의 남자가 포피를 바라보며 이맛살을 살짝 찌푸린다. 나는 가슴이 아파서 차마 쳐다보지 못하겠다. 그는 원목 마루를 가로질러 와 포피를 어색하게 안는다. "안녕하세요. 나는 얀이에요."

틀림없이 독일인 억양이다. 나는 오싹해서 팔을 문지른다.

"이분은 포피 이모, 파올리나 폰타나예요." 내가 말한다. "예전에 여기에서 사셨어요…… 리코라는 남자와."

그가 포피를 보며 동정 어린 미소를 짓는다. "죄송해요. 여기에 리코는 없어요."

포피가 고개를 젓는다. "하지만 자네가 닮았……."

"여기는 우리 할아버지 에리히의 집이에요."

"에리히?" 포피가 가슴을 움켜잡고 간절한 눈빛으로 그를 바라본다. "에리히 크라우제?"

※

우리는 현대적인 크림색 소파에 앉는다. 건너편에는 얀이 앉고 엘레네는 커피를 만들려고 주방으로 간다. 얀은 자신의 할아버지가 할머니가 죽은 해에 이 피에다 테르*를 샀다고 설명한다.

"할아버지는 작년 3월에 독일에 있는 집을 정리하고 완전히 이곳으로 오셨어요. 이 작은 집에서 여생을 보내시려고요."

---

* pied-à-terre, 휴가나 출장 등을 위해 도심에 마련하는 작은 집.

나는 침을 꿀꺽 삼킨다. 두 사람은 단 몇 달 차이로 서로 엇갈렸다. "아, 포피 이모." 내가 속삭인다. "그분이 여기에 있고 싶으셨나 봐요."

고개를 끄덕이는 포피의 턱이 덜덜 떨린다. 한 줌의 의심이라도 있었다면, 이제는 다 사라졌다. 포피는 사랑을 받았다.

"할아버지는 이곳을 예전 그대로 유지하셨어요. 작은 주방, 긁힌 자국이 있는 목재 바닥."

"정말요?" 루시가 말한다. "아주 근사하다고 생각하는 중이었는데."

"두 달 전에 보셨어야 해요." 엘레네가 커피잔을 얹은 쟁반을 들고 오면서 말한다. 그녀는 쟁반을 티크나무로 만든 커피 테이블에 놓는다. "이제 건물을 팔 생각이라 싹 보수하고 다시 꾸몄어요."

"가시죠." 얀이 말한다. "구경시켜드릴게요."

우리는 거실 겸 주방에서 시작해서, 매끄러운 대리석으로 장식한 욕실에 머리를 쏙 들이밀어 살펴보고, 광장이 내다보이는 작은 침실로 들어간다. 즉시 포피는 문을 향해 몸을 돌려 머리를 든다.

"그거 보이세요?" 나는 포피 옆에 서서 새로 페인트를 칠한 벽에서 리코가 새긴 글을 찾는 것을 돕는다.

"아니." 포피가 탁한 목소리로 말한다. "하지만 그 자리에 있어. 항상 거기에 있을 거란다."

포피가 복도로 나간다. 포피는 허락을 구하지도 않고 어느 문을 연다. 바로 계단이 보이는데 아무래도 옥상 덱으로 이어지는 것 같다. 포피는 계단을 올려다보다가 살며시 문을 다시 닫는다. 열댓 개의 계단을 올라가기에는 너무 허약하기 때문이거나, 아니면 실망감이 크기 때문이리라.

우리는 거실 소파로 돌아온다. 얀이 몸을 앞으로 기울이고 팔을 무릎에 올린다. "자, 이제 말해보세요, 포피. 우리 할아버지를 어떻게 아세요?"

✳

나는 포피가 그들의 사랑 이야기를 할 때 얀의 표정을 읽으려고 애쓴다. 기분이 나쁜가? 화가 났나? 당황스러운가? 할아버지의 다른 삶에서 부인이 있었다는 이야기를 듣는 것이 수월할 리 없다. 그저 과거의 흔적을 느끼기 위해서 한때 두 사람이 같이 산 집을 구매할 정도로 마음 깊이 사랑한 여인이 있었다는 이야기를.

"그래서 우리가 여기 왔어요." 내가 말한다. "당신 할아버지와 우리 이모가 두 사람의 결혼 59주년 기념일에 라벨로 대성당 계단에서 만나기로 약속하셨거든요."

"놀랍군요." 그가 말한다. "이야기를 듣고 나니 많은 점이 분명해지네요." 그가 짤막하게 난 수염을 문지른다. "할아버지의 건강이 빠르게 나빠졌어요. 우리는 할아버지가 독일로 돌아가셔야 한다고 생각했어요. 하지만 할아버지는 결혼식 날 밤에 부인을 만나기 위해 여기 계셔야 한다고 고집하셨어요. 우리는 할아버지가 실성하신 건가 싶었어요. 그게, 카린 할머니는 이미 돌아가

셨거든요.”

“그가 카린과 결혼했구나.” 포피가 거의 혼잣말처럼 말한다. 포피는 이 정보를 소화시키려고 노력하는 것처럼, 먼 곳을 응시한다.

“두 분은 47년 동안 결혼 생활을 하셨어요. 우리 아버지가 네 자식 중 첫째였어요. 아버지 이름은…….” 그가 놀란 것처럼 고개를 든다. “……파울이에요.”

감정이 격해져서 목이 멘다. 리코가 자신이 사랑한 사람인 파올리나의 이름을 따서 아들의 이름을 지었을까?

포피가 핸드백에서 편지 뭉치를 꺼낸다. 최소한 열댓 통은 돼 보이는 편지들이 리본으로 묶여 있다. 받는 곳은 독일, 라데보일, 크라우제 아우토레파라투어로 돼 있다.

“이 편지들이 나한테 돌아왔다네.” 포피가 말한다. “결국 편지 쓰는 것을 중단했지.”

포피가 얀에게 편지 뭉치를 건네는데, 제일 위에 놓인 봉투에 손글씨가 언뜻 보인다. ‘더 이상 편지를 보내지 마요. 제발.’

얀이 편지 봉투를 받아 그 글씨를 자세히 살펴본다. “할머니 글씨체예요.” 그가 고개를 절레절레 젓는다. “요하나 고모할머니가 가게에서 모든 우편물을 받았어요. 아무래도 고모할머니가 편지를 자기 동생이 아니라 장래 올케에게 줬나 보네요. 그게, 두 여자 모두 할아버지를 라데보일에 붙어두려고 필사적이었군요.” 그가 편지 뭉치를 내려다본다. “부디 이해해주세요. 우리 할머니 카린은 나쁜 분이 아니었어요. 좋은 어머니고 내조자였어요. 할머니와 할아버지는…… 사이좋게 지내는 듯했어요. 베를

421

린 장벽이 무너지기 전에 사람들은 기쁨을 기대하지 않았지요."

"그가 언제 세상을 떠났나?" 포피가 속삭인다.

얀이 무슨 말이냐고 묻는 듯한 시선을 포피에게 보낸다.

"할아버님이 언제 돌아가셨냐고 물으시는 거예요." 내가 말한다.

"할아버지는 아직 살아 계세요. 내가 알기로는요. 아버지가 할아버지를 독일에 있는 집으로 모셔 가려고 지난주에 오셨는데, 할아버지가 장거리 이동을 할 만큼 건강하지 않으셨어요. 할아버지는 로스페달레 레오나르도에 입원하셨어요. 살레르노에 있는 병원이요. 의사들이 패혈증이라고 진단했어요."

"그가 살아 있다고?" 포피가 떨리는 목소리로 묻는다.

"살아 계세요!" 나는 같은 말을 반복하며 벌떡 일어난다. "그분을 뵈러 가야 해요."

"실망하실까 봐서 걱정되네요. 할아버지는 완전히…… 그걸 뭐라고 하더라…… 무반응 상태예요. 아버지 말로는 할아버지가 더 이상 드시지 않는대요. 라벨로를 떠난 후로 한마디도 하지 않으셨어요."

"나는 그를 만나야 해." 포피가 말한다.

"하지만 오늘 떠나시잖아요, 씨?" 얀이 고개를 젓는다. "살레르노는 동쪽으로 한 시간 거리예요. 나폴리 국제공항은 북서쪽으로 세 시간 거리고요."

포피가 소파에서 일어난다. "나는 마인 에만을 떠나지 않겠네. 이번에는 안 되지." 힘차고 열정적인 목소리이다. 그 어느 때보다도 당당하고 확신에 차 보인다.

내가 이탈리아에 오기 전이라면 할머니의 노여움이 무서워서 수천 가지 핑계 뒤에 숨었을 것이다. '포피가 너무 아파. 리코는 포피가 병실에 온 줄도 모를 거야. 할머니는 내가 가게로 복귀하길 기다리셔.' 하지만 오늘 나는 망설이지 않는다. 나는 포피의 손가락에 깍지를 끼운다. "저도 남을게요."

포피가 내 손을 꽉 쥐고 루시를 바라본다. "네가 새 직장으로 돌아가야 한다는 것은 알고 있단다."

"그리고 이 재미를 다 놓치라고요?" 루시가 방긋 웃는다. "얘기 잘하셨어요, 폽스. 하지만 이 몸은 안 떠날 거예요."

✳

90분 후, 우리 다섯은—얀과 엘레네, 포피 이모와 루시와 나—로스페달레 레오나르도의 소독약 냄새 나는 복도를 질주한다. 포피가 앉은 대여 휠체어를 미는 내 가슴이 마구 쿵쾅거린다. 우리가 움직이는 사이에 포피는 립스틱을 바른다. '제발 마지막 작별 인사를 함께 나눌 수 있을 때까지 리코가 살게 해주세요.'

301호실에 도착하자 나는 숨이 차서 헐떡거린다. 간호사가 우리에게 멈추라는 신호를 하고 종이 마스크를 하나씩 건넨다. 얀이 포피에게 한 손을 내밀지만, 자랑스러운 우리 이모는 혼자 힘으로 휠체어에서 일어난다. 포피는 바닥에 발을 딛고 선 후 머리카락을 쓸어내리는 것처럼 머리를 쓰다듬는다. 하필 오늘 포피는 가발을 쓰지 않았다. 그런데도 여전히 포피의 손은 스카프로

423

반쯤 가린 머리카락이 전혀 없는 두피를 매만진다. 포피가 숨을 들이마신다. 무슨 생각을 하는지 내 귀에 들리는 듯하다. 포피가 사랑하는 사람이 그녀의 민둥머리를 보게 될 것이다.

"아름다우세요." 나는 마스크를 쓴 채 말하고 나서 포피가 문을 향해 서게 한다.

44장

✳

에밀리아

이탈리아, 살레르노

 창문 블라인드가 내려져 있고, 어둑어둑한 병실에서 소독약과 부패의 냄새가 난다. 기계에서 불빛이 깜박거리면서 쉭쉭 소리가 난다. 포피가 침대로 다가가는 동안 엘레네, 루시, 나는 한쪽으로 비켜서 있다. 포피가 자기 목을 움켜잡는다.

 "리코."

 검버섯이 돋고 수염이 약간 자란, 죽은 듯 창백한 얼굴에 무언의 고통이 서려 있다. 정맥 주사가 팔에 꽂혀 있고 산소 튜브가 콧구멍에 꽂혀 있다. 포피는 침대 난간 위로 몸을 숙이고 그의 얼굴을 두 손으로 감싼다. 포피의 두 눈에 눈물이 가득 고인다. "리코, 나예요, 포피."

 침대에 누운 노인―리코―은 움직이지 않는다. 나는 갑자기 오싹해진다. 그가 숨을 쉬고 있나? 포피가 그의 머리카락을 쓰다듬는다. 여전히 숱이 많지만 이제는 백발로 변했고 거칠어 보인다. 뻣뻣한 털이 그의 콧구멍과 귀에서 삐죽 나와 있다. 그래도 나는 포피가 전에 말한 강한 턱의 윤곽을 알아챌 수 있고, 마음속 눈에는 시뇨리아 광장에서 바이올린을 연주하던 잘생긴 남자가 보인다.

"리코." 포피가 잠긴 목소리로 다시 부른다. "일어나요. 나예요, 마인 에만." 한 마디 한 마디에 절박함이 담겨 있다.

리코는 꼼짝 않고 누워 있다. 침대 건너편에서 얀이 그를 부른다. 분명한 발음으로 조심조심 말을 건넨다. "할아버지, 손님이 오셨어요."

"포피예요." 포피가 덜덜 떨리는 목소리로 말한다. 포피가 금속 난간을 내린다. 떨리는 손으로 종이 마스크를 벗는다. 천천히 몸을 숙여 그의 홀쭉한 볼에 입술을 댄다. "나예요, 포피."

포피는 리코의 환자복을 반듯하게 펴고, 그 녹색 천을 매만진다. 리코의 어깨에 무시무시한 흉터가 보인다. 포피는 울퉁불퉁 불거진 피부를 한 손가락으로 슬며시 쓸어내린다.

"당신에게 무슨 일이 있었나요, 내 사랑?"

"총상이에요." 얀이 말한다. "할아버지가 1961년에 동독에서 탈출하려고 하셨어요. 1963년에 다시 시도하셨고요."

포피가 민둥머리를 노인의 가슴에 떨구자, 내 눈에는 포피의 안에서 쏟아져 나오는 자부심과 해명과 후회가 보이는 것 같다. "그럴 줄 알았어요. 당신이 나에게 돌아오려고 시도할 줄 알았어요. 당신을 기다렸어야 했는데. 미안해요. 정말 미안해요."

마침내 포피가 몸을 똑바로 세우자, 얀이 젖은 수건으로 노인의 볼을 닦는다. "포피가 오셨어요. 일어나세요, 할아버지."

"제발, 리코, 당신에게 할 말이 아주 많아요."

병실에 침묵이 흐른다. 복도에서 이탈리아어 안내 방송으로 호출하는 소리가 드문드문 낮게 들린다. 우리는 리코가 조금이라도 반응을 보이기를 기다리고 바라고 기대하고 기도한다. 포피가 리코의 손, 가슴, 움푹 꺼진 눈꺼풀, 표정 없는 얼굴을 어루만지며 사랑한다고 반복해서 속삭인다. 내 가슴은 찢어질 듯 아프지만, 그저 이 순간을 위해서라도 6,400킬로미터가 넘는 곳으로 날아온 보람이 있었다. 포피가 사랑하는 에리히를 마지막으로 볼 수 있고 마지막으로 어루만질 수 있는 지금 이 순간을 위해서라도.

갑자기 작은 움직임이 나를 놀라게 한다. 조금씩 다가가본다. 리코의 눈썹이 아주 약간 씰룩거린다.

"리코!" 포피가 외친다. "나예요. 포피. 일어나요, 마인 에만."

리코의 이마에 주름이 생긴다. 내 몸에 전율이 흐른다. 내 가슴이 터질 것처럼 세차게 뛴다. 제발, 눈을 떠요! 내 평생 뭔가를 이렇게 간절히 바란 적이 없었다. 나는 온 힘을 모아 이 남자가 깨어나기를 기원한다.

포피가 부드럽게 노래를 부르기 시작한다. "케 세라 세라. 무엇이든 되겠지." 포피의 목소리가 갈라지고 음정이 맞지 않는다. 하지만 나는 이보다 더 아름다운 노래를 들어보지 못했다.

리코의 눈꺼풀이 떨린다. 그가 눈꺼풀을 들어 올리려고 안간힘을 쓰면서 근육 하나하나를 당기는 것이 느껴지는 듯하다. 포피가 신음 소리를 내며 몸을 숙여 그의 볼을 쓰다듬는다.

"나예요, 리코." 포피가 감정에 복받쳐 말을 제대로 잇지 못한다. "내가 여기 왔어요. 라벨로에. 당신을 보러. 우리 기념일에. 하루 종일, 기다렸어요."

그의 오른쪽 눈이 잠깐 떠지다가 다시 감긴다.

"그래요!" 포피의 웃음소리와 흐느낌이 뒤섞인다. "나예요, 내 사랑, 당신의 포피!"

가까스로 끌어모은 힘을 다 쓰는지 그의 눈이 미세하게 서서히 열린다.

"할아버지!" 얀이 외친다. 그는 손을 더듬거리며 재빨리 할아버지의 얼굴에 안경을 씌운다. 리코가 안경알을 통해 멍한 눈으로 쳐다본다. 나는 포피의 어깨 너머로 눈곱이 끼어 있는 청록색 눈을 가만히 바라본다.

포피가 흐느낀다. "미스터 푸른 눈. 사랑해요, 다정한 사람. 사랑해요." 포피가 몸을 숙여 젖은 볼을 그의 얼굴에 댄다. 포피는 자신의 사랑을, 영원한 사랑을, 지난 59년 동안 그와 함께 나누기를 간절히 바라던 모든 애정 어린 말을 속삭인다.

그의 눈이 다시 감긴다.

"나는 절대로 당신을 포기하지 않았어요, 리코. 한 순간도 당신을 사랑하지 않은 적이 없어요."

그가 포피의 말을 듣고 있는지, 아니면 다시 잠들었는지 모르겠다. 하지만 아주 느리게 그의 눈꺼풀이 다시 올라간다. 한때 바이올린 활을 능숙하게 잡았지만 이제는 가죽만 남은 앙상한 손이 올라간다. 그의 손가락이 우리 이모의 얼굴에 닿는다.

'포피.' 그가 입 모양으로 말한다. 거칠게 갈라진 입술을 움직이는데 아무 소리가 나지 않는다. 하지만 그가 하려는 말은 확실

히 알 수 있다. '미오 우니코 아모레.'

✳

그 이후로 하루 종일, 리코의 눈이 감겨 있다. 마치 자신의 사랑을 분명히 알리기 위해 혼신의 힘을 다 썼고 그렇게 애쓰느라 녹초가 된 것 같다. 그저 내 상상인지도 모르지만, 아까 잠든 그의 얼굴에 서려 있던 고통이 이제는 만족과 평온으로 바뀐 듯하다. 나는 이 오랜 세월이 흐른 후 사랑하는 사람을 잠시라도 본 것이 그가 그토록 찾아 헤매던 잃어버린 평화를 찾아주었다고 생각하고 싶다.

면회 시간이 거의 끝나가고, 얀과 엘레네는 차를 가지러 갔다. 포피가 잠자는 왕자에게 편한 밤을 보내라는 인사를, 마지막이 될 가능성이 다분한 인사를 할 수 있는 조용한 시간을 주려고, 루시와 나는 병실에서 나온다.

루시가 복도를 이리저리 걸으면서 포피의 전화기로 소피아와 통화하는 동안, 나는 내 전화기의 화면을 두드려 문자 창을 연다. 뉴욕 시간으로는 오후 중반쯤이니, 매트는 일하고 있을 것이다. 일주일 동안 벌어진 일들을 어떻게 몇 마디 말로 표현할 수 있을까?

너한테 할 말이 정말 많아, 엠시. 이모가 오늘 평생 사랑한 사람을 만났어. 우리는 라벨로에 머물 거야……. 나는 침을 꿀꺽 삼키고 속으로 기도한다. ……그분이 회복될 때까지.

나는 보내기를 누른 다음에 카멜라의 번호를 입력한다. 내 예상대로 사랑스러운 사촌은 클로스를 돌보며 엠빌에서 더 오래 지내게 돼서 신난 모양이다.

"있고 싶은 대로 얼마든지 있다 와, 에미." 카멜라가 나에게 말한다. "자, 이제 내가 요즘 내 삶에 대해서 들려줄 테니까 편히 앉아. 한 1분, 아니 30분 정도 시간 있지?"

"막 나가려는 참이야. 그리고 아빠한테도 전화해야 하고."

"알겠어." 카멜라가 말한다. "내가 엠빌에서 사는 게 아주 마음에 든다는 것만 알아둬. 클로스는 여전히 까다로워. 언니가 돌아오면 그때 이야기하자."

마침내 나는 오후 내내 피하던 전화를 한다. 첫 번째 벨이 울리자마자 아빠가 전화를 받는다.

"아이고, 드디어 돌아왔구나." 나는 육류 판매대 뒤에 서서 플립 폰을 어깨와 귀 사이에 끼고 통화하면서, 퇴근길에 장 보는 손님들에게 팔 소시지를 다시 채워 넣는 아빠의 모습을 상상한다. "네 할머니가 마침내 마음을 놓을 수 있겠어. 오늘 가게에 나올래, 아니면 집에서 볼까?"

가슴이 쿵 떨어진다. "저 아직 이탈리아에 있어요, 아빠. 루시랑 저는 포피와 여기 더 머물 거예요." 전화기를 통해서 무겁게 내쉬는 한숨 소리가 들린다. 아빠가 지난 10일 동안 참아온 한숨이리라. "안 돼, 에밀리아. 사리 분별을 제대로 해야지. 너는 당장 돌아와야 해. 지금부터는 루시에게 맡겨라."

"포피 이모에게는 제가 필요해요."

"네 할머니에게도 네가 필요해. 장모님은 네가 가게에 나올 거라고 알고 있어. 네 할머니를 공경해야지."

나는 열린 301호실 문 안으로 시선을 돌린다. 이모가 리코의 잠든 얼굴을 두 손으로 감싸고 있다.

"공경을 강요하는 사람은 결코 공경을 받지 못해요." 난데없이 그 말이 머리에 떠오른다. 굳이 이름을 붙이자면 '포피—주의'라고나 할까. 가슴에 자부심이 꽉 차오른다.

"무슨 말을 하는 게냐?" 아빠가 묻는다.

"언제 돌아갈지 모르겠어요." 내가 말한다. "포피에게 내가 필요한 동안은 여기 머물 거예요."

✳

오늘 밤 10월의 둥근 보름달이 떠서 라벨로로 돌아가는 우리 길을 환하게 밝힌다. 포피는 뒷자리에서 루시와 나 사이에 앉아 머리를 내 어깨에 기대고 있다. 라디오에서 감미로운 발라드가 흘러나오고, 나는 조용히 감사 기도를 올린다. 포피와 리코가 한 순간을 함께했다. 비록 아주 짧은 순간일지라도. 정말 대단한 여행이었다. 폰타나 가문의 둘째 딸인 우리 셋 모두 사랑을 찾았다. 내 안의 여전히 냉소적인 기질은 그중 누구의 사랑이 끝까지 가게 될지 의심쩍어한다.

루시가 달빛을 받은 포피를 돌아본다. "뭐 좀 여쭤봐도 돼요, 폼스? 가져오신 편지들 있잖아요, 카린이 이모한테 다시 보낸 편지들이요. 그거 다 이모가 이탈리아에서 보내셨던데요. 미국에서 보내신 편지들은 어떨까요? 그분이 그 편지들을 받았을까요?"

"미국에서는 편지를 한 통도 보내지 않았단다. 너무 부끄럽더구나." 포피가 한숨을 내쉰다. "있잖니, 엄마에게는 한 가지 책임이 있단다. 자식을 지켜야 하지. 그 유일한 책임을 다하지 못했다는 말을 차마 리코에게 전할 수 없었단다, 편지로는." 포피가 어두운 창문으로 고개를 돌린다. "그를 직접 볼 때까지 기다려야 했어."

45장

✳

포피

1961년
아말피 해안, 라벨로

8월 2일, 로사 언니가 펑퍼짐한 회색 원피스에 숄을 두른 차림으로 버스에서 내렸단다. 언니는 6개월 전에 마지막으로 봤을 때와 달라 보였어. 더 나이가 들어 보이면서도 더 부드러워졌지. 얼굴이 통통했고 눈에서 뭔가 더 지혜로운 빛이 흘렀다. 그리고 몸이 풍만해져서 둔부가 넓어지고 가슴이 커졌더라고. 얼이 빠져 쳐다보는 나를 발견한 언니 얼굴이 분홍빛으로 물들었어.

"그동안 파스타를 너무 많이 먹었어." 언니가 말했어.

"나 속일 생각 하지 마. 언니 임신했구나!"

눈에 눈물이 가득 고인 언니가 가슴 앞에 십자가를 그렸어. 나는 언니를 힘차게 끌어안았지. "우리 둘 다 아기를 가졌어. 우리가 항상 꿈꾸던 대로!"

"그만해. 제발. 이 이야기는 아직 하지 말자. 지금은 네 이야기를 할 때야."

나는 이해했다. 아주 오랫동안 임신하려고 노력하다가 얻은 아이니 괜한 말로 화를 불러올까 봐 걱정스러울 테지. "언니 진짜 근사해 보여." 내가 언니에게 말했어. "알베르토 형부가 언니를 보면 홀딱 반하겠어."

이번에 언니는 그의 이름이 나와도 불안해하지 않았지.

"알베르토가 매주 편지를 쓰고 있어. 내가 미국에 올 날을 학수고대하고 있대."

나는 언니를 보며 방긋 웃었어. "당연히 그렇겠지." 나는 언니의 둥근 배를 살며시 토닥였단다. "아이가 나올 시기에 맞춰서 와줘서 고마워." 나는 정말로 고마웠어. 하지만 고마운 마음 한편에는 실망감도 있었지. 나는 아이를 낳을 때 리코가 여기 있으리라고 속으로 믿었거든. 내 믿음이 흔들리고 있었어. 그가 살아 있을까? "혹시 리코가 나한테 보낸 편지 있었어?"

이제 그는 나에게 편지를 쓰려면 라벨로로 보내야 한다는 것을 알겠지만, 나는 언니가 그곳에서 받은 편지가 있다고 대답할지 모른다는 실낱 같은 희망을 품은 채 숨을 참았단다.

"지난달에 편지가 한 통 왔어."

심장이 튀어나올 것 같았어. "그가 아직도 내가 트레스피아노에 있는 줄 안다고? 편지 어디 있어? 보여줘!"

언니가 고개를 절레절레 저었어. "내가 숨기기 전에 아빠가 발견하셨어. 아빠가 몹시 화를 내셨어. 아빠가 엄마한테 이야기하는 동안 내가 목숨을 걸고 봉투를 빼돌렸어."

나는 여느 때와 다르게 용기를 내준 언니를 보며 활짝 웃었단다. "그라치에, 로사 언니. 자, 어서 줘. 편지를 읽어야겠어."

"나한테 없어. 아빠가 편지를 보시기 전에 벽난로에 던져버렸어."

숨이 막혔어. "편지를 태웠다고?"

"달리 방도가 없었어. 아빠가 우리 둘 다 죽이려고 했을 거야. 미안해. 하지만 내가 용케 앞부분을 읽기는 했어."

"언니가 읽었어? 그가 뭐라고 해? 언제 온대?"

"그는 떠나지 못해." 언니가 고개를 저었다. "네가 미국에 가길 바란대. 그는 네가 이그나시오와 결혼하기를 원해."

숨을 쉴 수가 없었다. 두 손으로 머리를 감쌌어. "안 돼! 리코는 내 남편이야! 그가 어떻게 나한테 간통을 저지르라고 할 수 있어?"

언니의 눈에 동정이 가득했어. "그 사람 말 들어, 파올리나. 그는 너를 사랑해. 네가 잘되기를 바라고. 자기 조국에서 아이를 키우고 싶어 하지 않아. 그곳은 감옥이야. 거기 사람들은 필사적으로 탈출하려고 해. 신문 안 읽었어? 동독은 아기를 키울 만한 곳이 아니라고. 그는 네가 행복하게 살기를 원해. 무엇보다도 네가 자기 아이를 행복하게 살게 해줄 거라고 믿고 있어."

눈물이 앞을 가렸다.

"아기 생각을 해야지, 파올리나. 네 생각이 아니라. 더 이상 이기적으로 굴면 안 돼."

우리는 서로 팔쌍을 끼고 각각 한 손으로는 여행 가방을 질질 끌면서 집으로 돌아갔어. 언니가 여기까지 온 과정을 이야기했다. 가짜로 이야기를 지어내서, 내 마음이 변했고 더 이상 리코를 사랑하지 않는다고 부모님에게 말했다는구나. 언니는 나를 데리러 온 거야. 우리는 함께 미국으로 가게 될 터였다. 언니는 이미 엄마와 아빠에게 마지막 작별 인사까지 했다고 했어.

"우리 서류랑 네 여권이랑 우리한테 필요한 모든 게 이 여행 가방들에 들어 있어. 우리 배는 다음 달에 나폴리에서 출발할 거야."

"하지만 로사 언니, 나는 미국에 안 가. 나는 기다려야―."

언니가 내 손을 잡고 말을 멈추게 했어. "엄마랑 아빠가 얼마나 안심하셨는지 몰라, 파올리나. 당신들 딸이 드디어 정신을 차렸다고. 두 분은 내가 혼자 미국에 가게 되나 걱정하셨어."

하지만 나는 진실을 알았다. 그 걱정을 한 사람은 로사 언니였지. 언니는 알베르토의 아이를 임신한 마당이니 이제 자신이 브루클린에 꼭 가야 한다고 생각했어. 그리고 내가 함께 가리라는 기대를 여전히 포기하지 않았고. 나는 터져 나오는 말을 억지로 참았다. 언니가 일단 마음을 먹으면 어떤 말로도 결심을 바꿀 수 없었으니. 얼마 지나지 않아, 나도 언니 못지않게 고집스러울 수 있다는 것을 언니도 알게 되겠지.

"내가 아빠를 설득해서 표를 두 장 사게 했어." 언니가 계속 말했어. "우리 배는 6주 뒤에 떠날 거야. 그 말은……." 언니가 고개를 돌려 나를 위아래로 살펴봤어. "너는 곧 아이를 낳을 거야. 그러니까 우리는 이곳을 떠나서 새 삶을 시작할 수 있어. 자유의 땅, 미국에서 알베르토랑 이그나시오와."

✳

닷새 후인 1961년 8월 7일, 로사 언니가 옆 마을에서 찾아낸 괴팍한 산파 투미넬리 부인의 도움으로, 요하나 로사 크라우제가 태어났단다. 아이는 숱 많은 짙은 갈색 머리에 짙은 푸른빛 눈동자를 가졌고, 리코를 쏙 빼닮은 보조개가 왼쪽 볼에 패어 있었다.

여자는 엄마가 되면 변한다는 말이 있지. 처음 아이를 안은 순간 뭔가가 바뀐다고. 우선순위가 달라진다고.

나는 새로 간 시트 위에 누워 있었고 갓난아기 요하나는 내 가슴 위에서 잠들어 있었어. 나는 경외의 눈으로 아이를 내려다봤단다. 리코와 내가 만든 기적 같은 생명을. 나는 아이의 솜털 보송보송한 피부, 떠오르는 해 같은 분홍빛 두 뺨에 드리워진 기다란 속눈썹, 성냥개비처럼 작은 열 개의 손가락과 끝에 달린 얇은 진주 같은 손톱을 자세히 살폈어.

"환영해." 나는 아이에게 속삭였어. "너에게 늘 행복이 함께하길 바랄게. 네가 신의 축복을 받고, 나의 가장 좋은 점과 아빠의 가장 좋은 점을 닮기를 바랄게." 눈물 때문에 시야가 흐려졌어. "아빠가 네 곁에 없을 수도 있지만, 아빠는 너를 사랑한단다. 아빠는―엄마랑 아빠는 너에게 좋은 일만 일어나기를 원한단다. 너는 기회와 풍요와 기쁨이 가득한 멋진 삶을 살게 될 거야. 엄마가 너한테 약속할게. 그리고 아빠한테도 약속할게."

✳

8일 후, 로사 언니가 신문을 흔들면서 헐레벌떡 집으로 들어왔어. "벽을 쌓는대!" 언니가 외쳤다. "이틀 전에, 동베를린과 서베를린 사이의 자유 통행지가 철조망으로 봉쇄됐대. 오늘은 콘크리트 담장을 세우고 있다는 거야, 5미터 높이로." 언니가 한 손을 배에 올린 채로 신문을 읽었어. "꼭대기에 철조망을 두를 것이며, 기관총을 갖춘 감시탑이 설치되고 지뢰가 매설될 것이다." 언니가 신문을 탁자에 던지고 내 손을 잡았어. "서쪽으로 넘어가는 길이 막혔어, 파올리나. 영구적으로. 리코는 절대 돌아오지 못해."

46장

✳

에밀리아

나는 포피의 젖은 볼을 티슈로 토닥거리면서, 그 고통스러운 기억이 상처받기 쉬운 포피의 마음에 너무 버겁지 않을까 걱정한다. 포피는 등을 기대고 눈을 감는다.

"리코를 잃고 비통해하면서 어떻게 내 아이의 탄생을 기뻐할 수 있었겠니? 베를린 장벽은 지나치게 잔인했어. 내가 요하나를 사라지게 한 게지. 지독한 슬픔에, 암흑 같은 절망에 빠져 있느라고 아이가 얼마나 빠르게 멀어지고 있는지 미처 알아채지 못한 게야."

그렇게 된 것이다. 베를린 장벽이 세워졌다. 리코가 갇혔다. 포피가 극심한 우울증에 시달리느라고 아기가 죽어가는 것조차 눈치채지 못할 지경이었다. 나는 몸서리를 치면서 갓난아기 요하나에게 정확히 무슨 일이 있었는지 궁금해한다. 로사가 포피를 미국에 데리고 간 것은 현명한 일이었다. 하지만 포피는 리코에 대한 모든 희망을 두고 갔다. 전쟁으로 생이별한 두 사람, 그리고 상처와 우울한 장벽. 나는 포피의 손에 입술을 살짝 댄다.

"정말 안타까워요."

"동감." 루시가 탁한 목소리로 말한다.

"로사 언니의 기다림이 마침내 결실을 맺었단다. 우리 둘 다 아주 놀랄 수밖에 없었지. 언니는 라벨로에 처음 왔을 때만 해도 그렇게 빨리 엄마가 되리라고는 꿈에도 몰랐어. 언니는 우리 외할머니의 이름을 따서 아이에게 조세피나라는 이름을 지어줬단다."

나는 몸서리를 친다. 자매 중 하나는 아이를 낳고, 다른 하나는 아이를 묻게 되다니. 그리고 아이들의 이름 ─ 요하나(Johanna)와 조세피나(Josephina) ─ 이 아주 비슷하다. 신이 이보다 더 잔인할 수 있을까? 포피의 애정이 조세피나에게 옮겨간 게 당연하다.

차 스테레오에서, 낭랑한 발라드가 울려 퍼진다. 구슬픈 가사에 코가 찡해진다. 루시가 스웨터를 베개처럼 둘둘 말아서 문에 갖다 기대고 곧 낮게 코를 고는 소리가 들린다. 내가 팔을 뻗자 포피가 거의 가르릉 소리 같은 한숨을 내쉰다. 내 품속에 있는 포피는 오늘 밤 위로가 필요한 작은 아이다. 포피의 호흡이 느려진다. 나에게 기댄 포피의 몸이 축 늘어진다. 내 한쪽 팔에 쥐가 나 따끔거리기 시작한다. 나는 움직이지 않는다. 나는 이모의 달콤한 향을 들이마시고, 희미하게 오르내리는 숨결을 느끼면서 앞으로 수년 후 내가 눈을 감을 때 바로 이 순간을 다시 떠올리기를 바란다.

"너와 가까워지려고 더 열심히 노력했어야 했는데." 포피가 소곤거린다. "제발 나를 용서해주렴."

나는 포피의 보송보송한 머리를 쓰다듬는다. "용서하고 말 게 뭐 있어요. 노력하셨잖아요. 하지만 내가 할머니 말을……." 내 소리가 점점 잦아든다. 이제 나는 성인이다. 할머니 탓을 하는 것은 부당하다.

"다음에 로사 언니를 만나면, 부디, 미안하다고 전해주렴. 내가 언니를 사랑한다는 말도."

돌피 삼촌이 옳았다. 화해는 포피의 마음을 평온하게 할 것이다. 그리고 어쩌면 할머니의 마음도. "직접 말씀하시는 게 어때요? 내일 할머니한테 전화하면 되잖아요."

포피가 고개를 짓는다. "미국을 떠나기 직전에 돌피에게 전화했단다. 우리는 기쁘게 대화를 나눴어. 하지만 로사 언니는…… 언니는 나와 이야기하려 하지 않을 거야."

나는 이를 악문다. 속에서 불같은 화가 치솟는다. "할머니는 고집불통이에요." 내가 말한다. "꼭 우리 언니처럼."

"그래. 나는 다리아에게 연락하려고 여러 번 노력했단다."

나는 포피를 내려다본다. "그러셨어요? 언니가 한 번도 말 안 했는데."

"너와 내가 함께 있잖니. 그거면 충분하단다."

"신께 감사해요." 나는 속삭이고 포피의 머리에 입을 맞춘다. "그리고 이모한테도 감사해요."

"사랑한다, 에밀리아."

"나도 사랑해요, 할머니."

나는 이모를 할머니라고 부른 실수를 알아차리지만, 왠지 정정하지 않는다. 이모 역시 내 실수를 바로잡지 않는다.

얀이 빵집 위층 리코의 옛집으로 우리를 데리고 간다. "필요하신 동안 내 집이다 생각하시고 편히 계세요." 얀이 포피에게 옛날식 놋쇠 열쇠를 건네며 말한다. "저는 언덕 아래에 있는 엘레네의 집에서 머물게요."

루시는 포피가 나이트가운으로 갈아입는 것을 도운 다음에 거실 소파로 간다. 나는 수건을 물에 적셔 포피의 부드러운 볼을 닦는다.

"나는 항상 다시 이 방에서 잠드는 꿈을 꿨단다." 포피가 문 위 벽을 올려다본다. "그가 우리의 머리글자를 새겼지. 여전히 저기 어디쯤에 있어."

"알아요." 내가 말한다. "그분은 이모를 아주 많이 사랑하셨어요."

"여전히 사랑한단다." 포피가 나에게 상기시키고, 나는 그를 과거형으로 언급한 것이 부끄럽다.

내가 주름 없이 빳빳한 시트를 침대에 까니 포피가 작은 새끼 고양이처럼 그 속으로 파고든다. 나는 포피 옆으로 올라가서 램프를 끈다. 광장에서 새어들어온 황색 불빛이 방에 줄무늬를 드리운다.

"브로디에게 연락했니?" 포피가 묻는다.

"연락했어요." 나는 포피의 집 도우미 브로디에게 조용히 감사를 전한다. "우리가 돌아갈 때까지 기꺼이 농장을 돌보겠대요. 히긴스를 운동시키려고 날마다 타고 있다고 꼭 전해달라고 했어요."

포피가 고개를 끄덕인다. "브로디는 봉급 인상을 거절하는구나. 그 돈을 유용하게 쓸 수 있을 텐데도. 브로디가 베트남전에서 왼쪽 다리를 잃었다는 말을 내가 했던가? 그런데도 불평을 한마디도 안 한단다. 아주 좋은 사람이야. 자기 아버지처럼."

포피에게 리코가 없는 완전히 다른 삶이 있었고, 브로디의 아버지인 '이성 친구'와 연애를 했다는 점을 이제 와서 생각하니 기분이 묘하다. 아름다운 이모의 삶이 끝을 향해 가는 지금 궁금증이 들 수밖에 없다. 포피는 후회할까?

"다시 결혼하고 싶은 적은 없었나요? 아이도 낳고?"

"없었어." 포피가 주저하지 않고 대답한다. "토머스를 정말 사랑하기는 했지만."

"브로디의 아버지요? 그분은 그냥…… 대회에서 우승 못 한 사람에게 주는 위로상 같은 존재가 아니었나요?"

포피가 나를 돌아본다. "네가 나이가 들수록 '사랑'이라는 말에 덜 인색해진다는 걸 알게 될 거야. 토머스는 나에게 다시 웃는 법을 가르쳐줬단다. 그리고 나는 그의 아내가 죽은 뒤 내가 그에게 위안을 주는 사람이었다고 믿는단다. 아주 멋진 동지였어, 토머스와 나는." 포피가 달콤한 추억을 돌이켜 생각하는 듯 미소 짓는다.

산들바람이 불어와 투명한 커튼이 살랑거린다. "리코가 카린과 결혼한 게 신경 쓰이세요?"

"그가 결혼하지 않았다면 나는 슬펐을 거야. 있잖니, 에밀리아, 모든 사랑에 열정이 필요하지는 않단다. 또한 모든 열정에 사랑이 필요하지도 않지."

일순 바람 한 점 없이 고요해진 듯하다. 매트의 다정한 미소가 문득 떠오른다. 나는 한쪽 팔꿈치로 몸을 지탱하고 어둠에 가려진 포피의 얼굴을 찾는다. "정말로 믿으세요, 포피 이모? 열정을 느끼지 않는 사람과 함께하는 게— 어쩌면 결혼까지도 하는 게— 진짜로 가능하다고 생각하세요?"

"나는 늘 있는 일이라고 생각한단다."

전율이 온몸을 스쳐 지나간다. 내가 수년 동안 곰곰이 생각해온 질문에 대한 답을 쥔 현자와 이야기하는 느낌이다. 그리고 모든 것이 포피의 대답에 달려 있다.

"하지만 그게 정당할까요? 그걸로 충분할까요? 아니면 제가— 모두가— 자신을 불타오르게 하는 그런 사랑이 올 때까지 버텨야 할까요?"

포피가 빙그레 웃는다. "아가, 그건 자기 스스로가 답할 수밖에 없는 질문이란다. 내가 너에게 할 수 있는 말은 80년을 살고 나니 사랑이 많은 역할을 한다는 사실을 깨닫게 된다는 것뿐이구나. 연인. 위안을 주는 사람. 보호자. 친구. 물론 리코는 내 마음이 진정한 열정을 느끼는 오직 한 사람이지만, 때로 혹독하게 느껴지는 세상에서 깊은 우정 혹은 단순한 동료애를 제공하는 사랑도 충분히 존재 가치가 있단다."

어둠 속에서 포피의 눈이 반짝인다. "결국 삶은 간단한 방정식이란다. 우리가 사랑을 할 때마다— 그 대상이 남자든 아이든, 고양이든 말이든— 이 세상에 색채를 더하게 되지. 우리가 사랑에 실패하면 색을 지우게 되고." 포피가 씩 웃는다. "암울한 흑백의 연필 스케치에서 진정 아름다운 유화로 가는 이 여정에 필요한 것은 사랑이란다. 그 사랑이 어떤 형태이든 간에."

포피가 내 볼을 어루만진다. "사랑은 들판을 채색하고 우리 감각을 깨우는 달콤한 열매란다. 네가 끊임없이 사랑을 추구해야 한다는 뜻은 아니야. 하지만 사랑이 너에게 오면, 사랑이 네 손이 닿는 곳에 있으면, 부디 포도나무에서 그 사랑의 열매를 따서 잘 살펴보렴, 그래줄래?"

매트가 친구에서 연인으로 바뀔 수도 있다는 가능성을 받아들이려고 노력하는 사이에, 포피의 말이 파도처럼 밀려든다. 내가 매트를 '잘 살펴보지' 않았을 가능성이 있을까?

막 잠이 들려는 참에 포피가 생각보다 강한 힘으로 내 손을 잡는다.

"네 엄마가 너를 아주 많이 사랑했단다."

나는 얼어붙는다. 엄마가 돌아가셨을 때 나는 겨우 두 살이었다. 그 두 해 대부분의 시간 동안 엄마는 아팠다. 나는 평생 궁금했다. 나 때문에 엄마가 병에 걸렸을까? 엄마가 나를 원망했을까? 나는 엄마한테 성가신 존재였을까?

"어떻게―?" 목이 꽉 조여 오지만 기어코 말을 잇는다. "어떻게 확실히 아세요?"

"너는 천사였단다. 네 엄마가 너를 그렇게 불렀어."

눈물이 관자놀이로 흘러내린다. 평생 간절히 듣고 싶었던 말이다. "하지만 엄마는 저를 몰랐어요. 어떻게 자랐는지를. 그때 저는 그냥 갓난아이였어요."

포피가 내 손을 꽉 쥔다. "엄마의 사랑은 시간으로 측정되는

게 아니란다, 에밀리아. 그 사랑은 즉각적이고 영원하지. 그리고,
아가, 이 점은 내가 확실히 안단다."

47장

*

포피

1961년
SS 크리스토포로 콜롬보를 타고 미국에 가는 도중

  늘 그렇듯이 결국 로사 언니의 고집대로 됐다. 하지만 정확하게 말하자면, 나는 자진해서 갔단다. 그것이 내가 할 수 있는 유일한 선택인 듯했거든. 나폴리에서 뉴욕까지 8일간의 항해는 다행히도 평탄했다. 따뜻한 산들바람이 불었고 천둥과 번개를 동반한 비가 이따금 내린 것이 다였다. 하지만 갓 태어난 조세피나는 낮과 밤이 뒤바뀌었어. 매일 저녁 우리가 답답한 선실에 들어가 몸을 눕히고 나면, 조세피나의 눈이 또랑또랑해졌고 호기심이 가득해졌지. 로사 언니는 엄마 노릇을 하느라 기진맥진했고, 나는 언니가 자는 동안 조세피나가 조용히 있게 할 수 있는 모든 방법을 동원했어. 가끔 나는 조세피나를 따뜻하게 입히고 살짝 갑판으로 나갔다. 그곳에서 우리는 동쪽을 향해 서서 리코가 사는 땅 쪽을 돌아봤지. 우리는 뒤에서 따라오며 오르내리는 검은 바다를 함께 지켜봤어. 나는 별자리를 손으로 가리켰고, 우리는

447

미래에 대해 이야기했단다.

　로사 언니는 내가 지독한 슬픔에 빠져 있는 것을 알았지만, 내가 조세피나와 단둘이 있을 때면 발끈했지. 언니는 사랑하는 남편을 보러 가는 갓난아기 엄마인 척하는 나를 몇 번이나 포착했어. 언니는 아내와 엄마의 역할은 자기 것이라고 나에게 다정하게 상기시켰지.

　하지만 조세피나와 나 사이에는 로사 언니가 부정할 수 없는 유대감이 있었어. 조세피나는 이야기를 들어주는, 내 작은 기쁨 단지였거든. 조세피나는 내가 세상에서 가장 멋진 남자, 나의 리코 이야기를 하면 내 얼굴을 찬찬히 보다가 작은 이맛살을 찌푸렸어. 그리고 내 눈에 눈물이 맺히면 내 고통을 이해한다고 알리려는 듯 내 손가락을 꼭 쥐었지.

　나는 조세피나를 내 작은 기적이라고 불렀고, 내가 숨 쉬는 이유가 너라고 들려줬어. 정말로 조세피나는 그랬으니까.

48장

✳

에밀리아

사랑하는 사람과 잃어버린 아기로부터 점점 멀어지는 길고 외로운 항해…… 자기 아기와 아주 비슷한 이름을 가진 다른 아기와 보내는 밤들. 포피의 모성애가 엇나가 조세피나에게 지나치게 애착을 갖게 된 것도 당연했다.

"이제 다 이해가 되네요." 나는 포피를 마주 보며 말한다. "조세피나를 친자식처럼 사랑하게 되셨군요. 너무 슬프셨던 거예요. 악의는 없으셨어요."

갑자기 포피가 숨이 넘어갈 듯 기침을 한다. 포피의 등을 쓰다듬는데 불길한 예감이 덮친다. 포피는 죽어가고 있다. 아까 포피는 용서해달라고 했다. 나는 그 요청을 묵살했다. 하지만 이제 나는 포피가 그 단어를 들어야 한다는 것을 깨닫는다. 당신의 언니에게 듣는 것이 아닐지라도.

"이모를 탓하지 않아요." 나는 부드러운 목소리로 말한다. "우

449

리 엄마한테 하신 일이요, 엄마를 데려가려고 하신 거요."

"납치." 포피가 속삭인다. "사람들이 그렇게 말했지."

"제정신이 아니셨잖아요. 할머니가 이해하셨어야 했는데."

"언니는 이해했을 거야. 마음속으로는. 나를 내보내야 한다고 고집을 부린 건 알베르토 형부였단다. 물론 언니는 형부 말에 따랐지. 내가 언니를 지독한 선택을 해야 하는 입장으로 내몬 게지. 내가 가장 후회하는 게 그거란다. 내 결정에 의문을 갖지 않거나 그렇게 무모한 행동을 한 나를 저주하지 않은 날이 하루도 없었단다."

"쉬." 내가 말한다. "다 지난 일이에요. 사랑하는 사람들이 가득한 아름다운 삶을 꾸려오셨잖아요. 자신을 자랑스러워하셔도 돼요."

포피가 애원하는 눈빛으로 나를 바라본다. "다음에 로사 언니를 만나면, 미안하다고 전해주렴. 내가 언니를 사랑한다는 말도. 늘 언니가 보고 싶었다고."

가슴이 갈기갈기 찢어지는 것 같다. 그러다가 문득 떠오르는 묘안이 있다. 달빛을 받은 포피를 가만히 살피는 내 마음이 복잡하다. 내가 자매의 마지막 재회를 위해 할머니를 이탈리아로 모시고 올 수 있다면 어떻게 될까?

시간이 약이라는 말이 있다. 하지만 이모와 그녀가 사랑하는 리코가 동시에 회복되는 모습을 지켜보니, 약은 시간이 아니라 사랑이라고 단언하고 싶다.

나는 수요일 아침에 일어나자마자 강력하게 나서서 포피를 병원에 데리고 간다. 그동안 내내 루시와 나는 진행 중인 뇌종양 때문에 포피가 쇠약해지고 있다고 짐작했다. 우리는 젊은 의사가 포피의 증상을 호흡기 감염으로 보고 항생제와 스테로이드와 수액을 혼합한 정맥 주사를 놓자 놀란다. 목요일 오후가 되자, 포피는 어서 빨리 리코의 곁으로 가고 싶어 안달한다. 나는 차를 렌트한다. 돈을 아낌없이 쓰자는 포피의 주장에 따라 빠르고 날렵한 흰색 오픈카를 선택한다. 이후 일주일 반 동안 우리는 동 틀 녘에 일어나서 차를 몰고 살레르노에 간다. 쌀쌀한 아침에도 포피는 나한테 지붕을 접으라고 시킨다. "이럴 때 쓰라고 발열 시트가 있는 거지." 포피가 나에게 말한다. "자, 이제 속도 좀 높여 보렴. 세상에, 에밀리아, 미니밴이 아니라 마세라티잖니."

포피가 리코의 침대 옆에 앉아 머리를 빗기고 면도를 해주고 사랑의 말을 속삭이는 동안, 그가 서서히 되살아난다. 날마다 회복되는 것이 눈에 보인다. 리코가 다시 눈을 뜬다. 미소를 짓는다. 드문드문 단어로 의사 표현을 하다가 점차 짧은 문장으로 이야기한다. 의사가 그 호전이 기적이라고 말한다. 포피는 그것이 운명이라고 말한다. 나는 그것이 아름답다고 말한다.

두 번째 주가 되자 리코는 다시 혼자 힘으로 식사하고, 우리가 도착하면 휠체어에 앉아 바이올린 현을 퉁기고 있거나 오래된 라이카 카메라를 만지작거리고 있다. 얼굴에 혈색이 돌아왔고, 옛날에 우리 이모를 비롯한 사람들을 매혹한 근사한 독일인 바이올리니스트의 모습이 드러난다. 예전처럼 턱의 윤곽이 뚜렷하지 않고 몸이 탄탄하지 않을지는 모르지만, 포피가 아주 좋아 하던 꿰뚫어 보는 듯한 푸른 눈, 여전히 숱 많고 물결처럼 굽이진 머리카락, 눈부신 미소가 내 눈에 분명히 보인다.

루시와 나는 암묵적 동의라도 한 것처럼 미래 시제로, 우리 둘 다 이모가 숨을 거두는 순간까지 이탈리아에 머무는 것을 얘기 한다. 우리는 병원 방문자 휴게실에서 편안한 자리를 차지하고 앉아, 포피와 리코가 두 사람만의 시간을 보낼 수 있게 한다.

루시는 병원에서 무료로 제공하는 컴퓨터 앞에 앉아 몇 시간 씩 뭔가를 검색하는데 그것이 뭔지 나에게 말하지 않는다. 우리 둘 다에게 다행히도, 나는 여전히 구식으로 공책에 글을 쓴다. 이 제는 마치 주변의 공기가 온통 사랑과 빛과 부활로 가득 차 있는 것처럼, 내 펜에서 글이 마구 흘러나온다. 몇 시간 후 우리가 리 코의 병실로 돌아가면 바싹 달라붙어 함께 병상에 누워 있는 두 사람을 종종 발견하는데 리코가 포피의 민둥머리를 어루만지고 있다. 어떨 때는 두 사람이 옛 추억을 이야기하며 소리 내어 웃고 있다. 또 어떨 때는 눈물을 흘리는 모습을 보면서, 나는 그들이 잃어버린 아이와 시간에 대해 이야기하나 보다 짐작한다.

"대성당에서 당신과 결혼하고 싶어요." 어느 비 오는 월요일 에 리코가 낮고 쉰 목소리로 포피에게 말한다. "정부에 제출할 서류를 다 준비해놨어요."

포피가 그를 향해 손을 휘젓는다. "우리는 이미 결혼했어요!"

자립심 강한 우리 이모가, 결국 그 오랜 세월이 흐른 후에도 그 들의 사랑을 증명할 필요를 느끼지 않는 이 둘째 딸이 남편의 볼 에 입을 맞춘다. "당신은 거의 60년 동안 마인 에만이었어요. 앞으로도 항상 그럴 거예요."

그가 빙그레 웃는다. "그리고 당신은 항상 내 아내일 거예요."

포피가 마치 자기 말을 막으려는 듯 손을 입에 탁 대고는 루시와 내가 서 있는 쪽으로 몸을 빙 돌린다. "아, 이런." 포피가 말한다. "우리 생각이 너무 짧았구나. 우리가 결혼하는 게 너희 둘에게는 중요한 일이겠지?"

포피는 혹시 우리가 걱정하고 있다면, 아무도 반박할 수 없게 합법적인 결혼 증명서로 폰타나 가문 둘째 딸의 저주에 종지부를 찍겠다고 말한다. 나에게는 이런 식의 종지부가 필요하지 않다. 하지만 루시에게는 필요할지도 모른다. 나는 루시가 대신 대답하게 둔다.

"만일 두 분이, 애초에 존재하지 않았고 그저 피해망상에 빠진 정신병자들의 헛소리일 뿐인 저주가 틀렸음을 증명하려는 이유로 결혼하시는 거라면 말이죠." 루시가 신중한 태도로 천천히 말한다. "나는, 적어도 나는, 그 결혼식에 참석하지 않을 거예요."

✳

11월 3일, 따뜻하고 흐린 토요일이다. 우리는 병원 안뜰 테이블에 둘러앉아 포피가 가르쳐준 카드 게임인 슛 더 문을 하고 있다.

"손에 클럽을 들고 계시면서 스페이드를 내시다니." 내가 리코에게 말한다. "이러니 항상 이기시는 게 당연해요."

리코가 쯧쯧 혀를 차며 고개를 젓고는 눈가에 주름을 지으며 웃는다. "진 것을 깨끗이 인정하지 못하는구나, 마인 매트헨(mein

453

Mädchen)."

내 아가. 이모가 나를 부르는 애칭과 같은 말이다. 리코는 상자에 카드를 넣고 테이블 아래에서 오래된 라이카 카메라를 들어올린다.

"사진 좀 그만 찍으세요." 루시가 말하고는 리코가 사진을 찍는 순간 혀를 쭉 내민다. 루시가 리코의 손에서 카메라를 홱 잡아당긴다. "셋이 같이 찍어요." 루시는 우리에게 가까이 붙으라는 손짓을 한다.

포피가 내 오른쪽에 서고 리코는 내 왼쪽에 서서 서로 손을 꼭 잡는다. 포피가 내 볼에 입을 맞춘다. 리코를 바라보니 그의 푸른 눈이 기쁨과 사랑으로 반짝인다.

"포르마조(formaggio, 치즈)라고 하세요!" 루시가 장난스러운 말로 나를 웃기고는 그 순간 셔터를 누른다. 루시는 카메라를 내려놓고 자기 의자 끝에 걸터앉는다.

"있잖아요." 루시가 말한다. "뭘 하며 살지 드디어 결정했어요. 자, 들을 준비 됐어요?" 루시가 드럼 소리를 흉내 낸다. "두구두구두구둥! 머리 자르는 일을 하고 싶어요. 맞아요, 언제가 될지 혹은 어디일지 확실히 모르겠지만, 이용 학교에 들어갈 거예요!"

"아주 멋지구나!" 포피가 박수를 친다.

"그럼 그동안 병원 컴퓨터로 검색하던 게 그거네." 나는 주먹을 내밀어 루시의 주먹과 맞부딪친다. "대단하다, 루스."

"엄마랑 아빠한테 모든 정보를 이메일로 보냈어. 엄마는 내가 미용 학교에 가야 한다고 생각하지만, 나는 남자들 머리를 자르는 게 좋아. 제모나 피부 관리 같은 거에 관심 없거든."

나는 한때 칫솔 대신에 아이라이너를 선택하던 그 아이가 맞는지 믿을 수가 없다.

"돌피 할아버지랑 이야기했어." 루시가 계속 말한다. "할아버지 이발소에서 수습 기간을 거치게 해주시겠대."

나는 오페라 음악이 흐르고 의자마다 텅 비어 있는 돌피 삼촌의 쓸쓸한 가게를 마음속에 그려본다. 삼촌은 앞으로 무슨 일을 겪게 될지 전혀 모른다. 손녀가 생기 없고 조용한 가게를 완전히 뒤집어놓고 그곳에 절실히 필요한 아드레날린을 주입할 것이다. 삼촌은 그 과정에서 매 순간 불평을 늘어놓을 테지만, 마음속으로는 아주 흐뭇해할 것이다. 결국 삼촌은 다시 목적을 가지게 될 것이다. 삼촌이 엄청나게 노력해서 키운 이발소가 다음 세대로 이어질 것이다. 삼촌은 잊히지 않을 것이다. 이야말로 우리 모두 원하는 것이 아닐까?

"네가 주인공이 되는 인생을 만들어가고 있구나." 포피가 말한다. "내년에 네가 이용 학교를 마치고 에밀리아도 소설을 마무리한 후 다 함께 축하하자꾸나."

"물론이죠." 루시가 조금도 망설이지 않고 말한다. 하지만 나는 침묵을 지킨다. 우리 이모가 1년 후에도 살아 있을까? 리코는?

포피가 마침내 내 입에서 동의의 대답이 나올 때까지 내 눈에서 시선을 떼지 않는다.

"근데 소설은요." 내가 말한다. "설마 제가 1년 안에 끝낼 거라고 생각하시는 건 아니죠? 잘 모르겠어요. 그게 가능할지―."

"가능하단다." 포피가 말하며 윙크한다.

루시가 미용사와 이발사의 차이를 설명하고 있을 때 리코의 의사가 다가온다. "여기 계시네요!" 그녀는 흰색 가운을 입고 아이패드를 팔 밑에 끼고 있다. "좋은 소식이 있어요, 크라우제 씨. 실험실 검사 결과가 안정적이라고 나왔어요. 퇴원 서류에 서명할게요. 내일 아침에 집에 돌아가셔도 좋아요. 이제 자유예요."

리코가 울컥한다. 인생의 대부분을 장벽 뒤에서 살아온 사람에게 이 말이 얼마나 큰 의미일지 나는 감히 짐작도 못 하겠다.

내일 리코는 집으로, 포피와 함께 살던 그 작은 집으로 돌아갈 것이다. 이제 리코는 건강하고 포피도 건강하다. 여기에서 내 임무는 완료됐다. 하지만 어쩌면 더 큰 임무가 있지 않을까? 돌피 삼촌이 작년 가을에 제안한 임무가?

내가 루시에게 눈짓을 하자 루시가 작은 꽃밭으로 나를 따라온다. 꽃밭의 징검돌에는 추모의 의미로 환자들의 이름이 새겨져 있다.

"언니가 무슨 말을 할지 다 알아." 루시가 말한다. "저 사이좋은 연인들만의 공간이 필요해. 그 집 벽이 상당히 얇잖아." 루시가 눈썹을 씰룩씰룩 움직인다.

"정말 비니 삼촌이 딸내미한테 예의범절을 좀 가르치셨어야 하는데." 나는 고개를 절레절레 젓는다. "나 집에 갈 거야, 루스."

루스가 펄쩍 뛰어오른다. "안 돼. 아직은 안 된다고. 여기 라벨로에서 우리가 지낼 곳을 빌려야지."

"가야 해. 며칠 동안만." 나는 루시에게, 갓난아기 요하나가 죽은 비통한 일, 갓 태어난 아기와 대서양을 가로지르는 항해가 포피에게 얼마나 버거웠는지, 그러다 보니 그 아기에게 애착을 갖게 되고 결국 크나큰 실수를 벌이게 된 경위까지 포피의 나머지 이야기를 자세히 들려준다.

"할머니를 설득해서 여기로 모시고 올게. 그리고 포피랑 화해하시게 하자. 너무……." 나는 말을 끝내지 못하고 멈춘다. 너무 늦기 전에.

49장

*

에밀리아

이틀 후 월요일, 여명이 수평선을 물들이며 밝아올 때, 루시와 나는 우리 여행 가방을 문 앞에 쌓아놓는다. 리코는 오래된 라이카 카메라의 초점을 루시와 포피와 나에게 맞춘다. "정말로 꼭 떠나야겠니?" 리코는 적어도 다섯 번째 같은 질문을 한다.

"아시잖아요, 금방 돌아올 거예요." 루시가 카메라를 향해 일부러 얼굴을 일그러뜨리며 말한다. "제가 우리 부모님 가슴을 찢어놓고 엠이 엠빌에 세 들어 살 사람을 찾자마자 돌아올게요."

우리는 자매의 마지막 재회를 위해 할머니를 모셔 오려는 계획은 발설하지 않았다. 희망을 키우기에는 이 계획의 성공 가능성이 너무 적다.

"안전히 잘 돌아가길 바라마." 포피가 1페니 동전을 하나씩 우리 핸드백에 넣는다. "너희의 햇살을 퍼뜨리는 거 명심하렴. 구름 속에서 사는 누군가에게 너희의 빛이 미치는 중요성을 절대 과소평가하지 말거라."

"아우, 좀!" 루시가 말한다. "눈 깜짝할 사이에 돌아올 거라니까." 루시가 포피 이모를 보며 윙크한다. "그러니까, 두 분만 계시는 시간을 잘 이용하시는 게 좋을걸요. 뭐, 그냥 그렇다고요."

포피가 웃음을 터뜨리고는 루시를 끌어안는다. "루시아나, 정말이지 너 때문에 웃겨 죽겠구나!" 이어서 나를 보는 포피의 표정이 심각해진다. "로사 언니에게 이야기할 거지? 미안하다는 말 전해줄 거지?"

나는 포피의 볼에 입을 맞춘다. "물론이죠."

리코가 나를 향해 양팔을 벌린다. 확실히 리코는 이전보다 강해졌지만 여전히 너무 여위었다.

"아우프 비더젠, 마이네 쇠네 엔켈린(Auf Wiedersehen, meine schöne Enkelin, 잘 가렴, 내 아름다운 손녀)." 리코가 모국어로 나에게 말한다. 뒤로 물러선 그가 눈물 고인 눈으로 바라보며 한 손으로 내 볼을 어루만진다. 리코가 걸걸한 목소리로 속삭인다, "이히 리베 디히(Ich liebe dich)."

나는 굳이 통역을 안 해줘도 그 독일어를 알아듣는다. 리코의 눈에 그 뜻이 고스란히 담겨 있으니까. "나도 사랑해요." 내가 말한다.

루시와 나는 택시 한 대가 서 있는 도로 끝까지 걸어간다. 운전기사가 자동차 앞에 기대 담배를 피우고 있다. 그는 우리를 보자 트렁크를 열고는 손가락으로 담배를 인도로 획 튕긴다. 루시가 운전기사를 도와 우리 가방을 싣는 사이에 나는 작은 분홍색 빵집을 돌아본다. 포피와 리코가 안뜰 문 앞에 서 있고, 밝아오는 새벽 햇살이 두 사람을 연보랏빛으로 물들인다. 나는 손을 흔들어 마지막 인사를 한다.

"사랑해요." 나는 두 사람에게 들리기를 바라며 외친다.

리코의 팔이 포피의 어깨를 감싸고 있고, 포피는 눈가를 두드리고 있다. 리코가 몸을 기울이고 포피의 볼에 아주 부드럽게 입을 맞춘다. 리코가 뭔가 말하자, 멀리 떨어진 이곳에서도 포피의 웃음소리가 들린다.

사랑, 세상을 암울한 흑백의 연필 스케치에서 진정 아름다운 유화로 바꾸는 것은 사랑이다. 그 사랑이 어떤 형태이든 간에.

✳

뉴욕행 비행기는 만석이다. 나는 핸드백을 내 앞 좌석 밑에 넣으며, 여전히 이모와 리코에 대한 생각에 잠겨 있다. 두 사람의 사랑을 지켜본 것은 대단한 영광이었다. 내가 그런 유대감을 느끼게 될 날이 올까?

목을 문지르는데 한 남자가 마음속에 떠오른다. 내가 이탈리아에서 임무를 마치는 동안 얼마나 오래 걸리든 상관없이 나를 기다려주고, 나를 사랑하는 한 남자. 나를 응원하고 내가 더 좋은 사람이 되게 하고, 나를 웃게 하는 한 남자. 내가 나이가 들고 아프고 백발이 될 때 내 마지막 챕터에서 기꺼이 등장인물이 돼줄 것이 확실한 한 남자.

나는 전화기로 손을 뻗는다. 집에 가는 길이야, 엠시. 나는 숨을 깊이 들이마신다. 이야기하자.

매트와의 미래가 내 마음속에서 점점 뚜렷하게 그려진다. 포피가 세상을 뜨고 나면, 나는 미국으로 돌아올 것이다. 벤슨허스트가 내가 속한 세상이 될 것이다. 영원히. 나도 모르게 외로움이 세차게 솟구친다. 베이커리에서 일하면서 매트와 넷플릭스를 보는 내 하찮은 삶이 이제는 답답하게 여겨진다. 하지만 모험을 한 후에는 그런 느낌이 드는 것이 자연스러운 일이라고 나 자신을 설득한다. 나는 다시 적응할 것이다. 머지않아 떠난 적조차 없는 것처럼 여겨지리라.

나는 전화기를 핸드백에 던져 넣는다. 루시 옆 통로에서 잘생긴 승무원이 음료수를 따른다. 내 사촌이 앞에 달린 간이 테이블을 내린다. "언니가 문자 보내는 동안 내가 탄산음료 주문했어."

"당케 쉔(Danke schön)." 웬일인지 나는 독일어로 대답한다.

루시가 프레첼 봉지를 찢어서 연다. "언니 진짜 독일어 할 줄 알아? 그러니까, 리코가 오늘 아침에 언니한테 한 말 중에 하나라도 이해했어?"

나는 루시가 든 봉지에서 프레첼 하나를 쏙 뺀다. "대부분 알아들었어. 듣는 귀는 상당히 좋거든. 대학 때 2년 동안 독일어 강의를 듣기도 했고."

루시가 눈알을 굴린다. "내 사촌은 똑똑하기도 하지."

"이렇게 말씀하셨어. 잘 가렴, 내 아름다운, 그다음은 잘 모르겠고." 내가 미소를 짓는다. "꼭 '내 아름다운 발목(ankle)'처럼 들리더라."

루시가 소리 내어 웃는다. "우리 리코가 다리에 집착하는 사람이었을 줄이야?"

승무원이 다이어트 콜라를 루시의 간이 테이블에 놓고 나를 건너다본다. "손녀예요."

"뭐라고요?"

"엔켈린. 독일어로 손녀라는 뜻입니다."

갑자기 시간이 느리게 흐른다. 목덜미의 털이 쭈뼛 곤두선다.

루시가 웃음을 터뜨린다. "땡!" 루시가 말한다. "듣는 귀가 좋기는 뭐가 좋아."

50장

✳

에밀리아

브루클린

루시와 내가 벤슨허스트의 킹스 하이웨이 지하철역에 도착하니 거의 4시이다. 한때 내가 무시하던 소리와 냄새가 이제 나를 덮친다. 요란한 경적 소리. 쓰레기차에서 울리는 덜커덩 소리. 멀리서 쿵쿵거리는 드릴 소리. 나는 바다의 짠 냄새, 성당의 종소리, 내 손에 감싸인 이모의 따뜻한 손 감촉이 벌써 그립다.

72번가 모퉁이에 다다를 즈음 11월의 하늘이 짙은 회색으로 바뀌어 있다. 붉은 벽돌집이 보이자 가슴이 철렁한다. 마치 지난한 달이 깡그리 사라지고 내가 과거의 삶으로 뒷걸음질하고 있는 것 같다. 하지만 달라진 점도 있다. 이제 나는 저 밖에 완전히 다른 세상이 있다는 것을 안다.

루시가 가방을 어깨로 들어 올린다. "행운을 빌어. 로사 할머니랑 이야기 잘해봐."

"고마워." 내가 말한다. "너도 행운을 빌어. 너희 부모님한테 소피에 대해 잘 말해."

루시가 고개를 끄덕이고 숨을 훅 들이마신다. "우리 캐럴 여사가 알게 되면 난리를 칠 텐데."

불쌍한 내 사촌. 여전히 루시는 무엇보다도 부모에게 인정받고 싶어 한다. 하긴 우리 모두 그렇지 않을까?

"내가 같이 가서 응원해줄게, 루스. 저기, 네가 원한다면."

루시의 입꼬리가 서서히 위로 올라가며 미소 짓는다. "내가 왜 언니가 고리타분하다고 생각했더라?" 루시가 머리를 갸웃하며 나를 가만히 살펴본다. "아, 맞아⋯⋯ 그 카키색 면바지 때문이었지. 아니면 테가 구부러지는 안경 때문이었을 수도."

내가 루시의 팔을 찰싹 때린다. "하나도 재미없거든."

"어쨌든, 고마워." 루시가 말한다. "내가 알아서 할게."

"그래, 잘할 거야." 나는 하늘 높이 지나가는 비행기를 올려다본다. "있잖아, 너희 엄마가 속상해하실 리 없어. 무슨 말이냐면, 너는 너희 엄마의 조언을 따랐던 거니까."

"무슨 얘기야?"

"네가 여덟 살 때 너희 엄마가 저주 푸는 방법을 설명했다면서." 나는 웃음을 참으려고 애쓰지만, 어쩔 수 없이 소리가 픽픽 새어나온다. "너는 그 첫 번째 규칙을 가슴에 새겼던 거야."

루시가 어리둥절한 표정으로 나를 본다. 하지만 몇 초 후 루시가 폭소를 터뜨린다. 내 입에서도 폭소가 쏟아진다. 우리는 동시에 외친다. "공*은 금지야!"

---

* 'ball'은 고환이라는 뜻도 있음.

나는 익숙한 계단을 터벅터벅 올라 엠빌로 들어간다. 평소 내
집에서 나는 원두와 레몬 오일 향이 코에 가득 들어찬다. 코트 걸
이에, '쿠수마노 일렉트릭'이라고 수놓아진 야구모자가 걸려 있
다. 나는 고개를 젓는다. 영역 표시를 하는 개처럼, 매트가 자기
후디를 찾으러 왔다가 그 자리에 야구모자를 남겨놓고 갔다니.

"클로스?" 나는 고양이를 부른다. 탁자 위에 캔버스 가방을 털
썩 내려놓다가 카멜라가 남긴 쪽지를 발견한다.

집에 온 걸 환영해, 엠. 언니가 여행 간 동안 엠빌에서 지내게
해줘서 고마워. 내 공간이 생겨서 '정말 좋았어'. 클로스가 언
니 보고 싶어 했어. 나도 그랬고. 언니한테 할 말이 진짜 많지
만, 언니가 좀 여독이 풀릴 때까지 기다릴게. 내일 가게에서 봐.
xoxo

나는 빙그레 웃으며 거실로 들어간다. 클로스가 지정석인 창
문 아래 긴 의자에 있다가 몸을 쭉 펴고는 바닥으로 풀쩍 뛰어내
려 느릿느릿하게 다가온다. 마치 내가 전혀 보고 싶지 않았다고
온몸으로 증명하려는 것처럼.

"어이, 안녕, 미남." 내가 양팔로 클로스를 안아 올린다. "집에
왔어." 하지만 이곳이 집처럼 느껴지지 않는다. 우리가 이탈리아
로 떠나기 직전에 포피가 나에게 던진 질문이 갑자기 떠오른다.
한 30년이 흐른 뒤에야 네가 잘못된 곳에 뿌리를 내렸다는 것을

알게 되면 어떻게 될까?

하지만 아니다. 내가 이탈리아를 아무리 좋아한들 그저 짧은 한때 스쳐 지나가는 곳일 뿐이다. 벤슨허스트가 내 세상이다. 매트가 여기에 있다. 매트의 가게가 이제 막 번창하고 있다. 이곳은 가정을 꾸리기에 아주 좋을 것이다.

전화기 화면을 두드리는 내 손가락이 떨린다.

나 집이야, 엠시. 맥주 한잔할래?

5분이 지나고 나서야 답장이 온다. 지금 홈스트레치에 있는데 곧 나갈 거야. 내일 저녁은 어때?

나는 안도의 한숨을 내쉬면서 부끄럽다. 차라리 더 잘됐다.

여기에서 당장 나가야겠다. 나는 플로렌스 공항에서 헤어진 날 이후 처음으로 다리아 언니에게 전화한다.

"돌아왔구나." 지금 언니 목소리가 안심한 것처럼 들리는데 이게 맞나?

"응." 나는 곧 다시 떠난다는 말을 할 엄두를 못 낸다. "잘 있었어? 애들은 어때?"

"아, 뭐, 잘 지내." 언니는 다시 나한테만 쓰는 생기 없는 목소리로 돌아갔다.

"저기." 나는 관자놀이를 문지른다. "저번 일 말이야……."

"어, 그 일."

언니가 내 사과를 기다리고 있다. 나는 사과하지 않고 말한다. "지난 일은 그냥 잊으면 안 될까?"

"네가 그런 짓을 했다니 믿어지지 않는다, 에미."

나는 웃음을 꾹 참는다. "나도 그래."

466

"어디야?" 언니가 묻는다.

"우리 집이야. 내가 갈게, 언니가 지금 집에 있으면." 나는 가방에서 도자기 인형 두 개와 다른 언니에게 주려고 아낌없이 거금을 들여 산 아름다운 장갑을 꺼낸다. "애들한테 줄 기념품이 있어." 나는 비싼 검은색 가죽을 쓱 어루만진다. "언니 주려고 특별한 것도 샀고."

"알았어. 음, 도니의 누나랑 애들이 곧 도착할 거야. 피자 먹으러 오기로 했거든. 기념품은 내일 갖다 줄래? 출근할 거지, 맞지?"

홈스트레치에 들어서자 김빠진 맥주와 팝콘 냄새가 나를 반긴다. 월요일 저녁치고는 사람이 꽤 있다. 금발 한 쌍이 주크박스 앞에 서서 웃으면서 동전을 넣고 있다. 네 명의 남자가 당구대에 모여 있고, 한 명이 공 칠 준비를 하는 동안 나머지 세 명은 큐대를 바닥에 짚고 바라본다. 바를 쭉 훑어보는 사이 속이 울렁거린다. 짙은 청색 작업복 셔츠를 발견하고 가슴이 쿵쿵거린다. 매트가 아직 여기에 있다.

나는 천천히 앞으로 나아간다. 매트는 나를 등지고 한 손으로 커다란 맥주잔을 든 채 다른 한 손으로 전화기 화면을 움직이고 있다. 이상하게도 목이 멘다. 바로 이거다. 이 사람이 바로 여기 벤슨허스트에서 내 남은 삶을 함께 보낼 남자이다. 그는 믿음직하다. 의지가 된다. 재미있다. 귀엽다. 그리고 나를 사랑한다. 그런데 왜 금방이라도 울음이 터질 것 같을까?

나는 바를 향해 살금살금 다가가다가 등받이 없는 높은 의자에 앉은 매트에게 다다르자 멈춘다. 매트는 내가 뒤에 있는지 모른다. 매트의 목에 입을 맞추려고 몸을 숙일 때 비니 삼촌이 바르는 에이번 화장수 향이 확 풍긴다. 나는 갑자기 메스꺼워 고개를 돌린다. 숨을 한 번 들이마신다. 그리고 또 한 번 들이마신다. 괜찮다. 화장수일 뿐이다. 나는 익숙해질 것이다. 더 좋은 방법이 있다. 내가 다른 브랜드의 화장수를 찾아주면 된다.

다시 해보자. 나는 입술에 침을 바른다. 몸을 굽히고 이번에는 숨을 들이마시지 않으려고 노력한다. 내 입술이 매트의 목에 닿는다.

매트가 고개를 획 돌리며 웃음을 터뜨린다. "이봐." 매트가 의자에 앉은 채로 몸을 빙그르 돌리다가 나를 보고 깜짝 놀란다. "엠?"

나는 미소를 짓는다. "같은 사람이야. 안경만 달라졌어."

"우와." 매트가 나를 제외한 사방으로 시선을 돌리며 말한다. "오늘 밤에 널 보게 될 줄 몰랐는데."

나는 매트 옆 의자에 앉아 선물을 담은 종이 가방을 바에 올려놓는다. "네 거야."

매트의 전화기가 울린다. 매트는 재빨리 전화기를 확인하고 바에 뒤집어놓는다.

"자." 내가 가방을 매트에게 가까이 밀며 말한다. "열어봐."

매트가 망설이다가 가방 속으로 손을 뻗는다. 스카프를 드는 매트의 손이 떨린다. 내가 이 차분한 전기 기사에게 한 번도 본

468

적 없는 모습이다. "멋지네. 고마워, 엠." 매트가 말한다.

"너 괜찮아?" 나는 떨리는 매트의 손을 억지로 잡는다. 이 친밀한 표현이 늘 그렇듯 어색하다. 매트가 잡힌 손을 빼서 맥주잔을 움켜쥐자 오히려 고맙다.

"어. 그럼." 매트가 맥주를 쭉 들이켜고 나서 머리를 식히려는 것처럼 흔든다. "이탈리아는 어땠어?"

"굉장했어."

"그리고 포피는?"

"놀라운 분이야." 입이 너무 말라서 말하기가 힘들 지경이다. "포피 덕분에 몇 가지를 깨달았어." 나는 깊게 숨을 들이마신다. "나는 어른다운 결정을 내릴 준비가 됐어."

매트의 전화기가 다시 울린다. 매트가 바에서 몇 센티미터 정도 위로만 전화기를 들어 올린다. 마치 슬로 모션처럼 손목을 돌려 화면을 슬쩍 본다. 아주 짧은 그 순간에 나는 발신자의 이름을 알아본다.

'카멜라'.

✳

나는 맥주를 한 잔 더 주문한다. "살루테!" 내가 말한다. 매트가 싱긋 웃으며 자기 잔을 내 잔에 부딪친다.

"네가 집에 오니 좋다, 엠스." 얼굴이 분홍색으로 변한 매트가 머리를 흔든다. "너 정말로 괜찮은 거 맞아?"

나는 그의 팔을 주먹으로 힘껏 친다. "괜찮으냐고? 괜찮은 정도가 아니라 엄청나게 기뻐. 진짜로, 엠시. 내가 왜 진작 눈치를 못 챘을까? 너희 둘 다 볼링을 좋아하고, 수제 맥주에 푹 빠져 있고, 카멜라는 사랑스럽고, 음, 너도 그다지 나쁘지는 않고. 진즉 너한테 카멜라를 연결시켜줬어야 했는데."

"나한테 카멜라는 늘 아이 같았어. 그런데 우리 둘 다 20대가 되니까 다섯 살 차이는 아무것도 아니더라."

"아무것도 아니지." 내가 동의한다. "너 정말로, 정말로 행복해 보여."

매트가 잠시 내 얼굴을 살핀다. "어, 저기, 계속 너를 기다릴 수가 없었어."

나는 외면한다.

"진심이야." 매트가 내 팔을 살짝 건드린다. "나는 네 짝이 아니야, 엠스. 나는 그러길 바랐지만, 아니었어."

"나도 네가 그러길 바랐어." 내가 목멘 소리로 말한다. "카멜라가 운이 좋네."

"운이 좋은 건 나지." 매트가 맥주를 마시며 웃는다. "카멜라는 나를 이해해, 엠. 나는…… 뭐랄까…… 카멜라랑 있으면 집에 있는 느낌이 들어. 무슨 말인지 알지?"

예상 못 한 감정들이 내 안에서 일어난다. 사랑. 기쁨. 안심. 그리고 솔직히 말하면 약간의 슬픔도. "응, 무슨 말인지 알아." 언젠가 나도 그런 느낌이 들기를 바라며 말한다.

51장

✳

에밀리아

화요일 아침, 나는 아직 어두운 이른 아침에 급히 문을 나선다. 목에는 새 스카프를 두르고 기념품이 든 가방을 손에 들고 있다. 돌피 삼촌의 이발소에 불이 켜져 있다. 언제부터 돌피 삼촌이 새벽 6시에 문을 열었지?

나는 빠른 걸음으로 다가가 유리문을 두드린다. "저기요." 내가 외치고 들어갈 때 종소리가 딸랑 울린다. "돌피 삼촌?"

가게가 아주 엉망으로 어질러져 있다. 마분지 상자 네 개가 바닥에 줄지어 놓여 있고, 그중 일부에는 오래된 헤어드라이어들과 반쯤 빈 샴푸 통들이 들어 있다. 잠시 도둑이 들었나 싶다. 그러다가 퍼뜩 떠오른다. 돌피 삼촌이 벌써부터 손녀딸 루시를 맞을 준비를 하느라 가게를 정리하고 있는 모양이다.

뒷방에서 선명하고 강렬한 음이 흘러나온다. 조용하다가 또 다른 음이 들린다. 나는 동작을 멈추고 가만히 서 있다. 곧이어

격렬하면서도 부드러운 동시에 애달픈 아리아가 터져 나와 가게를 가득 채운다. 모르는 곡이다. 나는 가슴에 손을 올리고 눈을 감은 채 서서히 나를 감싸는 선율에 맞춰 살며시 몸을 흔든다.

나는 아름다운 음악이 마침내 끝나자 실망감을 느끼며 눈을 뜬다. 돌피 삼촌이 건너편에서 나를 바라보며 서 있다. 양손을 꼭 잡고 있는 돌피 삼촌의 얼굴에 궁금증과 우려가 뒤섞여 있다.

"마음에 들더냐?" 돌피 삼촌이 부드럽게 묻는다.

나는 아직도 떨리는 턱에 손을 갖다 댄다. "돌피 삼촌의 아리아군요." 질문이 아니라 단정이다.

"내가 스튜디오를 빌렸지." 돌피 삼촌이 주뼛주뼛 부끄러워하며 말한다. "1979년에 녹음했단다."

"목소리의 주인공은요?" 나는 이미 답을 알면서 묻는다.

돌피 삼촌이 고개를 끄덕인다. "라 미아(La mia, 내 목소리야)."

나는 재빨리 달려가서 돌피 삼촌을 끌어안는다.

"정말 아름다워요." 감정에 겨워 목소리가 갈라진다. "제작자를 찾아요, 돌피 삼촌. 아리아를 팔아요. 아직 늦지 않았어요."

돌피 삼촌이 나를 잡고 팔을 쭉 뻗는다. "이것으로 충분해. 누군가의 감정을 건드렸잖니. 내가 원한 건 그것뿐이란다." 돌피 삼촌이 눈물에 젖은 내 볼을 엄지손가락으로 쓱 훔친다.

나는 항의하려고, 돌피 삼촌이 이토록 아름다운 음악을 시장에 내놓아야 하는 온갖 이유를 늘어놓으려고 입을 연다. 하지만 돌피 삼촌은 이미 돌아서서 오래된 브러시들을 상자에 던져 넣고 있다.

"곧, 루시가 여기로 들어올 거란다." 돌피 삼촌이 말한다. "이제 내 가게를 다음 세대에 넘겨줘야겠지." 돌피 삼촌이 나를 향해 빗을 흔든다. "꿈의 청사진을 절대 과소평가하지 마라, 에밀리아."

✳

할머니와 나는 주방에서 분주히 움직인다. 나는 밀가루 반죽을 얇게 밀고 속에 채울 체리를 준비하고, 할머니는 파스타를 삶고 피망을 굽는다. 할머니는 내 여행을 한 번도 언급하지 않는다. 돌아온 나를 환영하지 않는다. 포피에 대해 묻지도 않는다. 나는 다시 할머니를 살피며 도대체 어떻게 재회에 대한 말을 꺼낼지 고심한다. 할머니의 낯빛이 파리하고 평소보다 더 미간을 찌푸리고 있다. 나는 한때 다정한 언니이던 할머니를, 포피가 건강을 되찾도록 돌보고 갓난아기 요하나 낳는 것을 도우려고 먼 길을 온 젊은 여인이던 할머니를 상상하려고 노력한다. 하지만 상상이 되지 않는다.

10시가 되자 상냥한 사촌 카멜라― 매트의 새 여자 친구― 가 찢어진 청바지에 컨버스 스니커즈 차림으로 사뿐사뿐 들어온다.

"에미!" 카멜라가 소리치며 내 볼에 살짝 입술을 댄다. "세상에, 언니 근사하다. 새 안경이 아주 멋져!"

나는 카멜라를 끌어안고 공중에서 한 바퀴 빙그르 돌리며 언짢은 얼굴로 노려보는 할머니를 외면하려고 노력한다. "소식 들었어. 정말, 정말 잘됐다!"

카멜라가 고개를 젖히고 천장을 올려다보며 커다랗게 숨을 들이마신다. "믿어지지가 않아, 에미! 매트는 정말 멋져. 내가 왜 몰랐을까? 언니한테 빚을 졌어, 큰 빚을. 언니 집에 머물게 해주지 않았다면, 매트가 자기 후디를 가지러 오지 않았다면, 우리는 절대로―."

내가 고개를 저으며 말을 가로챈다. "아니야, 내가 아니라도 너희는 사귀게 됐을 거야. 그저 시간문제였을 뿐이야."

카멜라가 위생모를 쓰고 통에서 앞치마를 빼 든다. "내 이야기는 그만하고. 언니 여행 이야기를 자세하게 다 듣고 싶어. 이탈리아는 어땠어? 거기 남자들 멋있었어? 음식은 맛있었어? 포피는 얼마나 이상했어?"

"여행은…… 인생을 바꾸는 경험이었어." 내가 말한다. "포피는 대단히 놀라운 분―."

"실렌치오!" 조리대 건너편에서 할머니가 매섭게 말을 가로막는다. 숨소리가 거칠게 쌕쌕거린다. "그 여자 이야기는 듣고 싶지 않다."

"할머니, 그만하세요." 내가 말한다. "한때 할머니가 아주 예뻐하시던 바로 그 동생이에요. 다정하고 친절하고 현명하고 재미있던 동생이요. 너무 늦기 전에 포피에게 손을 내미세요. 제발, 부탁드려요. 그동안 두 분이 겪은 그 모든 일에도 불구하고, 그분은 할머니를 사랑하세요."

할머니가 눈살을 찌푸린다. "우리가 뭘 겪었다는 거야? 그 애가 너한테 무슨 소리를 했냐?"

"다요. 포피가 트레스피아노에 대해서, 그리고 어떻게 리코와 도망갔는지 모두 얘기해주셨어요. 할머니가 그 집 계단에서 포피를 발견하고 어떻게 돌봐서 살려놓았는지. 할머니가 그분을 미국으로 어떻게 데려갔는지. 그분의 가장 깊은 후회까지도요." 나는 덧붙인다. "조세피나를 빼앗아가려고 했던 일이요."

할머니가 머리를 들고, 내가 진실을 말하고 있는지 심판하기라도 하듯 나를 유심히 살펴본다.

"저랑 같이 라벨로에 다시 가요." 이제 나는 부드러운 음성으로 애원하듯 말한다. 단어 하나하나가 중요하다. 어떻게든, 무슨 수를 쓰든, 이 절박함을 할머니에게 납득시켜야 한다. "할머니 동생이 뇌종양에 걸리셨어요. 그리고 그분은 과거 자신의 행동을 미안하게 생각하세요. 할머니랑 화해하고 싶어 하세요. 가서 그분을 만나세요, 할머니. 제발 부탁드려요. 너무 늦기 전에요."

숨을 쉬는 할머니의 콧구멍이 벌렁거린다. "이미 나에게 죽은 사람이야. 일이나 해라." 할머니가 돌아서서 피망을 스테인리스 스틸 냄비에 밀어 넣는다. "아직도 휴가인 줄 아냐."

나는 주먹을 꽉 쥔다. "이 고집불통—."

할머니가 휙 돈다. "나한테 할 말 있냐?"

가슴이 터질 것 같다. 나는 억지로 할머니의 눈을 똑바로 바라보며, 오래전 아빠가 응급실에 가서 내 입술을 진찰받으려 했을 때 할머니가 아빠한테 한 말을 똑같이 한다. "페르케 프레오쿠파르시?" 굳이 왜요?

할머니가 딱 10초 동안 나를 노려본다. 마침내 할머니가 주방에서 나가고 쌍여닫이문이 할머니 뒤로 마구 흔들린다.

카멜라가 손으로 입을 막고 구경하고 있다. 나는 아무 말 없이 조리대 쪽으로 빙 돌아서 달걀을 그릇에 대고 탁 깨뜨린 후 끈끈

475

한 흰자에서 깨진 껍질을 끄집어내면서 욕을 중얼거린다. 가게 종소리가 울릴 때 여전히 양손이 부들부들 떨리고 있다. 주방 창문으로 내다본다. 포르티노 부인이 화요일 아침마다 그렇듯이 당당하게 걸어 들어온다. 포르티노 부인은 거울로 매무새를 확인한다. 아빠가 불룩 튀어나온 배를 쑥 집어넣는다. 할머니가 씩씩거린다. 내 가슴이 답답하다.

"내 일상이 한 치도 변함없이 반복되는구나." 나는 혼잣말한다.

카멜라가 웃음을 터뜨리는데, 우스워서가 아니라 안도의 웃음인 듯하다.

다시 벨이 울린다. 나는 벌떡 일어나서 카놀리를 사러 온 그 남자를 본다. "카멜라." 내가 말한다. "저 남자 좀 봐. 지난 8월에 와서 카놀리를 아주 칭찬했어."

카멜라가 창문으로 슬쩍 내다본다. "응. 지난주에도 왔어. 로사 고모가 저 남자 만나게 하려고 나를 끌고 나갔어."

"진짜? 나한테는 그의 시간을 낭비하지 말라고 하시더라."

"로사 고모가 그 남자한테 내가 벤슨허스트의 벨라 파스티치에라(bella pasticciera, 아름다운 제빵사)라고 그러셨어." 카멜라가 소리 내어 웃는다. "저 남자가 제빵사가 아름다운지 아닌지 무슨 신경이나 쓴다고."

나는 베이커리 진열대로 향하는 그를 지켜본다. 그리고 카멜라를 돌아본다. "저 남자 너 만나러 온 거야?"

"에이, 절대 아니지. 저번에 한 번 본 게 다인데 뭐."

나는 참고 싶은 생각이 들기 전에 위생모를 홱 잡아당기고 앞치마를 벗는다. 이어서 어깨를 쫙 펴고 씩씩하게 문을 열고 나간다.

"에미?" 카멜라가 뒤에서 나를 부른다.

베이커리 진열대 뒤에서 로사 할머니가 얼굴을 찡그린다. "가서 일이나 해라." 할머니가 화난 말투로 나무란다.

진실이 나를 강타한다. 할머니는 내가 사랑을 찾기를 원하지 않는다. 도대체 왜? 그래야 계속 나를 좌지우지할 수 있으니까? 그래야 할머니한테 도움이 필요할 때 당신을 돌봐줄 사람으로 늘 대기하고 있을 테니까?

나는 가늘게 뜨고 쏘아보는 할머니의 눈을 무시하고, 통로를 느긋하게 걸어간다. 이제 남자는 계산대 앞에 서서 다리아 언니에게 신용 카드를 건네고 있다. 그는 비싸 보이는 양복을 입고 있고 머리카락은 완벽한 모양으로 손질돼 있다. 내가 다가가자 그가 나를 돌아본다. 심장이 평소보다 두 배는 빨리 뛴다. 나는 그의 옆으로 가서 한 손을 내민다.

"나는 에밀리아 안토넬리예요. 손님이 내 카놀리의 팬이라고 들었어요."

내 손을 잡은 그의 손이 따뜻하고 윤이 나는 손톱은 깔끔하게 다듬어져 있다. "당신이 제빵사예요?" 그가 카멜라를 찾으려는 듯 몸을 빙 돌린다. "내가 알기로는⋯⋯."

"아니요. 내가 제빵사예요. 나는 가족의 비밀이라고나 할까요."

그의 푸른 눈이 빛난다. "아무래도 가족의 일급비밀인가 보군요. 만나서 반가워요, 에밀리아 안토넬리." 그의 시선이 밑으로 향하며, 괴로울 정도로 천천히 나를 훑어본다. "나는 드레이크예요." 마침내 그가 말하며 에르메스 지갑에서 명함을 꺼내 내민

477

다. "전화해요. 카놀리 열두 개를 만들어주면 루크스 랍스터에서 점심 살게요."

그가 내 손을 꽉 쥐고 나서 성큼성큼 걸어 나간다. 문이 닫히자 나는 명함을 본다. '드레이크 밴 뷰런 3세.' 나는 빙긋 웃고 명함을 주머니에 넣는다.

"도대체 뭐야?" 다리아 언니가 묻는다.

나일론 스타킹이 휙 스치는 소리를 듣고 돌아보니 할머니가 나를 향해 기세 좋게 걸어오고 있다. 할머니의 야윈 얼굴이 벌게져 있고 거칠게 쌕쌕거리는 숨소리가 평소보다 요란하다. 할머니가 내 앞에 대고 손가락을 흔든다. "나를 거짓말쟁이로 만들다니! 네가 어떻게 그럴 수 있냐? 이제 우리는 그 손님의 신뢰를 잃었다!"

"맞아요. 제가 그러지 말았어야 했어요." 나는 할머니에게 다가선다. "저는 그 남자가 처음 제빵사와 이야기하고 싶다고 말한 지난 8월에 주방에서 걸어 나왔어야 했어요. 그런데 그때 저는 완전히 세뇌돼 있었죠."

로사 할머니가 멸시하듯이 손을 휘젓는다. 내 혈압이 치솟는다.

할머니 뒤에서 포르티노 부인과 아빠가 우리를 지켜보고 있다. 그러나 지금 나는 너무 화가 나서 거기에 신경 쓸 겨를이 없다.

"평생 동안, 저는 사랑받을 가치가 없다고 믿었어요. 할머니가—그리고 수 세대에 걸친 폰타나 가문이—미신을 만들었고, 저에게 미신을 주입시켰어요. 사실 저주는 없어요. 한 번도 없었어요."

무의식적으로 입술을 가리려고 손이 움직이지만, 이내 나는 올라가는 손을 딱 멈춘다. 나는 손을 내리고, 내 흉터―그리고 내 용기―가 아름답고 뚜렷이 보이도록 할머니의 얼굴을 똑바로 쳐다본다.

"수십 년 동안, 저는 이 작은 흉터 때문에 늘 흉하고 창피하다고 느꼈어요. 하지만 이제 이 흉터는 강력한 상징이에요. 내 의지가 절대로 꺾이지 않았다는 사실을 상기시키는 상징요. 할머니가 내 의지를 꺾으려고 그토록 열심히 노력했어도."

할머니가 헐떡거린다.

"에밀리아!" 아빠가 급하게 끼어든다.

나는 한 손을 들어 아빠의 말을 막는다. "저는 더 이상 조종당하지 않을 거예요. 이제 끝이에요. 저는 이탈리아로 돌아갈 거예요. 할머니도 같이 가시기를 바랐어요. 할머니 동생은 할머니를 사랑해요. 그분에게 할머니의 용서가 필요해요. 그분은 마지막으로 한번 재회하기를 간절히 바라세요."

할머니가 비웃는다. "그 여자는 사악해."

피가 거꾸로 치솟는다. "아니요. 할머니 동생은 친절하고 다정하고 너그러워요." 나는 할머니 앞으로 손가락을 쭉 내민다. "할머니랑 정반대로요."

나는 뒤쪽 주방을 향해 씩씩하게 걸어가다가 아빠를 힐끗 본다. 아빠의 입이 마 볼링 핀으로 두드려 맞은 만화 속 등장인물처럼 쩍 벌어져 있다.

"그리고 아빠." 내가 아빠에게 말한다. "여생을 장모 비위나 맞추면서 굽실거리고 사실 참이에요? 세상에, 아빠, 자신감 좀 가지세요!" 아빠 옆에서 포르티노 부인이 웃음을 참는다. 나는 포

479

르티노 부인의 어깨에 팔을 두른다. 우리는 함께 아빠를 마주 본다. "사랑할 기회가 아빠에게 있어요." 내가 아빠에게 말한다. "상냥하고 마음 넓은 여성분이 여기 계시잖아요. 그리고 이분은 아빠를 좋아하세요. 기회를 잡으세요, 제발! 엄마가 사랑에 빠졌던 그 남자로 돌아오세요."

아빠의 눈에 눈물이 맺힌다. 나는 아빠를 끌어안으면서 저쪽 통로에서 차갑게 쏘아보는 로사 할머니의 눈초리를 무시하려고 애쓴다.

"사랑해요, 아빠." 오랫동안 입에 담지 않은 말을 하려니 영 어색하다. 그리고 나는 얼마나 아빠를 사랑하는지 깨닫는다.

"너를…… 사랑한다." 아빠가 거의 들리지 않을 정도로 작게 속삭인다.

하지만 나는 분명히 듣는다. 그리고 빙그레 웃는다.

가슴이 벌렁거린다. 나는 주방의 쌍여닫이문을 벌컥 열어젖힌다. 카멜라가 나를 와락 끌어안고는 들어 올려 빙그르 돌린다. "와. 맙소사!" 카멜라가 커다랗게 소리친다. "정말이지, 꼭, 별 다섯 개짜리 넷플릭스 공연 같았어! 언니가 그렇게 과격한지 전혀 몰랐어!"

나는 숨을 내쉰다. "지금부터 네가 맡아줄래?"

"그럼. 물론이지. 좀 쉬어. 언니는 그럴 자격이 있어."

"아니. 나 떠날 거야, 카멜라." 나는 조리대 밑에서 전화기를 움켜쥔다. "돌아오지 않을 거야."

카멜라의 얼굴에 점점 미소가 퍼진다. "그럴 때도 됐지."

"엠빌에 세 들어 살 만한 사람 알아? 공과금을 직접 낼 사람으로?"

눈이 커다래진 카멜라가 고개를 끄덕인다. "계약에 클로스도 포함되는 거야?"

"내가 클로스를 이탈리아에 데려갈 방법을 알아낼 때까지." 나는 드레이크 밴 뷰런 3세의 명함을 주머니에서 꺼내 쓰레기통에 던진다.

"잠깐만!" 카멜라가 외친다. "뭐 하는 거야?" 카멜라가 뛰어와서 쓰레기통에서 명함을 쏙 빼낸다. "그 사람한테 전화해, 엠. 같이 점심 먹자잖아. 어떻게 될지 모르—."

"내 취향 아니야." 나는 명함을 받아서 반으로 찢는다. "그래도 기분은 좋더라."

나는 빠른 걸음으로 뒤쪽 복도로 나간다. 시멘트 벽돌로 나눠진 휴게실을 지나가는데 다리아 언니와 아이들에게 줄 기념품이 언뜻 보인다. 내가 아침에 놓아둔 탁자 위 그 자리에, 다리아 언니의 상자가 열려 있고 장갑이 흩어져 있다.

나는 휴게실에 들어가서 장갑을 들고 진한 가죽 냄새를 훅 들이마신다. 언니는 선물을 개봉했다는 말을 하지 않았다. 선물이 마음에 들었다는 말도 하지 않았다. 심지어 고맙다는 말조차 하지 않았다. 나는 장갑에 손을 넣는다. 정말로 포근한 느낌이다. 니는 휴게실에서 나가다가 로사 할머니와 거의 부딪칠 뻔한다.

"버릇없는 계집애 같으니라고." 할머니가 양손을 허리에 대고 말한다. "네 멋대로 떠났다가 돌아와서 한다는 생각이 네가 우리보다 잘났다는 것이냐?"

나는 복잡한 마음으로 할머니를 살펴본다. 어릴 때부터 나를

481

하찮게 여긴 이 성난 여인, 할머니이자…… 언니인 한 인간의 이 쓸쓸하고 일그러진 초상.

"네가 내 마음을 아프게 하는구나, 에밀리아." 할머니가 말을 잇는다. 앞치마 자락을 들어 올려 눈물 한 방울 고이지 않은 눈가를 두드린다. 내 평생 봐온 할머니의 극적인 연기다. "실망스러운 아이 같으니라고. 너는 그런 아이야."

도대체 어떤 할머니가 면전에서 저런 말을 할까? 도대체 어떤 할머니가 손녀를 저렇게 대할까……? 돌연 리코의 말이 떠오른다. '마이네 쇠네 엔켈린'. 내 아름다운 손녀. 팔에 소름이 쫙 돋는다. 내가 잘못 생각했을까? 내 예감이 틀렸을까?

나는 앞으로 한 발 나간다. 심장이 쿵쾅거린다. 나는 할머니의 얼굴에서 앞치마를 홱 잡아당긴다. "그만하세요, 로사."

할머니의 머리가 재빨리 바로 선다. 찌푸린 얼굴이 더 험악해진다.

"맞아요, 로사." 할머니의 눈을 똑바로 바라보는 내 가슴이 벌렁거린다. "당신은 제 할머니가 아니세요. 처음부터 아니셨어요."

할머니의 입이 떡 벌어진다. 얼굴에서 핏기가 사라진다. 내 예감이 맞았다. 할머니가 소리를 내어 자백한 것이나 마찬가지다. 할머니의 눈이 가늘어지며 독기가 가득 차오른다. 나는 시선을 피하고 싶은 마음을 꾹 참고 끝까지 그 눈을 마주 보면서, 내가 진실을 알아챈 것이 틀림없음을 직감한다.

우리 엄마를 훔친 사람은 포피가 아니라 로사였다. 로사가 포피한테서 우리 엄마를 훔쳤다.

52장

✳

에밀리아

나는 저주는 없다고 가족에게 말했다. 하지만 완전한 진실은 아니다. 폰타나 가문 둘째 딸에 대한 미신은 생생히 살아 있었다. 하지만 핵심은 독신으로 늙는 것이 아니었다. 모든 고정 관념처럼, 진짜 저주는 미신이 일으키는 절망감, 자신감 붕괴, 꿈…… 그리고 자신에 대한 불신이었다.

나는 현관 입구의 시멘트 계단을 뛰어올라가서 방충망이 달린 문을 쾅쾅 두드린다. "루시! 문 열어. 나야. 나 이탈리아로 돌아갈 거야."

문이 벌컥 열리자 나는 뒤로 한 발 물러선다. 늘 활기찬 캐럴 숙모가 문틀에 털썩 몸을 기댄다. 화장기 하나 없는 얼굴에 눈언저리가 벌겋다. 가슴이 쿵 내려앉는다. 루시가 가족에게 말했나 보다. 그런데 나는 곁에서 응원해주지 못했다.

"캐럴 숙모." 나는 조금씩 다가가며 말한다. "괜찮으세요?"

"아니." 캐럴 숙모가 코를 꽉 쥔다. "안 괜찮아."

나는 캐럴 숙모의 팔에 손을 갖다 댄다. "저기요, 캐럴 숙모, 진정을—."

"21년 동안 기도했어." 캐럴 숙모가 내 말을 끊는다. "그랬는데도 저주가 너무 강해. 루시아나는 절대로 사랑을 찾지 못할 거야." 캐럴 숙모가 나를 보며 서글픈 미소를 짓는다. "너도 마찬가지야."

"에라, 모르겠다." 나는 큰 소리로 중얼거린다. "이왕 막가는 거 갈 때까지 가지 뭐." 나는 팔꿈치를 구부리고 허리에 주먹을 댄다. "루시는 저주에 걸리지 않았어요. 제가 맹세해요. 결국 루시는 자기 자신을 찾았어요. 제가 직접 봤으니까 알아요. 그 관계가 숙모가 상상하시던 연애는 아닐 거예요. 익숙해지려면 시간이 좀 걸리겠죠. 하지만 숙모의 딸이 행복해요. 루시는 특별한 사람을, 좋아하는 사람을 만났어요. 아름답고, 진실하고, 순수한 관계예요. 그리고 아무도— 숙모도 비니 삼촌도 그 빌어먹을 저주도— 루시한테 그것을 빼앗을 수 없어요."

캐럴 숙모가 울기 시작한다. 나는 어조를 누그러뜨린다. "제가 보기에, 숙모한테는 두 가지 선택이 있어요. 엄청 멋진 엄마가 되셔서 훌륭한 딸을 있는 그대로 받아들이시든가, 아니면—."

캐럴 숙모가 나 대신에 말을 마무리한다. "아니면 루시 말대로 편협하고 비참한 동성애 혐오자가 돼서 영원히 딸을 잃든가."

나는 힘없는 미소를 짓는다. "네. 뭐 대충 비슷해요."

캐럴 숙모가 두 손에 얼굴을 묻는다. "너무 무리한 요구야. 나는 걱정돼. 혹시 불—."

"가능해요." 내가 끼어들어 말한다. 나는 캐럴 숙모의 어깨에 팔을 걸친다. "숙모가 '가능해'라고 말하는 법을 배우면 삶이 훨씬 흥미로워질 거예요."

캐럴 숙모 뒤에서 루시가 손에 새 전화기를 들고 나타난다. 캐럴 숙모가 딸 옆에 있는 것조차 견디지 못하겠다는 듯이 허둥지둥 안으로 사라진다. 루시가 눈알을 굴리고는 나에게 들어오라고 손짓한다. "이봐요, 폽스." 루시가 전화기를 보며 말한다. "여기 누가 왔게요?" 루시가 전화기를 나를 향해 돌린다.

나는 밝은 노란색 화면을 보며 활짝 웃으면서, 당신들의 전화기 카메라가 오후 햇살을 향하고 있다는 것을 모른 채 옥상 덱에 앉아 통화중인 할머니와 할아버지를 상상한다. "안녕하세요, 포피 이모."

가슴에 기쁨이 차오른다. 포피를 '할머니'라고 부르고 싶은 마음이 간절하다. 진실을 모두 까발리고 포피가 우리 할머니라고 당당하게 밝히고 싶은 마음이 간절하다. 하지만 우리가 라벨로에서 다시 만나 포피가 직접 나에게 말할 때까지 기다리련다.

"안녕, 내 햇살!" 마침내 포피의 얼굴이 화면에 나온다. 포피는 옥상에 있지 않다. 실내에서 램프 옆 소파에 앉아 있다. 머리에 가발 대신에 고양이 귀가 달린 분홍색 니트 모자를 쓰고 있다. 포피가 정말로 저 모자를 이탈리아에 가지고 갔을까? 내 미소가 점점 사라진다. 뭔가 잘못됐다. 포피는 가운을 입고 있고 입술에 아무것도 바르지 않았다.

"괜찮으세요?"

"아주 좋지." 포피는, 분명히, 나한테 괜찮아 보이게 하려고 고

485

개를 살짝 기울인다. "지금 가게에 있을 시간 아니니?"

나는 포피가 우리를 다 볼 수 있게 얼른 루시 옆으로 몸을 움츠린다. "루시와 저는 라벨로로 돌아갈 거예요." 내가 루시를 힐끗 쳐다본다. "맞지?"

루시가 엄마가 듣기를 바라는 양 주방 쪽으로 목을 쭉 뺀다. "물론이지!"

포피가 손뼉을 친다. "네 셋집에 세 들어올 사람을 벌써 찾았구나, 에밀리아?"

나는 소파 팔걸이에 몸을 기댄다. "네. 그리고 여기에서 벗어날 준비가 됐어요."

포피가 동정 어린 미소를 짓는다. "이런, 아가. 네가 참지 않고 할 말을 다 하게 되면 충돌할지도 모른다는 예감이 들더라니."

포피 뒤에서 리코―우리 할아버지―가 받침 접시에 올린 찻잔을 들고 들어온다. 포피의 와인은 어디 있지? 아니면 커피라도? 이탈리아인은 아플 때 차를 마신다.

리코가 몸을 아래로 굽힌다. "구텐 탁(Guten Tag), 에밀리아." 리코가 얼굴을 화면에 너무 가깝게 들이대는 바람에 나는 절로 나오는 웃음을 참을 수가 없다.

"구텐 모르겐(Guten Morgen). 여기는 아직 아침이에요, 리코. 몸 어떠세요?"

"좋단다." 리코가 독일어 억양으로 걸걸하게 말한다. "걱정스러운 게 있구나. 포피가 편두통 때문에 잠에서 깼단다."

나는 벌떡 일어난다. "루시와 제가 다음 비행기를 타고 갈게요."

포피가 리코의 손에서 전화기를 뺏는다. "언니." 내 눈을 바라보며 이제 다급한 목소리로 말한다. "언니랑 이야기해봤니?"

내 가슴이 무너진다. 여전히 포피는 용서하지 않으려는 사람에게 용서받기를 바라고 있다. 애원의 빛이 담긴 흐려진 눈으로 나를 바라보며, 언니가 당신을 사랑한다는 말을 듣기를 기다리고 있다.

포피에게 진실을 말하고 싶은 마음이 굴뚝같다. 할머니한테는 동생의 사랑이 필요 없다고, 포피의 언니는 악랄하고 사람을 마음대로 조종하는 사람이며 절대로 포피와 화해하지 않을 것이라고. 대신에 나는 억지로 미소 짓는다.

"네." 내가 말한다. "이렇게 전해달라고 하세요……." 나는 떨리는 목소리를 진정시키려고 노력한다. "두 분에게 일어난 일을 후회하신대요."

"언니가 나를 용서한다고?"

나는 고개를 끄덕이고 나서 포피가 듣고 싶어 하는 말을 가까스로 입에서 내놓는다. "다 용서하신대요." 나는 속삭인다.

포피가 눈을 꼭 감고 낮은 신음 소리를 낸다.

"이모 언니는 이모를 사랑하세요." 내가 말한다.

포피가 고개를 숙이자 눈물 한 방울이 코끝을 타고 흘러내린다. 리코가 포피 옆으로 다가선다. "내가 뭐랬어요?" 리코가 포피의 볼을 토닥거린다. "당신을 사랑한다잖아요. 당신을 용서한다잖아요." 리코가 화면을 통해 나를 바라본다. "고맙구나, 에밀리아. 마침내, 포피가 쉴 수 있겠어."

어쩌면 나는 거짓말을 하지 말았어야 했을지도 모른다. 하지만 나는 로사 할머니의 완고한 마음속 어딘가에서는 스스로 입밖에 내기 두려워하는 그 말을, 죽어가는 동생이 듣기 바랄 것이라고 생각하기로 한다.

✳

열린 여행 가방이 침실 바닥에 놓여 있다. 나는 스웨터를 하나 더 집어넣고 나서 가방을 탁 닫는다. 찬장에서 고양이 먹이를 꺼내는데 문 두드리는 소리가 들린다.

"소용없어요, 아빠." 나는 물고기 모양 먹이를 창턱 밑 긴 의자에 놓으면서 외친다. "아빠가 뭐라고 하시든 상관없어요. 가게 일은 이제 끝이라니까요. 이탈리아로 돌아갈 거예요. 내가 있어야 할 곳은 거기예요."

"에미, 나야. 문 열어."

다리아 언니? 나는 돌아선다. 언니가 무슨 일로 왔지? 나는 문을 활짝 열고 뒤로 물러서며 가슴 위로 팔짱을 낀다. "장갑 가지러 왔나 보네?"

절대로 울지 않는 언니가 손으로 입을 틀어막는다. 나는 급히 앞으로 간다.

"다르 언니? 괜찮아?"

언니가 눈을 감고 고개를 젓는다.

화가 대번에 풀린다. 나는 언니의 양팔을 잡는다. "들어와." 나는 언니를 식탁으로 이끈다. "앉아. 뭐 좀 마실래? 물? 커피?"

"아니. 그만해. 그냥…… 내 말을 들어줘." 언니가 목멘 소리로

488

말한다. "내가 나빴어, 에미. 그 말을…… 하려고 왔어."

예전의 나라면 그렇지 않다고 부정했을 것이다. 족히 30분 내내 언니는 소중한 사람이고 천사고 햇살 같은 사람이라며 안심시켰을 것이다.

"그래." 이제 달라진 내가 말한다. "언니가 나빴어. 굳이 따지자면, 대략 10년 동안."

"11년이 더 정확하겠다."

언니 말이 맞는다. "내가 대학에 들어갔을 때 언니는 변했어. 언니는 나를 원망했어. 그리고 오랫동안 나한테 거짓말을 했어. 언니는 정말로 저주를 믿었잖아."

"아니야, 에미."

"어린 시절 내내 언니는 저주를 믿지 않는다고 했지만 사실은 믿은 거야."

"그렇지 않아."

"언니는 계속 나한테 헛소리를 주입시켰어. 언니는 나한테 거짓말을 해왔어. 그때 이후로─."

"나는 거짓말을 하지 않았어! 나는 저주를 믿지 않았어!" 언니의 목소리가 거칠어지고, 이마의 작은 혈관이 툭 불거진다. 언니가 심호흡을 한다. "그때는 아니었어. 우리가 어릴 때는 아니었다고."

"그럼 뭣 때문에 변했는데?"

"아무것도 아니야." 언니가 벽으로 눈길을 돌린다.

내 주먹이 식탁을 쾅 치고, 우리 둘 다 깜짝 놀란다. "뭐냐고?"

"네가 리암을 만나면서 변했어!" 언니는 식탁에 팔꿈치를 대

489

고 관자놀이를 문지른다.

나는 수년 동안 완성하지 못한 채 놓여 있는 퍼즐에 빠진 조각을 언니가 끼워 맞추기를 바라며 기다린다.

"할머니는 네가 바너드에서 남자 친구가 생긴 걸 아시고는 노발대발하셨어. 그 저주는 절대로 네가 사랑을 하게 두지 않을 거라고 하셨어."

당장이라도 진실을 말해 사기꾼인 할머니의 정체를 폭로하고 싶은 유혹이 생긴다. 하지만 할머니는 언니가 아는 유일한 엄마 같은 존재이다. 언니에게 진실을 말하려면 대화를 신중하게 진행해야 할 텐데, 지금의 나에게는 그런 섬세함을 발휘할 여유가 없다. "할머니는 미쳤어." 내가 말한다.

"나도 할머니한테 그렇게 말했어. 하지만 할머니는 그 관계가 좋지 않게 끝날 것이라고 우기셨어. 그리고 시간이 지나 겨울 방학이 시작됐고 나는 너에게 지프를 빌려줬어. 할머니는 네가 리암네 집에서 새해 전야를 보내러 갔다고 아주 노여워하셨어. 그리고 네 공범이라면서 나한테 몹시 역정을 내셨어. 할머니는 묵주를 움켜쥐고 가게 주방에서 자꾸 서성거리셨어. 안 좋은 일이 일어날 거라고 장담하셨지. 그 저주는 절대로 네가 사랑을 하게 두지 않을 거라고."

나는 죽은 것처럼 축 처져 있던 리암의 몸을 떠올린다. 양팔에 소름이 쫙 끼친다.

"할머니랑 대판 싸웠어. 나는 할머니한테 저주가 헛소리라고 말했어." 언니는 천장을 올려다보며 숨을 깊이 들이마신다. "그러고 있는데 네가 델라웨어에서 전화해서, 완전히 히스테리 상태로 하는 말이 사고를 당했다는 거야." 언니가 고개를 저으며 눈길을 돌린다.

나는 팔을 뻗어 언니의 손을 잡는다. "그래서 언니는 할머니가 옳다는 게 증명됐다고 생각했겠네."

나를 올려다보는 언니의 속눈썹에 눈물이 맺혀 있다. "나는 완전히 기겁했어, 에미. 네가 잘못될까 봐 너무 무서웠어. 평생 나는 할머니의 고모인 블랑카 같은 폰타나 가문 둘째 딸들의 이야기를 들었어. 블랑카는 홀아비 농부를 만난 직후인 30대에 죽었잖아. 그래서 나는 네가 사랑을 찾지 못하게 하려고 뭐든 했어. 나는 알았거든. 아니, 생각했거든. 만약 네가 사랑을 찾으면 죽을지도 모른다고."

언니는 나를 보호하려고 노력했던 것이다. 나는 창문 쪽으로 돌아섰다. 새하얀 하늘에서 눈이 부드럽게 내린다. "그래서 이탈리아에 온 거구나. 나를 집으로 끌고 오려고."

"네가 그 비행기에 타지 않으려 했을 때 나는 미칠 듯이 화가 났어. 뭐, 폰타나 가문의 둘째 딸 셋이 함께 여행을 한다고? 나는 끔찍한 일이 일어날 거라고 확신했어."

"하지만 아무 일도 일어나지 않았어."

"알아. 저주는 없어. 이제 알겠어, 우리가 어렸을 때 알았던 것처럼." 언니는 살며시 웃으면서 울먹인다. "나는 다 큰 어른이야. 그런데 그런 말에 속아 넘어갔다는 게 믿어지지 않아."

"나도 속아 넘어갔는데 뭐." 나는 의자에 등을 기대고 언니의 말을 받아들이려고, 언니의 행동을 이해하려고 노력한다. "이제 알겠어. 어느 정도는. 그런데 왜 나한테 그렇게 모질게 대한 거야? 할머니한테 잘 보이려고 그랬어?"

"변명하려는 건 아니야, 에미, 정말이야. 하지만 큰딸로 사는 것도 그렇게 쉬운 일은 아니야."

"아, 작작 좀 해."

"진짜야!" 언니가 먼 곳을 바라본다. "너는 내가 원하는 단 한 가지를 가졌어. 자유를."

나는 깜짝 놀라서 고개를 든다. 언니가 한 손을 들어 올린다. "놀란 척하지 마. 내가 결혼 전에 도니에 대해 확신이 없었다는 거 너도 알았잖아. 내가 카를리나 가라지올라하고 콜로라도로 떠나려고 한 때 기억해? 그 계획을 막은 게 너였어."

내가 발끈한다. "그렇지 않아! 로사 할머니가 그 계획을 망쳤어."

"맞아. 그리고 넌 할머니 편을 들었지."

그때의 기억이 조금씩 돌아온다. 언니가 내 손을 꽉 움켜쥐고 가게 주방으로 끌고 갔다. 누가 젖은 모래를 잔뜩 부어놓은 것처럼 내 마음이 무거웠다. 언니는 스테인리스 스틸 싱크대 앞에 서서 거품이 잔뜩 일어난 물에 접시를 담갔다. 언니는 약혼이 깨졌고 자기가 누군가의 아내가 되기에 적합한 사람이 아니라고 더듬더듬 말했다. 로사 할머니가 소리를 쳐서 언니의 말을 막을 때 나는 안도감에 휩싸였다. '네가 이 남자랑 결혼하지 않으면, 불쌍한 네 아비는 손주를 보지 못할 게야.' 언니는 자기 편을 들어달라고 애원하는 눈빛으로 기대감에 찬 채 나를 바라봤다. 나는 아무 말도 하지 못했다.

나는 고개를 숙인다. "미안해, 다르 언니."

언니가 어깨를 으쓱한다. "너한테 무리한 부탁이라는 걸 알았어야 했는데. 너는 할머니의 뜻을 거스르는 게 무서웠겠지."

가슴이 철렁 내려앉는다. 나는 심호흡을 한다. "사실은, 언니를 잃는 게 무서웠어." 나는 관자놀이를 문지른다. "나한테는 언니밖에 없었어. 그리고 언니의 행복보다 내 행복을 더 중요하게 여겼어. 정말 미안해." 나는 머뭇머뭇 한 손을 언니의 팔에 올린다. "부디 나를 용서해줄래?"

언니가 내 눈을 바라보며 어색한 웃음을 짓는다. "괜찮아. 도니는 좋은 아빠야. 나는 우리 아이들을 아주 좋아해. 너도 알지, 그렇지?"

"물론이지. 언니는 멋진 가족을 가졌어."

언니가 숨을 깊이 들이쉬고 고개를 끄덕인다. "그래서 가끔 내 삶을 돌아보며 '이렇게 살아도 되나?' 싶을 때면 내가 이기적인 못된 사람 같은 느낌이 들어. 무슨 말이냐면, 왜 나는 둘째 딸로 태어나지 못했을까? 너한테는 아주 많은 가능성이 있잖아, 엠. 하지만 포피가 나타나기 전까지만 해도 너는 가능성을 그냥 날려버렸어. 이 따분하고 좁아터진 엠빌에 정을 붙이고 살면서. 여기가 퇴직한 노인 전용 아파트라도 되는 것처럼. 흔들의자하고 코바늘로 뜬 티슈 상자 덮개만 있으면 딱 똑같잖아."

내 얼굴에서 웃음이 점점 사라진다. "하지만 언니는 나한테 어떤 격려도 하지 않았어. 오히려 반대로 행동했지."

"알아. 나는 둘 다 원했어. 네가 떠나도록 두는 게 무서우면서도, 네가 떠나지 않는 게 화가 났어. 그러다가 임신을 했고 도니와 결혼했지. 얼마 지나지 않아서 확실해지더라. 네가 여기 있는

493

게 도움이 된다는 게." 언니가 스치듯 생긋 웃고는 자기 손을 내려다본다. "사실, 지금까지 네가 없었다면 과연 내가 뭘 할 수 있었을지 모르겠어. 나는 네가 필요한 존재라고 느끼면 떠나지 않으리라고 여겼어. 그리고 네가 떠나지 않으면 안전할 거라고. 하지만, 에미, 사실은, 너는 더 많은 기회를 누릴 자격이 있어."

"알아." 나는 목구멍으로 울컥 치밀어 오르는 덩어리를 꿀꺽 삼킨다. "포피가 그걸 가르쳐주셨어."

언니가 훌쩍인다. "오늘 네가 참 대견하더라. 할머니에게 맞서는 네 모습이. 가게 따위 알 게 뭐야! 너는 성공할 거야, 엠. 내 말을 믿어."

내 턱이 떨린다. "하지만, 언니, 언니도 더 많은 기회를 누릴 수 있었는데."

언니가 힘없이 웃는다. "아니야. 나는 가게에서 일하는 거 괜찮아. 내가 원하는 시간에 일하잖아. 내 마음대로 왔다 갔다 하고. 다른 사장이라면 이런 걸 그냥 봐주겠어?"

나는 소리 없이 빙긋 웃는다. 언니 말이 맞는다. 할머니는 당신과 같은 첫째 딸인 다리아 언니의 응석을 다 받아준다.

언니가 의자를 뒤로 밀고 일어난다. "이제 가게로 돌아가야겠다." 언니가 문 옆에 놓인 여행 가방 쪽으로 고개를 까딱한다. "너도 기차역에 가야지."

일순 코끝이 찡하다. 나는 언니가 부탁한다면 내가 영원히 이곳에 머물게 되리라는 것을 안다. 하지만 다행히도 언니는 그러지 않는다. 대신에 나를 끌어안는다. 요 몇 년간 내가 익숙해진 뜨뜻미지근한 포옹이 아니다. 언니가 온 힘을 다해 나를 끌어안는다. 눈물이 흘러 시야가 흐려진다. 나는 언니의 사랑을 느끼는 것이 얼마나 행복한지 그동안 거의 잊고 있었다.

"사랑해, 언니."

언니가 소리 죽여 우는 것이 느껴진다. "내가 더 사랑해." 언니가 나가려고 몸을 돌린다. "라벨로에 도착하면 전화해줘."

"잠깐, 언니. 언니한테 줄 게 있어."

언니가 주방 조리대에서 장갑을 들어 올린다. "아까 열어봤어. 아주 근사하다, 에미."

나는 주머니에 손을 넣는다. "이거 말이야."

언니는 내 손바닥에 놓인 메달을 빤히 내려다본다. 여행자들의 수호신, 성 크리스토퍼. 언니가 소중히 간직한 물건. 언니가 내 손을 감싸 손가락을 오므려 쥐게 한다.

"엄마는 네가 갖기를 바라셨을 거야. 나도 그래."

언니는 내 볼에 입을 맞추고 나가면서 문을 닫는다.

10분 후, 나는 클로스를 포옹하며 작별 인사를 한다. 문가에 서서 내 작은 집— 곧 '카멜라빌'이 될 집—을 마지막으로 한 번 더 둘러본다. 메달— 그리고 포피 이모의 행운의 동전— 이 느껴질 때까지 코트 주머니 겉을 매만진다. 나는 여행 가방을 들고 마지막으로 엠빌에서— 그리고 내 예전의 삶에서— 나온다.

53장

*

에밀리아

라벨로

석양이 살레르노만 위로 내려앉으면서 옥상을 분홍빛과 황금빛으로 물들인다. 단 이틀 전만 해도 벤슨허스트에서 일하고 있었는데 지금은 여기 야외에서 루시랑 할머니 할아버지와 함께 조개가 잔뜩 들어간 진한 해산물 스튜, 농어, 허브 페스토를 마음껏 먹고 있다는 것이 믿어지지 않는다. 여섯 개의 촛불이 산들바람에 깜박인다. 포피 할머니는 연한 노란색 카프탄을 입고 밝게 칠한 부활절 달걀을 쭉 연결한 것 같은 목걸이 두 개를 두르고 있다. 가발이 새로운 모양으로 바뀌어 있고 정말로 몸이 아주 가뿐하다고 딱 잘라 말한다.

나는 리코의 접시에서 조개 하나를 슬쩍 가져오는 루시를 바라보면서 궁금해진다. 과연 루시와 내가 남들의 인정을 받기 위해서 계속 우리의 본모습을 숨기고 다른 사람인 척하며 살 수 있었을까? 포피가 우리에게 이탈리아를 소개하기 전에 나는 내 삶에 불만이 있다는 것조차 알아차리지 못했다. 나는 벤슨허스트에서 여생을 보냈을지도 모른다. 겉으로 보기에는 행복했을 것이다. 하지만 이제는 안다. 엠빌에서 사는 것은 시스루 블라우스를 입고 7센티미터 굽의 하이힐을 신은 것과 마찬가지다. 어쩔 수 없이 해야 한다면 분명히 할 수 있다. 하지만 그러는 내내 내 안의 일부는 너무 튀고 불편하며 내 본연의 모습과는 완전히 딴판이라고 느낄 것이다. 내 사촌의 의견도 나와 같으리라고 짐작한다.

리코가 타우라시 리제르바를 한 병 더 따고, 우리 세 사람은 자기 부모에게 그 소식을 어떻게 전했는지 이야기하는 루시의 말에 귀를 기울인다.

"예상대로 우리 캐럴 여사는 완전히 충격을 받았죠. 하지만 아빠는 상당히 의연하게 받아들이시더라고요. 완전 의외죠?"

리코가 빙그레 웃는다. "삶에서 가장 기쁜 순간은 다른 사람의 은혜를 목격하는 때지."

리코의 말에는 독일어의 의미가 섞여 있어 알아듣기 힘들어, 루시가 얼굴을 찌푸린다. 포피가 리코의 손을 어루만진다. "리코 말은 네 아빠가 네 생각과 달리 멋대로 남을 비판하는 녀석이 아니라는 사실을 알게 된 건 놀라우면서도 기쁜 일이라는 뜻이란다."

우리는 웃음을 터뜨린다.

"그렇죠?" 루시가 리코와 하이파이브를 하며 말한다. "그리고 아빠는 우리 캐럴 여사도 노여움을 풀 거라고 확신하세요. 언젠가 이 충격이 가시게 되면요."

"어쩌면 두 분은 본인들이 이미 알고 있는 진실을 네가 말해주길 계속 기다렸던 걸지도 몰라." 나는 포피에게 시선을 고정한 채 말한다.

가슴이 자꾸 두근거린다. 어젯밤에 우리가 도착한 후로 줄곧 나는 넌지시 암시를 흘리며, 포피가 진실을 말해주기를 바라고 있다. 포피가 우리 할머니고 리코가 우리 할아버지라는 진실을 밝히기를. 이제 우리에게 주어진 시간은 얼마 남지 않았고, 이미 너무 많은 시간을 낭비했다.

포피가 부드럽게 웃으며 붉게 물드는 노을을 물끄러미 바라보면서, 상당히 노골적으로 암시하는 내 말을 또다시 못 들은 체한다. "59년 동안, 나는 이 순간이 오기를 기도했단다." 포피가 말한다. "라벨로의 일몰을 다시 보기를." 서서히 넘어가는 석양을 받은 포피의 얼굴이 은은하게 빛난다. "토스카나의 일몰도 한 번 더 보고 싶구나." 포피가 리코와 눈을 마주친다. "부디, 때가 되면 화장한 내 유골 가루를 트레스피아노로 가져가줄래요?"

리코가 포피의 팔을 쓰다듬는다. "뭐든 당신 뜻대로 할게요, 미오 우니코 아모레."

사랑의 힘으로 빛이 나고 새로운 기운이 솟고 있음에도, 여전히 포피는 죽어가고 있다. 그런데 나는 완전히 그 반대로 포피가 건강해지고 있다고 믿을 뻔했다. 당연히 두 사람은 더 많은 시간을 함께 누릴 자격이 있다. 우리는 더 많은 시간을 함께 누릴 자격이 있다. 포피는 내가 진실을 아는 것을 원하지 않나? 포피는 내가 할머니라고 부르는 것을 바라지 않나?

리코가 잔을 들어 올리며 분위기를 띄운다. "일몰을 위하여…… 그리고, 무엇보다도, 일출을 위하여.”

“살루테.” 루시가 말한다.

쨍그랑 잔을 맞대는 내 손이 떨리고 나는 밀려오는 좌절감을 억누르려고 기를 쓴다.

“이제 그만 밤 인사를 해야겠구나.” 포피가 일어난다.

잠깐만요! 나는 소리를 크게 지르고 싶다. 왜 그 오랜 세월 동안 나한테, 엄마한테 진실을 말하지 않았어요? 포피가 걸음을 옮기려는 찰나 나는 더 이상 참지 못하고 입을 연다.

“잠시 이야기 좀 할 수 있을까요?”

빙그르 몸을 돌리는 포피의 눈에 아주 잠깐 두려움이 스친다. “물론이지.” 포피가 경쾌하게 말한다. “다음에.” 포피가 우리를 향해 손가락을 흔든다. “그럼 안녕.”

나는 벌떡 일어난다. 심장이 쿵쾅거린다. “무슨 일이 있었는지 알아요.”

시간이 멈춘다. 포피가 아주 서서히 나를 돌아본다. 포피가 눈을 한 번 깜빡인다. 그리고 또 한 번 깜빡인다. 나는 숨을 깊이 들이마시고 내쉰다. 다시 입을 여는 내 목소리가 부드럽다. “하지만 이유를 알고 싶어요. 그리고 경위도. 말해주세요. 제발요.”

포피가 가슴에 손을 올린다. 리코가 자리에 앉은 채로 속삭인다. “때가 됐어요, 미오 아모레.”

포피의 불안한 눈길이 리코에게서 나를 향해 움직인다. 마침내 포피는 몸을 빙 돌려 계단으로 사라진다.

눈물이 고여 눈이 따끔거린다. 나는 고개를 숙인다. 나는 포피가 나를 원할지도 모른다는 희망에 부풀어 있었다. 리코의 따뜻한 손이 내 등을 둥글게 쓰다듬는다. "우리 포피는 강한 원칙을 가지고 있지." 리코가 나에게 말한다. "너무 강해서 우려스러울 정도란다."

계단에서 발소리가 들리자 나는 고개를 번쩍 든다. 포피가 손에 커다란 마닐라지 봉투를 들고 옥상으로 올라온다.

"로사 언니가 살아 있는 동안은 이 비밀을 지킬 작정이었단다. 그게 옳은 일인 것 같더구나." 포피가 리코를 바라본다. "지난 몇 주 동안, 마인 에만은 그렇지 않다고 나를 설득하려고 노력했단다. 어쩌면 그가 옳을지도 모르지."

포피가 봉투에서 종이 뭉치를 꺼내 내 앞 탁자에 올려놓는다. "베니스에서 너희 둘이 도시를 탐험하는 동안 나는 호텔 방에서 이걸 썼단다."

나는 침을 꿀꺽 삼킨다. "그래서 방을 혼자 쓰겠다고 하셨군요."

"흠." 루시가 말한다. "운 좋게 남자를 끌어들일 기회를 노리시나 했는데."

포피가 장난스럽게 루시의 팔을 철썩 치고 내 옆 의자에 앉는다. "우리가 여행을 시작하기 전에 나는 너에게 약속했지, 에밀리아. 내 이야기를 듣다 보면 결국 네 엄마에 대해 알게 될 거라고."

나는 오른쪽 구석을 스테이플러로 찍은 종이 뭉치를 내려다본다. 맨 앞 장에 '포피의 마지막 챕터—1961년'이라는 제목이 적혀 있었다.

54장

✳

포피

1961년
이탈리아에서 미국으로

리코가 베를린 장벽 뒤에 갇힌 마당이라, 로사 언니가 내 기반이었단다. 언니가 굳세게 받쳐주지 않았다면 나는 무너졌을 것이다. 매일 아침 나를 일어나게 하는 것은 언니였다. 나를 데리고 시장에 가고 요하나를 돌보는 나를 도운 것도 언니였고.

나는 깊은 슬픔에 빠져 있었지만, 요하나는 잘 자랐고 작은 투사처럼 힘차게 내 젖을 빨았다. 다행히도 마침내 로사 언니는 미국에 가자고 조르는 것을 멈췄다. 언니는 베를린 장벽이 세워졌다는 소식에도 불구하고 내가 이탈리아를 떠날 수 없다는 것을 이해한 거지. 나는 리코가 나한테 돌아오리라고 확신했단다. 그리고 그날이 오면 나는 라벨로에 있어야 했어.

요하나를 낳은 지 4주가 된 월요일 아침, 드디어 언니가 패배를 인정했다. "너한테 실망했어, 라 미아 소렐라 테스타르다." 언니가 빨래를 개면서 말했다. "하지만 너를 억지로 미국에 데려갈

수야 없지. 내일 짐을 싸자. 너는 주말에 트레스피아노로 돌아가야 해."

"트레스피아노로? 안 돼. 라벨로가 내 집이야."

언니가 깨끗한 기저귀를 한 손에 들고 몸을 휙 돌렸어. "아니, 파올리나. 나는 더 이상 요하나를 돌봐줄 수 없어. 나는 10일 후에 미국으로 떠나. 너는 엄마랑 아빠와 살게 될 거야."

두려움이 치솟았다. 나는 돈 한 푼 없는 홀어미였으니까. 무슨 수로 혼자서 요하나를 키운단 말인가? 하지만 농장으로 돌아간다는 생각만으로도 혼이 나갈 것 같았어.

"엄마가 화를 내실까?" 나는 쓸데없이 두려워할 필요 없다는 대답을 듣기 바라며 물었다.

"씨. 그러실 거야. 그래도 아빠만큼은 아니겠지."

숨을 제대로 쉴 수 없었다. "엄마랑 아빠한테 말했어?"

"미안해, 파올리나. 실수로 말이 나왔어."

내 젖을 빨고 있는 갓난아기를 내려다봤다. "시간이 지나면 아이를 사랑하시게 될 거야. 두 분의 손주잖아."

로사 언니가 고개를 저었다. "아이를 사랑하시게 된다고? 동생아, 어떻게 사랑받기를 기대해?" 언니는 내가 한바탕 잔소리를 들어야 하는 어린아이라도 되는 양 내 눈을 뚫어지게 들여다봤어. "엄마는 자부심이 강한 여인이야. 너도 알잖아. 이제 엄마는 수치스러워하시겠지. 일단 딸이 독일인과 도망쳤어. 1년 후, 딸이 그 녀석의 자식을 데리고 돌아오고 마을 사람들이 다 보겠지. 이 일은 엄마 가슴을 갈가리 찢어놨어. 너는 영원히 나에게 사랑을 받을 거야, 파올리나. 하지만 엄마에게도 그럴까? 안타깝지만 그렇지는 않을 것 같네."

두통이 몰려와 관자놀이가 지끈거렸다. 나는 내 아기에게 장밋빛 미래를 약속했지만, 지금 이 순간 머리에 떠오르는 것은 경멸을 받는 삶뿐이었어. 농장에 살면서 할아버지 할머니의 미움을 받고 마을 사람들에게 조롱을 당하는 폰타나 가문 매춘부의 불쌍한 사생아. 처음으로 리코에게 몹시 화가 났어. 어떻게 나를 떠날 수 있단 말인가? 어떻게 아내와 아이 대신에 아버지와 어머니를 택할 수 있단 말인가?

"그가 언제 우리에게 올까?" 내가 큰 소리로 말했어.

"리코는 돌아오지 않아." 로사 언니가 나에게 손을 내밀었지만, 나는 뿌리쳤다.

"모르는 소리 하지 마."

"장벽이 생겼어, 파올리나! 더 이상 어떤 증거가 필요해? 너는 리코를 다시는 못 볼 거야. 바보같이 굴지 좀 마!"

눈물이 핑 돌았단다. "그는 나를 사랑해. 돌아올 거야. 두고 보라고."

"그래." 언니가 잔뜩 빈정대는 말투로 말했어. "너의 리코는 병든 아버지 곁을 떠날 거야. 그는 쇠약한 어머니, 남동생이 생계를 책임져줄 거라고 믿는 누나를 버릴 거야. 어쩌면 그는 국경에서 기관총을 들고 있는 경비대를 피해 목숨을 걸고 탈출할 거야. 순전히 너를 위해서."

나는 언니를 외면했다. 불현듯 내가 얼마나 순진했는지 깨달았어.

로사 언니가 나를 끌어안았다. "쉬." 언니가 속삭이며 내 등을 쓰다듬었어. "다른 사람이라면 몰라도 너는 이런 불행한 결말에 놀라면 안 되지. 너는 둘째 딸이야. 네가 절대 결혼하지 못하리라는 건 너도 줄곧 알고 있었잖아."

"그렇지만 나는 결혼했어!"

언니가 내 말을 무시하고 뒤로 물러나 내 옷깃을 바르게 폈다. "자, 이제 집에 돌아가야 할 때가 됐다. 엄마는 진저리나게 싫어도 요하나를 키워주시긴 할 거야. 너는 아빠를 도와 밭에서 농사를 지을 거고. 어느 정도 크면 요하나도 농사일을 하게 되겠지. 물론 엄마랑 아빠가 허락하신다면."

나는 두려움에 사로잡혔단다. 절대로 내 아이가 그렇게 살게 할 수 없었다. 하지만 내가 어쩌겠어? 아이에게 줄 것이 아무것도 없었으니. 나는 볼에 흘러내리는 눈물을 닦으면서 어떻게 내 딸을 구할지 필사적으로 궁리했단다. 분명히 방법이 있을 터였다! 내 아이의 미래를 책임져야 한다는 부담감이 어깨를 짓눌렀어. 요하나가 의지할 사람은 나뿐이었는걸.

서서히 감정이 격해지다가 가슴에 세찬 불이 일었다. "안 돼." 나는 단호히 말했어. "요하나가 망신거리라는 소리를 들으며 살게 할 수 없어."

로사 언니가 아무 말 없이 수건을 갰다.

"내 딸은 당당하고…… 자유롭게 살 거야!"

로사 언니가 나를 향해 시선을 들었어.

"만약에……." 나는 조심스럽게 운을 뗐어. "만약에 내가 언니랑 미국에 가면, 내가 이그나시오랑 결혼해야 한다고 할 사람이 없잖아?"

언니가 잠시 쓸쓸한 미소를 지었어. "관둬. 어차피 너는 미국에 가기 싫잖아. 나도 알아."

"나는, 나는 요하나가 잘될 길을 선택해야 해. 리코도 그러기를 원할 거야."

로사 언니가 빨래 바구니를 침대 밑에 넣고 고개를 절레절레 저었다. "안타깝지만 너무 늦었어. 미국 정부는 사생아가 자기 나라에 들어오는 걸 절대 허용하지 않을 거야."

나는 왈칵 성을 냈어. "그 이야기를 이제야 한다고? 언니랑 같이 가자고, 미국에서 아이를 키우라고 그렇게 애원했잖아. 그런데 그게 불가능하다는 걸 알고 있었다는 거야?"

"지난주에야 알게 됐어. 몇 가지 확인을 하다가."

나는 눈을 감았다. 모든 선택권이 눈앞에서 사라졌어. 방금 전만 해도 배신행위처럼 여겨지던 것이 이제는 분명한 해결책처럼 보였지. 나는 요하나와 미국에 가서 이탈리아에서도 독일에서도 보장 안 될 밝은 미래를 요하나가 누릴 수 있게 해야 했다.

로사 언니가 마루 위를 천천히 서성이며 고개를 저었어. "네가 미국에서 기다리고 있는 남편을 둔 유부녀라면 달라지겠지. 그러면 너와 아기는 무조건 환영받을 거야."

나는 머리를 움켜쥐고 빙글빙글 돌았다. "도와줘, 로사 언니. 계획을 세워야 돼. 나는 내 아이의 인생, 내 아이의 행복을 책임져야 돼. 내 아이의 유일한 기회가 미국에 있어."

"나야 너를 돕고 싶지. 너도 알잖아. 알베르토와 나는 기꺼이 널 받아주고 네가 요하나를 키우는 걸 도울 거야. 알베르토한테는 돈과 좋은 집이 있어. 하지만 그러려면 일단 네가 미국에 가야 해.” 언니가 손톱을 물어뜯으면서 자꾸 주위를 왔다 갔다 했어. “요하나를 숨기는 것도 괜찮겠지. 몰래 배에 태우는 거야.”

“안 돼. 그건 너무 위험해. 혹시 걸리면 관리들이 아이에게 무슨 짓을 할지 몰라.” 나는 뺨 안쪽을 깨물었다. “더 나은 방법이 있을 거야.”

이어서 한 가지 방법이 불현듯 뇌리를 스쳤다. 어쩌면 잘 풀릴 수 있을지도 몰라. 나는 고개를 들었다.

“만약에 그렇게 하면⋯⋯?” 내 목소리가 잦아들었다.

“뭔데?”

“아니야. 됐어.”

“말해봐.”

머리가 어질어질했어. 나는 한 차례 심호흡을 했어. 말하면서 점점 생각이 구체적으로 펼쳐졌지. “만약에⋯⋯ 만약에 요하나가 언니 아이인 척하면 어떨까? 우리가 미국에 도착할 때까지만.”

“이런, 안 돼.” 로사 언니가 말했다. “나는 요하나 엄마 같지 않아. 아이 엄마 같지 않다고. 아직은 아니야.”

“아니야 그래 보여. 언니의 임신 사실을 속이면 돼. 있잖아, 언니가 막 출산했다고 믿기 쉽잖아.” 나는 언니의 헐렁한 원피스의 허리 부분을 조금 잡아당겼다가 배가 생각보다 크지 않아서 놀랐어. 알베르토는 7개월 전에 미국으로 떠났다. 지금쯤이면 배가 둥글게 불룩해야 했지.

“언니, 출산 예정일이 언제야?”

언니가 내 손을 휙 털어내고 원피스를 펄럭거렸어. “관리들이 내가 요하나의 엄마가 아니라는 걸 알아챌 거야." 언니가 내 질문을 못 들은 척하며 말했어. "요하나는 너한테 애착이 너무 강해."

"그렇지만 나도 옆에 있을 거잖아." 나는 언니의 팔을 잡았다. 마음이 급해졌다. "아무도 의심하지 않을 거야. 내가 계속 젖을 먹이고 돌볼 거야. 사람들 앞에서만 언니가 요하나의 엄마인 척하면 돼."

언니가 얼굴을 찌푸렸어. "출생증명서는 어쩌려고. 그걸 보여달라고 할 텐데."

"하나 더 만들면 돼. 돈을 좀 찔러주면 그 사나운 산파가 새 출생증명서를 만들어줄 거야. 거기에 언니를 엄마로 형부를 아빠로 적으면 돼."

"세상에, 파올리나, 그러다가 걸리면ㅡ."

"걸리지 않을 거야. 내가 약속해. 제발, 그렇게 해주겠다고 말해줘."

언니가 긴 한숨을 내쉰다. "생각해볼게, 파올리나. 정말로 무리한 부탁을 하는구나."

✳

하루가 지나갔다. 다시 하루가 지나갔다. 내가 할 수 있는 것이라고는 비명을 지르지 않으려고 안간힘을 쓰는 것뿐이었어. 대답을 들어야 했지. 하지만 로사 언니의 얼굴이 갑자기 몇 년은 늙어 보였고, 무릎을 꿇은 채 묵주를 들고 기도하는 모습이 여러 번

507

보였어. 내가 진실과 요하나의 미래 중 하나를 선택해야 하는 곤란한 입장에 언니를 빠뜨린 거야. 마침내 배가 출발하려면 일주일밖에 남지 않은 셋째 날이 되자, 나는 더 이상 참을 수 없었다.

"로사 언니, 제발! 이렇게 부탁할게. 요하나의 엄마인 척하겠다고 말해줘. 나를 위해서 그렇게 못하겠다면, 언니 조카를 위해서 해줘."

언니가 눈을 감고 한참 있다가 가슴 위로 십자가를 그었어. 언니 얼굴에 서서히 미소가 퍼졌지. "그러니까, 내 딸을 위해서란 말이겠지."

나는 소리 내어 웃으며 언니를 와락 끌어안았어. 그 어느 때보다도 언니를 사랑했고 언니에게 고마웠어. "응! 언니 딸을 위해서!"

✳

억지로 요하나에게 젖을 떼게 한 첫날 나는 서럽게 울었어. 요하나도 나도 친밀한 우리 사이에 끼어든 투박한 젖병을 좋아하지 않았지. 나는 아이의 피부가 내 가슴에 닿는 느낌, 마치 세상에서 영양분을 주는 사람은 나뿐이라는 듯이 내 젖을 빨면서 만족스럽게 내쉬던 한숨이 그리웠다. 하지만 로사 언니가 옳았어. 우리가 조카와 이모인 척하며 대서양을 건너려면 반드시 젖을 떼야 했다.

우리 짐작대로 동전 몇 닢을 쥐여주니 투미넬리 부인은 기꺼이 가짜 출생증명서를 만들어줬어. 그리고 동전을 몇 닢 더 주니,

지방 관리의 서명까지 위조해줬지.

심술궂은 산파는 아직 잉크도 마르지 않은 서류 한 장을 로사 언니에게 건넸어. "나는 전혀 모르는 일이우." 산파는 허공에 대고 손가락으로 쭉 긋는 시늉을 했어. "전혀!"

가슴이 두근거렸다. 나는 범죄자가 된 거야. 로사 언니와 나는 함께 새 출생증명서를 면밀히 살펴봤어. '모 성명' 칸에 로사 루케시라고 적혀 있었어. '부 성명' 칸에는 알베르토 루케시라고 적혀 있었고. 나는 침을 꿀꺽 삼켰지.

"아주 공식적인 서류 같아 보여." 내가 말했어. "이게 효력이 없는 줄은 아무도 모를 거야."

그러다가 출생아의 성명이 눈에 들어왔어. 조세피나 폰타나 루케시였어.

"잠깐만." 내가 말했다. "아이 이름은 요하나야."

언니가 출생증명서를 두 개의 판지 사이에 넣고 모서리에 테이프를 붙였어. "바보처럼 굴지 마. 알베르토와 내가 독일식 이름을 고를 턱이 없잖아."

언니는 다 생각해둔 거야. 하긴 관리들이 캐물을 틈을 남겨둘 필요가 없겠지? 그런데도 여전히 목덜미의 털이 쭈뼛 곤두섰어.

✲

9월 중순의 그날 오후, 요하나를 품에 안고 SS 크리스토포로 콜롬보에 올라타는 로사 언니는 어느 모로 보나 엄마였단다.

관리들은 내가 코바늘로 뜬 분홍색 담요 속 갓난아기를 대충 훑어보고 언니의 서류에 도장을 찍었어. 옆 책상으로 다가가는데 가슴이 쿵쾅거렸지. 나는 착실한 이모 역할을 하며 우리 여행 가방들과 요하나의 작은 가방을 모두 짊어지고 있었어. 몇 분 후 나도 승무원들의 인사를 받으며 배에 올라탔어. 나는 안도의 한숨을 내쉬었다. 지금까지는 완벽하게 우리 계획대로 흘러갔으니.

"저기 좀 봐!" 로사 언니가 외치며 항구에 모여든 사람들을 가리켰어. 사랑하는 사람들에게 작별을 고하려고 온 가족들과 친구들이었지.

나는 손으로 햇빛을 가리며 언니의 손가락을 따라 시선을 움직였어. 나들이옷을 입은 엄마와 아빠가 그곳에 나란히 서 있더라고. 두 분은 작별 인사를 하려고 나폴리까지 먼 길을 온 거야. 나는 손을 번쩍 치켜들었어. 눈물이 앞을 가렸다.

"엄마!" 나는 요란한 배의 엔진 소리에 묻힐세라 크게 소리쳤어. "아빠! 사랑해요!"

아빠가 손을 들었다. 엄마가 손을 흔들며 키스를 보내는 시늉을 했어.

"엄마 아빠의 손녀예요!" 내가 외쳤단다.

내 옆에서 기쁜 빛이 얼굴에 가득한 언니가 자랑스럽게 요하나를 들어 올렸어. 엄마가 가슴을 움켜쥐었고 아빠가 눈가를 닦았다. "벨리시마(아주 예쁘구나)!" 아빠가 큰 소리로 말했어. 아빠가 목에 걸린 카메라를 들고 사진을 찍었지.

"엄마랑 아빠가 요하나를 아주 좋아하셔." 내가 로사 언니에게 말했어. "나는 두 분이 요하나를 사랑하실 줄 알았어."

"그래." 언니가 말했어. "두 분이 새 손주를 매우 자랑스러워하서."

가슴에 자부심이 가득 차올랐어. "그라치에!" 나는 목멘 소리로 아빠에게 외쳤지. "그라치에 밀레!" 나는 요하나의 보송보송한 머리칼과 발그레한 볼을 쓰다듬으며, 울다가 웃다가 했어.

내가 엄청난 기쁨을 느낀 마지막 순간이었어. 그때만 해도 몰랐지만, 더 밝은 미래를 찾아가는 이 항해 도중에, 짙은 푸른빛 바닷물 위 어딘가에서, 내 갓난아기를 잃게 될 터였다.

✻

나는 매일 저녁을 요하나와 함께 보냈어. 해가 떠오르는 아침이면 로사 언니가 아이를 돌보는 시간에 딱 맞춰 내 아기의 눈이 무거워졌어. 우리 셋이 갑판 위를 거닐 때면 여자 승객들이 언니 품에서 잠들어 있는 천사를 보려고 언니의 걸음을 멈춰 세웠다. "첫째 아이예요?" 그들은 이렇게 묻곤 했어.

"네." 로사 언니는 대답했지. "이제 7주 됐어요, 내 사랑스러운 아기. 아이 아빠가 브루클린에서 우리를 기다리고 있어요."

자부심과 분노가 뒤섞인 기이한 감정이 마음속에서 들끓었어. 물론 나는 아무 말도 하지 않았지. 우리의 위장을 아무도 알아채지 못하는 것이 중요했어. 하지만 속으로는 빼앗긴 기분이 들었어.

얼마 지나지 않아 언니는 아이들과 항해하는 다른 엄마들을 만났어. 그들은 커다란 파라솔 아래 앉아 엄마 노릇과 자기들의 남편에 대해 이야기를 나눴고 사진들을 돌려 보며 마구 칭찬을 쏟아냈어. 나는 그들의 대화에 끼고 싶었어. 하지만 언니는 나에게 조용히 있으라고 신신당부했단다. 언니는 내가 선실에 들어가서 쉬어야 한다고 고집했어. 나중에 여자들이 카드를 치거나 기저귀를 갈아야 하거나 언니가 요하나를 돌보는 게 지겨워질 때만, 나를 불렀어.

엄마들끼리 유대감이 생긴 듯했어. 나는 따돌림 당하는 느낌이 들었어. 소외감과 외로움을 느꼈지. 리코가 보고 싶어서 가슴이 아팠단다. 나는 절대로 이탈리아를 떠나지 말았어야 했어. 내가 느끼는 좌절감을 말하자, 언니가 나에게 정확하게 상기시켰어. "네가 짠 계획이었어, 파올리나. 그걸 잊지 마."

그런 다음에 언니는 요하나가 미국에서 누리게 될 멋진 삶에 대해 이야기하곤 했어. 언니가 나를 위해 거짓말하기로 하지 않았다면 상상도 못 할 삶이었어. 모두 사실이었지. 따돌림 받는 느낌은 치러야 할 작은 대가였어. 이미 언니는 나와 요하나를 위해 아주 큰 위험을 무릅쓴 거야.

우리는 거대한 배 위에서 7일 밤을 보냈고, 하루하루가 지날수록 미국에, 요하나의 미래에 가까워졌어. 하지만 과거가 나를 부르는 소리가 들리는 것만 같았지. 과거를 버리고 떠난 나를 꾸짖고, 돌아오라고 나에게 손짓하는 것만 같았어. 나는 악몽을 꿨다. 꿈속에서 리코가 나에게 돌아와 집 문을 두드리는데 나는 벽장에 갇혀 대답하지 못했어. 기진맥진한 채로 공허함을 느끼며 잠에서 깼다. 동이 트면서 더불어 현실이 다가왔지. 나는 이미 리코를 포기했어. 그리고 돌아가기에는 너무 늦었지.

8일째가 되는 날 밤에, 요하나도 나도 잠들지 못했어. 나는 몰래 요하나를 데리고 나와 갑판으로 갔단다. "쉿." 나는 속삭였어. "괜찮아. 괜찮아." 싸늘한 밤공기가 나를 덮쳤고, 도대체 내가 누구를 안심시키고 있나 싶었어. 내 아이일까, 아니면 나 자신일까.

동쪽 하늘이 서서히 밝아오며 분홍빛과 보랏빛으로 변했다. 나는 눈을 깜빡였어. 다시 한번 깜빡였어. 8일 만에 처음으로 멀리서 반짝이는 뭔가가 보였어.

선장실에서 환호성이 들렸단다. 전율이 온몸을 스쳐갔지. 나는 앞에 펼쳐진 광경을 볼 수 있게 요하나를 내 가슴 앞으로 안아 들었어.

"저기 좀 보렴." 내 젖은 볼이 아이의 보송보송한 머리에 닿았어. "저 멀리 있는 땅이 보이니, 예쁜 내 아가? 저기가 우리의 새집, 네가 현명하고 자유롭게 자라서 네가 되고 싶은 사람이 될 곳이야."

눈물이 끊임없이 흘러내렸어. 멈출 수가 없었지. 누군가 물어봤다면 나는 기쁨의 눈물이라고 대답했을 거야. 그러나 결코 기뻐서 나오는 눈물이 아니었다. 내 결정의 심각성을 절감한 거야. 나는 내 남편을, 내 사랑을 포기했어. 집에서 수천 킬로미터 떨어져 있었지. 이제는 되돌릴 수 없었어.

내 팔을 사납게 움켜쥐는 손에 소스라치게 놀랐어. 돌아보니 두려움에 눈이 휘둥그레진 언니가 있었어. "여기서 뭐해?"

어떻게 보일지 알 것 같았어. 배의 난간 위로 몸을 쭉 내밀고 흐

느껴 우는 나. 담요에 싸여 내 품에서 칭얼대는 갓난아기 요하나.

"나는 리코 없이 못 살아. 집으로 돌아가야 해."

언니의 손이 내 얼굴을 때리는 소리가 들렸어. 나는 손으로 뺨을 감싸고 헐떡거렸어. 그 과열된 분위기를 느끼기라도 한 듯 요하나가 소리를 지르기 시작했어.

"헛소리 좀 그만해!" 로사 언니가 말하며 요하나를 내 품에서 홱 잡아챘어. "너만 괴로운 줄 알아? 아니야. 나야말로 바다에 뛰어들고 싶은데 그런 나는 안 보이나 보지?"

언니가 아이를 잃었나? 나는 언니의 오해를 풀고 싶었어. 나는 결코 자살할 생각이 없었어. 하지만 내 얘기를 할 때가 아니었어.

"아, 로사 언니." 나는 가슴을 움켜쥐었어. "정말 미안해. 어떻게 된 거야, 다정한 우리 언니?"

언니가 손으로 입술을 가렸지만, 입꼬리가 축 처지는 것이 보였어. "눈 깜짝할 사이에 벌어진 일이야. 6월 5일에 집에서. 몇 주 전부터 아이가 자라지 않았어." 언니가 힘겹게 침을 삼켰어. "절대 말하지 마. 아무도 알아선 안 돼."

"하지만 엄마는 아시지, 씨? 아빠도?"

언니가 고개를 저었어. "정말 실망하실 거야. 아빠가 나를 얼마나 자랑스러워하셨는데. 아빠는 첫째 딸한테 많은 손주를 기대하셨어."

난생처음으로, 나는 그 저주가 로사 언니에게 가하는 압박감을 깨달았다. "그래도 설마 형부한테는 말했겠지."

"특히 알베르토한테는 안 되지." 언니의 눈이 내 눈에 고정됐다. "적어도 내가 미국에 도착할 때까지는. 그는 내가 아이를 못

514

낳는다고 생각했다면 오지 말라고 했을 거야."

등골이 오싹했어. 언니가 전에도 유산한 적이 있었을까? 나는 언니의 팔을 붙잡았어. 자기 연민이 모두 사라졌다. "미국 의사들이 도움을 줄 거야. 언니는 많은 아이를 갖게 될 거야. 우리 폰타나 가문 여자들은 강하잖아. 우리는 꾀가 많아. 사람들은 한쪽 문이 닫히면 다른 쪽 문이 열리는 법이라며 가만히 있지. 하지만 우리는 도끼질을 하잖아."

그러자 언니가 미소를 지었어. 하지만 눈은 웃지 않는 쓸쓸한 미소였지. 언니가 내 조언을 철석같이 받아들일 줄 내가 어떻게 알았겠니?

✳

알베르토는 요하나를 본 순간 눈물을 흘렸다. 그는 몸을 굽혀 아이 이마에 입술을 꾹 눌렀다. 내 목이 꽉 조여들었어. 딸에게 첫 번째 입맞춤을 하는 사람은 아이의 이모부인 알베르토가 아니라 아빠인 리코여야 했어. 언니는 알베르토의 팔에 아이를 안겨주고, 다정한 엄마와 자랑스러운 아빠의 모습을 연출했다. 요하나가 알베르토의 새끼손가락을 꼭 쥐었어. 알베르토는 믿지 못할 아름다운 환영을 보는 것처럼 꼼짝 않고 서서 아이를 빤히 쳐다봤다. 마침내 알베르토가 언니를 바라봤어. 나는 처음으로 그의 눈에서 애정을 봤다.

"내 사랑." 알베르토가 언니의 입술에 키스했어. "당신 덕분에 내가 행복한 사람이 됐어요."

언니가 알베르토에게 우리 계획을 말하지 않은 걸까? 심장이 쿵쾅거렸단다. 나는 언니가 설명하기를 기다렸지. 그러나 언니는 내 눈을 멀게 할 듯한 맹목적인 사랑의 눈빛으로 잘생긴 남편만 응시했어.

나는 마음을 가라앉히려고 애썼다. 물론 언니가 지금 당장 설명할 수는 없겠지. 유산했다는 소식은 알베르토의 마음을 몹시 아프게 할 테니. 게다가 우리는 아직 세관원들의 눈에 잘 보이는 곳에 있었어. 일단 우리가 브루클린에 도착하면, 언니도 엄마 시늉을 멈추겠지.

언니는 가장 예쁜 원피스를 입었어. 상체가 딱 붙고 허리띠가 있어서 언니 몸의 굴곡을 과시하는 어두운 남색 옷이었지. 엉덩이 쪽 천이 팽팽하게 당겨져 있었고 가슴 쪽 단추는 튕겨 나갈 듯했어. 나는 밀려드는 슬픔을 억눌렀다. 언니의 몸은 갓 출산한 엄마의 몸과 같았지만 그 결과를 보여주는 아이는 없었지.

나는 예전에 트레스피아노에서 직접 만든 빨간색과 흰색 물방울무늬 원피스의 주름을 폈어. 제일 좋은 원피스는 일부러 입지 않았지. 내 결혼식 날을 기념하기 위해 그 흰색 옷은 곱게 개서 가방에 안전하게 넣어놨어.

우리는 항구 끝에 서서 부들부들 떨었어. 뉴욕의 가을 공기는 빵집의 냉장실 속 느낌과 비슷했고 나는 추워서 팔을 문질렀지. 고개를 들다가 알베르토 뒤에 서 있는 나이 든 남자를 처음으로 알아챘어. 남자는 시장에서 소의 값어치를 평가하는 듯한 눈으로 나를 쳐다보고 있었어.

나는 가슴 앞으로 팔짱을 끼고 남자가 알베르토에게 서툰 영어로 소곤거리는 소리를 들었어. 어리석게도 그는 내가 알아듣지 못할 거라고 짐작한 모양이야. "자네가 저 여자 피부가 크림 같다고 했잖아. 게다가 너무 깡말랐는데. 저거 엉덩이도 펑퍼짐하지 않고."

불쾌해서 속이 부글거렸다. 항해하는 중에 살이 빠졌으니 마른 것은 사실이었지. 그리고 햇볕에 타서 피부가 까매졌다. 그런데 수박처럼 배가 튀어나온 대머리 아저씨 주제에 뭐가 잘났다고 저런 소리를 할까?

"차차 그렇게 되겠지." 남자가 말하며 주머니에서 열쇠를 꺼냈어. 가슴이 요동쳤다. 설마 저 이그나시오라는 남자는 내가 자기와 결혼하러 여기 왔다고 생각하는 걸까? 언니가 분명히 말하지 않았나?

그가 나에게 미소를 보냈어. 마음을 사로잡으려는 미소였겠지만 효과가 영 없었지.

우리는 이그나시오의 차에 탔어. 뒤에 올즈모빌이라고 적힌 세련된 청록색 차였어. 알베르토는 요하나를 안은 채 언니 옆 뒷좌석에 웅크리고 앉았지. 나는 이그나시오와 앞좌석에 앉을 수밖에 없었어.

이그나시오가 라디오를 켰어. 많은 노래 중에서 하필이면 〈케세라 세라〉가 흘러나왔단다. 나는 소리를 지르지 않으려고 혀를 깨물었어. 로사 언니가 와 하는 탄성을 지르며 앞 좌석 쪽으로 몸을 쭉 내밀었다. "믿어져, 파올리나? 이 사람 자기 차도 있어!"

나는 몸을 돌려 요하나에게 팔을 내밀었어. "내가 돌볼게요, 알베르토 형부."

517

알베르토가 갓난아기를 내려다보며 빙그레 웃었다. "여기 있
는 게 더 좋은가 본데, 그렇지, 조세피나?"

차가 끼익 소리를 내며 급히 출발했어. 무시하려고 안간힘을
써온 불안감이 더 커져 가슴을 옥죄었어.

✻

알베르토는 정육점 위 가구가 비치된 침실 하나짜리 셋집에
서 살았어. 아내가 피와 날고기 냄새에 외풍이 있는 집을 구석구
석 살펴보는 동안 알베르토는 요하나를 가슴에 꼭 안고 있었다.
더러운 레인지와 문에 움푹 찌그러진 자국이 있는 냉장고, 그리
고 아주 작은 찬장이 달린 곳이 주방이었다. 언니의 생각이 훤히
들여다보이는 듯했어. 그가 약속한 아름다운 집은 어디에 있지?
옷을 빨아주는 기계는 어디에 있어?

"처제는 여기에서 자면 돼." 알베르토가 한쪽에 있는 지저분
한 소파 쪽으로 고개를 기울이며 말했어. 나는 멋쩍게 알베르토
를 바라봤다. 틀림없이 알베르토는 아내를 독차지하고 싶었겠
지. 하지만 용케도 환영의 미소를 짓더구나. "여기는 처제 집이
기도 해, 파올리나. 처제와 이그나시오가 부부가 될 때까지는."

"하지만 형부, 나는―."

"쉿." 언니가 나에게 입을 다물라는 신호를 보냈어. "결혼 계획
은 다음에 이야기하기로 해."

요하나가 보채기 시작했어. 내가 아이를 받으러 가자, 알베르
토가 잽싸게 들어 올렸어. "괜찮아, 아가. 엄마가 기저귀를 갈아

줄 거야." 알베르토가 아이를 로사의 팔에 안겼다.

나는 입을 떡 벌리고 서 있었어. 언니가 초조하게 내 눈을 피하며 키득거렸다. 우리 옆에서 알베르토가 꿈꾸는 듯한 표정으로 벙긋 웃었어. "라 미아 파밀리아 에 키, 피날멘테(La mia famiglia è qui, finalmente)."

우리 가족이 여기 있어, 마침내.

나는 수십 년 동안 그 순간을 떠올리면서, 그때 당장 요하나가 내 아이라고 분명히 밝히지 못한 나 자신에게 욕을 퍼부었단다. 부분적으로는 언니의 처지에 대한 슬픔 때문이었어. 부분적으로는 의리 때문이었고. 언니는 잠깐이라고 여긴 시간 동안 남편에게 부성을 느끼게 한 거야. 언니는 남편이 즉각 아이를 사랑하게 되리라는 점을 미처 감안하지 못한 거지. 그리고 이미 남편에게 준 그 기쁨을 다시 빼앗을 엄두를 못 냈어. 언니가 예쁘고 건강한 아이를 팔에 안고 있는 알베르토에게 그의 아이가 몇 달 전에 죽었다는 말을 어떻게 할 수 있었겠니?

그렇게 악몽이 시작됐어. 그다음 주에 알베르토가 가게에서 일하는 동안 언니와 나는 하루에 열 시간을 요하나와 셋이서만 있었어. 나는 사실을 말하라고 언니에게 요구했지. 언니는 날마다 그러겠다고 약속했어. 하지만 알베르토는 매일 밤 집에 들어오면 신발을 벗어 던지고 주방 싱크대에서 손을 박박 문질러 씻자마자 요하나에게 직행했어. 알베르토는 요하나에게 노래를 불러줬고, 위아래로 부드럽게 얼렀고, 보송보송한 머리를 어루만지며 속삭였어. 그리고 진실이 가려진 채로 또 하루가 지나갔고.

언니의 몸이 건강한 아기를 갖지 못하게 되자 무엇에 씌기라도 한 걸까? 알베르토를 잃을지 모른다는 두려움이 너무 강해서 무슨 짓이라도 서슴없이 저지르자는 속셈이었을까? 설사 동생의 아이를 자기 아이로 속여 말하는 짓이라고 해도? 아니면 정말로 자기 행동이 최선이라고 믿었던 걸까?

주말이 되자 언니는 아예 약속조차 하지 않았다. 그저 슬픈 표정으로 나를 바라보기만 했지. "라 미아 소렐라 테스타르다. 너는 어쩜 그렇게 이기적이야? 모르겠어? 이게 다 조세피나가 잘되라고 그러는 거잖아. 이제 이 아이는 잘 살게 될 거야. 엄마랑 아빠와 다정한 이모도 생길 거고."

"이미 엄마가 있는 아이야!"

"네가 뭘 해줄 수 있는데, 파올리나? 너는 배에서 뛰어내리려고 했을 정도로 제정신이 아니잖아!"

"그렇지 않아. 나는 그런 짓은 절대 안 해."

"너는 둘째 딸이야. 애초에 너는 아이를 가지면 안 되는 거였어. 아이는 내가 가졌어야 해."

그날 저녁, 드디어 내가 아이를 돌보게 됐단다. 알베르토가 집에 왔을 때 나는 요하나를 안고 있었어. 알베르토가 요하나에게 손을 뻗자 나는 단단히 안고 내주지 않았어. "형부가 알아야 할 사실이 있어요. 이 아이는 내 딸이에요, 알베르토. 정말 미안해요."

깜짝 놀란 알베르토가 충격과 혼란이 뒤섞인 고통스러운 표정을 지었어. "로사?" 알베르토가 주방을 향해 외쳤어. "처제가 무슨 소리를 하는 거예요?"

언니가 스토브 앞에서 몸을 돌릴 때까지 몇 시간은 흐른 것 같왔지. 언니는 내가 아니라 알베르토를 바라보며 마침내 입을 열었어.

"불쌍한 파올리나가 깊은 슬픔에 빠져서 제정신이 아니에요. 내가 이미 말했잖아요, 알베르토. 저 아이를 흥분시키지 말아요."

"슬픔과 전혀 상관없는 일이야." 심장이 세차게 뛰었지만, 평정을 유지하려고 안간힘을 썼어. 나는 언니가 요하나의 엄마 역할을 맡게 된 원래 내 계획을 알베르토에게 간단명료하게 설명했다. 말을 끝내자 알베르토는 안쓰러워하는 눈빛으로 나를 바라봤어.

"아니야, 파올리나. 로사가 몇 달 전에 좋은 소식을 전해줬어. 내가 절대 잊지 못할 편지였어. '우리 사랑이 결실을 맺었어요. 당신이 아빠가 될 거예요.'라고."

나는 소파에 주저앉았어. 상황의 심각성을 가슴에 사무치게 느꼈단다. 내가 리코에게 쓴 편지가, 그러니까 내가 불러준 대로 언니가 받아 적은 편지가 알베르토에게 보내진 거야─혹은 적어도 베껴서 보내졌거나. 리코는 내가 임신했다는 사실을 알기는 했을까?

"**내가** 한 말이었어요!" 나는 눈물을 흘리며 소리쳤어. "형부가 아니라 리코에게 보내는 편지였다고요."

알베르토의 목소리가 엄청나게 크게 울렸어. "적당히 해, 파올리나. 나는 처제가 우피치 미술관에서 일할 때 단 명찰을 봤어. 로사인 척했잖아. 그런다고 해서 처제가 로사가 되는 건 아니야, 알겠어? 그리고 요하나는 처제의 아이가 아니야. 이 흉내 내기

놀이는 여기에서 끝이야, 카피시?"

"로사 언니는 유산했어요." 나는 부드럽게 말했어. "형부는 아이를 잃었어요. 유감이에요, 알베르토."

"무슨 증거가 있지?" 알베르토가 잔뜩 성나 못마땅한 기색이 역력한 얼굴로 말했어. "이 아이가 처제의 아이라면 증거를 내놔 봐."

가슴이 철렁 내려앉는 느낌이었어. 조세피나 루케시의 이름으로 된 가짜 출생증명서와 배표 반쪽이 생각났다. 이제 가슴에서 젖이 나오지도 않았어. 약간 넓어진 둔부와 얇어진 몇 개의 임신선을 제외하면 내 몸은 아무 노력 없이 고무줄처럼 원래대로 줄어들었지. 반면에 로사 언니의 배와 유방은 축 늘어져서 바로 얼마 전에 출산한 몸 같았고.

나는 진실을 확실히 증명할 수 있는 유일한 사람인 언니를 올려다봤단다. "형부한테 말해, 언니." 나는 애원했다. "제발. 이제 말해야 할 때야."

"그래요." 알베르토가 동의했다. "말해봐요."

언니의 얼굴이 창백하게 질렸어. 언니가 벌벌 떨리는 손을 앞치마 주머니에 넣었어. 나는 진저리가 나고 분하면서도, 언니의 모습이 무척 안쓰러웠지. 두려움에 언니의 몸이 얼어붙었어. 마침내 입을 연 언니는 속삭임처럼 나지막하게 중얼거렸다.

"유산한 사람은 너였잖아, 불쌍한 동생아. 내가 계단에서 너를 발견한 날에 말이야."

✳

　알베르토가 진실을 알아챘을까? 가끔 나는 그가 눈치를 채지 않았나 의심했다. 하지만 그때는 DNA 검사가 없었어. 나는 다 같이 혈액 검사를 받자고 간청했지만, 알베르토는 들은 척도 하지 않았어. 알베르토와 언니는 자기들이 부모라고 믿었기에 검사를 강요할 수 없었지. 요하나는 알베르토와 언니를 전혀 닮지 않았어. 요하나의 피부는 두 사람처럼 까맣지 않고 크림색이었거든. 요하나의 머리카락은 부드러운 감촉이었고 햇살이 비칠 때면 밝은 금빛이 드러났어. 요하나의 눈은 언니가 큰소리쳤듯이 결국 갈색으로 변했어. 하지만 적당한 빛을 받으면, 진짜 핏줄을 강조라도 하듯 푸른색이 더 진해졌단다.

　하지만 다른 모든 사람에게 요하나는 언니와 알베르토의 갓난아기, 두 사람이 가진 유일한 아이인 조세피나였어.

　나는 브루노 오빠에게 내 말을 들어달라고 간청했어. 오빠가 내 편이 돼줄 것이라고 확신했어. 하지만 오빠는 나를 측은한 눈길로 바라봤어. 오빠는 서랍장으로 가서 몇 달 전에 어머니가 보낸 편지들을 꺼냈어. 모든 편지에 언니가 임신했다는 소식, 불러오는 배에 대한 이야기, 흥분한 가족의 기대감이 시간의 흐름에 따라 적혀 있었지.

　"네 아이가 유산됐다는 말은 들었어. 정말 안타까운 일이야." 오빠가 나를 끌어안았어. "네 잘못이 아니야."

　나는 오빠가 휘청거리며 뒷걸음질을 칠 정도로 그를 힘껏 밀었어. "그 사람들이 거짓말을 하고 있다고!"

523

오빠는 아빠가 지었을 법한 근엄한 표정을 지었어. 그러고 나서 책상으로 성큼성큼 걸어가서 사진 한 장을 꺼냈지. "이제 그만해, 파올리나! 네 행동 때문에 모두가 불안해하잖아." 오빠가 사진을 나에게 내밀었어.

아버지가 항구에서 찍은 사진이었어. 얼굴이 상기된 초보 엄마가 배 갑판에 서서 자랑스럽게 어린아이를 내보이고 있었다. 사진의 뒷면에는 어머니가 쓴 글자가 있었고. '로사와 조세피나, 1961년 9월 17일.' 나는 와락 울음을 터뜨리고 말았단다.

오빠가 양손으로 내 머리를 감싸고 내 얼굴에서 눈물을 닦았어. "너는 이 아이를 사랑해. 그래, 확실히 그래 보여. 하지만 이 아이는 네 조카일 뿐이야."

"아니야! 이 아이는 내 딸이야."

오빠가 나를 품에 안았어. "쉿. 괜찮아. 너는 다른 아이를 갖게 될 거야. 건강한 너만의 아이를. 이그나시오가 여전히 너와 결혼하고 싶어 해. 상상해봐라! 네가 남편을 찾은 최초의 둘째 딸이 될 거야."

나는 비명을 지르고 싶었어. 아무도 나를 믿으려 하지 않았어. 미국이 싫었어. 알베르토가 미웠어. 언니는 나에게 남이나 마찬가지였다. 우리는 필요할 때만 이야기를 했고 그 대화는 결국 격렬한 말싸움으로 끝났어. 나는 미치지 않으려고 분주하게 청소하고 요리했고 그러는 내내 내가 할 수 있는 선택들을 하나하나 따져봤단다. 이그나시오와의 결혼은 고려할 가치도 없었어. 대학에 가는 꿈은 진작에 포기했지. 돈은 없었고, 내 아이 곁을 떠날 생각은 추후에도 없었다.

내가 언니와 알베르토와 지내면 요하나와 같이 살 수 있지만 요하나의 엄마는 되지 못하는 거였어. 거짓 속에서 살기 힘들겠지만, 적어도 우리가 함께 있을 수는 있는 거지. 내가 요하나가 잘 자라서 바른 길을 걷도록 인도할 수 있는 거고. 리코도 그러기를 원했을 거야.

요하나와 나 사이에 이미 특별한 유대감이 생겼고, 그것이 알베르토를 화나게 한 모양이야. 알베르토는 내가 아이를 요하나라고 부를 때나 노래 불러주는 내 눈을 아이가 빤히 쳐다보는 모습을 볼 때면 부글부글 끓어오르는 분노를 삭이지 못했어. 알베르토는 내가 입으로 부르르 소리를 내며 토실토실한 목에 뽀뽀를 날리는 시늉을 할 때 방실방실 웃는 아이를 못 본 척했어. 우는 아이를 오직 나만 달랠 수 있다는 게 확인될 때마다 얼굴이 벌게졌지. 가슴에 애정이 가득 차올랐어. 요하나와 나는 진실을 알았단다.

알베르토는 내가 보이면 점점 진저리를 치게 됐어. 한 달도 되지 않아 가게에서 하루에 열 시간씩 근무하는 일자리를 언니에게 마련해줬어. 언니에게 가게에 요하나를 데리고 다니라고 고집했어. 물론 요하나와 나를 떨어뜨려놓으려는 시도였지. 내가 이그나시오와 결혼하지 않으려는 게 분명해지자, 혼자 살 집을 구하라고 권하기 시작했고 다른 구에 있는 집들을 추천했어. 세 식구만 살고 싶어 하는 것이 확실했어. 나는 환영받지 못했지.

날이 갈수록 나는 불안해졌고 절박해졌어. 내가 아이를 영원히 잃기 전에 언니와 알베르토한테서 아이를 떼어놓아야 했어.

나는 지독한 실수를 저지르고 말았다. 평생 후회한 실수였다.

혼자 아이를 키우는 엄마에게 필요한 어떤 지식이나 자원도 없이, 요하나를 데리고 떠났던 거야. 내가 그때 떠나지 않았다면, 요하나의 인생에 계속 머물 수 있었을지도 몰라. 근처에 작은 집을 구해 살면서 내가 위협적인 존재가 아니라는 점을 알베르토에게 납득시킬 수 있었을지도 모르지.

언니가 가게 일을 쉰 어느 겨울날 아침, 나는 요하나를 데리고 도망쳤어. 나는 알베르토가 출근하고 언니가 욕조에 몸을 담글 때까지 기다렸어. 담요에 싸인 요하나를 안고 우리 소지품이 담긴 가방 하나를 달랑 든 채 몰래 집을 빠져나갔지. 우리는 버스가 닿는 데까지 벤슨허스트에서 최대한 멀리 갔어.

당시에는 할렘이 무시무시한 곳이었다고만 말해둘게. 게다가 나는 혼자 힘으로 먹고사는 데 드는 생활비를 너무 적게 잡았어. 일주일 후, 나는 완전히 좌절했고 무일푼으로 벤슨허스트로 돌아왔단다. 브루노 오빠의 집에 아픈 아이를 데리고 가서는 우리를 받아달라고 애원했지.

오빠가 우유를 따뜻하게 데우면서 알베르토가 나를 납치 혐의로 고소했다고 알려줬어.

그것이 마침내 내 무릎을 꿇게 한 결정타였다. 알베르토가 이겼어. 내가 수감되면 내 딸에게 아무런 도움도 안 될 터였지.

어쩌면 내가 오빠에게 고마워해야 했을지도 모르겠어. 오빠가 갈등을 중재했지. 오빠는 로사 언니와 알베르토와 이야기하러 가서 세 시간 후에 한 가지 제안을 가지고 돌아왔단다. 납치에 대한 소송을 취하하겠다고 하더라. 나는 감옥에 가지 않게 됐지. 대신 브루클린을 떠나야 한다는 조건이 따랐어. 영원히. 크리스마스와 부활절에만 방문을 허락하겠다고 했어. 명절에는 조세피나에게 카드를 보내도 좋다고 하더라. 하지만 그 아이가 내 자식이라는 주장은 절대로 하지 않겠다고 약속하라고 하더구나.

나는 차라리 요하나에게는 더 잘된 일이라고 생각하려고 노력했어. 조롱과 가난에서 벗어나 다정한 부모 옆에서 자랄 기회가 생겼으니까. 내가 딸에게 줄 수 있는 것은 사랑뿐이었는데, 내가 믿던 것과 달리 사랑만으로는 부족하더구나.

극심한 슬픔에 무너질 것 같았어. 나는 반짝거리는 1페니짜리 동전을 아무도 못 보는 아이 요람 뒤에 붙여놨어. 그리고 텅 비어버린 가슴을 부여잡고 버스 정류장까지 세 블록을 걸어갔어. 정류장에 붙은 여행 포스터가 눈에 띄었단다. '세상에서 가장 달콤한 도시'라는 곳을 홍보하는 내용이었어. 그곳에 적힌 펜실베이니아 허시로 가는 편도 승차권을 샀어. 당시에 내가 갈망하는 것이 하나라도 있었다면 그것은 달콤함이었어.

그러나 거의 2년 동안 삶은 달콤하지 않았어. 거의 곧바로 내 결정을 후회했지. 그래도 되돌릴 수 없었어. 단 한 사람에게라도 진실을 납득시킬 기회가 더 이상 오지 않았어. 도대체 어떤 엄마가 자식을 포기하겠어? 나는 죄책감과 자기혐오에 발목이 잡혔어. 내가 우리 아이를 남에게 내준 것을 알게 되면 리코가 어떻게 생각할까? '자멸'이라는 말과 친숙해졌어. 나는 무모하게 행동했어. 죽고 싶었다. 죽음은 간단한 해결책이었어. 하지만 토머스 같은 친구들과 마음속 깊이 감춰진 회복력 덕분에, 마침내 삶의 의미를 되찾았단다. 나를 필요로 하는 아이가 있고, 나는 그 아이를 실망시킬 수 없었어.

이후로 27년 동안 나는 내 딸 요하나 로사 크라우제를 볼 수
있도록 허락받은 유일한 날인 명절을 위해 살았단다.

55장

*

에밀리아

나는 떨리는 입에 한 손을 올린다. "안타까워요." 내가 말한다. "정말로, 정말로 안타까워요."

포피의 두 눈이 눈물로 반짝인다. 포피는 나를 향해 양팔을 활짝 벌린다. "내 아가."

나는 그 품속으로 파고들면서 엄마의 사랑이 담긴 평온한 위안을 느낀다. 오래전부터 항상 간절히 바란 그 느낌이다.

"논나(nonna, 할머니)." 나는 마침내 이 말의 달콤함을 알게 된다. "평생, 할머니를 기다렸어요."

"니도 너를 기다렸단다." 포피가 속삭인다.

리코가 앉아 있는 곳을 돌아보니 두 볼에 하염없이 눈물이 흐르고 있다.

"오파(Opa, 할아버지)." 나는 이렇게 속삭이고는 눈물로 시야가 흐려지는 눈을 깜빡이면서 리코를 향해 움직인다.

"마이네 쇠네 엔켈린." 리코가 눈물에 젖은 볼을 내 볼에 댄다. 화장수와 박하사탕 향이 난다. 내가 늘 상상하던 할아버지 냄새 그대로다.

"할아버지를 가져본 적이 없었어요." 목이 잠겨 소리가 제대로 나오지 않는다.

"나도 손녀를 가져본 적이 없었단다." 리코가 대답한다. "네가 내 손녀라 얼마나 행복한지 상상도 못 할 거야."

"그러면 얀이 제…… 이복사촌이 되는 거네요. 저에게 독일에 다른 가족이 생겼어요." 눈물이 펑펑 쏟아진다.

"이제 너도 이해하겠지." 포피가 내 양손을 잡으며 말한다. "어떤 의미에서, 내 아이 요하나는 정말로 죽었단다. '조세피나'가 태어났을 때. 그리고 내가 엄마인 척해달라고 로사 언니에게 제안한 바로 그날, 언니는 진짜로 엄마가 된 거지."

"조시 고모는 진실을 알게 됐어요?" 루시가 묻는다.

포피가 고개를 끄덕인다. "내 짐작에는 그렇단다. 감수성이 예민한 사람은 진실을 보는 예리한 안목을 가지고 있지."

포피가…… **우리 할머니가** 불쌍해서 마음이 아프다. 포피는 이 엄청난 비밀을 평생 지켰다. 포피는 도둑으로 몰려 배척당하고 괄시받으면서도 끝내 품위를 잃지 않았다.

"마땅히 누명을 벗으셔야 해요." 내가 말한다. "저와 루시한테만이 아니라, 우리 가족 모두에게 결백하시다는 걸 보여줘야 해요. 로사 할머니가 아직 살아 계시다고 해도 상관없어요."

포피가 고개를 젓는다. "로사 언니는 속죄했단다."

"아니에요. 그분은—."

"내가 위태로운 언니를 곤란한 입장에 빠뜨렸고, 그래서 진심으로 나도 사죄하고 싶단다."

"어떻게 그러실 수 있어요? 그분이 할머니의 아이를 훔쳤는데."

포피가 고개를 끄덕인다. "당시에는 몰랐지만, 수십 년 전, 내가 요하나의 엄마인 척해달라고 부탁했을 때 언니는 깊은 슬픔에 빠져 있었잖니. 내가 언니의 고민에 쉬운 해결책을 제시한 셈이었어. 언니에게는 너무 큰 유혹이었겠지. 일단 언니가 거짓말을 하겠다고 결정하고 나니 번복할 수가 없어진 게야. 언니는 임신할 수 없다는 사실이 드러나면 남편을, 어쩌면 아빠의 사랑까지 잃게 되리라고 믿었단다. 그 비밀이 얼마나 무섭게 느껴졌을까. 언니는 비밀을 지키기 위해 사나워져야 했고 분노로 남을 다스려야 했지. 남의 마음을 사로잡지 못하는 사람들은 대체로 두려움을 무기 삼아 남을 마음대로 휘두르려고 한단다."

"어쩜 그렇게 인정이 많으세요?" 내가 말한다. "그분이 할머니의 삶을 망쳤어요."

포피가 손을 뻗어 내 손에 깍지를 낀다. "두려움을 타고나는 사람은 거의 없단다. 간절함이 두려움을 낳지. 두려움은 잔인함을 불러오고. 로사 언니는 간절한 사람이었어."

나는 광장의 반짝거리는 불빛들을 내려다보면서, 왜 로사 할머니가 저주를 그토록 맹렬히 믿었는지 마침내 이해한다.

로사는 책망을 면하기 위해서 저주가 필요했다. 폰타나 가문의 미신이 살아 있는 한, 포피의 운명이 로사 자신의 탓이 아니라 저주 탓이라고 치부할 수 있었다. 다들 저주가 둘째 딸의 사랑을

531

허락하지 않는다고 생각했으니까.

"수십 년 후에 고통스러운 결말을 맞는 언니를 보는 게 전혀 기쁘지 않더구나. 조세피나가 아팠고 알베르토가 헌혈해줘야 했거든." 포피가 고개를 저었다. "내가 수십 년 전에 혈액 검사를 하자고 했을 때 알베르토가 내 말에 따랐더라면, 로사 언니의 A+형과 자신의 A+형 사이에서는 혈액형이 B형인 아이가 나올 수 없다는 걸 알게 됐을 거야. 조세피나가 죽고 얼마 지나지 않아 알베르토가 죽었지만 그전에 나한테 사과했어. 알베르토는 마음의 고통이 심해서 죽었을 거야."

"세상에." 내가 말한다. "그분은 극심한 배신감을 느끼셨겠네요."

"어." 루시가 말한다. "알베르토가 포피를 믿지 않았을 때, 포피도 그런 배신감을 느꼈겠지. 참 지독한 인과응보네."

"드디어 원하던 증거를 찾으셨네요." 내가 말한다.

"그렇지. 그런데 더 이상 의욕이 생기지 않더구나. 로사 언니는 비탄에 잠긴 여인이었어. 언니는 딸과 남편을 잃었지. 가족이 그런 언니에게 등을 돌리게 할 수는 없었단다." 포피와 나의 눈이 마주친다. "너에게도 같은 부탁을 하고 싶구나, 에밀리아."

나는 눈길을 떨군다. "이미 로사 할머니랑 대판 부딪쳤어요."

포피가 내 손을 잡는다. "아무렴, 그렇고말고. 어련했을라고, 내 작은 폴리아 베리. 그래도 나한테 약속해주렴. 적어도 언니가 죽을 때까지는 다른 가족이 모르게 하겠다고."

아름답고 훌륭한 우리 할머니는 여전히 언니를 보호하고 있다.

포피가 마닐라지 봉투에 손을 넣는다. 포피는 고대 유물을 다루는 것처럼 사진 한 장을 조심조심 내 앞의 탁자에 내려놓는다. "내가 제일 좋아하는 사진이란다."

나는 오래돼 누렇게 변한 폴라로이드 스냅 사진을 내려다본다. 아빠의 갈색 소파를 즉시 알아본다. 커다란 어깨 패드가 들어간 구식 스웨터를 입은 흑갈색 머리의 젊은 여자가 그늘진 눈으로 팔에 안은 갓난아기를 가만히 바라보고 있다. 여자는 상냥하고…… 허약해 보인다. 나는 눈물을 흘리면서 웃는다. 손가락으로 여자의 얼굴 윤곽을 그대로 그려본다. "엄마." 내가 속삭인다.

"맙소사!" 루시가 외친다. "포피랑 엠이랑 완전히 똑같이 생겼네요."

나는 엄마 옆에 있는 40대 정도의 여자에게 관심을 돌린다. 진한 갈색 눈을 가진 날씬한 여자가 카메라를 보며 활짝 웃고 있다. 여자는 엄마에게 팔을 두른 채 두 살배기 다리아 언니를 무릎에 앉혀놓고 있다.

"이제 알겠어요." 아름답고 젊은 할머니의 모습에서 시선을 뗄 수가 없다. "왜 로사 할머니가 저를 좋아하지 않았는지 드디어 알겠어요." 나는 우리 엄마를 낳은 용감하고 이타적이며, 현명하고 훌륭한 여성의 눈을 올려다본다. "저는 할머니를, 그리고 진실을 끊임없이 상기시키는 존재였군요."

56장

✳

에밀리아

11개월 후
트레스피아노

나는 흐릿한 아침 연무를 휘저으며 눈을 가린다. 따뜻한 산들
바람이 내 피부를 스치고 지나가면서 장미와 세이지의 희미한
향기를 풍긴다. 분홍색 부겐빌레아와 이리저리 뻗어나간 덩굴
식물이 지붕 모양으로 우거진 아치형 구조물 아래에, 루시와 소
피아가 보인다. 불현듯 강렬한 애정이 솟구친다. 등받이가 뒤로
젖혀지는 긴 의자에 앉아 아이패드에 코를 박고 있는 소피아와
작은 철제 탁자 옆에 앉아 앞에 있는 의자에 맨발을 올려놓은 루
시의 모습을 잠시 흐뭇하게 바라본다.

나는 판석이 깔린 길을 내려간다. 토스카나 햇살을 받아 피부
가 황갈색으로 타고 진한 갈색 머리를 짧게 잘라 제멋대로 뻗치
게 둔 루시가 나를 보고 싱긋 웃는다.

"드디어 대화를 나눌 사람이 오네." 루시가 엄지손가락으로
소피아를 슬쩍 찌른다. "도무지 저 빌어먹을 소설을 손에서 놓지

않는다니까."

"방해하지 마요." 소피아가 시선은 그대로 밑에 고정한 채 손가락 하나만 들어 올린다.

곧 나올 내 소설! 좀처럼 믿어지지 않는다. 아직까지는 워드 문서에 불과하고 수정하려면 앞으로 몇 달이 걸리겠지만, 편집자는 내년 가을에 서점에 나올 것이라고 예상한다. 1960년을 배경으로 한, 동독의 바이올리니스트와 사랑에 빠진 아름다운 이탈리아 여성의 이야기다. 나는 눈을 감고 포피 할머니에게 조용히 감사 기도를 드린다. 포피 할머니를 만나지 않았다면, 책도 탄생하지 않았을 것이다. 포피를 만나기 전만 해도, 내 글을 세상에 내놓을 용기도 의욕도 없었다. 나에게 손가락을 흔드는 포피의 모습이 훤히 상상된다. '당연히 너에게는 용기도 의욕도 있었단다. 그저 네 목소리를 찾아야 했을 뿐이지. 그런데 다음 소설은, 에밀리아, 꼭 네 이야기를 써보렴.'

포피는 여전히 내가 사랑을 찾기를 바라고 있을까? 손가락에 반지 끼는 것이 최종 목표라고 생각하는 사람이 있다. 포피 할머니는 그렇게 생각하지 않는다. 나도 마찬가지다. 포피는 이탈리아에서 저주를 풀었다. 할머니는 내가 자유를 찾도록 도왔다. 물론 결혼할 수 있는 자유가 아니라, 원하는 대로 믿을 수 있는 자유였다. 나는 사랑을 선택할 수도 있고 선택하지 않을 수도 있다. 어쨌든 한 가지는 확실히 안다. 무엇이든 가능하다.

"너랑 소피랑 정말로 행복해 보인다."

내 사촌이 환하게 웃는다. 마음속 깊은 곳에서 올라와 두 눈까지 가득 퍼지는 웃음이다.

"만사 다 좋아. 우리 사이에 있는 빌어먹을 바다만 제외하면."
루시가 어깨를 쓱 들어 올린다. "케 세라 세라. 미래가 어떻게 될
지 누가 알겠어? 우리는 지금 가진 것에 만족해. 여기랑 거기에
서 일주일씩 지내는 거. 애들이 벤슨허스트를 아주 좋아해. 프랑
코가 이발사가 되고 싶어 한다고 말했던가?" 루시가 소리 내어
웃는다. "돌피 할아버지가 프랑코 전용 의자를 예약해놓으신대.
아, 참, 4월에 열리는 언니네 아빠 결혼식에 다 참석하겠대."

"정말 잘됐네." 지난달에 아빠가 포르티노 부인에게 청혼했을
때 두 사람은 조촐하게 결혼식을 올리겠다고 고집했다. 하지만
이탈리아 가문 두 개가 합쳐지는 마당에 '조촐한 결혼식'이라는
말 자체가 모순이다. 말은 안 하지만 아빠가 속으로 흐뭇해하는
것 같다.

루시가 감나무를 유심히 살펴본다. 가을이 깊어지면서 제철
과일인 황토색과 주황색 감이 주렁주렁 열렸다. "있잖아, 예전에
나는 사랑할 사람을 계속 찾아다녔잖아. 근데 내가 진짜로 원한
건 사랑 그 자체였어."

"너는 사랑을 찾았잖아, 루스."

루스가 고개를 끄덕인다. "언니는 어떻고, 엠. 내 사촌이 유명
한 작가라니 믿어지지 않는다."

내가 손을 휘휘 저었다. "'유명한'과 '작가'는 상호 배타적인 용
어야."

루시가 눈알을 굴린다. "뭐라는지 하나도 모르겠네. 그래도 언
니가 자랑스럽다는 건 분명히 알아. 언니도 자신이 자랑스럽다
고 생각해야 해."

내 전화기가 울려서 화면을 슬쩍 본다. "다리아 언니야. 이따가 전화하지 뭐."

루시가 고개를 갸웃한다. "다리아 언니한테 아직 말 안 했지, 맞아?"

"아직 안 했지."

"근데 이제는 말해도 되잖아." 루시가 말한다. "로사가 죽으면 비밀을 누설해도 된다고 포피가 그러셨잖아."

"6개월밖에 안 지났잖아. 언니는 아직도 엄청 슬퍼하고 있고. 언니랑 로사는 유대감이 강했으니까. 어쨌든 언젠가 말할 거야. 조카들이 포피 증조할머니가 얼마나 대단한 분이었는지 알아야 돼."

"그리고 로사가 얼마나 악랄했는지도."

"아니야. 포피 말이 맞았어. 로사는 거짓말의 덫에 갇혔고 그 거짓말이 당신에게 독이 됐어. 인생을 망쳤지. 포피랑 내가 로사랑 영상통화를 했거든. 저세상으로 가기 단 몇 시간 전에. 그때 로사가 정말로 울었어."

"말도 안 돼. 진짜 사람의 눈물처럼?"

나는 웃을 수밖에 없다. "어. 간호사도 충격받은 것 같더라."

나는 뒤로 다가온 누군가가 내 목을 주무르자 깜짝 놀란다. 얼굴을 들고 그의 손을 가볍게 두드린다. "안녕, 가브."

"부온조르노, 벨리차(안녕, 미인)."

바람둥이 같으니라고. 1년 전이라면, 가브의 손길에 녹아내렸을 것이다. 나는 고개를 저으며, 수치심에 붉어진 얼굴로 방으로 뒷걸음질 치던 순진한 아가씨를 떠올린다. 어찌나 가슴이 아프고 창피하던지. 아무튼 지금까지도 그때는 내 삶에서 가장 낭만적인 날이었다.

당시에 나는 키스가 약속을 의미하고 섹스가 미래를 동반한다고 생각했다. 이제 나는 더 현명하고 더 현실적이다. 하지만 나는 첫 번째 진짜 실연의 아픔을 준 남자가 수많은 남자 중에서 하필이면 가브리엘 베르나스코였다는 사실이 이상하게도 자랑스럽다.

나는 자동차 엔진 소리가 들리자 똑바로 앉는다. 진입로에 흙먼지가 한바탕 일어난다. "오셨어!" 내가 벌떡 일어나는 바람에 뒤로 밀린 의자가 판석 긁는 소리를 낸다. 나는 앞마당으로 황급히 달려간다.

카키색 바지를 입고 벨프리 밀짚모자를 쓴 리코가 발을 끌며 나에게 다가온다. 한 손에는 오래된 바이올린 케이스를 들고 다른 손에는 금속 상자를 안고 있다. 리코가 두 상자를 옆에 내려놓고 팔을 활짝 벌린다. "마인 매트헨."

"오파!" 리코의 가슴에 얼굴을 기대면서 내 가슴이 기쁨으로 벅차오른다.

리코가 마침내 걸음을 옮긴다. "잘 지내고 있지?"

"할머니가 너무 많이 보고 싶어요."

"약속대로 자기 생일에 우리 모두 여기 모였다는 걸 알면 크게 기뻐할 거야."

모두 모였다. 할머니를 제외하고. 나는 리코와 내가 같은 생각을 하고 있다고 믿는다.

"할아버지는 할머니 인생에서 가장 행복한 10개월을 보내게 해주셨어요."

리코의 목소리가 갈라진다. "우리 둘 다 그랬지."

우리는 팔짱을 끼고 리코가 사랑한 사람이 한때 살았던 집, 카사 폰타나를 향해 걷는다. 현관에 다다르기 전에 리코가 걸음을 멈추고 주머니를 뒤적거린다.

"라벨로에 있는 우리의 피에다 테르." 그가 구식 청동 열쇠를 내민다. "포피와 나는 네가 그 집을 갖기를 바란단다."

나는 뒤로 물러선다. "안 돼요. 그럴 수 없어요."

리코가 열쇠를 내 손바닥에 살며시 올려놓는다. "얀이 동의했단다. 그 집은 네 것이야, 우리 손녀. 아말피에서 포피의 변호사 친구를 만나 서류에 서명해야 돼. 그러고 나면 완전히 네 집이 될 게다. 우리는 그 집이 행복한 추억들이 많이 만들어지는 도약대가 되리라는 큰 기대를 품고 있단다."

나는 열쇠를, 그리고 그 열쇠에 담긴 가능성들을 물끄러미 바라본다. "고맙습니다, 오파. 할아버지랑 저랑 거기서 같이 살아요. 제가 침대 겸 소파를 사서 자면 되니까—."

리코가 내 뺨을 토닥거린다. "나는 독일로 돌아가야 한단다. 하지만 그 소파는 사두렴. 내가 자주 갈 테니." 그가 빙그레 웃는다. "루시아나도 그 집을 좋아할 거야. 그리고 물론 소피아랑 아이들도. 언젠가 다리아랑 아이들도 놀러오게 될지 모르잖니."

"다리아 언니." 나는 이미 그 순간을 상상한다.

✷

　우리는 황혼이 드리울 때까지 기다리다가, 내 증조할머니와 증조할아버지와 그들의 자식들이 힘들게 일한 들판으로 나간다. 따뜻한 저녁이고, 우리가 언덕을 올라가는 동안 곤충들의 울음 소리와 바람에 풀들이 부대끼는 소리를 제외하면 조용하다. 내가 담요를 펼치자 리코가 바이올린 케이스를 내려놓는다. 그는 손에 든 금속 상자를 내려다보다가 부드럽게 입을 맞춘다.

　루시와 리코와 나는 금속 상자에 손을 넣어 포피의 유골 가루를 한 줌씩 쥔다. 리코는 지평선이 연분홍색과 연보라색으로 물드는 서쪽을 향해 몸을 돌린다. "우리가 약속한 대로, 미오 우니코 아모레. 토스카나의 일몰을 마지막으로 한 번 더 보여주러 왔어요."

　리코는 바이올린을 연주하기 시작한다. 슬프면서도 행복한 선율이 흘러나온다. 케 세라, 세라. 나는 은은한 파스텔 색조의 하늘을 향해 팔을 올리고 꽉 쥔 주먹을 편다. 산들바람이 언덕 위로 불어와 가루가 펄펄 날린다. 아주 짧은 순간, 황금빛 햇무리에 비친 포피의 유골 가루가 무지갯빛이 된다. 이어서 하늘과 맞닿은 무한한 지평선으로 퍼진다.

　포피 할머니와 딸 요하나의 모습이 생생하게 떠오른다. 두 사람이 함께 하늘에서 소리 내어 웃고 포용하고 춤춘다.

　"가능해." 나는 속삭인다.

57장

✳

에밀리아

며칠 후
아말피 해안

오후가 지나면서 햇빛이 은은해진다. 검은색 옷을 입은 남자 두 명이 해변을 따라가면서 파라솔을 접고 기다란 의자를 쌓아 올린다. 나는 지도를 확인하고 언덕을 빠른 걸음으로 올라가 해안 도시 아말피의 길을 구불구불 나아간다.

옆으로 나무가 쭉 늘어선 예쁜 길, 비아 포미카라에 도착해서 포피의 변호사 친구의 주소를 전화기로 다시 확인한다. 덩굴 식물과 부겐빌레아로 장식된 흰색 치장 벽토 건물을 지나다가 문 옆에 데 루카 에 데 루카 법률 사무소라고 적힌 작은 간판을 못 보고 지나칠 뻔한다.

벚나무로 만든 반질거리는 문이 내가 들어서자 끽 소리를 낸다. 나는 심호흡을 한다. 몇 분만 지나면, 내 집을 갖게 될 것이다. 감사의 마음이 내 안에서 솟아오른다.

나는 우아하지만 아무도 없는 접견실을 둘러본다. 모두 퇴근

했을까? 복도 끝 어딘가에서 라디오 소리가 들린다. 나는 한 발을 내딛는다.

"여기요?" 나는 부드럽게 외치며 한 걸음 더 나아간다.

음악 소리가 더 커진다. 나는 열린 문에 다다라 얼어붙는다. 수염을 짧게 깎은 30대 정도의 남자가 발을 책상에 올리고 가슴에 소설책을 펼쳐놓은 채 앉아 있다. 머리가 뒤로 젖혀져 있고 코 고는 소리가 들린다. 나는 웃을 수밖에 없다.

내가 헛기침을 하자 남자가 급하게 자세를 고쳐 앉는 바람에 소설책이 붕 날아올라 바닥으로 떨어진다.

"메르다(Merda)!" 이탈리아어로 '제기랄'이라는 뜻이다. 그는 허둥지둥 책ー 일종의 범죄 추리 소설ー을 주우면서 나를 슬쩍 본다. "스쿠지(Scusi, 미안해요)."

"괜찮아요. 미안해요. 내가……." 나는 말을 잇는다. "깨워서요." 곧이어 덜 창피할 단어로 바꿔 말한다. "깜짝 놀라게 해서요."

그는 물결처럼 굽이진 머리를 한 손으로 쓱쓱 쓸어 올리고 타이를 똑바로 맨다. "사과드립니다." 그가 어두운색 테 안경을 잡아채 낀다. "손님이 올 줄 몰ー." 그가 몸을 앞으로 기울이고 나를 자세히 본다. "나를 아시나요?"

"아니요. 하지만 이번 주 초에 어떤 분과 통화했는데, 혹시 그분인가요? 우리 이모ー 우리 할머니ー 그리고 우리 할아버지가 작성한 서류에 서명하러 오늘 오겠다고 말씀드렸어요."

그는 책상에 널린 몇 개의 서류철을 뒤적인다. "우리 아버지랑 통화하셨나 보네요. 아버지는 퇴근하셨습니다." 그가 종이 뭉치를 찾아 들고는 눈을 가늘게 뜨고 첫 번째 페이지를 들여다본다.

"에밀리아 안토넬리 씨인가요?"

"맞아요."

"아, 포피와 리코의 손녀, 드디어." 그가 내 손을 잡고 악수한다. "안녕하세요, 에밀리아. 나는 도메니코 데 루카예요." 그가 고개를 옆으로 기울이고 내 눈을 똑바로 바라본다. "그런데 분명히 어디서 만난 적 있는 분 같은데."

"아니요. 그럴 리가요."

"아마도 6개월…… 8개월 전쯤에? 이렇게 아름다운 얼굴을 내가 잊을 리 없거든요."

하마터면 눈을 희번덕거릴 뻔하다가 용케 참는다. "착각하셨나 봐요."

"아니에요. 그렇지 않아요." 그가 턱수염을 매만지며 나를 가만히 응시한다. 마침내 내가 종이를 가리킨다.

"내가 볼 서류인가요?"

"아, 그래요." 그가 직사각형 테이블로 손짓하고 걸음을 옮겨 내가 앉을 의자를 뒤로 빼주고는 옆에 앉는다. 키가 크고 넓은 어깨와 긴 다리를 가졌다. 그가 첫 번째 장을 내 앞에 놓을 때 길고 가는 손가락에 반지를 끼지 않은 것이 언뜻 눈에 뜨인다. 일부러 눈여겨본 것은 아니지만. 내가 서류를 읽는 동안 그가 굵고 낮은 목소리로 법률 용어를 실명하는데, 어쩐지 귀에 익은 목소리인 것은 인정한다. 그에게서 풍기는 비누 향과 열기 때문에 집중하기 힘들다.

나는 서류를 읽는 그의 목소리가 멈춘 것을 뒤늦게 깨닫고 고개를 든다. 그가 이맛살을 찌푸리고 나를 유심히 쳐다보고 있다.

"당신 얼굴이, 그 눈이 기억나요." 그가 내 얼굴을 향해 손을 아주 약간 들어 올린다. "자꾸 아는 얼굴이라는 생각이 들어서요. 가만, 자르디니 카페에서 만난 것 같은데? 맞죠?"

나는 고개를 젓는다. "처음 들어보는 곳이에요."

그의 눈이 반짝거린다. "언제 한번 저녁 식사를 대접하게 해줘요. 그러면 우리가 이 수수께끼를 풀 수 있지 않을까요?"

'이해해요. 당신은 엄청나게 매력적이고 이쪽 계통 일은 잘 속아 넘어가는 아가씨를 상대할 일이 많겠죠. 하지만 헛소리는 집어치웁시다.'

"자, 이제 서류에 서명할까요?" 나는 핸드백에서 펜을 뺀다.

❋

나는 포석 깔린 길 위로 여행 가방을 끌고 가다가 지나가는 연인에게 인사한다. 지금 라벨로는 붉은빛을 띤 갈색으로 물들어 있고 철썩이는 파도 소리가 멀리서 들려온다. 포피가 예전에 이야기한 오래된 웨일스 말 **히라스**가 갑자기 머리에 떠오른다. 포피는 언젠가 내가 이 말의 의미를 이해하게 될 것이라고 예상했고, 그 예상이 맞았다. 내가 자란 도시에서 지구 반 바퀴나 떨어진 이 해변 마을이 마치 내가 평생 그리워한 고향 같다는 느낌이 든다.

나는 분홍색 치장 벽토 건물에 다다라 걸음을 멈춘다. 오래된 빵집에서 흐릿한 불빛이 비치고, 나는 60년쯤 전에 동이 트기도 전에 저 안에서 빵을 만들던 젊은 시절 우리 할머니의 모습을 상상한다. 뿌연 유리창 안에 걸린 빛바랜 표지판이 보인다. 가게를 아피타시(Affittasi)— 임대— 한다고 적혀 있다.

나는 커다란 창문을 통해 양철판을 붙인 천장, 쭉 늘어선 오븐들, 회반죽이 울퉁불퉁하게 발린 벽을 두루두루 자세히 본다. 빵집 대신에 완벽한 서점의 모습이 그려진다. 여기저기에 책장이 있고 뒤쪽에 작은 독서 공간이 마련된 아늑한 가게.

건물 뒤로 돌아가는 동안 방금 든 상상을 떠올려본다. 라벨로에 서점이 필요할까?

덩굴 식물들과 뒤엉킨 장미들이 제멋대로 무성하게 자란 멋들어진 안뜰로 들어가자 광장에서 퍼지는 웅성거리는 소리가 사라진다. 어느 카페의 테이블과 의자 한 쌍이 아무렇게나 뻗어나간 레몬 나무 아래에 자리 잡고 있다. 글을 쓰기에 완벽한 장소다.

계단이 언뜻 눈에 들어오자 돌연 미소가 사그라진다. 임신한 몸으로 이곳에서 쓰러져 죽을 뻔했던 젊은 시절의 포피 할머니를 생각하지 않고 이 계단을 오르게 될 날이 과연 올까? 포피는 정말로 대단한 정신력을, 대단한 회복력과 품위를 보여줬다. 내 용기의 흉터처럼, 이 계단은 무슨 일이 일어나든 견딜 수 있고 불가능은 없다는 점을 나에게 상기시킬 것이다. 결국 나는 포피 폰타나의 손녀이다.

자물쇠에 열쇠를 꽂는다 손잡이를 돌려 열자 오래된 나무 문이 끽 소리를 낸다. 나는 리코와 포피의 옛집에 들어선다. 이제는 라벨로에 정착한 나의 새집, 내가 지난 시절을 돌이켜 생각하고 다음 소설을 쓸 곳이다. 그렇다, 가능하다.

나는 전등 스위치를 켠다. 다채로운 포피(양귀비) 그림이 내가 좋아하는 다른 작품과 함께 되살아난다. 거실로 들어가는 사이 벌써 눈물이 맺혀 시야가 흐려진다. 두껍고 현대적인 액자 속에 있는 것은 루시가 병원 안뜰에서 거의 1년 전에 찍은 사진이다. 멋진 흑백으로 출력해 예술적인 분위기가 풍기는 사진이 벽의 대부분을 차지하고 있다. 내가 할머니와 할아버지 사이에 서서 웃고 있다. 포피가 내 볼에 입술을 대고 있고 리코는 내가 이제야 이해할 수 있는 애정 어린 눈빛으로 나를 바라보고 있다.

나는 방마다 돌아다니면서 흐뭇해 피식거리고 할머니와 할아버지에게 감사를 보낸다. 정말로 아름다운 곳이다. 두 사람은 내가 이곳에 뿌리 내릴 운명이었음을 어떻게 알았을까?

주방 조리대에 놓인 이탈리아어로 적은 쪽지가 보인다.

집에 온 것을 환영한다, 에밀리아. 네가 잘 적응하기를 바란다. 네 할머니와 나처럼 너도 이곳을 사랑할 것이라고 믿는단다. 황혼 녘, 네가 와인 잔을 들고 옥상으로 올라가서 바다 너머로 지는 해에 작별을 고할 때, 우리를 기억해주렴.
엘레네와 얀이 너에게 안부를 전해달라고 하는구나. 두 사람이 네가 자리를 잡고 나면 너를 만나고 싶다는구나. 다음 달에 내가 가면 다 함께 모여 저녁 식사를 하자. 그때까지…….

사랑을 담아,
할아버지가

추신. 변호사를 만나 서명을 잘 마무리했기를 바란다. 이번 양도 과정에서 데 루카 씨를 만난 것은 천행이었단다.

내 눈이 '변호사'를 뜻하는 이탈리아어에 고정된다. 내 팔의 털이 쭈뼛 선다.

돌연 기억이 떠오른다.

나는 손목시계를 힐끗 본다. 거의 7시이다. 그 사람이 아직 사무실에서 소설을 읽고 있으려나?

문득 되살아나는 기억이 있다. '우리가 괜찮은 사람을 너에게 찾아줄 때가 됐구나. 지적인 사람이 좋겠구나. 꿈을 꾸는 사람…… 책을 좋아하는 사람.' 팔에 소름이 돋고, 할머니가 나를 이곳으로, 이 순간으로 이끌었다는 확신이 든다.

나는 서둘러 서류를 뒤적거린다. 마침내 그 사람의 전화번호를 찾는다. 전화기를 든다. 가슴이 자꾸 두근거린다. 두 번째 통화음이 들리고 그가 전화를 받는다.

"니코 데 루카입니다."

"이제 기억나요." 미소가 내 얼굴에 활짝 퍼진다. "내가 당신을 아보카도라고 불렀어요."

잠시 침묵이 흐르다가 이내 낮고 그윽한 웃음소리가 귀에 울린다.

"그래요! 맞아요! 자르디니 카페가 아니었어요. 피아센티스 빵집 앞에서 봤어요."

나는 천천히 복도를 걸으면서 미소 짓는다. "그날 당신이 선글라스를 끼고 있었을 거예요. 모자도 쓰고 있었고요. 내 기억이 틀리지 않다면요."

"수염이 없었다는 것까지 맞추면, 완전히 용서해줄게요."

나는 소리 내어 웃는다. "아, 수염! 그래서 생각이 잘 안 났나 봐요!"나는 포피와 리코의―나의―침실로 들어간다. 멀리서 라벨로 대성당의 종소리가 울린다. 나는 얇고 밖이 비치는 흰색 커튼을 열고 광장 너머 석양으로 붉게 물든 아름다운 성당을 응시한다. "시간이 꽤 지났는데도 나를 기억했다니 놀랍네요."

"흔치 않은 만남이었으니까요. 당신이 난데없이 나타난 천사 같았거든요. 내 꿈을 상기시키면서."

"당신은 빵집을 열 계획이었죠."나는 대화를 기억하며 말한다.

"씨. 그리고 이제 그 건물은 당신 소유죠."

나는 얼어붙는다. "그래요? 이 건물 전체가 내 소유라고요? 빵집까지 포함해서요?"

"씨. 아까 당신이 서명할 때 내가 설명했잖아요."

감사와 흥분…… 그리고 불안감이 가슴에 차오른다.

"그럼 세입자를 찾아야겠네요? 부동산 중개에 대해서 하나도 모르는데."

"걱정하지 마요. 우리 아버지가 당신을 도와줄 수 있어요. 혹은 우리 삼촌이요." 잠시 멈췄다가 다시 말을 시작하는 그의 목소리에 희망과 떨림과 유혹이 섞여 있다. "아니면 당신이 나를 선택할 수도 있겠죠?"

숨이 턱 막힌다. 이 간단한 질문에 많은 가능성이 담겨 있다는 것을 직감한다. 하지만 나는 지금 행복하다. 진짜 집 같은 느낌이 드는 이 아름다운 피에다 테르가 내 소유라니. 아주 멋진 할아버지가 있고, 언니가 다시 나를 사랑하게 되었고, 더불어 내 사촌 루시와 카멜라의 사랑도 받고 있다. 매트 쿠수마노는 곧 내 사촌의 남편이 된다―아니 육촌의 남편이라고 해야 하나? 호칭이 뭐든 간에 매트는 다시 제일 친한 친구다. 그리고 독일에도 새 가족이 있다. 나는 그들을 만날 날을 학수고대하고 있다. 그리고 무엇보다도, 나는 곧 공식적인 작가가 된다. 내가 이런 행복을, 지금 느끼는 진정한 기쁨을 위태롭게 하면서까지, 사랑에 빠질지 모를 가능성…… 그리고 실연의 아픔을 겪게 될지도 모를 가능성을 선택할 용기가 있을까?

그의 제안이 우리 사이에 다리처럼 이어져 있다. 내가 건너가기를…… 혹은 피해 가기를 기다리고 있는 다리. 내 앞에 포피 할머니가 보이는 것 같고, 내 손에 감싸인 포피 할머니의 부드러운 손 감촉이 느껴지는 것 같다. 사랑이 너에게 오면, 사랑이 네 손이 닿는 곳에 있으면, 부디 포도나무에서 그 사랑의 열매를 따서 잘 살펴보렴, 그래줄래?

"미안해요, 에밀리아." 니코가 말한다. "그렇게 앞서갈 생각은 아니었어요."

나는 커튼을 놓고 방을 돌아본다. 마지막 한 줄기 햇살이 나를 따라와 문 위에 새겨진 자국에 가 닿는다. 나는 가까이 다가가 눈을 가늘게 뜨고 올려다본다. 위에 페인트가 새로 칠해져 있지만, 한 글자…… 그리고 다음 글자를 눈으로 분간한다. 온몸에 전율이 흐른다. 한 단어가 뚜렷이 보이고, 이어서 문장 전체가 분명해진다.

우리는 사랑을 선택했다.

PF & EK

549

"당신 아버지는 필요 없어요." 내가 말한다. "당신 삼촌도요."
나는 눈을 감고 모든 용기를 끌어모은다. "나는 당신을 선택할게
요."

독자에게

몇 년 전, 나는 독일의 독자에게 여섯 장짜리 편지를 받았다. 어릴 때 제2차 세계대전을 겪은 독일 출신의 노인 디터 '디토' 크레츠슈마가 보낸 편지였다. 디토는 나치 정권 동안, 그리고 이후 독일 민주 공화국 시절 철의 장막 뒤에서 자행된 이루 말할 수 없는 잔혹 행위로 고통을 받았다. 1965년, 디토와 그가 평생 사랑한 요하나는 드레스덴의 집에서 고통스러운 탈출을 감행했다. 디토는 세계적으로 유명한 곡예사가 됐다. 디토는 내가 자신의 회고록을 집필해주기를 바랐다.

나는 디토에게 답장을 보내 그의 이야기가 대단히 흥미로우나 나는 실화가 아니라 허구를 쓰는 사람이라고 설명했다. 이내 우리는 정기적으로 편지를 주고받게 됐다. 우리는 친한 펜팔 친구가 됐고, 디토가 미국에 올 때면 직접 만나기도 했다.

디토의 이야기를 글로 들려주는 것은 내 몫이 아니었지만, 나는 그가 견딘 가슴 아픈 삶, 그의 강인한 정신과 회복력에 대한 생각을 멈출 수 없었다. 부부가 생이별을 해서 한 사람은 자유 속에서 살고 다른 한 사람은 철의 장막 뒤에서 살게 될 때 관계가 어떻게 바뀔까? 머지않아 이야기의 얼개가 짜졌다. 여자가 주인공인 현대 소설이었다. 내 독일 친구의 이야기와는 상당히 다르지만, 그의 허락을 받아(그는 기뻐했다) 그의 인생 여정 중 일부를 소설에 드문드문 집어넣었다. 러시아 군인들을 즐겁게 하는 포로 공연단이던 그의 아버지, 클라우스니츠라는 마을의 제재소에 자식들을 피신시킨 그의 어머니, 그가 가족을 남겨두고 떠날 때 느낀 고뇌, 기차와 자기 자전거를 이용한 탈출 경로가 여기에 해당된다.

나는 이 글을 쓰면서 참 즐거웠다. 당신도 포피와 리코의 이야기를—그리고 에밀리아의 이야기와 루시의 이야기도— 읽으면서 나만큼 즐겁기를 바란다. 디토가 맨 처음 나에게 보낸 편지의 말미에 적었던 말로 이 글을 맺는다.

안부를 전합니다(With kindest regards, yours sincerely)

Lori

감사의 말

글쓰기의 중요한 규칙은 말하려 하지 말고 보여주라는 것이다. 나는 이 소설의 여정을 그리는 데 중요한 역할을 해준 분들에 대한 고마움을 표현하려고 노력했지만, 틀림없이 부족한 점이 많았을 것이다. 그래서 결국 말에 의존해, 이 자리를 빌려 그저 단어를 통해 마음속에서 우러나오는 감사를 전하련다.

무엇보다도, 에리히라는 등장인물을 만드는 데 영감을 준 내 소중한 친구 디터 '디토' 크레츠슈마에게 진심으로 감사한다. 디토가 고향 독일에서 수천 킬로미터 떨어진 곳에 사는 한낱 소설가인 나에게 관심을 갖고 연락해주어, 그리고 나를 믿고 괴로우면서도 행복한 기억을 들려주어 고맙다. 디토의 인생 이야기가 이 소설에 간단히만 언급될지라도, 역경 속에서도 굽히지 않은 그의 강한 의지와 회복력, 인정 많고 사려 깊은 본성, 훌륭한 유머 감각이 글을 쓰는 전 과정 동안 빛을 발했다.

포피 이모가 행운의 동전을 나에게도 줬나 보다. 완벽한 에이전트 제니 벤트와 더불어 뛰어난 국제적인 에이전트 팀이 내 일을 맡아서 진행해주는 엄청난 행운을 얻었으니 말이다. 한 명 한 명에게 진심 어린 감사를 전한다.

나는 클레어 시온과 사라 블루멘스톡이 이끄는 버클리의 환상적인 팀과 일하게 되어 아주 행복하다. 이 팀이 사소한 부분에까지 세심하게 기울여준 관심과 인내심과 전문 지식 덕에 훨씬 더 생생한 이야기를 만들 수 있었다. 또한 의욕적이고 헌신적인 교열 담당자, 홍보 담당자, 영업 팀과 마케팅 팀에게도 대단히 고맙다는 말을 하고 싶다.

벤슨허스트 지역에 대한 이야기로 나를 즐겁게 해주고 이탈리아계 미국인 대가족의 본질을 파악하게 도와준 소중한 친구들, 조 나톨리와 일레인 나톨리에게 그라치에 밀레라는 말을 전한다. 놀라운 재능을 가진 비키 모어먼이 이탈리아 사진을 보내줘 정말 고맙다. 그곳의 모습을 오롯이 담아준 덕에 직접 보는 것처럼 이탈리아를 생생하게 느낄 수 있었다.

이 소설을 쓰는 동안 힘을 준 많은 소중한 친구들에게 고맙다고 외친다. 특히 린다 질스트라, 캐시 오닐, 줄리 로슨 티머, 언니 나탈리 키퍼에게 고맙다. 항상 내 초기 독자이자 동료 작가인, 정말 멋지고 유쾌한 에이미 베일리 올레에게 경의를 표한다.

다정한 독자 친구들, 책 블로거들, 서적상들이 변변찮은 나를 늘 따뜻하게 맞아주어 영광으로 생각한다. 내 소설들을 기꺼이 선택해주고 다른 사람들에게 소개해주고 각자의 생각을 내게 전해주어 고맙다고 말하고 싶다.

훌륭한 내 부모님과 가족, 하느님과 내 천사들이 나에게 베풀어준 사랑에 감사한다. 그리고 마지막으로, 남편 빌에게 고맙다. 당신이 없었다면 이야기도 없었을 것이다.

옮긴이의 말

✳

이탈리아로 떠난 세 여자의 자아와 사랑 찾기

『토스카나의 저주받은 둘째 딸들』은 성향과 세대가 다른 세 여자가 여행을 통해서 서로 연대하며 각자 진정한 자아와 평생 꿈꾸어온 사랑을 찾아가는 과정을 보여주는 소설이다.

옛날 옛적 폰타나 가문의 둘째 딸들은, 평생 변치 않을 사랑을 찾을 수 없으리라는 저주를 받았다. 가족에 대한 의무에 충실하지만, 소유욕이 강한 할머니와 이기적인 언니의 기에 눌려 사는 소심한 에밀리아. 충동적이고 철없어 보이지만, 알고 보면 부모에게 인정받고 싶어 하고 속 깊은 루시. 자유로운 영혼을 가졌으며 대담하고 수수께끼 같은 노인 포피. 공교롭게도 이 세 사람은 모두 둘째 딸이고 아직 결혼을 하지 않았다.

어느 날 에밀리아와 루시는 평소 왕래가 없는 집안 할머니 포피에게 이탈리아 여행을 제안 받는다. 엉겁결에 모험에 나선 두 사람은 포피가, 젊은 시절에 헤어진 후로 거의 60년이 넘도록 연락이 끊겨 있던 연인과의 허무맹랑한 약속 하나만 믿고 이탈리아에 간다는 사실을 뒤늦게 알고 황당해한다.

이야기는 에밀리아와 포피 두 사람의 화자가 이끌어간다. 포피가 에밀리아와 루시에게 들려주는 독백 같은 말속에서 포피의 비밀스러운 과거가 이탈리아를 배경으로 아름다우면서도 서글프게 펼쳐진다. 여행에 따라나선 것을 후회하고 포피에게 회의적이던 두 사람은 점차 포피의 아픔과 그리움에 공감하고 여든 살 생일날에 아말피 해안의 성당 계단에 도착해야 한다는 오랜 꿈을 이루어주기 위해 적극적으로 나선다.

초반에 의견 차이로 종종 갈등을 빚던 세 사람은 이 여행길에서 서로를 이해하고 의지하게 된다. 그 속에서 에밀리아와 루시는 자신도 모르게 갇혀 있던 헛된 믿음에서 빠져나와 주체적으로 변해간다. 엄마 대신 키워준 할머니에 대한 부채감 때문에 구박을 감수하는 데다 언니에게도 늘 이용당하던 에밀리아는 그들에게 당당히 맞서게 되고 스스로 선택하며 자유롭게 살기로 한다. 자신의 무한한 가능성과 매력을 깨닫게 되면서, 가족을 위해 희생하는 착한 여자 콤플렉스에서 벗어난다. 다른 사람들의 시선에 신경 쓰고 그들의 기대에 부응하려고 안간힘을 쓰던 루시는 주변의 눈을 의식하지 않고 하루하루 충실한 삶을 살기로 다짐한다. 결혼에 대한 압박감과 동성애에 대한 사회적 선입견에서 벗어나게 된다. 이렇게 젊은 두 여자는 진정한 자신과 사랑을 찾아간다. 또한 젊은 시절의 운명적인 사랑을 평생 간직해온 포피는 마침내 연인을 다시 만나 행복한 말년을 맞는다.

셋 중에서 특히 포피는 쉽게 잊히지 않을 인물이다. 온 가족에게 버림받아 홀로 세상에 남겨졌지만 절망하지 않고 스스로 삶을 개척하여 따뜻한 햇살 같은 사랑을 주변에 흩뿌리며 살아온 이 노인은 꺾이지 않는 의지와 진취적인 사고방식과 세월이 담긴 지혜로 젊은 두 여자에게 소중한 가르침을 준다.

결국 저주라는 것은 없었다. 수 세대 전에 만들어져 주입된 미신일 뿐이었다. 한때 저주받은 딸이라 체념했고 위축됐지만, 이제는 두려움과 죄책감을 떨쳐버리고 운명에 도전해 나아간다. 삶은 자신의 선택에 따라 달라지며 노력하면 무엇이든 가능하다는 것을 깨닫는다.

『토스카나의 저주받은 둘째 딸들』은 입체적인 인물들이 이끄는 감동적인 이야기이다. 마지막 부분에서 에밀리아 어머니의 출생에 얽힌 비밀이 밝혀지는 장면에서는 절로 머리카락이 쭈뼛 서고 소름이 끼칠 것이다. 그 장면을 위해 차근차근 포석을 잘 깔아놓은 작가의 솜씨에 탄복하며, 초반에 잘 납득이 가지 않던 포피의 여행 제안과 일방적인 애정의 이유가 그제야 이해가 간다. 게다가 특색 있는 이탈리아 음식과 와인, 여행지들이 생생하게 묘사돼 마치 현지를 직접 체험하는 느낌에 빠질 것이다. 당당하게 세상에 맞서는 세 여자와 함께 이탈리아로 여행을 떠나보자.

옮긴이 **신승미**

조선대학교 국어국문학과를 졸업하고 잡지 기자로 일했다. 국문학에 대한 이해와 지식을 바탕으로 소설, 인문, 에세이 등 다양한 분야의 책을 우리말로 옮기며 전문 번역가로 활동하고 있다. 옮긴 책으로『살인 플롯 짜는 노파』『파친코』(전2권)『삶, 죽음, 그리고 세상에서 가장 신비로운 물고기』『여보세요, 제가 지금 죽고 싶은데요』『진홍빛 하늘 아래』『인형의 집』『몽키 마인드』『나는 나부터 사랑하기로 했다』『살며 사랑하며 글을 쓴다는 것』『언브로큰』(전2권) 등이 있다.

토스카나의 저주받은 둘째 딸들

초판 1쇄 인쇄 2023년 6월 20일
초판 1쇄 발행 2023년 6월 29일

지은이 로리 넬슨 스필먼
옮긴이 신승미
펴낸이 이수철
주   간 하지순
교   정 박은경
디자인 최효정
마케팅 오세미
관   리 전수연

펴낸곳 나무옆의자
출판등록 제396-2013-000037호
주소 (10449) 경기도 고양시 일산동구 호수로 358-39 동문타워1차 202호
전화 02) 790-6630 팩스 02) 718-5752
전자우편 namubench9@naver.com
페이스북 @namubench9
인스타그램 @namu_bench

ISBN 979-11-6157-151-5 03840

* 이 책의 전부 또는 일부 내용을 재사용하려면
  사전에 저작권자와 도서출판 나무옆의자의 동의를 받아야 합니다.
* 잘못 만들어진 책은 구입하신 곳에서 바꾸어드립니다.